D1347883

ALTIN
KİTAPLAR

KİTABIN ORİJİNAL ADI

THE LOST SYMBOL

YAYIN HAKLARI

© DAN BROWN
ALTIN KİTAPLAR YAYINEVİ
VE TİCARET AŞ

BASKI

1. BASIM / ARALIK 2009
AKDENİZ YAYINCILIK AŞ
Göztepe Mah. Kazım Karabekir Cad.
No: 32 Mahmutbey - Bağcılar / İstanbul

ISBN 978 - 975 - 21 - 1192 - 9

———————

ALTIN KİTAPLAR YAYINEVİ
Göztepe Mah. Kazım Karabekir Cad.
No: 32 Mahmutbey - Bağcılar / İstanbul

Tel: 0.212.446 38 88 pbx

Faks: 0.212.446 38 90

http://www.altinkitaplar.com.tr
info@altinkitaplar.com.tr

DAN BROWN

KAYIP SEMBOL

TÜRKÇESİ
PETEK DEMİR

ALTIN
KİTAPLAR

Blythe için...

Teşekkür

Birlikte çalışma fırsatını bulduğum üç sevgili dostuma en derin teşekkürlerimi sunarım: editörüm Jason Kaufman, temsilcim Heide Lange, ve danışmanım Michael Rudell. Ayrıca Doubleday'e, dünyanın dörtbir yanındaki yayıncılarıma ve elbette okuyucularıma müteşekkir olduğumu belirtmek isterim.

Bilgisini ve tecrübelerini paylaşan kimselerin cömert yardımları olmasaydı bu kitap asla yazılamazdı. Hepinize minnettarım.

Dünyanın anlamının farkına varmadan dünyada yaşamak, kitaplara dokunmadan büyük bir kütüphanede dolaşmaya benzer.

Tüm Çağların Gizli Öğretileri

GERÇEKLER

1991 yılında CIA başkanının kasasına bir belge saklanmıştı. O belge bugün de hâlâ orada durmaktadır. Şifreli metinde eski bir kapıya ve yeraltındaki bilinmeyen bir bölgeye atıfta bulunulmaktadır. Bu belgede aynı zamanda *"orada bir yerde gömülü"* ifadesi yer almaktadır.

Farmasonlar, Invisible College[1], Güvenlik Ofisi[2], SMSC[3] ve Noetik Bilimler Enstitüsü[4] de dahil olmak üzere bu romanda ismi geçen tüm organizasyonlar gerçekte mevcuttur.

Bu romandaki tüm törenler, sanat eserleri ve anıtlar gerçektir.

---

(1) Görünmez Okul
(2) The Office of Security
(3) SMSC (Smithsonian Museum Support Center: Smithsonian Müzesi Destek Merkezi)
(4) 1973 yılında eski astronot Edgar Mitchell ve sanayici Paul N. Temple tarafından insan potansiyelinin sınırlarını araştırmak için kurulmuştur. Enstitünün programı "insan kapasitesinin genişletilmesi", "entegre sağlık ve tedavi" ve "Yenidünya görüşlerinin ortaya çıkmasını içermektedir. Ayrıca araştırmalar, spontane meditasyon, bilinçlilik, alternatif tedavi ve hastalık belirtilerinin azalması konularını da içermektedir. Mistisizm, insan potansiyeli, parapsikolojik beceriler ve beden ölümünden sonra bilincin hayatta kalması gibi konuları da içermektedir.
Enstitünün adı Yunanca *nous*, yani akıl kelimesinden alınmıştır.
Enstitü üç ayda bir Shift: At the Frontiers of Consciousness *(Değişim: Bilincin Sınırlarında)* adlı bir dergi yayımlamaktadır. Web sayfasındaki bilgiye göre 35.000 abonesi vardır. Merkezi Kaliforniya Petalum'da olan organizasyon 80 dönümlük bir arazi üzerinde kurulmuştur. Kampusta ofisler, araştırma laboratuvarları ve dinlenme merkezleri vardır. Enstitü eğitim dereceleri için burs vermemektedir.

ÖNSÖZ

İşin sırrı ölümün nasıl olduğu...
Zamanın başlangıcından bu yana sır, ölümün nasıl olacağıydı.
Otuz dört yaşındaki üye, bakışlarını avcunda tuttuğu insan kafatasına indirdi. Bir kâse gibi çukur olan kafatası, kan kırmızısı şarapla doldurulmuştu. Kendi kendine *iç,* dedi. *Korkacak bir şey yok.*

Gelenek olduğu gibi yolculuğuna; üzerinde çıplak göğsünü gösteren ve sağ kolu dirseğe kadar kıvrılmış bol bir gömlek ve sol bacağı dize kadar sıvanmış bir pantolonla darağacına götürülen bir ortaçağ kâfirini tasvir eden ritüel kıyafetiyle başlamıştı. Boynuna geçirilmiş kalın bir ip yere kadar sarkıyordu, yani kardeşlerin deyimiyle "cable-tow[1]". Ama bu akşam şahitlik eden diğer kardeşler gibi o da usta kıyafetleri içindeydi.

Etrafını çevreleyen kardeşler topluluğu koyun derisi önlükleri, kordonları ve beyaz eldivenleriyle loca kıyafetlerini giyinmişlerdi. Boyunlarında, loş ışıkta hayalet gözleri gibi parlayan tören madalyonları asılıydı. Bu adamların pek çoğu gerçek yaşamlarında önemli mevkilere sahiptiler, ama üye, onların dünyevi mevkilerinin bu duvarların arasında hiçbir şey ifade etmediğini biliyordu. Burada herkes eşitti, hepsi de gizemli bir bağı paylaşan yeminli kardeşlerdi.

Üye, ürkütücü topluluğa göz gezdirirken, bu adamların bir yerde, hem de *böyle* bir yerde toplanacağına dışarıdaki dünyadan kimlerin inanacağını merak etti. Bu oda, antik dünyanın mabetlerini andırıyordu.

---

(1) Masonik törenlerde adayların boyunlarına geçirdikleri kalın ip. Kimi masonlara göre bu ip sembolik olarak diğer masonlarla göbekbağını temsil ederken, kimilerine göre de adayın dış dünyayla olan mevcut ilişkilerini temsil eder.

Ama gerçek daha da garipti.

Beyaz Saray'dan birkaç blok ötedeyim.

Washington D.C., 1733 16. Sokak Kuzeybatı adresindeki devasa yapı, Hıristiyanlık öncesi tapınakların bir kopyasıydı; Kral Mausollus'un tapınağı, orijinal *mozole...* ölümden sonra götürülen yer. Ana girişin dışında, on yedi tonluk iki sfenks, bronz kapılara bekçilik ediyordu. İçerisi ise tören odaları, koridorlar, mühürlü mahzenler, kütüphaneler ve hatta duvara yapılmış niş benzeri bir bölmede yatan iki cesedin bulunduğu gösterişli bir labirentten oluşuyordu. Üyeye bu binadaki her odanın bir sırrı sakladığı söylenmişti, ama o hiçbir odanın, şu anda avcundaki kafatasıyla diz çöktüğü bu dev salondan daha derin bir sırrı saklamadığını biliyordu.

Mabet Odası.

Burası kusursuz ölçülerde yapılmış kare şeklinde bir odaydı ve mağarayı andırıyordu. Yeşil granitten yekpare kolonların taşıdığı tavan, yerden otuz metre yüksekteydi. Domuz derisiyle koyu ceviz ağacından el yapımı sıralar odayı çevrelemişti. On metre uzunluğundaki bir taht batı duvarına hâkimdi, karşısındaysa gizlenmiş bir kilise orgu duruyordu. Duvarlar; Mısır'la, İbrani kültürüyle, astronomiyle, simyayla ve bilinmeyen pek çok şeyle ilgili antik sembollerden oluşan bir kaleydoskoptu...

Bu akşam Mabet Odası özenle yerleştirilmiş mumlarla aydınlanıyordu. Onların loş ışıltısına sadece tavandaki yuvarlak açıklıktan süzülen soluk ay ışığı eşlik ediyordu. Odanın tam ortasına yerleştirilmiş en şaşırtıcı unsur olan siyah Belçika mermerinden yontulmuş devasa sunağa ay ışığı vuruyordu.

Üye kendi kendine, *işin sırrı ölümün nasıl olduğu,* diye hatırlattı.

Bir ses, "Vakit geldi," diye fısıldadı.

Üye, önünde duran beyaz cüppeli şahsı tepeden tırnağa süzdü. *Üstadı Muhterem.* Ellili yaşlarının sonlarındaki adam; çok sevilen, güçlü ve büyük servet sahibi olan bir Amerikan ikonuydu. Bir zamanlar koyu olan saçları artık griye dönüyordu, ünlü siması gücünü ve dinç zekâsını yansıtıyordu.

Üstadı Muhterem düşen bir kar tanesi kadar yumuşak sesiyle, "Yeminini et," dedi. "Yolculuğunu tamamla."

Üyenin yolculuğu, bu türden tüm yolculuklar gibi birinci dereceden başlamıştı. O akşam, şimdikine benzeyen bir törende Üstadı Muhterem siyah kadife bir bağla gözlerini kapatmış ve çıplak göğsüne tören hançerini dayayarak, "Hiçbir çıkar gözetmeden veya başka hiçbir yakışıksız amaç gütmeden, bu kardeşliğin gizemlerine ve ayrıcalıklarına kendi özgür iraden ve isteğinle aday olduğuna şerefin üzerine yemin eder misin?" diye sormuştu.

Üye, "Evet," diye yalan söylemişti.

Üstat, "O halde sana açıklanan sırlara ihanet edecek olursan, bu hançer vicdanına saplanıp sana ölüm getirsin," diye onu uyarmıştı.

O sırada üye hiç korku duymamıştı. *Buradaki asıl amacımı asla öğrenemeyecekler.*

Bu akşam ise Mabet Odası'nda esen ciddi hava, yolculuğunda kendisine yapılan dehşet verici uyarıları hatırlatıyordu. Öğreneceği sırları başkasıyla paylaşacak olursa başına gelebilecek felaket tehditlerini: *kulaktan kulağa kesilen boğaz... kökünden koparılan dil... çıkarılıp yakılan bağırsaklar... ve küllerinin dörtbir yandan esen rüzgârla gökkubbeye savrulması... yerinden sökülüp vahşi hayvanlara verilen kalp...*

Sol elini üyenin omzuna koyan gri gözlü üstat, "Kardeşim," dedi. "Son yemini et."

Yolculuğunun son adımına kendini hazırlayan üye, kaslı bedenini kıpırdattı ve dikkatini avuçlarında tuttuğu kafatasına verdi. Koyu kırmızı şarap, loş ışıkta neredeyse siyah gibi görünüyordu. Odada ölüm sessizliği hâkimdi. Son yeminini edip, seçkinler mertebesinde aralarına katılmasını bekleyen şahitlerin bakışlarını hissedebiliyordu.

Bu akşam, diye düşündü. *Bu duvarların arasında daha önce kardeşlik tarihinde hiç olmamış bir şey meydana gelecek. Yüzyıllar boyunca bir kez bile vuku bulmamış bir şey.*

Bunun kıvılcım gibi çakıp, ona akıl ermez bir güç vereceğini biliyordu. Enerjiyle dolup, derin bir nefes aldı ve kendisinden önce dünyanın dörtbir yanından sayısız adamın yüzyıllar boyunca söylediği sözleri yüksek sesle dile getirdi.

"Bilerek veya kendi irademle yeminimi bozacak olursam... içtiğim bu şarap ölümcül bir zehir olsun."

Sözleri odanın derinliğinde yankılandı.

Sonra etraf sessizleşti.

Ellerini titretmeden kafatasını ağzına götürdü ve dudaklarının kuru kemiğe dokunduğunu hissetti. Gözlerini kapatıp, kafatasını hafifçe kaldırarak uzun ve derin yudumlarla şarabı içti. Son damla bittiğinde kafatasını indirdi.

Bir an ciğerlerinin sıkıştığını ve kalbinin deli gibi attığını sandı. *Tanrım, biliyorlar!* Ama sonra bu düşünce geldiği gibi gitti.

Vücuduna keyif verici bir sıcaklık yayılmaya başladı. Nefesini veren üye başını kaldırıp, kendisini hiç şüphelenmeden kardeşliğin en önemli sırlarını barındıran sınıfına aptalca kabul eden gri gözlü adama baktı.

Yakında değer verdiğin her şeyi kaybedeceksin.

1. BÖLÜM

Eiffel Kulesi'nin güney direğinden çıkan asansör turistle doluydu. Tıklım tıkış asansördeki takım elbiseli ağırbaşlı işadamı, bakışlarını yanındaki erkek çocuğuna indirdi. "Benzin soldu oğlum. Aşağıda kalmalıydın." Endişesini kontrol etmeye çabalayan çocuk, "İyiyim..." dedi. "Bir sonraki katta inerim." *Nefes alamıyorum.*

Adam yaklaşarak eğildi. "Şimdiye kadar bunun üstesinden geldiğini sanıyordum." Çocuğun yanağını sevgiyle okşadı.

Çocuk, babasını hayal kırıklığına uğrattığı için utanıyor, ama kulaklarındaki çınlama yüzünden onu güçlükle duyabiliyordu. *Nefes alamıyorum. Bu kutudan çıkmalıyım!*

Kabin görevlisi asansörün eklemli pistonları ve dövme demirleriyle ilgili bir şeyler söylüyordu. Çok aşağılarda Paris sokakları tüm yönlere doğru uzanıyordu.

Başını geriye atıp, yukarıda boşalan platforma bakan çocuk, *geldik sayılır,* diye düşündü. *Biraz sabret.*

Asansör dik bir açıyla yukarıdaki seyir güvertesine yükselirken sütunları daralmaya, heybetli payandaları uzunlamasına dar bir tünele dönüşmeye başladı.

"Baba, galiba..."

Birden başlarının üstünde güçlü bir çatırtı duyuldu. Sarsılan kabin, yan tarafa doğru biçimsiz bir şekilde sallandı. Yılan gibi kıvrılan eskimiş kablolar, kabinin etrafını kamçılamaya başladı. Çocuk, babasına uzandı.

"Baba!"

Dehşet dolu bir an gözleri birbirine kenetlendi.

Ardından kabinin alt kısmı çıktı.

Yumuşak deri koltuğunda sıçrayan Robert Langdon, gördüğü rüyadan ürkerek uyandı. Girdiği türbülansta sallanan Falcon 2000EX şirket je-

Kayıp Sembol

tinin geniş kabininde tek başına oturuyordu. Arkadan Pratt & Whitney çift motorlarının homurdanan sesi duyuluyordu.

"Bay Langdon?" Başının üstündeki dahili konuşma sistemi vızıldadı. "Yaklaşıyoruz."

Langdon yerinde doğrulup, konuşma notlarını deri çantasına geri koydu. Uykuya daldığında masonik sembolleri yarısına kadar gözden geçirmişti. Müteveffa babasıyla ilgili gördüğü rüyayı, akıl hocası Peter Solomon'dan bu sabah aldığı beklenmedik davetin tetiklediğini düşündü.

Asla hayal kırıklığına uğratmak istemediğim diğer adam.

Elli sekiz yaşındaki hayırsever, tarihçi ve bilim adamı, yaklaşık otuz yıl önce Langdon'ı kanatları altına alarak, babasının bıraktığı boşluğu pek çok açıdan doldurmuştu. Adamın nüfuzlu hanedanlığına ve yüklü servetine karşın, Langdon, onun yumuşak gri gözlerinde bir tevazu ve sıcaklık görüyordu.

Pencerenin dışında güneş batmıştı, ama Langdon yine de ufukta antik bir saatin kulesi gibi yükselen, dünyanın en büyük dikilitaşının ince siluetini hayal meyal görebiliyordu. Yüz yetmiş metrelik mermer dikilitaş, ulusun kalbinin attığı yeri işaret ediyordu. Geometrik bir planla düzenlenen sokaklar ve anıtlar bu kuleden dışa doğru uzanıyordu.

Havadayken bile Washington D.C.'nin gizemli bir gücü olduğu hissediliyordu.

Langdon bu şehri seviyordu. Uçağın tekerlekleri yere değerken, kendisini bekleyenleri düşünmek içinde bir heyecan yarattı. Dulles Uluslararası Havaalanı'nda özel bir terminale doğru ilerleyen uçak, sonunda durdu.

Langdon eşyalarını toplayıp, pilotlara teşekkür ettikten sonra, konforlu uçaktan dışarıdaki merdivenlere adımını attı. Yüzüne çarpan ocak ayının soğuk havası içinde özgürlük hissi uyandırıyordu.

Geniş mekâna minnetle bakarken, *nefes al Robert,* diye düşündü.

Beyaz sisten bir battaniye pistin üstüne çökmüştü. Puslu asfalta inerken, Langdon bir bataklığa girdiği hissine kapıldı.

Pistin karşı tarafından tekdüze bir ses, "Merhaba, merhaba!" diye seslendi. "Profesör Langdon?"

Sesin geldiği yöne bakan Langdon, klipsli yazı tahtası taşıyan ve rozet takmış orta yaşlı bir kadının, el sallayarak yanına yaklaştığını gördü. El örgüsü bir yün şapkanın altından kıvırcık sarı saçları görünüyordu.

"Washington'a hoş geldiniz!"

Langdon gülümsedi. "Teşekkür ederim."

"Yolcu hizmetlerinde görevliyim, ismim Pam." Kadın adeta huzur bozucu bir coşkuyla konuşuyordu. "Beni takip edin bayım, arabanız sizi bekliyor."

Langdon pistin üzerinden, parıltılı özel uçaklarla çevrili Signature Terminali'ne doğru onu takip etti. *Zenginler ve ünlüler için bir taksi durağı.*

Kadın utangaç bir sesle, "Sizi sıkmak istemem profesör ama," dedi. "Siz sembollerle ve dinle ilgili kitaplar yazan Robert Langdon'sınız, değil mi?"

Langdon kısa süreli bir tereddütten sonra başını onaylar gibi salladı.

Gülümseyerek, "Biliyordum!" dedi kadın. "Kitap kulübünde sizin kutsal dişi ve kiliseyle ilgili yazdığınız kitabı okuduk! Nasıl da inanılmaz bir skandala yol açtı! Ortalığı karıştırmak hoşunuza gidiyor değil mi?"

Langdon gülümsedi. "Asıl niyetim skandal yaratmak değildi."

Kadın, Langdon'ın eserlerini konuşacak havada olmadığını anlamıştı. "Özür dilerim. Gevezelik ediyorum. Tanınmış biri olmanın sizi rahatsız ettiğinin farkındayım... ama bu sizin suçunuz." Şakacı bir edayla kıyafetlerini işaret etti. "Üniformanız sizi ele veriyor."

Üniformam mı? Langdon bakışlarını kendi giysilerine indirdi. Her zamanki siyah balıkçı yaka kazağını, Harris Tweed ceketini, haki pantolonunu ve kolej tarzı deri mokasenlerini giymişti. Sınıfta, seminerlerde, kitap için çektirdiği fotoğraflarda ve sosyal etkinliklerde üstünde hep bu kıyafet olurdu.

Kadın kahkaha attı. "Giydiğiniz o balıkçı yaka kazağın modası geçti. Kravatla çok daha yakışıklı görünürdünüz!"

Langdon, *imkânı yok,* diye düşündü. *Küçük ilmekler.*

Langdon, Phillips Exeter Akademisi'ne giderken haftanın altı günü kravat takma zorunluluğu vardı. Müdürün kravatın ses tellerini ısıtmak için Romalı hatiplerin bağladığı *fascalia'*dan geldiğine dair romantik iddialarına rağmen Langdon, *kravat* kelimesinin etimolojik olarak paralı Hırvat askerlerinin savaşa çıkmadan önce bağladığı puantiyeli boyun bağlarından geldiğini biliyordu. Bugün hâlâ bu eski savaş kıyafeti, toplantı salonu savaşlarında düşmanlarına gözdağı vermek isteyen modern ofis savaşçıları tarafından takılıyordu.

Kendi kendine gülümseyen Langdon, "Tavsiye için teşekkürler," dedi. "Bundan sonra kravat konusunu düşüneceğim."

Neyse ki, terminalin yanına park etmiş gösterişli bir Lincoln limuzinden inen koyu renk takım elbiseli, profesyonel görünüşlü bir adam parmağını kaldırdı. "Bay Langdon? Ben, Beltway Limousine'den Charles." Yolcu kapısını açtı. "İyi akşamlar efendim. Washington'a hoş geldiniz."

Pam'e misafirperverliğine karşılık bahşişini veren Langdon, limuzinin lüks koltuğuna geçti. Şoför, ona ısı kontrollerini, şişe sularını ve sıcak kek sepetini gösterdi. Birkaç saniye sonra Langdon asfalt yolda hızla ilerliyordu. *Demek, insan ne olduğunu böyle unutuyor.*

Şoför Windsock Yolu'nda sürat yaparken yolcu raporunu vermek üzere hızlı bir arama yaptı. Adam profesyonelce, "Beltway Limousine'den arıyorum," dedi. "Yolcum iniş yaptıktan sonra teyit etmem gerektiği söylenmişti." Durdu. "Evet efendim. Konuğunuz Bay Langdon geldiler, kendisini saat yedide Kongre Binası'na bırakacağım. Rica ederim efendim." Telefonu kapattı.

Langdon gülümsemekten kendini alamadı. *Altına bakmadık taş bırakmaz.* Peter Solomon'ın ayrıntılara verdiği önem, gücünü kontrol etmesini sağlayan en büyük özelliklerinden biriydi. *Bankadaki birkaç milyar doların da kimseye zararı dokunmaz tabii.*

Havaalanının gürültüsü gerilerde kalırken, Langdon lüks deri koltuğa gömülüp, gözlerini kapattı. ABD Kongre Binası yarım saatlik mesafedeydi, düşüncelerini toparlamak için bu zamana ihtiyacı vardı. Bugün her şey öylesine ani gelişmişti ki, kendisini bekleyen inanılmaz geceyi ancak şimdi düşünmeye başlamıştı.

Olabilecekler aklına geldikçe keyiflenen Langdon, *bir sır, perdesiyle geliyor,* diye düşündü.

Kongre Binası'ndan on beş kilometre uzakta bir adam, Robert Langdon'ın gelişini sabırsızlıkla bekliyordu.

2. BÖLÜM

Mal'akh adındaki adam iğnenin ucunu tıraşlı başına batırdı. Sivri uçlu alet derisine girip çıktıkça zevkle inliyordu. Elektrikli aygıtın yumuşak iniltisi adeta bağımlılık yapıyordu, tıpkı cildine batıp boyasını bırakan iğnenin ısırığı gibi.

Ben bir şaheserim.

Dövme yapmanın amacı hiçbir zaman güzellik olmamıştı. Asıl amaç *değişimdi.* MÖ 2000'de derisini kazımış Nübyeli rahiplerden, antik Roma'nın Kibele kültünün dövmeli rahip yardımcılarına ve hatta günümüz Maori'lerinin[1] *moko* boyamalarına kadar insanlar, bir anlamda bedenlerini bu acılara sunarak dövmeler yaptırmışlar ve gösterdikleri fedakârlıklar sonucunda değişmiş varlıklar haline gelmişlerdi.

Kişinin cildine dövme yapmasını yasaklayan Levililer 19:28'deki[2] korkutucu ihtarlara rağmen dövmeler, modern çağda milyonların -ergenlik çağındaki temiz çocuklardan, uyuşturucu bağımlılarına ve banliyölerde yaşayan ev hanımlarına kadar herkesin- katıldığı bir geçiş ayini haline gelmişti.

Bir kişinin derisine dövme yaptırması; gücünü ilan etmesi ve tüm dünyaya, *kendi bedenimin hâkimi benim,* diye duyurmasıydı. Fiziksel değişimden kaynaklanan kontrol hissinin verdiği sarhoşluk, milyonlarca insanı bedenini dönüştürme uygulamalarına müptela etmişti: plastik cerrahi, piercing, vücut geliştirme, steroitler... hatta bulimi ve cinsiyet değiştirme. *İnsan ruhu kendi fani kabuğunun üzerinde hâkimiyet kuruyor.*

Mal'akh sarkaçlı saatin çanı çalınca başını kaldırıp baktı. Saat altı buçuk olmuştu. Aletlerini bırakıp, bir doksanlık çıplak vücuduna Kiryu[3] ipe-

---

(1) Yeni Zelanda yerlisi.
(2) Levililer kitabı 19:28 ayet: Ölüler için bedeninizi yaralamayacak dövme yaptırmayacaksınız. RAB benim.
(3) Çeşitli kalınlıklarda ve renklerde, boyalı ipliklerden dokunan ipekli kumaş.

ğinden olan sabahlığı geçirerek koridora çıktı. Bu büyük malikânenin havası, cilt boyasının ve iğneleri sterilize etmekte kullandığı balmumu kandillerin keskin kokusuyla ağırlaşmıştı. Uzun boylu adam, koridorda paha biçilmez İtalyan antikaların yanından yürüdü; bir Piranesi gravürü, bir Savonarola iskemlesi, gümüş bir Bugarini yağ lambası.

Yerden tavana kadar uzanan pencerenin önünden geçerken, uzaklardaki şehir siluetine hayranlıkla baktı. Kongre Binası'nın parlak kubbesi, kışın karanlık gökyüzünde görkemli gücüyle ışık saçıyordu.

Saklandığı yer burası, diye düşündü. *Orada bir yerde gömülü.*

Çok az kişinin varlığından, bundan daha da azının dehşet verici gücünden veya saklanma şeklinin inceliğinden haberi vardı. Bugüne kadar ülkenin en büyük açıklanmamış sırrı olarak kalmıştı. Gerçeği *bilen* birkaç kişi, onu sembollerin, efsanelerin ve simgesel anlatımların ardına saklamıştı.

Mal'akh, *artık kapılarını bana açtılar,* diye düşündü.

Bir süre önce Amerika'nın en nüfuzlu erkeklerinin şahit olduğu karanlık bir törende Mal'akh, dünyadaki en eski kardeşliğin en üst kademesi olan otuz üçüncü dereceye yükselmişti. Yeni rütbesine rağmen, kardeşler ona hiçbir şey söylememişlerdi. *Aslında söylemeyeceklerini iyi biliyordu.* İşler böyle yürümezdi. Çemberlerin içinde çemberler... Kardeşlerin içinde kardeşler vardı. Mal'akh yıllarca beklese de gerçek güvenlerini asla kazanamayabilirdi.

Neyse ki en derin sırlarına ulaşmak için onların güvenine ihtiyacı yoktu.

Üyeliğim amacıma hizmet etti.

Kendisini bekleyenlerin verdiği enerjiyle yatak odasına doğru yürüdü. Hoparlörlerden tüm evde -önceki hayatını hatırlatan- Verdi'nin *Requiem*'inden[1] *Lux Aeterna*'yı[2] söyleyen bir kastratonun ürkütücü nağmeleri yükseliyordu. Mal'akh gürültülü *Dies Irae*'yi[3] çalmak için uzaktan kumandaya dokundu. Ardından, timpaniler ve düz beşliler eşliğinde sabahlığı dalgalanırken, kaslı bacaklarının üzerinde yükselerek mermer basamakları çıktı.

---

(1) Ağıt
(2) Sonsuz Işık
(3) Gazap Günü

Koşarken boş midesi itiraz edercesine guruldadı. Mal'akh iki gündür sadece su tüketerek oruç tutuyor, eski yöntemlere uyarak vücudunu hazırlıyordu. Kendi kendine, *açlığın şafakla birlikte bastırılacak,* diye hatırlattı. *Acınla birlikte.*

Bir huşu ile yatak odasının mahremiyetine giren Mal'akh, arkasından kapıyı kilitledi. Giysi dolabına doğru yürürken, yaldızlı devasa ayna tarafından adeta çekildiğini hissetti. Karşı koyamadı ve dönüp kendi yansımasına baktı. Paha biçilemez bir hediyeyi açıyormuşçasına, yavaşça sabahlığını çözerek çıplak vücudunu ortaya çıkardı. Görüntü onu büyüledi.

Ben bir şaheserim.

Heybetli bedeni tıraşlı ve pürüzsüzdü. Bakışlarını önce şahin pençesi dövmeli ayaklarına indirdi. Bunun üzerindeki kaslı bacakları oymalı sütunları andırıyordu; sol bacağında sarmal, sağ bacağında uzunlamasına çizgiler vardı. *Boaz ve Jakin*[1]. Süslü bir kemer oluşturan kasıklarıyla karnının üstündeki güçlü göğsünde çift başlı Zümrüdüanka kuşu vardı... Profilden görünen başlardan her birinin gözleri Mal'akh'ın göğüs uçlarını oluşturuyordu. Omuzları, boynu, yüzü ve tıraşlanmış başı tamamıyla eski semboller ve mühürlerden oluşan karmaşık desenlerle kaplanmıştı.

Ben bir sanat eseriyim... evrim geçiren bir heykelim.

On sekiz saat önce Mal'akh'ı çıplak gören bir adam korkuyla, "Tanrım, Tanrım, sen bir şeytansın!" diye bağırmıştı.

"Sen, beni öyle algılıyorsan öyledir," diye cevap veren Mal'akh, meleklerle şeytanların aynı olduğunu, birbirinin yerine geçebildiğini düşünen eskilerin anlayışıyla konuşuyordu. Savaşta düşmanını alt eden koruyucu melek, düşman tarafından yok edici bir şeytan olarak algılanırdı.

Mal'akh kafasını hafifçe öne eğip, başının tepesini eğimli bir açıdan görmeye çalıştı. Tacı andıran halenin içinde dövme yapılmamış küçük bir daire parlıyordu. Dikkatle korunmuş bu tuval, Mal'akh'ın teninde bakir kalmış tek yerdi. Bu kutsal yer sabırla beklemişti... ve bu gece doldurulacaktı. Bu şaheseri tamamlamak için ihtiyaç duyduğu şeye henüz sahip olmasa da o anın hızla yaklaştığını biliyordu.

Yansımasıyla keyiflenen Mal'akh, gücünün şimdiden arttığını hissedebiliyordu. Sabahlığını kapatıp, pencereye doğru yürüdü ve bir kez daha önünde duran gizemli şehre baktı. *Orada bir yerde gömülü.*

---

(1) Kudüs'teki ilk tapınak olan Süleyman Tapınağı'nın verandasındaki iki bronz sütun.

Kayıp Sembol

Yeniden dikkatini işine verip, tuvalet masasına doğru gitti ve dövmeleri kapanıncaya kadar yüzüne, başına, boynuna fondöten sürdü. Ardından bu akşam için itinayla hazırladığı giysileri giydi. İşi bittiğinde aynada kendisini inceledi. Tatmin olunca yumuşak avcunu, başının pürüzsüz tepesinde gezdirip gülümsedi.

Orada bir yerde, diye düşündü. *Ve bu akşam, bir adam onu bulmama yardımcı olacak.*

Mal'akh evden çıkarken, yakında Kongre Binası'nı sarsacak olan olaya kendini hazırladı. Bu gece gerek duyacağı parçaları bir araya getirmek için çok büyük aşamalar kaydetmişti.

Ve şimdi, nihayet, son piyonu da oyuna katılmıştı.

3. BÖLÜM

Limuzinin tekerleklerinden gelen vızıltı ses perdesini değiştirdiğinde Robert Langdon not kartlarını incelemekle meşguldü. Başını kaldırıp bakan Langdon, bulundukları yeri görünce şaşırdı.

Memorial Köprüsü'ne geldik mi?

Notlarını kenara koyup, aşağıdan geçen Potomac'ın serin sularını seyretti. Suyun yüzeyine yoğun bir sis çökmüştü. Durumuna uygun bir ismi olan Foggy Bottom'ın[1] bir ulusun başkentini kurmak için tuhaf bir yer olduğunu düşünürdü. Yenidünya'daki onca yer arasından ataları, ütopik toplumlarının temel taşını koymak için bataklık gibi bir nehir kenarı seçmişlerdi.

Langdon sol tarafa, Tidal Basin'in[2] üstünden, Jefferson Anıtı'nın - pek çoklarının deyişiyle Amerika'nın Panteon'u- zarafetle yumuşatılmış siluetine baktı. Arabanın önündeki Lincoln Anıtı tam bir sadelikle yükseliyor, dikey çizgileri Atina'nın eski Partenon'unu andırıyordu. Ama Langdon şehrin en önemli öğesinin daha uzakta olduğunu gördü; havadan gördüğü aynı kuleydi. Bu yapının mimari ilham kaynağı Romalılardan ve Yunanlardan çok daha eskiydi.

Amerika'nın Mısır dikilitaşı.

Washington Anıtı'nın muazzam kulesi uzakta hayal gibi gözüküyor, dev bir gemi direği gibi gökyüzünde aydınlanıyordu. Langdon'ın bulunduğu eğri açıdan dikilitaş bu akşam temelsiz gibi görünüyordu, sanki çalkantılı bir denizdeymiş gibi karartıcı gökyüzünde salınıyordu. Langdon kendisinin de benzer şekilde sallandığını hissetti. Washington ziyareti beklenmedik bir anda çıkmıştı. *Bu sabah evde huzurlu bir pazar günü geçireceğim beklentisiyle uyanmıştım... ama şimdi Kongre Binası'ndan birkaç dakika uzaktayım.*

Langdon bu sabah saat beşe çeyrek kala durgun suya dalarak gününe her zamanki gibi başlamış, Harvard havuzunda elli kulaç atmıştı. Fiziği üni-

---

(1) Sisli Vadi
(2) Gelgit Havzası

Kayıp Sembol

versitede Amerikan su topu oynadığı günlerdeki gibi olmasa da kırklı yaşlarındaki bir adama göre hâlâ ince ve zindeydi. Aradaki tek fark, şimdi vücudunun bu halini korumak için daha fazla çaba sarf etmesi gerektiğiydi.

Saat altı gibi eve vardığında, Sumatra kahve çekirdeklerini elde öğütüp, mutfağına dolan egzotik kokuyu içine çekerek sabah ritüeline başlardı. Ama bu sabah, sesli mesaj göstergesinin kırmızı ışığının yanıp söndüğünü görmek onu şaşırtmıştı. *Pazar sabahı altıda kim arar?* Düğmeye basıp mesajı dinledi.

"Günaydın Profesör Langdon, sabahın bu kadar erken saatinde aradığım için çok üzgünüm." Hafif Güneyli aksanı taşıyan nazik ses tereddütle konuşuyordu. "İsmim Anthony Jelbart, Peter Solomon'ın asistanıyım. Bay Solomon, bana sabahları erken kalktığınızı söyledi... Bu sabah size hemen ulaşmak istedi. Bu mesajı alır almaz Peter'ı arar mısınız? Sizde yeni özel hattı muhtemelen vardır ama eğer yoksa 202-329-5746."

Langdon birden eski dostu için endişelendi. Peter Solomon son derece iyi bir ailede yetişmiş, kibar bir adamdı ve ters giden bir şey olmasa pazar günü aramazdı.

Langdon kahvesini hazırlamayı yarıda bırakarak, çağrısına cevap vermek üzere çalışma odasına gitti.

Umarım iyidir.

Peter Solomon bir dost, akıl hocası ve Langdon'dan sadece on iki yaş büyük olmasına karşın Princeton Üniversitesi'ndeki ilk karşılaşmalarından bu yana onun için hep bir baba gibi olmuştu. İkinci sınıf öğrencisi olan Langdon'ın bu ünlü tarihçi ve hayırseverin akşam konferansını izlemesi gerekiyordu. Bulaşıcı bir tutkuyla konuşan Solomon, göstergebilim ve arketipik tarihi büyüleyici bir şekilde sunarak, Langdon'ın sembollere karşı ömür boyu duyacağı tutkunun ilk kıvılcımını yakmıştı. Ama Langdon'ın ona bir teşekkür mektubu yazmasına cesaret veren şey Peter Solomon'ın parlak zekâsı değil, nazik gri gözlerindeki alçakgönüllülüktü. Amerika'nın en zengin ve en ilgi çekici genç aydınlarından biri olan Peter Solomon'ın kendisine cevap vereceği, genç öğrencinin hiç aklına gelmezdi, ama Solomon bunu yapmıştı. Ve bu, memnuniyet verici bir dostluğun başlangıcı olmuştu.

Sakin tavırlarıyla sahip olduğu mirası geride bırakan ünlü akademisyen Peter Solomon, isimleri ulustaki tüm bina ve üniversitelerde görülen, aşırı zengin Solomon ailesinden geliyordu. Solomon ismi Avrupa'daki Rothschild gibi, Amerikan asalet ve başarısının havasını taşıyordu. Peter, babasının ölümünün ardından genç yaşta mirası devralmıştı. Şimdi elli sekiz yaşında olan adam, pek çok güçlü mevkinin sahibiydi. Smithsonian Enstitüsü'nün başkanıydı. Langdon bazen, soylu şeceresini lekeleyen tek şeyin, ikinci sınıf bir üniversiteden -Yale- aldığı diploma olduğunu söyleyerek ona takılırdı.

Çalışma odasından içeri giren Langdon, Peter'dan bir de faks geldiğini görünce şaşırdı.

Peter Solomon
SMITHSONIAN ENSTİTÜSÜ
SEKRETERLİK OFİSİ

Günaydın Robert,
Seninle hemen konuşmam gerek.
Lütfen beni bu sabah 202-329-5746'dan ara.

Peter

Derhal numarayı arayan Langdon, telefon çalarken el oyması meşe masasına oturup bekledi.

Asistanın tanıdık sesi, "Peter Solomon'ın ofisi," diye cevap verdi. "Ben Anthony. Size nasıl yardımcı olabilirim?"

"Merhaba ben Robert Langdon. Bana bir mesaj bırakmışsınız..."

"Evet Profesör Langdon!" Genç adamın sesinden rahatladığı anlaşılıyordu. "Bu kadar çabuk geri döndüğünüz için teşekkür ederim. Bay Solomon sizinle konuşmak için sabırsızlanıyor. Hatta şu an telefonda olduğunuzu kendisine bildireyim. Sizi beklemeye alabilir miyim?"

"Elbette."

Solomon'ın hattı geri almasını beklerken, Smithsonian'dan gelen mektup kâğıdının üstündeki yazıya baktı ve gülümsemekten kendini alamadı. *Solomon soyundan aylak çıkmaz.* Peter'ın soyağacı zengin patronlar, nüfuzlu siyasetçiler, seçkin bilim insanları ve hatta Londra Kraliyet Akademisi öğretim üyelerinin isimleriyle doluydu. Solomon'ın ailesinin yaşayan tek mensubu olan kız kardeşi Katherine, görünüşe bakılırsa ailenin akademisyen genlerini taşıyordu, çünkü şu anda Noetik Bilim denen yepyeni bir fen dalının en önde gelen ismiydi.

Kayıp Sembol

Geçen sene ağabeyinin verdiği partide Katherine'in kendisine Noetik Bilim'i açıklamak için verdiği başarısız uğraşı hatırlayan Langdon, *ben bunlara Fransız kalıyorum,* diye düşündü. Langdon dikkatle dinledikten sonra, "Bilimden çok kulağa sihir gibi geliyor," demişti.

Katherine şakacı bir tavırla göz kırpmıştı. "Sandığından daha yakınlar Robert."

Telefona yeniden Solomon'ın asistanı çıktı. "Üzgünüm, Bay Solomon bir konferans görüşmesini bitirmeye çalışıyor. Bu sabah işler biraz karışık."

"Sorun değil. Tekrar arayabilirim."

"Aslında eğer sizin için sakıncası yoksa, bağlantı kurma sebebini size bildirmemi istedi."

"Tabii ki yok."

Asistan derin bir nefes aldı. "Bildiğiniz gibi profesör, Smithsonian yönetim kurulu her yıl burada, Washington'da, cömert destekçilerine teşekkür etmek için özel bir galaya ev sahipliği yapar. Ülkenin kültürel seçkinlerinin büyük bir kısmı katılır."

Langdon kendi banka hesabının kültürel seçkin sayılmasına sebebiyet verecek kadar sıfır içermediğini biliyordu ama Solomon yine de onu katılması için davet ediyor olabilirdi.

Asistan, "Gelenek olduğu üzere bu yıl da..." diye devam etti. "...akşam yemeğinin ardından temel düşüncelerin yer aldığı bir konuşma yapılacak. Bu konuşma için Ulusal Heykel Salonu'nu ayırtabilmeyi başardık."

Yarım daire şeklindeki çarpıcı salonda katıldığı siyasi bir konferansı hatırlayan Langdon, *D.C.'deki en iyi salon,* diye düşündü. Mükemmel bir kavis çizen beş yüz katlanır sandalyeyle, gerçek boyutta otuz sekiz heykelin çevrelediği bu salonun bir zamanlar ulusun ilk Temsilciler Meclisi salonu olarak hizmet verdiğini unutmak mümkün değildi.

Adam, "Sorun şu ki," dedi. "Konuşmacımız rahatsızlandı ve dinleyicilere hitap edemeyeceğini çok kısa bir süre önce bildirdi." Sıkıntılı bir şekilde sustu. "Bu da onun yerine geçecek bir konuşmacıya ihtiyacımız olduğu anlamına geliyor. Ve Bay Solomon sizin konuşma yapmayı düşüneceğinizi umut ediyor."

Langdon afalladı. "Ben mi?" Beklediği bu değildi. "Peter'ın benim yerime daha iyi birini bulabileceğine eminim."

"Siz Bay Solomon'ın ilk tercihisiniz profesör ve fazla mütevazı davranıyorsunuz. Enstitünün konukları, isminizi duyduğunda çok etkileneceklerdir. Bay Solomon birkaç yıl önce Bookspan TV'de yaptığınız konuşmanın aynısını yapabileceğinizi düşünüyor. Böylece hazırlanmak zorunda kalmazsınız. Konuşmanızda başkentimiz mimarisindeki sembollerden bahsettiğinizi söyledi, duruma son derece uyuyor."

Langdon pek emin değildi. "Hatırladığım kadarıyla o konuşmanın binanın masonik tarihiyle daha çok ilgisi..."

"Kesinlikle! Bildiğiniz gibi Bay Solomon gibi katılımda bulunacak profesyonel dostlarının pek çoğu Mason. Bu konudan bahsetmeniz eminim hoşlarına gidecektir."

İtiraf etmeliyim ki bu kolay olacak. Langdon yaptığı her konuşmanın notlarını saklardı. "Sanırım bunu düşünebilirim. Toplantının tarihi nedir?"

Birden sesinden huzursuzlandığı anlaşılan asistan, boğazını temizledi. "Şey efendim, doğrusu bu akşam."

Langdon yüksek sesli bir kahkaha attı. "Bu akşam mı?"

"Sabahki koşuşturmanın sebebi bu. Smithsonian çok zor bir durumda kaldı... " Asistan şimdi daha telaşlı konuşuyordu. "Bay Solomon, Boston'a sizin için özel bir uçak göndermeye hazır. Uçuş bir saat içinde olacak ve gece yarısından önce eve geri dönebileceksiniz. Boston Logan Havaalanı'ndaki özel terminali biliyorsunuz, değil mi?"

Langdon hevessizce, "Biliyorum," dedi. *Peter'ın işlerini her zaman hallediğine şaşmamak gerek.*

"Harika! Uçağa acaba... saat beşte gidebilir misiniz?"

"Bana başka seçenek bırakmadınız, öyle değil mi?" diyen Langdon kendi kendine güldü.

"Ben sadece Bay Solomon'ı memnun etmeye çalışıyorum, efendim."

Peter'ın insanlar üstünde böyle bir etkisi var. Uzunca bir süre düşünen Langdon, başka bir çıkar yol bulamadı. "Pekâlâ. Bunu yapabileceğimi söyleyin."

Heyecanla, "Muhteşem!" diyen asistanın sesi rahatlamış gibiydi. Langdon'a uçağın kuyruk numarasını ve diğer bilgileri verdi.

Langdon sonunda telefonu kapatırken, Peter Solomon'ın hayatında hayır cevabını alıp almadığını merak ediyordu.

Kahvesini hazırlamaya geri döndüğünde el değirmeninin içine birkaç çekirdek daha attı. *Bu sabah kafeini biraz daha bol olsun*, diye düşündü. *Uzun bir gün olacak.*

Kayıp Sembol

4. BÖLÜM

ABD Kongre Binası, şehir planlamacısı Pierre L'Enfant'ın "anıtın kaidesi" diye tasvir ettiği yüksek bir plato üzerindeki Ulusal Park'ın doğu ucunda şahane bir biçimde durur. Devasa Kongre Binası'nın uzunluğu iki yüz otuz metre, derinliği yüz yedi metredir. On altı dönümden fazla yer kaplayan binanın beş yüz kırk bir odası bulunmaktadır. Neoklasik mimarisi özenli bir şekilde, Amerika'nın kurucularına yeni cumhuriyetin kanunlarını ve kültürünü yaratmakta ilham kaynağı olan antik Roma ihtişamını yansıtmaktadır.

Kongre Binası'na giren turistlerin yeni güvenlik kontrol noktası, Kongre Binası Kubbesi'ni çevreleyen muhteşem pencerenin altında, kısa süre önce tamamlanan yeraltı ziyaretçi merkezindeydi. Yeni işe alınan güvenlik görevlisi Alfonso Nuñez, kontrol noktasına yaklaşan erkek ziyaretçiyi dikkatle inceledi. Kafası tıraşlı olan adam, binaya girmeden önce telefon görüşmesini tamamlarken lobide oyalanıyordu. Sağ kolu askıdaydı ve yürürken hafif topallıyordu. Üzerindeki ordu-donanma mensuplarına mahsus eskimiş paltoyla, tıraşlı başı birleşince Nuñez, onun asker olduğunu tahmin etti. ABD Ordusu'nda hizmet verenler Washington'a en sık gelen ziyaretçilerdi.

Tek başına gelen tüm erkek ziyaretçilere uygulanan güvenlik protokolünü tatbik eden Nuñez, "İyi akşamlar bayım," dedi.

"Merhaba," diyen ziyaretçi neredeyse bomboş olan girişe göz gezdirdi. "Sessiz bir akşam."

Nuñez, "NFC şampiyonluk maçları," diye cevap verdi. "Bu akşam herkes Redskins'i izliyor." Nuñez de bunu yapmayı dilerdi ama işteki ilk ayıydı ve kısa çöpü o çekmişti. "Metal nesneleri kutuya bırakın lütfen."

Ziyaretçi uzun paltosunun ceplerini iş gören tek eliyle karıştırırken Nuñez, onu dikkatle izledi. İnsani içgüdüler yaralılarla kötürümlere özel ayrıcalıklar tanırdı, ama Nuñez bu içgüdüleri bastırmanın eğitimini almıştı.

Ziyaretçi, cebindeki bozukluklar, anahtarlar ve birkaç telefondan oluşan alışılmış karışımı çıkarırken Nuñez bekledi. Adamın kalın bandajlara sarılmış yaralı eline bakarken, "Burkuldu mu?" diye sordu.

Kel adam başını onaylarcasına salladı. "Buzda kaydım. Bir hafta önce. Hâlâ feci acıyor."

"Bunu duyduğuma üzüldüm. Şuradan geçin lütfen."

Ziyaretçi, dedektörün altından topallayarak geçerken aygıt itiraz ederek vınladı.

Ziyaretçi kaşlarını çattı. "Ben de bundan korkuyordum. Bu bandajların altında yüzüğüm var. Parmağım çok şişmişti çıkaramadık, bu yüzden doktorlar üzerinden sardılar."

Nuñez, "Sorun değil," dedi. "El dedektörüyle bakarım."

Nuñez metal dedektörünü ziyaretçinin sargılı elinin üstünden geçirdi. Beklendiği gibi, bulduğu tek metal adamın yaralı yüzükparmağının üzerindeki büyük kütleydi. Nuñez acele, etmeden metal dedektörüyle adamın kol askısı ve parmaklarının her bir köşesini taradı. Müdürünün binanın güvenlik merkezindeki kapalı devre sisteminden, büyük ihtimalle kendisini izlediğini biliyordu ve bu işe ihtiyacı vardı. *Dikkatli olmakta fayda var.* Dedektörü dikkatlice adamın askısından içeri kaydırdı.

Ziyaretçi acıyla geri çekildi.

"Üzgünüm."

Adam, "Önemli değil," dedi. "Bugünlerde fazla dikkatli olunmuyor."

"Gerçekten de öyle." Nuñez, adamdan hoşlanmıştı. Tuhaftır ki bu, yaptığı işte çok şey ifade ediyordu. İnsani içgüdüler, Amerika'nın terörizme karşı ilk sırada gelen savunmasıydı. İnsani içgüdülerin, dünyadaki tüm elektronik cihazlardan çok daha güçlü dedektör olduğu ispat edilmiş bir gerçekti. Güvenlik kitaplarından biri buna, *korku duygusunun hediyesi* diyordu.

Bu vakada Nuñez'in içgüdüleri korku duymasına sebep olacak hiçbir şey söylemiyordu. Şimdi çok yakın durduklarından, fark ettiği tek tuhaflık, sert görünüşlü bu adamın yüzüne bir tür bronzlaştırıcı veya kapatıcı makyaj uygulamış olmasıydı. *Her neyse. Kışın soluk görünmek kimsenin hoşuna gitmez.*

Taramasını bitirip, dedektörü kapatan Nuñez, "Geçebilirsiniz," dedi.

"Teşekkürler." Adam kutudan eşyalarını toplamaya başladı.

Kayıp Sembol

O bunu yaparken Nuñez, adamın sargıların altından çıkan iki parmağında da dövme olduğunu fark etti; işaretparmağının ucunda bir taç, başparmağındaysa yıldız işareti vardı. Parmak uçları dövme yapmak için acı verici bir yer gibi görünse de Nuñez, *galiba bugünlerde herkes dövme yaptırıyor,* diye düşündü. "Şu dövmeler canını acıtıyor mu?"

Bakışlarını parmak uçlarına indiren adam kendi kendine güldü. "Sandığınızdan daha az."

Nuñez, "Şanslıymışsınız," dedi. "Benimki çok acıttı. Acemi birliğindeyken sırtıma bir denizkızı yaptırmıştım."

"Denizkızı mı?" Kel adam kendi kendine güldü.

Utanarak, "Evet," dedi. "Gençlikte yapılan hatalar."

Kel adam, "Seni anlıyorum," diye cevap verdi. "Ben de gençliğimde büyük bir hata yaptım. Şimdi her sabah onunla birlikte uyanıyorum."

Adam uzaklaşırken ikisi de kahkaha atıyordu.

Nuñez'in yanından geçip, Kongre Binası'na çıkan yürüyen merdivene binen Mal'akh, *çocuk oyunu,* diye düşündü. İçeri girmek beklediğinden daha kolay olmuştu. Yüzündeki ve ellerindeki makyaj vücudundaki dövmeleri saklarken, hantal yürüyüşü ve şişirilmiş göbeği de gerçek fiziğini gizlemişti. Ama asıl deha, binaya soktuğu etkili nesneyi gizleyen kol askısındaydı.

Aradığımı bulmama yardım edebilecek tek adama benden bir hediye.

5. BÖLÜM

Dünyanın en büyük ve teknolojik açıdan en gelişmiş müzesi aynı zamanda dünyanın en iyi saklanan sırrıdır. Ermitaj Müzesi; Vatikan Müzesi ve New York Metropolitan Müzesi'nin toplamından daha fazla parçaya ev sahipliği yapar. Ama bu muazzam koleksiyona karşın, sıkı korunan duvarlarının içine halktan çok az kişi davet edilir.

Washington D.C.'nin hemen dışında, 4210 Silver Hill Yolu'ndaki müze, her biri futbol sahasından daha geniş bir alanı kaplayan ve birbirine bağlı beş bölmeden oluşan zikzak şeklinde dev bir yapıdır. Binanın mavimsi metal dış cephesi, içindeki acayipliklere dair belli belirsiz bir ipucu verir. Bir "ölü bölge" bir "ıslak bölme" ve yirmi kilometreden uzun depolama kabinlerini içeren, elli beş kilometrekarelik yabancı bir dünya.

Bilim insanı Katherine Solomon bu akşam beyaz Volvo'sunu binanın ana güvenlik kapısına sürerken huzursuzdu.

Bekçi gülümsedi. "Galiba futbol taraftarı değilsiniz Bayan Solomon." Redskins şampiyonluk maçı öncesi gösterisinin sesini kıstı.

Katherine zoraki gülümsedi. "Pazar akşamındayız."

"Ah, evet doğru. Toplantınız var."

Endişeyle, "Geldi mi?" diye sordu.

Görevli önündeki kâğıtlara baktı. "Giriş kaydı yaptırdığını görmüyorum."

"Erken geldim." Katherine, adama dostça el salladıktan sonra dolambaçlı giriş yolundan devam edip, iki sıralı küçük otoparkın sonunda bulunan her zamanki yerine park etti. Eşyalarını toplarken, dikiz aynasında kendine bir göz attı; bu davranışı kendini beğenmişlikten çok, alışkanlıktan kaynaklanıyordu.

Katherine Solomon, atalarının gergin Akdenizli tenine sahipti ve elli yaşında olmasına rağmen, pürüzsüz bir cildi vardı. Neredeyse hiç makyaj yapmıyor, gür siyah saçlarına biçim vermeden açık bırakıyordu. Ağabeyi Peter gibi onun da gri gözleri, ince ve asil bir zarafeti vardı.

İnsanlar onlara, *ikiz gibisiniz* derlerdi.

Katherine yedi yaşındayken babaları kansere yenik düşmüştü, bu yüzden babasıyla ilgili çok az hatırası vardı. Katherine'den sekiz yaş büyük olan ağabeyi babaları öldüğünde on beş yaşındaydı. Bir Solomon patronu olma yolculuğuna düşünülenden çok daha erken başlamıştı. Ama tahmin edileceği üzere Peter, aile isimlerine yakışan bir asalet ve güçle rolüne uyum sağlamıştı. Bugün hâlâ Katherine'i çocukmuş gibi kolluyordu.

Ağabeyinin ara sıra sıkıştırmasına ve münasip aday bulmakta hiç güçlük çekmemesine rağmen Katherine hiç evlenmemişti. Bilim onun hayat ortağı haline gelmiş, yaptığı iş herhangi bir erkeğin ümit edemeyeceği kadar doyurucu ve heyecan verici olmuştu. Katherine bu yüzden hiç pişmanlık duymuyordu.

İlk duyduğunda pek bilinmeyen bir çalışma sahası olan Noetik Bilim, geçen yıllarla birlikte insan beyninin gücünü anlamakta yeni kapılar aralamaya başlamıştı.

İşletilmeyen potansiyelimiz sahiden de şok edici.

Katherine'in Noetik dalında yazdığı iki kitap onu bu anlaşılmaz sahada önder konumuna getirmişti ama son keşfi yayınlandığında, tüm dünyada Noetik Bilim'i sohbetlerin baş konusu haline getirmeyi vaat ediyordu.

Ama bu akşam, bilim aklındaki son şeydi. Günün erken saatlerinde ağabeyiyle ilgili üzücü bir bilgi almıştı. *Doğru olduğuna hâlâ inanamıyorum.* Tüm akşamüstü başka bir şey düşünememişti.

Ön camına yağmur çiselemeye başlayınca, içeri girmek için aceleyle eşyalarını eline aldı. Cep telefonu çaldığında arabadan çıkmak üzereydi.

Arayanın numarasına bakıp derin bir nefes aldı.

Ardından saçlarını kulağının arkasına alıp cevap vermeye hazırlandı.

On kilometre ötede Mal'akh, Kongre Binası'nın koridorlarını kulağına dayadığı cep telefonuyla dolaşıyordu. Hat çalarken sabırla bekledi.

Sonunda bir kadın sesi, "Efendim?" dedi.

Mal'akh, "Bir daha buluşmamız gerek," dedi.

Uzun bir sessizlik oldu. "Her şey yolunda mı?"

Mal'akh, "Yeni bilgiler edindim," dedi.

"Dinliyorum."

Mal'akh derin bir nefes aldı. "Ağabeyinizin D.C.'de saklandığına inandığı şey..."

"Evet?"

"Bulunabilir."

Katherine Solomon'ın sesinden şaşırdığı anlaşılıyordu. "Bana *gerçek* olduğunu mu söylüyorsunuz?"

Mal'akh kendi kendine gülümsedi. "Bazen bir efsanenin asırlarca sürmesinin... bir sebebi vardır."

6. BÖLÜM

"Bu kadar mı yaklaşabiliyorsun?" Şoför, Kongre Binası'ndan dört yüz metre uzaktaki 1. Sokak'ta park ettiğinde Langdon içini bir endişe kapladığını hissetti.

Şoför, "Korkarım ki öyle," dedi. "İç Güvenlik. Artık anıt binaların yanına araçlar giremiyor. Üzgünüm efendim."

Saatine bakan Langdon, 18.50 olduğunu görünce şaşırdı. Ulusal Park'ın etrafındaki bir inşaat alanı onları yavaşlatmıştı ve konuşması on dakika içinde başlayacaktı.

Arabadan fırlayıp Langdon'ın kapısını açan şoför, "Hava bozuyor," dedi. "Acele etseniz iyi olur." Langdon bahşiş vermek için cüzdanına yeltendi, ama adam yapmamasını işaret etti. "Ev sahibiniz ücrete cömert bir bahşiş ekledi."

Eşyalarını toplayan Langdon, *tam Peter'ın yapacağı cinsten bir iş,* diye düşündü. "Peki, yolculuk için teşekkürler."

Langdon yeni "yeraltı" ziyaretçi girişine inen kavisli yolun başına geldiğinde ilk yağmur damlaları düşmeye başlamıştı.

Kongre Binası Ziyaretçi Merkezi yüksek maliyetli ve tartışmalı bir proje olmuştu. Disney Dünyası'na rakip bir yeraltı şehri olarak tasvir edilen bu yer; sergiler, restoranlar ve toplantı salonları ile elli kilometrekarelik bir alanı kaplıyordu.

Bu kadar uzun bir yürüyüş yapmayı planlamamış olmasına rağmen Langdon görmek için can atıyordu. Gökyüzü her an boşalacak gibiydi, hemen koşmaya başladı, ama mokasenleri ıslak zemine pek tutunamıyordu. *Konferans için giyindim, yağmurda yokuş aşağı üç yüz yetmiş metre koşmak için değil!*

Sonunda aşağı indiğinde nefes nefese kalmıştı. Döner kapıyı iten Langdon, soluk almak ve ıslanan giysilerini düzeltmek için girişte biraz durdu. Bunu yaparken, önündeki yeni tamamlanan yere bir göz gezdirdi.

Pekâlâ, etkilendim.

Kongre Binası Ziyaretçi Merkezi beklediği gibi değildi. Yeraltında olduğundan Langdon içeri girerken endişeye kapılmıştı. Çocukluğunda geçirdiği bir kaza yüzünden bütün gece derin bir kuyunun dibinde beklemek zorunda kalmıştı ve Langdon şimdi kapalı yerleri felç geçirtecek kadar sevimsiz buluyordu. Ama yeraltındaki bu alan, bir şekilde havadardı. *Işıklı ve ferah.*

Geniş cam tavanda, içerideki inci rengi boyaya parıltı veren etkileyici bir dizi ışık düzeneği vardı.

Langdon normal şartlarda buranın mimarisini hayranlıkla incelemek için bir saatini harcardı ama gösteriye beş dakika kaldığından, başını önüne eğip ana koridordan güvenlik kontrol noktasına ve yürüyen merdivenlere doğru ilerledi. Kendi kendine, *rahatla,* dedi. *Peter yolda olduğunu biliyor. Bu etkinlik sensiz başlamayacak.*

Güvenlik noktasında Latin Amerikalı bir görevli, Langdon ceplerini boşaltıp eski saatini çıkarırken onunla çene çaldı.

"Mickey Mouse mu?" diyen kibar görevli oldukça neşeliydi.

Yorumlara alışkın olan Langdon başını salladı. Koleksiyon ürünü olan Mickey Mouse saati, dokuzuncu doğum gününde annesiyle babası hediye etmişti. "Bana yavaşlayıp, hayatı fazla ciddiye almamayı hatırlatması için takıyorum."

Görevli gülümseyerek, "İşe yaramıyor galiba," dedi. "Aceleniz varmış gibi görünüyorsunuz."

Langdon da gülümseyerek çantasını X-ray cihazına koydu. "Ulusal Heykel Salonu'na nereden gidiliyor?"

Görevli yürüyen merdiveni gösterdi. "İşaretleri göreceksiniz."

"Teşekkürler." Langdon çantasını banttan alıp acele etti.

Yürüyen merdiven yukarı çıkarken derin bir nefes alıp, düşüncelerini toplamaya çalıştı. Başının üstündeki yağmurdan ıslanmış cam tavandan, aydınlatılmış kubbenin heybetli biçimine baktı. İnsanı şaşkınlığa düşüren bir binaydı. Çatının tepesinde doksan metre yükseklikteki Özgürlük Anıtı, puslu karanlığın içinden kutsal bir koruyucu gibi yükseliyordu. Langdon, bu altı metrelik bronz heykelin her bir parçasını yerleştiren işçilerin köle olmalarını her zaman anlamlı bulmuştu, pek az lisenin müfredatına giren bir Kongre Binası sırrı.

Kayıp Sembol

Aslında tüm bina; Başkan Yardımcısı Henry Wilson'ın zatürreeden ölmesine sebep olan "katil banyonun", sayısız ziyaretçinin ayağının takıldığı kan lekeli bir merdivenin, 1930'da bodrumda işçilerin General John Aleksander Logan'ın içi doldurulmuş atını buldukları mühürlü bir odanın yer aldığı garip gizemlerden oluşan bir hazineydi.

Ama hiçbir efsane, binada on üç farklı hayalet yaşadığı iddialarından daha etkili olmamıştı. Şehir planlamacısı Pierre L'Enfant'ın hayaletinin gecikmiş alacaklarını tahsil etmek için iki yüz yıl koridorlarda dolaştığı söylenirdi. İnşaat sırasında Kongre Binası Kubbesi'nden düşen bir işçinin ruhunun, elinde aletlerle koridorlarda dolaştığı görülmüştü. Ve elbette görülen hayaletlerin en ünlüsü sayısız kez bodrum katında belirmişti; binanın yeraltındaki dar geçitler ve bölmelerden oluşan tekinsiz labirentinde sinsice dolaşan siyah bir kedi...

Yürüyen merdivenden adımını atan Langdon bir kez daha saatine baktı. *Üç dakika.* Koridorda koşturarak Ulusal Heykel Salonu'na doğru işaretleri takip ederken açılış cümlelerini zihninde tekrarlıyordu. Peter'ın asistanının doğruyu söylediğini itiraf etmek zorundaydı; bu konuşma, önde gelen bir masonun Washington D.C.'deki etkinliği için mükemmel seçimdi.

D.C.'nin masonik bir tarihi olduğu sır değildi. Bu binanın köşe taşı, George Washington tarafından masonik bir törenle yerleştirilmişti. Bu şehir, yeni başkentlerini masonik semboller, mimari ve sanatla donatan güçlü beyinlere sahip usta masonlar -George Washington, Benjamin Franklin ve Pierre L'Enfant- tarafından yaratılıp tasarlanmıştı.

Elbette insanlar bu sembollerde her türden çılgınca fikri görebiliyor.

Komplo teorisyenlerinin pek çoğu, masonik kurucuların şehrin sokaklarında sakladıkları sembolik mesajlarla güçlü bir sırrı koruduklarını iddia ediyordu. Langdon bunlara hiç kulak asmamıştı. Masonlar hakkında o kadar çok yanlış bilgi vardı ki, eğitimli Harvard öğrencileri bile kardeşlik hakkında şaşırtıcı derecede çarpık kavramlara kendilerini kaptırabiliyorlardı.

Geçen sene, birinci sınıf öğrencilerinden biri elinde internetten aldığı çıktılarla Langdon'ın sınıfına dehşet dolu gözlerle dalmıştı. Washington D.C. sokaklarının çeşitli şekiller alacak biçimde işaretlendiği bir haritaydı: satanik beş köşeli yıldızlar, masonik pergel ve cetvel, Baphomet'in[1] başı.

---

(1) Hıristiyan folklorunun ürettiği hayali bir pagan tanrısı. 19. yüzyılda satanizmin sembolü olmuştur.

Bu Washington D.C.'yi tasarlayan masonların bir tür karanlık ve gizemli düzenin içinde olduklarının kanıtıydı.

Langdon, "Hoş," demişti. "Ama inandırıcı değil. Bir harita üzerinde kesişen çizgiler bulmayı kafana koyarsan her türden şekil oluşturabilirsin."

Çocuk, "Ama bunlar tesadüf olamaz!" diye bağırmıştı.

Langdon, öğrenciye sabırla aynı şekillerin Detroit sokak haritasında da oluşturulabileceğini göstermişti.

Çocuk çok kötü hayal kırıklığına uğramıştı.

Langdon, "Şevkin kırılmasın," demişti. "Washington'ın bazı inanılmaz sırları var... ama bu harita üzerinde değiller."

Genç adam birden canlanmıştı. "Sırlar mı? Ne gibi?"

"Her bahar döneminde okült semboller dersi veriyorum. D.C.'den hayli sık bahsederim. O dersi almalısın."

"*Okült* semboller!" Birinci sınıf öğrencisi yine heyecanlanmıştı. "Demek D.C.'de şeytani semboller var!"

Langdon gülümsemişti. "Üzgünüm ama *okült* kelimesi, şeytana tapmakla ilgili görüntüler çağrıştırsa da aslında 'gizli' ya da 'anlaşılmaz' demektir. Dini baskının yaşandığı dönemlerde öğretilere aykırı bilgilerin saklı ya da 'okült' kalması gerekiyordu ve kilise bunu bir tehdit olarak algıladığından 'okült' olan her şeyi şeytani olarak tanımladı ve bu yargı böylece kaldı."

"Ah..." Çocuk yıkılmıştı.

Yine de o bahar beş yüz öğrenci, çatırdayan tahta sıralarıyla eski bir derslik olan Harvard Sanders Tiyatrosu'na doluştuğunda, Langdon bu öğrencinin ön sırada oturduğunu fark etmişti.

Langdon geniş sahneden, "Herkese günaydın," diye seslenmişti. Projeksiyon makinesini açınca, arkasında bir resim belirmişti. "Yerlerinize otururken, içinizden kaçı bu resimdeki binayı tanıyabildi?"

Onlarca ses hep bir ağızdan, "ABD Kongre Binası!" diye bağırmıştı. "Washington D.C."

"Evet. Bu kubbede dört bin ton demir kullanıldı. 1850'ler için mimari yaratıcılıkta benzersiz bir ustalık."

Birisi, "Dehşet!" diye bağırmıştı.

Gözlerini deviren Langdon, içten içe bu kelimenin yasaklanmasını dilemişti. "Peki, aramızdan kaç kişi Washington'a gitti?"

Tek tük eller havaya kalkmıştı.

"Bu kadar az mı?" Langdon şaşırmış gibi yapmıştı. "Peki kaç kişi Roma'ya, Paris'e, Madrid'e veya Londra'ya gitti?"

Salondaki ellerin neredeyse tümü havadaydı.

Her zamanki gibi. Amerikalı üniversite öğrencilerinin ritüellerinden biri de; hayatın gerçekleri üzerlerine çökmeden bir Eurorail biletiyle yazı geçirmekti. "Görünüşe bakılırsa kendi başkentinize gidenlerden çok daha fazlası Avrupa'yı ziyaret etmiş. Peki sizce bunun sebebi ne?"

Arkalardan biri, "Avrupa'da içki içme yaşı yok!" diye seslenmişti.

Langdon gülümsemişti. "Sanki içki içme yaşı burada sizi engelliyormuş gibi..."

Herkes gülmüştü.

Okulun ilk günüydü ve tahta sıralarında kıpırdanıp, gıcırtılar çıkaran öğrencilerin dikkatini toplaması daha uzun sürüyordu. Langdon bu salonda ders vermeyi seviyordu, çünkü öğrencilerin sıralarındaki kıpırtılarından kendilerini derse ne kadar verdiklerini anlayabiliyordu.

"Gerçekten de," demişti. "Washington D.C.'de dünyanın en iyi mimarisi, sanatı ve sembolizmi mevcut. Kendi başkentinizi görmeden neden dünyanın öbür ucuna gidesiniz ki?"

Birisi, "Eski şeyler daha ilginç," demişti.

Langdon, "Eski şeyler derken," diyerek durumu açıklığa kavuşturmuştu. "Sanırım şatolardan, mahzenlerden, tapınaklardan ve bu tür şeylerden bahsediyorsunuz?"

Hepsi birden başını sallamıştı.

"Peki. Şimdi ya size Washington D.C.'de bunların hepsinin bulunduğunu söylesem? Şatolar, mahzenler, piramitler, tapınaklar... hepsi orada."

Gıcırtı sesleri kesilmişti.

Sesini alçaltıp, sahnenin önüne doğru ilerleyen Langdon, "Arkadaşlar," demişti. "Önümüzdeki bir saat içinde, ulusumuzun sırlar ve gizli tarihle dolup taştığını göreceksiniz. Ve tıpkı Avrupa'da olduğu gibi, en iyi sırların tümü apaçık ortadadır."

Artık tahta sıralarda ölüm sessizliği hâkimdi.

İşte bu kadar.

Langdon ışıkları karartıp ikinci slayta geçmişti. "George Washington'ın burada ne yaptığını bana kim söyleyebilir?"

Slaytta George Washington'ın masonik loca kıyafetiyle tuhaf bir tertibatın -ucundan büyük bir taşın sarktığı ip ve makara sistemini destekleyen dev bir tahta tripod- önünde durduğu duvar resmi görünüyordu. İyi giyimli bir grup izleyici de etrafını sarmıştı.

Birisi, "Şu büyük taşı mı kaldırıyor?" diye fikir yürüttü.

Hiçbir şey söylemeyen Langdon, başka bir öğrencinin bunu düzeltmesini beklemişti.

Başka bir öğrenci araya girmişti. "Aslına bakılırsa bence Washington burada taşı *indiriyor.* Üstünde mason kıyafeti var. Daha önce de köşe taşı yerleştiren mason resimleri görmüştüm. Törenlerde ilk taşı indirmek için hep şu tripodu kullanırlar."

Langdon, "Mükemmel," demişti. "Bu duvar resminde ülkemizin kurucusu, 18 Eylül 1793 tarihinde saat on biri çeyrek geçe ile yarım arasında, tripod ve makara yardımıyla Kongre Binası'nın ilk köşe taşını yerleştiriyor." Langdon susup gözleriyle sınıfı incelemişti. "Bana bu günün ve tarihin önemini söyleyebilecek olan var mı?"

Sessizlik.

"Peki ya size bu özel anın üç ünlü mason -George Washington, Benjamin Franklin ve D.C.'nin baş mimarı Pierre L'Enfant- tarafından seçildiğini söyleseydim?"

Daha fazla sessizlik.

"Aslında basit; köşe taşı o gün ve o saatte yerleştirilmişti, çünkü diğer etkenlerle birlikte, uğurlu Caput Draconis[1] başak burcundaydı."

Herkes birbirine şaşkınlıkla bakmıştı.

Birisi, "Bir saniye..." demişti. "Yani... bu *astroloji* gibi bir şeyle mi ilgili?"

"Kesinlikle. Ama bugün bildiğimizden farklı bir astroloji."

Bir el havaya kalkmıştı. "Yani ülkemizin kurucuları astrolojiye mi inanıyorlardı?"

Langdon sırıtmıştı. "Büyük ölçüde. Washington D.C.'de, dünyanın herhangi başka bir şehrinden daha fazla astrolojik işaret olduğunu söyleseydim ne derdiniz? Zodyaklar, yıldız haritaları, özel bazı astrolojik tarih ve zaman dilimlerinde yerleştirilen köşe taşları? Anayasamızı oluşturanla-

_____
(1) Ejderhanın Başı, Kuzey Ay Düğümü

rın yarısından çoğu, yıldızlarla kaderin iç içe geçtiğine inanan, Yenidünya'-yı şekillendirirken gökyüzünün girdiği düzeni dikkate alan masonlardı."

"Ama Kongre Binası köşe taşının Caput Draconis başak burcunday-ken yerleştirilmesi kimin umrunda? Tesadüf olamaz mı?"

"Federal Üçgen'i -Kongre Binası, Beyaz Saray, Washington Anıtı-meydana getiren her üç yapının köşe taşlarının farklı senelerde ama tam olarak aynı astrolojik koşullarda yerleştirildiğini düşünecek olursak, ilginç bir tesadüf."

Langdon'ın bakışları, salonda kocaman açılmış gözlerle karşılaşmış-tı. Bazı öğrenciler not alırken başlarını öne eğmişlerdi.

Arka sıralardan bir el kalkmıştı. "Bunu neden yaptılar?"

Langdon gülmüştü. "Bunun cevabı bir sömestri kadar çalışma ge-rektiriyor. Merak ediyorsanız, gizemcilik dersimi almalısınız. Samimi ol-mak gerekirse, sizin cevabı duymaya duygusal açıdan hazır olduğunuzu sanmıyorum."

Öğrenci, "Ne?" diye bağırmıştı. "Bir deneyin!"

Langdon bunu düşünüyormuş gibi yapıp, onlarla oynayarak başını iki yana sallamıştı. "Üzgünüm, bunu yapamam. Bazılarınız henüz birinci sınıf öğrencisi. Beyinlerinizi havaya uçurmaktan korkarım."

Hep bir ağızdan, "Bir deneyin!" diye bağırmışlardı.

Langdon omuzlarını silkmişti. "Belki de masonlara veya Eastern Star'a[1] katılıp, bunu kaynağından öğrenmelisiniz."

Genç bir erkek öğrenci, "Aralarına katılamayız," diye karşı çıkmıştı. "Masonlar çok gizli bir topluluktur."

"Çok mu gizli? Gerçekten mi?" Dostu Peter Solomon'ın sağ elinin parmağında gururla taşıdığı mason yüzüğünü hatırlamıştı. "Peki o zaman neden masonlar belirgin yüzükler, kravat iğneleri veya rozetler takıyor-lar? Mason binaları neden açık bir şekilde işaretlenmiş? Toplantı tarihle-ri neden gazetelerde duyuruluyor?" Langdon şaşkın yüzleri görünce gü-lümsemişti. "Arkadaşlar, masonlar gizli bir topluluk değil... sırları olan bir topluluktur."

Birisi, "Aynı şey," diye mırıldanmıştı.

---

(1) Doğu Yıldızı: Kadın mason topluluğu.

"Öyle mi?" Langdon, ona meydan okuyordu. "Sizce Coca Cola gizli bir topluluk mu?"

Öğrenci, "Elbette değil," demişti.

"Peki ya şirket merkezinin kapısını çalıp klasik Cola'nın tarifini isteseydiniz?"

"Asla söylemezler."

"Kesinlikle. Coca Cola'nın en büyük sırrını öğrenmek için şirkete girmen, yıllarca çalışman, güvenilir biri olduğunu kanıtlaman ve şirkette bu sırrı seninle paylaşabilecekleri üst kademelere yükselmen gerekir. Ardından da gizlilik yemini edersin."

"Yani farmasonluk şirket gibidir diyorsunuz."

"Bir de şu var; masonlukta da katı bir hiyerarşi söz konusudur ve gizliliği fazlasıyla ciddiye alırlar."

Genç bir kız, "Amcam bir mason," diye seslenmişti. "Ve yengem bundan nefret ediyor, çünkü ona bu konudan hiç bahsetmiyormuş. Masonluğun tuhaf bir tür din olduğunu söylüyor."

"Ortak bir yanlış algılama."

"Din değil mi?"

Langdon, "Turnusol testi yapalım," demişti. "Profesör Witherspoon'un karşılaştırmalı din dersini alanlarınız var mı?"

Pek çok el havaya kalkmıştı.

"Güzel. Peki söyleyin bakalım, bir ideolojinin din kabul edilebilmesi için gerekli olan üç önkoşul nedir?"

Bir kız, "Temin etmek, inanmak ve dönüştürmek," demişti.

"Doğru. Dinler kurtuluşu *temin eder,* belli bir teolojiye *inanır* ve inanmayanları *dönüştürürler.*" Sonra durmuştu. "Ama masonlukta bu üçünden hiçbiri bulunmaz. Masonlar herhangi bir kurtuluş sözü vermezler, belirli bir teolojileri yoktur ve sizi dönüştürmeye çalışmazlar. Doğrusunu isterseniz, masonluk localarında dinden bahsetmek yasaktır."

"O halde... masonluk din karşıtlığıdır."

"Tam tersine. Mason olmanın önkoşullarından biri de yüce bir güce inanmaktır. Masonluktaki dinsellikle herhangi bir din arasındaki fark, masonların bu yüce güce özel bir isim veya tanımlama yüklememeleridir. Tanrı, Allah, Buda veya İsa gibi teolojik kavramların yerine Yüce Varlık ya

Kayıp Sembol

da Kainatın Yüce Mimarı gibi terimler kullanırlar. Farklı inanışlara sahip masonlar bu sayede bir araya gelirler."

Birisi, "Biraz acayip," demişti.

Langdon, "Veya belki de açık fikirli, olabilir mi?" diye sormuştu. "Kimin Tanrı kavramının daha iyi olduğu gerekçesiyle kültürlerin birbirini öldürdüğü bir çağda, masonların hoşgörü ve açık fikirlilik geleneği övgüye değer kabul edilebilir." Langdon sahneyi adımlıyordu. "Bundan başka; masonluk tüm ırklardan, renklerden ve inançlardan insanlara açıktır ve hiçbir şekilde ayrımcılık yapmayan bir kardeşlik sunar."

"Ayrımcılık yapmaz mı?" Üniversitenin Kadın Araştırmaları Merkezi'nden biri ayağa kalkmıştı. "Kaç *kadının* mason olmasına izin verildi Profesör Langdon?"

Langdon teslim olur gibi ellerini havaya kaldırmıştı. "Haklı bir yaklaşım. Farmasonluğun kökleri, geleneksel olarak Avrupa'daki taş ustaları birliklerinden gelir ve bu yüzden bir erkek cemiyetidir. Birkaç yüz yıl önce, kimilerine göre 1703'te, Eastern Star ismiyle bir kadın locası kurulmuştu. Bir milyondan fazla üyesi var."

Kadın, "Yine de masonluk, kadınların dışlandığı güçlü bir örgüt," demişti.

Langdon, masonların artık ne derece *güçlü* olduklarından pek emin değildi ve bu konuya girmeyecekti. Günümüz masonlarına dair algılar, onların giyinip süslenmeyi seven bir grup zararsız yaşlı adam olmalarından, dünyayı yöneten güçlerin yeraltı lobisi olduklarına kadar değişiyordu. Ama şüphe götürmeyen şey, ikisinin arasında bir yerde bulunduklarıydı.

Arka sıralardan kıvırcık saçlı genç bir adam, "Profesör Langdon," diye seslenmişti. "Masonluk gizli bir cemiyet değilse, örgüt değilse, din değilse, peki o zaman nedir?"

"Şey... eğer bunu bir masona sorsaydınız, size şöyle bir tanımlama yapardı: Masonluk simgesel anlatımlarla gizlenip, sembollerle aydınlatılan bir erdem sistemidir."

"Bana 'ucube bir tarikatın' örtülmesi gibi geliyor."

"*Ucube* mi dedin?"

Çocuk ayağa kalkarak, "Tabii öyle!" demişti. "O gizli binaların içinde neler yaptıklarını duydum! Mum ışığında tabutlarla acayip törenler, boyuna geçirilen ipler ve kafatasından şarap içmeler. Ucubelik burada."

Langdon gözleriyle sınıfı incelemişti. "Ucubelik olduğunu düşünen başka biri var mı?"

Hepsi bir ağızdan, "Evet!" demişti.

Langdon üzgün bir tavırla içini çekmişti. "Çok kötü. Eğer bunun ucubelik olduğunu düşünüyorsanız o halde benim tarikatıma katılmak istemezsiniz."

Salona sessizlik hâkim olmuştu. Üniversitenin Kadın Araştırmaları Merkezi'nden gelen öğrenci rahatsız olmuş gibiydi. "Siz bir tarikat üyesi misiniz?"

Başını sallayan Langdon, sesini iyice alçaltmıştı. "Kimseye söylemeyin ama Güneş Tanrısı Ra'nın ayakları dibindeki kan ve beden ritüelini sembolize eden eski bir işkence aletinin önünde diz çöküyorum."

Sınıftakiler dehşete düşmüş gibiydiler.

Langdon omuzlarını silkmişti. "Ve eğer aranızdan bana eşlik etmek isteyen olursa, pazar günü Harvard şapeline gidip, çarmıhın önünde diz çökelim ve Aşai Rabbani Ayini'ne katılalım."

Sınıf sessizliğini bozmuyordu.

Langdon göz kırpmıştı. "Arkadaşlar, zihninizi açın. Anlamadığımız şeylerden korkarız."

Bir saatin gong sesi Kongre Binası koridorlarında yankılandı.

Saat yedi.

Robert Langdon artık koşuyordu. *Çarpıcı bir giriş böyle olur.* Binanın birleştirici koridorlarından geçerken, Ulusal Heykel Salonu'nun girişi gözüne çarptı ve hemen o yöne döndü.

Kapıya yaklaşınca adımlarını yavaşlattı ve birkaç derin nefes aldı. Ceketini ilikleyip, çenesini hafifçe yukarı kaldırdı ve son gong çalarken köşeyi döndü.

Gösteri zamanı.

Profesör Langdon, Ulusal Heykel Salonu'ndan içeri adımını atarken bakışlarını kaldırıp sıcak bir tebessüm takındı. Hemen sonra tebessümü kayboldu. Olduğu yerde kalmıştı.

Bir şeyler çok, ama çok ters gidiyordu.

Kayıp Sembol

7. BÖLÜM

Katherine Solomon soğuk yağmurun altında otoparkta aceleyle yürürken, üzerine yalnızca kaşmir kazakla kot pantolon giydiği için hayıflanıyordu. Binanın ana girişine yaklaştığında, dev hava temizleyicilerin homurtusu arttı. Az önce aldığı telefon hâlâ kulaklarında çınladığından, gürültüyü belli belirsiz duyabiliyordu.

Ağabeyinizin D.C.' de saklandığına inandığı şey... bulunabilir.

Katherine bu imaya inanamıyordu. Arayan kişiyle konuşması gereken çok şey vardı ve akşama bir görüşme yapmayı kararlaştırmışlardı.

Ana kapıya ulaşıp dev binaya girerken, hep yaşadığı o aynı heyecana kapıldı. *Buranın varlığını hiç kimse bilmiyor.*

Kapıdaki tabela şöyle yazıyordu:

SMITHSONIAN MÜZESİ DESTEK MERKEZİ
(SMSC)

Ulusal Park'ta düzinelerce büyük müze bulunmasına rağmen, Smithsonian Enstitüsü koleksiyonunun bir defada sadece yüzde ikisi sergilenebiliyordu. Geri kalan yüzde doksan sekizinin başka bir yerde depolanması gerekiyordu. Ve işte o yer... *burasıydı.*

Bu binanın çok farklı sanat eserlerine -dev Budalar, elyazması kitaplar, Yeni Gine'den zehirli oklar, mücevher kaplamalı bıçaklar, balinadan yapılmış bir kano- ev sahipliği yapması şaşırtıcı değildi. Binanın *doğal* hazineleri eşit derecede akıl karıştırıcıydı; *plesiosaur* [1] iskeletleri, paha biçilmez bir meteorit koleksiyonu, dev bir kalamar ve hatta Teddy Roosevelt'in Afrika safarisinden getirdiği fil kafatasları koleksiyonu...

---

(1) Deniz sürüngeni

Ama Smithsonian Sekreteri Peter Solomon'ın üç yıl önce kız kardeşini SMSC ile tanıştırmasının sebebi bunlardan hiçbiri değildi. Onu buraya bilimsel mucizeleri görmesi için değil, *yaratması* için getirmişti. Ve Katherine de tam olarak bunu yapıyordu.

Bu binanın derinliklerinde, en ıssız boşluklarının karanlığında, dünyada benzeri olmayan küçük bir bilim laboratuvarı vardı. Katherine'in burada Noetik Bilim alanında çığır açan buluşları hemen her dala, fizikten tarihe, felsefeden dine kadar uzanıyordu. *Yakında her şey değişecek,* diye düşündü.

Katherine lobiye girince ön masa görevlisi hemen radyosunu saklayıp kulaklıklarını çıkardı. "Bayan Solomon!" Yüzüne geniş bir gülümseme yayıldı.

"Redskins mi?"

Adam mahcup olmuş gibiydi, yüzü kızardı. "Maç öncesi."

Katherine gülümsedi. "Kimseye söylemem." Metal dedektörüne yürüyüp, ceplerini boşalttı. Altın Cartier saatini kolundan çıkarırken aynı üzüntüyü duydu. Bu zaman ölçeri, on sekizinci doğum gününde annesi hediye etmişti. Annesi çok kötü bir şekilde ölmüş, Katherine'in kolları arasında son nefesini vermişti; bu olayın üzerinden neredeyse on yıl geçmişti.

Görevli şakacı bir tavırla, "Söylesenize Bayan Solomon," dedi. "Orada neler yaptığınızı anlattığınız biri olacak mı?"

Başını kaldırıp baktı. "Bir gün Kyle, ama bu akşam değil."

"Yapmayın," diye üsteledi. "Gizli bir müzede... gizli bir laboratuvar. Çok acayip bir şeyler yapıyor olmalısınız."

Eşyalarını toplarken Katherine, *acayipten çok öte,* diye düşündü. İşin gerçeği, Katherine o kadar ileri bir bilimle uğraşıyordu ki artık bilime bile benzemiyordu.

8. BÖLÜM

Ulusal Heykel Salonu'nun kapısında donakalan Robert Langdon, karşısında duran şaşırtıcı manzarayı inceledi. Salon tam olarak hatırladığı gibiydi; Yunan amfiteatrı tarzında yapılmış bir yarım daire. Ebruli breş sütunlarla sağlamlaştırılarak, kumtaşı ve İtalyan sıvasıyla örülen kavisli duvarların aralarına, Ulusal Heykel Koleksiyonu'ndan seçilen heykeller serpiştirilmişti. Siyah beyaz karolardan oluşan yarım daire şeklindeki geniş zeminin üzerinde yükselen heykeller, otuz sekiz büyük Amerikelının gerçek boyutlu kopyalarıydı.

Burası tıpkı bir zamanlar katıldığı konferanstan hatırladığı gibiydi.

Tek bir şey dışında.

Bu akşam salon boştu.

Sandalyeler yoktu. Dinleyiciler yoktu. Langdon'ın vakur girişine aldırış etmeyen, amaçsızca gezinen bir avuç turistten başka kimse yoktu. *Acaba Peter, Rotunda'dan mı bahsediyordu?* Rotunda'ya doğru güney koridoru boyunca göz gezdirdi, ama orada da yalnızca etrafı dolaşan turistler görüyordu.

Saatin gong sesleri artık durmuştu. Langdon resmen gecikmişti.

Hemen koridora çıkıp bir müze rehberi buldu. "Affedersiniz, bu geceki Smithsonian etkinliği için verilen konferanstan haberiniz var mı? Nerede yapılıyor?"

Müze rehberi tereddüt etti. "Bilmiyorum bayım. Ne zaman başlıyormuş?"

"Şimdi!"

Adam başını iki yana salladı. "Benim bu akşam bir Smithsonian etkinliği yapılacağından haberim yok, en azından burada yapılmayacak."

Şaşkına dönen Langdon salona dönerek, gözleriyle etrafı taradı. *Solomon bir tür şaka mı yapıyor?* Langdon buna ihtimal veremiyordu. Cep telefonunu ve sabah gelen faksı çıkarıp, Peter'ın numarasını aradı.

Telefonunun devasa binada sinyal yakalaması biraz zaman aldı. Sonunda çalmaya başladı.

Tanıdık güneyli aksanı cevap verdi. "Peter Solomon'ın ofisi, ben Anthony. Yardımcı olabilir miyim?"

"Anthony!" Langdon rahatlayarak nefes verdi. "Hâlâ orada olmana sevindim. Ben Robert Langdon. Konferans konusunda bir karışıklık oldu sanırım. Şu anda Ulusal Heykel Salonu'ndayım, ama burada kimse yok. Konferans başka bir salona mı alındı?"

"Sanmıyorum efendim. Bir kontrol edeyim." Asistan bir süre sustu. "Bay Solomon'la teyit ettiniz mi?"

Langdon'ın aklı karışmıştı. "Hayır, ben *seninle* teyit ettim Anthony. Bu sabah!"

"Evet, hatırlıyorum." Hatta bir sessizlik oldu. "Biraz dikkatsiz davrandınız, öyle değil mi profesör?"

Langdon şimdi dikkat kesilmişti. "Anlayamadım?"

Adam, "Şöyle düşünün..." dedi. "Bir numarayı aramanızı isteyen bir faks aldınız ve öyle de yaptınız. Peter Solomon'ın asistanı olduğunu söyleyen yabancı biriyle konuştunuz. Ardından kendi rızanızla Washington'a gelen özel bir uçağa ve sizi bekleyen arabaya bindiniz. Bunlar doğru mu?"

Langdon tüm vücudunda bir ürperti hissetti. "Sen de kimsin? Peter nerede?"

"Korkarım Peter Solomon'ın bugün Washington'da bulunduğunuzdan haberi yok." Adamın güneyli aksanı yok olmuş, sesi derinden gelen akıcı bir fısıltıya dönüşmüştü. *"Ben* burada olmanızı istediğim için geldiniz Bay Langdon."

9. BÖLÜM

Robert Langdon, Ulusal Heykel Salonu'nda cep telefonunu kulağına bastırmış, olduğu yerde daire çiziyordu. "Sen de kimsin?"

Adam inanılmaz bir sükûnetle fısıldıyordu. "Paniğe kapılmayın profesör. Buraya çağrılmanızın bir sebebi var."

"Çağrılmak mı?" Langdon kendini kafese kapatılmış gibi hissediyordu. "Kaçırıldım desek?"

"Sanmam." Adamın sesi ürkütücü derecede sakindi. "Size zarar vermek isteseydim, şimdi limuzinin içinde ölü olurdunuz." Sözlerinin anlaşılması için bir süre durdu. "Sizi temin ederim, tamamıyla asil bir niyetim var. Sadece sizi davet etmek istedim."

Kalsın teşekkürler. Son birkaç yıldır, Avrupa'daki tecrübeleri yüzünden yakasına yapışan şöhret, onu çılgınları çeken bir mıknatıs haline getirmişti ve bu seferki haddini cidden aşmıştı. "Bak, orada neler döndüğünü bilmiyorum ama şimdi telefonu kapatıyorum..."

Adam, "Akıllıca olmaz," dedi. "Peter Solomon'ın ruhunu kurtarmak istiyorsan seçeneklerin oldukça kısıtlı."

Langdon ani ve kesik bir nefes aldı. "Ne dedin?"

"Söylediklerimi duyduğunuzdan eminim, profesör."

Bu adamın Peter'dan bahsetme şekli Langdon'ın kanını dondurmuştu. "Peter hakkında ne biliyorsun?"

"Şu anki noktada onun en büyük sırlarını biliyorum. Bay Solomon benim misafirim ve ikna edici bir ev sahibi olabilirim."

Bu gerçek olamaz. "Peter yanında değil."

"Cep telefonuna ben cevap verdim. Bu sizi düşündürmeli."

"Polisi arıyorum."

Adam, "Gerek yok," dedi. "Yetkililer biraz sonra yanınıza gelecekler."

Bu kaçık neden bahsediyor? Langdon'ın ses tonu sertleşti. "Peter yanındaysa telefonu ona ver!"

"Bu imkânsız. Bay Solomon talihsiz bir yerde kapana kısıldı." Adam durdu. "Arafta."

"*Nerede?*" Langdon telefonu öyle sıkı tutuyordu ki, parmaklarının uyuştuğunu hissetti.

"Araf? Hamistagan? Dante'nin efsanevi *Cehennem'*inin hemen ardından gelen kantoyu adadığı yer."

Adamın dini ve edebi alıntıları Langdon'ın bir deliyle uğraştığına dair şüphelerini doğruluyordu. *İkinci kanto.* Langdon bunu çok iyi biliyordu; Phillips Exeter Akademisi'nden Dante'yi okumadan kimse paçayı kurtaramazdı. "Yani Peter Solomon'ın... *arafta* olduğunu mu söylüyorsun?"

"Siz Hıristiyanların kullandığı acımasız bir kelime ama evet, Bay Solomon şu an *arada bir yerde.*"

Adamın sözleri Langdon'ın kulaklarında yankılanıyordu. "Peter'ın... öldüğünü mü söylüyorsun?"

"Tam olarak değil, hayır."

"Tam olarak değil mi?" Langdon bağırırken sesi koridorda yankılandı. Bir turist grubu ona baktı. Arkasını dönüp sesini alçalttı. "Ölüm ya vardır ya da yoktur!"

"Beni şaşırtıyorsunuz profesör. Yaşamla ölümün gizemlerini daha iyi anladığınızı sanıyordum. İkisinin arasında bir dünya var, yani şu anda Peter Solomon'ın asılı kaldığı dünya. Ya sizin dünyanıza dönecek ya da diğerine geçecek... bu, şu andaki davranışlarınıza bağlı."

Langdon olanları anlamaya çalıştı. "Benden ne istiyorsun?"

"Basit... çok eski bir şeye erişmenin anahtarı sizde. Ve bu akşam onu benimle paylaşacaksınız."

"Neden bahsettiğin hakkında hiçbir fikrim yok."

"Yok mu? Size emanet edilen antik sırları anlamıyormuş gibi mi yapıyorsunuz?"

O anda bunun neyle ilgisi olabileceğini tahmin eden Langdon, birden durumu kavramaya başlamıştı. *Antik sırlar.* Yıllar önce Paris'te yaşadığı tecrübelerden kimseye bahsetmemişti, ama Kâse fanatikleri medyayı yakından takip etmişler ve boşluklar arasında bağlantı kuran bazıları, Langdon'ın şimdi Kutsal Kâse'yle ilgili bazı gizli bilgilere -hatta belki de yerine- sahip olduğuna inanmışlardı.

Langdon, "Bak," dedi. "Eğer bu Kutsal Kâse'yle ilgili bir şeyse, seni temin ederim bildiklerim..."

Adam, "Zekâmı küçümsemeyin Bay Langdon," diye lafını kesti. "Kutsal Kâse'yle veya kimin tarih bilgileri doğru gibi boş çekişmelerle ilgilenmiyorum. Dini anlamlar üzerine tartışmalar ilgi alanıma girmiyor. Bunlar sadece ölümden sonra cevaplanacak sorular."

Bu yalın sözler Langdon'ın aklını karıştırmıştı. "Peki o zaman tüm bunlar hangi haltla ilgili?"

Adam birkaç saniye konuşmadı. "Bildiğiniz gibi bu şehirde antik bir kapı var."

Antik bir kapı mı?

"Ve bu akşam profesör, onu benim için açacaksınız. Sizinle temasa geçtiğim için onur duymalısınız, bu hayatınızın daveti. Sadece siz seçildiniz."

Ve sen de aklını kaçırdın. Langdon, "Üzgünüm ama kötü bir seçim yapmışsın," dedi. "Benim herhangi bir antik kapıyla ilgili bilgim yok."

"Anlamıyorsunuz profesör. Sizi seçen *ben* değilim... *Peter Solomon.*"

"Ne?" diye cevap veren Langdon'ın sesi neredeyse fısıltıya dönüşmüştü.

"Bay Solomon, bana kapının nasıl bulunacağını anlattı ve dünyada tek bir adamın açabileceğini söyledi. Ve bu kişi de *sizsiniz.*"

"Peter bu konuda yanılıyor olmalı... veya yalan söylüyor."

"Sanmıyorum. Gerçeği itiraf ettiğinde çok hassas bir durumdaydı ve ben de ona inanmayı tercih ediyorum."

Langdon birden öfkelendiğini hissetti. "Seni uyarıyorum, eğer Peter'a zarar verecek olursan..."

Adam neşeli bir ses tonuyla, "Bunun için çok geç," dedi. "Peter Solomon'dan istediğimi çoktan aldım. Ama onun iyiliği için size tavsiyem, ihtiyacım olan şeyi bana vermeniz. Zaman *her ikiniz* için de çok önemli. Kapıyı bulup açmanızı öneriyorum. Yolu Peter gösterecek."

Peter mi? "Peter'ın arafta olduğunu söylediğini sanmıştım."

Adam, "Aşağıdaki yukarıdakine, yukarıdaki aşağıdakine benzer," dedi.

Langdon iliklerine kadar donduğunu hissetti. Bu tuhaf cevap, cennetle dünya arasındaki fiziksel bağlantı inancını bildiren eski bir Hermetik[1]

---

(1) Simya veya büyüyle ilgili simyasal.

özdeyişti. *Aşağıdaki yukarıdakine, yukarıdaki aşağıdakine benzer.* Geniş salona göz gezdiren Langdon, bu akşam her şeyin nasıl bu kadar ani kontrolden çıktığını merak etti. "Bak, ben eski bir kapının nasıl bulunacağını bilmiyorum. Polisi arıyorum."

"Gerçekten de henüz kavrayamadınız değil mi? Neden seçildiğinizi?..."

Langdon, "Hayır," dedi.

Adam kendi kendine gülerek, "Anlarsınız," dedi. "Eli kulağında."

Sonra hat kapandı.

Birkaç dehşet dolu saniye boyunca yerinden kımıldayamayan Langdon, olanları özümsemeye çalıştı.

Birden, uzaklardan beklenmedik bir ses duydu.

Rotunda'dan geliyordu.

Birisi çığlık atıyordu.

10. BÖLÜM

Robert Langdon, Kongre Binası'ndaki Rotunda'ya daha önce defalarca girmiş, ama hiçbirinde böyle koşmamıştı. Kuzey girişinden koşarak geçerken, salonun ortasında kümelenmiş bir grup turist gördü. Küçük bir oğlan çocuğu çığlık atıyor, ailesi onu yatıştırmaya çalışıyordu. Kalabalığı sakinleştirmeye çalışan güvenlik görevlileriyse düzeni sağlamak için ellerinden geleni yapıyorlardı.

Birisi çıldırmış bir halde, "Kol askısının içinden çıkardı," dedi. "Ve oraya *bıraktı!*"

Langdon kalabalığa yakınlaşınca, tüm bu kargaşaya neyin sebep olduğunu gördü. İtiraf etmek gerekirse Kongre Binası'nın zemininde duran nesne çığlık atılmasını gerektirecek kadar tuhaf bir şeydi.

Yerdeki düzeneği Langdon daha önceleri de görmüştü. Harvard'ın sanat bölümünde bunlardan düzinelerce vardı; ressamlar ve heykeltıraşların, insan bedeninin en karmaşık kısımlarını yapabilmeleri için kullanılan gerçek boyutlu, plastik modeller. Ama yüz değil el modelleri. *Birisi Rotunda'ya manken eli mi bırakmış?*

Manken elleri, sanatçının parmaklara istediği pozisyonu vermesini sağlıyordu ki, ikinci sınıf öğrencileri genellikle bunu ortaparmağı yukarı kaldırarak yapıyorlardı. Ama bu el modeli, baş ve işaret parmakları tavanı gösterecek şekilde yerleştirilmişti.

Langdon biraz daha yakınlaşınca modelin farklı olduğunu gördü. Plastik yüzeyi diğerleri gibi pürüzsüz değildi. Üzeri benekli ve kırışıktı, ayrıca adeta...

Gerçek deri gibiydi.

Langdon aniden durdu.

Şimdi kanı görebiliyordu. *Tanrım!*

Kesik bilek, dik durması için ucu sivri tahta bir kaidenin üzerine oturtulmuş gibi görünüyordu. Langdon midesinin bulandığını hissetti. Nefes almakta güçlük çeken profesör, biraz daha yaklaşınca, işaretparmağı ile başparmağının uçlarında minik dövmeler bulunduğunu gördü. Ama ilgisini çeken şey dövmeler değildi. Bakışları hemen dördüncü parmağın üzerindeki altın yüzüğe kaymıştı.

Hayır.

Langdon geri çekildi. Peter Solomon'ın kesik sağ eline baktığını anladığı anda, dünyası dönmeye başlamıştı.

11. BÖLÜM

Katherine Solomon telefonu kapatırken, *Peter neden cevap vermiyor,* diye düşündü. *Nerede?*

Pazar akşamları saat yedide yaptıkları haftalık toplantıya üç yıldır ilk gelen Peter Solomon olurdu. Bu, yeni haftaya başlamadan önce bağlantı halinde kalmaları ve Katherine'in laboratuvarındaki son gelişmelerden Peter'ın haberdar olması için yaptıkları özel bir aile töreniydi.

Hiç geç kalmaz, ayrıca gelen telefonlara her zaman cevap verir, diye düşündü. Ama daha da kötüsü, ağabeyi geldiğinde ona ne söyleyeceğini bilememesiydi. *Bugün öğrendiklerimi ona nasıl soracağım?*

SMSC'nin içinde ok gibi uzanan beton koridorlarda ayak sesleri ritmik sesler çıkarıyordu. "Sokak" olarak adlandırılan koridorlar, binadaki beş büyük depo bölmesini birbirine bağlıyordu. On iki metre yukarıda, turuncu kanallardan oluşan dolaşım sistemi, binanın kalp atışıyla - dönüp duran binlerce metreküplük temizlenmiş havanın titreşimleri- zonkladı.

Katherine normal koşullarda, laboratuvarına giden dört yüz metrelik yolda binanın kalp atışlarıyla sakinleşirdi. Ama bu akşam zonklamalar sinirini bozuyordu. Bugün ağabeyi hakkında öğrendiklerini her kim duysa endişeye kapılırdı, ama dünyada Peter'dan başka kimsesi olmadığından, onun kendisinden sır sakladığı düşüncesi daha da fazla rahatsızlık duymasına sebep oluyordu.

Bildiği kadarıyla ondan sadece *bir kez* sır saklamıştı... bu koridorun sonunda gizlenen harika bir sır. Ağabeyi üç yıl önce Katherine'le birlikte bu koridorda yürüyerek, binanın bilinmeyen öğelerini -ALH-84001 Mars meteoriti, Oturan Boğa'nın elyazması günlüğü, Charles Darwin tarafından toplanmış orijinal örnekleri içeren balmumu mühürlü Ball kavanozlarıgururla gösterip SMSC'yi tanıtmıştı.

Bir ara, küçük pencereli bir kapının yanından geçmişlerdi. Kapının ardındakileri belli belirsiz seçen Katherine'in soluğu kesilmişti. *"Bu da ne böyle?"*

Kendi kendine gülen ağabeyi yürümeye devam ederek, "3. Bölme. Buna Islak Bölme de deniliyor. Pek alışılmadık, öyle değil mi?" diye sormuştu.

Daha çok dehşet verici. Katherine peşinden koşturmuştu. Bu bina adeta başka bir gezegeni andırıyordu.

Ağabeyi sonsuz gibi görünen bir koridora onu yönlendirerek, "Sana asıl göstermek istediğim şey, 5. Bölme'de," demişti. "En son bunu yaptık. Ulusal Doğal Tarih Müzesi'nin bodrumundaki sanat eserlerine ev sahipliği yapması için inşa edildi. O koleksiyonun buraya gelmesi yaklaşık beş yıl sürecek, bu sebeple 5. Bölme şu anda boş."

Katherine kısa bir bakış fırlatmıştı. "Boş mu? Peki neden bakıyoruz?"

Ağabeyinin gri gözlerinde alışık olduğu muzip bir pırıltı vardı. "Bana öyle geldi ki, burayı kimse kullanmadığına göre, belki sen kullanabilirsin."

"Ben mi?"

"Tabii. Burada bir laboratuvar kurabileceğini düşündüm; yıllardır teorik olarak geliştirdiğin deneyleri hayata geçirebileceğin bir tesis."

Katherine şaşkınlık içinde ağabeyine bakmıştı. "Ama Peter o deneyler tamamen *teorik!...* Bunları hayata geçirmek neredeyse imkânsız."

"Hiçbir şey imkânsız değildir Katherine, ayrıca bu bina senin için mükemmel bir yer. SMSC, hazine deposundan ibaret bir yer değil; dünyanın en gelişmiş bilim araştırmaları tesislerinden biri. Koleksiyondan hiç durmadan parçalar seçip, paranın satın alabileceği en ileri teknolojilerle inceliyoruz. İhtiyaç duyabileceğin tüm ekipman burada emrinde olacak."

"Peter, bu deneyleri yapmak için gerekli olan teknoloji..."

"Çoktan alınıp yerleştirildi." Yüzüne geniş bir gülümseme yayılmıştı. "Laboratuvar kuruldu."

Katherine olduğu yerde kalakalmıştı.

Ağabeyi koridorun ucunu işaret ederek, "Şimdi görmeye gidiyoruz," demişti.

Katherine güçlükle konuşmuştu. "Sen... sen bana laboratuvar mı yaptın?"

"Bu benim işim. Smithsonian, fen bilimlerini geliştirmek için kuruldu. Sekreteri olarak bu görevi ciddiye almalıyım. Aklındaki deneylerin, bilim sınırlarını henüz keşfedilmemiş sınırların ötesine taşıyacağına inanıyorum." Peter durup, onun gözlerinin içine bakmıştı. "Kız kardeşim olmasaydın da kendimi bu araştırmayı desteklemek zorunda hissederdim. Fikirlerin dâhice. Bunları nereye kadar götüreceğini dünyanın görmesi gerekiyor."

"Peter, ben inanamıyorum..."

"Tamam, sakin ol... bu benim param ve ayrıca şu anda 5. Bölme'yi kimse kullanmıyor. Deneylerin bitince taşınırsın. Ayrıca 5. Bölme'nin yaptığın işe mükemmel biçimde uyum sağlayacak bazı özellikleri var."

Katherine, dev boyutlardaki boş bir bölmenin araştırmalarına ne gibi bir faydası dokunacağını tahmin edemiyordu, ama yakında öğreneceğini hissediyordu. Büyük harfli yazıların basılı olduğu bir levhanın asıldığı çelik kapıya varmışlardı.

5. BÖLME

Ağabeyi anahtar kartını yuvadan geçirince, elektronik bir klavye belirmişti. Giriş kodunu girmek üzere parmağını havaya kaldırdığında, çocukken yaptığı gibi muzip bir şekilde kaşlarını havaya kaldırmıştı. "Hazır olduğundan emin misin?"

Katherine başını sallamıştı. *Ağabeyim, daima gösterisini yapar.*

"Geri çekil." Peter şifreyi girince çelik kapı tıslayarak açılmıştı.

Eşiğin ardında zifiri karanlıktan başka bir şey yoktu... dipsiz bir boşluk. Derinliklerinde bir inilti yankılanıyor gibiydi. Katherine içeriden soğuk hava estiğini hissetmişti. Bu, Büyük Kanyon'a geceleyin bakmak gibi bir şeydi.

Ağabeyi, "Airbus filosu bekleyen bir uçak hangarı gibi düşün," demişti. "Ve temelinde yatan fikri böylece anlamaya çalış."

Katherine farkında olmadan geri adım atmıştı.

"Bu bölme ısıtılamayacak kadar büyük, ama senin laboratuvarın ısı yalıtımı yapılmış cüruflu betondan bir oda, kabaca küp şeklinde. Her şeyden olabildiğince ayrı tutmak için en sondaki köşeye yapıldı."

Katherine gözünde canlandırmaya çalışmıştı. *Kutunun içinde kutu.* Karanlığın içinden bir şeyler görmeyi denese de etraf simsiyahtı. "Ne kadar uzakta?"

"Oldukça uzak... buraya bir futbol sahası rahatlıkla sığardı. Ama seni uyarmalıyım, özellikle karanlıkta yürümek biraz sinir bozucu."

Katherine köşeden içeri göz gezdirmişti. "Işık düğmesi yok mu?"

"5. Bölme'ye henüz elektrik tesisatı döşenmedi."

"Ama... o zaman laboratuvar nasıl çalışacak?"

Peter göz kırpmıştı. "Hidrojen yakıt hücresi."

Katherine'in ağzı açık kalmıştı. "Şaka yapıyorsun, değil mi?"

"Küçük bir kasabaya yetecek kadar temiz enerji sağlıyor. Senin laboratuvarın binanın radyo frekanslarından tamamıyla ayrılmış durumda. Ayrıca, içerideki sanat eserlerini radyasyondan korumak için tüm bölmenin dış duvarları fotorezistant perdeyle kaplandı. Esas itibarıyla bu bölme, nötr bir enerji ortamı sağlıyor."

Katherine, 5. Bölme'nin albenisini kavramaya başlamıştı. Yaptığı işin büyük kısmı, önceden bilinmeyen enerji alanlarını ölçmek üzerine yoğunlaştığından, deneylerinin dış radyasyondan veya "beyaz gürültü"den izole edilmiş bir yerde yapılması gerekiyordu. Yakınlardaki insanlar tarafından üretilen "beyin radyasyonu" veya "düşünce emisyonu" gibi küçük karışıklıklar da buna dahildi. Bu sebeple üniversite veya hastanedeki bir laboratuvar işine yaramazdı, ama SMSC'deki ıssız bir bölme bundan daha mükemmel olamazdı.

"Haydi gidip bir bakalım." Ağabeyi karanlığa adım atarken sırıtıyordu. "Peşimden gel."

Katherine eşikte tökezlemişti. *Kör karanlıkta yüz metre.* Bir fener almayı önerecekti, ama ağabeyi boşlukta çoktan gözden kaybolmuştu.

"Peter?" diye seslenmişti.

Peter, "İnanç sıçraması," derken sesi gitgide uzaklaşıyordu. "Yolunu bulacaksın. Bana güven."

Şaka yapıyor, değil mi? Karanlıkta görmeye çabalayarak eşikten birkaç adım atan Katherine'in kalbi hızla çarpıyordu. *Hiçbir şey göremiyorum!* Çelik kapı birden arkasından tıslayarak kapanmış ve onu zifiri karanlıkta bırakmıştı. Tek bir ışık belirtisi bile yoktu. "Peter?!"

Sessizlik.

Yolunu bulacaksın. Bana güven.

Körlemesine, ilerlemeyi denemişti. *İnanç sıçraması mı?* Katherine, ileri doğru uzattığı ellerini bile göremiyordu. İlerlemeye devam etmiş ama birkaç saniye içinde yön duygusunu tamamıyla kaybetmişti. *Nereye gidiyorum?*

Kayıp Sembol

Bu üç yıl önceydi.

Katherine aynı metal kapıya geldiğinde, o ilk akşamdan bu yana ne kadar ilerleme kaydettiğini fark etti. Takma adı Küp olan laboratuvarı onun evi, 5. Bölme'nin derinliklerindeki ibadethanesi haline gelmişti. Ağabeyinin tahmin ettiği gibi -Katherine'in keşfetmesi için bıraktığı basit ama dâhice bir kılavuz sistemi sayesinde- o akşam ve sonrasındaki her gün karanlıkta yolunu bulmuştu.

Bundan daha da önemlisi, ağabeyinin diğer tahmini de doğru çıkmıştı: Katherine'in deneyleri, özellikle son altı ay içinde şaşırtıcı sonuçlar doğurarak, tüm düşünce yaklaşımlarını değiştirecek yeni çığırlar açmıştı. Katherine ile ağabeyi, olası etkileri net bir biçimde anlaşılıncaya kadar deneyleri gizli tutma konusunda anlaşmışlardı. Ama Katherine yakında insanlık tarihinin en büyük dönüşümlerine sebep olacak bilimsel açıklamalarından birini yayınlayacağına emindi.

Anahtar kartını 5. Bölme'nin kapısına sokarken, *gizli bir müzedeki gizli bir laboratuvar,* diye düşündü. Klavyenin ışığı yanınca PIN kodunu girdi.

Çelik kapı tıslayarak açıldı.

Aşina olduğu iniltiye soğuk hava dalgası eşlik etti. Katherine her zamanki gibi nabzının hızlandığını hissetti.

Dünyada ödenen en tuhaf bedel.

Kendini yolculuğa hazırlayan Katherine, karanlıktan içeri adımını atmadan önce saatine göz attı. Bu akşam nedense içinde bir huzursuzluk vardı. *Peter nerede?*

12. BÖLÜM

Kongre Binası güvenlik şefi Trent Anderson, on yılı aşkın bir süredir burada güvenlikten sorumluydu. İriyarı, geniş omuzlu, keskin yüz hatlarına sahip adam kızıl saçlarını sıfıra vurdurmuştu. Bu da ona asker havası veriyordu. Yetkisinin sınırlarını sorgulamak gibi bir aptallık yapanlara gözdağı veren bir silah taşıyordu.

Anderson zamanının çoğunu, Kongre Binası'nın bodrum katındaki yüksek teknoloji ile donatılmış denetim merkezinde, küçük polis ekibini yönetmekle geçirirdi. Burada; monitörleri, bilgisayar çıktılarını ve emrindeki güvenlik personeliyle temas halinde kalmasını sağlayan telefon santralindeki teknisyenleri denetlerdi.

Bu akşam ortalık alışılmadık bir şekilde sessizdi ve Anderson bu durumdan memnundu. Ofisindeki plazma televizyondan Redskins maçının bir bölümünü seyredebilecekti. Dahili telefonu çaldığında maç daha yeni başlamıştı.

"Şef?"

Anderson gözlerini televizyondan ayırmadan düğmeye basarken, homurdandı. "Evet."

"Rotunda'da karışıklık çıktı. Ben şimdi bir görevli gönderiyorum, ama sizin de görmek isteyeceğinizi düşündüm."

"Tamam." Anderson güvenlik merkezine doğru yürüdü. Burası bilgisayar monitörleriyle dolu, sıkış tıkış yepyeni bir tesisti. "Elimizde ne var?"

Teknisyen ekranda bir video görüntüsünü takip ediyordu. "Rotunda doğu balkonu. Yirmi saniye önce." Görüntüyü izlettirdi.

Anderson teknisyenin omzunun üstünden videoyu seyretti.

Birkaç turist dışında Rotunda bugün neredeyse bomboştu. Anderson'ın deneyimli gözleri hemen tek başına dolaşan, ama diğerlerinden hızlı hareket eden kişiye kaydı. Başı tıraşlıydı. Yeşil asker kaputu. Askıda duran yaralı kol. Hafif topallama. Kambur duruş. Cep telefonunda konuşuyor.

Kayıp Sembol

Dazlak adamın ayak sesleri Rotunda'nın tam ortasında duruncaya kadar ses düzeneğinde çıtırtılarla yankılandı. Aniden durup cep telefonunu kapattı ve sanki ayakkabısını bağlayacakmış gibi çömeldi. Ama ayakkabısını bağlamak yerine, kol askısından çıkardığı şeyi yere koydu. Sonra ayağa kalkıp, doğu çıkışına doğru topallayarak ilerledi.

Anderson, adamın ardında bıraktığı tuhaf biçimli nesneye baktı. *Bu ne böyle?* Yaklaşık yirmi santim yüksekliğindeydi ve dikine duruyordu.

Dazlak adam aceleyle doğudaki revaktan geçip gözden kaybolurken, yakındaki bir çocuğun, "Anne, adam bir şey düşürdü," dediği duyuldu. Nesneye doğru giden çocuk birden durdu. Uzun bir süre hiç kıpırdamadan bekledikten sonra, eliyle işaret edip, kulakları tırmalayan bir çığlık attı.

Polis şefi hemen arkasını dönüp kapıya koştu ve etrafa emirler yağdırmaya başladı. "Tüm birimlere haber verin! Kolu askılı dazlak adamı bulup gözaltına alsınlar! HEMEN!"

Güvenlik merkezinden fırlayarak, aşınmış merdivenin basamaklarını üçer üçer çıktı. Güvenlik kayıtlarında, kolu askılı dazlak adamın doğu revağını kullanarak Rotunda'dan çıktığı görülüyordu. Bu yüzden binadan çıkmak için en kestirme yol onu doğu-batı koridoruna götürecekti, ki tam önündeydi.

Önüne geçebilirim.

Merdivenin başına gelip köşeden döndüğünde Anderson karşısında duran sessiz koridoru inceledi. En uçta yaşlı bir çift el ele yürüyordu. Yanındaysa, elindeki rehberi okuyup mozaik tavanı inceleyen mavi, spor ceketli bir turist vardı.

Ona doğru koşan Anderson, "Affedersiniz bayım," diye seslendi. "Kolu askıda dazlak bir adam gördünüz mü?"

Adam başını kitabından kaldırıp şaşkın bir ifadeyle baktı.

Anderson daha sert bir tonla, "Kolu askıda dazlak bir adam!" diye yineledi. "Gördünüz mü?"

Turist tereddüt ettikten sonra koridorun doğu çıkışına doğru ürkek bir ifadeyle baktı. "Ee... evet," dedi. "Galiba az önce yanımdan geçti... şuradaki merdivenlere doğru." Koridorun sonunu gösteriyordu.

Anderson telsizini çıkarıp, yüksek sesle emir verdi. "Tüm birimler! Şüpheli güneydoğu çıkışına ilerliyor. Toplanın!" Çıkışa doğru koşarken, telsizini yerine yerleştirip tabancasını kılıfından çıkardı.

* * *

Otuz saniye sonra, mavi spor ceket giyen, iri yapılı sarışın bir adam, Kongre Binası'nın doğu tarafındaki çıkıştan rutubetli geceye adımını attı. Akşam serinliğinin tadını çıkararak gülümsedi.

Değişim.

Çok kolay olmuştu.

Daha bir dakika önce, bir asker kaputuyla Rotunda'da topallayarak koşturuyordu. Duvarların arasındaki karanlık bir girintinin içine dalarak asker kaputundan kurtulunca, altındaki mavi spor ceket ortaya çıkmıştı. Kaputunu bırakmadan önce, cebinden sarı bir peruk çıkarıp özenle başına oturtmuştu. Sonra doğrulup, ceketinin cebinden Washington rehberini almış ve zarif adımlarla nişten dışarı çıkmıştı.

Değişim. Benim yeteneğim de bu.

Mal'akh'ın ölümlü bacakları onu, kendisini bekleyen limuzine doğru götürürken sırtını dikleştirip, omuzlarını geriye atarak yeniden bir doksanlık bir adam olmuştu. Derin bir nefes alıp ciğerlerini havayla doldurdu. Göğsündeki Zümrüdüanka kuşu dövmesinin kanatlarının açıldığını hissedebiliyordu.

Şehre göz gezdirirken, *gücümü bir bilselerdi,* diye düşündü. *Bu gece dönüşümüm tamamlanacak.*

Mal'akh tüm antik ritüellere saygı göstererek, Kongre Binası'nda kartlarını kurnazca oynamıştı. *Antik davet gönderildi.* Langdon bu akşam hangi rolü oynayacağını henüz anlamadıysa, yakında anlayacaktı.

13. BÖLÜM

Kongre Binası'ndaki Rotunda -tıpkı St. Peter Bazilikası gibi- Robert Langdon'ı şaşırtmanın bir yolunu daima bulurdu. Aslında bu salonun, Özgürlük Anıtı'nın rahatça sığabileceği büyüklükte olduğunu biliyordu, ama nedense Rotunda, sanki içeride ruhlar varmış gibi ona daima daha geniş ve daha kutsal gelirdi. Ne var ki bu akşam sadece kargaşa vardı.

Kongre Binası'nın polisleri, çılgına dönmüş turistleri ayakaltından uzaklaştırmaya çabalarken, bir yandan da Rotunda'yı kapatıyorlardı. Küçük çocuk hâlâ ağlıyordu. Parlak bir ışık patlayınca -bir turist, elin fotoğrafını çekiyordu- görevliler hemen adamı gözaltına alıp kamerasına el koydular ve onu oradan uzaklaştırdılar. Bu karmaşa sırasında Langdon kendinden geçmiş bir halde kalabalığın arasından sıyrılarak, ileri doğru hareket ettiğini ve ele doğru yaklaştığını hissetti.

Peter Solomon'ın kesilmiş sağ elinin bileği, küçük bir tahta ayaklığın sivri ucuna geçirilmişti. Parmakların üçü kıvrılarak kapanmış, baş ve işaret parmakları ise açık bir pozisyonda yukarıdaki kubbeyi gösteriyordu.

Bir yetkili, "Herkes geri çekilsin!" diye bağırdı.

Langdon şimdi, bilekten aşağı akıp, tahta tabanlıkta biriken kurumuş kanı görebilecek kadar yakındaydı. *Ölüm sonrası yaralar kanamaz... demek ki Peter yaşıyor.* Langdon rahatlamakla kusmak arasında bocaladı. *Peter'ın eli hayattayken mi kesildi?* Safra suyu boğazına kadar yükseldi. Sevgili dostunun bu eli nice kereler Langdon'la tokalaşmak veya onunla kucaklaşmak için uzattığını hatırladı.

Langdon birkaç saniye boyunca zihninin, ekranı karlı ayarsız bir televizyon gibi boş kaldığını hissetti. İlk gelen görüntü hiç beklenmedik bir şeydi.

Bir taç... ve bir yıldız.

Langdon çömelerek Peter'ın baş ve işaret parmaklarının uçlarına baktı. *Dövme mi?* İnanılmazdı ama, bunu Peter'a yapan canavar, görünüşe bakılırsa parmak uçlarına minik dövmeler yapmıştı.

Dan Brown　　　62

Başparmakta taç, işaretparmağında yıldız.

Olamaz. Langdon'ın aniden durumu anlamasına sebep olan semboller, zaten dehşet verici bu manzarayı adeta bir hayal âlemine taşıyordu. Bu semboller tarih boyunca pek çok kereler yan yana ve aynı yerde - bir elin parmak uçlarında- görülmüştü. Antik dünyanın en imrenilen, en gizli ikonlarıydı.

Gizemler Eli.

Bu ikona artık pek rastlanmıyordu, ama tarihte güçlü bir çağrıyı sembolize etmişti. Langdon karşısında duran acayip esere anlam vermeye çalıştı. *Birisi Peter'ın elinden Gizemler Eli'ni yaratmış.* Akıl alır gibi değildi. Geleneksel olarak bu ikon taşa ya da tahtaya oyulur veya çizilirdi. Langdon, Gizemler Eli'nin gerçek insan etinden yapıldığını daha önce hiç duymamıştı. Temeline tamamen aykırıydı.

Langdon'ın arkasından bir görevli, "Bayım," dedi. "Lütfen geri çekilin."

Langdon, onu hayal meyal duyabiliyordu. Kıvrılmış üç parmağın uçlarını göremese de bunların kendilerine mahsus işaretleri taşıdıklarından emindi. Gelenek böyleydi. Toplamda beş sembol. Bin yıl boyunca, Gizemler Eli'nin parmak uçlarındaki semboller hiç değişmemişti... elin tasvir ettiği amaç da öyle.

Bu el... bir daveti temsil ediyor.

Langdon onu buraya getiren adamın sözlerini hatırlayınca ürperdiğini hissetti. *Profesör, bu akşam hayatınızın davetini alıyorsunuz.* Eski zamanlarda Gizemler Eli, dünyadaki en gizli davet olarak anlamlandırılırdı. Bu ikonu almak, seçkin bir gruba, yani tüm çağların gizli bilgeliğini muhafaza ettiklerini söyleyenlere katılmak için çağrılmak demekti. Davet büyük bir şeref olmakla birlikte, üstadın bu gizli bilgeliği öğrenmeye layık olduğunuzu düşündüğü anlamına da gelirdi. *Üyeye uzatılan üstat eli.*

Elini sert bir şekilde Langdon'ın omzuna koyan görevli, "Bayım," dedi. "Hemen geri çekilmeniz gerekiyor."

Langdon, "Bunun ne anlama geldiğini biliyorum," diyebildi. "Size yardımcı olabilirim."

Görevli, "Hemen!" dedi.

"Arkadaşımın başı dertte. Bizim..."

Langdon güçlü kolların kendisini yukarı doğru çekip, elden uzaklaştırdığını hissetti. Karşı koyamayacak kadar bitkin hissettiğinden, kendini bıraktı. Resmi bir davet gönderilmişti. Birisi Langdon'ı, Antik Gizemleri ve gizli bilgiyi açığa çıkaracak eski bir kapının kilidini açması için çağırıyordu.

Ama tüm bunlar saçmalıktı.

Bir delinin hayalleri.

14. BÖLÜM

Mal'akh'ın uzun limuzini Kongre Binası'ndan uzaklaşarak, Independence Bulvarı'ndan doğuya doğru ilerledi. Kaldırımdaki bir çift, ünlü birilerine rastlamak ümidiyle siyah camların arkasını görmeye çabaladı.

Kendi kendine gülümseyen Mal'akh, *öne geçtim*, diye düşündü.

Mal'akh bu koca arabayı tek başına kullanmanın verdiği güç hissini seviyordu. Diğer beş arabası bu akşam ihtiyaç duyduğu şeyi ona sunamazdı; mahremiyet *garantisini*. Tam mahremiyet. Bu şehirdeki limuzinlerin açığa vurulmayan bir ayrıcalığı vardı. Onlara *tekerlekli büyükelçilikler* de denebilirdi aslında. Capitol Hill[1] civarında görev yapan polisler, kenara çektikleri limuzinin içinde hangi nüfuzlu kişinin oturduğunu asla bilemezlerdi, bu yüzden riske girmezlerdi.

Mal'akh, Maryland'e doğru, Anacostia Nehri'nin üstünden geçerken, kaderin kendisini Katherine'e doğru yaklaştırdığını hissediyordu. *Bu akşam ikinci göreve çağrılıyorum... daha önce hayal bile edemeyeceğim bir göreve.* Dün gece Peter Solomon son sırrını açıklarken, Katherine Solomon'ın mucizeler yarattığı gizli bir laboratuvarın varlığını öğrenmişti. Duyurulduğu anda, dünyayı değiştirecek olan şaşkınlık verici buluşlar gerçekleştiriliyordu.

Çalışmaları her şeyin özünü açığa çıkaracak.

"Parlak zekâlar" yüzyıllar boyunca antik bilimleri göz ardı etmişler, batıl inanışlar diye küçümseyerek, kendilerini kibirli bir şüphecilik ve yeni teknolojilerle donatmışlardı. Ama bu yeni araçlar onları gerçeklerden daha da uzaklaştırmaktan öteye gitmemişti. *Her bir neslin buluşlarının yanlış olduğu, bir sonraki neslin teknolojisiyle ispatlandı.* Ve asırlarca böyle devam etmişti. İnsan öğrendikçe, bilmediğini anlamıştı.

---

(1) Kongre Binası'nın bulunduğu tepelik bölge.

Kayıp Sembol/F: 5

İnsanoğlu bin yıl boyunca karanlıkta dolaşmıştı... ama şimdi, önceden kehanet edildiği gibi, bir değişiklik yaşanacaktı. Tarih boyunca kör gibi oradan oraya savrulduktan sonra, insanoğlu bir yol ayrımına gelmişti. Bu anın geleceği çok önceden, antik metinlerde, ilkel takvimlerde ve hatta yıldızlarda kehanet edilmişti. Özel bir tarihti ve çok yakındı. Bu anı göz alıcı bir bilgi patlaması takip edecekti... karanlığı aydınlatacak, insanlığa boşluktan kurtulup, irfan yoluna girmek için son bir şans verecek olan parlama.

Mal'akh, *ışığı karartmak için geldim,* diye düşündü. *Benim rolüm bu.*

Kader onu, Peter ve Katherine Solomon'a bağlamıştı. Katherine Solomon'ın SMSC'de yaptığı buluşlar, yeni düşüncelerin kapılarını açarak, yeni bir Rönesans başlatacaktı. Katherine'in buluşları halka duyurulduğu takdirde, insanlığın kaybettiği bilgiyi yeniden keşfetmesini sağlayarak, onlara hayal edilemeyecek bir güç sunacaktı.

Katherine'in kaderi bu meşaleyi yakmak.

Benimkiyse onu söndürmek.

15. BÖLÜM

Katherine Solomon zifiri karanlıkta laboratuvarının dış kapısına uzandı. Bulduğunda, kurşun kaplı kapıyı iterek açtı ve hemen küçük girişe geçti. Karanlıktaki yolculuğu sadece doksan saniye sürdüğü halde, kalbi hızla çarpıyordu. *İnsan üç yıldan sonra buna alışır.* 5. Bölme'nin karanlığından kurtulup, bu temiz ve aydınlık yere ulaştığında her zaman kendini rahatlamış hissederdi.

"Küp" penceresiz, büyük bir kutu gibiydi. İç duvarlar ve tavanın her bir santimi, titanyum kaplı kurşun tellerle örülmüştü ve bu da ona, beton duvarların içindeki dev bir kafes havasını veriyordu. Buzlu pleksiglas bölmeler, mekânı farklı kısımlara -laboratuvar, kontrol odası, mekanik odası, banyo ve küçük bir araştırma kütüphanesi- ayırıyordu.

Katherine hızlı adımlarla ana laboratuvara girdi. Aydınlık ve steril çalışma mekânı, nitelikli cihazlarla ışıldıyordu: bir çift elektroansefalograf, bir femtosaniye lazer yükselticisi, bir manyeoptik tuzak ve Rassal Olay Üreticisi (REG)[1] diye bilinen kuantum kararsız elektronik ses dengeleyicileri.

Noetik Bilim en son teknolojiyi kullansa da yapılan buluşlar onları meydana getiren soğuk ve yüksek teknoloji makinelerinden çok daha gizemliydi. Yeni veriler aktıkça, sihir ve efsaneler hızla gerçeğe dönüşerek, Noetik Bilim'in temel felsefesini destekliyordu, yani insan zihninin kullanılmayan potansiyelini.

Genel tema çok basitti: *Zihinsel ve ruhsal yetilerimizin henüz sadece yüzeysel olarak farkındayız.*

Kaliforniya'daki Noetik Bilimler Enstitüsü (IONS)[2] ve Princeton Normalötesini Araştırma Mühendisliği Laboratuvarı (PEAR)[3] gibi tesis-

---

(1) REG (Random Event Generator)
(2) IONS (Institute of Noetic Sciences)
(3) PEAR (Princeton Engineering Anomalies Researh Laboratory)

Kayıp Sembol

lerde yürütülen deneylerde insan düşüncesinin doğru bir şekilde odakladığında, *fiziksel* kütleyi etkileyebilme imkânına sahip olduğu kanıtlanmıştı. Yapılan deneyler "kaşık bükme" gibi gösteri hileleri değil, hep aynı sonucu veren yüksek denetimli araştırmalardı. Düşüncelerimiz fizik dünyayla etkileşimde bulunduğunda, bilerek ya da bilmeyerek, atom altı âlemde değişiklikler meydana getiriyordu.

İrade gücü.

2001 yılında, 11 Eylül'deki korkunç olayları takip eden saatlerde, Noetik Bilim alanında ileri doğru bir kuantum sıçraması yaşanmıştı. Dört bilim insanı, tüm dünyadaki insanları derinden etkileyen bu trajedinin neden olduğu korku ve üzüntünün, dünyanın dörtbir yanındaki otuz yedi farklı Rassal Olay Üreticisi'nin birden, belirgin şekilde *daha az* rassal olduğunu keşfetmişti. Bu ortak tecrübenin tekliği, milyonlarca zihnin birlik oluşu, bir şekilde bu makinelerin işleyişini etkilemiş, çıktılarını düzene sokarak, kaostan düzen yaratmıştı.

Bu şok edici keşif, eski "kozmik bilinç" inancıyla örtüşüyordu; insanların niyetlerinin birlik oluşturması, fiziki maddeyle etkileşimde bulunmasını sağlayabilirdi. Yakın zamanda toplu meditasyon ve dua çalışmaları, Rassal Olay Üreticilerinde aynı sonuçları vermiş, Noetik yazarı Lynne McTaggart'ın deyişiyle *insan bilinci*nin beden *dışı* bir madde olduğu iddiasını körüklemişti... fiziki dünyayı değiştirebilme yetisine sahip yüksek bir enerji. McTaggart'ın *The Intention Experiment*[1] isimli kitabı ve insan niyetinin dünyayı nasıl değiştirebileceğini keşfetmeye yönelik internet tabanlı çalışması -theintentionexperiment.com- Katherine'i büyülemişti. Bundan başka ilerici birkaç metin de Katherine'in dikkatini çekmişti.

Katherine Solomon'ın bu temelden yola çıkan araştırmaları, "odaklanmış düşüncenin" gerçek anlamda *herhangi bir şeyi* -bitkilerin büyüme hızını, akvaryumda yüzen balığın yönünü, petri kabında bölünen hücrelerin davranışını, farklı otomasyon sistemlerinin senkronizasyonunu, kişinin vücudundaki kimyasal reaksiyonları- değiştirebileceğini kanıtlayarak ilerlemişti. Yeni oluşan bir katı maddenin kristal yapısı bile, kişinin zihin gücüyle değiştirilebilirdi; Katherine donmakta olan bir bardak su-

---

(1) Niyet Deneyi

ya sevgi dolu düşünceler göndererek, güzel bir simetriye sahip buz kristalleri oluşturmuştu. İnanılmaz bir şekilde, bunun tam *tersi* de doğruydu: Suya olumsuz, kötü düşünceler gönderdiğinde buz kristalleri karmaşık yapılar oluşturarak donmuşlardı.

İnsan düşüncesi fiziki dünyayı gerçekten değiştirebilir.

Katherine'in deneyleri ilerledikçe, elde ettiği sonuçlar daha da şaşkınlık verici boyutlara ulaşmıştı. Bu laboratuvardaki çalışmaları şüpheye yer bırakmayacak biçimde, "irade gücünün" yeni çağ kişisel gelişim anlayışından ibaret bir şey olmadığını ispatlamıştı. Zihin, maddenin halini değiştirebilme yetisine sahipti ve bundan da önemlisi fiziki dünyanın belirli bir yönde hareket etmesini sağlayacak güce sahipti.

Kendi evrenimizin efendileriyiz.

Katherine, atom altı seviyede, sadece gözlemle *niyetine* bağlı olarak parçacıkların belirip yok olduklarını göstermişti. Başka bir deyişle, parçacığı görme arzusu o parçacığı açığa çıkarmıştı. Heisenberg'in yıllar önce ima ettiği bu gerçeklik, şimdi Noetik Bilim'in temel prensibi haline gelmişti. Lynne McTaggart'ın sözleriyle: "Yaşayan bilinç bir şekilde, bir şeyin *olasılığını gerçeğe* dönüştürme etkinidir. Evrenimizin yaratılışındaki en önemli unsur, onu gözlemleyen bilinçtir."

Katherine'in çalışmasının en şaşkınlık verici kısmı, zihnin fiziki dünyayı etkileme yeteneğinin, alıştırma yaparak *arttırılabileceğiydi.* Niyet *öğrenilen* bir beceriydi. Tıpkı meditasyon gibi, gerçek "düşünce" gücü alıştırma yapmayı gerektiriyordu. Bundan daha da önemlisi... bazıları bu işte diğerlerinden daha yetenekli doğuyorlardı. Ve tarih boyunca, çok az sayıda insan bu işte ustalık mertebesine ulaşmışlardı.

Antik gizemcilikle modern bilim arasındaki eksik halka işte bu.

Katherine bunu ağabeyi Peter'dan öğrenmişti ve şimdi aklına gelince, onun için derin bir kaygı hissetti. Laboratuvarın araştırma kütüphanesine girip içeri göz gezdirdi. Boştu.

Kütüphane, küçük bir okuma odasından ibaretti; iki Morris sandalye, tahta bir masa, iki ayaklı abajur ve beş yüz kadar kitabı taşıyan maun kitap rafları. Katherine ile Peter en sevdikleri metinleri, parçacık fiziğinden antik gizemciliğe kadar her konudaki yazıyı burada toplamışlardı. Koleksiyonları, eskiyle yeniyi, son teknolojiyle tarihi olanı bir araya getiren bir derleme halini almıştı. Katherine'in kitaplarının çoğunun *Quantum Consciousness, The New Physics and Principles of Neural Science*[1] gibi isimleri vardı. Ağabeyininkiler ise; *Kybalion, Zohar, The Dancing Wu Li Masters*[2] British Museum'daki Sümer tabletlerinin çevirisi gibi daha eski ve daha ezoterik isimler taşıyorlardı.

Ağabeyi sıklıkla, "Bilimsel geleceğimizin anahtarı, geçmişimizde saklı," derdi. Tarih, fen ve mistisizmin yaşam boyu öğrencisi olan Peter, üniversitede aldığı fen eğitimini eski Hermetik felsefesiyle geliştirmesi için Katherine'i teşvik etmişti. Peter modern bilimle antik gizemcilik arasındaki bağa ilgisini yönelttiğinde Katherine henüz on dokuz yaşındaydı.

Yale'deki ikinci senesinde tatil için eve geldiğinde ağabeyi, "Söylesene Katherine," demişti. "Eli'ler[3] bugünlerde kuramsal fizik hakkında neler okuyor?"

Ailesinin kitaplarla dolu kütüphanesinde duran Katherine, okudukları kitapları ezberden saymıştı.

Ağabeyi, "Etkileyici," diye cevap vermişti. "Einstein, Bohr ve Hawking modern dehalar. Peki ama daha eski şeyler okuyor musunuz?"

Katherine başını kaşımıştı. "Newton gibi mi?"

Peter gülümsemişti. "Devam et." Yirmi yedi yaşındaki Peter şimdiden akademik dünyada bir isim edinmiş ve Katherine'le bu türden entelektüel atışmalar yaparak büyümüşlerdi.

Newton'dan daha mı eski? Katherine'in aklında şimdi Batlamyus, Pisagor ve Hermes Trismegistus gibi isimler geliyordu. *Artık bunları kimse okumuyor.*

Ağabeyi çatlamış deri kitap sırtları ve tozlu ciltlerin bulunduğu uzun rafta parmağını gezdirmişti. "Eskilerin ilmi bilgeliği şaşırtıcı düzeydeydi... modern fizik bunları kavramaya *henüz* başladı."

"Peter, bana Mısırlıların Newton'dan çok daha önce levyelerle makaraları bildiğinden ve ilk simyacıların modern kimya ile değer ölçtüklerin-

---

(1) Kuantum Bilinci, Yeni Fizik ve Nöral Bilim Prensipleri
(2) Dans Eden Wu Li Ustaları
(3) 1718 yılında İngiliz Doğu Hindistan Şirketi yöneticisi Elihu Yale'in yaptığı büyük bağış nedeniyle üniversiteye Yale adı verilmiştir. Bu üniversiteye devam eden öğrencilerde Eli'ler adıyla anılmaktadırlar.

den bahsetmiştin, ama bunda ne var? *Bugünkü* fizik, eskilerin hayal bile edemeyeceği kavramlarla ilgileniyor."

"Ne gibi?"

"Şey... mesela *dolaşıklık teorisi!*" Atom altı araştırmaları maddelerin birbiriyle bağlantılı olduğunu... evrensel bir bütün gibi... birleşmiş tek bir ağ ile dolaşık halde bulunduğunu artık kanıtlamıştı. "Yani eskiler oturup *dolaşıklık* teorisini mi tartıştılar?"

"Kesinlikle!" diyen Peter koyu, uzun perçemlerini gözlerinin önünden çekmişti. "Dolaşıklık, ilkel inanışların merkezinde yer alıyordu. İsimleri tarih kadar eskidir... Dharmakaya, Tao, Brahman. Doğrusunu istersen, insanın en eski ruhsal arayışı, başka şeylerle olan ilişkisini hissedebilmek için kendi dolaşıklığını kavrayabilmesiydi. Yek vücut haline erişmek için... daima evrenle 'bir' olabilmeyi arzu etmişti." Ağabeyi kaşlarını kaldırmıştı. "Bugün hâlâ Musevilerle Hıristiyanlar 'kefaret' vermeyi istiyorlar... ama asıl aradığımız şeyin 'yek vücut olmak' olduğunu unuttuk."

Tarih bilgisi oldukça iyi bir adamla tartışmanın ne kadar zor olduğunu unutan Katherine içini çekmişti. "İyi ama sen genellemelerden bahsediyorsun. Ben *özgün* fizikten bahsediyorum."

"Peki o zaman özgün ol." Derin gözleri şimdi ona meydan okuyordu.

"Peki, *kutupluluk* kadar basit bir şeye ne dersin... atom altı âlemin pozitif/negatif dengesi? Eskiler kesinlikle bunu anla..."

"Dur biraz!" Ağabeyi tozlu, kalın bir metni çıkarıp, gürültüyle kütüphane masasının üstüne bırakmıştı. "İki bin yıl öncesinin Bhagavad-Gita'sında Krişna tarafından tasvir edilen 'ikili dünya' ile kıyaslandığında modern kutupluluk hiç kalır. *Kybalion* da dahil olmak üzere buradaki düzinelerce kitap çiftli sistemlerden ve doğadaki zıt güçlerden bahseder."

Katherine şüpheyle yaklaşıyordu. "Peki ama atom altındaki modern keşifleri düşünecek olursak; mesela Heisenberg'in belirsizlik prensibi..."

Uzun kitap rafı boyunca yürüyüp, başka bir metin çıkaran Peter, "O zaman *buna* bakacağız," demişti. "Upanişad diye bilinen Hindu Vedanta yazılarına." Cildi bir öncekinin üstüne gürültüyle bıraktı. "Heisenberg ile Schrödinger bu metni *incelemiş* ve teorilerini geliştirmelerine yardımcı olduğunu belirtmişlerdi."

Güç gösterisi birkaç dakika sürmüş, bu sırada masadaki tozlu kitap yığını gitgide yükselmişti. Sonunda Katherine ellerini havaya kaldırmıştı. "Ta-

Kayıp Sembol

mam, ne demek istediğini anladım ama ben en son *kuramsal* fiziği çalışmak istiyorum. Bilimin geleceğini! Krişna veya Vyasa'nın süper sicim teorisi ya da çok boyutlu kozmolojik modellerden bahsettiğini pek sanmıyorum."

"Haklısın. Bahsetmediler." Dudaklarında bir tebessüm beliren ağabeyi durmuştu. "Süper sicim teorisi diyorsan..." Bir kez daha kitap rafı boyunca dolaşmıştı. "O halde *bu* kitaptan bahsediyorsun." Kocaman, deri ciltli bir kitabı çekip alarak masanın üstüne gürültüyle bıraktı. "Ortaçağ Aramilerinin on üçüncü yüzyıl çevirisi."

"On üçüncü yüzyılda süper sicim teorisi mi?" Katherine buna kanmamıştı. "Yapma!"

Süper sicim teorisi çok yeni bir kozmolojik modeldi. En yeni bilimsel gözlemlere dayanarak, çok boyutlu evrenin *üç* değil... *on* boyuttan meydana geldiğini ileri sürüyordu. Ve hepsi de keman tellerine benzer biçimde titreşen teller gibi birbirini etkiliyordu.

Katherine, ağabeyinin kitabı açıp, süslü basılmış içindekiler bölümüne göz gezdirdikten sonra kitabın başlarına yakın bir sayfasını açmasını bekledi. "Şunu oku." Metin ve şemaların bulunduğu solmuş bir sayfayı gösteriyordu.

Katherine görev duygusuyla sayfayı incelemişti. Çeviri eski dildeydi ve okuması çok zordu, ama metin ve çizimler açık bir biçimde, modern süper sicim teorisinin ortaya koyduğu *aynı* evreni gösteriyordu; titreşen sicimlerden oluşan on boyutlu evren. Okumaya devam edince soluğunu tutup birden geri çekilmişti. "Tanrım, altı boyutun dolaşık halde olup, tek gibi hareket ettiğinden bile bahsediyor!" Ürküp geriye doğru bir adım atmıştı. "Bu kitap ne?"

Ağabeyi gülmüştü. "Bir gün okuyacağını ümit ettiğim bir şey." Bir levhanın üstünde süslü harflerle üç kelimenin yazılı olduğu kitap kapağını çevirmişti.

Eksiksiz Zohar.

Katherine, *Zohar*'ı hiç okumamış olmasına rağmen, erken dönem Musevi gizemciliğinin temel metni olduğunu biliyordu. Bir zamanlar o kadar güçlü olduğuna inanılırdı ki, sadece âlim olmuş hahamlar okuyabilirdi.

Katherine kitaba baktı. "Eski gizemcilerin, evrenin on boyutlu olduğunu bildiklerini mi söylüyorsun?"

"Kesinlikle." Sayfada Sefirot denilen, iç içe geçmiş on daireye ait çizimi işaret etmişti. "Elbette adlandırmalar ezoterik ama fizik oldukça ileri." Katherine nasıl cevap vereceğini bilemiyordu. "Ama... o zaman neden daha fazla insan bunun üzerine çalışmıyor?"

Ağabeyi gülümsemişti. "Çalışacaklar."

"Anlamıyorum."

"Katherine, biz harika bir zamanda dünyaya geldik. Bir değişim yaklaşıyor. İnsanların gözlerini yeniden doğaya ve eski yöntemlere çevireceği yeni bir çağın eşiğindeyiz... *Zohar* ve dünyanın diğer antik metinleri gibi kitaplardaki fikirlere geri dönüş yaşanacak. Güçlü gerçeğin kendine özgü bir çekim gücü vardır ve sonunda insanları tekrar kendine çeker. Modern bilimin antik bilgileri araştırmaya başlayacağı bir zaman gelecek... işte o gün insanoğlu hâlâ aklını kurcalayan büyük sorulara cevaplar bulmaya başlayacak."

Katherine o akşam ağabeyinin antik metinlerini okumaya başlamış ve kısa sürede onun haklı olduğunu anlamıştı. *Eskiler derin bir ilme sahiptiler.* Günümüz bilimi aslında "keşifler" yapmıyor, "yeniden keşfediyor"du. Anlaşılan insanoğlu önce evrenin gerçek doğasını anlamış... ama sonra peşini bırakmış ve unutmuştu.

Modern fizik hatırlamamıza yardımcı olabilir. Bu arayış -eskilerin kayıp bilgeliğini yeniden keşfetmek için modern bilimi kullanmak- Katherine'in hayattaki amacı haline gelmişti. Ona güç veren şey, akademik heyecandan çok daha fazlasıydı. Her şeyin üstünde, dünyanın şimdi her zamankinden daha çok, bu anlayışa ihtiyaç duyduğu inancını taşıyordu.

Katherine laboratuvarın arka tarafında, ağabeyinin beyaz önlüğünün kendisininkinin yanında asılı durduğunu gördü. İçgüdüsel olarak mesajlarını kontrol etmek için telefonunu çıkardı. Hiçbir şey yoktu. Zihninde bir ses yankılandı. *Ağabeyinin D.C.'de saklandığına inandığı şey... bulunabilir. Bazen bir efsanenin asırlarca sürmesinin bir sebebi vardır.*

Katherine yüksek sesle, "Hayır!" dedi. "Bu gerçek olamaz."

Bazen bir efsane, sadece bir efsanedir.

73

Kayıp Sembol

16. BÖLÜM

Kongre Binası'ndaki Rotunda'dan içeri sert adımlarla giren güvenlik şefi Trent Anderson, ekibinin başarısızlığına ateş püskürüyordu. Adamlarından biri, doğu revağının yanındaki duvar girintisinde bir kol askısıyla, asker kaputu bulmuştu.

Lanet olası adam buradan yürüdü gitti!

Anderson ekibine dış cephe görüntülerini taramalarını söylemişti, ama herhangi bir şey bulduklarında çoktan iş işten geçmiş olacaktı.

Hasar tespiti yapmak için Rotunda'ya girdiğinde, durumun olabildiğince kontrol altına alındığını gördü. Rotunda'nın dört girişi birden, güvenliğin kalabalığı kontrol etmek için yanında bulundurduğu basit bir yöntemle kapatılmıştı; kadife bir kordon, mahcup bir güvenlik görevlisi ve BU SALON TEMİZLİK İÇİN GEÇİCİ OLARAK KAPATILMIŞTIR yazan bir tabela. Yaklaşık bir düzine kadar görgü tanığı, görevlilerin cep telefonlarıyla fotoğraf makinelerine el koyduğu doğu tarafında toplanmıştı. Anderson'ın şu anda en son isteyebileceği şey, bu insanlardan birinin CNN'e cep telefonundan fotoğraf göndermesiydi.

Alıkoyulan tanıklardan uzun boylu, koyu renk saçlı ve spor tüvit ceket giymiş olan biri, şefle konuşmak için gruptan ayrılmaya çalışıyordu. Adam görevlilerle hararetli bir tartışmaya girmişti.

Anderson görevlilere, "Onunla biraz sonra konuşacağım," diye seslendi. "Şimdilik, bu işi çözene kadar lütfen herkesi lobide tutun."

Anderson gözlerini odanın ortasında duran ele çevirdi. *Tanrı aşkına.* Kongre Binası güvenliğinde çalıştığı on beş yıl boyunca, birtakım tuhaf şeyler görmüştü, ama hiçbiri bunun gibi değildi.

Adli tıptakiler bir an önce gelip, bunu binamdan dışarı çıkarsalar iyi olacak.

Anderson olay yerine yaklaştı ve elin dik durması için kanlı bileğin tahta tabana dikilmiş bir sopaya geçirildiğini gördü. *Tahta ve et,* diye düşündü. *Metal dedektörler tarafından saptanamaz.* Metal olan tek şey, şüphelinin sanki kendisine aitmiş gibi parmağına taktığını veya ölünün parmağından çıkardığını tahmin ettiği altın yüzüktü.

Anderson eli incelemek için çömeldi. Yaklaşık altmış yaşlarında bir adama aitmiş gibi görünüyordu. Yüzüğün üzerindeki süslü mühürde iki başlı bir kuşla 33 rakamı yer alıyordu. Anderson ne olduğunu anlayamadı. Gözüne asıl çarpan, baş ve işaretparmak uçlarındaki minik dövmelerdi.

Lanet olası ucube gösterisi.

"Şef?" Görevlilerden biri elinde telefonla koşturarak yanına geldi. "Sizi arıyorlar. Güvenlik santrali hemen bağlamış."

Anderson ona sanki aklını kaçırmış gibi baktı. "Burada bir işin tam ortasındayım," diye söylendi.

Görevlinin beti benzi solmuştu. Telefonun ahizesini kapatarak fısıldadı. "CIA'den arıyorlar."

Anderson afallamıştı. *CIA bunu şimdiden duydu mu?!*

"Güvenlik Ofisi."

Anderson kasılmıştı. *Lanet olsun.* Görevlinin elindeki telefona huzursuzca baktı.

Washington'daki istihbarat teşkilatları denizinde, CIA'in Güvenlik Ofisi, adeta Bermuda Şeytan Üçgeni gibiydi, bilen duyan herkesin uygun bir zamanda ortadan kaybolduğu gizemli ve tehlikeli bir bölge. Güvenlik Ofisi, kendi kendini yok edici bir fermanla, tek bir amaç için kurulmuştu; CIA'in kendi casusluğunu yapması. Güvenlik Ofisi, tıpkı güçlü bir içişleri bakanlığı gibi CIA çalışanlarının yasadışı davranışlarını takip ediyordu: zimmetine fon geçirmek, sır satmak, sınıflandırılmış teknolojileri çalmak ve yasadışı işkence yöntemleri uygulamak gibi.

Amerikan casuslarının casusluğunu yapıyorlar.

Ulusal güvenliği ilgilendiren tüm konularda sınırsız soruşturma yetkisine sahip olan Güvenlik Ofisi'nin kolları her yere uzanıyordu. Anderson, onların Kongre Binası'ndaki bu olayla neden ilgilendiklerini veya nasıl bu kadar çabuk öğrendiklerini tahmin edemiyordu. Ama Güvenlik Ofisi'nin her yerde gözleri olduğu söylenirdi. Bildiği kadarıyla, Kongre Binası güvenlik kameraları görüntülerini gerçek zamanlı izleyebiliyorlardı. Gelen çağrının zamanlaması, kesik elden başka bir şeyle ilgili olamayacağını gösterse de, Anderson bu olayın Güvenlik Ofisi yönergelerine uymadığını düşünüyordu.

"Şef?" Görevli, telefonu eli yanıyormuş gibi uzatmıştı. "Bu çağrıya hemen cevap vermelisiniz. Arayan..." Durup, kısık bir sesle iki hece fısıldadı. "SA-TO."

Anderson gözlerini kısarak adama baktı. *Şaka yapıyor olmalısın.* Avuçlarının terlediğini hissetmeye başlamıştı. *Bu işe bizzat Sato mu bakıyor?*

Güvenlik Ofisi'nin efendisi -Başkan Inoue Sato- istihbarat dünyasında bir efsaneydi. Pearl Harbor'dan sonra Kaliforniya, Manzanar'daki bir Japon cezaevinin parmaklıkları arkasında dünyaya gelen Sato, savaşın dehşetini ve yetersiz askeri istihbaratın yarattığı tehlikeleri hiç unutmamış sert mizaçlı biriydi. Şimdi ABD istihbarat dünyasındaki en gizli ve en yetkili mevkilerden birine gelen Sato, sözünden dönmeyen bir vatansever olduğu kadar, düşmanlarına karşı amansız biri olduğunu da ispatlamıştı. Ortalıkta pek görülmeyen ama kalplere korku salan Güvenlik Ofisi başkanı, CIA'in derin sularında sadece avını yutmak için yüzeye çıkan bir canavar gibi dolaşıyordu.

Anderson onunla sadece bir kez yüz yüze gelmiş olsa da aklında kalan o soğuk, siyah gözler, bu telefon konuşmasına başlamadan önce bildiği duaları sıralamasına yetmişti.

Telefonu eline alan Anderson, ahizeyi dudaklarına götürdü. Elinden geldiğince dost canlısı bir sesle, "Başkanım," dedi. "Ben Şef Anderson. Size nasıl..."

"Binanda bulunan bir adamla hemen konuşmam gerek." Güvenlik Ofisi başkanının sesi şüpheye yer bırakmıyordu, tıpkı kara tahtada gıcırdayan tebeşir gibiydi. Geçirdiği gırtlak kanseri ameliyatı Sato'da sinir bozucu bir ses tonu ve boynunda belirgin bir yara izi bırakmıştı. "Onu hemen bulmanı istiyorum."

Bu kadar mı? Sana birini getirmemi mi istiyorsun? Anderson gelen telefonun zamanlamasının tesadüften ibaret olabileceği ümidine kapıldı. "Kimi arıyorsunuz?"

"İsmi Robert Langdon. Şu anda binanın içinde olduğunu sanıyorum."

Langdon mı? İsim tanıdık geliyordu ama Anderson çıkaramamıştı. Şimdi Sato'nun kesik elden haberi olup olmadığını merak ediyordu. "Şu

anda Rotunda'dayım," dedi. "Ama burada bazı turistler var... bekleyin."
Telefonu aşağı indirip gruptaki insanlara seslendi. "Millet, orada Langdon isimli biri var mı?"

Kısa bir sessizlikten sonra, turist kalabalığının arasından bir ses cevap verdi. "Evet, ben Robert Langdon'ım."

Sato her şeyi biliyor. Kimin konuştuğunu görmek için Anderson boynunu uzattı.

Daha önce kendisiyle konuşmak isteyen adam, diğerlerinin yanından ayrıldı. Şaşırmış gibiydi... ama yüzü tanıdıktı.

Anderson telefonu dudaklarına götürdü. "Evet, Bay Langdon burada."

Sato kabaca, "Telefonu ona ver," dedi.

Anderson nefes verdi. *Benimle uğraşacağına onunla uğraşsın.* "Bekleyin." Langdon'a eliyle yanına gelmesini işaret etti.

Langdon yaklaşırken, Anderson isminin neden tanıdık geldiğini anladı. *Bu adam hakkında daha yeni bir makale okudum. Burada ne işi var?*

Langdon'ın bir seksen ikilik boyuna ve atletik yapısına rağmen Anderson, Vatikan'daki patlama ve Paris'teki insan avından sağ çıkarak meşhur olan bir adamdan beklediği o soğukluğu ve kibiri onda göremedi. *Bu adam Fransız polisini mokasenlerle mi atlattı?* Oysa daha çok, Ivy League[1] kütüphanelerinde Dostoyevski okurken görülecek birine benziyordu.

Anderson yanına doğru yürüyüp, "Bay Langdon?" dedi. "Ben Şef Anderson. Buradaki güvenliğin başındayım. Size bir telefon var."

"Bana mı?" Langdon'ın mavi gözleri endişe ve şüpheyle bakıyordu.

Anderson telefonu uzattı. "CIA, Güvenlik Ofisi'nden arıyorlar."

"Hiç duymadım."

Anderson anlamlı bir şekilde güldü. "Şey... bayım, onlar sizi duymuşlar."

Langdon telefonu kulağına götürdü. "Efendim?"

"Robert Langdon mı?" Başkan Sato'nun sert sesi minik mikrofonda, Anderson'ın duyabileceği kadar yüksek çıkmıştı.

Langdon, "Evet?" diye cevap verdi.

Anderson, Sato'nun söylediklerini duyabilmek için yaklaştı.

---

(1) ABD'deki en iyi üniversitelere verilen isim.

Kayıp Sembol

"Bay Langdon, ben Başkan Inoue Sato. Şu anda bir krizi yönetiyorum ve bana yardımcı olacak bir bilgiye sahip olduğunuza inanıyorum."

Langdon umutlanmıştı. "Peter Solomon'la mı ilgili? Yerini biliyor musunuz?"

Peter Solomon mı? Anderson konuşmadan tamamıyla koptuğunu hissetti.

Sato, "Profesör," dedi. "Şu anda soruları ben soruyorum."

Langdon heyecanla, "Peter Solomon'ın başı ciddi bir şekilde dertte!" diye bağırdı. "Çılgın bir adam az önce..."

Konuşmayı kesen Sato, "Affedersiniz," dedi.

Anderson yerinde sindi. *Yanlış hareket.* Üst düzey bir CIA yetkilisinin sorgulamasını kesmek, sadece sivillerin yapabileceği türden bir hataydı. *Langdon'ın zeki olduğunu sanırdım.*

Sato, "Dikkatle dinleyin," dedi. "Biz konuşurken ulusumuz bir krize doğru gidiyor. Durumu değiştirebilecek olan bilgiye bir tek sizin sahip olduğunuz bana bildirildi. Şimdi size bir kez daha soruyorum. Ne gibi bir bilgiye sahipsiniz?"

Langdon şaşırmış görünüyordu. "Bakın, neden bahsettiğiniz hakkında hiçbir fikrim yok. Beni kaygılandıran tek şey Peter..."

Sato, "Hiçbir fikriniz yok mu?" diyerek meydan okudu.

Anderson, Langdon'ın öfkeyle yerinde dikildiğini gördü. Profesör şimdi daha kavgacı bir tonla konuşuyordu. "Hayır bayım. Hiçbir fikrim yok."

Anderson geri çekildi. *Yanlış. Yanlış. Yanlış.* Robert Langdon, az önce Başkan Sato'yla konuşurken çok büyük bir hata yapmıştı.

O anda Anderson çok geç olduğunu fark etti. Başkan Sato, Rotunda'nın diğer ucundan çıkmış, Langdon'a arkadan yaklaşıyordu. *Sato binanın içinde!* Nefesini tutan Anderson, çarpışmaya kendini hazırladı.

Başkanın kulağında telefonla, siyah gözlerini Langdon'ın ensesine kilitlemiş karanlık görüntüsü gittikçe yaklaşıyordu.

Polis şefinin telefonunu sıkıca tutan Langdon, Güvenlik Ofisi başkanı kendisini sıkıştırırken boşuna uğraştığını hissediyordu. Lafı uzatmadan, "Üzgünüm bayım," dedi. "Ama zihninizi okuyamıyorum. Benden ne istiyorsunuz?"

"Sizden ne mi istiyorum?" Başkanın, streptokok boğaz ağrısıyla ölen bir adamınkine benzeyen paslı sesi Langdon'ın telefonunda cızırdadı.

Telefondaki ses konuşurken Langdon birisinin omzuna dokunduğunu hissetti. Arkasını döndüğünde gözlerini aşağı indirerek ufak tefek bir Japon kadının yüzüne odaklandı. Sert bir ifadesi, lekeli bir cildi, ince saçları, sigaradan sararmış dişleri ve boynundan enlemesine geçen beyaz bir yara izi vardı. Kadının boğumlu eli kulağındaki telefonu tutuyordu ve dudaklarını hareket ettirdiğinde Langdon telefonundaki o tanıdık paslı sesi duydu.

"Sizden ne mi istiyorum profesör?" Telefonu sakince kapatıp bakışlarını ona dikti. "Başlangıç olarak bana 'bayım' demekten vazgeçin."

Adeta yerin dibine geçen Langdon, kadına bakakalmıştı. "Bayan, ben... özür dilerim. Bağlantı iyi değildi..."

"Bağlantımızda sorun yoktu profesör," dedi. "Ve saçmalıklara hiç taviz vermem."

Kayıp Sembol

17. BÖLÜM

Başkan Inoue Sato korkutucu bir tipti; en fazla bir elli boyunda, burnundan alevler püsküren bir kadındı. Sivri hatlı ince bir kemik yapısı ve vitiligo diye bilinen bir cilt bozukluğu vardı. Bu hastalık, benekli tenine liken lekeli yontulmamış granit görünümü veriyordu. Buruşuk pantolon takımı bir deri bir kemik bedeninden çuval gibi sarkıyor, yakası açık bluzu ise boynundaki yara izini saklayamıyordu. İş arkadaşları Sato'nun fiziksel görünüm gibi boş işlere sadece bıyıklarını yolmak için vakit ayırdığını söylüyorlardı.

Inoue Sato, on yılı aşkın bir zamandır CIA'in Güvenlik Ofisi'nin başındaydı. Üstün zekâ seviyesi ve insanın kanını donduracak kadar doğru çıkan içgüdüleri ona, imkânsızı başaramayanları dehşete düşüren bir kendine güven sağlıyordu. Konulan gırtlak kanseri teşhisi bile onu oturduğu koltuktan indirememişti. Verdiği mücadele işten ayrı geçen bir aya, ses tellerinin yarısına ve ağırlığının üçte birine mal olsa da ofise, hiçbir şey olmamış gibi geri dönmüştü. Inoue Sato adeta tahrip edilemez bir yaratıktı.

Robert Langdon, telefonda onun erkek olduğu kanısına kapılan ilk kişi olmadığını düşünüyordu, ama başkan, ona öfkeli, siyah gözlerle bakmaya devam etti.

Langdon, "Tekrar özür dilerim hanımefendi," dedi. "Hâlâ kendime gelmeye çalışıyorum. Peter Solomon'ı elinde tuttuğunu iddia eden kişi bu akşam beni kandırarak D.C.'ye kadar getirtti." Faks kâğıdını cebinden çıkardı. "Bana bunu göndermişti. Gönderdiği uçağın kuyruk numarasını yazdım, FAA'[1]i ararsanız belki..."

Sato ufak elini uzatıp kâğıdı Langdon'ın elinden kaptı. Bakmadan cebine tıkıştırdı. "Profesör, bir soruşturma yürütüyorum ve bana bilmek istediğim şeyi söyleyinceye kadar size tavsiyem, sizinle konuşulmadıkça konuşmayın."

Sato şimdi güvenlik şefine dönmüştü.

---

(1) FAA (Federal Aviation Administration: Federal Uçuş Dairesi)

Adamın burnunun dibine kadar girip, küçük siyah gözlerini ona dikerek, "Şef Anderson," dedi. "Burada ne halt olduğunu anlatacak mısın? Doğu kapısındaki görevli bana, yerde bir insan eli bulunduğunu söyledi. Doğru mu?"

Anderson kenara çekilerek, tam ortada duran nesneyi görmesini sağladı. "Evet efendim, birkaç dakika önce."

Sato yerdeki ele, adeta bir kumaş parçasıymış gibi baktı. "Ama aradığımda bana bundan bahsetmedin, öyle mi?"

"Ben... bildiğinizi sanmıştım."

"Bana *yalan* söyleme."

Anderson, onun bakışları altında ezildi ama kendinden emin bir sesle yanıt verdi. "Efendim, durum kontrol altına alındı."

Sato onunkine denk bir özgüvenle, "Bundan şüphem var," dedi.

"Adli tıptan bir ekip yola çıktı. Bunu yapan kişi parmak izi bırakmış olabilir."

Sato kuşkulu gözlerle bakıyordu. "Güvenlik kontrolünden yanında bir insan eliyle geçen kişi, herhalde parmak izi bırakmayacak kadar akıllıdır."

"Bu doğru olabilir ama benim görevim araştırmak."

"Doğrusunu istersen şu andan itibaren seni bu sorumluluktan kurtarıyorum. Soruşturmayı ben aldım."

Anderson sertleşti. "Burası Güvenlik Ofisi'nin sahasına girmiyor, öyle değil mi?"

"Kesinlikle. Bu ulusal güvenlik meselesi."

Peter'ın eli mi, diye düşünen Langdon, atışmalarını şaşkınlıkla izliyordu. *Ulusal güvenlik mi?* Langdon, Sato'nun asıl amacının Peter'ı bulmak olmadığını seziyordu. Güvenlik Ofisi başkanı konuya tamamen farklı bir açıdan bakıyordu.

Anderson da şaşırmış gibiydi. "Ulusal güvenlik mi? Saygı duyuyorum efendim ama..."

Sato, "Rütbem seninkinin üstünde," diyerek adamın sözünü kesti. "Söylediklerimi harfiyen ve hiç sorgulamadan yerine getirmeni tavsiye ederim."

Başını "evet" anlamında sallayan Anderson, güçlükle yutkundu. "Ama en azından elin Peter Solomon'a ait olduğunu teyit etmek için parmak izi almamız gerekmez mi?"

Emin olmaktan ötürü rahatsızlık duyan Langdon, "Ben teyit ederim," dedi. "Yüzüğünü tanıyorum... ve elini." Durdu. "Ama dövmeler yeni. Birisi bunu ona kısa bir süre önce yapmış."

"Anlamadım?" Sato geldiğinden beri ilk defa cesareti kırılmış gibi görünüyordu. "Eline *dövme* mi yapılmış?"

Langdon başını salladı. "Başparmakta bir taç var. İşaretparmağındaysa yıldız."

Gözlüğünü çıkaran Sato, ele doğru yürüyüp etrafında köpekbalığı gibi dolaştı.

Langdon, "Ayrıca," dedi. "Diğer üç parmak görünmediği halde, onların da uçlarında dövmeler bulunduğuna eminim."

Duyduğu yorum karşısında etkilenmiş gibi görünen Sato, Anderson'a işaret etti. "Şef, bizim için diğer parmak uçlarına bakabilir misin, lütfen?"

Elin yanında yere çömelen Anderson, dokunmamak için özen gösteriyordu. Yanağını yere dayayıp, kıvrılmış parmak uçlarının altını görmeye çalıştı. "Doğru söylüyor efendim. Tüm parmak uçlarında dövmeler var ama tam olarak ne olduklarını..."

Langdon sakin bir tonla, "Güneş, fener ve anahtar," dedi.

Sato takdir dolu bakışlarını Langdon'a çevirmişti. "Peki bunu nasıl biliyorsunuz?"

Langdon, kadının bakışlarına karşılık verdi. "Parmak uçları bu şekilde işaretlenmiş insan eli figürü, çok eski bir ikondur. 'Gizemler Eli' adıyla bilinir."

Anderson aniden ayağa kalktı. "Bu şeyin bir de *adı* mı var?"

Langdon başını salladı. "Antik dünyanın en çok sır barındıran ikonlarından biridir."

Sato başını dikti. "Peki o zaman Kongre Binası'nın ortasında ne halt ettiğini sorabilir miyim?"

Langdon bu kâbustan uyanmayı diliyordu. "Geleneksel olarak hanımefendi, bu el davet yerine geçerdi."

"Davet mi... nereye?" diye sordu.

Langdon başını eğip, arkadaşının kesik elindeki sembollere baktı. "Gizemler Eli asırlar boyunca mistik bir çağrı görevini üstlendi. Temelde, gizli bilgiyi almaya davet eder; sadece seçkin birkaç kişinin bildiği, korunmuş bilgeliği."

İnce kollarını kavuşturan Sato, simsiyah gözlerini ona dikti. "Ee, profesör, neden burada olduğunu bilmediğini iddia eden birine göre... şimdiye dek fena gitmediniz."

18. BÖLÜM

Beyaz laboratuvar önlüğünü giyen Katherine Solomon, günlük turuna -ağabeyinin deyişiyle "devriyeye"- başladı.

Katherine uyuyan bebeğini kontrol eden evhamlı bir ebeveyn gibi başını mekanik odasından içeri soktu. Yedek tankları raflarında duran hidrojen yakıt hücresi, sorunsuz bir şekilde çalışıyordu.

Koridordan veri depolama odasına doğru ilerledi. Her zamanki gibi, iki holografik yedekleme ünitesi, ısı kontrollü yuvalarının içinde güvenle vınlıyorlardı. Yedi buçuk santimlik kırılmaz camın ardına göz gezdirirken, *tüm araştırmam,* diye düşündü. Holografik veri depolama cihazları, buzdolabı boyutlarındaki öncülerine kıyasla, sütun kaidelerinin üzerine yerleştirilmiş daha zarif aygıtlardı.

Laboratuvarının her iki holografik sürücüsü de senkronize ve birbirinin aynıydı; çalışmasının kopyalarını saklamak için yedekleme yapıyorlardı. Yedekleme protokollerinin büyük çoğunluğu deprem, yangın ve hırsızlık gibi durumlara karşı *dışarıda* ikinci bir yedekleme sistemi kurulmasını tavsiye ederdi, ama Katherine ile ağabeyi, gizliliğin fazlasıyla önemli olduğu konusunda hemfikirdilerdi; bu veriler binadan çıkıp dışarıdaki bir sunucuya gittiği andan itibaren, gizli kalacağından emin olamazlardı.

Burada her şeyin yolunda gittiğinden emin olunca koridora geri döndü. Köşeyi dönerken, laboratuvarın karşı tarafında beklenmedik bir şey gözüne çarptı. *Bu da ne?* Zayıf bir ışık cihazları aydınlatıyordu. Bakmak için içeri girince ışığın, kontrol odasının pleksiglas duvarından geldiğini gördü.

Burada. Laboratuvara koşan Katherine, kontrol odasının kapısını iterek açtı. İçeri girerken, "Peter!" dedi.

Kontrol odasındaki ana bilgisayarın başında oturan tombul kadın yerinde sıçradı. "Ah Tanrım! Katherine! Beni korkuttun!"

Kayıp Sembol

Trish Dunne -dünyada buraya girme yetkisi olan diğer kişi- Katherine'in metasistem uzmanıydı ve hafta sonları nadiren çalışırdı. Yirmi altı yaşındaki kızıl saçlı kadın, veri modelleme dâhisiydi ve KGB'ye layık bir gizlilik anlaşması imzalamıştı. Görünüşe bakılırsa bu akşam kontrol odasının plazma duvarında -NASA görev kontrol merkezinden fırlamış gibi görünen dev bir ekran- data analizi yapıyordu.

Trish, "Affedersin," dedi. "Geldiğinden haberim yoktu. Ağabeyinle sen gelmeden önce bitirmeye çalışıyordum."

"Onunla konuştun mu? Gecikti ve telefonuna cevap vermiyor."

Trish başını iki yana salladı. "Bahse girerim hâlâ ona verdiğin iPhone'u nasıl kullanacağını çözmeye çalışıyordur."

Trish'in nüktedanlığı Katherine'in hoşuna gidiyordu. Ayrıca bu akşam burada olması aklına yeni bir fikir getirmişti. "Doğrusunu istersen bu akşam gelmene sevindim. Bana bir konuda yardımcı olabilirsin, tabii sakıncası yoksa."

"Her ne ise, eminim futboldan iyidir."

Katherine derin bir nefes alarak, sakinleşmeye çalıştı. "Bunu nasıl açıklayacağımı bilmiyorum, ama bugün olağandışı bir hikâye duydum..."

Trish Dunne, Katherine Solomon'ın nasıl bir hikâye duyduğunu bilmiyordu ama onu huzursuz ettiği belliydi. Patronunun genellikle sakin bakan gri gözleri şu anda tedirgin görünüyordu, ayrıca içeri girdiğinden beri üç defa saçlarını kulak arkasına atmıştı ki, Trish buna "gerginlik" belirtisi diyordu. *Zeki bir bilim insanı. Kötü bir poker oyuncusu.*

Katherine, "Bana göre bu hikâye biraz hayal ürünü..." dedi. "Eski bir efsane. Ama yine de..." Bir tutam saçı yeniden kulak arkasına atarak sustu.

"Ama yine de?"

Katherine içini çekti. "Ama yine de bugün güvenilir bir kaynak bana efsanenin gerçek olduğunu söyledi."

"Tamam..." *Buradan nereye varacak acaba?*

"Bu konuyu ağabeyimle konuşacağım, ama bana öyle geliyor ki bunu yapmadan önce sen konuyu aydınlatmama yardımcı olabilirsin. Bu efsanenin tarihte başka bir şekilde doğrulanıp doğrulanmadığını bilmek istiyorum."

"Tüm tarihte mi?"

Katherine başını salladı. "Dünyanın herhangi bir yerinde, herhangi bir dilde ve herhangi bir zamanda."

Trish, *tuhaf bir istek ama yapılabilir,* diye düşündü. On yıl öncesine kadar bunu yapmak imkânsızdı. Ama bugün internet ve büyük kütüphanelerle müzelerin sanal ortama aktarılması sayesinde Katherine'in isteği, çeviri birimleriyle donatılmış basit bir arama motoru ve iyi seçilmiş anahtar kelimelerle gerçekleştirilebilirdi.

Trish, "Sorun değil," dedi. Laboratuvarın araştırma kitaplarının pek çoğunda eski dillerde yazılmış pasajlar vardı ve anlaşılmayan dilleri İngilizce metinlere dönüştürmesi için Trish'ten sıklıkla Optik Karakter Tanıma (OCR)[1] çeviri modülleri yazması istenirdi. Trish, eski Frizye[2], Maek[3] ve Akad dilleri için OCR çeviri modülleri oluşturan dünyadaki tek metasistem uzmanı olmalıydı.

Modüllerin yardımı olsa da etkin bir arama örümceği oluşturmanın sırrı, doğru anahtar kelimeyi seçmekti. *Benzersiz ama fazla sınırlayıcı değil.*

Bir kâğıt parçasına olası anahtar kelimeleri karalamaya başlayan Katherine, görünüşe bakılırsa ondan bir adım öndeydi. Katherine bir sürü kelime yazdıktan sonra biraz durup yeniden yazmaya başladı. Sonunda Trish'e kâğıdı uzatırken, "Tamam," dedi.

Trish listedeki sözcükleri okurken, gözleri fal taşı gibi açıldı. *Katherine hangi çılgın efsaneyi araştırıyor?* "Bu anahtar kelimelerin *hepsini* mi aramamı istiyorsun?" Kelimelerden birinin hangi dilde olduğunu bile bilmiyordu. *Bu İngilizce mi?* "Sence bunların hepsini aynı yerde bulabilir miyiz? Kelimesi kelimesine?"

"Denemek istiyorum."

Trish *imkânsız* demek isterdi ama "i" ile başlayan o kelime burada yasaktı. Katherine, gerçeğe aykırı kabul edilen pek çok yargının doğruluğunun teyit edildiği bir sahada, bu kelimenin tehlikeli bir şartlandırma ola-

---

(1) OCR (Optical Character Recognition)

(2) Birbirleriyle bağlantılı üç grup Almanca, Batı Frizye dili Hollanda'da konuşulur. Doğu Frizye dili Almanya'da Aşağı Saksonya Bölgesi'nde, Kuzey Frizye dili ise Almanya'da Schleswig-Holstein Bölgesi'nde konuşulur.

(3) Bir zamanlar Kore'de, Güney ve Kuzey Çin Kore'sinde kullanılan dildir. Şimdilerde kaybolmuştur. Hangi dil kökeninden geldiği bilinmemektedir.

cağına inanıyordu. Trish Dunne, önünde duran anahtar kelimelerle yapacağı aramanın bu sınıfa gireceğinden cidden şüphe duyuyordu.

Katherine, "Sonuçların çıkması ne kadar sürer?" diye sordu.

"Örümceği yazıp, aramayı başlatmak birkaç dakika alır. Bundan sonra örümceğin bulup çıkarması yaklaşık on beş dakika sürer."

"O kadar çabuk mu?" Katherine'in cesareti artmıştı.

Trish başını salladı. Geleneksel arama motorlarının interneti taraması, yeni belgeler bulması, içeriklerini sınıflandırması ve kendi taranabilir veritabanına aktarması normalde bir tam gün alırdı. Ama Trish'in yazdığı örümcek böyle değildi.

Trish, *"Delegator* denilen bir program yazacağım," dedi. "Tamamıyla uygun sayılmaz ama hızlıdır. Diğer insanların arama motorlarına bizim işimizi yapmasını söyleyen bir programdır. Pek çok veritabanının -kütüphanelerin, müzelerin, üniversitelerin, hükümetlerin- içinde bir arama fonksiyonu bulunur. Ben de *onların* arama motorlarını bulan, anahtar kelimeleri giren ve arama yapmalarını söyleyen bir örümcek program yazacağım. Bu şekilde ahenk içinde çalışan binlerce motorun gücünü kullanacağız."

Katherine etkilenmiş gibiydi. "Paralel komut işleme."

Bir tür metasistem. "Bir şey bulursam seni ararım."

"Çok işime yarayacak Trish." Katherine elini onun sırtına koyduktan sonra kapıya yöneldi. "Kütüphanede olacağım."

Trish, programı yazmaya hazırlandı. Arama örümceğini kodlamak onun seviyesinin çok altında bir iş olsa da umurunda değildi. Katherine Solomon için her şeyi yapardı. Bazen, şansının kendisini buraya getirecek kadar iyi gittiğine inanamıyordu.

Çok büyük mesafe kat ettin güzelim.

Trish bir yıl önce, yüksek teknoloji endüstrisindeki şirketlerden birindeki metasistem uzmanlığı görevinden istifa etmişti. İş dışındaki saatlerinde serbest programcı olarak çalışmış ve bir blog -Bilişimsel Metasistem Analizinin Gelecekte Uygulanması- başlatmıştı, ama herhangi birinin bunu okuduğundan emin değildi. Sonra bir gün telefonu çalmıştı.

Bir kadın sesi nazikçe, "Trish Dunne?" diye sormuştu.

"Evet, kiminle görüşüyorum?"

"İsmim Katherine Solomon."

Trish o an neredeyse bayılacaktı. *Katherine Solomon mı?* "Kitabınızı yeni okudum. *Noetik Bilim: Antik Bilime Açılan Modern Kapı* ve blogumda bununla ilgili yazdım!"

Kadın kibarca, "Evet, biliyorum," diye cevap vermişti. "Bu yüzden arıyorum."

Elbette öyle, diye düşünen Trish, kendini aptal gibi hissetmişti. *Zeki bilim insanları da kendilerini Google'da ararlar.*

Katherine, ona, "Blogunuz ilgimi çekti," demişti. "Metasistem modellemesinin bu kadar ilerlediğinden haberim yoktu."

Sersemlemiş olan Trish ancak, "Evet efendim, öyle," diyebilmişti. "Veri modellemeleri, geniş kapsamlı uygulamaları olabilecek yeni bir teknoloji."

İki kadın dakikalarca Trish'in geniş data alanlarını tahlil etme, modelleme ve tahmin etme deneyimlerini tartışarak, metasistem çalışmaları hakkında konuşmuşlardı.

Trish, "Yazdığınız kitap benim çok üstümde, ama metasistem çalışmalarımla arasındaki ilişkiyi anlayabildim," demişti.

"Blogunuzda metasistem modellemesinin Noetik çalışmalarını *değiştirebileceğini* söylemişsiniz."

"Kesinlikle. Metasistemin Noetik'i gerçek bilime dönüştürebileceğine inanıyorum."

"Gerçek bilim mi?" Katherine'in sesi ciddileşmişti. "Neyle kıyaslandığında?"

Ah, kahretsin, yanlış anlaşıldı. "Ee, söylemek istediğim, Noetik'in daha çok... ezoterik olduğu."

Katherine kahkaha atmıştı. "Sakin ol, şaka yapıyordum. Bununla hep karşılaşırım."

Trish, *şaşırmadım,* diye düşünmüştü. Kaliforniya'daki Noetik Bilimler Enstitüsü bile bu alanı gizemli ve muğlak bir dille tasvir etmiş, söz konusu çalışmayı "normal duyularımızla ve mantığımızla algılayabileceğimizin ötesindeki bilgiye doğrudan geçiş" diye açıklamıştı.

Trish, *noetik* kelimesinin Yunancadaki *nous* -kabaca çevirisi "içsel bilgi" veya "sezgisel bilinç"- kelimesinden türetildiğini öğrenmişti.

Katherine, "Metasistem çalışmalarınız ve şu an meşgul olduğum projeyle bunun nasıl ilişkilendirilebileceği konusu ilgimi çekiyor," demişti. "Buluşmak ister misiniz? Zekânızdan faydalanmak isterim."

Katherine Solomon benim zekâmdan mı faydalanmak istiyor? Bu, tenis taktikleri almak için Maria Şarapova'nın araması gibi bir şeydi.

Ertesi gün beyaz bir Volvo, Trish'in garaj yoluna girmiş ve içinden mavi kot pantolon giymiş, zarif ve çekici bir kadın çıkmıştı. Trish bir anda boyunun altmış santime indiğini hissetmişti. *Harika,* diye homurdanmıştı. *Akıllı, zeki ve zayıf... ve ben de Tanrı'nın iyi olduğuna inanacağım, öyle mi?* Ama Katherine'in mütevazı havası Trish'i hemen rahatlatmıştı.

İkisi birlikte Trish'in arka taraftaki verandasında oturup, evinin etkileyici manzarasını seyretmişlerdi.

Katherine, "Evin çok güzel," demişti.

"Teşekkürler. Üniversitedeyken şansım yaver gitti ve kendi hazırladığım bir yazılımın lisansını aldım."

"Metasistemle mi ilgili?"

"Metasistemlerin öncüsü. 11 Eylül'den sonra teröristlerin haberleşmeleriyle ilgili anahtar kelimelerin peşine düşen hükümet, dev veri alanlarıyla -sivillerin e-postaları, cep telefonları, faks, metin, web siteleri- karşılaşmaya başlamıştı. Ben de veri alanlarını başka bir yoldan işletebilecekleri bir yazılım hazırladım... böylece yeni bir istihbarat ürünü ortaya çıktı." Gülümsedi. "Sonuç olarak, benim yazılımım Amerika'nın havasını yoklamalarına olanak sağladı."

"Anlamadım?"

Trish gülmüştü. "Evet, kulağa çılgınca geliyor. Yani demek istediğim, ulusun *duygusal* halini ölçüyordu. Başka bir deyişle, kozmik bilinç barometresi görevi görüyordu." Trish haberleşmedeki veri alanları kullanılarak bazı anahtar kelimelerin "belirme sıklığına" ve veri alanındaki duygusal göstergelerine dayanarak insanların *ruh halinin* ölçülebildiğini açıkladı. Daha mutlu zamanlarda daha mutlu bir dil kullanılıyordu, sıkıntılı zamanlarda bunun tam tersi geçerliydi. Mesela bir terörist saldırısı gerçekleştiğinde, hükümet Amerika'nın psikolojisindeki değişimi ölçebilir ve başkana olayın duygusal etkileri konusunda daha iyi tavsiyelerde bulunabilirdi.

Katherine eliyle çenesini ovuştururken, "Büyüleyici," demişti. "Demek ki, bireylerden oluşan bir toplumu... adeta *tek* bir organizmaymış gibi inceleyebiliyorsun."

"Aynen öyle. Bir *metasistem*. Parçaların toplamıyla tanımlanan bir bütün. Sözgelimi insan bedeni, her biri farklı nitelik ve görevlere sahip milyonlarca hücreden oluşmuştur, ama bir bütün olarak işlev görürler."

Katherine coşkuyla başını sallamıştı. "Tekmiş gibi hareket eden bir kuş ya da balık sürüsü gibi. Biz buna yakınsaklık veya dolaşıklık diyoruz."

Trish ünlü konuğunun metasistem programlamasının Noetik alanındaki potansiyelini anlamaya başladığını hissediyordu. Trish, "Benim yazılımım, hükümet organlarına geniş ölçekli krizleri -bulaşıcı hastalıklar, afetler, terörizm ve buna benzer şeyler- uygun biçimde değerlendirip, karşılık vermelerine yardımcı olmak için tasarlandı," diye açıkladı. Durdu. "Elbette, başka sahalarda da kullanılabilir... Ulusal bilincin fotoğrafını çekip, seçim sonuçlarını veya açılış gongunun ardından borsanın hangi yönde hareket edeceğini tahmin etmek gibi."

"Oldukça etkileyici görünüyor."

Trish eliyle büyük evini işaret etti. *"Hükümet* de öyle düşündü."

Şimdi Katherine'in gri gözleri ona odaklanmıştı. "Trish, yaptığın işin ahlaki çıkmazından bahsedebilir miyiz?"

"Ne demek istiyorsun?"

"Kolaylıkla kötüye kullanılabilecek bir yazılım yarattığını söylemek istiyorum. Bunu elinde bulunduran kişiler, başka kimselerin sahip olmadığı güçlü bir bilgiye sahip oluyorlar. Bunu oluştururken hiç tereddüt etmedin mi?"

Trish gözünü bile kırpmadı. "Kesinlikle hissetmedim. Benim yazılımımın... mesela bir uçuş simülatörü programından hiçbir farkı yok. Bazıları bunu az gelişmiş ülkelere ilkyardım uçuşu pratiği yapmak için kullanırlar. Bazılarıysa yolcu uçaklarını gökdelenlere çarpma pratiği yapmak için. Bilgi bir araçtır ve tüm araçlar gibi, etkisi onu kullanan kişinin elindedir."

Etkilenmiş gibi görünen Katherine arkasına yaslanmıştı. "Peki o zaman sana varsayımsal bir soru sorayım."

Trish sohbetlerinin aniden bir iş görüşmesine dönüştüğünü fark etmişti.

Katherine uzanıp, yerden aldığı bir kum tanesini Trish'in görebileceği şekilde tuttu. "Anladığım kadarıyla," dedi. "Yaptığın metasistem çalışmaları, tek bir kum tanesinin ağırlığını ölçerek, tüm kumsalın ağırlığını hesaplayabiliyor."

"Evet, temel olarak böyle."

"Bildiğin gibi bu kum tanesinin bir *kütlesi* vardır. Çok ufak bir kütledir ama yine de kütledir."

Trish başını salladı.

"Ve bu kum tanesinin bir kütlesi olduğu için, bir *çekim kuvvetine* de sahiptir. Evet, belki hissedilmeyecek kadar küçük ama yine de vardır."

"Doğru."

Katherine, "Şimdi," demişti. "Bu kum tanelerinden trilyonlarcasını alıp... sözgelimi ayı oluşturacak şekilde birbirlerine kenetlenmelerine izin verirsek, bunların birleşmiş çekim kuvveti okyanusları hareket ettirip, gezegenimizde gelgitlere sebep olabilir."

Trish tüm bunların nereye varacağını kestiremese de dinlemek hoşuna gitmişti.

Kum tanesini bırakan Katherine, "O halde bir varsayımda bulunursak," demişti. "Sana *düşüncenin* ya da zihninde oluşan minik bir fikrin... gerçekte ölçülebilir bir kütleye sahip, ölçülebilir bir varlık olduğunu söylesem? Elbette minimal bir kütle, ama yine de *kütle*. O zaman etkileri ne olurdu?"

"Varsayımda bulunuyoruz, değil mi? Şey, en belirgin etkisi... düşünce bir kütle olduğuna göre, bir çekim kuvveti de olurdu ve nesneleri kendine çekebilirdi."

Katherine gülümsedi. "Çok iyisin. Şimdi bir adım ilerleyelim. Bir sürü insan *aynı* düşünceye odaklanırsa ne olur? Bu aynı düşüncenin kaynakları birbiriyle kaynaşmaya ve bu düşüncenin toplam kütlesi artmaya başlar. Tabii bu sebeple çekim kuvveti de artar."

"Peki."

"Yani şunu demek istiyorum: Yeterli sayıda insan aynı şeyi düşünmeye başlarsa, o düşüncenin çekim kuvveti somutlaşır... ve gerçek bir güç ortaya koyar." Katherine göz kırptı. "Ve fiziki dünyamızda ölçülebilir bir etkisi olur."

19. BÖLÜM

Başkan Inoue Sato, az önce duyduklarını özümsemeye çalışırken kollarını kavuşturmuş, şüpheyle bakan gözlerini Langdon'a dikmişti. "Eski bir kapıyı açmanızı istediğini mi söyledi? Bununla ne yapayım profesör?"

Langdon hafifçe omuzlarını silkti. Yine midesi bulanmaya başlamıştı, arkadaşının kesik eline bakmamaya çalıştı. "Bana aynen bunları söyledi. Eski bir kapı... bu binada bir yerde gizliymiş. Ona herhangi bir kapıdan haberim olmadığını söyledim."

"Peki neden sizin bulabileceğinizi düşünüyor?"

"Belli ki kaçığın biri." *Yolu Peter'ın göstereceğini söylemişti.* Peter'ın dik duran eline bakışlarını indiren Langdon, onu elinde tutan kimsenin kelimelerle oynadığı sadist oyunu düşününce fenalaştı. *Yolu Peter gösterecek.* Parmağın işaret ettiği yukarıdaki kubbeye daha önce bakmıştı. *Bir kapı mı? Yukarıda mı? Bu delilik.*

Sato'ya, "Beni arayan adam, bu akşam Kongre Binası'na geleceğimi bilen tek kişi oydu," dedi. "Bu yüzden, bu akşam burada olduğumu size kim haber verdiyse, adamınız o. Bence..."

Sato, "Haberleri nereden aldığım sizi hiç ilgilendirmez," diyerek sözünü kesti. "Şu anda benim için öncelikli olan şey, bu adamla işbirliği yapmak. Ve elimdeki bilgilere göre, ona istediğini verebilecek tek kişi *sizsiniz.*"

Hayal kırıklığı yaşayan Langdon, "Benim önceliğimse, arkadaşımı bulmak," diye cevap verdi.

Sabrının sınırlarını zorladığı açıkça anlaşılan Sato, derin bir nefes aldı. "Bay Solomon'ı bulmak istiyorsan, yapılacak tek bir şey var profesör... Onun nerede olduğunu bilen kişiyle işbirliği yapmak." Sato saatine göz attı. "Zamanımız kısıtlı. Sizi temin ederim ki bu adamın isteklerini yerine getirmeye mecburuz."

Kayıp Sembol

Langdon kuşkuyla, "Nasıl?" diye sordu. "Eski bir kapının yerini bulup açarak mı? Öyle bir kapı yok Başkan Sato. Bu adam deli."

Sato, ona yaklaşınca aralarında otuz santimden az bir mesafe kalmıştı. "Bilmem anlatabiliyor muyum ama... sizin *deli* dediğiniz o adam, bu sabah iki akıllı insanı ustalıkla kandırdı." Langdon'ın gözlerinin içine baktıktan sonra, Anderson'a döndü. "Benim işimde insan, delilikle dâhilik arasındaki ince çizgiyi ayırt etmeyi öğreniyor. Bu adama biraz saygı duyacak kadar akıllı olmalıyız."

"Bir adamın elini *kesti!*"

"İşte ben de bundan bahsediyorum. Bu, ne yaptığını bilmeyen, kararsız birinin işi değil. Daha da önemlisi profesör, bu adam belli ki ona yardım edebileceğinize inanıyor. Sizi Washington'a kadar getirdi, bunu bir sebeple yapmış olmalı."

Langdon, "Sadece *Peter* öyle söylediği için, bu kapıyı açabileceğimi düşündüğünü söyledi," diye karşılık verdi.

"Peki doğru değilse Peter Solomon bunu neden söylesin?"

"Peter'ın böyle bir şey söylemediğine eminim. Söylediyse bile, baskı altında olduğu için bunu yapmıştır. Aklı karışıktı... belki de korkmuştu."

"Evet. Buna sorgu işkencesi deniyor ve oldukça etkilidir. Ama bu, Bay Solomon'ın gerçeği söylediği düşüncesini daha da pekiştiriyor." Sato sanki bu tekniği bizzat tecrübe etmiş gibi konuşuyordu. "Neden *Peter'*ın bu kapıyı sadece sizin açabileceğinizi düşündüğünü açıkladı mı?"

Langdon başını iki yana salladı.

"Profesör, eğer ününüz doğruysa, bu türden şeyler Peter Solomon'la sizin ortak ilgi alanınıza giriyor; sırlar, tarihi ezoteri, gizemcilik ve bunun gibi şeyler. Peter'la yaptığınız konuşmalarda size hiç Washington D.C.'deki gizli bir kapıdan söz etmiş miydi?"

Langdon bu soruyu kendisine üst düzey bir CIA yetkilisinin sorduğuna inanamıyordu. "Peter'la sırlar hakkında fazlasıyla konuşuruz, ama inanın eğer bana herhangi bir yerde gizli bir eski kapı olduğunu anlatsaydı, ona gidip doktora görünmesini söylerdim. Özellikle de Antik Gizemlere açılan bir kapı olduğunu söyleseydi."

Sato başını kaldırıp baktı. "Anlamadım? Adam size bu kapının nereye açıldığını söyledi mi?"

"Evet, ama söylemesine gerek yoktu." Langdon, eli işaret etti. "Gizemler Eli, mistik bir kapıdan geçip eski bir gizli bilgiyi almak için gönderilen resmi bir davetiyedir. Bu bilgi, yani Antik Gizemler... tüm çağların kayıp bilgeliği adıyla bilinen güçlü bir ilimdir."

"O halde burada saklı olduğuna inandığı sırrı daha önce duymuştunuz, öyle mi?"

"Pek çok tarihçi bunu bilir."

"O zaman kapının var olmadığını nasıl söylüyorsunuz?"

"Saygısızlık etmek istemem ama hanımefendi, hepimiz Gençlik Pınarı'nı veya Shangri-la'yı duyduk ama bu, gerçekten var oldukları anlamına gelmiyor."

Anderson'ın telsizinin cızırtısı konuşmalarını böldü.

Telsizdeki ses, "Şef?" dedi.

Anderson telsizi kemerinden çekti. "Ben Anderson."

"Efendim, aramayı bitirdik. Burada tanıma uyan biri yok. Başka emriniz var mı efendim?"

Gözlerini hemen Sato'ya çeviren Anderson'ın paylanmayı beklediği belliydi, ama Sato onunla ilgilenmiyor gibiydi. Langdon ile Sato'dan uzaklaşan Anderson, telsize alçak sesle konuştu.

Sato kararlı bakışlarını Langdon'dan ayırmamıştı. "Yani Washington'da saklandığına inandığı sırrın... *fantezi* olduğunu söylüyorsunuz, öyle mi?"

Langdon başını salladı. "Çok eski bir efsanedir. Antik Gizemlerin sırrı, aslında Hıristiyanlık öncesinden kalmadır. Binlerce yıllık bir hikâye."

"Ama hâlâ devam ediyor?"

"Pek çok inanılmayacak inançla birlikte." Langdon öğrencilerine sıklıkla, modern dinlerin pek çoğunda bilimsellikle bağdaşmayan hikâyeler bulunduğunu hatırlatırdı: Musa'nın Kızıl Deniz'i yarmasından, Joseph Smith'in New York taşrasında gömülü bulduğu altın plakaları, sihirli gözlükler takıp Mormon Kitabı'na çevirmesine kadar. *Bir fikrin geniş kitleler tarafından kabul edilmesi, onun gerçekliğinin ispatı değildir.*

"Anlıyorum. Peki bu... Antik Gizemler tam olarak nedir?"

Langdon içini çekti. *Birkaç haftanız var mı?* "Antik Gizemler kısaca, uzun zaman önce toplanan gizli bilgilerden bahseder. Bu bilginin ilgi çekici tarafı, uygulayıcılarının insan zihninin henüz keşfedilmemiş güçlü yeteneklerini kullanmalarını sağlamasıdır. Bu bilgiye sahip olan Üstatlar onu halk kitlelerinden gizli tutmaya yemin etmişlerdi, çünkü konudan haberdar olmayanlar için fazlasıyla etkili ve tehlikeydi."

"Ne açıdan tehlikeliydi?"

"Kibritleri çocuklardan uzak tutmamızla aynı sebepten. Doğru ellerde ateş aydınlanma sağlayabilir... ama yanlış ellere geçtiğinde ateş yıkıcı olabilir."

Sato gözlüklerini çıkarıp, Langdon'ı inceledi. "Söylesenize profesör, böyle güçlü bir bilginin gerçekten var olabileceğine inanıyor musunuz?"

Langdon nasıl cevap vereceğini bilemiyordu. Antik Gizemler, daima akademik kariyerindeki en büyük çelişkiyi oluşturmuştu. Gerçekte, dünyadaki tüm mistik gelenekler, insanları mistik ve adeta tanrısal güçlerle donatabilen esrarlı bir bilginin var olduğu fikri etrafında dönerdi: tarot ve *Yi Çing* insana geleceği görme yeteneği verirdi; simya Felsefe Taşı aracılığıyla insana ölümsüzlük bahşederdi; Wicca[1] uzmanlaşmış uygulayıcılarına güçlü büyüler yapma imkânı sunardı.

Langdon bir akademisyen olarak bu geleneklerin tarihi sicilini inkâr edemezdi. Eskiler, sahip oldukları güçlü bilgileri, yalnızca bu bilgileri algılayabilecek kişilerle alegori, efsaneler ve semboller aracılığıyla paylaşırlardı. Ama yine de bir realist ve şüpheci olarak Langdon ikna olmamıştı.

Sato'ya, "Şüpheci yaklaştığımı söyleyebiliriz," dedi. "Gerçek dünyada Antik Gizemlerin efsanenin ötesine geçtiğini gösteren herhangi bir şeye rastlamadım, kendini tekrar eden mitolojik bir örnek. Bana göre, eğer insanlar mucizevi güçlere sahip oldularsa bunların delillerinin bulunması gerekirdi. Oysa tarihe bakacak olursak, insanüstü güçlerle donatılmış tek bir kişiden bahsedildiğini görmeyiz."

Sato kaşlarını kaldırdı. "Bu doğru değil."

Tereddüt eden Langdon, pek çok dindar kimse için gerçekten de bir insan tanrı olduğunu fark etti, İsa bunlardan en bilineniydi. "İtiraf etmek gerekirse, güç veren bu bilgeliğin gerçekten var olduğuna inanan pek çok eğitimli kimse var, ama ben henüz ikna olmadım."

---

(1) Eski paganizme dayanan bir dünya dinidir. Wicca tek başına eski dinlerin ve büyücülüğün yeniden inşasıdır. Köklerinin nereye dayandığı; kaynakların zulüm sebebiyle gizlenmesi veya yok edilmesi yüzünden tam olarak bilinmemektedir.

Yerdeki ele bir göz atan Sato, "Peter Solomon onlardan biri miydi?" diye sordu.

Langdon ele bakmaya cesaret edemiyordu. "Peter, tüm antik ve gizemli şeylere tutku duyan bir aileden geliyor."

Sato, "Bu 'evet' anlamına mı geliyor?" diye sordu.

"Sizi temin ederim, Peter Solomon Antik Gizemlerin gerçek olduğuna inansa bile, Washington D.C.'de saklı bir tür kapıdan geçilerek ulaşılabileceğine *inanmaz*. Mecazi sembolizmden anlar, ama anlaşılan onu alıkoyan kişinin bundan haberi yok."

Sato başını salladı. "Yani siz bu kapının bir mecaz olduğunu söylüyorsunuz, öyle mi?"

Langdon, "Elbette," dedi. "Yani teoride. Oldukça sık kullanılan bir mecazdır; kişinin aydınlanması için geçmesi gereken mistik bir kapıdır. Kapılar ve eşikler, dönüştürücü geçiş ayinlerini temsil eden ve sıkça kullanılan sembolik yapılardır. *Gerçek* bir kapı aramak, cennetin kapılarının yerini aramaya benzer."

Sato bunu kafasında kısa bir süre ölçüp biçtikten sonra, "Ama görünüşe bakılırsa, Bay Solomon'ı alıkoyan kişi, *gerçek* bir kapıyı açabileceğinize inanıyor," dedi.

Langdon içini çekti. "Pek çok fanatikle aynı yanılgıya düştü, mecazla gerçeği birbirine karıştırıyor." Benzer şekilde, boş yere kurşunu altına dönüştürmeye çalışan eski simyacılar da bunun, insanın gerçek potansiyelini ortaya çıkarmak anlamına gelen bir mecaz olduğunu anlamamışlardı. Kurşunun altına dönüşmesi aslında, boş ve cahil bir zihni çalışan ve aydınlanmış bir akla dönüştürmek demekti.

Sato eli gösterdi. "Bu adam onun için bir tür kapı bulmanızı istiyorsa, nasıl bulacağınızı neden söylemiyor? Tüm bu drama ne gerek var? Size neden dövme yapılmış bir el bıraksın?"

Langdon da bu soruyu kendi kendine sormuştu ve cevabı sinir bozucuydu. "Şey... anlaşılan o ki, uğraştığımız adam, akli dengesi bozuk olmakla birlikte, oldukça eğitimli. Bu el, onun gizemler ve gizlilik şifrelemeleri konusunda bilgili olduğunu kanıtlıyor. Bu odanın tarihçesini bir yana bıraktım."

"Anlamadım."

95

"Bu akşam yaptığı her şey eski kurallarla uyum içindeydi. Gelenek-sel olarak Gizemler Eli kutsal bir davettir, bu yüzden kutsal bir yerde ve-rilmelidir."

Sato gözlerini kısmıştı. "ABD Kongre Binası'nın Rotunda'sındayız profesör, Antik Gizemlerin kutsal tapınağında değiliz."

Langdon, "Doğrusunu isterseniz hanımefendi," dedi. "Size karşı çı-kacak pek çok tarihçi tanıyorum."

O sırada şehrin öbür ucunda bulunan Trish Dunne, Küp'ün içindeki plazma duvarın ışığında oturuyordu. Arama örümceğini tamamlayınca Katherine'in vermiş olduğu beş anahtar kelimeyi girdi.

Hiçbir şey olmayacak.

Küçük bir ümitle, internette Go Fish oyununu başlatan örümceği ça-lıştırdı. Şimdi bu sözcükler hızla, tüm dünyadaki metinlerle karşılaştırılı-yor, mükemmel eşleştirmeler aranıyordu.

Trish tüm bunların neyle ilgili olduğunu düşünmekten kendini alamı-yordu, ama Solomon'larla çalışmanın, hikâyenin tümünü bilmemek anla-mına geldiğini artık kabul etmişti.

20. BÖLÜM

Robert Langdon kol saatine endişeyle bir göz attı. 19.58. Mickey Mouse'un gülümseyen yüzü neşesini yerine getiremedi. *Peter'ı bulmalıyım. Vakit kaybediyoruz.*

Sato telefon açmak için bir süreliğine yanından uzaklaşmış olsa da tekrar Langdon'a dönmüştü. "Profesör, sizi bir şeyden alı mı koyuyorum?"

Gömleğinin kolunu saatinin üzerine çeken Langdon, "Hayır hanımefendi," dedi. "Sadece Peter için fazlasıyla endişeleniyorum."

"Anlıyorum ama emin olun ki, Peter'a yardım etmek için yapabileceğiniz en iyi şey, onu alıkoyan kişinin ne düşündüğünü anlamama yardımcı olmanız."

Langdon bundan pek emin değildi ama Güvenlik Ofisi başkanının kendisinden istediği bilgiyi almadan önce bir yere gidemeyeceğini anlamıştı.

Sato, "Az önce, Rotunda'nın Antik Gizemler düşüncesine göre *kutsal* bir mekân olduğunu söylediniz," dedi.

"Evet hanımefendi."

"Bunu bana açıklayın."

Langdon kelimelerini özenle seçmesi gerektiğini biliyordu. Üniversitede bir sömestr boyunca Washington D.C.'deki mistik sembolleri öğretmişti ve tek başına bu binada bile sayılamayacak kadar çok mistik öğe vardı.

Amerika'nın gizli bir geçmişi var.

Amerika'daki sembolizmi her anlattığında öğrencileri, bu ulusun kurucularının *gerçek* niyetlerinin, şimdi pek çok siyasetçinin iddia ettiği gibi olmadığını öğrendiklerinde hüsrana uğrarlardı.

Amerika için tasarlanan kader, tarih içinde kayboldu.

Bu başkenti meydana getiren kurucular ona ilk başta "Roma" demişlerdi. İçinden akan nehre Tiber ismini vermişler, tarihteki büyük tanrı ve tanrıçaların -Apollon, Minerva, Venüs, Helios, Vulcanus, Jüpiter- resimle-

97

riyle donatılmış panteonlarla tapınakların bulunduğu klasik bir başkent inşa etmişlerdi. Pek çok büyük antik şehirde olduğu gibi, tam merkezine eskilere duyulan saygıyı gösteren bir anıt dikmişlerdi; bir Mısır obeliski. Kahire ve İskenderiye'dekinden daha büyük olan dikilitaş, gökyüzüne doğru yüz yetmiş metre yükselerek, bu başkentin yeni ismini aldığı yarı tanrı kurucusuna şükran ve saygılarını sunuyordu.

Washington.

Şimdi, yüzyıllar sonra Amerika, kilise ile devlet işlerini birbirinden ayırmış olmasına rağmen, devlet himayesindeki bu Rotunda antik dini sembollerle parıldıyordu. Rotunda'da bir düzineyi aşkın farklı tanrı vardı, hem de Roma'daki Panteon'dan bile daha fazla. Elbette Roma'daki Panteon, 609 yılında Hıristiyanlığa geçmişti... ama bu panteon dinini hiç değiştirmemişti; gerçek tarihinin izleri hâlâ açıkça görülebiliyordu.

Langdon, "Bildiğiniz gibi bu Rotunda, Roma'nın en çok itibar gören tapınaklarından birine ithafen yapılmıştı: Vesta Tapınağı," dedi.

"Vesta Bakireleri gibi mi?" Sato, Roma'nın bakire ateş koruyucularının, ABD Kongre Binası'yla ne gibi bir ilgisi olabileceğini anlamamış görünüyordu.

Langdon, "Roma'daki Vesta Tapınağı yuvarlaktı ve yerde, kutsal aydınlanma ateşinin yandığı geniş bir delik vardı. Bakire kızlar bu ateşin hiç sönmemesini sağlamakla görevliydiler," dedi.

Sato omuzlarını silkti. "Bu Rotunda yuvarlak ama, yerde geniş bir delik görmüyorum."

"Artık yok ama yıllar boyunca bu odanın ortasında, şu an Peter'ın elinin bulunduğu yerde büyük bir delik vardı." Langdon yeri gösterdi. "Doğrusunu isterseniz, insanların düşmesini engellemek için yapılmış korkulukların yerdeki izini görebilirsiniz."

Dikkatle yere bakan Sato, "Ne?" diye sordu. "Bunu daha önce hiç duymamıştım."

"Galiba haklı." Anderson, bir zamanlar parmaklıkların durduğu, daire şeklindeki demir çemberi gösterdi. "Bunları daha önce de görmüştüm ama neden orada bulundukları hakkında hiç fikrim yoktu."

Yalnız değilsin, diye düşünen Langdon, meclis üyeleri de dahil Rotunda'nın ortasından geçip de bir zamanlar buradan Kongre Binası

Kripta'na[1] -Rotunda'nın altındaki bodrum katı- inildiğini bilmeyen binlerce insanı hayal etti.

Langdon onlara, "Yerdeki delik sonradan kapatılmıştı," diye anlatmaya başladı. "Ama Rotunda'yı ziyaret edenler uzunca bir süre, aşağıda yanan ateşi gördüler."

Sato döndü. "Ateş mi? ABD Kongre Binası'nda mı?"

"Aslında daha çok, büyük bir meşale sayılır. Tam altımızdaki mahzende yanan sonsuz bir ateşti. Yerdeki delikten görülmesi bu salonu modern bir Vesta Tapınağı haline getiriyordu. Siyaset, din ve dumanın verdiği hasar bu fikri bitirinceye kadar, ateşi elli yıl boyunca canlı tutan, binaya mahsus bir Vesta Bakiresi -Kripta Bekçisi denilen bir federal görevli- bile vardı."

Hem Anderson, hem de Sato şaşkınlık içinde Langdon'a bakıyorlardı.

Artık bir zamanlar burada ateş yandığını hatırlatan tek şey, bir kat aşağıdaki kriptanın zemininde bulunan dört köşeli yıldız pusulasıydı. Bu pusula, bir zamanlar Yenidünya'nın dört köşesine birden aydınlık veren sonsuz Amerikan ateşinin sembolüydü.

Sato, "Peki profesör," dedi. "Söylediklerinize bakılacak olursa, Peter'ın elini buraya bırakan kişi tüm bunları *biliyordu*, öyle mi?"

"Öyle anlaşılıyor. Ve çok daha fazlasını. Bu salonun her yanında, Antik Gizemlere duyulan inancı yansıtan semboller var."

"Gizli bilgelik," diyen Sato'nun sesi alaycı olmaktan çok uzaktı. "İnsanlara tanrısal güçler veren bir bilgi mi?"

"Evet hanımefendi."

"Bu ülkenin Hıristiyan temellerine pek yakışmıyor, öyle değil mi?"

"Öyle görülebilir ama doğrusu bu. İnsanın Tanrı'ya dönüşmesine *apotheosis* denilir. Farkına varsanız da varmasanız da bu Rotunda'daki sembollerin temel öğesini bu anlayış -insanın Tanrı'ya dönüşmesi- oluşturuyor."

"*Apotheosis* mi?" Anderson, farkına varmanın verdiği şaşkınlıkla başını çevirdi.

---

(1) Capitol Crypt

"Evet." *Anderson burada çalışıyor. Biliyordur.* "*Apotheosis* kelimesinin gerçek anlamı 'kutsal dönüşüm'dür. Yani insanın Tanrı olması. Eski Yunancadan gelir: *apo* 'olmak', *theos* 'tanrı.'"

Anderson şaşkınlık içindeydi. "*Apotheosis* 'Tanrılaşmak' mı demek? Hiç fikrim yoktu."

Sato, "Ben neyi bilmiyorum?" diye sordu.

Langdon, "Hanımefendi," dedi. "Bu binadaki en büyük resmin ismi *Washington'ın Göğe Yükselişi*'dir[1] Ve açık bir biçimde George Washington'ın Tanrı'ya *dönüşmesini* gösterir."

Sato şüpheyle bakıyordu. "Ben böyle bir şey görmedim."

"Doğrusunu isterseniz, gördüğünüze eminim." İşaretparmağını kaldıran Langdon, yukarıyı gösterdi. "Tam başınızın üstünde."

[1] The Apotheosis of Washington

21. BÖLÜM

Washington'ın Göğe Yükselişi -Kongre Binası Rotundası'nın kubbesini kaplayan dört yüz otuz üç metrekarelik fresk- 1865 yılında Constantino Brumidi tarafından tamamlanmıştı.

"Kongre Binası'nın Michelangelo'su" diye bilinen Brumidi, tıpkı Michelangelo'nun Sistine Şapeli'ne sahip çıktığı gibi, salonun en yüksek tuvaline -tavana- bir fresk yaparak, Kongre Binası Rotundası'na sahip çıkmıştı. Michelangelo gibi Brumidi'nin de en güzel eserlerinden bazıları Vatikan'daydı. Fakat Brumidi, yeni bir tapınak uğruna Tanrı'nın en büyük tapınağını terk ederek 1852 yılında Amerika'ya göç etmişti. Bu yeni tapınak, yani ABD Kongre Binası şimdi -Brumidi Koridorlarında göz yanılgısına sebep olan perspektif resimlerden, Başkan Yardımcısı Odası'nın friz tavanına kadar- onun ustalığının örnekleriyle parıldıyordu. Fakat pek çok tarihçiye göre Brumidi'nin şaheseri, Rotunda'nın tepesinden bakan dev resimdi.

Robert Langdon başını kaldırıp, tavanı kaplayan büyük freske baktı. Öğrencilerinin bu freskteki tuhaf betimlemeler karşısında gösterdikleri tepkiler genellikle hoşuna giderdi, ama şu anda kendini henüz anlayamadığı bir kâbusun içinde kapana kısılmış gibi hissediyordu.

Ellerini kalçasına koyan Başkan Sato yanında durmuş, tepedeki tavana kaşlarını çatarak bakıyordu. Langdon onun, ulusun merkezindeki bu resmi incelemek için ilk defa bakanlarla aynı tepkileri verdiğini fark etti.

Mutlak bir akıl karışıklığı.

Langdon, *yalnız değilsin,* diye düşündü. *Washington'ın Göğe Yükselişi* pek çok insan için baktıkça daha da tuhaflaşan bir resimdi. Elli beş metre yükseklikteki kubbenin ortasını gösteren Langdon, "Tablonun merkezinde görülen kişi George Washington," dedi. "Gördüğünüz gibi cüppesinin içinde, bir bulutun üzerinde, etrafında on üç genç kızla ölümlülere tepeden bakıyor. Bu *apotheosis* anıdır... yani Tanrı'ya dönüştüğü an."

Ne Sato, ne de Anderson bir şey söylediler.

Langdon, "Onun yanında," diye devam etti. "Yanlış bir krolonojik sıralamayla oturan figürler görürüz. Bunlar kurucularımıza ileri düzeyde bilgi bahşeden antik tanrılardır. Minerva, ulusumuzun büyük mucitlerine -Ben Franklin, Robert Fulton ve Samuel Morse'a- teknolojik ilham veriyor." Langdon her birini tek tek gösterdi. "Ve işte şurada Vulcanus, buharlı makine yapmamıza yardım ediyor. Onun yanındaki Neptün, transatlantik kabloyu nasıl döşeyeceğimizi gösteriyor. Yanında Ceres; tarım tanrıçası, zahire kelimesi onun isminden türetildi. Bu ülkenin gıda üretiminde dünya lideri haline gelmesini sağlayan McCormick biçerdöverinin üstünde oturuyor. Bu resim açık biçimde, kurucularımızın tanrılardan büyük bir ilim aldıklarını tasvir ediyor." Başını indirip Sato'ya baktı. "Bilgi güçtür ve *doğru* bilgi insanın, adeta tanrısal mucizeler gerçekleştirmesini sağlar."

Bakışlarını yeniden Langdon'a indiren Sato, ensesini sıvazladı. "Telefon kablosu döşemek için Tanrı olmaya gerek yok."

Langdon, "Günümüz insanı için belki," diye yanıt verdi. "Ama eğer George Washington, okyanusun diğer ucundaki insanlarla konuşabilen, ses hızında uçabilen ve Ay'a ayak basan bir ırk haline geldiğimizi bilseydi, mucizeler yaratabilen tanrılara dönüştüğümüzü düşünürdü." Durdu. "Bu durumu, gelecek bilimci Arthur C. Clarke'ın sözleriyle tanımlayabilirim: 'Yeterince ileri olan herhangi bir teknoloji, sihirden ayırt edilemez.'"

Dudaklarını büken Sato'nun derin düşüncelere daldığı belli oluyordu. Bakışlarını yerdeki ele çevirip, uzatılmış işaretparmağının gösterdiği yönü kubbeye kadar takip etti. "Profesör, size 'yolu Peter'ın göstereceği' söylenmişti, öyle değil mi?"

"Evet, hanımefendi, ama..."

Başını Langdon'dan güvenlik şefine çeviren Sato, "Şef," diye seslendi. "Şu resme daha yakından bakabilir miyiz?"

Anderson başını salladı. "Kubbenin iç tarafında yürümek için bir köprü var."

Langdon başını kaldırıp, resmin hemen altında belli belirsiz görünen ince parmaklıklara bakınca, vücudunun kaskatı kesildiğini hissetti. "Oraya çıkmamıza gerek yok." Bir zamanlar ABD senatörü ve eşinin davetlisi olarak o köprüye çıkmıştı ve baş döndürücü yükseklikteki korkunç geçit yüzünden bayılacak gibi olmuştu.

Sato, "Gerek yok mu?" diye sordu. "Profesör, bu salonda kendisini Tanrı'ya dönüştürebilecek bir kapı bulunduğuna inanan bir adam var; tavandaki fresk insanın Tanrı'ya dönüşmesini sembolize ediyor ve yerdeki el doğruca tavanı işaret ediyor. Görünüşe bakılırsa, her şey bizi *yukarıya* yönlendiriyor."

Yukarı bakan Anderson, "Aslında," diyerek söze girdi. "Bunu pek kimse bilmez ama kubbede tıpkı bir kapı gibi açılan, girintili, altıgen bir pano vardır. Oradan bakıp..."

Langdon, "Bir saniye. Asıl meseleyi göz ardı ediyorsunuz," dedi. "Adam *sembolik* bir kapı -var olmayan bir geçit- arıyor. 'Yolu Peter gösterecek' derken mecaz yapıyordu. İşaret ve başparmakları yukarı yönelmiş, yön gösteren el figürü Antik Gizemlerin iyi bilinen bir sembolüdür ve tüm dünyadaki antik sanatta sıkça görülür. Aynı el hareketi, Leonardo da Vinci'nin ünlü başyapıtlarında da -*Son Akşam Yemeği, Müneccimlerin Tapınışı* ve *Vaftizci Yahya*- vardır. İnsanın Tanrı'yla olan mistik bağlantısının sembolüdür." *Yukarıdaki aşağıdakine, aşağıdaki yukarıdakine benzer.* Kaçık adamın kelime seçimi şimdi daha anlamlı geliyordu.

Sato, "Ben daha önce hiç görmedim," dedi.

O halde daha fazla ESPN[1] *seyret,* diye düşünen Langdon, ipi göğüsledikten sonra Tanrı'ya duydukları şükranla, gökyüzünü işaret eden atletleri seyretmekten her zaman keyif alırdı. Onları kısa bir anlık da olsa mucizeler gerçekleştiren bir Tanrı'ya dönüştüren ve yukarıdaki varlığını tasdik eden bu hareketin, acaba araçlarından kaçı Hıristiyanlık öncesi bir geleneğe ait olduğunu biliyordu.

Langdon, "Eğer yardımı dokunacaksa, Rotunda'da bu şekilde ilk görülen el Peter'ınki değil," dedi.

Sato, ona sanki aklını kaçırmış gibi baktı. "Anlayamadım?"

Langdon, onun BlackBerry'sini işaret etti. "George Washington Zeus yazıp, Google'da arar mısınız?"

Sato kuşkuyla baktı ama yine de yazmaya başladı. Ona yaklaşan Anderson, omzunun üstünden merakla bakıyordu.

Langdon, "Bir zamanlar Rotunda'da, Tanrı olarak tasvir edilmiş, çıplak göğüslü bir George Washington heykeli vardı," dedi. "Panteon'daki Zeus'la aynı pozisyonda oturuyordu. Üst kısmı çıplaktı, sol eliyle bir kılıç tutuyordu, işaret ve başparmaklarını uzattığı sağ elini yukarı kaldırmıştı."

---

(1) ESPN (Entertainment and Sports Programming Network): 1979 yılında yayına başlayan ve otuz yedi ülkede yayın yapan dünyaca ünlü spor kanalı.

Kayıp Sembol

Anderson'ın BlackBerry'ye şaşkınlık dolu bakışlarından, Sato'nun internette resmi bulduğu anlaşılıyordu. "Dur biraz. Bu George Washington mı?"

Langdon, "Evet," dedi. "Zeus gibi gösterilmiş."

Hâlâ Sato'nun omzunun üzerinden bakan Anderson, "Eline bakın," dedi. "Sağ eli Bay Solomon'ınkiyle aynı pozisyonda duruyor."

Langdon, *dediğim gibi. Burada bu şekilde görülen ilk el Peter'ınki değil,* diye düşündü. Horatio Greenough'ın çıplak George Washington'ı Rotunda'da ilk sergilendiğinde, Washington'ın kıyafet bulmak için çaresizce gökyüzüne uzandığı şakaları yapılmıştı. Ama Amerika'nın dini hedefleri değişince şakacı eleştiriler tartışmalara dönüşmüş ve heykel kaldırılarak, doğu bahçesindeki bir kulübeye gönderilmişti. Şimdiyse Smithsonian Ulusal Amerikan Tarihi Müzesi'ndeki yerinde duruyordu. Heykeli orada görenler, kurucusunun Kongre Binası'ndan bir Tanrı gibi ülkesine bakıp gözettiği bir zamanın izlerini taşıdığına hiç şüphe duymuyorlardı... tıpkı Panteon'dan bakıp gözeten Zeus gibi.

Ekibindekilerle konuşmak için uygun bir zaman olduğunu düşünen Sato, BlackBerry'sinde bir numara tuşlamaya başlamıştı. "Ne öğrendik?" Sabırla dinledi. "Anlıyorum..." Önce Langdon'a sonra Peter'ın eline baktı. "Emin misin?" Biraz daha dinledi. "Tamam, teşekkürler." Telefonu kapatıp, yüzünü yeniden Langdon'a döndü. "Destek ekibim biraz araştırma yaptı, şu Gizemler Eli'nin var olduğunu teyit ediyorlar. Söylediğiniz her şeyi; parmak uçlarındaki beş işareti -yıldız, güneş, anahtar, taç ve fener- ve bu elin eski zamanlarda gizli bilgeliği öğrenmek için bir davet olarak kullanıldığını onaylıyorlar."

Langdon, "Sevindim,"dedi.

Sato, onu tersleyerek, "Sevinmeyin," dedi. "Anlaşılan, benden sakladığınız şeyi anlatıncaya kadar bir çıkmazın içindeyiz."

"Anlamadım?"

Sato, ona doğru bir adım attı. "Dönüp dolaşıp aynı noktaya geliyoruz profesör. Kendi ekibimden öğrenebileceklerimden başka hiçbir şey söylemediniz. Bu yüzden bir kez daha soruyorum: Bu akşam neden buraya getirildiniz? Sizi bu kadar özel kılan şey ne? Sadece sizin bildiğiniz şey ne?"

Langdon, "Bunu daha önce konuşmuştuk!" diye çıkıştı. "Bu adamın neden benim bir şeyler bildiğimi düşündüğünü bilmiyorum!"

Az kalsın bu akşam Kongre Binası'nda olduğunu Sato'nun nasıl bildiğini soracaktı ama daha önce de bunu konuşmuşlardı. *Sato bilgi vermiyor.* Langdon, "Bundan sonraki adımı bilseydim, size söylerdim," dedi. "Ama bilmiyorum. Geleneksel olarak Gizemler Eli öğretmen tarafından öğrenciye uzatılır. Bunun hemen ardından bir dizi talimatlar verilir... bir tapınağa nasıl gidileceği, eğitimi verecek ustanın ismi gibi *şeyler.* Ama bu adamın bize bıraktığı tek şey beş tane dövme! Buradan..." Langdon aniden sustu.

Sato, ona baktı. "Ne oldu?"

Langdon gözlerini yeniden ele çevirdi. *Beş dövme.* Şimdi söylediklerinin doğru olmayabileceğini anlamaya başlamıştı.

Sato, "Profesör?" diyerek üsteledi.

Langdon tüyler ürpertici nesneye yaklaştı. *Yolu Peter gösterecek.* "Daha önce bu adamın Peter'ın avcunda bir nesne bırakmış olabileceğini düşünmüştüm. Harita, mektup veya talimatlar dizisi gibi bir şey."

Anderson, "Bırakmamış," dedi. "Gördüğünüz gibi üç parmağı yeterince sıkı kapatılmamış."

Langdon, "Haklısınız," dedi. "Ama bana öyle geliyor ki..." Eğilip, Peter'ın avcunda, parmakların altında kalan kısmı görmeye çalıştı. "Belki de kâğıda yazılmamıştır."

Anderson, "Dövme mi?" diye sordu.

Langdon başını salladı.

Sato, "Avcunda herhangi bir şey görüyor musunuz?" diye sordu.

Daha aşağı eğilen Langdon, gevşekçe bükülmüş parmakların altını görmeye çalıştı. "Bu açıdan imkânsız. Ben..."

Ona doğru yürüyen Sato, "Ah, Tanrı aşkına," dedi. "Açın şu lanet şeyi!"

Anderson onun önüne geçti. "Efendim! Dokunmadan önce gerçekten de adli tıbbı beklemeliyiz..."

Sato, onu iterek elin yanına geldi. "Ben cevap istiyorum," diyerek yere çömelip Langdon'ı elin yanından uzaklaştırdı.

Ayağa kalkan Langdon, Sato'nun cebinden bir kalem çıkarıp, kapalı duran üç parmağın altına dikkatlice yerleştirmesini ürpertiyle izledi. Sonra, avcunun içi görünüp, el tamamen açılıncaya kadar parmakları teker teker yukarı kaldırdı.

Başını Langdon'a doğru kaldırdığında yüzünde hafif bir tebessüm vardı. "Yine haklı çıktınız profesör."

22. BÖLÜM

Laboratuvarı arşınlayan Katherine Solomon önlüğünün kolunu yukarı çekerken saatine göz attı. Beklemeye alışkın bir kadın değildi, ama şu anda tüm dünyanın beklemede olduğunu hissediyordu. Trish'in arama örümceğinin sonuçlarını, ağabeyinden haber almayı ve bu sıkıntılı durumdan sorumlu olan adamın telefon etmesini bekliyordu.

Keşke bana bundan bahsetmeseydi, diye düşündü. Katherine normalde yeni insanlarla tanışma konusunda son derece dikkatli davranırdı, ama bu adamla henüz bu akşamüstü tanışmış olmasına karşın, birkaç dakika içinde güvenini kazanmıştı. Hem de *tamamen.*

Telefon, Katherine evde haftanın bilim dergilerini okuyarak pazar keyfi yaptığı sırada gelmişti.

Alışılmadık derecede havalı bir ses, "Bayan Solomon?" demişti. "İsmim Dr. Christopher Abaddon. Sizinle ağabeyiniz hakkında birkaç dakika konuşabilir miyiz?"

"Affedersiniz, kim arıyor dediniz?" diye sormuştu. *Ve benim özel numaramı nasıl öğrendiniz?*

"Dr. Christopher Abaddon."

Katherine bu ismi daha önce duymamıştı.

Adam durumun biraz tuhaflaşacağını ima edercesine boğazını temizlemişti. "Özür dilerim Bayan Solomon. Ağabeyinizin benden bahsettiğini sanıyordum. Ben doktoruyum. Cep telefonunuz acil durumda aranacaklar listesinde yazıyor."

Katherine'in kalbi adeta yerinden fırlamıştı. *Acil durumda aranacaklar mı?* "Bir şey mi oldu?"

Adam, "Hayır... sanmıyorum," dedi. "Bu sabah ağabeyiniz randevusuna gelmedi ve ben bıraktığı numaralardan kendisine ulaşamıyorum. Randevularına gelmeyeceği zaman mutlaka arardı, bu yüzden biraz endişelendim. Size telefon açmakta tereddüt ettim ama..."

"Hayır hayır, önemli değil. Aradığınız için teşekkür ederim." Katherine hâlâ doktorun ismini çıkarmaya çalışıyordu. "Ağabeyimle en son dün sabah görüştüm. Büyük ihtimalle cep telefonunu açmayı unutmuştur." Katherine kısa bir süre önce ona bir iPhone vermişti, ama Peter hâlâ nasıl kullanıldığını öğrenmeye zahmet etmemişti.

"Doktoru olduğunuzu söylediniz değil mi?" diye sordu. *Peter'ın benden sakladığı bir hastalığı mı var?*

Hatta uzun bir sessizlik oldu. "Çok üzgünüm, sanırım sizi aramakla büyük bir mesleki hata yaptım. Ağabeyiniz bana geldiğinden haberiniz olduğunu söylemişti ama şimdi öyle olmadığını anlıyorum."

Ağabeyim doktoruna yalan mı söyledi? Katherine'in kaygısı giderek büyüyordu. "Hasta mı?"

"Üzgünüm Bayan Solomon, doktor-hasta mahremiyeti, ağabeyinizin durumunu size anlatmamı engelliyor, zaten hastam olduğunu söyleyerek yeterince bilgi verdim. Şimdi kapatmam gerekiyor, eğer bugün kendisinden bir haber alırsanız beni aramasını söyler misiniz? İyi olduğunu bilmek istiyorum."

Katherine, "Bekleyin!" demişti. "Lütfen bana Peter'ın neyi olduğunu söyleyin!"

Yaptığı hatadan ötürü keyfinin kaçtığı anlaşılan Dr. Abaddon içini çekmişti. "Bayan Solomon, üzüntünüzü anlayabiliyorum ve sizi suçlamıyorum. Ağabeyinizin iyi olduğuna eminim. Daha dün ofisimdeydi."

"Dün mü? Ve *bugün* için de bir randevu mu aldı? Acil bir durum gibi görünüyor."

Adam nefesini bıraktı. "Bence ona biraz daha zaman tanıyalım..."

"Şimdi ofisinize geliyorum," diyen Katherine kapıya yöneldi. "Yeriniz nerede?"

Sessizlik.

Katherine, "Dr. Christopher Abaddon?" demişti. "Adresinizi kendim de bulabilirim. İsterseniz siz verin. Her iki şekilde de oraya geliyorum."

Doktor durmuştu. "Bayan Solomon eğer sizinle görüşürsem, yaptığım hatayı kendim açıklayıncaya kadar ağabeyinize bir şey söylememe nezaketini gösterir misiniz?"

"Olur."

"Teşekkürler. Ofisim Kalorama Heights'ta." Adresi verdi.

Katherine yirmi dakika sonra Kolarama Heights'ın görkemli cadde-lerinde arabasıyla ilerliyordu. Ağabeyinin bütün telefonlarını aramış ama cevap alamamıştı. Aslında ağabeyinin nerede olduğu konusunda kaygılan-mıyordu. Ama onun gizlice bir doktora görünmesi... can sıkıcıydı.

Katherine sonunda adresi bulduğunda, başını kaldırıp binaya şaşkın-lıkla baktı. *Burası doktor muayenehanesi mi?*

Karşısındaki zengin malikânenin demir parmaklıkları, güvenlik ka-meraları ve büyük bir bahçesi vardı. Adresi yeniden kontrol etmek için ya-vaşlayınca, güvenlik kameralarından biri ona doğru çevrildi ve kapının ka-nadı geriye doğru açıldı. Arabasını garaj yolunda ağır ağır süren Katheri-ne altı arabayla bir limuzinin durduğu garajın yanına park etti.

Bu adam nasıl bir doktor?

Arabasından inerken malikânenin ön kapısı açıldı ve hoş biri dışarı çıktı. Yakışıklı, hayli uzun boylu ve tahmin ettiğinden daha gençti. Buna rağmen, daha yaşlı bir adamın görgüsü ve nezaketini taşıyordu. Koyu renk bir takımla kravat takmıştı ve gür sarı saçları kusursuz biçimde taranmıştı.

Fısıltı gibi bir sesle, "Bayan Solomon, ben Dr. Christopher Abad-don," dedi. Katherine tokalaşırlarken cildinin pürüzsüz ve bakımlı oldu-ğunu hissetti.

"Katherine Solomon," derken, adamın alışılmadık derecede pürüzsüz ve bronz görünen cildine bakmamaya gayret etti. *Makyaj mı yapmış?*

Katherine evin güzel döşenmiş antresine adımını atarken içinde bir huzursuzluk hissetti. Arkada hafif tonda klasik müzik çalıyordu ve içerisi tütsü kokuyordu. "Burası harika," dedi. "Ama tabii ben... ofise daha çok benzeyen bir yer hayal etmiştim."

"Evimden çalışabildiğim için şanslıyım." Adam, onu şöminesinde ateşin çıtırdamakta olduğu bir salona götürdü. "Lütfen rahatınıza bakın. Çay demliyorum. Getireyim de konuşalım." Mutfağa doğru gidip, göz-den kayboldu.

Katherine Solomon oturmadı. Kadınlık içgüdüleri, güvenmeyi öğ-rendiği güçlü sezgilerdi ve burasıyla ilgili bir şey onu rahatsız ediyordu. Doktor muayenehanelerinden tanıdığı hiçbir ayrıntı gözüne çarpmıyordu. Antikalarla donatılmış salonun duvarları klasik sanatla, tuhaf efsaneleri konu alan resimlerle doluydu. Çıplak vücutları canlı renklerle fevkalade resmedilmiş *Üç Güzeller*'i[1] betimleyen büyük bir tablonun önünde durdu. "Bu orijinal Michael Parkes tablosu." Dr. Abaddon elinde buharı tüten bir çay tepsisiyle usulca yanına gelmişti. "Ateşin yanına otururuz diye düşünmüştüm. Ne dersiniz?" Onu salona götürüp, koltuğunu gösterdi. "Evhamlanmanıza gerek yok."

Katherine fazla hızlı bir şekilde, "Evhamlanmıyorum," dedi.

Doktor, ona gülümsedi. "İnsanların ne zaman evhamlandıklarını bilmek benim işim."

"Anlayamadım?"

"Ben pratisyen psikiyatrım Bayan Solomon. Mesleğim bu. Ağabeyiniz bir yıldır bana geliyor. Terapistiyim."

Katherine bakakalmıştı. *Ağabeyim terapiye mi geliyor?*

Adam, "Hastalar terapiye devam ettiklerini genellikle kendilerine saklamak isterler," dedi. "Sizi aramakla hata ettim, ama ağabeyiniz beni yanlış yönlendirdi."

"Benim... hiç bilgim yoktu."

Mahcup bir sesle, "Sizi endişelendirdiysem özür dilerim," dedi. "Tanıştığımızda yüzümü incelediğinizi fark ettim ve evet, makyaj yapıyorum." Sıkılgan bir ifadeyle yanağına dokundu. "Saklamak istediğim bir cilt sorunum var. Makyajımı genellikle eşim yapıyor, ama o buralarda olmadığında kendim beceriksizce bir şeyler yapmaya çalışıyorum."

Utançtan bir şey söyleyemeyen Katherine başını salladı.

"Ve bu muhteşem saçlar..." Gür, sarı saçlarına dokundu. "Peruk. Cildimdeki sorun saç köklerimi de etkiledi ve döküldüler." Omuzlarını silkti. "Sanırım dış görünüşüme biraz düşkünüm."

Katherine, "*Ben de* biraz kabayım," dedi.

"Değilsiniz." Dr. Abaddon'ın tebessümü onu yumuşatmıştı. "Başlayalım mı? Yanında belki biraz çay alırsınız?"

Ateşin önünde otururlarken, Abaddon çayları doldurdu. "Ağabeyiniz seanslarımızda beni çay servisi yapmaya alıştırdı. Bana Solomon'ların çok çay içen bir aile olduğunu söylemişti."

Katherine, "Aile geleneği," dedi. "Şekersiz lütfen."

---

(1) Three Graces

Çaylarını yudumlarken bir süre havadan sudan konuştular, ama Katherine ağabeyiyle ilgili bilgi almak için sabırsızlanıyordu. "Ağabeyim neden sizi görmeye geliyordu?" diye sordu. *Ve neden bana söylemedi?* Doğrusunu söylemek gerekirse, Peter hayatında pek çok trajedi yaşamış; genç yaştayken babasını kaybetmiş, ardından beş yıl arayla oğlunu ve annesini toprağa vermişti. Buna rağmen hayatla mücadele etmenin hep bir yolunu bulmuştu.

Dr. Abaddon çayından bir yudum aldı. "Ağabeyiniz güvendiği için bana geldi. Aramızda normal bir doktor hasta ilişkisinden daha güçlü bir bağ var." Şöminenin yanında duran çerçeveli bir belgeyi gösterdi. Diplomaya benziyordu ama sonra Katherine çift başlı Zümrüdüanka kuşunu fark etti.

"Mason musunuz?" *Hem de en üst derece.*

"Peter'la ben bir tür kardeş sayılırız."

"Otuz üçüncü dereceye davet edildiğinize göre, çok önemli bir şey yapmış olmalısınız."

"Pek öyle sayılmaz," dedi. "Ailemden gelen bir servetim var. Masonik hayır kuruluşlarına yüklü miktarda bağış yaptım."

Katherine şimdi ağabeyinin bu genç doktora neden güvendiğini anlıyordu. *Aileden zengin bir mason, hayır işleriyle ve antik mitolojiyle ilgileniyor, daha ne olsun?* Dr. Abaddon ile ağabeyinin ilk başta tahmin ettiğinden daha fazla ortak noktaları vardı.

Katherine, "Ağabeyimin neden size geldiğini sorarken, neden sizi *seçtiğini* sormadım. Öğrenmek istediğim, neden bir psikiyatra geldiği?"

Dr. Abaddon gülümsedi. "Evet, biliyorum. Soruyu nazik biçimde atlatmaya çalışıyordum. Bu gerçekten bahsetmemem gereken bir konu." Durdu. "Ama yine de sohbetlerimizi ağabeyinizin sizden saklıyor olmasına şaşırdım, çünkü doğrudan sizin araştırmalarınızla ilgililer."

Tümüyle hazırlıksız yakalanan Katherine, "Benim araştırmalarım mı?" diye sordu. *Ağabeyim araştırmalarımdan mı bahsediyor?*

"Ağabeyiniz yakın bir zaman önce, laboratuvarınızda yaptığınız buluşların psikolojik etkileri konusunda mesleki fikrimi almak için bana geldi."

Katherine neredeyse içtiği çayla boğuluyordu. "Gerçekten mi? Ben... çok şaşırdım," diyebildi. *Peter'ın aklında ne var? Ruh doktoruna benim çalışmalarımdan mı bahsediyor?!* Yaptıkları güvenlik protokolüne göre, Katherine'in çalışmalarından *kimseye* bahsetmeyeceklerdi. Bundan da önemlisi, gizlilik ağabeyinin fikriydi.

"Eminim farkındasınızdır Bayan Solomon, ağabeyiniz çalışmalarınız halka duyurulduğunda olacaklar konusunda oldukça kaygılı. Dünyada önemli ölçüde bir felsefi değişim yaşanacağını düşünüyor... ve olasılıkları... psikolojik açıdan tartışmak için bana geldi."

"Anlıyorum," diyen Katherine'in elindeki çay fincanı hafifçe titremeye başlamıştı.

"İlginç soruları tartıştık: Yaşamın büyük gizemleri ortaya çıktığında insanların durumu ne olacak? *İtikat* diye tanımladığımız inançların... birden *gerçek* oldukları kanıtlanırsa ne olacak? Veya *efsane* olmadıkları ortaya çıkarsa? Bazı soruların cevapsız bırakılması gerektiğini söyleyenler çıkabilir."

Katherine duyduklarına inanamıyordu ama duygularını belli etmedi. "Umarım alınmazsınız Dr. Abaddon ama işimin ayrıntılarından bahsetmemeyi tercih ederim. Hemen halka ilan etmeyi düşündüğüm herhangi bir şey yok. Şimdilik yaptığım keşifler, laboratuvarımda bir sır olarak kalacak."

"İlginç." Abaddon sandalyesinde geriye yaslanıp, bir süre düşüncelere daldı. "Her halukârda ağabeyinizden bugün de gelmesini istedim, çünkü bir krizin eşiğinde gibiydi. Bu gibi zamanlarda, hastalarımın..."

"Kriz mi?" Katherine'in kalbi hızla atmaya başlamıştı. "Sinir krizi gibi mi?" Ağabeyinin herhangi bir şey yüzünden sinir krizi geçirebileceğini hayal edemiyordu.

Abaddon nazikçe elini uzattı. "Lütfen. Sizi üzdüğümü görüyorum. Çok üzgünüm. Bu tuhaf koşullar altında, kendinizi cevap almaya mecbur hissettiğinizi anlıyorum."

Katherine, "Mecbur hissedip hissetmemem önemli değil," dedi. "Ailemden geriye kalan tek kişi Peter. Onu benden daha iyi kimse tanıyamaz. Bu yüzden bana olanları anlatırsanız, size yardım edebilirim. Hepimiz aynı şeyi istiyoruz, Peter'ın iyiliğini."

Uzun süre sessiz kalan Dr. Abaddon, Katherine'ne hak verir gibi başını salladı. Sonunda konuştu. "Şunu açıklığa kavuşturalım Bayan Solomon. Bu bilgiyi sizinle paylaşmaya karar verirsem, bunu sadece sezgilerinizin ağabeyinize yardım etmeme faydası dokunacağını düşündüğüm için yaparım."

"Elbette."

Öne doğru eğilen Abaddon, dirseklerini dizlerine dayadı. "Bayan Solomon, ağabeyinizin bana geldiği süre boyunca, derin bir suçluluk duygusu taşıdığını hissettim. Bu konuda ona hiç baskı yapmadım, çünkü bana gelmesinin sebebi bu değil. Ama dün, bazı sebeplerden ötürü sonunda ona sormak zorunda kaldım." Abaddon gözlerini kadınınkilere dikti. "Ağabeyiniz beklenmedik bir şekilde açıldı. Annenizin öldüğü akşam yaşananlar da dahil olmak üzere... duymayı beklemediğim şeyler anlattı."

Noel arifesi... yaklaşık on yıl önce. Kollarımda öldü.

"Bana, annenizin bir soygun girişimi sırasında evde öldürüldüğünü söyledi. Ağabeyinizin sakladığını sandığı bir şeyi almak için bir adam evinize girmiş, öyle mi?"

"Bu doğru."

Abaddon gözleriyle onu inceliyordu. "Ağabeyiniz adamı vurup öldürdüğünü söyledi, doğru mu?"

"Evet."

Doktor, çenesini sıvazladı. "Evinize girdiğinde bu adamın ne aradığını hatırlıyor musunuz?"

Katherine on yıl boyunca bu anı hafızasından silmek için uğraşmıştı. "Evet, ne istediği çok açıktı, ama hiçbirimiz neden bahsettiğini bilmiyorduk. İsteği hiçbirimiz için bir anlam ifade etmiyordu."

"Sanırım, ağabeyinize bir şey ifade etmiş."

"Ne?" Katherine yerinde doğruldu.

"En azından dün bana anlattığı hikâyeye göre, Peter evinize giren kişinin ne aradığını biliyormuş. Ama bunu vermek istememiş ve o yüzden de bilmiyormuş gibi davranmış."

"Bu çok saçma. Peter o adamın ne istediğini bilmiyordu. İsteklerinin hiçbir mantığı yoktu!"

"İlginç." Dr. Abaddon durup bazı notlar aldı. "Yine de önce belirttiğim gibi, Peter, bana bildiğini söyledi. Ağabeyiniz bu adamla işbirliği yapmış olsaydı, annenizin bugün hâlâ hayatta olabileceğine inanıyor. Suçluluk hissinin sebebi, verdiği bu karar."

Katherine başını iki yana salladı. "Bu çok saçma..."

Abaddon tedirgin bir ifadeyle kamburunu çıkardı. "Bayan Solomon bu konuşma çok faydalı oldu. Ağabeyinizin gerçeklerle yüzleşmekte güçlük çektiğini düşündüm. İtiraf etmeliyim ki, böyle olmasından korktum. Bugün yeniden gelmesini bu yüzden istedim. Travma yaratan hatıralar söz konusu olduğunda, böylesi hayallere kapılmak ender rastlanan bir şey değil."

Katherine yeniden başını iki yana salladı. "Peter hayallere kapılacak biri değildir, Dr. Abaddon."

"Evet, size katılıyorum ama..."

"Ama *ne?*"

"Ama bahsettiği bu saldırı... bana anlattığı uzun ve kapsamlı bir hikâyenin sadece başlangıcıydı."

Katherine oturduğu yerde öne doğru eğildi. "Peter size ne anlattı?"

Abaddon üzgün bir ifadeyle gülümsedi. "Bayan Solomon, size bir şey sorayım. Ağabeyiniz Washington'da saklı olduğuna inandığı bir şeyden... veya büyük bir hazineyi saklama konusunda üstlendiğine inandığı bir görevden... ya da eskilerin kayıp bilgeliğinden size hiç bahsetti mi?"

Katherine'in ağzı açık kalmıştı. "Siz neler söylüyorsunuz?"

Dr. Abaddon derin bir soluk aldı. "Şimdi anlatacaklarım sizi çok şaşırtacak Katherine." Gözlerini onunkilere dikti. "Ama bununla ilgili bildiğiniz herhangi bir şey varsa bana anlatmanızın büyük faydası olacak." Çaya uzandı. "Biraz daha çay?"

23. BÖLÜM

Başka bir dövme.

Peter'ın açık avcunun yanında çömelen Langdon, bükülü duran cansız parmakların altında saklı yedi küçük sembolü inceledi.

Şaşıran Langdon, "Rakama benziyorlar," dedi. "Ama ben ne olduklarını çıkaramadım."

Anderson, "Baştaki Romen rakamı," dedi.

Langdon, "Aslında ben öyle olduğunu sanmıyorum," diye düzeltti. "I-I-I-X diye bir Romen rakamı yok. Doğrusunun V-I-I olması gerekirdi."

Sato, "Peki diğerleri?" diye sordu.

"Emin değilim. Arap rakamlarıyla sekiz-sekiz-beş yazılmış gibi görünüyor."

Anderson, "Arap mı?" diye sordu. *"Normal* rakamlara benziyorlar."

"Bizim normal rakamlarımız Arap rakamlarıdır." Langdon öğrencilerine bu konuyu açıklamaya öylesine alışmıştı ki, eski Ortadoğu kültürlerinin bilimsel buluşlarıyla ilgili bir ders hazırlamıştı. Bunlardan biri de 'konumsal gösterim' ve sıfır sayısının icadıyla Arap rakamlarının Romen rakamlarının önüne geçmesi ve günümüzde kullanılan numaralandırma sistemini oluşturmasıydı. Tabii Langdon bu dersi her zaman, Arap kültürünün insanlığa *alkol* diye bilinen *"al-kuhl"* -Harvard'lı birinci sınıfların en sevdiği içecek- kelimesini armağan ettiğini hatırlatarak bitirirdi.

Langdon ne yapacağını bilemez halde dövmeyi dikkatle inceledi. "Sekiz-sekiz-beş konusunda bile emin olamıyorum. Bu düz hatlı yazı şekli alışılmadık geliyor. Bunlar rakam olmayabilirler."

Sato, "Peki o zaman neler?" diye sordu.

"Emin değilim. Bu dövme nedense... Runik görünüyor."

Sato, "Yani?" dedi.

"Runik alfabe genellikle taş üzerine yazılır ve sadece düz çizgilerden oluşurdu, çünkü yuvarlak harfleri yontmak çok zordu. Harflerine Run denir."

Sato, "Peki eğer bunlar Run ise, anlamı nedir?" diye sordu.

Langdon başını iki yana salladı. Uzmanlığı sadece üçüncü yüzyıldaki Töton sistemi -Futhark- olan en temel Run alfabesine yetiyordu ama bu Futhark değildi. "Dürüst olmak gerekirse bunların Run olduklarından da emin değilim. Bir uzmana sormak gerekir. Düzinelerce farklı biçimi vardır; örneğin Hälsinge, Manx, noktalı Stungnar..."

"Peter Solomon bir mason, öyle değil mi?"

Langdon afalladı. "Evet, ama bununla ne ilgisi var?" Şimdi ayağa kalkmış, ufak tefek kadının tepesinden bakıyordu.

"Siz söyleyin. Runik alfabenin taşa yontulduğunu söylediniz. Bildiğim kadarıyla ilk farmasonlar taş ustalarıydı. Bunu söylüyorum, çünkü ofisimden Gizemler Eli'yle Peter Solomon arasında bir bağlantı bulmalarını istediğimde karşılarına tek bir sonuç çıktı." Öğrendiği şeyin önemini vurgulamak istercesine durdu. "Masonlar."

İçini çeken Langdon, öğrencilerine sürekli yinelediği şeyi Sato'ya söylememek için kendini zor tuttu: "Arama" kelimesinin eş anlamı "Google" değildir. Dünya çapında anahtar kelime aramalarının yapıldığı şu günlerde, her şeyin her şeyle bağlantısı var gibiydi. Dünya her geçen gün biraz daha yoğunlaşan, dolaşık bir bilgi ağına dönmüştü.

Langdon sabırlı bir sesle konuştu. "Ekibinizin araştırmalarında masonların çıkmasına şaşırmadım. Masonluk, Peter Solomon'la herhangi bir ezoterik konu arasındaki en belirgin bağ."

Sato, "Evet," dedi. "İşte bu yüzden ben de bu akşam masonlardan bahsetmemenize şaşırdım. Her şeyden önemlisi, aydınlanmış birkaç kişi tarafından korunan gizli bilgelikten söz ediyorsunuz. Bu kulağa oldukça masonik geliyor, öyle değil mi?"

"Öyle... ama aynı zamanda Gül Haçlılara, Kabalistlere, Alumbrado'lara ve diğer ezoterik gruplara da uyuyor."

"Ama Peter Solomon bir mason, hem de çok güçlü bir mason. Sırlardan bahsedeceksek, akla ilk gelmesi gereken şey masonlar. Masonların sırları ne kadar çok sevdiğini herkes bilir."

Kayıp Sembol

Langdon, onun sesindeki güvensizliği sezmiş ve bundan hoşlanmamıştı. "Masonlar hakkında bir şey öğrenmek istiyorsanız, bunu bir masona sormalısınız."

Sato, "Aslında," dedi. "Güvenebileceğim birine sormayı tercih ederim." Langdon bu yorumu hem cahilce, hem de saldırgan bulmuştu. "Hanımefendi, masonların tüm felsefesi dürüstlük ve güvenilirlik üzerine kurulmuştur. Masonlar tanışabileceğiniz en güvenilir insanlardır."

"Bence deliller tam aksini düşündürüyor."

Langdon'ın Sato'ya karşı hissettiği hoşnutsuzluk her geçen saniye biraz daha artıyordu. Masonların mecazi ikonografi ve sembollerden oluşan zengin gelenekleri hakkında yıllarca yazı yazdığından, onların dünyada en yersiz iftiralara uğrayan ve en yanlış anlaşılan örgüt olduklarını biliyordu. Şeytana tapmaktan, tek dünya devleti kurma planlarına kadar pek çok şeyle suçlanan masonların eleştirilere asla cevap vermeme gibi bir tutumları vardı ve bu da onları kolay bir hedef haline getiriyordu.

Sato iğneleyici bir tonla, "Yine de çıkmazdayız Bay Langdon," dedi. "Ya atladığınız ya da benden sakladığınız bir şey var. Uğraştığımız adam Peter Solomon'ın sizi özellikle seçtiğini söyledi." Buz gibi bakışlarla Langdon'ı süzdü. "Sanırım bu sohbete CIA merkezinde devam etmemizin zamanı geldi. Belki orada şansımız yaver gider."

Sato'nun üstü kapalı tehditlerini Langdon pek algılayamadı. Söylediği bir şey aklına takılmıştı. *Peter Solomon sizi seçti.* Masonlar işin içine girince söyledikleri Langdon'da tuhaf bir etki uyandırmıştı. Peter'ın parmağındaki mason yüzüğüne baktı. Çift başlı Zümrüdüanka kuşu sembolü bulunan aile yadigârı bu yüzük, Peter'ın en değer verdiği eşyalarından biriydi. Mason bilgeliğinin en gizemli ikonuydu. Işıkta pırıldayan altın, beklenmedik bir anıyı canlandırmıştı.

Peter'ı alıkoyan kişinin esrarengiz fısıltısını hatırlayan Langdon, soluğunu yuttu. *Henüz kavrayamadınız değil mi? Neden seçildiğinizi?*

Hemen ardından, Langdon'ın düşünceleri anlam kazanmaya ve sis bulutu dağılmaya başladı.

Şimdi Langdon'ın burada bulunmasındaki maksat apaçıktı.

On beş kilometre ötede, Suitland Yolu'ndan güneye arabayla ilerleyen Mal'akh, yan taraftaki koltuktan gelen titreşimleri duydu. Bugün etkili bir alet olduğunu kanıtlayan Peter Solomon'ın iPhone'u çalıyordu. Çağrıyı yapan orta yaşlı, uzun siyah saçlı, çekici kadının fotoğrafı ekranda belirdi.

GELEN ARAMA- KATHERINE SOLOMON

Çağrıyı duymazdan gelen Mal'akh gülümsedi. *Kader beni yaklaştırıyor.*

Bu akşamüstü Katherine Solomon'ı evine tek bir amaç için getirtmişti; kendisine yardımı dokunacak bir bilgiye veya aradığı şeyin yerini bulmasına yarayacak bir aile sırrına sahip olup olmadığını anlamak. Ama açık bir biçimde anlaşılmıştı ki, ağabeyi yıllardır koruduğu şeyden Katherine'e hiç bahsetmemişti.

Buna rağmen Mal'akh ondan başka bir şey öğrenmişti. *Bugün ona birkaç saat daha yaşama şansı kazandıran bir şey.* Katherine tüm araştırmalarının *tek* bir yerde, laboratuvarında saklandığını teyit etmişti.

Onu yok etmeliyim.

Katherine'in araştırmaları yeni bir anlayışın kapılarını açacak ve o kapı biraz aralansa bile ardından gelenler olacaktı. Her şeyin değişmesi an meselesiydi. *Bunun gerçekleşmesine izin veremem. Dünya olduğu gibi kalmalı... cehaletin karanlığında bırakılmalı.*

Katherine'in sesli mesaj bıraktığını bildiren iPhone bipledi. Mal'akh mesajı dinledi.

"Peter, yine benim." Katherine'in sesinden kaygılandığı anlaşılıyordu. "Neredesin? Hâlâ Dr. Abaddon'la yaptığım konuşmayı düşünüyorum... ve çok endişeliyim. Her şey yolunda mı? Lütfen beni ara. Laboratuvardayım."

Sesli mesaj sona ermişti.

Mal'akh gülümsedi. *Katherine, ağabeyi yerine kendisi için endişelenmeli.* Suitland Yolu'ndan, Silver Hill Yolu'na saptı. Bir kilometre kadar sonra, otoyolun sağ tarafındaki ağaçların arasında, SMSC'nin karanlıktaki siluetini gördü. Tüm tesis, jiletli tellerle çevrelenmişti.

Güvenlikli bir bina, öyle mi? Mal'akh kendi kendine güldü. *Bana kapıyı açacak birini tanıyorum.*

24. BÖLÜM

Farkındalık Langdon'a dalga gibi çarpmıştı.

Neden burada olduğumu biliyorum.

Rotunda'nın ortasında dikilen Langdon, arkasını dönüp, Peter'ın elinden, parıldayan altın yüzükten, Sato ile Anderson'ın kuşku dolu bakışlarından kaçmak için müthiş bir istek duydu. Ama bunun yerine, kıpırdamadan durup, omzundaki deri çantaya daha sıkı sarıldı. *Buradan çıkmalıyım.*

Yıllar önce, Cambridge, Massachusetts'teki soğuk bir sabah sahnesini hatırlayınca, dişlerini sıktı. Saat sabahın altısıydı ve Langdon her zamanki gibi Harvard'ın havuzundaki kulaç atma ritüelinin ardından sınıfına giriyordu. Kapının eşiğinden geçerken tebeşir tozu ve buhar kokuları onu karşılaşmıştı. Masasına doğru iki adım attıktan sonra durmuştu.

Kartalı andıran yüz hatlarına ve muhteşem gri gözlere sahip, zarif biri onu orada bekliyordu.

"Peter?" Langdon şaşkınlık içindeydi.

Peter Solomon'ın tebessümü loş ışıklı odada, pırıl pırıl parıldıyordu. "Günaydın Robert. Beni gördüğüne şaşırdın mı?" Sesi yumuşak olmasına rağmen, gücünü belli ediyordu.

Langdon hemen yanına gidip, samimi bir şekilde dostunun elini sıkmıştı. "Mavi kanlı bir Yale mensubu, şafaktan önce Crimson[1] kampusunda ne arıyor olabilir?"

Solomon gülerek, "Düşman hattında gizli görev," demişti. Langdon'ın dümdüz karnını işaret etmişti. "Kulaçlar işe yarıyor. Fiziğin iyi görünüyor."

Onunla şakalaşan Langdon, "Sadece sana kendini yaşlı hissettirmeye çalışıyorum," demişti. "Seni görmek çok güzel Peter. Neler yapıyorsun?"

---

(1) Kızıl

Boş sınıfa göz gezdiren adam, "Kısa bir iş seyahati," demişti. "Böyle karşına çıktığım için üzgünüm Robert, ama sadece birkaç dakikam var. Sana bir şey soracağım... özel bir istek. Bir iyilik."

Bu bir ilk. Langdon, her şeye sahip olan bir adam için, basit bir üniversite hocasının ne yapabileceğini merak etmişti. "Ne istersen," diye cevap vermişti. Yaşadığı bunca trajediden sonra zenginliğinden tat almayan Peter kendisine bunca iyiliği dokunan bu adam için bir şey yapabilme fırsatını yakaladığına sevinmişti.

Solomon sesini alçaltmıştı. "Benim için bir şeye göz kulak olabileceğini umut ediyorum."

Langdon gözlerini devirmişti. "Umarım Hercules değildir." Langdon bir zamanlar, Solomon seyahatteyken onun yetmiş beş kiloluk buldoğu Hercules'e bakmayı kabul etmişti. Anlaşılan köpek, Langdon'ın evindeyken en sevdiği deri çiğneme oyuncağını özlemiş ve çalışma odasında onun yerine geçecek başka bir şey keşfetmişti; 1600'lerden kalma, orijinal parşömen üstüne elyazması bir Kitabı Mukaddes. "Kötü köpek" nedense bununla da yetinmemişti.

Solomon utangaç bir tebessümle, "Biliyorsun, hâlâ onu telafi edecek bir şey arıyorum," demişti.

"Unut gitsin. Hercules'in dinden anlaması hoşuma gitti."

Gülümseyen Solomon'ın aklı başka yerde gibiydi. "Robert, sana önemli bir sebeple geldim: benim için fazlasıyla kıymetli olan bir şeye göz kulak olmanı istiyorum. Bir süre önce bana miras kaldı ama artık evde ya da ofiste bıraktığımda içim rahat etmiyor."

Langdon bir anda tedirgin oldu. Peter Solomon'ın dünyasındaki "fazlasıyla kıymetli" şey, bir servet değerinde olmalıydı. "Banka kasasına neden koymuyorsun?" *Hem, Amerika'daki bankaların yarısında kasanız yok mu?*

"Bir sürü evrakla ve banka personeliyle muhatap olmak gerekir; oysa ben güveneceğim bir dostumu tercih ederim. Ayrıca sır saklayabildiğini biliyorum." Solomon elini cebine sokup, çıkardığı küçük paketi Langdon'a uzatmıştı.

Bu çarpıcı girişin ardından Langdon çok daha etkileyici bir şey beklemişti. Yaklaşık yirmi santimetre karelik küp şeklindeki küçük kutu, kahverengi ambalaj kâğıdına sarılmış ve bir iple bağlanmıştı. Boyutlarına göre ağır olan kutunun içinde taş ya da metal olmalıydı. *Bu kadar mı?* Kutuyu elinde çeviren Langdon, ipin bir kenarının balmumuyla dikkatlice mühürlenmiş olduğunu gördü. Mührün üstünde göğsünde 33 rakamı bulunan çift başlı bir Zümrüdüanka kuşu vardı. Bu farmasonların en yüksek derecesinin sembolüydü.

Langdon yüzünde çarpık bir gülümsemeyle, "Peter," dedi. "Sen bir mason locasının Üstadı Muhterem'isin, papa değil. Paketleri yüzüğünle mi mühürlüyorsun?"

Bakışlarını elindeki altın yüzüğe indiren Solomon gülmüştü. "Paketi ben mühürlemedim Robert. Büyük-büyükbabam mühürledi. Yaklaşık yüz yıl önce."

Langdon hızla başını kaldırmıştı. "Ne?!"

Solomon yüzükparmağını havaya kaldırmıştı. "Bu mason yüzüğü ona aitti. Sonra büyükbabamın, sonra babamın... ve en sonunda da benim."

Langdon paketi yukarı kaldırmıştı. "Yani bunu büyük-büyükbaban yaklaşık yüz yıl önce mühürledi ve hiç kimse de açmadı, öyle mi?"

"Bu doğru."

"Ama... neden?"

Solomon gülümsemişti. "Çünkü zamanı gelmemişti."

Langdon bakakalmıştı. *"Neyin* zamanı?"

"Robert, bu kulağa tuhaf geliyor biliyorum, ama ne kadar az bilirsen o kadar iyi. Lütfen bu paketi güvenli bir yere kaldır ve sana verdiğimden kimseye söz etme."

Langdon akıl hocasının gözlerinde bunun oyun olduğunu ima edecek bir belirti aradı. Solomon tiyatroya düşkün bir adamdı, bu yüzden Langdon onun kendisiyle oynadığından şüpheleniyordu. "Peter bunun, eski bir mason sırrına erdiğime inanıp, sırf meraktan katılmaya karar vermem için düzenlenmiş kurnazca bir tuzak olmadığına emin misin?"

"Masonlar adam toplamazlar Robert, bunu sen de biliyorsun. Ayrıca katılmamayı tercih ettiğini bana zaten söyledin."

Bu doğruydu. Langdon mason felsefesine ve sembolizmine büyük saygı duyuyordu, ama asla üye olmayı istememişti. Cemiyetin gizlilik yemini, farmasonluğu öğrencileriyle tartışmasını engelleyecekti. Sokrates de aynı sebepten ötürü Eleusis Gizemlerine katılmamıştı.

Gizemli küçük kutuya ve onun masonik mührüne bakan Langdon, aklına gelen soruyu sormadan edememişti. "Bunu neden mason kardeşlerinden birine emanet etmiyorsun?"

"Kardeşliğin dışındaki birinde daha güvende olacağına inanıyorum diyelim. Ve lütfen paketin boyutları seni yanıltmasın. Eğer babamın anlattıkları doğruysa, muazzam bir güce sahip demektir." Durdu. "Bir tür tılsım."

Tılsım mı dedi? Tılsımın kelime anlamı, sihirli güçleri olan nesne demekti. Geleneksel olarak tılsımlar iyi şans getirmeleri, kötü ruhları kovmaları veya ayinlere yardımcı olmaları amacıyla kullanılırlardı. "Peter, tılsımların modası ortaçağda geçti, bunun farkındasın değil mi?"

Peter elini anlayışla Langdon'ın omzuna koydu. "Kulağa nasıl geldiğini biliyorum Robert. Seni uzun zamandır tanıyorum, şüphecilik bir akademisyen olarak en güçlü özelliklerinden biri. Ama aynı zamanda en büyük zaafın. *İnanmanı* değil... sadece *güvenmeni* isteyebileceğimi bilecek kadar seni tanıyorum. Bu yüzden, tılsımın güçlü olduğunu söylerken senden bana güvenmeni istiyorum. Ona sahip olan kişiye, karmaşanın içinden düzen çıkaracağı söylendi."

Langdon bakmakla yetindi. "Karmaşanın içinden düzen çıkması" masonlukta kabul edilmiş gerçeklerden biriydi. *Ordo ab chao.* Yine de bir tılsımın, karmaşadan düzen yaratmak bir yana dursun, herhangi bir güç verecek olması bile saçmaydı.

Solomon, "Bu tılsım yanlış ellerde tehlikeli hale gelir," diye devam etmişti. "Ve ne yazık ki, güçlü kişilerin onu benden çalmak istediklerine inanmak için sebeplerim var." Gözleri hiç olmadığı kadar ciddi bakıyordu. "Onu bir süreliğine benim için saklaman istiyorum. Bunu yapabilir misin?"

O akşam Langdon mutfak masasında oturup paketin içinde ne olabileceğini hayal etmeye çalışmıştı. Sonunda tüm bunları Peter'ın tuhaflıklarına bağlamış ve kütüphanesindeki kasaya kilitleyerek o andan itibaren unutmuştu.

Ta ki... bu sabaha kadar.

Güneyli aksanı olan adamdan telefon gelinceye kadar.

Langdon'a, D.C. seyahatinin ayrıntılarıyla ilgili bilgi verdikten sonra, "Ah, profesör, neredeyse unutuyordum!" demişti. "Bay Solomon bir şey daha rica etti."

"Evet?" diyen Langdon daha şimdiden yapmayı kabul ettiği konuşmayı düşünmeye başlamıştı.

"Bay Solomon size bir not bıraktı." Adam sanki Peter'ın elyazısını çözmeye çalışıyormuş gibi tuhaf bir biçimde okumaya başlamıştı. "Lütfen Robert'tan... yıllar önce ona verdiğim... küçük, mühürlü paketi yanında getirmesini iste." Adam durmuştu. "Bu sizin için bir şey ifade ediyor mu?"

O sırada duvardaki kasasında duran küçük kutuyu hatırlayan Langdon şaşırmıştı. "Doğrusu, evet. Peter'ın neden bahsettiğini biliyorum."

"Getirebilir misiniz?"

"Elbette. Peter'a getireceğimi söyleyin."

"Harika." Asistanın sesi rahatlamış gibiydi. "Bu akşamki konuşmanızda başarılar. İyi yolculuklar."

Langdon evden ayrılmadan önce, paketi kasadan alıp çantasına koymuştu.

Şimdi ABD Kongre Binası'nda dururken, tek bir şeyden emindi. Peter Solomon, Langdon'ın onu yanılttığını bilseydi, kendini çok kötü hissederdi.

25. BÖLÜM

Tanrım. *Katherine haklıydı. Her zamanki gibi.*

Trish Dunne, karşısındaki plazma duvarda beliren arama örümceği sonuçlarına şaşkınlık içinde bakıyordu. Aramanın herhangi bir sonuç çıkaracağını bile sanmamıştı ama şimdi karşısında düzinelerce vardı. Ve sonuçlar akmaya devam ediyordu.

İçlerinden biri özellikle göze çarpıyordu.

Trish dönüp kütüphaneye doğru seslendi. "Katherine! Sanırım bunu görmek istersin."

Böylesi bir arama örümceğini çalıştırmayalı birkaç yıl olmuştu. Bu akşam elde ettiği sonuçlarsa onu hayrete düşürmüştü. *Birkaç yıl önce bu arama sonuç vermezdi.* Ama artık dünyadaki taranabilir dijital materyaller, gerçek anlamda her şeyin bulunabileceği bir noktaya gelmişti. Anahtar kelimelerden bir tanesini Trish daha önce hiç duymamıştı... ama arama sonucunda o bile vardı.

Katherine kontrol odası kapısından koşarak geldi. "Ne buldun?"

"Bir sürü aday." Trish, plazma duvarı gösterdi. "Bu dokümanların her birinde, kelimesi kelimesine senin anahtar sözcüklerin var."

Saçlarını kulak arkasına atan Katherine, listeye göz gezdirdi.

Trish, "Fazla heyecanlanmadan önce, bu dokümanlardan birçoğunun aradığın şey olmadığını söyleyeyim," dedi. "Bunlara kara delik diyoruz. Dosya boyutlarına bak. İnanılmaz büyükler. Milyonlarca e-postadan oluşan sıkıştırılmış arşivler, dev ansiklopedi setleri, yıllardır süregelen forumlar ve benzerleri. Boyutlarına ve içeriklerinin çeşitliliğine bakarak, bu dosyaların herhangi bir arama motorunda, herhangi bir anahtar kelimeyi de içereceğini anlıyoruz."

Katherine listenin başlarındaki sonuçlardan birini işaret etti. "Peki ya bu?"

Kayıp Sembol

Trish gülümsedi. Listedeki tek küçük boyutlu dosyayı bulan Katherine bir adım öndeydi. "İyi gözlerin var. Evet, bu gerçekten de şimdiye kadar karşımıza çıkan tek aday. Doğrusu bu dosya o kadar küçük ki, bir iki sayfadan fazlasını içermiyordur."

"Aç." Katherine'in sesi istekliydi.

Trish, tek sayfalık bir dokümanın Katherine'in verdiği tüm arama kriterlerini içerdiğine inanamıyordu. Ama yine de dokümanı tıklayıp açtığında... tüm anahtar sözcükler belirgin bir şekilde ve apaçık ortadaydı.

Katherine gözlerini plazma duvara sabitleyerek yanına yaklaştı. "Bu doküman... redakte mi edilmiş?"

Trish başını salladı. "Dijital metin dünyasına hoş geldin."

Dijital ortama aktarılmış metinlerde, otomatik redaksiyon standart hale gelmişti. Redaksiyon işleminde sunucu, kullanıcının tüm metni aramasına izin veriyor, fakat sadece küçük bir kısmını gösteriyordu, yani bir tür iştah açıcıydı. Aranan anahtar kelimelerin sadece sağ ve sol yanlarındaki sözcükler okunabiliyordu. Metnin büyük bir kısmını atlayan sunucu telif haklarının ihlalinden kendini koruyor, kullanıcıya ilginç bir de mesaj gönderiyordu: *Aradığın bilgi bende ama geri kalanını istiyorsan satın alman gerek.*

İyice kısaltılmış olan sayfayı aşağı doğru indiren Trish, "Gördüğün gibi dokümanda anahtar sözcüklerin hepsi mevcut," dedi.

Katherine sessizce önündeki dokümana baktı.

Trish, ona bir dakika tanıdıktan sonra yeniden sayfanın başına döndü. Katherine'in büyük harf çıkan anahtar sözcüklerinin altı çizilmiş ve her iki yanına iştah açıcı sözcükler eklenmişti.

bulunduğu <u>YERALTINDAKİ</u> gizli

...

bir yerde, <u>WASHINGTON D.C.</u>'deki koordinatları

...

götüren <u>ANTİK KAPI'YI</u> buldu

...

uyararak <u>PİRAMİDİN</u> tehlikeli

...

ortaya çıkaracak <u>KAZINMIŞ</u>

<u>BİREŞİMİ</u> deşifre

Trish bu dokümanın neden bahsettiğini anlayamamıştı. *Ve "bireşim" de ne halt demek?*

Katherine heyecanla ekrana doğru yaklaştı. "Bu doküman nereden? Kim yazmış?"

Trish zaten bunun üstünde çalışıyordu. "Bana bir saniye ver. Kaynağını bulmaya çalışıyorum."

Katherine sabırsızca, "Kimin yazdığını öğrenmek istiyorum," dedi. "Geri kalanını da görmem gerek."

Katherine'in sesindeki keskinliğe şaşıran Trish, "Deniyorum," dedi.

Dosyanın bulunduğu yer nedense alışılmış bir web adresi değil, sayısal bir İnternet Protokol adresi olarak gözüküyordu. Trish, "IP'yi bulamadım," dedi. "Alan adı çıkmıyor. Bekle." Uçbirim penceresini açtı. "Traceroute[1] işleteceğim."

Trish kontrol odasındaki makineyle bu belgeyi saklayan makine arasındaki tüm "atlamaları" kontrol etmek için bir dizi komut girdi.

Komutu çalıştırırken, "Şimdi izlemeye başladı," dedi.

Traceroute'lar son derece hızlıydı. Uzun bir bilgisayar ağı aygıtları listesi plazma duvarda hemen belirdi. Trish kendi makinesiyle diğeri arasındaki yönlendirici ve anahtarların izlediği yolu aşağı doğru taradı... taradı...

---

(1) Hedef olarak belirtilen adresle kullanıcı bilgisayarı arasındaki erişimin hangi adresler üzerinden ne kadar sürede gerçekleştiğini gösteren bir ağ aracı.

Bu da ne? Takibi, dokümanın bulunduğu sunucuya erişemeden sona ermişti. Yardımcı takip programı bir sebepten ötürü, ping'i geri döndüreceğine yutan bir ağ aygıtına rastlamıştı. Trish, "Galiba traceroute'um engellendi," dedi. *Bu mümkün mü?*

"Bir daha çalıştır."

Trish yeni bir traceroute çalıştırdı, ama aynı sonucu aldı. "Yok. Çıkmıyor. Galiba bu doküman takip edilemeyen bir sunucuda." Sonuncudan önceki birkaç atlamaya göz gezdirdi. "Ama yine de D.C. bölgesinde bir yerde olduğunu söyleyebilirim."

"Şaka yapıyorsun."

Trish, "Bunun şaşılacak tarafı yok," dedi. "Bu örümcek programları coğrafi olarak yayılırlar, yani ilk çıkan sonuçlar her zaman yereldir. Ayrıca arama kriterlerinden biri 'Washington D.C.' idi."

Katherine, "Peki 'who is'[1] araması yapsak?" diye sordu. "Alan adı sahibini göstermez mi?"

Biraz basit ama fena fikir değil. "Who is" veritabanına giren Trish, şifrelendirilmiş numaraları gerçek bir alan adıyla eşleştirebilmek umuduyla IP'yi aradı. Boşuna uğraştığı düşüncesine şimdi bir de merak eklenmişti. *Bu doküman kimde?* Hemen ekrana gelen "who is" sonuçları hiçbir eşleştirme yapılmadığını gösteriyordu. Trish yenilgiye uğramış gibi ellerini havaya kaldırdı. "Sanki böyle bir IP adresi yok. Bununla ilgili hiçbir bilgi alamıyorum."

"Ama bu IP'nin var olduğu belli. Orada saklanan bir belgeye ulaştık!"

Doğru. Ama bu doküman her kimdeyse, kimliğini açıklamak istemediği anlaşılıyordu. "Sana ne söyleyeceğimi bilemiyorum. Aslında sistem takibi benim işim değil. Korsanlıktan anlayan birini bulmazsan benim yapacak bir şeyim kalmadı."

"Tanıdığın biri var mı?"

Trish dönüp patronuna baktı. "Katherine, şaka yapıyordum. Bu iyi bir fikir değil."

"Ama yapılıyor, öyle değil mi?" Saatine baktı.

"Ee, evet... her zaman. Teknik olarak çok kolaydır."

---

(1) Kim.

"Kimi tanıyorsun?"

"Korsan mı?" Trish ürkek bir kahkaha attı. "Eski işimde çalışanların yarısını."

"Güvenebileceğin biri var mı?"

Katherine ciddi mi? Trish, onun son derece ciddi olduğunu anlamıştı. Hemen, "Şey, evet," dedi. "Arayabileceğimiz birini tanıyorum. Sistem güvenliği uzmanımızdı, bir bilgisayar dâhisidir. Benimle çıkmak istemişti ama o iş olmadı, iyi biridir. Ona güvenirim. Ayrıca serbest çalışır."

"Sır saklayabilir mi?"

"O bir korsan. Elbette sır saklayabilir. Bu işi yapıyor. Ama eminim sırf bakmak için bile birkaç bin dolar ister..."

"Onu ara. Hızlı sonuç alırsa iki katını vereceğimizi söyle."

Trish hangisinden daha fazla rahatsızlık duyduğuna karar veremiyordu: Katherine Solomon'ın korsan tutmasından mı, yoksa kızıl saçlı, tıknaz bir metasistem uzmanı tarafından romantik talebinin geri çevrildiğine inanmakta güçlük çeken bir adamı aramaktan mı? "Emin misin?"

Katherine, "Kütüphanemdeki telefonu kullan," dedi. "Numarası gizli. Ve tabii ismimi verme."

"Tamam." Trish tam kapıya yönelmişti ki, Katherine'in iPhone'unun çaldığını duydu. Eğer şansı varsa, gelen mesaj Trish'i bu nahoş işi yapmaktan kurtarabilirdi. Katherine'in laboratuvar önlüğünün cebinden iPhone'u çıkarıp, ekrana bakmasını bekledi.

Katherine Solomon, telefonun ekranındaki ismi görünce rahatladığını hissetti.

Sonunda.

PETER SOLOMON

Trish'e yan gözle bakıp, "Ağabeyimden mesaj gelmiş," dedi.

Trish ümitlenmişti. "Acaba bilgisayar korsanını aramadan önce... ona bunlardan bahsetsek daha mı iyi olur?"

Plazma duvardaki redakte edilmiş dokümana bakan Katherine, Dr. Abaddon'ın sesini duydu. *Ağabeyinizin D.C.'de saklandığına inandığı şey... bulunabilir.* Katherine artık neye inanacağını bilmiyordu. Ama bu doküman, Peter'ın tutkusu haline gelen uçuk fikirlerle ilgili bilgiler içeriyordu.

Katherine başını iki yana salladı. "Bunu kimin yazdığını ve nerede olduğunu bilmek istiyorum. Ara."

Trish kaşlarını çatıp kapıya yöneldi.

Bu doküman, ağabeyinin Dr. Abaddon'a anlattıklarının gizemini açıklasa da, açıklamasa da bugün en azından bir gizem çözülmüştü. Ağabeyi sonunda iPhone'un kısa mesaj gönderme özelliğini kullanmayı öğrenmişti.

Trish'in ardından, "Ve medyaya haber ver," diye seslendi. "Büyük Peter Solomon ilk kısa mesajını gönderdi."

SMSC'nin karşı tarafındaki yeşillikli bir otoparkta, Mal'akh limuzininin yanında durmuş telefonunun çalmasını beklerken kollarını ve bacaklarını esnetiyordu. Yağmur durmuş, bulutların arasından Ay görünmeye başlamıştı. Bir süre önceki *ikaf töreni*[1] sırasında Mabet Evi'nin kubbeli tavanındaki yuvarlak delikten aşağı ışıkları süzülen yine aynı Ay'dı.

Dünya bu akşam bir başka görünüyor.

Beklerken karnı yeniden guruldadı. İki gündür tuttuğu oruç rahatsızlık verici olsa da hazırlandığı şey için gerekliydi. Antik kurallar böyle gerektiriyordu. Yakında tüm fiziksel rahatsızlıklar önemsiz kalacaktı.

Mal'akh soğuk akşam havasında dururken, *kaderin* onu manalı bir şekilde, küçük bir kilisenin karşısına getirdiğini görünce kendi kendine güldü. Burada, Sterling Dişçilik ile küçük bir marketin arasında ufak bir kilise vardı.

İSA'NIN NUR EVİ

Mal'akh kilisenin düsturunun yazılı olduğu pencereye baktı: İSA'NIN KUTSAL RUH'TAN VÜCUDA GELDİĞİNE, BAKİRE MERYEM'DEN DOĞDUĞUNA VE HEM İNSAN, HEM DE TANRI OLDUĞUNA İNANIYORUZ.

Mal'akh gülümsedi. *Evet, İsa gerçekten her ikisi birden -insan ve Tanrı- ama ilahi olmak için bakireden doğmak gerekmez. Bu işler böyle olmuyor.*

Çalan cep telefonu akşam sessizliğini bölerek nabzını hızlandırdı. Şimdi çalan, Mal'akh'ın kendi telefonuydu; dün satın aldığı, kullandıktan sonra atılan ucuz bir telefon. Aramayı yapanın kimliği, beklediği çağrının geldiğini gösteriyordu.

---

(1) Derece yükseltme töreni.

Yerel bir çağrı, diye düşünen Mal'akh, Silver Hill Yolu'nun karşısında, zayıf ay ışığının aydınlattığı zikzak çatılara baktı. Telefonun kapağını açtı.

Sesini boğuklaştırarak, "Ben Dr. Abaddon," dedi.

Kadın sesi, "Ben Katherine," dedi. "Sonunda ağabeyimden haber aldım."

"Ah, rahatladım. Nasılmış?"

"Şu anda laboratuvarıma geliyor. Sizin de bize katılmanızı istemiş."

"Anlayamadım?" Mal'akh yalandan tereddüt ediyormuş gibi yaptı. "Laboratuvarınıza mı?..."

"Size çok güveniyor olmalı. Buraya *hiç kimseyi* davet etmez."

"Herhalde bu ziyaretin tartışmalarımıza yardımcı olacağını düşündü ama kendimi zorla davet ettirmiş gibi hissedeceğim."

"Ağabeyim gelmenizden memnuniyet duyacaksa ben de duyarım. Ayrıca ikimize de anlatacak çok şeyi olduğunu söylemiş. Ben de neler olduğunu en ince ayrıntısına kadar öğrenmek istiyorum."

"Peki o zaman. Laboratuvarınız tam olarak nerede?"

"Smithsonian Müzesi Destek Merkezi'nde. Yerini biliyor musunuz?"

Otoparkın karşısındaki tesise bakan Mal'akh, "Hayır," dedi. "Şu anda arabamdayım ve navigasyon sistemim var. Adres nedir?"

"Kırk-iki-on, Silver Hill Yolu."

"Tamam, bekleyin. Yazayım." On saniye bekledikten sonra, "Ah, haberler iyi, sandığımdan daha yakınmışım. GPS on dakika mesafede olduğumu söylüyor."

"Harika. Güvenliği arayıp geleceğinizi haber vereyim."

"Teşekkürler."

"Görüşmek üzere."

Kullanılıp atılan telefonunu cebine koyan Mal'akh, SMSC'ye doğru baktı. *Kendimi davet ettirmekle kabalık mı ettim?* Gülümserken, Peter Solomon'ın iPhone'unu çıkardı ve dakikalar önce Katherine'e göndermiş olduğu kısa mesaja hayranlıkla baktı:

> Mesajlarını aldım. Her şey yolunda. Dr. Abaddon'la randevuyu unutmuşum. Ona daha önce bildiremediğim için üzgünüm. Uzun hikâye. Müsaitse Dr. Abaddon içeride bize katılsın. Ona güvenim tam ve her ikinize de anlatacak çok şeyim var. -Peter

* * *

Beklediği gibi şimdi Peter'ın iPhone'una da Katherine'den cevap mesajı gelmişti.

Peter, mesaj göndermeyi öğrendiğin için tebrikler! İyi olman beni rahatlattı. Dr. A. ile konuştum, laboratuvara geliyor. Görüşürüz! -K.

Solomon'ın iPhone'unu kavrayan Mal'akh, limuzinin yanında çömelerek, telefonu ön tekerlekle kaldırım arasına sıkıştırdı. Bu telefon, işine fazlasıyla yaramıştı... ama artık takip edilemez olmasının vakti gelmişti. Direksiyonun başına geçip, vitesi taktı ve iPhone'un çatırdadığını duyuncaya kadar aracı sürdü.

Arabayı yeniden park yerine çeken Mal'akh, SMSC'nin uzaklardaki siluetine baktı. *On dakika.* Peter Solomon'ın geniş deposunda otuz milyondan fazla hazine vardı, ama Mal'akh bu akşam sadece en değerli iki şeyi yok etmeye gelmişti.

Katherine Solomon'ın tüm araştırmaları.

Ve Katherine Solomon'ın kendisi.

26. BÖLÜM

Sato, "Profesör Langdon?" diye sordu. "Hayalet görmüş gibisiniz. İyi misiniz?"

Langdon taşıdığı küp şeklindeki paketi sanki daha iyi saklayacakmış gibi, omzundaki çantayı iyice yukarı çekti ve elini üstüne koydu. Yüzünün kül rengine döndüğünü hissedebiliyordu. "Ben.. Peter için endişeleniyorum."

Başını uzatan Sato, ona yan gözle baktı.

Langdon birden, Sato'nun bu akşam belirmesinin sebebinin, Solomon'ın kendisine emanet ettiği küçük paketle ilgisi olabileceği izlenimine kapıldı. Peter, Langdon'ı uyarmıştı: *Bunu çalmak isteyen güçlü kişiler var. Yanlış ellerde tehlikeli olur.* Langdon tılsım içeren küçük bir kutuyu CIA'in neden isteyebileceğini... veya bu tılsımın ne olduğunu tahmin edemiyordu. *Ordo ab chao?*

Siyah gözleriyle onu inceleyen Sato, yaklaşarak bir adım attı. "Galiba aklınıza bir şey geldi?"

Langdon artık terlediğini hissediyordu. "Hayır, pek sayılmaz."

"Aklınızdan ne geçiyor?"

"Ben sadece..." Ne diyeceğini bilemeyen Langdon tereddüt etti. Çantasındaki paketin varlığını açıklamaya niyeti yoktu ama Sato onu CIA'e götürürse, içeri girerken çantası mutlaka aranacaktı. "Aslında," diye yalan söyledi. "Peter'ın elindeki sayılarla ilgili başka bir fikrim var."

Sato'nun ifadesinden hiçbir şey anlaşılmıyordu. "Evet?" Sonunda varmış olan adli tıp ekibini karşılamaktan dönen Anderson'a bir göz attı.

Güçlükle yutkunan Langdon, onlara ne söyleyebileceğini düşünürken elin yanında çömeldi. *Sen bir öğretmensin Robert, uyduruver!* İlham gelmesi umuduyla, yedi küçük sembole son bir kez daha baktı.

Hiçbir şey. Anlamsız.

Langdon'ın fotografik belleği zihnindeki semboller ansiklopedisini araştırırken, aklına tek bir açıklama geldi. Aslında bunu daha ilk başta düşünmüş ama imkân vermemişti. Ama şu anda düşünmek için zaman kazanması gerekiyordu.

"Şey..." diye başladı. "Bir simgebilim uzmanının sembollerle şifreleri çözerken yanlış yolda olduğunun ilk göstergesi, farklı sembolik dilleri bir arada kullanmasıdır. Mesela ben size bunun Romen ve Arap rakamlarından oluştuğunu söyler ve farklı sembolik dilleri bir arada kullanırsam yanlış bir tahlil yapmış olurum. Aynı şey Romen ve Runik için de geçerli."

Sato "devam et" der gibi kollarını kavuşturup, kaşlarını yukarıya kaldırdı.

"Genelde iletişim çoklu değil tek bir dilde kurulur, bu yüzden bir simgebilim uzmanının ilk işi, tüm metne uygulanacak *tek* bir sembolik sistem bulmaktır."

"Peki şimdi tek bir sembolik sistem görüyor musunuz?"

"Şey, evet... ve hayır." Ambigramların dönüşlü simetrileriyle ilgili tecrübeleri, ona sembollerin bazen farklı açılardan anlam ifade ettiklerini öğretmişti. Şimdiki durumdaysa, yedi sembolün hepsini birden tek bir dilde görmenin bir yolu olduğunu fark etmişti. "Eğer eli biraz hareket ettirirsek, lisan birbiriyle uyumlu olacaktır." Langdon'ın aklına gelen döndürme hareketi, ürkütücü bir şekilde Peter'ı alıkoyan kişinin söylediği Hermetik vecizede de vardı. *Aşağıdaki yukarıdakine, yukarıdaki aşağıdakine benzer.*

Langdon uzanıp, Peter'ın elinin takılı durduğu tahta tabanı kavrarken, içinin ürperdiğini hissetti. Peter'ın dik duran parmakları aşağıya bakacak şekilde, kaideyi nazikçe baş aşağı çevirdi. Avuç içindeki semboller o anda değiştiler.

Langdon, "Bu açıdan bakıldığında X-I-I-I geçerli bir Romen rakamıdır, yani on üç," dedi. "Bununla birlikte, geri kalan karakterler de

Romen alfabesi kullanılarak yorumlanabiliyor, yani SBB." Langdon yaptığı tahlilin boş bakışlara sebep olacağını sanmıştı ama Anderson'ın ifadesi hemen değişti.

Şef, "SBB mi?" diye sordu.

Sato, Anderson'a döndü. "Yanlış hatırlamıyorsam burada, Kongre Binası'ndaki bir numaralandırma sistemi olmalı."

Anderson'ın rengi solmuştu. "Öyle."

Sato tatsızca gülümseyip, Anderson'a başını salladı. "Şef, beni takip edin lütfen. Sizinle özel olarak konuşmak istiyorum."

Başkan Sato, Anderson'ı duyulmayacakları bir noktaya götürürken, Langdon hayretler içinde bekledi. *Burada ne halt oluyor? SBBXIII de ne?*

Şef Anderson bu akşamın bundan daha ilginç olamayacağını düşünüyordu. *El, SBB13 mü diyor?* Dışarıdan birinin SBB13 bir yana, SBB'yi duymuş olmasına bile şaşırmıştı. Anlaşılan Peter Solomon'ın eli görüldüğü gibi yukarıyı değil... tam tersindeki bir yeri işaret ediyordu.

Başkan Sato, Anderson'ı, Thomas Jefferson'ın bronz heykelinin yanındaki tenha bir bölgeye götürdü. "Şef," dedi. "SBB13'ün yerini bildiğinden eminim."

"Elbette."

"İçeride ne olduğunu biliyor musun?"

"Hayır, bakmadan bilemem. Yıllardır kullanıldığını bile sanmıyorum."

"İyi, şimdi açacaksın."

Anderson kendi binasında ne yapacağının söylenmesinden hoşlanmamıştı. "Efendim, bu sorun yaratabilir. İlk önce görev listesini kontrol etmeliyim. Bildiğiniz gibi aşağı katlar özel ofis veya depo olarak kullanılırlar ve bu odalarla ilgili özel güvenlik protokolü..."

Sato, "SBB13'ü bana açacaksın," dedi. "Yoksa Güvenlik Ofisi'ni arar, koçbaşıyla bir ekip göndermelerini söylerim."

Anderson uzunca bir süre ona baktıktan sonra telsizini çıkarıp, dudaklarına götürdü. "Anderson konuşuyor. SBB'yi açacak birini gönderin. Beş dakika sonra benimle orada buluşsun."

Cevap veren sesin aklı karışmış gibiydi. "Şef, SBB dediğinizi teyit eder misiniz?"

"Doğru. Hemen birini gönderin. Bir de fener gerekecek." Telsizini yerine yerleştirdi. Anderson'ın kalbi yerinden çıkacakmış gibi çarparken, Sato yaklaştı ve iyice fısıldayarak konuştu.

"Şef, vakit kısıtlı," dedi. "Bizi aşağıdaki SBB13'e mümkün olduğunca çabuk indirmeni istiyorum."

"Peki efendim."

"Senden başka bir şey daha isteyeceğim."

Haneye tecavüzden başka mı? Anderson karşı çıkacak konumda değildi ama Peter'ın eli Rotunda'da ortaya çıktıktan dakikalar sonra Sato'nun geldiğini de göz ardı etmiyordu. Şimdiyse müdür, pozisyonunu Kongre Binası'nın özel bölümlerine geçmek için kullanıyordu. Bu akşam şimdiye kadar sergiledikleriyle hep bir adım önde gitmişti.

Sato salonun karşı tarafında duran profesörü gösterdi. "Langdon'ın omzundaki spor çanta."

Anderson bir göz attı. "Ne olmuş?"

"Sanırım Langdon binaya girerken görevliler kontrolden geçirmişlerdir."

"Tabii ki. Tüm çantalar taramadan geçirilirler."

"Filmini görmek istiyorum. O çantanın içinde ne olduğunu bilmek istiyorum."

Anderson, Langdon'ın akşam boyunca yanında taşıdığı çantaya baktı. "Ama... sorsak daha kolay olmaz mı?"

"İsteğimin neresi anlaşılmadı?"

Anderson yeniden telsizini çıkararak, Sato'nun isteğini yerine getirdi. Sato, ona BlackBerry adresini verip, ekibindekiler filmi bulur bulmaz dijital kopyasını e-postayla göndermelerini söyledi. Anderson istemeden de olsa boyun eğdi.

Adli tıptakiler şimdi kesilmiş eli Kongre Binası polisine teslim edeceklerdi ama Sato onlara doğrudan Langley'deki ekibine göndermelerini emretti. Anderson artık itiraz etmekten yorulmuştu. Minik bir Japon buharlı silindiri tarafından yenilgiye uğratılmıştı.

Sato adli tıptakilere, "Ve o yüzüğü de istiyorum," diye seslendi.

Şef teknisyen bu isteği sorgulayacak olduysa da sonradan bunu yapmamanın daha iyi olacağına karar verdi. Altın yüzüğü Peter'ın parmağından çıkarıp, şeffaf bir delil torbasına koydu ve Sato'ya verdi. Sato yüzüğü cebine attıktan sonra Langdon'a döndü.

"Gidiyoruz profesör. Toparlanın."

Langdon, "Nereye gidiyoruz?" diye yanıtladı.

"Bay Anderson'ı takip edin."

Anderson, *evet,* diye düşündü. *Ve beni yakından takip et.* SBB, Kongre Binası'nda çok az kişinin ziyaret ettiği bir yerdi. Oraya ulaşmak için minik odalardan meydana gelen uzun bir labirentten ve bodrum katının altındaki dar geçitlerden geçeceklerdi. Bir zamanlar burada kaybolan Abraham Lincoln'ün en küçük oğlu Tad, ölümle burun buruna gelmişti. Anderson, Sato böyle başına buyruk davranmaya devam ederse, Robert Langdon'ı da benzer bir kaderin beklediğini düşünüyordu.

27. BÖLÜM

Sistem güvenlik uzmanı Mark Zoubianis, pek çok işi aynı anda yapabilmekle övünürdü. Şimdiyse televizyonun uzaktan kumandası, telsiz telefon, dizüstü bilgisayar, PDA[1] ve büyük bir kâse patlamış mısırla Japon minderinde oturuyordu. Bir gözü sessiz oynayan Redskins maçında, bir gözü de dizüstü bilgisayarındaydı ve bir yılı aşkın zamandır hiç haber almadığı kadınla Bluetooth kulaklığından konuşuyordu.

Şampiyonluk maçı akşamında ancak Trish Dunne arar zaten.

Sosyal davranış becerisinden yoksun olduğunu bir kez daha kanıtlayan eski iş arkadaşı, onunla sohbet edip iyilik istemek için Redskins maçını seçmişti. Eski günlerden ve şakalarını ne kadar özlediğinden bahsettikten sonra Trish asıl meseleye geçmişti: Büyük ihtimalle D.C.'de bulunan güvenli bir sunucunun, gizli IP adresini bulmaya çalışıyordu. Sunucuda kısa bir metin vardı ve Trish tamamına... veya en azından bu dokümanın sahibinin kim olduğu bilgisine erişmek istiyordu.

Mark ona, *doğru adam, yanlış zamanlama,* demişti. O zaman Trish onun dehasını pohpohlayacak sözler söylemiş -ki çoğu doğruydu- ve Zoubianis ne olduğunu anlamadan, kendini dizüstü bilgisayarına garip görünen bir IP adresini yazarken bulmuştu.

Sayılara bakan Zoubianis o an bir huzursuzluk hissetti. "Trish, bu IP'nin acayip bir formatı var. Alenen açıklanmayan bir protokolle yazılmış. Büyük ihtimalle hükümet istihbaratına veya orduya ait."

"Ordu mu?" Trish kahkaha attı. "İnan bana bu sunucudan redakte edilmiş bir doküman aldım ve kesinlikle orduya ait değildi." Uçbirim penceresini açan Zoubianis bir traceroute denedi. "Senin traceroute çalışmadı mı demiştin?"

---

(1) PDA (Personal Digital Assistant): Avuç içi bilgisayarlara verilen ad.

"Evet. İki kez. Hep aynı atlama oldu."

"Benimki de öyle." Bir tanı sorgulaması başlattı. "Peki bu IP'yi ilginç kılan nedir?"

"Bu adresteki arama motoruyla bağlantı kuran bir delegator çalıştırdım ve redakte edilmiş bir doküman buldum. O dokümanın tamamını görmek istiyorum. Aslında onlara bedelini ödemeye hazırım ama IP'nin kime ait olduğunu ve nasıl ulaşacağımı bulamıyorum."

Zoubianis kaşlarını çatarak ekrana baktı. "Bundan emin misin? Çünkü şu anda bir tanılayıcı çalıştırıyorum ve bu kalkanın kodlaması... oldukça ciddi."

"İşte bu yüzden büyük paralar alıyorsun."

Zoubianis bunu bir düşündü. Bu kadar kolay bir iş için ona servet ödüyorlardı. "Bir sorum var Trish. Bu konuda neden böylesine isteklisin?"

Trish durdu. "Bir arkadaşıma iyilik yapıyorum."

"Özel biri olmalı."

"Evet özel bir kadın."

Kendi kendine kıkırdayan Zoubianis sustu. *Biliyordum.*

Sabırsız bir tonla konuşan Trish, "Dinle," dedi. "Bu IP'yi bulabilecek kadar iyi misin? Evet mi hayır mı?"

"Evet, o kadar iyiyim. Ve evet, benimle kedi fareyle oynar gibi oynadığını biliyorum."

"Ne kadar sürer?"

Konuşurken bir yandan yazan Zoubianis, "Uzun sürmez," dedi. "Onların bilgisayar ağındaki bir makineye girmem on dakikamı alır. Girdikten ve aradığımı bulduktan sonra seni ararım."

"Çok makbule geçecek. Söylesene, iyi misin?"

Şimdi mi soruyor? "Trish Tanrı aşkına, beni şampiyonluk maçı akşamında aradın, şimdi de sohbet etmek mi istiyorsun? Bu IP'yi kurcalamamı istiyor musun, istemiyor musun?"

"Teşekkürler Mark. Telefonunu bekleyeceğim."

"On beş dakika," diyen Zoubianis, patlamış mısır kâsesini aldı ve maçın sesini açtı.

Kadınlar.

28. BÖLÜM

Beni nereye götürüyorlar?

Langdon telaşla Anderson ve Sato ile birlikte Kongre Binası'nın derinliklerine doğru ilerlerken, aşağı doğru attığı her adımda kalbinin biraz daha hızlı çarptığını hissediyordu. Yolculuğa Rotunda'nın batı revağından başlamışlar, mermer basamaklardan indikten sonra, Rotunda'nın tam altındaki ünlü mahzene açılan geniş kapıya varmışlardı.

Kongre Binası Kriptası.

Burada hava daha ağırdı ve Langdon şimdiden kapalı yerde kalma korkusunun depreştiğini hissediyordu. Kriptanın alçak tavanı ve içerideki hafif ışık, başlarının üstündeki geniş taş zemini destekleyen kırk adet Dorik sütunu vurguluyordu. *Sakinleş Robert.*

Dairesel alanın sol tarafına doğru hızla dönen Anderson, "Bu taraftan," dedi.

Neyse ki bu kriptada ceset yoktu. Bunun yerine heykeller, Kongre Binası'nın bir maketi ve resmi cenaze törenlerinde tabutların yerleştirildiği katafalklar için kullanılan alçak bir depo vardı. Grup, zeminin tam ortasında bir zamanlar Sonsuz Ateş'in yandığı yerdeki dört köşeli mermer pusulaya hiç bakmadan geçip gitti.

Anderson acelesi varmış gibi davranıyordu, Sato ise yine başını BlackBerry'sine gömmüştü. Langdon, buradan her gün hükümetle yapılan telefon görüşmelerini desteklemek için Kongre Binası'nın her köşesine gezgin hizmet sağlayıcısı döşendiğini duymuştu.

Kriptadan verevine geçtikten sonra loş ışıklı bir girişe geldiler ve sarmal koridorların arasında dolaşmaya başladılar. Geçitlerde, üzerlerinde numaralar bulunan kapılar dizilmişti. Langdon kıvrılarak ilerlerken kapıların üstündeki sayıları okudu.

S154... S153... S152...

Bu kapıların ardında ne olduğuna dair hiçbir fikri yoktu ama artık en azından bir şey açıklığa kavuşmuştu; Peter Solomon'ın avcunun içindeki dövmenin anlamı. SBB13, ABD Kongre Binası'nın bir yerlerindeki, numaralandırılmış bir kapı olmalıydı.

Çantasını kaburgalarına iyice yaslayıp, Solomon'ın verdiği küçük paketin SBB13 diye işaretlendirilmiş bir kapıyla ne ilgisi olabileceğini merak eden Langdon, "Bu kapılar ne?" diye sordu.

Anderson, "Ofisler ve depolar," dedi. Sato'ya bir göz atıp, *"Özel ofisler ve depolar,"* diye ekledi.

Sato başını BlackBerry'sinden kaldırıp bakmadı bile.

Langdon, "Küçük görünüyorlar," dedi.

"Pek çoğu büyük bir dolap kadardır ama hâlâ D.C.'nin en gözde gayri menkulleri olduklarını söyleyebilirim. Burası ilk Kongre Binası'nın kalbi, eski Senato ise iki kat üstümüzde."

Langdon, "Peki ya SBB?" diye sordu. "Orası kimin ofisi?"

"Kimsenin. SBB özel bir depodur ve belirtmeliyim ki duyduğumda çok şaşırdım..."

Kafasını BlackBerry'sinden kaldırmayan Sato, "Şef Anderson," diyerek lafını kesti. "Siz bizi oraya götürün yeter."

Dişlerini sıkan Anderson, artık karma bir depolama tesisiyle destansı bir labirente benzemeye başlayan bu yerde onlara sessizce rehberlik etti. Hemen her duvarda, bu koridorlar ağındaki ofislerin yerini göstermeye çalışan, ileri ve geri işaretleriyle yönlendirme tabelaları vardı.

S142- S152...

ST1- ST70...

H1-H166 & HT1- HT67...

Langdon buradan tek başına çıkabileceğini hiç sanmıyordu. *Burası bir labirent.* Tek fark edebildiği, Senato veya Temsilciler Meclisi tarafında bulunmalarına bağlı olarak ofis numaralarının *S* ya da *H* harfleriyle başladıklarıydı. ST ve HT diye adlandırılan yerler, Anderson'ın Teras Katı dediği yerde olmalıydı.

Hâlâ SBB'nin esamesi yok.

Sonunda, anahtar kartla açılan ağır bir çelik kapının önüne vardılar.

Langdon yaklaştıklarını hissetti.

Anahtarına uzanan Anderson tereddüt etti. Sato'nun taleplerinden rahatsızlık duyuyormuş gibiydi.

Sato, "Şef," diyerek onu harekete geçirdi. "Bütün gece bekleyemeyiz."

Anderson isteksizce anahtar kartını yerleştirdi. Çelik kapı aralandı. İterek açınca, ardındaki antreye adımlarını attılar. Ağır kapı arkalarından tıkırdayarak kapandı.

Langdon'ın bu girişte ne görebileceği konusunda en ufak bir fikri yoktu ama karşısında duran manzarayı beklemediği kesindi. Aşağı doğru inen bir merdivene bakıyordu. Olduğu yerde durup, "Yine mi aşağı iniyoruz?" dedi. "Kriptanın altında bir kat *daha* mı var?"

Anderson, "Evet," dedi. *"SB Senato Bodrumu'nun kısaltılmışıdır."*

Langdon kendi kendine homurdandı. *Tanrım, ne harika!*

29. BÖLÜM

SMSC'nin ağaçlıklı giriş yolundaki araba farları, bekçinin son bir saat içinde gördüğü ilk araca aitti. Görev bilinciyle, taşınabilir televizyonunun sesini kıstı ve atıştırmalıklarını tezgâhın altına sokuşturdu. *Kötü zamanlama.* Redskins'in açılıştaki tanıtımları bitmek üzereydi ve kaçırmak istemiyordu.

Araba yaklaşırken, önündeki defterde yazan ismi kontrol etti.

Dr. Christopher Abaddon.

Katherine Solomon az önce arayarak, güvenliğe bu konuğun geleceğini haber vermişti. Bu doktorun kim olduğu konusunda bekçinin hiçbir fikri yoktu ama iyi para kazandığı belliydi; siyah bir limuzinle geliyordu. Uzun ve gösterişli araç, nöbetçi kulübesinin yanında durunca, şoförün siyah camı sessizce aşağı indi.

Şapkasını hafifçe kaldıran şoför, "İyi akşamlar," dedi. Başı tıraşlı ve iri yapılı bir adamdı. Radyodan futbol maçını dinliyordu. "Dr. Christopher Abaddon'ı, Bayan Katherine Solomon'a getirdim."

Bekçi başını salladı. "Kimlik lütfen."

Şoför şaşırmış görünüyordu. "Affedersiniz, Bayan Solomon önceden haber vermedi mi?"

Televizyona kaçamak bir bakış atan bekçi, başını salladı. "Yine de kimlik sorup, ziyaretçi listesine işlemem gerekiyor. Üzgünüm, kurallar böyle. Doktorun kimliğini de görmem gerek."

"Sorun değil." Koltuğunda geriye dönen şoför, yolcu koltukları ve şoför arasındaki bölmeden kısık sesle konuştu. O bunu yaparken, bekçi maça bir kez daha baktı. Redskins oyuncuları şimdi baş başa vermiş konuşuyorlardı ve bekçi, oyun başlamadan önce bu limuzini içeri sokmayı diliyordu.

Şoför yeniden önüne dönüp, arka taraftan aldığı anlaşılan kimliği uzattı.

Kartı alan bekçi hemen sisteme girdi. D.C. ehliyeti, Kalorama Height'ta bir tane Christopher Abaddon olduğunu gösteriyordu. Fotoğrafta mavi spor ceketli, kravat ve mendil takmış, yakışıklı, sarışın bir adam vardı. *DMV' ye*[1] *giderken kim yakasına mendil takar?*

Televizyondan boğuk bir sevinç nidası yükselince bekçi dönüp baktı ve Redskins oyuncusunun parmağını yukarı kaldırıp, saha kenarında dans ettiğini gördü. Pencereye dönerken, "Kaçırdım," diye mırıldandı.

Ehliyeti şoföre geri verirken, "Tamam," dedi. "Girebilirsiniz."

Limuzin ilerlerken bekçi, sayının tekrar gösterilmesi umuduyla televizyonuna döndü.

Mal'akh limuzini giriş yolunda sürerken, gülümsemekten kendini alamadı. Peter Solomon'ın gizli müzesine girmek çok kolay olmuştu. Ama bundan daha da güzeli, Mal'akh'ın yirmi dört saat içinde Solomon'a ait özel bir yere ikinci kez giriyor olmasıydı. Dün akşam benzer bir ziyareti Solomon'ın evine yapmıştı.

Peter Solomon, Potomac'ta muhteşem bir kır evi bulunmasına karşın, vaktinin çoğunu Dorchester Arms'taki çatı dubleksinde geçirirdi. Pek çok süper zengin gibi onun oturduğu bina da gerçek bir kaleydi. Yüksek duvarlar. Bekçili kapılar. Ziyaretçi listeleri. Güvenlikli yeraltı otoparkı.

Mal'akh aynı limuzini binanın bekçi kulübesine doğru sürmüş, şoför şapkasını tıraşlı başından hafifçe yukarı kaldırmış ve, "Dr. Christopher Abaddon'ı getirdim. Peter Solomon'ın davetlisi olarak geldi," demişti. Mal'akh bunları sanki York Dükü'nü anons eder gibi söylemişti.

Bekçi, listeyi ve Abaddon'ın kimliğini inceledikten sonra, "Evet, Bay Solomon'ın Dr. Abaddon'ı beklediğini gördüm," demişti. Bir düğmeye basmış ve kapı açılmıştı. "Bay Solomon çatı dubleksinde. Ziyaretçiniz sağ taraftaki son asansörü kullansın. Yukarı kadar çıkıyor."

"Teşekkürler." Mal'akh şapkasının ucuna dokunduktan sonra, arabayı sürmüştü.

Garajdan aşağı dönerek inerken güvenlik kameralarını aramıştı, ama hiçbir şey yoktu. Belli ki burada oturanlar ne araba hırsızlığı yapıyor, ne de izlenilmekten hoşlanıyordu.

Mal'akh asansörlerin yanındaki karanlık bir alana park etmiş, şoför bölmesiyle yolcu bölmesi arasındaki paravanı indirerek aradaki açıklıktan limuzinin arka tarafına geçmişti. Arka koltuğa geçtikten sonra şoför şapka-

---

(1) DMV (Departmant of Motor Vehicles: Motorlu Araçlar Dairesi)

sından kurtulup sarı peruğunu takmıştı. Ceketiyle kravatını düzelttikten sonra, makyajını bulaştırmadığından emin olmak için aynada kendine bakmıştı. Mal'akh hiçbir şeyi şansa bırakamazdı. Hele bu akşam.

Bunun için çok bekledim.

Mal'akh saniyeler sonra özel asansöre binmişti. Üst kata çıkış sessiz ve sarsıntısız olmuştu. Kapı açıldığında kendini zarif ve özel bir girişte bulmuştu. Ev sahibi zaten onu bekliyordu.

"Dr. Abaddon hoş geldiniz."

Adamın ünlü gri gözlerine bakan Mal'akh'ın nabzı hızlanmıştı. "Bay Solomon, beni kabul ettiğiniz için teşekkür ederim."

"Lütfen bana Peter de." El sıkışmışlardı. Mal'akh yaşlı adamla tokalaşırken Solomon'ın elindeki mason yüzüğünü görmüştü... Bir zamanlar Mal'akh'a silah doğrultan el de buydu. Mal'akh'ın geçmişinden bir ses fısıldamıştı. *Eğer o tetiği çekersen, sonsuza kadar yakanı bırakmam.*

"Lütfen içeri gel," diyen Solomon onu, pencerelerinden muhteşem bir Washington şehir manzarası görünen salona geçirmişti.

Mal'akh içeri girerken, "Demlenen çay kokusu mu alıyorum?" diye sormuştu.

Solomon etkilenmiş görünüyordu. "Ailem misafirlerini hep çayla ağırlardı. Ben de bu geleneği sürdürüyorum." Mal'akh'ı şöminenin önündeki çay servisinin beklediği salona yönlendirmişti. "Krema ya da şeker?"

"Sade olsun, teşekkürler."

Solomon yine etkilenmiş gibi bakıyordu. "Sadelikten yanasın." İki fincan sade çay doldurdu. "Özel olarak görüşülmesi gereken, hassas bir konuda benimle konuşmak istediğini söylemiştin."

"Teşekkürler. Vakit ayırmana çok memnun oldum."

"Biz artık seninle mason kardeşiyiz. Aramızda bir bağ var. Söylesene, sana nasıl yardımcı olabilirim?"

"Öncelikle otuz üçüncü dereye yükseldiğim için teşekkür etmek istiyorum. Bunun benim için çok derin bir anlamı var."

"Memnun oldum ama şunu bil ki, bunlar sadece benim kararlarım değil. Yüksek Konsey'in oylarıyla kabul edildi."

"Elbette." Mal'akh, Peter Solomon'ın kendisine karşı oy kullandığından şüpheleniyordu ama her yerde olduğu gibi masonlarda da para, güç demekti. Kendi locasında otuz ikinci dereceye yükselen Mal'akh, Büyük

Mason Locası adına milyon dolarlık bağış yapmak için bir ay kadar beklemişti. Kendisinden beklenilmeyen bu özveride bulanan Mal'akh, tahmin ettiği gibi kısa sürede otuz üçüncü dereceye davet edilmişti. *Ama hâlâ hiçbir sırrı öğrenemedim.*

"Her şey otuz üçüncü derecede ortaya çıkar" türünden asırlık söylentilere rağmen, Mal'akh'a yeni, aradığı şeyle ilgili hiçbir bilgi verilmemişti. Ama zaten verilmesini de beklemiyordu. Farmasonluğun iç çemberinde daha küçük çemberler vardı... yıllarca beklese de Mal'akh'ın öğrenemeyeceği çemberler. Umrunda değildi. Üyeliği işini görmüştü. O Mabet Odası'nda benzersiz bir şey olmuş ve Mal'akh'a hepsinin üstünde bir güç vermişti. *Artık sizin kurallarınızla oynamıyorum.*

Çayını yudumlayan Mal'akh, "Sizinle yıllar önce karşılaştığımızın farkında mısınız?" demişti.

Solomon şaşkın bir ifadeyle bakıyordu. "Gerçekten mi? Hatırlamıyorum."

"Uzun bir zaman önceydi." *Ve gerçek ismim Christopher Abaddon değil.*

"Özür dilerim. Sanırım hafızam yaşlanıyor. Seni nereden tanıdığımı bana hatırlatır mısın?"

Mal'akh, yeryüzündeki herkesten daha fazla nefret ettiği adama son bir kez gülümsemişti. "Hatırlamamanız ne kötü."

Mal'akh seri bir hareketle cebinden küçük bir aygıt çıkarıp ileri doğru uzatmış ve adamın göğsüne yaslamıştı. Bir milyon voltluk elektrik Peter Solomon'ın vücudunda gezinirken, mavi bir ışık patlaması olmuş ve sersemletici silahın cızırtısı duyulmuştu. Gözleri kocaman açılan Peter, koltuğuna yığılmıştı. Ayağa kalkıp adamın tepesinden bakan Mal'akh'ın, yaralı avını mideye indirmek isteyen bir aslan gibi ağzından salyalar akıyordu.

Nefes almaya çalışan Solomon hırıltılar çıkarıyordu.

Kurbanının gözlerindeki korkuyu gören Mal'akh, büyük Peter Solomon'ın dizlerinin bağının çözüldüğünü dünyada kaç kişinin gördüğünü merak ediyordu. Uzun bir süre bu manzaranın tadını çıkarmış, adamın nefesinin düzelmesini beklerken, çayından bir yudum almıştı.

Konuşmaya çalışan Solomon'ın sesi titrek çıkıyordu. Sonunda, "Ne... neden?" diyebilmişti.

Mal'akh, "Sence neden?" diye sormuştu.

Solomon şaşkınlıkla bakmıştı. "Para mı... istiyorsun?"

Para mı? Kahkaha atan Mal'akh biraz daha çay içmişti. "Masonlara milyonlarca dolar verdim, paraya ihtiyacım yok." *Ben bilgelik için geldim, o bana para teklif ediyor.*

"O zaman... ne istiyorsun?"

"Sende olan bir sır var. Bu gece onu benimle paylaşacaksın."

Solomon onun gözlerine bakabilmek için çenesini yukarı kaldırmaya çalışmıştı. "Ben... anlamıyorum."

"Artık yalan yok!" diye bağıran Mal'akh, felç olmuş adama iyice yaklaşmıştı. "Burada, Washington'da ne saklandığını biliyorum."

Solomon'ın gri gözleri ona meydan okuyordu. "Neden bahsettiğin hakkında hiç fikrim yok!"

Çayından bir yudum daha alan Mal'akh, fincanı tabağa yerleştirmişti. "On yıl önce, annenin öldüğü akşam da bana aynı sözleri söyledin."

Solomon'ın gözleri adeta yuvalarından fırlayacaktı. "Sen?..."

"Ölmesine gerek yoktu. İstediğim şeyi bana verseydin..."

Yaşlı adam karşısındakini tanıyınca yüzü dehşet dolu bir ifade almıştı.

Mal'akh, "Seni uyarmıştım," demişti. "Eğer o tetiği çekersen, sonsuza kadar yakanı bırakmayacaktım."

"Ama sen..."

Öne doğru hamle yapan Mal'akh, Taser tabancayı yeniden adamın göğsüne yaslamıştı. Mavi ışık tekrar parladığında, Solomon tamamıyla felç olmuştu.

Taser'i cebine sokan Mal'akh, sakince çayını bitirmişti. Sonra da dudaklarını nakışlı keten bir peçeteyle silmiş ve kurbanına bakmıştı. "Gidelim mi?"

Solomon'ın vücudu hareketsizdi ama gözleri fal taşı gibi açılmıştı.

Mal'akh ona iyice sokulup kulağına fısıldamıştı. "Seni sadece gerçeğin hayatta kaldığı bir yere götürüyorum."

Mal'akh başka tek kelime etmeden nakışlı keten peçeteyi tıkaç yapıp, Solomon'ın ağzına tıkıştırmıştı. Ardından, uyuşuk haldeki adamı geniş omuzlarının üstüne kaldırıp özel asansöre yönelmiş, dışarı çıkarken koridordaki konsoldan Solomon'ın iPhone'uyla anahtarlarını almıştı.

Mal'akh, *bu akşam bana bütün sırlarını anlatacaksın*, diye düşünmüştü. *Yıllar önce beni neden ölüme terk ettiğini de.*

30. BÖLÜM

SB Katı.

Senato Bodrumu.

Robert Langdon'ın kapalı yer korkusu, aşağı doğru indikleri her adımda kendini daha fazla hissettiriyordu. Binanın temelinin derinliklerine doğru ilerlerken hava iyiden iyiye ağırlaşmıştı. Havalandırma sistemi sanki çalışmıyordu. Buradaki duvarlar taşla sarı tuğlanın dengesiz bir karışımıydı.

Müdür Sato, yürürken BlackBerry'sine bir şeyler tuşladı. Langdon onun tedbirli davranışlarında bir şüphecilik sezinliyordu, ama bu durum hızla karşılıklı bir tavır halini almaktaydı. Sato, ona hâlâ, bu akşam burada olduğunu nereden bildiğini söylememişti. *Ulusal güvenlik meselesi mi?* Antik Gizemlerle ulusal güvenlik arasındaki ilişkiyi anlamakta güçlük çekiyordu. Ama zaten yaşadığı bu durumu anlamakta da güçlük çekiyordu.

Peter Solomon bana bir tılsım emanet etti... Hayalperest bir kaçık beni kandırarak Kongre Binası'na getirdi ve şimdi bunu kullanarak... muhtemelen SBB13 denilen bir odadaki gizemli bir kapıyı açmamı istiyor.

Pek anlaşılır bir tablo değildi.

Bunlar aklını kurcalarken, Peter'ın Gizemler Eli'ne dönüştürülmüş dövmeli elinin korkunç görüntüsünü zihninden uzaklaştırmaya çalıştı. Ürkütücü görüntüye, Peter'ın sesi eşlik ediyordu: *Antik Gizemler Robert, pek çok efsane doğurdu... ama bu onların hayal ürünü olduğu anlamına gelmez.*

Langdon mistik semboller ve tarihle ilgili bir meslekle uğraşıyor olsa da Antik Gizemler ve Tanrılaşma vaadi fikrini hiçbir zaman inandırıcı bulmamıştı.

Hiç kuşkusuz, antik Mısır'daki Gizem Okullarından çıkan gizli bilgeliğin, asırlar boyunca nesilden nesile aktarıldığını gösteren tarihi kayıtlar vardı. Bu bilgi yeraltına taşınmış ve Rönesans Avrupası'nda tekrar ortaya çıkarak, pek çoklarına göre, Avrupa'nın önde gelen bir bilimsel düşünce topluluğunun duvarları içindeki bilim adamlarından oluşan seçkin bir gruba emanet edilmişti. Burası, anlaşılmaz bir biçimde Invisible College adını alan Londra Kraliyet Akademisi'ydi.

Bu gizli "kolej" hızla, dünyanın en aydın kişilerinden oluşan bir danışman kurulu haline gelmişti; Isaac Newton, Francis Bacon, Robert Boyle ve hatta Benjamin Franklin. Modern çağdaki meslektaşlarının listesi de daha az etkileyici değildi; Einstein, Hawking, Bohr ve Celsius. Bu büyük dehaların hepsi, insanlığın düşünce yapısında kuantum sıçramaları yaratmışlardı. Yaptıkları buluşlar kimilerine göre, Invisible College'da saklanan eski bilgelikle tanışmalarının bir sonucuydu. Bu duvarların arasında alışılmadık yoğunlukta "mistik çalışmalar" yapılmış olsa da Langdon bunun doğruluğundan şüphe duyuyordu.

1936'da Isaac Newton'ın gizli belgelerinin bulunması, simyaya ve antik bilgeliğe olan tutkusunu ortaya çıkararak tüm dünyada şaşkınlık yaratmıştı. Newton'ın özel belgelerinde bulunan Robert Boyle'a gönderdiği elyazısı bir mektupta, öğrendikleri gizli bilgi konusunda ondan ağzını sıkı tutmasını istiyordu. Newton, "Dünyaya büyük bir zarar vermeden nakledilemez," diye yazmıştı.

Bu tuhaf uyarının anlamı bugün hâlâ tartışılıyordu.

Başını BlackBerry'den kaldıran Sato aniden, "Profesör," dedi. "Bu akşam neden burada olduğunuzu ısrarla bilmediğinizi söylemenize rağmen, belki Peter Solomon'ın yüzüğünün anlamını açıklığa kavuşturabilirsiniz."

Dikkatini toplayan Langdon, "Deneyebilirim," dedi.

Delil torbasını çıkarıp, Langdon'a uzattı. "Bu yüzüğün üstündeki sembolleri anlatır mısınız?"

Boş koridordan geçerlerken, Langdon yüzüğü inceledi. ORDO AB CHAO[1] yazılı bir levha taşıyan çift başlı Zümrüdüanka kuşu vardı ve üstüne 33 sayısı işlenmişti. "33 sayısıyla birlikte çift başlı Zümrüdüanka kuşu, masonluğun en üst derecesinin amblemidir." Teknik olarak bu prestijli derece sadece İskoç Riti'nde yer alıyordu. Ama ritler ve masonluk dereceleri, bu akşam Sato'ya anlatmayı hiç istemediği karmaşık bir yapıydı.

---

(1) Başlangıcın sonu. Kaostan çıkan düzen.

Kayıp Sembol

"Esasen, otuz üçüncü derece, fazlasıyla ustalaşmış küçük bir mason grubu için ayrılmış seçkin bir payedir. Diğer tüm derecelere bir önceki dereceyi başarıyla tamamlayarak yükselebilinir, ama otuz üçüncü dereceye yükselmek denetim altındadır. Sadece davetle olur."

"O zaman Peter Solomon'ın bu seçkin iç çemberin bir üyesi olduğunu biliyordunuz?"

"Elbette. Üyelik gizli değildir."

"Ve aynı zamanda yüksek rütbeli bir yetkili, öyle mi?"

"Şu anda evet. Peter, Amerika'daki İskoç Riti'nin idare birimi olan Otuz Üçüncü Derece Yüksek Konseyi'nin başkanıdır." Langdon, sembolik süslemeleri İskoçya'daki Rosslyn Şapeli'yle yarışan mason merkezlerine -Mabet Evi- gitmekten her zaman zevk duyardı.

"Profesör, yüzüğün etrafına kazınmış sözleri fark ettiniz mi? Her şey otuz üçüncü derecede açığa çıkar diyor."

Langdon başını salladı. "Masonik inançta sık kullanılan bir sözdür."

"Galiba bu, bir mason en tepedeki otuz üçüncü dereceye yükseldiğinde, kendisine özel bir şey *açıklandığı* anlamına geliyor, öyle değil mi?"

"Evet, inanış böyle ama sanırım gerçek bu değil. Masonluğun bu en yüksek kademesindeki seçilmiş birkaç kişiye, gizemli bir sırrın açıklandığı zannı hep vardı. Ama bence gerçek bu kadar heyecan verici değil."

Peter Solomon genellikle kıymetli bir masonik sırrın varlığıyla ilgili kinayeler yapardı, ama Langdon, kardeşliğe katılması için onun, kendisini kandırmaya çalıştığını düşünürdü. Ne yazık ki, bu akşam olanlar oyun değildi. Çantasındaki mühürlü paketi koruması konusundaki ciddiyetinin de şaka olmadığı ortaya çıkmıştı.

Langdon, Peter'ın altın yüzüğünün durduğu torbaya ümitsizce baktı. "Bunun bende kalmasının bir sakıncası var mı?" diye sordu.

Sato, ona baktı. "Neden?"

"Yüzük Peter için çok değerli. Bu akşam ona ben geri vermek istiyorum."

Sato, ona kuşkuyla baktı. "Dilerim öyle bir şansınız olur."

"Teşekkürler." Langdon yüzüğü cebine koydu.

Labirentin derinliklerine doğru telaşla ilerlerken Sato, "Bir soru daha," dedi. "Ekibimdekiler 'otuz üçüncü derece' ile masonluktaki 'kapı'yı birlikte tararlarken, yüzlerce yerde *'piramit'* ifadesinin geçtiğini görmüşler."

Langdon, "Bunda şaşılacak bir şey yok," dedi. "Mısır'daki piramitleri yapanlar, modern taş ustalarının öncüleriydiler ve piramit, başka Mısır temalarıyla birlikte, masonik sembolizmde sıkça kullanılır."

"Neyi simgeler?"

"Piramit esasen aydınlanmayı temsil eder. Antik insanın dünyevi boyuttan kurtulabildiğini, cennete, altın güneşe ve nihai olarak aydınlanmanın yüce kaynağına doğru yükseldiğini gösteren mimari bir semboldür."

Sato biraz bekledi. "Başka bir şey yok mu?"

Başka bir şey mi?! Langdon az önce tarihin en seçkin sembollerinden birini açıklamıştı. *İnsanı tanrıların krallığına yükselten yapı.*

Sato, "Ekibimdekilerin söylediğine göre, bu akşam daha belirgin bağlantılar da var. Washington'daki *özel* bir piramitle ilgili popüler bir efsanenin var olduğunu söylüyorlar, masonlarla ve Antik Gizemlerle doğrudan ilintili bir piramit."

Langdon şimdi onun neden bahsettiğini anlamıştı. Daha fazla vakit kaybetmeden bu boş inancı çürütmeye çalıştı. "Efsaneyi biliyorum başkan ama bu sadece bir hayal. Mason Piramidi, D.C.'de anlatılagelen bir efsanedir. Birleşik Devletler Devlet Mührü'nün üstündeki piramitten kaynaklanıyor olmalı."

"Neden daha önce bahsetmediniz?"

Langdon omuzlarını silkti. "Çünkü gerçeklere dayanan bir temeli yok. Dediğim gibi, bir efsane. Masonlarla ilişkilendirilen söylencelerden biri."

"Ama *bu* efsane doğrudan Antik Gizemlerle ilgili, öyle değil mi?"

"Evet, pek çokları gibi. Antik Gizemler tarih boyunca süregelen pek çok efsanenin kaynağı olmuştur. Tapınakçılar, Gül Haçlılar, Illuminati ve Alumbrado'lar gibi gizli muhafızların koruduğu güçlü bir bilginin varlığından bahsedilir. Ve liste böyle uzayıp gider. Hepsinin de temeli Antik Gizemlere dayanır... Mason Piramidi ise bunlardan sadece biridir."

Sato, "Anlıyorum," dedi. "Peki bu efsane tam olarak ne diyor?"

Langdon bir süre düşündükten sonra cevap verdi. "Şey... ben komplo teorilerinde uzman değilim ama mitoloji konusunda eğitimim var ve pek çok yerde bu şöyle anlatılır: Antik Gizemler, yani tüm çağların kayıp bilgeliği, uzun bir süre insanoğlunun en kutsal hazinesi olarak kabul edilmiştir ve tüm büyük hazineler gibi özenle korunmuştur. Bu bilginin gerçek gü-

Kayıp Sembol

cünü anlayan aydınlanmış bilgeler, onun yol açabileceği sonuçlardan kork-
mayı öğrenmişlerdi. Bu gizli bilgi ehil olmayanların eline geçtiğinde, yıkı-
cı sonuçlar doğurabileceğini biliyorlardı. Daha önce de belirttiğim gibi
güçlü araçlar hem iyilik hem de kötülük için kullanılabilirler. Bu yüzden
Antik Gizemleri ve bu süreçte rol alanları korumak amacıyla, eski uygula-
yıcıları gizli kardeşlikler kurdular. Bu kardeşliklerde bilgeliği sadece uy-
gun eğitimi alanlarla paylaşarak, bilgeden bilgeye aktardılar. Pek çokları
geriye dönüp baktığımızda... büyücü, sihirbaz ve şifacı hikâyelerinde bu
gizemi kullanlara dair tarihi ipuçları bulacağımıza inanır."

Sato, "Peki ya Mason Piramidi?" diye sordu. "Bu hikâyenin neresin-
de var?"

Sato'ya yetişmek için adımlarını hızlandıran Langdon, "Şey..." dedi.
"Tarih ve efsane bu noktada birbirine karışıyor. Bazılarına göre Avrupa'da
on altıncı yüzyılda bu kardeşliklerin hemen hepsi yok olmuş, dini zulmün
artan baskısıyla silinip gitmişti. Söylendiğine göre, farmasonlar Antik Gi-
zemlerin ayakta kalan son muhafızlarıydılar. Anlaşılır bir sebeple, eğer,
kendi kardeşlikleri de öncekiler gibi bir gün yok olursa, Antik Gizemlerin
sonsuza kadar kaybolacağından korktular."

"Peki ya *piramit?*" Sato bastırıyordu.

Langdon tam da bu konuya gelecekti. "Mason Piramidi efsanesi ol-
dukça basittir. Gelecek nesiller için bu büyük bilgeliği koruma sorumlu-
luklarını yerine getirmek isteyen masonlar, onu büyük bir kalede sakla-
maya karar vermişlerdi." Langdon hikâyeden hatırladıklarını toparlama-
ya çalıştı. "Yine de bunun bir efsaneden ibaret olduğunu belirtmek isti-
yorum. Ama anlatılanlara göre masonlar bu gizli bilgeliği Eskidünya'dan
Yenidünya'ya taşıdılar, yani buraya, Amerika'ya. Dini zorbalıkların ya-
şanmayacağını umdukları bir kıtaya getirdiler. Ve burada, bu bilgeliğin
nakledeceği muazzam gücü tüm insanlığın kaldırabileceği güne kadar,
Antik Gizemleri koruyabilecekleri aşılamaz bir kale -bir *piramit*- inşa et-
tiler. Efsaneye göre masonlar büyük piramitlerini, içindeki kıymetli ha-
zinenin sembolü olarak som altından, parlak bir kapak taşıyla taçlandır-
dılar. Bu hazine, insanlığa gizli güçlerinin tümünü verecek olan eski bil-
gelikti, yani Tanrılaşma."

Sato, "İyi hikâyeymiş," dedi.

"Evet. Masonlar her türden çılgın efsanenin kurbanı olmuşlardır."

"Anlaşılan siz böyle bir piramidin varlığına inanmıyorsunuz."

Langdon, "Elbette inanmıyorum," diye yanıtladı. "D.C. bir yana dursun, mason kurucuların Amerika'da herhangi bir piramit inşa ettiklerine dair hiçbir kanıt yok. Bir piramidi saklamak oldukça güçtür, özellikle de tüm çağların kayıp bilgeliğini barındıracak kadar büyük olan bir piramidi."

Hatırladığı kadarıyla efsane Mason Piramidi'nin içinde ne olduğunu açıklamıyordu. Antik metinler mi, okült yazılar mı, bilimsel buluşlar mı, yoksa çok daha gizemli bir şey mi belli değildi. Ama efsane, içindeki bu kıymetli bilginin zekice şifrelendiğini... ve sadece aydınlanmış ruhların çözebileceğini söylüyordu.

Langdon, "Her neyse," dedi. "Bu hikâye biz simgebilimcilerin 'hibrit arketip' dediği sınıfa giriyor, yani popüler mitolojiden çokça öğe ödünç almış, antik efsanelerin bir karışımı... Bu yüzden tarihi bir gerçek değil, ancak uydurma bir yapı olabilir."

Langdon öğrencilerine hibrit arketipi anlatırken, nesilden nesile aktarılan, zaman içinde abartılan ve birbirlerinden ödünç aldıkları aynı öğelerle, türdeş ahlak hikâyelerine dönen peri masalları örneğini verirdi; bakire kızlar, yakışıklı prensler, aşılamayan kaleler ve güçlü büyücüler... Masallar sayesinde "iyiyle kötü" arasındaki eski savaş bize çocukluktan itibaren hikâyelerle aşılanır: *Merlin ve Morgan le Fay, St. George ve Ejderha, David ve Goliath, Pamuk Prenses ve Cadı, hatta Luke Skywalker ve Darth Vader.*

Sato, bir köşeden dönüp, Anderson'ın peşinden basamakları inerken başını kaşıdı. "Bana şunu söyler misiniz; yanılmıyorsam bir zamanlar piramitlerin, firavunların tanrıların katına ulaşabilecekleri mistik *kapılar* olduklarına inanılırdı, öyle değil mi?"

"Doğru."

Aniden duran Sato, Langdon'ı kolundan tuttu ve şaşkınlıkla güvensizlik arasında bir ifadeyle yüzüne baktı. "Peter Solomon'ı elinde tutan kişinin sizden bir kapı bulmanızı istediğini söylüyorsunuz. Bu efsanedeki Mason Piramidi hiç mi aklınıza gelmedi?"

"İsmi başka bir şey de olsa, Mason Piramidi bir peri masalı. Tümüyle bir hayal ürünü."

Sato, ona biraz daha yaklaşınca Langdon, kadının nefesindeki sigara kokusunu aldı. "Bu konudaki tutumunuzu anlıyorum profesör ama soruşturmamın yürümesi açısından, bu benzerlik göz ardı edilemez. Gizli bilgiye açılan bir kapı. Bence Peter Solomon'ı alıkoyan kişinin, sadece sizin açabileceğinizi söylediği şeye çok benziyor."

"Şey, ben pek inanmıyorum..."

"Sizin neye inandığınızın önemi yok. Siz neye inanırsanız inanın, bu adamın Mason Piramidi'nin gerçek olduğuna inanabileceğini kabul etmek zorundasınız."

"Adam bir kaçık! Eskilerin tüm kayıp bilgeliğini içeren yeraltındaki dev bir piramide SBB13'ten girildiğine de inanıyor olabilir!"

Sato gözlerinden ateş saçarak hiç kıpırdamadan durdu. "Bu akşam içinde bulunduğum kriz bir peri masalı değil, profesör. Sizi temin ederim, fazlasıyla gerçek."

Aralarında soğuk bir sessizlik oldu.

Sonunda, "Efendim?" diyen Anderson, üç metre ötedeki başka bir güvenlik kapısını gösteriyordu. "Devam etmek istiyorsanız, geldik sayılır."

Gözlerini Langdon'dan ayıran Sato, Anderson'a devam etmesini işaret etti.

Kilitli kapıyı açan polis şefinin peşinden gidip, dar bir geçide girdiler. Langdon sağına ve soluna baktı. *Bu şaka olmalı.*

Hayatında gördüğü en uzun koridorun başında duruyordu.

31. BÖLÜM

Trish Dunne, Küp'ün parlak ışıklarından çıkıp, boşluğun zifiri karanlığına girerken, her zamanki gibi yine adrenalin salgıladığını hissetti. Az önce SMSC'nin ön kapısından arayıp, Katherine Solomon'ın misafiri Dr. Abaddon'ın geldiğini ve 5. Bölme'ye girmek için yanına bir refakatçi gönderilmesi gerektiğini söylemişlerdi. Trish ise büyük bir merakla kendisi gitmek istemişti. Katherine, ziyarete gelen adam hakkında fazla bir şey anlatmamıştı ve bu durum Trish'in ilgisini çekmişti. Peter Solomon'ın bu adama hayli güvendiği anlaşılıyordu; Solomon'lar, Küp'e kimseyi davet etmezlerdi. Bu bir ilk olacaktı.

Karanlıkta ilerlerken, *umarım buradan geçmeyi bünyesi kaldırır,* diye düşündü. İstediği son şey, Katherine'in çok önemli misafirinin laboratuvara girmek için ne yapması gerektiğini anladığında paniğe kapılmasıydı. *İlk seferi daima en kötüsüdür.*

Trish'in ilk seferi bundan bir yıl önceydi. Katherine'in iş teklifini kabul etmiş, gizlilik anlaşması imzalamış ve sonra laboratuvarı görmek için Katherine'le birlikte SMSC'ye gelmişti. İki kadın birlikte "Sokak"tan yürüdükten sonra, 5. BÖLME yazan metal bir kapıya gelmişlerdi. Katherine laboratuvarın ıssız bir yerde olduğunu söyleyerek onu hazırlamaya çalışmış olsa da bölmenin kapısı açıldığında Trish gördüklerine hazır olmadığını hissetmişti.

Boşluk.

Katherine eşikten geçerek karanlığa doğru birkaç adım atmış ve Trish'e takip etmesini işaret etmişti. "Güven bana. Kaybolmazsın."

Kendini stadyum boyutlarında simsiyah bir yerde hayal eden Trish terlemeye başlamıştı.

"Yolu takip etmen için bir kılavuz sistemimiz var," diyen Katherine yeri göstermişti. "Çok ilkel bir teknoloji."

Trish karanlıkta gözlerini kısarak beton zemine bakmıştı. Görmesi biraz zaman alsa da yere düz çizgi halinde serilmiş bir yolluk olduğunu fark etmişti. Yol gibi uzanan halı, karanlıkta gözden kayboluyordu.

· Arkasını dönüp yürüyen Katherine, "Ayaklarınla göreceksin," demişti. "Tam arkamdan gel."

Katherine karanlığın içinde kaybolurken, Trish korkusunu bastırıp onu takip etmişti. *Bu delilik!* 5. Bölme'nin kapısı, kalan ışığı da söndürerek arkasından kapandığında halıda sadece birkaç adım atabilmişti. Nabzı hızlanan Trish, tüm dikkatini ayaklarının altındaki halı hissine vermişti. Sağ ayağının kenarının sert betonla temas ettiğini hissettiğinde birkaç adım ilerlemişti. İçgüdüleriyle hareket edip sola kayarak, her iki ayağıyla yeniden yumuşak halıya basmıştı.

Karanlığın ötesinden sesi duyulan Katherine'in sözleri, bu cansız boşluğun akustiği tarafından yutuluyordu. "İnsan vücudu müthiştir," demişti. "Duyularından birinden mahrum kalırsan, diğer duyular hemen devreye girer. Şu anda ayaklarındaki sinirler kelimenin tam anlamıyla kendilerini yeniden yapılandırıyorlarlar."

Yönünü yeniden bulan Trish, *aman ne iyi,* diye düşünmüştü.

Fazlasıyla uzun gelen bir süre boyunca yürümüşlerdi. Trish sonunda, "Daha ne kadar var?" diye sormuştu.

"Yolu yarıladık." Katherine'in sesi artık daha da uzaktan geliyordu.

Trish sükûnetini korumak için elinden geleni yaparak hızlanmıştı ama karanlığın enginliği onu yutacak gibiydi. *Yüzümün bir milimetre ötesini bile göremiyorum!* "Katherine? Ne zaman duracağını nasıl anlıyorsun?"

Katherine, "Birazdan anlarsın," demişti.

Tüm bunlar bir yıl önceydi ve şimdi, bu akşam, Trish yine boşlukta, bu sefer aksi yöne, lobiye doğru patronunun misafirini almaya gidiyordu. Ayağının altındaki halının dokusundaki ani değişiklik, çıkışın üç metre ileride olduğunu haber verdi. Tutkulu bir beyzbol hayranı olan Peter Solomon'ın deyişiyle bu, *uyarı parkuruydu.* Aniden duran Trish anahtar kartını çıkarıp, yuvayı buluncaya kadar karanlıkta duvarı yokladı ve kartı yerleştirdi.

Kapı tıslayarak açıldı.

Trish, SMSC koridorunun sıcak ışıklarında gözlerini kısarak ileriye baktı.

Yine başardım.

Boş koridorlarda ilerlerken, güvenli bir ağda buldukları redakte edilmiş, tuhaf dosyayı düşündü. *Eski bir kapı mı? Yeraltında gizli bir yer mi?* Mark Zoubianis'in bu gizemli dokümanın nereden geldiğini bulup bulamadığını merak etti.

Kontrol odasındaki Katherine, plazma duvarın yumuşak ışığında durmuş, buldukları esrarengiz metne bakıyordu. Şimdi anahtar sözcüklerin hepsini bir arada görüyor ve bu metnin, ağabeyinin Dr. Abaddon'la paylaştığı uçuk efsaneden bahsettiğinden giderek daha fazla emin oluyordu.

   ...bulunduğu YERALTINDAKİ gizli...
   ...bir yerde, WASHINGTON D.C.'deki koordinatları...
   ...götüren ANTİK KAPI'YI buldu...
   ...uyararak PİRAMİDİN tehlikeli...
   ...ortaya çıkaracak KAZINMIŞ BİREŞİMİ deşifre...

Dosyanın geri kalanını görmeliyim, diye düşündü.

Bir süre daha baktıktan sonra plazma duvarın güç düğmesini kapattı. Yakıt hücresinin sıvı hidrojen rezervlerini boşa harcamamak için bu enerji tüketici ekranı daima kapatırdı.

Anahtar kelimelerin yavaşça solup, duvarın ortasında minik beyaz noktacıklara dönüşmelerini ve en sonunda titreşek kaybolmalarını izledi.

Arkasını dönüp ofisine yürüdü. Dr. Abaddon biraz sonra burada olacaktı ve ona hoş karşılandığını hissettirmek istiyordu.

32. BÖLÜM

Langdon ile Sato'ya, Kongre Binası'nın doğudaki temel duvarı boyunca uzanan sonsuz koridorda rehberlik eden Anderson, "Neredeyse geldik," dedi. "Lincoln'ın zamanında bu geçidin pis bir zemini vardı ve fare kaynıyordu."

Langdon zeminin karo kaplanmasına minnet duydu; farelere hayranlık duyduğu söylenemezdi. Ayak sesleri uzun geçitte ürkütücü ve ahenksiz bir şekilde yankılanan grup yürümeye devam etti. Uzun koridorda bazıları kapalı ama çoğu aralık duran kapılar sıralanmıştı. Bu kattaki odaların çoğunluğu terk edilmiş gibi görünüyordu. Langdon kapılardaki sayıların giderek küçüldüğünü fark etti.

SB4... SB3... SB2... SB1...

Numaralandırılmamış bir kapının yanından geçtiler, ama sayılar yeniden küçülmeye başladığında Anderson aniden durdu.

HB1... HB2...

Anderson, "Üzgünüm," dedi. "Kaçırdım. Bu kadar aşağıya hemen hemen hiç inmiyorum."

Grup eski bir metal kapıya doğru birkaç metre geri gitti. Langdon, bu kapının koridorun tam ortasında bulunduğunu fark etti. Senato Bodrumu'yla Temsilciler Meclisi Bodrumu'nu ikiye ayırıyordu. Sonradan anlaşıldı ki kapı aslında numaralandırılmıştı, ama o kadar silikti ki okunmuyordu.

SBB

Anderson, "İşte geldik," dedi. "Anahtarlar birazdan gelir."

Sato kaşlarını çatıp saatine baktı.

SBB yazısına bakan Langdon, Anderson'a, "Burası ortada olduğu halde neden Senato tarafında kabul edilmiş?" diye sordu.

Anderson şaşırmıştı. "Ne demek istiyorsunuz?"

"SBB yazıyor, S ile başlıyor H ile değil."

Anderson başını iki yana salladı. "SBB'deki S harfi Senato anlamına gelmiyor. O..."

"Şef?" Bir memur uzaktan sesleniyordu. Elinde anahtarla koridorda onlara doğru koşmaktaydı. "Üzgünüm efendim, biraz zaman aldı. SBB'nin anahtarını bulamadık. Bu yedek kutusundaki anahtar."

Anderson şaşkınlıkla, "Aslı kayıp mı?" diye sordu.

Yanlarına geldiğinde nefes nefese kalan memur, "Galiba kayıp," diye yanıtladı. "Yıllardır buraya kimse inmek istemedi."

Anderson anahtarı eline aldı. "SBB13'ün başka anahtarı yok mu?"

"Üzgünüm, SBB'deki odalardan hiçbirinin anahtarını bulamadık. MacDonald şu anda bunun üzerinde çalışıyor." Görevli, telsizini çıkarıp konuştu. "Bob? Şefin yanındayım. SBB13'ün anahtarıyla ilgili yeni bir bilgi var mı?"

Görevlinin telsizi cızırdadı ve bir ses cevap verdi. "Aslında, evet. Bu biraz tuhaf. Bilgisayara geçtiğimizden bu yana hiç kimsenin oraya girmediğini görüyorum, ama defterdeki kayıtlarda SBB'deki odaların yirmi yıl önce temizlenip boşaltıldığı yazıyor. Şu anda kullanılmayan alan olarak listeleniyorlar." Durdu. "SBB13 hariç hepsi."

Anderson telsizi aldı. "Ben şef. SBB13 hariç hepsi derken ne demek istedin?"

"Şey, efendim," diye cevap verdi görevli. "Burada SBB13'ün 'özel' olduğunu gösteren elyazısı bir not var. Uzun zaman öncesine ait ama Mimar tarafından paraflanmış."

Langdon, *Mimar* kelimesinin, Kongre Binası'nı inşa eden kişiye değil, onu yöneten kişiye atfedildiğini biliyordu. Kongre Binası'nın Mimarı olarak atanan kişi, tıpkı bir binanın müdürü gibi onun bakımından, restorasyonundan, güvenliğinden, personel alımından ve ofislerin belirlenmesinden sorumluydu.

Telsizdeki ses, "Tuhaf olan şu ki..." dedi. "Mimar'ın notu bu özel yerin Peter Solomon'a tahsis edildiğini söylüyor."

Langdon, Sato ve Anderson birbirlerine şaşkınlıkla baktılar.

Ses, "Efendim, sanırım Bay Solomon, SBB'nin asıl anahtarıyla birlikte SBB13'ün anahtarını da elinde bulunduruyor," diye devam etti.

Langdon kulaklarına inanamıyordu. *Peter'ın Kongre Binası bodrumunda özel bir odası mı var?* Peter Solomon'ın sırlarla dolu olduğunu biliyordu ama bu kadarı Langdon için bile şaşkınlık vericiydi.

Bundan pek hoşlanmadığı anlaşılan Anderson, "Tamam," dedi. "Özellikle SBB13'e girmeyi umut ediyoruz, bu yüzden yedek anahtarı aramaya devam edin."

"Arayacağız efendim. Bununla birlikte istemiş olduğunuz dijital resim üzerinde de çalışıyoruz..."

Konuşma düğmesine basıp, sesini kesen Anderson, "Teşekkürler," dedi. "Bu kadar. Elinize geçer geçmez o dosyayı Başkan Sato'nun BlackBerry'sine gönderin."

"Anlaşıldı efendim." Telsizin sesi kesildi.

Anderson telsizi karşılarında duran memura verdi.

Görevli bir planın fotokopisini çıkarıp şefe uzattı. "Efendim, SBB gri gösterilen yer, SBB13'ü X ile işaretledik. Bu şekilde bulmak kolay olacak. Oldukça küçük bir yer."

Anderson memura teşekkür ettikten sonra, genç adam uzaklaşırken dikkatini elindeki plana verdi. Olayları izlemekte olan Langdon, Kongre Binası'nın altındaki tuhaf labirenti meydana getiren odacıkların sayısına şaşırmıştı.

Bir süre planı inceleyen Anderson, başını sallayıp kâğıdı cebine soktu. SBB yazan kapıya dönüp anahtarı yukarı kaldırdı, ama açmaktan rahatsızlık duyduğu anlaşılıyordu. Langdon da benzer kuşkular içindeydi; bu kapının ardında ne olduğunu bilmiyordu ama Solomon orada her ne saklıyorsa, gizli kalmasını istediğinden emindi. *Hem de çok gizli.*

Sato boğazını temizleyince Anderson ne demek istediğini anladı. Şef derin bir nefes alıp anahtarı deliğe soktu ve çevirmeye çalıştı. Anahtar kıpırdamadı. Langdon bir an için yanlış anahtar olduğu ümidine kapıldı, ama ikinci denemede anahtar döndü ve kilit açıldı. Anderson kapıyı iterek araladı.

Ağır kapı dışarı doğru gıcırdayarak açılırken, koridora rutubetli bir hava doldu.

Eliyle ışık düğmesini ararken Langdon'a bakan Anderson, "Profesör," dedi. "Sorunuzun cevabına gelince, SBB'deki S harfi Senato demek değil. Alt[1] demek."

"Alt mı?" diye soran Langdon'ın aklı karışmıştı.

Başını sallayan Anderson, kapının iç tarafındaki ışık düğmesini bulmuştu. Tek bir lamba, zifiri karanlığa doğru inen dimdik merdivenleri aydınlattı. "SBB, Kongre Binası'nın alt bodrumu demektir."

---

[1] İngilizcede "Sub" olarak kullanılır.

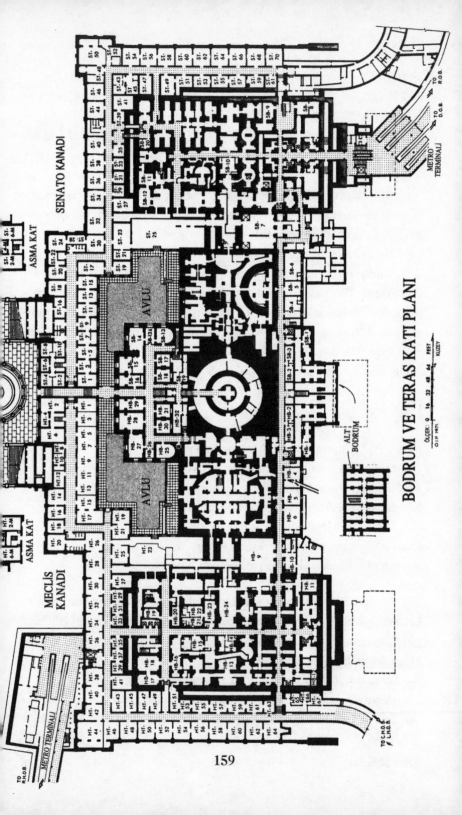

BODRUM VE TERAS KATI PLANI

ÖLÇEK: 0 16 32 48 64 FEET

O.I.P. 1971.   KUZEY

SENATO KANADI

MECLİS KANADI

ASMA KAT

AVLU

ALT BODRUM

METRO TERMİNALİ

159

33. BÖLÜM

Sistem güvenliği uzmanı Mark Zoubianis dizüstü bilgisayarının ekranında yazan bilgilere kaşlarını çatarak bakıyor ve oturduğu mindere gittikçe daha fazla gömülüyordu.

Bu ne biçim bir adres böyle?

Bildiği en iyi korsan programları bu metni kırmakta ve Trish'in verdiği gizemli IP adresini bulmakta yetersiz kalmıştı. Aradan on dakika geçtiği halde Zoubianis'in programı hâlâ, karşı bilgisayarın güvenlik kalkanını yumruklayıp geri dönüyordu. İçeri sızabileceğine dair umutları tükenmek üzereydi. *Bana neden fazla para verdiklerine şaşmamalı.* Telefonu çaldığında, yeni bir programla farklı bir yöntem uygulamak üzereydi.

Tanrı aşkına, seni arayacağımı söylemiştim. Futbol maçının sesini kısıp cevap verdi. "Evet?"

Bir adam, "Mark Zoubianis ile mi görüşüyorum?" diye sordu. "Adresiniz 357 Kingston Drive, Washington mı?"

Zoubianis arkadan gelen diğer boğuk sesleri duyabiliyordu. *Şampiyonluk maçı sırasında pazarlama mı yapıyorlar? Bunlar deli mi?* "Durun tahmin edeyim, Anguilla'da bir hafta tatil kazandım?"

"Hayır," diyen kişinin sesi gayet ciddiydi. "Merkezi Haberalma Teşkilatı'nın sistem güvenliğinden arıyorum. Sınıflandırılmış veritabanlarımızdan birini neden kırmaya çalıştığınızı öğrenmek istiyoruz."

Kongre Binası alt bodrumunun üç kat üstündeki geniş ziyaretçi merkezinde, güvenlik görevlisi Nuñez her akşam bu saatlerde yaptığı gibi, ana giriş kapılarını kilitledi. Mermer zemine doğru adım atarken, asker kaputu giyen dövmeli adamı düşündü.

Onu ben içeri aldım. Yarın bir işi olacağından şüpheliydi.

Yürüyen merdivene vardığı sırada dış kapıdan gelen yumruklama sesini duyunca arkasını döndü. Gözlerini kısarak ana girişe baktığında, dışarıda yaşlı bir Afro-Amerikalının avuç içiyle cama vurup, birtakım işaretlerle içeri girmek istediğini söylemeye çalıştığını gördü.

Nuñez başını iki yana sallayıp saatini gösterdi.

Adam kapıyı yeniden yumruklayıp ışığın altına geçti. Kusursuz bir mavi takım elbisesi ve kısa gri saçları vardı. Nuñez'in nabzı hızlandı. *Aman Tanrım.* Nuñez bu mesafeden bile adamı tanımıştı. Hemen girişe dönüp kapının kilidini açtı. "Üzgünüm efendim. Lütfen içeri girin."

Warren Bellamy -Kongre Binası'nın Mimarı- eşikten adımını atıp, başını nazikçe eğerek Nuñez'e teşekkür etti. Bellamy, çevresinde olup bitenlere hâkim olduğunu anlatan keskin gözlere sahip, dik duruşlu ve ince yapılı bir adamdı. Son yirmi beş yıldır ABD Kongre Binası'nın yöneticisiydi.

Nuñez, "Size yardımcı olabilir miyim efendim?" diye sordu.

"Teşekkürler. Evet." Bellamy bu sözleri güçlü bir kararlılıkla telaffuz etmişti. Kuzeydoğulu bir Ivy League mezunu olan Bellamy'nin diksiyonu öylesine kusursuzdu ki, kulağa İngiliz gibi geliyordu. "Bu akşam burada bir olay olduğunu haber aldım." Hayli endişeli görünüyordu.

"Evet efendim. Olanlar..."

"Şef Anderson nerede?"

"CIA Güvenlik Ofisi'nden Başkan Sato ile birlikte aşağıda."

Bellamy'nin gözleri kaygıyla büyüdü. "CIA burada mı?"

"Evet efendim. Başkan Sato olaydan hemen sonra geldi."

Bellamy, "Neden?" diye sordu.

Nuñez omuzlarını silkti. *Sanki sorabilirmişim de!*

Bellamy doğruca yürüyen merdivenlere yöneldi. "Neredeler?"

"Aşağı kata indiler." Nuñez, onu takip etti.

Bellamy arkasını dönüp evhamla baktı. "Aşağıya mı? Neden?"

"Tam olarak bilmiyorum, telsizimden duydum."

Bellamy şimdi daha hızlı hareket ediyordu. "Beni hemen onların yanına götür."

"Peki efendim."

İki adam geniş lobide yürürken Nuñez, Bellamy'nin parmağındaki büyük altın yüzüğü fark etti.

Nuñez telsizini çıkardı. "Şefe aşağı indiğinizi haber vereyim."

"Hayır." Bellamy'nin gözleri tehlikeli bir şekilde parıldadı. "Haber vermemen daha iyi olur."

Nuñez bu akşam bazı hatalar yapmıştı ama Şef Anderson'a Mimar'ın binada olduğunu haber vermemek onun sonu demekti. Huzursuzca, "Efendim," dedi. "Sanırım Şef Anderson..."

Bellamy, "Bay Anderson'ın işvereni olduğumun farkında mısın?" diye çıkıştı.

Nuñez başını salladı.

"O halde sanırım o da benim emirlerime uymanı tercih eder."

34. BÖLÜM

Trish Dunne, SMSC lobisinden içeri girince, şaşkınlık içinde kaldı. Burada beklemekte olan konuk, binaya daha önce gelen kılıksız, kitap kurdu doktorlara -antropoloji, okyanus bilimi, jeoloji ve diğer bilim alanlarındaki doktorlara- hiç benzemiyordu. Tam aksine Dr. Abaddon'ın, özenle dikilmiş takım elbisesinin içinde adeta aristokrat bir havası vardı. Uzun boyu, geniş göğsü, yanık teni ve kusursuzca taranmış sarı saçları Trish'e onun laboratuvarlardan daha çok, lükse düşkün olduğu izlenimini vermişti.

Elini uzatan Trish, "Sanırım siz Dr. Abaddon'sınız?" dedi.

Adam tereddüt ederek baktı ama yine de Trish'in tombul elini geniş avuç içiyle sıktı. "Affedersiniz. Peki ya siz?"

"Trish Dunne," diye cevap verdi. "Katherine'in asistanıyım. Size laboratuvara kadar eşlik etmemi istedi."

"Ah, anlıyorum." Adam şimdi gülümsüyordu. "Sizinle tanıştığıma memnun oldum, Trish. Şaşırmış göründüysem beni affedin. Katherine'in bu akşam yalnız olacağını sanıyordum." Koridoru işaret etti. "Ama kendimi size teslim ediyorum. Yolu siz gösterin."

Adam çabucak toparlamasına rağmen Trish, onun gözlerindeki hayal kırıklığını görmüştü. Şimdi Katherine'in bu adam hakkında neden fazla bir şey anlatmadığını anlamaya çalışıyordu. *Aralarında romantik bir şeyler başlamış olabilir mi?* Katherine özel hayatından asla bahsetmezdi ama konuğu çekici ve iyi eğitim almış biriydi. Katherine'den genç olmasına rağmen, onunla aynı zenginlikler ve ayrıcalıklar dünyasından geliyordu. Dr. Abaddon bu akşamki ziyaretiyle ilgili her ne hayal ettiyse, Trish'in bu planın bir parçası olmadığı açıktı.

Lobideki güvenlik kontrolünde tek başına duran görevli kulaklıklarını çıkardığında Trish, Redskins maçının bağırtısını duydu. Görevli, Dr. Abaddon'ı ziyaretçilere her zaman yapıldığı gibi metal dedektöründen geçirip kimlik kontrolü yaptı.

Kayıp Sembol

Dr. Abaddon cebinden telefonunu, anahtarlarını ve çakmağını çıkarırken, nazikçe, "Kim kazanıyor?" diye sordu.

Yeniden maçı dinlemek için can atan görevli, "Skins üç sayı önde," dedi. "Müthiş bir maç."

Trish görevliye, "Birazdan Bay Solomon gelecek," dedi. "Geldiğinde kendisini laboratuvara yönlendirir misin?"

"Tamam." Onlar geçerken, görevli minnet duyduğunu gösterir şekilde göz kırptı. "Uyarı için teşekkürler. Çalışıyormuş gibi yaparım."

Trish aslında bunu sadece görevliyi ikaz etmek için değil, aynı zamanda Dr. Abaddon'ın Katherine'le baş başa geçireceği akşamı bölen tek kişi olmayacağını belirtmek için de söylemişti.

Başını kaldırıp gizemli konuğa bakan Trish, "Katherine'i nereden tanıyorsunuz?" diye sordu.

Dr. Abaddon kendi kendine güldü. "Ah, uzun hikâye. Bir şey üzerinde çalışıyoruz."

Trish, *anlaşıldı,* diye düşündü. *Üzerime vazife değil.*

Devasa koridorda ilerlerken etrafına göz gezdiren Dr. Abaddon, "Burası müthiş bir yer," dedi. "Daha önce buraya hiç gelmemiştim."

Sesinin havalı tonu, attıkları her adımda Trish'in kulağına daha sevimli gelmeye başlamıştı. Genç kadın onun ortama alışmaya çalıştığını fark etmişti. Koridorun parlak ışıkları altında adamın bronz teninin sahte olduğunu anladı. *Tuhaf.* Yine de boş koridorlarda dolaşırken Trish, ona bölmeler ve içindekilerle birlikte, SMSC'nin amacını ve çalışma şeklini anlattı.

Konuk şaşırmışa benziyordu. "Galiba burada paha biçilmez sanat eserlerinden oluşan bir hazine var. Her yerde güvenlik görevlilerinin durmasını beklerdim."

Tepedeki tavana dizilmiş balık gözü kameraları gösteren Trish, "Buna gerek yok," dedi. "Burada güvenlik otomatiktir. Tesisin belkemiği olan bu koridorun her santimi yirmi dört saat boyunca kayda alınır. Anahtar kart ve PIN numarası olmadan bu koridordan herhangi bir odaya girmek mümkün değildir."

"Kameralar işe yarıyor demek ki."

"Neyse ki, şimdiye dek hiçbir hırsızlık vakasıyla karşılaşmadık. Ama zaten burası kimsenin soymak isteyeceği türden bir müze değil. Nesli tükenmiş çiçekler, Eskimo kanoları ve dev mürekkepbalığı cesetleri için henüz karaborsa açılmadı."

Dr. Abaddon güldü. "Galiba haklısınız."

"En büyük güvenlik tehdidi kemirgenler ve böcekler." Trish ona SMSC'nin döküntülerini dondurup, "ölü kuşak" denen -tüm binayı örtü gibi saran çift duvarlar arasındaki soğuk bir bölge- mimari bir özellik kullanarak böcek istilasından nasıl korunduklarını anlattı.

Abaddon, "İnanılır gibi değil," dedi. "Peki Katherine'le Peter'ın laboratuvarı nerede?"

Trish, "5. Bölme'de," dedi. "Bu koridorun sonunda."

Birden duran Abaddon, sağ tarafındaki küçük pencereye döndü. "Tanrım! Şuna bakar mısın!"

Trish kahkaha attı. "Evet, burası 3. Bölme. Buraya Islak Bölme diyorlar."

Yüzünü cama yapıştıran Abaddon, "Islak mı?" diye sordu.

"Burada on bin litreden fazla sıvı etanol var. Daha evvel bahsettiğim dev mürekkepbalığı cesedini hatırladınız mı?"

"Mürekkepbalığı bu mu?!" Dr. Abaddon kısa bir an gözleri kocaman açılmış bir halde yüzünü pencereden çevirdi. "Dev gibi!"

Trish, "Dişi bir Architeuthis," dedi. "Boyu on iki metreden fazla."

Mürekkepbalığını görünce kendinden geçen Dr. Abaddon, gözlerini camdan ayıramadı. Bu yetişkin adam bir an için Trish'e, evcil hayvan mağazasının vitrininden bakarken içeri girip bir köpek yavrusu görmek için can atan küçük bir oğlan çocuğunu anımsattı. Beş saniye geçmişti ama hâlâ tutkuyla pencereden bakıyordu.

Sonunda, "Tamam tamam," diyen Trish, kahkaha atarak anahtar kartını yerleştirip PIN numarasını girdi. "Gelin. Size mürekkepbalığını göstereyim."

Mal'akh, 3. Bölme'nin loş dünyasına adımını atarken, duvarlarda güvenlik kamerası arıyordu. Bu arada Katherine'in tombul asistanı bu odadaki örnekleri anlatmaya başlamıştı. Mal'akh artık onun sesini duymuyordu. Dev mürekkepbalıklarıyla da ilgilendiği falan yoktu. Tek ilgilendiği şey, beklenmedik bir sorunu çözmek için bu karanlık ve boş yeri kullanmaktı.

35. BÖLÜM

Kongre Binası'nın alt bodrumuna inen ahşap merdivenler, Langdon'ın şimdiye dek kullandığı diğer merdivenler kadar dik ve basitti. Daha sık nefes alıyor, göğsünün sıkıştığını hissediyordu. Hava burada soğuk ve nemliydi. Langdon birkaç yıl önce Vatikan'daki Nekropolis'e inen merdivenleri hatırlamadan edemedi. *Ölüler Şehri.*

Anderson onun önünde fenerle yol gösteriyordu. Langdon'ı hemen arkasından takip eden Sato, ara sıra minik elleriyle sırtına dokunuyordu. *Elimden geldiği kadar hızlı gidiyorum.* Derin nefesler alan Langdon, iki yanından sıkıştıran duvarları düşünmemeye çalıştı. Bu dar, merdivenli yola omuzları güçlükle sığıyor, çantası duvara sürtünüyordu.

Sato arkasından, "Belki de çantanızı yukarıda bıraksanız iyi olurdu," dedi.

"Ben iyiyim," diye cevap veren Langdon'ın, çantasını gözünün önünden ayırmaya hiç niyeti yoktu. Peter'ın verdiği küçük paketi hayalinde canlandırdı ama Kongre Binası'nın bodrumundaki herhangi bir şeyle nasıl bir ilgisi olabileceğine aklı ermedi.

Anderson, "Birkaç adım daha kaldı," dedi. "Neredeyse geldik."

Merdivenlerdeki tek lambanın aydınlığından uzaklaşan grup, karanlığa inmişti. Son basamaktan aşağı adımını atan Langdon, ayaklarının altındakinin toprak olduğunu hissetti. *Dünyanın merkezine seyahat.* Sato onun arkasından geldi.

Şimdi fenerini kaldıran Anderson, etrafı kolaçan ediyordu. Alt bodrum, bodrum katından çok merdivenleri diklemesine kesen, fazlasıyla dar bir koridora benziyordu. Anderson ışığı sağa sola hareket ettirince, Langdon geçidin yaklaşık on beş metre uzunluğunda bir yer olduğunu gördü. İki yana da küçük, ahşap kapılar sıralanmıştı. Kapılar birbirine o denli yakındı ki, odalar üç metreden geniş olamazdı.

Anderson plana bakarken Langdon, *ACME Deposu, Domatilla Yeraltı Mezarlığı'yla buluşuyor,* diye düşündü. Alt bodrumdaki minik bölme,

SBB13'ün yerini göstermek amacıyla X ile işaretlenmişti. Langdon bu planın on dört lahitli bir mozole -karşılıklı yedişer mezar- ile aynı olduğunu fark etti. Az önce indikleri merdivenin olduğu yer çıkarılmıştı. *Toplamda on üç.*

Amerika'daki "on üç" teorisyen, ABD Kongre Binası'nın altında *on üç* deponun bulunduğunu bilseydi bayram ederdi, diye düşündü Langdon. Bazıları, Birleşik Devletler Devlet Mührü'nde on üç yıldız, on üç ok, on üç piramit basamağı, kalkanın üzerinde on üç şerit, on üç zeytin yaprağı, on üç zeytin, *annuit coeptis*[1] ve *e pluribus unum*[2] kelimelerinde on üç harf bulunmasından kuşku duyuyordu.

Feneri tam karşılarındaki odaya tutan Anderson, "Boş görünüyor," dedi. Ağır ahşap kapı ardına kadar açıktı. Işık, hiçbir yere çıkmayan bir koridoru andıran, dar -üç metre genişliğinde, dokuz metre derinliğinde- ve taş bir odayı aydınlatıyordu. Odada birkaç kırık sandıkla, buruşturulmuş ambalaj kâğıdından başka bir şey yoktu.

Anderson fenerin ışığını kapının üstündeki levhaya tuttu. Levha paslanmış olmasına rağmen yine de okunabiliyordu:

SBB IV

Anderson, "SBB4," dedi.

Sato, "SBB13 hangisi?" diye sorarken, bodrumun soğuk havasında ağzından az da olsa buhar çıktı.

Anderson feneri koridorun güney ucuna çevirdi. "Şurada."

Dar koridora göz atan Langdon tüylerinin diken diken olduğunu ve soğuğa rağmen terlediğini hissetti.

Kapılar topluluğunun arasından geçerken, uzun zaman önce terk edilmiş, kapıları yarı açık duran odaların hepsi birbirinin aynı görünüyordu. Yolun sonuna geldiklerinde Anderson sağa dönüp, SBB13'ün

---

(1) Tanrı bizim sorumluluklarımızı gözetiyor.
(2) Birçoklarından biri (Eyaletlerden oluşan ABD'nin tek bir devlet olduğu anlamında kullanılıyor.)

içini görmek için fenerini yukarı kaldırdı. Ama fenerin ışığı, ağır bir ahşap kapı tarafından kesilmişti.

Diğerlerinin aksine, SBB13 kapalıydı.

Bu kapı diğerleriyle tıpatıp aynı görünüyordu; ağır menteşeler, demir kapı kolu ve yeşermiş bir bakır levha. Kapının levhasındaki yedi karakter, Peter'ın avuç içinde yazanla aynıydı.

SBB XIII

Langdon, *lütfen kapı kilitli de,* diye düşündü.

Sato tereddütle, "Açmayı dene," dedi.

Polis şefi tedirgin görünse de uzanıp ağır kolu kavradı ve aşağı doğru itti. Kapının kolu yerinden kımıldamadı. Işığı bu kez kapının kilidiyle anahtar deliğine tuttu.

Sato, "Anahtarı dene," dedi.

Anderson yukarıdaki giriş kapısının anahtarını çıkardı ama deliğe uymuyordu bile.

Sato alaycı bir tonla, "Acaba yanılıyor muyum?" dedi. "Güvenliğin acil bir durumda bu binanın her yerine girebilmesi gerekmez mi?"

İç çeken Anderson, Sato'ya baktı. "Efendim, adamlarım yedek anahtarı arıyorlar, ama..."

Başıyla kapı kolunun altındaki kilit aynasını göstererek, "Ateş et," dedi.

O an Langdon'ın kalbi tekledi.

Sesi tedirgin çıkan Anderson boğazını temizledi. "Efendim, yedek anahtarla ilgili haber bekliyorum. Bu kapıya ateş ederek içeri girmek konusunda huzursuzum..."

"Belki CIA soruşturmasına engel olduğu için hapiste yatarken daha rahat edersin."

Anderson, kadına kuşkuyla baktı. Uzun bir aradan sonra isteksizce ışığı Sato'ya verip, tabanca kılıfını açtı.

Daha fazla sessiz kalamayan Langdon, "Bekle!" dedi. "Bunu bir düşünün. Peter bu kapının arkasında ne olduğunu söylemek yerine sağ elini feda etti. Bunu yapmak istediğinize emin misiniz? Bu kapının kilidini açmak, bir teröristin taleplerine itaat etmek olacak."

Sato, "Peter Solomon'ı geri istiyor musun?" diye sordu.

"Elbette, ama..."

"O halde onu elinde tutan adamın isteklerini yerine getirmeni tavsiye ederim."

"Eski bir kapıyı açarak mı? Sizce kapı *bu* mu?"

Sato ışığı Langdon'ın yüzüne çevirdi. "Profesör, bunun ne halt olduğu konusunda hiç fikrim yok. İster bir depo, ister eski bir piramide giriş yolu olsun, niyetim onu açmak. Acaba yeterince anlaşıldım mı?"

Işıktan gözleri kamaşan Langdon, sonunda başını salladı.

Sato ışığı aşağı indirip, kapının antika kilidine yöneltti. "Şef? Devam edin."

Plana hâlâ karşı olan Anderson, silahını çok yavaş bir şekilde çıkarıp, kilide şüpheyle baktı.

"Ah, Tanrı aşkına!" Sato'nun minik elleri uzanıp silahı ondan aldı. Feneri Anderson'ın şimdi boş duran avcuna sıkıştırdı. "Lanet ışığı kilide tut." Silah eğitimi almış birinin rahatlığıyla tabancayı tutup, hiç vakit kaybetmeden emniyeti açtı ve kilide nişan aldı.

Langdon, *"Dur!"* diye bağırsa da çok geç kalmıştı.

Silah üç kez gürledi.

Langdon bir an için kulak zarının patladığını sandı. *Aklını mı kaçırdı?* Bu küçük yerde silah sesi sağır ediciydi.

Kurşunun paramparça ettiği kapıya ışık tutan Anderson da sarsılmış gibiydi.

Kilit mekanizması şimdi darmadağın, etrafındaki tahtalar ise unufak olmuştu. Kilit açılınca kapı aralandı.

Silahı öne doğru uzatan Sato, namlunun ucuyla kapıyı ittirdi. Kapı karanlığa doğru ardına kadar açıldı.

İçeri bakan Langdon karanlıktan başka bir şey göremedi. *Bu koku da ne böyle?* Karanlığın içinden alışılmadık, pis bir koku geliyordu.

Anderson eşikten içeri adımını atıp, ışığı yere tutarak toprak zemini dikkatle inceledi. Bu oda da diğerleri gibi dar ve uzundu. Taştan yapılmış duvarlar, buraya hapishane hücresi havası vermişti. *Ama bu koku...*

Işığı odanın içlerine kadar tutan Anderson, "Burada bir şey yok," dedi. Sonunda zeminin bittiği yerde, feneriyle odanın karşı tarafındaki duvarı aydınlattı.

Anderson, "Aman Tanrım!..." diye bağırdı.

Hepsi aynı şeyi görüp, geriye doğru sıçradılar.

Langdon odanın en ucundaki yere inanamayan gözlerle baktı.

Ama dehşet verici bir şey de ona bakıyordu.

36. BÖLÜM

"Bu da ne böyle?..." SBB13'ün eşiğinde duran Anderson elindeki feneri düşürecek gibi oldu ve geriye doğru bir adım attı.

Langdon da akşam boyunca ilk kez şaşırdığını gördüğü Sato gibi geri çekildi.

Sato silahı arka duvara doğrultup, Anderson'a feneri tutmasını işaret etti. Anderson feneri kaldırdı. Işık demeti duvara ulaşıncaya kadar zayıflıyordu ama cansız deliklerinden onlara bakan hayaletimsi yüzü aydınlatmaya yetmişti.

Bir insan kafatası.

Kafatası, odanın arka duvarına yaslanmış ahşap bir masanın üstünde duruyordu. Kafatasının yanına insan bacak kemikleriyle birtakım nesneler -antika bir kum saati, kristal şişe, bir mum, iki pudriyer ve bir kâğıt sayfası- mabedi andıran bir tarzda, titizlikle dizilmişti. Masanın yanındaysa, Azrail kadar tanıdık kavisli bıçağıyla uzun bir tırpan duruyordu.

Sato odadan içeri adımını attı. "Evet, bakalım... görünüşe göre Peter Solomon tahmin ettiğimden daha fazla sır saklıyormuş."

Hemen arkasından gelen Anderson başını salladı. "Biraz da dolaptaki iskeletlerden bahsedelim." Işığı kaldırıp odanın geri kalanını inceledi. Burnunu kırıştırarak, "Peki ya bu *koku?*" diye ekledi. "Bu ne?"

Langdon onların arkasından, "Kükürt," dedi. "Masanın üstünde iki pudriyer olması gerekir. Sağ taraftakinde tuz, diğerinde kükürt olur."

Duyduklarına inanamayan Sato olduğu yerde döndü. "Siz bunu nereden biliyorsunuz?"

"Biliyorum hanımefendi, çünkü dünyanın dörtbir yanında tıpkı buna benzeyen başka odalar var."

Alt bodrumun bir kat üstünde, Kongre Binası güvenlik görevlisi Nuñez, binanın mimarı Warren Bellamy'ye doğu bodrumuna giden uzun koridorda eşlik ediyordu. Nuñez aşağıdan gelen boğuk üç el silah sesi duyduğuna yemin edebilirdi. *Başka hiçbir şey olamaz.*

Koridorun ilerisinde aralık duran kapıya gözlerini kısarak bakan Bellamy, "Alt bodrumun kapısı açık," dedi.

Nuñez, *gerçekten de tuhaf bir akşam,* diye düşündü. *Oraya kimse inmez.* Telsizine uzanırken, "Neler döndüğünü öğrenirsem çok sevineceğim," dedi.

Bellamy, "Sen görevinin başına dön," dedi. "Buradan sonrasını ben hallederim."

Nuñez sıkıntıyla yerini değiştirdi. "Emin misiniz?"

Warren Bellamy durup, elini Nuñez'in omzuna koydu. "Evlat, ben yirmi beş yıldır burada çalışıyorum. Herhalde yolumu bulurum."

37. BÖLÜM

Mal'akh daha önce de ürkütücü yerler görmüştü ama çok azı 3. Bölme'nin olağanüstü dünyasıyla kıyaslanabilirdi. Bu büyük oda, sanki çılgın bir bilim adamı, Walmart'taki tüm malları satın alıp bütün raflarını her türlü şekil ve ebatta kavanozlarla doldurmuş gibi görünüyordu. Karanlık oda gibi ışıklandırılmış bu yer, rafların altından yukarı yayılıp, etanol dolu konteynerleri aydınlatan "emniyet lambalarının" kırmızımsı buğusuyla boyanmıştı. Koruyucu kimyasalların hastane kokusu mide bulandırıcıydı.

Trish, "Bu bölme yirmi binden fazla türe ev sahipliği yapıyor," diyordu. "Balıklar, kemirgenler, memeliler, sürüngenler..."

Sesinden sinirlerinin gerildiği anlaşılan Mal'akh, "Umarım hiçbiri yaşamıyordur," dedi.

Kız kahkaha attı. "Evet evet. Hiçbiri yaşamıyor. İtiraf etmeliyim ki, işe başladıktan sonra buraya girmeye altı ay cesaret edemedim."

Mal'akh sebebini anlayabiliyordu. Baktığı her yerde ölü yaşam biçimlerini -semender, denizanası, fareler, böcekler, kuşlar ve tanımlayamadığı diğer türler- içeren numune kavanozları vardı. Bu koleksiyon kendi başına yetmezmiş gibi, hassas numuneleri uzun süre ışığa maruz kalmaktan koruyan kırmızı ışık ziyaretçiye, cansız yaratıkların karanlıkta toplandığı, dev bir akvaryumun içindeymiş hissini veriyordu.

Mal'akh'ın hayatında gördüğü en çirkin balığın durduğu pleksiglas konteyneri işaret eden kız, "Bu kolekant," dedi. "Dinozorlarla birlikte nesillerinin tükendiği sanılıyordu, ama birkaç yıl önce Afrika açıklarında yakalandı ve Smithsonian'a bağışlandı."

Kızın söylediklerini pek dinlemeyen Mal'akh, *aman ne şanslısınız*, diye düşündü. Duvarlarda güvenlik kamerası arıyordu. Giriş kapısının üstüne yerleştirilmiş sadece bir kamera gördü, ki burası içeri girmenin tek yolu olduğundan hiç de şaşırtıcı değildi.

Trish, onu pencereden gördüğü dev tankın yanına götürürken, "Ve işte bu da görmek istediğiniz şey..." dedi. "En uzun örneğimiz." Yeni bir arabayı sunan gösteri hostesi gibi kolunu iğrenç yaratığa doğru uzattı. "Architeuthis."

Mürekkepbalığının bulunduğu tank, sanki bir dizi cam telefon kulübesi yan yatırılıp, uç uca eklenmiş gibi görünüyordu. Uzun ve şeffaf pleksiglas tabutun, korkunç, soluk ve biçimsiz bir görüntüsü vardı. Mal'akh bakışlarını soğan şeklindeki kesemsi kafaya ve basketbol topu büyüklüğündeki gözlere indirdi. "Kolekantınız yakışıklı görünüyor," dedi.

"Bir de ışıkları yanınca görün."

Trish tankın uzun kapağını iterek açtı. Tankın içine uzanıp, sıvı yüzeyinin hemen üstündeki bir düğmeyi yukarı kaldırırken, etanol dumanları dışarı çıktı. Tankın altındaki floresan ışıklar titreşerek yandı. Şimdi architeuthis tüm ihtişamıyla parıldıyordu; çürümeye yüz tutmuş kaygan dokunaçlar ve keskin vantuzlara bağlı duran devasa bir kafa.

Trish, architeuthis'in bir ispermeçet balinasını kavgada nasıl yendiğini anlatmaya başladı.

Mal'akh'ın tek duyduğu boş laflardı.

Vakti gelmişti.

Trish Dunne, 3. Bölme'de her zaman biraz tedirginlik duyardı ama şu an hissettiği ürperti daha farklıydı.

İçgüdüseldi. İlkeldi.

Bu hissi göz ardı etmeye çalıştı ama daha da güçlenerek hemen geri döndü. Endişesinin kaynağını belirleyemese de içgüdüleri ona gitme vaktinin geldiğini söylüyordu.

Tanka uzanıp ışığını kapatırken, "Her neyse, işte bu da mürekkepbalığıydı," dedi. "Katherine'in yanına gitsek iyi..."

Ağzının üstüne kapanan iri el, başını geriye çekti. Bedenini bir anda kavrayan güçlü kol, onu sert bir göğse bastırıyordu. Trish bir anlığına girdiği şok nedeniyle uyuşmuştu.

Ardından korkuya kapıldı.

Adam onun göğsünü yoklayarak, anahtar kartını kavradı ve hızla aşağı çekti. Kordon koparken ensesini yaktı. Anahtar kart yere, ayaklarının dibine düştü. Trish kurtulabilmek için mücadele etse de adamın ölçüleri ve gücüyle baş edecek yapıda değildi. Çığlık atmaya çalıştı ama adamın eli sıkıca ağzına bastırıyordu. Mal'akh eğilip, ağzını kızın kulağına bastırarak fısıldadı. "Elimi ağzından çektiğimde çığlık atma-yacaksın, anlaşıldı mı?"

Trish başını hızla sallarken, ciğerleri hava almak için can atıyordu. *Nefes alamıyorum.*

Adam elini ağzından çekince, Trish soluyarak derin nefesler almaya başladı.

Nefes nefese, "Bırak beni!" dedi. "Sen ne halt ettiğini sanıyorsun?"

Adam, "Bana PIN numaranı söyle," dedi.

Trish hiçbir şey anlamıyordu. *Katherine! İmdat! Kim bu adam?!*

"Güvenlik seni görecek!" derken, kameraların görüş alanının dışında ol-duklarını *ve zaten hiç kimsenin seyretmediğini* biliyordu.

Adam, "PIN numaran," diye yineledi. "Anahtar kartınla uyumlu olan numara."

İçini buz gibi bir korku kaplayan Trish aniden dönüp, kıvranarak tek kolunu kurtardı ve adamın gözlerini tırmalamaya çalıştı. Parmakları adamın tenine değip yanağından aşağı kaydı. Trish'in tırnakladığı yerde dört koyu şerit açıldı. İşte o zaman adamın cildindeki koyu renkli şeritlerin kan olma-dığını fark etti. Adam siyah dövmelerini kapatmak için makyaj yapmıştı.

Kim bu canavar?!

Adam insanüstü bir güçle Trish'i döndürüp yukarı kaldırdı ve yüzünü etanole doğru çevirip, açık mürekkepbalığı tankından içeri itti. Dumanlar Trish'in burun deliklerini yaktı.

Adam, "PIN numaran ne?" diye tekrar sordu.

Gözleri yanan Trish, yüzünün hemen altındaki mürekkepbalığının soluk renkli etini görebiliyordu.

Yüzünü sıvıya biraz daha yaklaştırarak, "Söyle," dedi. "Numaran ne?"

Şimdi boğazı yanıyordu. Nefes almakta zorlanırken, "Sıfır-sekiz-sı-fır-dört!" dedi. "Bırak beni! Sıfır-sekiz-sıfır-dört!"

Kızı biraz daha itince saçları etanole girdi. "Yalan söylüyorsan..."

Trish öksürürken, "Yalan söylemiyorum!" dedi. "4 Ağustos! Doğum günüm!"

"Teşekkürler Trish."

Güçlü elleri Trish'in başını daha sıkı kavradı ve ezici bir kuvvetle aşağı bastırarak, yüzünü tankın içine daldırdı. Keskin bir acı kızın gözleri-ni yaktı. Daha güçlü bastıran adam, Trish'in başını tamamen suya gömdü. Trish başının mürekkepbalığının kafasına değdiğini hissediyordu.

Tüm gücünü toplayarak, başını tanktan çıkarmak için geriye doğru sıçramaya çalıştı. Ama güçlü eller hiç kıpırdamadı.

Nefes almalıyım!

Sıvının altında, gözlerini veya ağzını açmamak için mücadele etti. Nefes alma güdüsünü bastırırken ciğerleri yanıyordu. *Hayır! Yapma!* Ama sonunda nefes alma refleksi onu yendi.

Ağzı birden açıldı ve ciğerleri vücudunun ihtiyaç duyduğu oksijeni almak için genişledi. Yakıcı bir dalgayla etanol ağzından içeri aktı. Kimyasallar boğazından aşağı inerken, hiç hayal etmediği bir acı duydu. Neyse ki bu acı, dünyası kararana kadar sadece birkaç saniye sürdü.

Tankın yanında duran Mal'akh, soluklanırken verdiği zarara baktı.

Kadının cansız bedeni, yüzü hâlâ etanolün içinde, tankın kenarından sarkıyordu. Onu orada görünce, hayatı boyunca öldürdüğü diğer tek kadını hatırladı.

Isabel Solomon.

Uzun zaman önceydi. Başka bir hayatta.

Mal'akh, kadının cesedine baktı. Onu iri kalçalarından kavrayıp, mürekkepbalığı tankının kenarından aşağı kayıncaya kadar itti. Trish Dunne etanolün içine baş aşağı kaydı. Vücudunun geri kalanı da sıvının içine daldı. Dalgacıklar sonunda durulduğunda bedeni, dev deniz yaratığının üstünde cansızca yüzüyordu. Giysileri ağırlaşınca, karanlığın içine kayarak batmaya başladı. Trish Dunne'ın cesedi yavaş yavaş dev hayvanın üzerine yerleşti.

Ellerini kurulayan Mal'akh, pleksiglas kapağı yerine koyup tankı kapattı.

Islak Bölme'nin artık yeni bir numunesi var.

Trish'in anahtar kartını yerden alıp cebine attı: *0804*

Mal'akh, Trish'i lobide ilk gördüğünde işine yarayacağını anlamıştı. Daha sonra onun anahtar kartıyla şifresinin kendi garantisi olacağını fark etmişti. Eğer Katherine'in veri deposu Peter'ın söylediği kadar güvenli bir yerse, açması için Katherine'i ikna etmekte güçlük çekecekti. *Şimdi kendi anahtarım var.* Artık Katherine'i kendi isteklerine boyun eğdirmek için uğraşmayacağına seviniyordu.

Mal'akh doğrulup ayağa kalkarken camda kendi yansımasını gördü. Makyajı bozulmuştu. Ama artık bunun önemi yoktu. Katherine farkına vardığında çok geç olacaktı.

38. BÖLÜM

Bakışlarını kafatasından çevirip, karanlıkta Langdon'a dönen Sato, "Burası mason odası mı?" diye sordu.

Langdon sakince başını salladı. "Buraya Tefekkür Odası denir. Bu odalar, masonun kendi ölümlülüğü üzerine düşündüğü sevimsiz ve sade yerler olarak tasarlanırlar. Ölümün kaçınılmazlığını düşünerek meditasyon yapan mason, yaşamın faniliği hakkında değerli bir bakış açısına sahip olur."

Ürkütücü yere göz gezdiren Sato'nun ikna olmadığı açıktı. "Burası *meditasyon* odası mı?"

"Aslında evet. Bu odalarda hep aynı semboller bulunur; kafatası ve çarpraz kemikler, tırpan, kum saati, kükürt, tuz, boş sayfa, mum ve diğerleri. Ölümü çağrıştıran semboller masona bu dünyadaki hayatını nasıl daha iyi yaşayabileceğini düşündürür."

Anderson, "Ölüm mabedi gibi," dedi.

Zaten konu da bu. "Simgebilim öğrencilerimin çoğu ilk başta aynı tepkileri verirler." Langdon onlara genellikle Tefekkür Odası'nın güzel fotoğraflarını içeren, Beresniak'ın *Farmasonluk Sembolleri*'ni ödev verirdi.

Sato, "Peki öğrencileriniz, masonların kafatasları ve tırpanlarla meditasyon yapmalarını sinir bozucu bulmuyorlar mı?" diye sordu.

"Hıristiyanların çarmıha çivilenmiş bir adamın önünde veya Hinduların Ganeşa isimli dört kollu bir filin huzurunda dua etmelerinden daha sinir bozucu değil. Önyargıların sebebi, bir kültürün sembollerini yanlış anlamaktır."

Arkasını dönen Sato'nun ders dinleyecek havada olmadığı anlaşılıyordu. Nesnelerin durduğu masaya yöneldi. Anderson feneriyle yolunu aydınlatmaya çalıştı ama ışık zayıflamaya başlamıştı. Daha parlak çıkması için fenerin dibine eliyle vurdu.

Üçlü, bu dar yerde biraz daha ilerleyince, kükürtün keskin kokusu Langdon'ın burun deliklerine doldu. Alt bodrum rutubetli bir yerdi ve havadaki nem, çanağın içindeki kükürtü etkinleştiriyordu. Masanın başına varan Sato, başını eğip kafatasıyla diğer nesnelere baktı. Yanına giden Anderson, zayıf fener ışığıyla masayı aydınlatmak için elinden geleni yaptı.

Masadaki her şeyi inceleyen Sato, sonunda ellerini kalçalarına koyarak içini çekti. "Nedir tüm bunlar?"

Langdon bu odadaki nesnelerin özenle seçilip, yerleştirildiklerini biliyordu. Masaya doğru yanlarına ilerlerken kendini hapsolmuş hissediyordu. "Bunlar dönüşüm sembolleri," dedi. "Kafatası veya *caput mortuum*, öldükten sonra insanın geçireceği son değişimi temsil eder; bir gün hepimizin fani bedenlerimizden ayrılacağını hatırlatır. Kükürt ve tuz, dönüşümü kolaylaştıran simyasal hızlandırıcılardır. Kum saati, zamanın dönüşüm gücünü temsil eder." Yanmayan mumu gösterdi. "Ve bu mum, ilkel ateş ile insanın cehalet uykusundan uyanışını temsil eder, yani aydınlanma yoluyla dönüşümü."

Köşeyi işaret eden Sato, "Peki ya... *bu?*" diye sordu.

Anderson, zayıf fener ışığını, duvara yaslanmış dev tırpana çevirdi.

Langdon, "İnsanların sandığı gibi bir ölüm simgesi değildir," dedi. "Tırpan aslında doğanın dönüştürücü özelliğinin simgesidir, doğanın sunduğu hediyeleri biçer."

Sessizleşen Sato ile Anderson belli ki etraflarındaki bu tuhaflığı anlamaya çalışıyordu.

Langdon ise buradan çıkmak için can atıyordu. Onlara, "Bu odanın alışılmadık bir görüntüsü olduğunun farkındayım," dedi. "Ama burada görecek bir şey yok; gerçekten de her şey normal. Pek çok mason locasında buna benzer odalar bulunur."

Anderson, "Ama burası bir mason locası değil!" dedi. "ABD Kongre Binası'ndayız ve bu odanın binamda ne işi olduğunu öğrenmek istiyorum."

"Masonlar bazen, meditasyon yapmak için buna benzer odaları ofislerine ya da evlerine kurarlar. Bilinmedik bir şey değil." Langdon, ameliyata girmeden önce ölümlülüğü düşünmek için ofisindeki dolabı Tefekkür Odası'na dönüştüren Boston'lı bir kalp cerrahı tanıyordu.

Sato tedirgin görünüyordu. "Peter Solomon'ın ölüm üzerine düşünmek için buraya geldiğini mi söylüyorsunuz?"

Langdon samimiyetle, "Gerçekten de bilmiyorum," dedi. "Belki de binada çalışan mason kardeşleri için bir mabet olarak tasarlamıştır. Onlara maddi dünyanın kargaşasından uzakta ruhani bir yer sağlamak... veya nüfuzlu bir meclis üyesinin insanları etkileyecek kararlar vermeden önce düşünmesine fırsat tanımak için yapmıştır."

Sato alaycı bir tonla, "Harika bir duyarlılık," dedi. "Ama içimden bir ses, Amerikalıların dolapta tırpanlarla ve kafataslarıyla dua eden liderlerle ilgili bir sorunu olduğunu söylüyor."

Ama olmamalı, diye içinden geçiren Langdon, liderler savaş ilan etmeden önce ölümü herkesin tadacağını hatırlasalardı, dünya çok daha farklı bir yer olabilirdi, diye düşündü.

Sato dudaklarını büküp, loş odanın dörtbir köşesini dikkatle inceledi. "Burada insan kemikleriyle kimyasal kâselerinden başka bir şeyler olmalı profesör. Birisi sizi Cambridge'deki evinizden kaldırıp bu odaya getirtti."

Langdon çantasına sıkıca sarılırken, yanında taşıdığı paketin bu odayla ne ilgisi olabileceğini hâlâ tahmin edemiyordu. "Hanımefendi, üzgünüm ama ben burada alışılmışın dışında bir şey göremiyorum." Langdon artık Peter'ı aramaya başlayacaklarını umuyordu.

Anderson'ın ışığı yeniden titreşince, ona doğru dönen Sato'nun sinirlenmeye başladığı anlaşılıyordu. "Tanrı aşkına, çok mu zor bir şey istedim?" Elini cebine daldırıp bir çakmak çıkardı ve hemen masadaki tek mumu yaktı. Fitili cızırdadıktan sonra yanan mum, bu dar yere hayaletimsi bir aydınlık yaydı. Taş duvarlara uzun gölgeler düşmüştü. Alev kuvvetlenince beklenmedik bir manzarayla karşılaştılar.

Anderson eliyle işaret etti. "Bakın!"

Şimdi mum ışığında soluk bir duvar yazısı -yan duvara çizilmiş yedi harf- görüyorlardı.

VITRIOL

Mum ışığı harflerin üzerine kafatası şeklinde bir gölge düşürürken Sato, "Tuhaf bir kelime seçimi," dedi.

Langdon, "Aslında bu bir kısaltma," dedi. "Bunun gibi odalarda yan duvara yazılan masonik bir meditasyon düsturudur: *Visita interiora terrae, rectificando invenies occultum lapidem.*"

Sato, ona sanki etkilenmiş gibi baktı. "Yani?"

"Dünyanın derinliklerini ziyaret et, araştırarak gizli taşı bulacaksın."

Sato gözlerini kıstı. "Bu gizli taşın, gizli piramitle bir ilgisi var mı?"

Bu karşılaştırmayı cesaretlendirmek istemeyen Langdon omuzlarını silkti. "Washington'daki gizli piramitlerin hayalini kurmak isteyenler *occultum lapidem'*in taş piramit olduğunu söyleyeceklerdir, evet. Kimileri ise Felsefe Taşı'ndan -sonsuz hayat getireceğine veya kurşunu altına dönüştüreceğine inanılan bir madde- bahsettiğini söyler. Kimileri Kudsülakdas, yani Süleyman Mabedi'nin merkezindeki gizli bir taş oda olduğunu iddia eder. Bazılarıysa Aziz Petrus'un -Kaya- gizli öğretilerine gönderme yaptığından bahseder. Her ezoterik gelenek, 'taşı' kendi yoluyla açıklar ama *occultum lapidem* değişmez biçimde güç ve aydınlanma kaynağı olarak kabul edilir."

Anderson boğazını temizledi. "Solomon'ın bu adama yalan söylemiş olması mümkün mü? Belki de ona aşağıda bir şey olduğunu söyledi... ama aslında yok."

Langdon da aynı şeyleri düşünüyordu.

Mum alevi, ansızın sanki bir hava akımı varmış gibi titreşti. Kısa bir süre karardı ama sonra canlanıp yeniden parladı.

Anderson, "Bu tuhaf," dedi. "Umarım yukarıdaki kapıyı kimse kapatmamıştır." Odadan dışarı, koridorun karanlığına yürüdü. "Merhaba?"

Langdon onun gittiğinin farkında değildi. Bakışları birden yan duvara çevrilmişti. *Az önce ne oldu?*

"Bunu gördün mü?" diye soran Sato da dehşetle duvara bakıyordu.

Başını sallayan Langdon'ın nabzı hızlanmıştı. *Az önce ne gördüm?*

Yan duvar saniyeler önce, sanki önünden bir enerji dalgası geçmiş gibi parıldamıştı.

Anderson odadan içeri girdi. "Dışarıda kimse yok." O içeri girerken duvar yeniden parıldadı. Geriye doğru sıçrayarak, "Vay canına!" diye bağırdı.

Üçü birlikte duvara bakarken bir süre hiç konuşmadan durdular. Langdon gördükleri şeyin ne olduğunu fark ettiğinde içi yeniden ürperdi. Parmakları odanın yan yüzeyine dokununcaya kadar yavaşça uzandı. "Bu bir duvar değil."

Dikkatle bakan Sato ile Anderson yaklaştılar.

Langdon, "Bu bir tuval," dedi.

Sato hemen, "Ama dalgalandı," dedi.

Evet, hem de çok tuhaf bir biçimde. Langdon yüzeyi daha yakından inceledi. Tuvalin parıltısı mum ışığını korkutucu bir biçimde yansıtmıştı, çünkü tuval odadan *uzaklaşarak* dalgalanmış... yan duvar düzleminden geriye doğru hareket etmişti.

Langdon uzattığı parmaklarını nazikçe tuvale bastırdı. Şaşırarak elini geri çekti. *Bir boşluk var!*

Sato, "Yana çek!" diye emretti.

Langdon'ın kalbi şimdi hızla çarpıyordu. Uzanıp tuvali kenarından tuttu ve kumaşı yavaşça yana doğru çekti. Ardında yatan şeye hayretle baktı. *Tanrım.*

Sato ile Anderson yan duvardaki açıklığa ağzıları açık bir halde bakakaldılar.

Sonunda Sato konuştu. "Görünüşe bakılırsa piramidimizi bulduk."

39. BÖLÜM

Robert Langdon odanın yan duvarındaki açıklığa gözlerini dikti. Tuvalin arkasındaki duvarda kusursuz bir kare delik açılmıştı. Yaklaşık bir metre genişliğindeki açıklık, birkaç tuğlanın yerinden sökülmesiyle meydana gelmiş gibiydi. Langdon karanlıkta, bir an için deliğin arka taraftaki bir odanın penceresi olduğunu düşünmüştü.

Şimdi öyle olmadığını görüyordu.

Duvarın içindeki delik birkaç metreyle sınırlıydı. Kabaca yontulmuş bir odacığı andıran oyuk, Langdon'a müzelerde heykelciklerin konulduğu girintileri anımsattı. Benzer şekilde bu nişin içinde de küçük bir nesne vardı.

Yaklaşık yirmi santimetre uzunluğunda, tek parça granitten yontulmuştu. Dört cilalı kenarı olan zarif ve pürüzsüz yüzeyi, mum ışığında parıldıyordu.

Langdon onun burada ne işi olduğunu anlayamıyordu. *Taş bir piramit mi?*

Sesinden tatmin olduğu anlaşılan Sato, "Şaşkın bakışlarınızdan, bu piramidin Tefekkür Odası'ndaki varlığının *tipik* bir şey olmadığını anlıyorum," dedi.

Langdon başını iki yana salladı.

"O zaman belki Washington'da gizlenen efsanevi Mason Piramidi'yle ilgili iddialarınızı gözden geçirmek istersiniz." Artık kendini beğenmiş bir ses tonuyla konuşuyordu.

Langdon aniden, "Bakın, Bayan Sato," diye cevap verdi. "Bu küçük piramit Mason Piramidi değil."

"Yani ABD Kongre Binası'nın göbeğinde, bir masona ait gizli bir odada bulduğumuz bu piramit tamamıyla tesadüf, öyle mi?"

Langdon gözlerini ovuşturarak, mantıklı düşünmeye çalıştı. "Hanımefendi, bu piramit hiçbir şekilde efsaneyi yansıtmıyor. Mason Piramidi, tepesi som altından yapılmış devasa bir yapı olarak tasvir edilir."

Kayıp Sembol

Langdon ayrıca bu -tepesi düz- küçük piramidin *gerçek* bir piramit bile olmadığını biliyordu. Tepesi yokken, bambaşka bir sembolü ifade ediyordu. Bilinen ismiyle "Bitmemiş Piramit" insanın tam kapasitesine ulaşmasının devam eden sürekli bir çaba olduğunu hatırlatan bir semboldü. Pek az insan farkında olduğu halde, dünyada en fazla basılan semboldü. *Yirmi milyardan fazla basılmıştı.* Tedavüldeki her bir doların üstünde bulunan Bitmemiş Piramit, sabırla parlak kapak taşını bekleyerek, ülkeye ve Amerikan halkına bir anlamda kendilerini bekleyen istikballerini hatırlatıyordu.

Piramidi gösteren Sato, Anderson'a, "Aşağı indir," dedi. "Daha yakından bakmak istiyorum." Saygı namına hiçbir gayret göstermeden kafatasıyla kemikleri bir kenara iterek masada yer açtı.

Langdon ise kendilerini, özel bir tapınağın kutsallığını bozan adi mezar hırsızları gibi hissediyordu.

Langdon'ın yanından nişe uzanan Anderson, iri elleriyle piramidi her iki yanından kavradı. Sonra, bulunduğu o acayip açıdan piramidi güçlükle kaldırarak kendine doğru çekti ve ahşap masanın üstüne küt diye bıraktı. Sato'ya yer vermek için geri çekildi.

Başkan mumu piramide yaklaştırıp, cilalı yüzeyini inceledi. Minik parmaklarını yavaşça, önce tepesinde sonra yanlarında gezdirdi. Arka tarafını hissetmek için ellerinin arasına alarak kavradı ama hayal kırıklığıyla kaşlarını çattı. "Profesör, daha önce Mason Piramidi'nin gizli bir bilgiyi korumak için inşa edildiğini söylemiştiniz."

"Efsane böyle, evet."

"O halde, varsayımsal olarak konuşursak, Peter'ı alıkoyan kişi *bunun* Mason Piramidi olduğuna inanıyorsa, o güçlü bilgiyi içerdiğine de inanıyordur."

Çileden çıkan Langdon başını salladı. "Evet, bu bilgiyi bulsa bile, onu büyük ihtimalle *okuyamayacaktır.* Efsaneye göre, piramidin içeriği şifrelenmiştir ve sadece... buna layık olan kişi tarafından deşifre edilebilir."

"Anlayamadım?"

Langdon sabrı tükendiği halde, sakin bir tonla cevap verdi. "Mitolojik hazineler *daima* liyakat sınavıyla korunur. Hatırlayacağınız gibi, taşın içindeki kılıç efsanesinde kılıç, barındırdığı muazzam gücü kullanmaya manen hazır olan Arthur'dan başka herkesi geri çevirir. Mason Piramidi de aynı fikri temel alır. Ama bu kez hazine bilgidir ve sadece layık olanların çözebileceği şifrelenmiş bir dille -kayıp kelimelerden oluşan mistik bir dil- yazıldığı söylenir."

Sato'nun dudaklarında belli belirsiz bir tebessüm vardı. "Bu akşam neden buraya çağrıldığınız anlaşıldı."

"Anlayamadım?"

Sato, piramidi sakince 180 derece döndürdü. Şimdi piramidin dördüncü yüzeyi mum ışığında parlıyordu.

Robert Langdon şaşkınlıkla baktı.

Sato, "Anlaşılan birisi sizin layık olduğunuzu düşünüyor," dedi.

40. BÖLÜM

Trish niye bu kadar gecikti?

Katherine Solomon saatine bir kez daha baktı. Dr. Abaddon'ı laboratuvarının tuhaf girişi hakkında uyarmayı unutmuştu ama karanlığın onları bu kadar geciktirmesine de ihtimal vermiyordu. *Şimdiye dek gelmiş olmaları gerekirdi.*

Katherine çıkışa yürüyüp, kurşun kaplı kapıyı çekerek açtı ve boşluğa baktı. Bir süre dinledi ama hiçbir şey duymadı.

"Trish?" diye seslendiğinde, karanlık sesini yuttu.

Sessizlik.

Şaşkınlıkla kapıyı kapattı ve cep telefonunu çıkarıp lobiyi aradı. "Ben Katherine. Trish orada mı?"

Lobi görevlisi, "Hayır efendim," dedi. "Misafirinizle birlikte on dakika önce arka tarafa geçtiler."

"Sahi mi? 5. Bölme'ye bile geldiklerini sanmıyorum."

"Bekleyin. Kontrol edeyim." Katherine görevlinin parmaklarını bilgisayar klavyesinin üstünde dolaştırdığını duyabiliyordu. "Haklısınız. Bayan Dunne'ın anahtar kart kayıtlarına göre 5. Bölme kapısını henüz açmamış. En son yaklaşık sekiz dakika önce... 3. Bölme'ye giriş yapmış. Sanırım misafirinize yolda ufak bir tur yaptırıyor."

Katherine kaşlarını çattı. *Belli oluyor.* Bu durum biraz tuhafına gitse de en azından Trish'in 3. Bölme'de fazla uzun kalmayacağını biliyordu. *Oradaki koku berbattır.* "Teşekkürler. Ağabeyim geldi mi?"

"Hayır efendim, henüz gelmedi."

"Teşekkürler."

Katherine telefonu kapatırken, içini beklenmedik bir korku sardı. Bu huzursuzluk kısa süre onu olduğu yere mıhladı, ama bu durum fazla uzun sürmedi. Dr. Abaddon'ın evine girdiğinde de aynı endişeye kapılmıştı. Ama utanç verici şekilde kadınlık içgüdüleri onu orada yanıltmıştı. Hem de çok kötü.

Katherine kendi kendine, *yok bir şey,* dedi.

41. BÖLÜM

Robert Langdon taş piramidi inceledi. *Bu mümkün değil.*

Sato başını kaldırmadan, "Şifrelenmiş antik bir dil," dedi. "Söyler misiniz bu tanımlamaya uyuyor mu?"

Piramidin yeni görünen kenarında, pürüzsüz taşın üstüne on altı karakterden oluşan bir dizi kazınmıştı.

Langdon'ın yanında ağzı açık bir halde duran Anderson, Langdon'ın içine düştüğü şaşkınlığı paylaşıyordu. Güvenlik şefi bir tür uzaylı klavyesi görmüş gibi bakıyordu.

Sato, "Profesör?" dedi. "Herhalde siz bunu okuyabilirsiniz?"

Langdon döndü. "Neden böyle düşünüyorsunuz?"

"Çünkü siz buraya *getirildiniz* profesör. Siz seçildiniz. Bu yazı bir tür şifreye benziyor ve ününüzü göz önünde bulundurursak, buraya bunu deşifre etmek için getirildiğiniz bence çok açık."

İtiraf etmeliydi ki, Roma ve Paris'teki deneyimlerinden sonra, tarihteki çözülmemiş kodlamaları -Phaistos Diski, Dorabella Şifresi ve gizemli Voynich Elyazması- deşifre etmesi için sürekli ondan yardım talebinde bulunulmuştu.

Sato parmaklarını yazının üzerinde gezdirdi. "Bana bu ikonların anlamını söyleyebilir misiniz?"

Langdon, *onlar ikon değil,* diye düşündü. *Sembol.* Dili hemen tanımıştı, on yedinci yüzyıldan kalma şifreli bir kriptoydu. Langdon nasıl kırılacağını gayet iyi biliyordu. Tereddütle, "Hanımefendi, bu piramit Peter'ın özel mülkü," dedi.

"Özel olsa da olmasa da Washington'a getirilme sebebiniz bu şifreyse, size başka şans tanımıyorum. Ne dediğini bilmek istiyorum."

Sato'nun BlackBerry'si hararetle vızıldayınca, aleti cebinden hızla çıkardı ve uzunca bir süre gelen mesajı inceledi. Langdon, Kongre Binası dahili kablosuz bilgisayar ağının bu kadar aşağıda hizmet vermesine şaşırmıştı.

Sato homurdanıp kaşlarını kaldırdı ve Langdon'a tuhaf bir bakış fırlattı. Dönerek, "Şef Anderson?" dedi. "Özel olarak konuşabilir miyiz?" Anderson'a yanına gelmesini işaret etti ve Langdon'ı Peter'ın Tefekkür Odası'ndaki titrek mum ışığında tek başına bırakarak kapkaranlık koridorda gözden kayboldular.

Şef Anderson bu akşamın ne zaman sona ereceğini merak ediyordu. *Benim Rotunda'mda kesik bir el mi? Benim bodrumumda bir ölüm mabedi mi? Taş bir piramidin üstünde tuhaf oymalar mı?* Nedense Redskins maçı artık önemini yitirmişti.

Koridorun karanlığında Sato'nun peşinden giderken fenerini yaktı. Işığı zayıf olsa da hiç yoktan iyiydi. Sato, onu koridorda Langdon'ın görüş alanının dışına kadar yürüttü.

Anderson'a BlackBerry'sini uzatırken, "Şuna bir bak," diye fısıldadı.

Anderson aleti alıp, ışıklı ekrana gözlerini kısarak baktı. Siyah beyaz bir resmi gösteriyordu, Anderson'ın Sato'ya gönderilmesini istediği Langdon'ın çantasına ait röntgen filmiydi. Tüm röntgenlerde olduğu gibi, yoğunluğu en fazla olan nesneler parlak beyaz görünürdü. Langdon'ın çantasındaki tek bir parça, parlaklığıyla diğerlerini geride bırakıyordu. Yoğunluğunun son derece yüksek olduğu belli olan nesne, diğer eşyaların puslu karmaşasında mücevher gibi göz kamaştırıyordu. Şekliyse hataya pay bırakmıyordu.

Bütün akşam bunu yanında mı taşımış? Anderson, Sato'ya şaşkınlıkla baktı. "Langdon neden bundan bahsetmedi?"

Sato, "Çok iyi soru," diye fısıldadı.

"Şekli... tesadüf olamaz."

Sato şimdi öfkeli bir sesle, "Hayır," dedi. "Bence de olamaz."

Koridordaki bir hışırtı sesi Anderson'ın dikkatini çekti. Şaşırarak fenerini karanlık koridora tuttu. Sönmek üzere olan ışık, kapıların dizildiği boş bir koridoru aydınlattı.

Anderson, "Merhaba?" dedi. "Orada kimse var mı?"

Sessizlik.

Hiçbir şey duymadığı anlaşılan Sato ona tuhaf biçimde baktı.

Anderson bir süre daha dinledikten sonra peşini bıraktı. *Buradan çıkmalıyım.*

Mum ışığındaki odada tek başına duran Langdon, parmaklarını piramitteki oymaların keskin kenarları üzerinde gezdirdi. Mesajın ne dediğini merak ediyordu ama Peter Solomon'ın özel hayatına daha fazla girmek istemiyordu. *Ayrıca bu kaçık, şu küçük piramidi neden böylesine kafasına takmıştı?*

Sato'nun gürleyen sesi arkasından, "Bir sorunumuz var profesör!" dedi. "Az önce yeni bir bilgi edindim ve artık yalanlarınızdan bıktım."

Langdon arkasını döndüğünde, başkanın elinde BlackBerry'siyle gözlerinden alevler saçarak içeri girdiğini gördü. Hazırlıksız yakalanan Langdon, yardım istemek için Anderson'a baktı ama şef şimdi hiç de sempatik olmayan bir ifadeyle kapının yanında nöbette duruyordu. Langdon'ın karşısına geçen Sato, BlackBerry'sini yüzüne tuttu.

Sersemleyen Langdon hayaletli bir film negatifini andıran, siyah beyaz fotoğrafa baktı. Fotoğraftaki karmakarışık nesnelerden bir tanesi pırıl pırıl parlıyordu. Eğik durmasına karşın en parlak nesne, belirgin biçimde sivri uçlu, küçük bir piramitti.

Küçük bir piramit mi? Langdon, Sato'ya baktı. "Bu nedir?"

Soru, Sato'nun tepesini iyiden iyiye attırmıştı. "Bilmiyormuş gibi mi yapıyorsunuz?"

Langdon öfkesine hâkim olamadı. "Bir şey yaptığım yok! Bunu hayatımda daha önce hiç görmedim!"

Ansızın, "Yalan!" diyen Sato'nun sesi rutubetli havayı adeta yarmıştı. "Bunu bütün akşam çantanda taşıdın!"

"Ben..." Langdon cümlenin ortasında kaldı. Gözleri yavaşça omzundaki çantaya kaydı. Sonra bakışlarını yeniden BlackBerry'ye çevirdi. *Tanrım... paket.* Resme daha yakından baktı. Piramit puslu bir küpün içindeydi. Afallayan Langdon çantasının... ve Peter'ın gizemli küp şeklindeki paketinin röntgenine baktığını fark etti. Küp aslında... piramidin durduğu, içi boş bir kutuydu.

Langdon konuşmak için ağzını açtı ama doğru kelimeleri bulamadı. Yeni bir şeyin farkına varırken, nefesinin ciğerlerinden çıktığını hissetti.

Basit. Saf. Tahrip edici.

Tanrım. Masanın üstündeki tepesi kesik piramide yeniden baktı. Tepesindeki düz açıklık -küçük, kare şeklinde bir alan- son parçasını bekliyordu. Bu parça onu Bitmemiş Piramit'ten Tam Piramit'e dönüştürecekti.

Langdon şimdi yanında taşıdığı piramidin aslında piramit olmadığını fark ediyordu. *Bu bir kapak taşıydı.* O anda neden bu piramidin gizemini çözebilecek tek kişi olduğunu anladı.

Son parça bende.

Ve bu gerçekten de... bir tılsım.

Peter ona pakette bir *tılsım* olduğunu söylediğinde Langdon gülmüştü. Ama şimdi arkadaşının haklı olduğunu anlıyordu. Bu küçük kapak taşı bir tılsımdı ama sihirli olanlardan değil... çok daha eskiydi. Tılsımlara sihirli anlamlar yüklenmeden çok önce başka bir anlamı vardı; "tamamlama" anlamına geliyordu. Yunancadaki "bütün" anlamına gelen *telesma* sözcüğünden türetilen tılsım, başka bir şeyi tamamlayan ve onu bütün haline getiren, herhangi bir nesne ya da fikir demekti. *Tamamlayıcı unsur.* Simgesel açıdan bakılacak olursa, kapak taşı Bitmemiş Piramit'i tamamlanmış kusursuzluğun sembolü haline getiren, en yüksek seviyedeki tılsımdı.

Langdon kendisini çok garip bir gerçeği kabul etmeye zorlayan ürkütücü bir benzerlik hissetti: Boyutlarına bakılmazsa, Peter'ın Tefekkür Odası'ndaki taş piramit kendini yavaş yavaş, efsanedeki Mason Piramidi'ni çağrıştıran bir şeye dönüştürüyordu.

Kapak taşının filmdeki parlaklığına bakarak metalden yapılmış olduğunu tahmin etti... çok *yoğun* bir metalden. Som altın olup olmadığını bilmesine imkân yoktu ve zihninin kendine oyunlar oynamasına izin vermeyecekti. *Bu piramit çok küçük. Şifreyi okumak çok kolay. Ve... Tanrı aşkına bu bir efsane!*

Sato, ona bakıyordu. "Profesör bu akşam akıllı bir adama göre hayli aptalca seçimler yaptınız. İstihbarat müdürüne yalan söylemek? Bir CIA soruşturmasına kasıtlı olarak engel olmak."

"İzin verirseniz açıklayabilirim."

"CIA merkezinde açıklarsınız. Şu andan itibaren sizi gözaltına alıyorum."

Langdon'ın vücudu kaskatı kesildi. "Ciddi olamazsınız."

"Çok ciddiyim. Size bu akşam tehlikelerin çok büyük olduğunu söyledim ama siz işbirliği yapmamayı tercih ettiniz. Bu piramidin üstündeki yazıları nasıl açıklayacağınızı düşünmeye başlamanızı tavsiye ederim, çünkü CIA'ye vardığımızda..." BlackBerry'sini kaldırıp taş piramidin üstündeki oymaların yakın bir fotoğrafını çekti. "Uzmanlarım sizden önde olacaklar."

Langdon itiraz etmek için ağzını açtı ama Sato kapıda dikilmekte olan Anderson'a döndü. "Şef," dedi. "Taş piramidi Langdon'ın çantasına koyun ve siz taşıyın. Bay Langdon'ı gözaltına alma işlemiyle ben ilgilenirim. Silahınız lütfen?"

Odadan içeri yürüyüp, tabancasının omuz askısını çıkaran Anderson'ın yüzü ifadesizdi. Silahını Sato'ya verince, o da hemen Langdon'a doğrulttu.

Langdon olan biteni rüyadaymış gibi izliyordu. *Bunlar gerçek olamaz.*

Anderson yanına gidip çantasını omzundan aldı ve masaya götürerek sandalyenin üstüne bıraktı. Çantanın fermuarını açtıktan sonra ağır taş piramidi masadan kaldırıp, Langdon'ın notlarının ve küçük paketin bulunduğu çantanın içine yerleştirdi.

Aniden koridorda bir hareket hışırtısı duyuldu. Kapının eşiğinde bir erkeğin silueti belirdi. Adam aniden odadan içeri girip, arkadan hızla Anderson'a yaklaştı. Şef, onun geldiğini fark etmemişti. Yabancı, bir anda Anderson'ın omzuna sert bir darbe indirdi. Öne doğru fırlayan şefin başı, duvardaki taş girintinin kenarına çarptı. Masanın üstüne yığılarak düşerken kemiklerle diğer nesneleri de havaya savurdu. Kum saati yere düşerek kırıldı. Yere devrilen mum hâlâ yanıyordu.

Kargaşada başı dönen Sato silahını kaldırdı ama yabancı yerdeki kalça kemiğini kaparak omzuna indirdi. Silahı tekmeleyerek uzaklaştıran adam, Langdon'a döndü. Bu uzun, ince ve zarif Afro-Amerikalıyı Langdon hayatında daha önce hiç görmemişti.

Adam, "Piramidi al!" diye buyurdu. "Peşimden gel!"

42. BÖLÜM

Langdon'a Kongre Binası'nın yeraltındaki labirentinde yol gösteren Afro-Amerikalının nüfuzlu biri olduğu anlaşılıyordu. Bu şık yabancı, koridorlardaki tüm yolları bilmenin yanı sıra, önlerine çıkan her kapıyı açan bir de anahtarlık taşıyordu.

Adamın peşinden giden Langdon, daha önce görmediği bir merdivenden hızla çıktı. Tırmanırken çantasının deri sapı omzunu acıtıyordu. Taş piramit o kadar ağırdı ki, Langdon çantanın sapının kopmasından korkuyordu.

Geçen son birkaç dakika mantık sınırlarını zorladığından, artık sadece içgüdüleriyle hareket ediyordu. İçgüdüleri ona bu yabancıya güvenmesini söylüyordu. Langdon'ı tutuklanmaktan kurtarmakla birlikte, Peter Solomon'ın gizemli piramidini korumak için de tehlikeli bir girişimde bulunmuştu. *Artık o piramit her ne ise.* Davranışlarının altında yatan sebep gizemini korurken, Langdon, adamın elinde sırrını açığa vuran bir altın pırıltısı fark etti. Çift başlı Zümrüdüanka kuşu ile 33 sayısının yer aldığı mason yüzüğünü takmıştı. Bu adam ve Peter Solomon dost olmaktan çok öteydiler. En üst dereceden mason kardeşleriydiler.

Langdon, onu merdivenin başına kadar takip etti. Bir koridordan ve ardından, kullanılmakta olan başka bir koridora açılan işaretlenmemiş bir kapıdan geçtiler. Alet kutularının ve çöp torbalarının yanından yürüyüp, onları umulmadık bir dünyaya çıkaran servis kapısından geçtiler. Bir tür lüks sinema salonuna gelmişlerdi. Daha yaşlı olan adam, yan koridordan ışıklı geniş bir avluya açılan ana kapıya doğru yol gösterdi. Langdon bu akşam içeri giriş yaptığı ziyaretçi merkezine geldiklerini fark etti.

Ne yazık ki Kongre Binası polis memuru da oradaydı.

Memurla yüz yüze geldiklerinde üçü de durup birbirlerine baktılar. Langdon bu genç Hispanik'i güvenlik kontrolünden hatırladı.

Afro-Amerikalı adam, "Memur Nuñez," dedi. "Tek kelime etme. Beni takip et."

Görevli tedirgin görünüyordu ama sorgulamadan itaat etti.

Kim bu adam?

Üçü birlikte ziyaretçi merkezinin güneydoğu ucuna koşturdular. Turuncu trafik konisiyle engellenmiş ağır kapıların dizildiği küçük bir bekleme odasına geldiler. Görüldüğü kadarıyla kapılar, ziyaretçi merkezinin dışında her ne oluyorsa, tozları uzak tutmak için kauçuk bantla yalıtılmıştı. Adam uzanıp kapının üstündeki bandı söktü. Sonra görevliyle konuşurken anahtarlığını karıştırdı. "Dostumuz Şef Anderson alt bodrumda. Yaralanmış olabilir. Onu kontrol et."

"Peki efendim." Nuñez hem telaşlanmış, hem de şaşırmış görünüyordu.

"Ama daha önemlisi, bizi görmedin." Adam bulduğu anahtarı, anahtarlıktan çıkarıp, ağır kilidi çevirmek için kullandı. Çelik kapıyı açtıktan sonra anahtarı görevliye fırlattı. "Kapıyı arkamızdan kilitle. Bandı elinden geldiğince en iyi şekilde yerine yapıştır. Anahtarı cebine at ve hiçbir şey söyleme. *Kimseye.* Buna şef de dahil. Anlaşıldı mı Memur Nuñez?"

Görevli, anahtara sanki kendisine kıymetli bir mücevher emanet edilmiş gibi baktı. "Anlaşıldı efendim."

Langdon kapıdan aceleyle geçen adamı takip etti. Görevli, kapıyı arkalarından kilitledi. Koli bandını yerine yapıştırırken, Langdon, onu duyabiliyordu.

İnşaat halindeki modern görünüşlü koridordan hızlı adımlarla ilerlerken adam, "Profesör Langdon," dedi. "İsmim Warren Bellamy. Peter Solomon yakın bir dostumdur."

Langdon heybetli adama şaşkın bir bakış fırlattı. *Sen Warren Bellamy misin?* Langdon, Kongre Binası'nın Mimarı'yla daha önce hiç karşılaşmamış olsa da ismini biliyordu.

Bellamy, "Peter sizden çok iyi bahseder," dedi. "Ve bu nahoş şartlarda tanıştığımız için gerçekten üzgünüm."

"Peter'ın başı dertte. Eli..."

"Biliyorum." Bellamy'nin sesi üzgündü. "Ama korkarım, bu kadarla da sınırlı değil."

Koridorun aydınlık kısmının sonuna geldiklerinde, geçit aniden sola kıvrıldı. Koridorun geri kalanı, her nereye gidiyorsa zifiri karanlıktı.

Kayıp Sembol

"Bekle," diyen Bellamy, koridorun karanlığına uzanan birbirine do-lanmış turuncu uzatma kablolarının yılan gibi dışarı çıktığı elektrik odasın-da gözden kayboldu. Bellamy içerinin altını üstüne getirirken Langdon bir süre bekledi. Mimar, uzatma kablolarına elektrik veren düğmeyi bulmuş olmalıydı, çünkü önlerindeki yol birden aydınlandı.

Langdon bakakalmıştı.

Tıpkı Roma gibi Washington D.C. de gizli geçitler ve yeraltı tünelle-riyle örülmüştü. Şimdi karşısında duran geçit Langdon'a, Vatikan'ı Castel Sant'Angelo'ya bağlayan *passetto* tünelini hatırlatmıştı. *Uzun. Karanlık. Dar.* Ama eski *passetto*'nun aksine bu geçit yeniydi ve henüz tamamlan-mamıştı. Sonsuza kadar uzuyormuş gibi görünen dar bir inşaat alanıydı. Aydınlatmayı ise, tünelin inanılmaz uzunluğunu az da olsa vurgulayan ara-lıklı ampuller sağlıyordu.

Bellamy geçitte yürümeye başlamıştı bile. "Beni takip edin. Adımla-rınıza dikkat edin."

Langdon, Bellamy'nin arkasından adımlarına ayak uydururken, bu tünelin nereye çıktığını merak etti.

Bu sırada Mal'akh 3. Bölme'den dışarı çıkıp, SMSC'nin ıssız kori-dorunda hızlı adımlarla 5. Bölme'ye doğru yürüyordu. Trish'in anahtar kartını avcunda sıkıp sessizce, "Sıfır-sekiz-sıfır-dört," diye fısıldadı.

Aklından başka bir şey daha geçiyordu. Mal'akh az önce Kongre Bi-nası'ndan acil bir mesaj almıştı. *Kontağım hesapta olmayan engellere ta-kıldı.* Buna rağmen haber cesaret vericiydi: Artık hem piramit, hem de ka-pak taşı Robert Langdon'daydı. Beklenmedik bir şekilde ortaya çıkmasına rağmen, en önemli parçalar artık yerine oturmaya başlamıştı. Adeta kader Mal'akh'ın zaferini hazırlayarak, bu akşamki gelişmelere yön veriyordu.

43. BÖLÜM

Langdon uzun tünelde tek kelime etmeden yürürken, Warren Bellamy'nin hızlı adımlarına yetişmeye çalışıyordu. Kongre Binası'nın Mimarı şimdiye kadar Langdon'a neler olup bittiğini açıklamaktan çok, bu taş piramidi Sato'dan uzaklaştırmakla meşgul olmuştu. Langdon, hayal edebileceklerinin ötesinde bir şeylerin döndüğünü gitgide daha iyi kavrıyordu.

CIA? Kongre Binası'nın Mimarı? Otuz üçüncü dereceden iki mason?

Langdon'ın cep telefonunun tiz sesi ortamı gerdi. Telefonunu ceketinden çıkardı. Tereddütle cevap verdi. "Alo?"

Ürkütücü ve tanıdık bir fısıltı konuşuyordu. "Profesör, yanınızda beklenmedik birinin olduğunu duydum."

Langdon içinin ürperdiğini hissetti. "Peter nerede?" derken kelimeleri kapalı tünelde yankılandı. Endişeli görünen Warren Bellamy ona bir bakış attı ve yürümeye devam etmesini işaret etti.

Ses, "Merak etme," dedi. "Size söylediğim gibi Peter güvende."

"Tanrı aşkına, sen onun elini kestin! Doktora ihtiyacı var!"

Adam, "Bir rahibe ihtiyacı var," diye yanıtladı. "Ama siz onu kurtarabilirsiniz. Dediklerimi yaparsanız Peter yaşar. Size söz veriyorum."

"Bir delinin verdiği sözlerin benim için anlamı yok."

"Deli mi? Profesör, eminim bu akşam eski usullere bağlı kalarak gösterdiğim saygıyı takdir etmişsinizdir. Gizemler Eli sizi bir kapıya, eski bilgeliğin örtüsünü kaldırmayı vaat eden piramide götürdü. Bunun sizde olduğunu biliyorum."

Langdon, *"Bunun* Mason Piramidi olduğunu mu sanıyorsun?" diye sordu. "Bir taş parçası."

Hattın diğer ucunda bir sessizlik oldu. "Bay Langdon, aptalı oynayamayacak kadar akıllısınız. Bu akşam neyi ortaya çıkardığınızı gayet iyi biliyorsunuz. Nüfuzlu bir masonun... Washington D.C.'nin göbeğinde sakladığı... taş bir piramit."

"Bir *efsanenin* peşinden koşuyorsun! Peter sana her ne anlattıysa, korkudan öyle söylemiştir. Mason Piramidi efsanesi bir *hayal ürünüdür.* Masonlar gizli bilgeliği korumak için asla bir piramit inşa etmediler. Bunu yapmış olsalar bile *bu* piramit, sandığın şey olamayacak kadar küçük."

Adam kendi kendine güldü. "Görüyorum ki Peter size çok az şey anlatmış. Yine de Bay Langdon, şu an elinizde bulunan şeyin ne olduğuna ister inanın ister inanmayın, dediklerimi yapacaksınız. Yanınızdaki piramidin üzerinde şifrelenmiş bir yazı olduğunu çok iyi biliyorum. O yazıyı benim için deşifre edeceksiniz. İşte, ancak o zaman Peter Solomon'ı size geri veririm."

Langdon, "Bu yazının her neyi meydana çıkardığına inanıyorsan, şunu bil ki, yazan şey Antik Gizemler olmayacak," dedi.

Adam, "Elbette," diye cevap verdi. "Gizemler, küçük bir taş piramidin üstüne yazılamayacak kadar engin."

Cevabı Langdon'ı hazırlıksız yakalamıştı. "Ama eğer bu yazı Antik Gizemleri anlatmıyorsa bu piramit de Mason Piramidi değil. Efsane, Mason Piramidi'nin Antik Gizemleri korumak için inşa edildiğini açıkça belirtiyor."

Şimdi adamın sesi küçümseyiciydi. "Bay Langdon, Mason Piramidi Antik Gizemleri saklamak için inşa edildi ama henüz kavrayamadığınız bir özelliği var. Peter size hiç bahsetmedi mi? Mason Piramidi'nin gücü gizemlerinde *değil...* gizemlerin gömülü olduğu gizli *yeri* meydana çıkarmasındadır."

Langdon durumu sonradan anlamıştı.

Ses, "Yazıyı deşifre edin," diye devam etti. "Size insanlığın en büyük hazinesinin nerede saklandığını söyleyecektir." Kahkaha attı. "Peter size hazinenin kendisini emanet etmedi profesör."

Langdon tünelde yürürken aniden durdu. "Bekle. Piramidin... bir *harita* olduğunu mu söylüyorsun?"

Yerinden sıçrayarak duran Bellamy'nin yüzünde hem şaşkınlık, hem de dehşet ifadesi vardı. Arayan kişinin, bamteline bastığı belli oluyordu. *Piramit bir harita.*

Ses, "Bu harita," diye fısıldadı. "Veya piramit veya kapı veya her ne demeyi seçersen... çok uzun zaman önce Antik Gizemlerin saklandığı yeri emniyete almak için... tarihte kaybolmaması için yapılmıştı."

"On altı sembolden oluşan bir dizgi, pek de haritaya benzemiyor."

"Görüntü yanıltıcı olabilir profesör. Ama yine de o yazıyı okuma gücü sadece sizin elinizde."

Basit şifreyi gözünün önünde canlandıran Langdon, "Yanılıyorsun," diye çıkıştı. "Bu yazıyı *herhangi* biri deşifre edebilir. O kadar karmaşık değil."

"Sanırım piramitte gözün gördüğünden daha fazlası var. Yine de kapak taşı yalnızca sizde."

Langdon çantasındaki küçük kapak taşını hayal etti. *Kaostan çıkan düzen?* Artık neye inanacağını bilmiyordu, ama çantasındaki taş piramit her geçen dakika biraz daha ağırlaşıyordu.

Langdon'ın endişeyle nefes alıp verişini dinlemekten zevk alan Mal'akh telefonu kulağına dayadı. "Şimdi yapmam gereken işler var profesör. Sizin de öyle. Haritayı çözer çözmez beni arayın. Saklandığı yere birlikte gidip değiş tokuş yaparız. Tüm çağların bilgeliğine karşılık... Peter'ın hayatı."

Langdon, "Hiçbir şey yapmayacağım," diye üsteledi. "Özellikle de Peter'ın hâlâ hayatta olduğunu kanıtlamazsan."

"Beni sınamamanızı öneririm. Büyük bir planın küçük bir parçasısınız. Bana itaat etmezseniz veya beni bulmaya kalkışırsanız, Peter *ölür.* Buna yemin ederim."

"Benim anladığım kadarıyla Peter çoktan öldü."

"Oldukça canlı, profesör, ama çaresizce yardımınızı bekliyor."

"Senin aradığın ne?" Langdon telefona bağırmıştı.

Mal'akh cevap vermeden önce sustu. "Pek çok insan Antik Gizemlerin peşine düşüp, gücü üzerine tartışmalar yaptı. Bu akşam gizemlerin gerçek olduğunu kanıtlayacağım."

Langdon konuşmuyordu.

Mal'akh, "Haritayı hemen çözmeye başlamanızı öneriyorum," dedi. "O bilgiye *bugün* ihtiyacım var."

"Bugün mü?! Saat dokuzu geçti!"

"Kesinlikle. *Tempus fugit.*"[1]

---

(1) Zaman uçup gidiyor.

44. BÖLÜM

New York'lu editör Jonas Faukman telefonu çaldığında, Manhattan'daki ofisinin ışıklarını kapatmak üzereydi. Bu saatte kimseye cevap vermeye niyeti yoktu ama sonra ekranda arayanın kim olduğunu gördü. Ahizeye uzanırken, *iyi bir şey olmalı,* diye düşündü.

Faukman şakayla karışık bir tonla, "Kitaplarınızı hâlâ biz mi basıyoruz?" diye sordu.

"Jonas!" Robert Langdon'ın sesi endişeliydi. "Tanrı'ya şükürler olsun. Yardımına ihtiyacım var."

Faukman'ın neşesi yerine gelmişti. "Bana düzeltmem için yüzlerce sayfa mı gönderiyorsun Robert?" *Nihayet.*

"Hayır, bilgiye ihtiyacım var. Geçen yıl Katherine Solomon isminde bir bilim insanıyla görüşmeni sağlamıştım. Peter Solomon'ın kız kardeşi, hatırladın mı?"

Faukman kaşlarını çattı. *Sayfa göndermiyor.*

"Noetik Bilim dalındaki bir çalışma için yayıncı arıyordu. Onu hatırladın mı?"

Faukman gözlerini devirdi. "Tabii hatırlıyorum. Ve o tanıştırma için milyonlarca teşekkürler. Araştırmasının sonuçlarını okumamı reddetmekle kalmadı, gelecekteki sihirli bir tarihe kadar da herhangi bir şey yayınlamak istemedi."

"Jonas, beni dinle. Vaktim yok. Katherine'in telefon numarasına ihtiyacım var. Hemen. Sende var mı?"

"Seni uyarmam gerek... fazlasıyla çaresiz davranıyorsun. Çok güzel bir kadın ama onu bu halinle etkilemen..."

"Şaka yapmıyorum Jonas. Telefonuna şimdi ihtiyacım var."

"Tamam... bekle." Langdon'ın ne zaman ciddi olduğunu anlayacak kadar uzun süredir arkadaştılar. Jonas bir arama penceresine Katherine Solomon ismini yazdı ve şirketin e-posta sunucusunu taramaya başladı.

Faukman, "Arıyorum," dedi. "Ve belki önemli değil ama Harvard Havuzu'ndan aramasan iyi edersin. Sesin tımarhaneden geliyor gibi."

"Havuzda değilim. ABD Kongre Binası'nın altındaki bir tüneldeyim."

Faukman onun sesinden, şaka yapmadığını anladı. *Bu adamın nesi var?* "Robert neden evde oturup yazamıyorsun?" Bilgisayarı bipledi. "Tamam, bekle... numarayı buldum." Eski e-postayı sonuna kadar inceledi. "Galiba sadece cep telefonu var."

"Onu ver."

Faukman ona numarayı verdi.

Langdon müteşekkir bir sesle, "Teşekkürler Jonas," dedi. "Sana bir iyilik borçluyum."

"Bana bir kitap taslağı borçlusun Robert. Ne kadar sürecek..."

Hat kapanmıştı.

Ahizeye bakan Faukman başını iki yana salladı. Yazarlar olmasa, kitap yayınlamak çok kolay olacaktı.

45. BÖLÜM

Katherine Solomon telefonunu arayanın ismini gördüğünde kim olduğunu sonradan anladı. Önce, Dr. Abaddon'la birlikte neden geciktiklerini haber vermek için Trish'in aradığını sanmıştı. Ama arayan Trish değildi.

İlgisi yoktu.

Katherine'in dudaklarında utangaç bir tebessüm belirdi. *Bu akşam daha garip olabilir miydi acaba?* Telefonun kapağını açtı.

Neşeyle, "Dur söyleme," dedi. "Kitap kurdu genç erkek, bekâr Noetik Bilim İnsanı arıyor?"

"Katherine!" Derinden gelen ses Robert Langdon'a aitti. "Tanrı'ya şükürler olsun iyisin."

Şaşırarak, "Elbette iyiyim," diye cevap verdi. "Geçen yaz Peter'ın evindeki partiden sonra beni bir daha hiç aramamanı saymazsak."

"Bu akşam bir şey oldu. Lütfen dinle." Normalde akıcı olan ses tonu çatlak geliyordu. "Sana bunu söylediğim için çok üzgünüm ama... Peter'ın başı ciddi bir şekilde dertte."

Katherine'in tebessümü kayboldu. "Sen neden bahsediyorsun?"

"Peter..." Langdon doğru kelimeyi arar gibi duraksadı. "Nasıl söyleyeceğimi bilmiyorum ama o... kaçırıldı. Nasıl ve kimin yaptığından emin değilim ama..."

Katherine, "Kaçırıldı mı?" diye sordu. "Robert, beni korkutuyorsun. Kaçırıldı mı... nereye?"

"Bir yerde tutuluyor." Langdon'ın sesi mahcup olmuş gibi çatlak çıkmıştı. "Bugün erken saatlerde veya dün kaçırılmış olmalı."

Katherine öfkeyle, "Bu hiç komik değil," diye çıkıştı. "Ağabeyimin bir şeyi yok. Onunla on beş dakika önce konuştum."

"Konuştun mu?!" Langdon'ın sesinden şaşırdığı anlaşılıyordu.

"Evet! Laboratuvara geldiğini söyleyen bir kısa mesaj gönderdi."

"*Mesaj* gönderdi..." Langdon sesli düşünmüştü. "Ama *sesini* duymadın, değil mi?"

"Hayır ama..."

"Beni dinle. Aldığın kısa mesaj ağabeyinden gelmiyordu. Peter'ın telefonu birisinin elinde. Tehlikeli biri. Her kimse, bu akşam beni kandırıp Washington'a getirtti."

"Kandırdı mı? Söylediklerin hiç mantıklı gelmiyor!"

"Biliyorum, çok üzgünüm." Langdon'ın kafasının karışması ondan beklenmedik bir şeydi. "Katherine, tehlikede olabilirsin."

Katherine Solomon, Langdon'ın böyle bir konuda şaka yapmayacağını biliyordu, ama adam, aklını kaçırmış gibi konuşuyordu. "Ben iyiyim," dedi. "Güvenli bir binanın içindeyim."

"Bana Peter'ın telefonundan gelen mesajı okusana. *Lütfen.*"

Katherine şaşkınlıkla kısa mesajı açtı. Langdon'a okurken, Dr. Abaddon'dan bahsettiği kısma geldiğinde içinin ürperdiğini hissetti. "Müsaitse Dr. Abaddon içeride bize katılsın. Ona güvenim tam..."

"Aman Tanrım..." Langdon'ın sesi korku doluydu. "Bu adamı içeri mi davet ettin?"

"Evet! Asistanım onu almaya lobiye gitti. Her an gelebilirler..."

Langdon, "Katherine, dışarı çık!" diye bağırdı. "Şimdi!"

SMSC'nin diğer ucunda, güvenlik odasında çalan telefon Redskins maçının sesini bastırdı. Görevli kulaklıklarını bir kez daha isteksizce çıkardı.

"Lobi," diye cevap verdi. "Ben Kyle."

"Kyle, ben Katherine Solomon!" Kadının sesi oldukça endişeliydi.

"Efendim, ağabeyiniz henüz..."

"Trish nerede?" diye sordu. "Onu monitörden görebiliyor musun?"

Görevli, ekranlara bakmak için sandalyesini döndürdü. "Hâlâ Küp'e gelmedi mi?"

"Hayır!" diye bağıran Katherine, dehşete kapılmıştı.

Görevli, Katherine Solomon'ın koşuyormuş gibi nefes nefese kaldığını fark etti. *Orada neler oluyor?*

Görevli hemen görüntü kumandasıyla dijital kayıtları hızla taradı. "Tamam, bekleyin, geri sarıyorum... Trish'i misafirinizle birlikte lobiden çıkarken görüyorum... Sokak'ta yürüyorlar... ileri sarıyorum... tamam, Islak Bölme'ye giriyorlar... ileri sarıyorum... tamam, bir dakika önce Islak Bölme'den çıkmışlar... aşağı iniyorlar..." Görüntüyü yavaşlatıp başını uzattı. "Bir dakika. Bu tuhaf."

"Ne?"

"Beyefendi Islak Bölme'den yalnız çıkıyor."

"Trish içeride mi kalmış?"

"Evet, öyle görünüyor. Şimdi konuğunuzu izliyorum... koridorda tek başına yürüyor."

Katherine çıldırmış bir halde, "Trish nerede?" diye sordu.

"Görüntü kayıtlarında onu görmüyorum," diye cevap verirken sesinde endişeli bir hava vardı. Ekrana yeniden baktığında adamın ceket kollarının ıslanmış olduğunu gördü... dirseklerine kadar. *Islak Bölme'de ne halt etti bu?* Görevli, kararlı adımlarla koridordan 5. Bölme'ye doğru yürüyen adamı seyretti. Elinde... anahtar karta benzeyen bir şey tutuyordu.

Görevli ensesindeki tüylerin diken diken olduğunu hissetti. "Bayan Solomon, ciddi bir sorunumuz var."

Bu akşam Katherine Solomon için ilklerin akşamıydı.

İki yıldır cep telefonunu boşlukta hiç kullanmamıştı. Bu boşlukta son sürat koştuğu da olmamıştı. Ama şu an Katherine cep telefonunu kulağına bastırmış, halının sonsuz uzunluğunda gözü kapalı koşuyordu. Ayağı halıdan her çıktığında, yönünü düzeltip kör karanlıkta koşmaya devam etti.

Katherine görevliye, "Şimdi nerede?" diye sordu.

Görevli, "Kontrol ediyorum," diye cevap verdi. "İleri sarıyorum... tamam, koridordan... 5. Bölme'ye doğru yürüyor."

Daha hızlı koşan Katherine, içeride kapana kısılmadan önce çıkışa ulaşmayı umut etti. "5. Bölme'nin girişine varması ne kadar sürine?"

Görevli duraksadı. "Efendim, anlamadınız. Hâlâ ileri sarıyorum. Bunlar kaydedilmiş görüntüler. Yani zaten oldular." Durdu. "Bekleyin, giriş monitöründen kontrol edeyim." Biraz durduktan sonra, "Efendim, Bayan Dunne'ın anahtar kartı yaklaşık bir dakika önce 5. Bölme'ye giriş yaptığını gösteriyor."

Aniden frenlere asılan Katherine, boşlukta durana kadar kaydı. Telefona, "5. Bölme'nin kapısını açmış mı?" diye fısıldadı.

Görevli çıldırmış bir halde klavyesini tuşluyordu. "Evet, yaklaşık... doksan saniye önce girmiş."

Katherine'in vücudu kaskatı kesildi. Nefes almıyordu. Etrafındaki karanlık şimdi ona canlıymış gibi geliyordu.

Burada, benimle birlikte.

Katherine bir anda, içerideki tek ışığın, yanağını aydınlatan telefonundan geldiğini fark etti. Görevliye, "Yardım gönder," diye fısıldadı. "Ve Trish'e yardım etmek için Islak Bölme'ye git." Ardından telefonunu usulca kapatarak ışığı söndürdü.

Etrafına mutlak bir karanlık çöktü.

Hiç kıpırdamadan durdu ve elinden geldiğince sessiz nefes almaya çalıştı. Birkaç saniye sonra önünden keskin bir etanol kokusu yükseldi. Koku arttı. Halıda, bir metre kadar ötesindeki bir varlığı hissediyordu. Bu sessizlikte Katherine'in gümbürdeyerek atan kalbi sanki onu ele verecekti. Sessizce ayakkabılarını çıkardı ve halıdan sol yana doğru adım attı. Ayağının altındaki beton zemin soğuktu. Halıdan iyice uzaklaşmak için bir adım daha attı.

Ayak parmaklarından biri çıtladı.

Bu sükûneti bozan silah sesi gibiydi.

Birkaç metre ötesinden bir kıyafet hışırtısı, karanlıkta üzerine doğru atıldı. Hemen kaçmaya hazırlanan Katherine geç kalmıştı. Güçlü bir kol onu yakalayıp, zapt etmek için güçlü elleriyle yoklamaya başladı. Katherine, dönerek kaçmaya çalışırken, adam eliyle laboratuvar önlüğünden yakaladı ve geriye doğru çekerek kendine yaklaştırdı.

Kollarını geriye çeken Katherine, laboratuvar önlüğünden ve adamdan kurtuldu. Çıkış yolunun hangi yönde olduğunu bilmeden, karanlık boşlukta kör gibi koşmaya başladı.

46. BÖLÜM

Pek çoklarının dünyanın en güzeli olduğunu söylediği odayı barındırmasına rağmen, Kongre Kütüphanesi'nin nefes kesen ihtişamı, zengin koleksiyonundan daha az bilinir. Sekiz yüz kilometreden uzun -Washington D.C.'den Boston'a uzanacak kadar- raflarıyla dünyanın en büyük kütüphanesi unvanına sahiptir. Ve günde on binden fazla katılımla genişlemeye devam etmektedir.

Eskiden Thomas Jefferson'ın bilim ve felsefe kitaplarını sakladığı bir depo olan kütüphane, Amerika'nın bilimi aktarmaya olan bağlılığını simgeler. Washington'da elektrik bağlanan ilk binalardan biri olan kütüphane, Yenidünya'nın karanlığında fener gibi parlar.

İsminden de anlaşılacağı gibi Kongre Kütüphanesi, saygın üyelerinin sokağın hemen karşısındaki binada çalıştığı Kongre'ye hizmet vermek için kurulmuştu. Kütüphane ile Kongre Binası arasındaki bu asırlık bağ, yakın zaman önce fiziki bir bağla pekiştirilmişti. Independence Bulvarı'nın altından geçen uzun bir tünel iki binayı birbirine bağlıyordu.

Bu akşam, loş ışıklı bu tünelde Warren Bellamy'yi takip eden Robert Langdon, Katherine için duyduğu endişeyi yatıştırmaya çalışıyordu. *O deli, laboratuvarında mı?* Langdon sebebini hayal bile etmek istemiyordu. Onu uyarmak için aradığında, Katherine'e tam olarak nerede buluşacaklarını söylemişti. *Bu lanet tünel daha ne kadar devam ediyor?* Başı ağrıyordu. Birbiriyle bağlantılı düşünceler zihnine hücum etmişti: Katherine, Peter, masonlar, Bellamy, piramitler ve eski kehanet... ve bir harita.

Langdon bu düşünceleri zihninden uzaklaştırıp, yoluna devam etti. *Bellamy soruları yanıtlayacağına söz verdi.*

İki adam nihayet geçidin sonuna vardıklarında Bellamy, Langdon'a inşaat halinde olan çift kanatlı kapıların arasından yol gösterdi. Bitmemiş kapıları arkalarından kilitleyemeyince Bellamy yaratıcılığını kullandı. İnşaat malzemelerinin arasından alüminyum bir merdiven bulup kapıya dikkatle yasladı. Sonra üstüne metal bir kova yerleştirdi. Birisi kapıyı açacak olursa, kova gürültüyle yere düşecekti.

Alarm sistemimiz bu mu? Bu akşam güvenliklerini sağlamak için Bellamy'nin daha kapsamlı bir planı olmasını umut eden Langdon, merdivenin tepesine tünemiş kovaya baktı. Her şey o kadar hızlı gelişmişti ki, Bellamy ile kaçışının sonuçlarını ancak şimdi düşünmeye başlamıştı. *Bir CIA kaçağıyım.*

Bellamy'nin önderliğinde bir köşeden dönerek, turuncu kordonlarla kapatılmış, yukarı çıkan bir merdivenin başına geldiler. Langdon'ın sırt çantası basamakları çıkarken sanki gitgide daha da ağırlaşıyordu. "Şu taş piramit," dedi. "Hâlâ anlamıyorum..."

Bellamy, "Burada olmaz," diyerek sözünü kesti. "Işıkta inceleyeceğiz. Güvenli bir yer biliyorum."

Langdon, CIA Güvenlik Ofisi başkanına saldıran biri için böyle bir yerin var olduğundan şüphe duyuyordu.

İki adam merdivenin başına gelince, İtalyan mermeriyle kaplı ve altın varaklı bir koridordan içeri girdiler. Koridora sekiz çift heykel dizilmişti ve hepsi de Tanrıça Minerva'yı betimliyordu. Doğuya doğru ilerlemeye devam eden Bellamy, Langdon'ı kemerli bir geçitten geçirerek çok daha büyük bir alana götürdü.

Kütüphanenin büyük salonu, mesai bitiminin loş ışıklarında bile zengin bir Avrupa sarayının ihtişamıyla parlıyordu. Başlarından yirmi üç metre yukarıdaki tavan pencereleri, ender bulunan -bir zamanlar altından daha değerli kabul edilen- "alüminyum yapraklarla" süslenmiş panellerin arasından parlıyordu. Bunun altındaki çift sütunların dizildiği ikinci kat balkonuna, tırabzan babalarında aydınlanma meşalesi taşıyan kadın heykellerinin bulunduğu, iki muhteşem merdivenle çıkılıyordu.

Bu modern aydınlanmayı yansıtırken, bir yandan da Rönesans mimarisine sadık kalmak amacıyla, merdiven tırabzanlarına modern bilim insanı gibi tasvir edilmiş küçük aşk tanrıları oyulmuştu. *Telefon tutan meleğimsi bir elektrikçi? Elinde numune kutusuyla meleği andıran bir böcek bilimci?* Langdon, Bernini'nin ne düşünebileceğini merak etti.

Langdon'ı kütüphanenin en değerli iki kitabını -1450'lerde elle yazılmış Büyük Mainz İncili ile dünyadaki üç parşömen kopyadan biri olan Gutenberg İncili- muhafaza eden kurşun geçirmez vitrinin yanından geçiren Bellamy, "Burada konuşacağız," dedi. Tonozlu tavanda buna uyum sağlayacak şekilde, John White Alexander'ın altı panelli *Kitabın Gelişimi*[1] isimli resmi vardı.

---

(1) *The Evolution of the Book*

Bellamy doğruca doğu koridoru duvarının arka ortasındaki çift kanatlı kapıya yürüdü. Langdon bu kapıların ardında hangi odanın yattığını biliyordu ama konuşmak için garip bir yer seçimiydi. "Lütfen Sessiz Olun" işaretleriyle dolu bir yerde konuşmanın yaratacağı tezat bir yana, bu odanın "güvenli bir yer" oluşu da şüphe götürürdü. Kütüphanenin haç şeklindeki zemin planının tam ortasında yer alan bu oda, binanın kalbi sayılırdı. Burada saklanmak, katedrale kaçıp, sunağın üstünde saklanmakla aynı şeydi.

Ama Bellamy kapının kilidini açtı, ardındaki karanlığa adımını atıp ışık düğmesine uzandı. Düğmeyi açtığında, adeta Amerika'nın mimari şaheserleri vücuda geldi.

Bu ünlü okuma odası insan duyuları için bir ziyafet sayılırdı. Merkezinden elli metre yükselen sekizgenin her bir kenarı, açık kahverengi Tennessee mermeri, krem rengi Siena mermeri ve elma kırmızısı Cezayir mermerinden yapılmıştı. Sekiz açıdan birden ışıklandırıldığı için hiçbir yerine gölge düşmüyor, oda aydınlık saçıyormuş etkisi yaratıyordu.

Langdon'ı içeri alan Bellamy, "Bazıları Washington'daki en göz alıcı oda olduğunu söyler," dedi.

Langdon eşikten adımını atarken, *belki de dünyadaki en göz alıcı oda,* diye düşündü. Her zamanki gibi bakışları ilk önce, arabesk tavan panolarının kubbeden aşağı balkona indiği merkez çembere yöneldi. Odayı çevreleyen on altı bronz insan heykeli yukarıdaki parmaklıklardan aşağıya bakıyordu. Bunun altındaki balkon, sıra kemerlerden meydana gelmişti. Zemin seviyesinde, ortadaki heybetli yuvarlak masadan dışarı doğru, ortak merkezli üç sıra cilalı ahşap okuma masası, daire biçimini alacak düzende yerleştirilmişti.

Langdon dikkatini, odanın çift kanatlı kapılarını ardına kadar açan Bellamy'ye verdi. Aklı karışık bir halde, *"Saklandığımızı* sanıyordum," dedi.

Bellamy, "Binadan içeri giren olursa sesini duymak istiyorum," dedi.

"Ama bizi burada hemen bulmazlar mı?"

"Nerede saklanırsak saklanalım, bizi bulurlar. Ama bu binada bizi köşeye sıkıştırırlarsa, bu odayı seçtiğime memnun olursun."

Langdon sebebini tahmin edemiyordu ama Bellamy'nin bunu tartışmaya niyetli olmadığı belliydi. Odanın ortasına doğru yürümeye başlamıştı bile. Okuma masalarından birini seçip, iki sandalye çekti ve masanın ışığını yaktı. Sonra Langdon'ın çantasını işaret etti.

"Peki profesör, bir de yakından bakalım."

Cilalı ahşap yüzeyi sert granitle çizmekten çekinen Langdon, çantasını olduğu gibi masanın üstüne koyup, fermuarını açtı ve içindeki piramidi çıkardı. Warren Bellamy okuma lambasını ayarlayıp, piramidi dikkatle inceledi. Parmaklarını tuhaf oymaların üstünde gezdirdi.

Bellamy, "Sanırım bu dili tanıyorsun?" dedi.

On altı sembole bakan Langdon, "Elbette," diye cevap verdi.

Farmason Şifresi diye bilinen kodlanmış bu dili, ilk mason kardeşler özel iletişimlerinde kullanmışlardı. Şifreleme yöntemi uzun zaman önce basit bir sebepten ötürü terk edilmişti, çünkü çözmesi çok kolaydı. Langdon'ın seminerine katılan ikinci sınıf öğrencilerinden çoğu bu kodu yaklaşık beş dakikada çözebiliyorlardı. Langdon ise bir kalem ve kâğıtla bunu göz açıp kapayana dek çözebilirdi.

Yüz yıllık olan bu şifreleme yönteminin kolay çözülmesi bazı çelişkiler doğuruyordu. Öncelikle, yeryüzünde bunu çözebilecek tek kişinin Langdon olması saçmaydı. İkincisi, Sato'nun masonik şifrenin ulusal güvenlik meselesi olduğunu söylemesi, nükleer fırlatma kodlarının Cracker Jack isimli şifre çözücü programla yazılması gibi bir şeydi. Langdon tüm bunlara inanmakta hâlâ güçlük çekiyordu. *Bu piramit bir harita mı? Eski çağların kayıp bilgeliğine giden yolu mu gösteriyor?*

Bellamy ciddi bir sesle, "Robert," dedi. "Müdür Sato, sana piramitle neden bu kadar ilgilendiğini söyledi mi?"

Langdon başını iki yana salladı. "Tam olarak değil. Ulusal güvenlik meselesi deyip durdu. Yalan söylediğini düşünüyorum."

Ensesini ovuşturan Bellamy, "Olabilir," dedi. Aklını kurcalayan bir şey var gibiydi. "Ama daha endişe verici bir ihtimal var." Dönüp Langdon'ın gözlerinin içine baktı. "Müdür Sato, piramidin gerçek potansiyelini keşfetmiş olabilir."

47. BÖLÜM

Katherine Solomon'ı yutan karanlık ona sonsuz gibi geliyordu.

Halının o alıştığı güvenliğinden çıkmış kör gibi önünü yoklarken, önüne uzattığı kolları sadece bu ıssız boşluğa dokunuyordu. Çoraplı ayaklarının altındaki soğuk beton buzlu bir göl gibiydi... ve bu düşman ortamdan hemen kurtulması gerekiyordu.

Artık etanol kokusu almayınca, karanlıkta durdu. Hiç kıpırdamadan etrafı dinlerken, kalbinin böyle gürültülü atmamasını diledi. Arkasından gelen ayak sesleri kesilmiş gibiydi. *Onu atlattım mı?* Katherine gözlerini kapatıp, nerede olduğunu tahmin etmeye çalıştı. *Hangi yöne koştum? Kapı nerede?* İşe yaramıyordu. O kadar çok dönmüştü ki, çıkış herhangi bir yerde olabilirdi.

Katherine bir zamanlar korkunun, insanın düşünme yeteneğini kamçılayan bir unsur olduğunu okumuştu. Ama şu anda içinde bulunduğu durum yüzünden, zihni korku ve şaşkınlıkla kaynayan bir kazana dönmüştü. *Çıkışı bulsam bile dışarı çıkamam.* Laboratuvar önlüğünden kurtulurken anahtar kartını da kaybetmişti. Şimdi tek ümidi, samanlıktaki bir topluiğne gibi olmaktı. İki bin sekiz yüz metrekarelik bir alanda adeta bir noktaya dönüşmüştü. Kaçmak için dayanılmaz bir arzu duysa da analitik zihni ona tek bir mantıklı harekette bulunmasını söylüyordu; hiç kıpırdamamayı. *Kıpırdama. Ses çıkarma.* Güvenlik görevlisi yoldaydı ve bilinmeyen bir sebepten ötürü saldırganın üstünde keskin bir etanol kokusu vardı. *Yaklaşırsa anlarım.*

Katherine karanlıkta dururken, aklına Langdon'ın söyledikleri geldi. *Ağabeyin... kaçırıldı.* Soğuk bir ter damlasının kolundan aşağı, sağ elinde tuttuğu cep telefonuna kaydığını hissetti. Bu unuttuğu bir tehlikeydi. Telefon çalarsa bulunduğu yeri belli edecekti ama ekran aydınlanmadan kapatmasının da imkânı yoktu.

Telefonu yere bırak... ve ondan uzaklaş.

Ne yazık ki çok geç kalmıştı. Ona sağ tarafından yaklaşan etanol kokusu gitgide artmaktaydı. Katherine kaçma dürtüsünü bastırarak, sakin kalmaya çalıştı. Temkinle ve yavaşça sol tarafa bir adım attı. Kıyafetinin hışırtısı saldırganın ihtiyacı olan tek şeydi. İleri doğru atıldığını duydu ve güçlü bir el onu omzundan kavrarken etanol kokusu üstüne çöktü. Dehşetle olduğu yerde döndü. Matematiksel olasılıklar pencereden uçup gitti ve Katherine var gücüyle kaçmaya başladı. Sola dönüp yönünü değiştirerek olanca hızıyla boşluğa daldı.

Birden karşısına duvar çıktı.

Duvara sertçe toslayan Katherine'in ciğerlerindeki hava boşaldı. Kolu ve omzu acıdı ama ayakta kalmayı başardı. Duvara ters bir açıyla çarpması onu daha kötü bir çarpışmadan korumuştu, ama bu içini rahatlatmaya yetmedi. Çıkan ses her yerde yankılanmıştı. *Nerede olduğumu biliyor.* Acıyla başını çevirip önünde uzanan karanlığına bakarken, saldırganın da kendisine baktığını hissetti.

Yerini değiştir. Hemen.

Nefesi henüz düzelmeden, her bir kabaraya sol eliyle sessizce dokunarak duvar boyunca yürümeye başladı. *Duvarın yanından ayrılma. Seni köşeye sıkıştırmadan yanından geç git.* Gerek duyarsa canını acıtmak için fırlatmak üzere, cep telefonunu hâlâ sağ elinde tutuyordu.

Bundan sonra duyduğu sese hiç hazırlıklı değildi. Kıyafet hışırtısı tam önünden gelmişti. Olduğu yerde durup nefes almayı kesti. *Bu kadar kısa sürede duvara nasıl ulaşmış olabilir?* Etanol kokusuyla karışmış hafif bir esinti hissetti. *Duvardan bana doğru geliyor!*

Katherine geriye doğru birkaç adım attı. Sonra sessizce 180 derece dönüp, duvarda ters yöne doğru hızla ilerlemeye başladı. O imkânsız şey olduğunda yaklaşık beş metre gitmişti. Bir kez daha duvarda, tam önünde, kıyafet hışırtısı duydu. Ve ardından aynı etanol kokan esinti geldi. Katherine Solomon donakaldı.

Tanrım, bu adam her yerde!

Çıplak göğüslü Mal'akh karanlığa baktı.

Kıyafetinin koluna bulaşan etanol kokusu fark edilir olduğunu kanıtlamıştı. Bu yüzden o da gömleğinin ve ceketinin kollarını yırtıp, avını kıstırmak için işe yarar bir malzeme olarak kullanmıştı. Ceketini sağ tarafa doğru atınca, Katherine'in durup, yönünü değiştirdiğini duymuştu. Sonra gömleğini sola doğru fırlatınca, yine durduğunu duymuştu. Katherine'i geçmeye cesaret edemeyeceği duvardaki iki nokta arasında kıstırmıştı.

Şimdi kulaklarını dikmiş bekliyordu. *Hareket edebileceği tek yön kaldı, bana doğru gelecek.* Buna rağmen, hiçbir şey duymadı. Katherine ya korkudan donakalmıştı ya da 5. Bölme'ye yardım gelene kadar hareket etmemeye karar vermişti. *Her iki şekilde de kaybedecek.* 5. Bölme'ye bu sıralar kimse giremeyecekti; Mal'akh anahtar kart girişini kaba ama çok etkili bir yöntemle kullanılmaz hale getirmişti. Trish'in anahtar kartını kullandıktan sonra, yuvaya on sentlik bozuk para atıp, tüm mekanizmayı devre dışı bırakmadan kapının başka herhangi bir anahtar kartla açılmasını engellemişti.

Sen ve ben yalnızız Katherine... ne kadar sürerse sürsün.

Usulca ileri giden Mal'akh herhangi bir hareket sesi duymayı bekledi. Katherine Solomon bu gece ağabeyinin müzesinin karanlığında ölecekti. Şiirsel bir son. Mal'akh, Katherine'in ölüm haberini ağabeyiyle paylaşmak için sabırsızlanıyordu. Yaşlı adamın ıstırabı, uzun süredir gerçekleşmesini beklediği intikamı olacaktı.

Hiç beklemediği bir anda, karanlıkta minik bir parıltı gördü ve Katherine'in karar verirken ölümcül bir hata yaptığını fark etti. *Yardım istemek için telefon mu açıyor?!* Az önce yanan elektronik ekran, bel hizasında yaklaşık yirmi metre ötesinde siyah bir okyanustaki fener gibi parlıyordu. Mal'akh, Katherine'i beklemeye hazırlanmıştı ama artık buna gerek yoktu.

Işığa doğru hızla koşan Mal'akh, yardım çağrısını bitiremeden onu yakalayacağını biliyordu. Saniyeler içinde oraya vardı ve adeta onu yutmaya hazırlanır gibi parlayan cep telefonunun her iki yanına doğru kollarını açarak atıldı.

Sert duvara çarpan parmakları geriye doğru bükülürken neredeyse kırılıyordu. Ardından başı çelik sütuna çarptı. Duvarın yanında yere çökerken acıyla feryat etti. Lanet okuyup, Katherine'in cep telefonunu açık bıraktığı bel hizasındaki payandaya tutunarak doğruldu.

Katherine yeniden koşmaya başlamıştı. Bu kez elinin, 5. Bölme'nin aralıklı yerleştirilmiş metal kabaralarının üstünden geçerken çıkardığı seslere aldırmıyordu. *Koş!* Bölmenin etrafındaki duvarı takip ederse, önünde sonunda çıkış kapısını bulabileceğini biliyordu.

Güvenlik hangi cehennemde kaldı?

Sol eli duvarda, sağ eli kendini korumak için öne uzatılmış bir halde koşarken, aralıklı yerleştirilmiş kabaraları hâlâ takip edebiliyordu. *Köşeye ne zaman ulaşacağım?* Duvar sonsuza kadar devam ediyormuş gibiydi, ama kabaralardan gelen ritmik ses birden kesildi. Sol eli uzun süre kabarasız yüzeyi takip etti, sonra kabaralar yeniden başladı. Katherine güçlükle durup, pürüzsüz metal yüzeyden yararlanarak geri döndü. *Burada neden kabara yok?*

Saldırganın, arkasından gürültüyle yürüyüp, kendisine doğru yaklaştığını duyabiliyordu. Ama Katherine'i ürküten başka bir sesti; fenerini 5. Bölme kapısına vuran güvenlik görevlisinin çıkardığı ritmik yumruklama sesi.

Görevli içeri giremiyor mu?

Bu düşünce korkutucu olmakla beraber, yumruklamanın geldiği yer -sağ çaprazı- Katherine'in yön duygusunu yeniden kazanmasına yardımcı oldu. Artık 5. Bölme'nin neresinde olduğunu hayalinde canlandırabiliyordu. Bu ani görüntü başka bir şeyi daha fark etmesine yaradı. Şimdi duvardaki bu düz panelin ne olduğunu biliyordu.

Her bölmenin bir numune iskelesi vardı. Hareketli bu dev duvar, büyük numuneleri bölmelere alıp çıkarırken, geri çekilerek kullanılabiliyordu. Bu kapı da bir uçak hangarınınki kadar büyüktü ama, Katherine en korkunç rüyalarında bile onu açmak zorunda kalacağını hayal etmemişti. Fakat şu anda, tek çaresi buymuş gibi görünüyordu.

Acaba çalışıyor mu?

Katherine büyük metal kolu buluncaya kadar karanlıkta kapıyı eliyle yokladı. Kavrayıp, ağırlığını geriye vererek kapıyı açmaya çalıştı. Hiçbir şey olmadı. Bir daha denedi. Yerinden kıpırdamadı.

Onun çıkardığı seslerle yönünü tayin eden saldırganın şimdi daha hızlı yaklaştığını duyabiliyordu. *İskele kapısı kilitli!* Dehşete kapılıp, herhangi bir levye ya da kapı mandalı bulmak için ellerini telaşla kapının her yerinde gezdirdi. Birden eli direğe benzer bir şeye çarptı. Yere kadar takip edip çömelince, betonun içindeki bir deliğe yerleştirildiğini anladı. *Güvenlik çubuğu!* Ayağa kalkıp çubuğu kavradı ve bacaklarından güç alarak deliğin içinde aşağı yukarı kaydırdı.

Neredeyse geldi!

Katherine kapının kolunu yoklayıp buldu ve tüm gücüyle asıldı. Devasa panel biraz kımıldar gibi oldu ve 5. Bölme'den içeri bir parça ay ışığı girdi. Katherine yeniden kolu çekti. Binanın dışından gelen ışık büyüdü. *Biraz daha!* Son bir kez daha asılırken, saldırganın birkaç metre uzağında olduğunu hissediyordu.

Işığa doğru atılıp, ince vücudunu açıklıktan yanlamasına kaydırdı. Karanlıkta beliren pençe gibi bir el onu içeri çekmeye çalıştı. Katherine kendini açıklıktan dışarı çıkarırken, dövmelerle kaplı iri bir kol peşinden geldi. Ürkütücü kol, onu yakalamaya çalışan kızgın bir yılan gibi kıvrandı.

Katherine dönüp, 5. Bölme'nin uzun ve soluk renkli dış duvarı boyunca koşmaya başladı. SMSC'yi çevreleyen gevşek taşlar çoraplı ayaklarına batsa da o, ana girişe doğru ilerlemeye devam etti. Gecenin karanlığına rağmen, 5. Bölme'nin mutlak karanlığında genişlemiş gözbebekleri sayesinde, sanki gün ışığındaymış gibi iyi görebiliyordu. Ağır iskele kapısı arkasından açılınca, binanın yan duvarını takip eden ayak seslerinin hızlandığını duydu. Ayak sesleri inanılmaz derecede hızlıydı.

Asla ondan kurtulup ana girişe varamam. Volvo'sunun yakınlarda olduğunu biliyordu ama o bile şu anda çok uzak görünüyordu. *Başaramayacağım.*

Ardından Katherine, son bir kozunun kaldığını fark etti.

5. Bölme'nin köşesine yaklaştığında, ayak seslerinin arayı iyice kapattığını duyabiliyordu. *Ya şimdi ya hiç.* Köşeden dönmek yerine aniden sola sapıp, binadan *uzağa,* çimlere yöneldi. Bunu yaparken gözlerini sıkıca yumup, ellerini yüzüne kapattı ve çimlerin üstünde kör gibi koşmaya başladı.

5. Bölme'nin bulunduğu kısımda yanan hareket sensörlü güvenlik ışıkları, geceyi gündüze çevirmişti. Saldırganın aşırı büyümüş gözbebeklerine yirmi beş milyon mumluk ışık nüfuz ederken, gerilerden acı dolu bir feryat yükseldi. Katherine, adamın taşların üstünde sendelediğini duyabiliyordu.

Açık çimlerin üstünde içgüdülerine güvenen Katherine, gözlerini kapalı tutmaya devam etti. Binadan ve ışıklardan yeterince uzaklaştığını hissedince gözlerini açtı, yönünü belirledi ve karanlıkta deli gibi koşmaya başladı.

Volvo'sunun anahtarları her zaman bıraktığı yerde, orta panelde duruyordu. Nefesi kesilmiş bir halde, titreyen elleriyle anahtarı aldı ve kontağa soktu. Motor gürültüyle çalışıp farları yanınca, korkutucu bir manzarayla karşı karşıya kaldı.

İğrenç bir şekil üstüne doğru geliyordu.

Katherine o an donakaldı.

Farlarına yakalanan yaratık, bedeni semboller ve yazılarla dövmelenmiş, çıplak göğüslü ve dazlak kafalı bir hayvandı. Parlak ışığa doğru koşarken böğürüp, gün ışığına ilk kez çıkan bir mağara canlısı gibi ellerini gözlerinin önüne kaldırdı. Katherine vitese uzandı ama adam bir anda yanında bitivermişti. Yan cama dirseğiyle vurup, kırık cam parçalarını kadının kucağına döktü.

Dövmelerle kaplı dev bir kol camdan içeri girerek, el yordamıyla boynunu buldu. Katherine vitesi geriye takıp hareket ettirdi ama saldırganı boğazına sarılmış, inanılmaz bir kuvvetle sıkıyordu. Kurtulma çabasıyla başını çevirdiğinde birden adamın yüzünü karşısında gördü. Tırnak izine benzeyen üç şerit, makyajını sıyırmış ve altındaki dövmeleri ortaya çıkarmıştı. Gözleri vahşi ve acımasızdı.

"Seni on yıl önce öldürmeliydim," diye gürledi. "Anneni öldürdüğüm akşam."

Duyduğu bu sözler, Katherine'in korkunç bir anının etkisine girmesine sebep oldu. Bu vahşi bakışı daha önce de görmüştü. Boğazını böyle kuvvetli sıkmasa çığlık atacaktı.

Gaz pedalını kökleyince, araba geriye doğru fırladı. Adam arabanın yanında sürüklenirken, Katherine'in boynu kopacak gibi oldu. Araba hızla bankete çıkıp yan yattı. Katherine boynunun, adamın ağırlığıyla ezildiğini hissedebiliyordu. Birden ağaç dalları arabanın yan tarafını sıyırmaya, camları kamçılamaya başladı ve ağırlık kayboldu.

Araba yeşillikten, yukarıdaki otoparka doğru ilerlerken, Katherine gaza asıldı. Aşağıda kalan yarı çıplak adam ayağa kalkıp farlara baktı. Dehşet verici bir sakinlikle dövmeli kolunu kaldırdı ve Katherine'e doğrulttu.

Korku ve nefretle kanı donan Katherine, direksiyonu çevirip gaza bastı. Birkaç saniye sonra yalpalayarak Silver Hill Yolu'na çıkmıştı.

48. BÖLÜM

Kongre Binası polis memuru Nuñez, bu karmaşık durumda, Robert Langdon ile Mimar'ın kaçmasına yardım etmekten başka seçenek görememişti. Ama şimdi zemin kattaki polis merkezinde, fırtına bulutlarının toplanmaya başladığını anlıyordu.

Şef Trent Anderson başına bir buz torbası tutarken, başka bir memur Sato'nun yaralarına müdahale ediyordu. İkisi de görüntü takip ekibiyle birlikte oturmuş, Langdon ile Bellamy'nin yerini tespit etmek için dijital görüntü dosyalarını inceliyorlardı.

Sato, "Tüm koridor ve çıkışlardaki video kayıtlarını kontrol edin," diye emretti. "Nereye gittiklerini öğrenmek istiyorum!"

Nuñez tüm bunları izlerken midesinin bulandığını hissetti. Aradıkları kaydı bulup, gerçeği öğrenmelerinin an meselesi olduğunu biliyordu. *Kaçmalarına ben yardım ettim.* CIA'den dört kişilik bir ekibin Langdon ile Bellamy'nin peşlerine düşme hazırlığı yapmaları durumu daha da kötüleştiriyordu. Bu adamlar Kongre Binası polislerine hiç benzemiyorlardı. Bunlar... siyah kamuflajları, gece görüşleri ve gelişmiş silahlarıyla fazlasıyla ciddi askerlerdi.

Nuñez kusacak gibi oldu. Kararını verip, Şef Anderson'a usulca işaret etti. "Konuşabilir miyiz şef?"

"Ne var?" Anderson, Nuñez'in peşinden koridora çıktı.

Nuñez ter dökerken, "Şef, büyük bir hata yaptım," dedi. "Özür dilerim ve istifa ediyorum." *Zaten birkaç dakika içinde beni kovacaksın.*

"Anlayamadım?"

Nuñez güçlükle yutkundu. "Langdon ile Mimar Bellamy'yi ziyaretçi merkezinden binanın dışına çıkarlarken gördüm."

"Ne?!" Anderson adeta kükremişti. "Neden bir şey söylemedin?"

"Mimar, bana tek kelime etmememi söylemişti."

"Benim için çalışıyorsun, lanet olası!" Anderson'ın sesi koridorda yankılandı. "Tanrı aşkına, Bellamy kafamı duvara vurdu!"

Nuñez, ona Mimar'ın verdiği anahtarı uzattı.

Anderson, "Bu ne?" diye sordu.

"Independence Bulvarı'nın altındaki yeni tünelin anahtarı. Mimar Bellamy'deydi. Bu sayede kaçtılar."

Anderson konuşacak kelime bulamadan anahtara baktı.

Sato başını koridora uzatıp dikkatle onları inceledi. "Orada neler oluyor?"

Nuñez, benzinin attığını hissetti. Sato, Anderson'ın elinde tuttuğu anahtarı gördü. Korkunç küçük kadın yaklaşırken, Nuñez, şefini korumak amacıyla elinden geldiğince doğaçlama yaptı. "Alt bodrumda yerde bir anahtar buldum. Şef Anderson'a nereye ait olabileceğini soruyordum."

Sato yanlarına gelip anahtara bir göz attı. "Peki şefin biliyor muymuş?"

Nuñez bakışlarını Anderson'a dikti. Şefinin, konuşmadan önce tüm seçenekleri düşünüp tarttığı anlaşılıyordu. Şef sonunda konuştu. "Hemen bir şey söyleyemem. Kontrol etmem lazım..."

Sato, "Zahmet etme," dedi. "Bu anahtar ziyaretçi merkezinden başlayan tünelin kapısını açıyor."

Anderson, "Öyle mi?" diye sordu. "Nereden biliyorsunuz?"

"Kamera kaydını bulduk. Memur Nuñez, Langdon ile Bellamy'nin kaçmalarına yardım ettikten sonra kapıyı arkalarından kilitledi. O anahtarı Nuñez'e Bellamy verdi."

Anderson öfkeden parlayan gözlerle Nuñez'e döndü. "Bu doğru mu?"

Rolünü sürdürmek için elinden geleni yapan Nuñez, hızla başını salladı. "Üzgünüm efendim. Mimar, bana kimseye bahsetmememi söylemişti!"

Anderson, "Mimar'ın sana ne söylediği umrumda değil!" diye bağırdı. "Beklerdim ki..."

Sato, "Kes sesini Trent," diyerek onun lafını kesti. "İkiniz de çok beceriksiz yalancılarsınız. Bunları CIA sorgulamasına saklayın." Mimar'ın anahtarını Anderson'ın elinden kaptı. "Buradaki işin bitti."

49. BÖLÜM

Cep telefonunu kapatan Langdon'ın endişesi giderek artıyordu. *Katherine telefonuna cevap vermiyor!* Katherine laboratuvardan güvenle ayrılıp, burada kendisiyle buluşmak üzere yola çıktığında aramaya söz vermişti, ama hâlâ aramamıştı.

Bellamy okuma odasındaki sırada Langdon'ın yanında oturuyordu. Bu arada güvenli bir yerde saklanıp, sığınmalarına yardımcı olabileceğini düşündüğü birine telefon açmıştı. Ne yazık ki bu kişi de cevap vermediğinden, Bellamy hemen Langdon'ın cep telefonunu aramasını söyleyen acil bir mesaj bırakmıştı.

Langdon'a, "Denemeye devam edeceğim," dedi. "Ama şimdilik kendi başımızın çaresine bakacağız. Ve bu piramit için bir plan yapmak zorundayız."

Piramit. Artık sadece önündekileri -bir taş piramit, kapak taşının bulunduğu mühürlü bir paket, karanlığın içinden çıkıp onu CIA sorgusundan kurtaran, şık bir Afro-Amerikalı adam- düşünebilen Langdon için okuma odasının görkemi birden kaybolmuştu.

Langdon, Kongre Binası Mimarı'ndan bir nebze olsun mantıklı davranmasını beklerdi ama Warren Bellamy'nin sözlerinin de Peter'ın arafta olduğunu iddia eden deliden bir farkı yoktu. Bellamy, bu taş piramidin gerçekten de efsanedeki Mason Piramidi olduğu konusunda ısrar ediyordu. *Bizi güçlü bilgeliğe götürecek olan eski bir harita mı?*

Langdon kibarca, "Bay Bellamy," dedi. "İnsanlara müthiş güç sağlayacak olan bir tür eski bilginin bulunduğu fikrini... gerçekten ciddiye alamıyorum."

Bellamy'nin gözlerinden hem hayal kırıklığı, hem de heves okunuyordu. Bu durum, Langdon'ın şüpheciliğini daha da kamçılamıştı. Bellamy her şeye rağmen, "Evet profesör," dedi. "Böyle hissedebileceğini zaten tahmin etmiştim, sanırım şaşırmamam gerek. Sen dışarıdan içeriye bakıyorsun. Efsane gibi algılayacağın bazı mason gerçekleri var, çünkü bunları anlamanı sağlayacak uygun eğitimi almadın."

Langdon şimdi kendisine patronluk taslandığını düşünüyordu. *Odiseus'un tayfasında da yoktum ama Kiklop'un efsane olduğuna eminim.* "Bay Bellamy, efsane doğru olsa bile... *bu* piramit, Mason Piramidi olamaz."

"Olamaz mı?" Bellamy, tek parmağını taşın üstündeki mason şifresinde gezdirdi. "Bana, tasvire mükemmel biçimde uyuyormuş gibi geliyor. Parlak metal kapak taşıyla, taş bir piramit. Sato'nun röntgen filmine bakılacak olursa, Peter'ın sana emanet ettiği şey bu." Küp biçimindeki ufak paketi eline alıp, ağırlığını tarttı.

Langdon, "Bu piramit otuz santimden daha küçük," diye karşı çıktı. "Hikâyenin duyduğum her uyarlamasında, Mason Piramidi'nin devasa boyutlarda olduğu anlatılır."

Bellamy'nin buna hazırlıklı olduğu anlaşılıyordu. "Bildiğin gibi efsane, piramidin Tanrı'nın ulaşıp dokunabileceği kadar yüksek olduğundan bahseder."

"Kesinlikle."

"İçine düştüğün çıkmazı anlıyorum profesör. Fakat, hem Antik Gizemler hem de mason felsefesi, her birimizin içindeki Tanrısallığı över. Sembolik açıdan konuşursak, aydınlanmış bir insanın ulaşabileceği herhangi bir şey... Tanrı'nın ulaşabileceği yerdedir."

Langdon kelime oyunundan etkilenmemişti.

Bellamy, "Kitabı Mukaddes bile aynı görüştedir," dedi. "Eğer Yaradılış'taki 'Tanrı insanı kendi suretinden yaratmıştır,' sözünü kabul ediyorsak, onun neyi ima ettiğini de kabul etmek zorundayız; insanoğlu Tanrı'dan daha aşağı yaratılmamıştır. Luka 17:20'de[1] bize 'Tanrı'nın egemenliği içinizdedir,' denir."

"Üzgünüm ama kendini Tanrı'nın dengi kabul eden bir Hıristiyan tanımıyorum."

Bellamy daha sert bir sesle, "Elbette yok," dedi. "Çünkü Hıristiyanların çoğu ikisini birden ister. Gururla İncil'e inandıklarını ilan etmek isterler ama inanması çok zor veya zahmet verici kısımları görmezden gelirler."

---

(1) Luka İncili 17 bölüm 20 ayet.

Kayıp Sembol

Langdon cevap vermedi.

Bellamy, "Her neyse," dedi. "Mason Piramidi'nin Tanrı'nın dokunabileceği kadar yüksek olduğu tanımlaması... boyutları konusunda yanlış yorumlamalara sebep oldu. Bu yüzden senin gibi akademisyenler de piramidin efsane olduğunda ısrar ettiler ve kimse ne olduğunu araştırmadı."

Langdon taş piramide baktı. "Seni hayal kırıklığına uğrattığım için üzgünüm," dedi. "Mason Pirmadi'nin her zaman bir efsane olduğuna inandım."

"Peki, taş ustalarının meydana getirdiği bir haritanın taşa oyulması sana da son derece uygun gelmiyor mu? Tarih boyunca en önemli işaretler hep taşa kazındı, davranışlarımıza yön vermemiz için Tanrı'nın Musa'ya verdiği On Emir de buna dahil."

"Evet, anlıyorum ama ismi hep Mason Piramidi *efsanesi* diye geçer. *Efsane* ifadesi, hayal ürünü olduğunu gösterir."

"Evet, *efsane.*" Bellamy kendi kendine güldü. "Korkarım sen de Musa'yla aynı dertten muzdaripsin."

"Anlamadım?"

Bellamy sandalyesinde dönüp, on altı bronz heykelin aşağıyı izlediği ikinci kat balkonuna bakarken adeta eğleniyormuş gibiydi. "Musa'yı görüyor musun?"

Langdon bakışlarını kütüphanenin ünlü Musa heykeline kaldırdı. "Evet."

"Boynuzları var."

"Farkındayım."

"Ama neden boynuzları olduğunu biliyor musun?"

Öğretmenlerin çoğu gibi, Langdon da kendisine ders verilmesinden hoşlanmazdı. Yukarıdaki Musa heykelinin başında boynuzlar bulunmasının sebebi, binlerce Hıristiyan heykelinde Musa'nın boynuzlarının olmasıyla aynı sebeptendi. *Mısır'dan Çıkış* kitabının hatalı tercümesi. Asıl İbranice metinde Musa'nın *"karan 'ohr panav'ı"* olduğu yazıyordu, yani "yüzünün teni ışık demetiyle parlıyordu". Ama Roma Katolik Kilisesi, Kitabı Mukaddes'in resmi Latince tercümesini yaptırırken, çevirmen Musa'nın tasvirini yanlış anlayıp *"cornuta esset facies sua"* diye tercüme etmişti. Yani "yüzünde boynuzları vardı". O andan itibaren, ayetlere sadık kalmazlarsa kendilerinden öç alınacağından korkan ressam ve heykeltıraşlar, Musa'yı boynuzlarıyla betimlemeye başlamışlardı.

Langdon, "Basit bir hataydı," diye yanıtladı. "MS yaklaşık 400 yıllarında St. Jerome'nin yanlış tercümesi."

Bellamy etkilenmiş gibi bakıyordu. "Kesinlikle. Yanlış tercüme. Ve bunun sonucunda... zavallı Musa tarih boyunca deforme edildi."

"Deforme edildi" cümlesi durumu güzel ifade ediyordu. Langdon çocukluğunda Michelangelo'nun şeytani Boynuzlu Musa'sını gördüğünde dehşete düşmüştü. Bu heykel San Pietro in Vincoli'nin en önemli öğesiydi.

Bellamy, "Boynuzlu Musa örneğini, yanlış anlaşılan tek bir kelimenin tarihi nasıl değiştirebileceğini göstermek için verdim," dedi.

Bu dersi birkaç yıl önce Paris'te ilk elden öğrenen Langdon, *tereciye tere satıyorsun,* diye düşündü. *SanGreal: Kutsal Kâse. SangReal: Soylu Kan.*

Bellamy, "Mason Piramidi konusunda insanlar bir 'efsane' hakkında söylentiler duydular," diye devam etti. "Ve bu fikir yapışıp kaldı. Mason Piramidi *efsanesi* söylence gibi geliyordu. Ama *efsane* kelimesi aslında başka bir şeyden bahsediyordu. Yapısı değiştirilmişti. Tıpkı *tılsım* kelimesi gibi." Gülümsedi. "Dil, gerçeği saklamakta oldukça usta."

"Size katılıyorum ama bu noktadan sonrasını anlamıyorum."

"Robert, Mason Piramidi bir *harita.* Ve tüm haritalar gibi onun da bir *efsanesi* var. Yani nasıl okuman gerektiğini gösteren bir anahtarı." Bellamy küp şeklindeki paketi eline alıp, yukarı kaldırdı. "Görmüyor musun? Bu kapak taşı, piramidin efsanesi. Yeryüzündeki en güçlü sanat eserinin nasıl okunacağını gösteren bir anahtar... insanoğlunun en büyük hazinesinin -tüm çağların kayıp bilgeliğinin- saklandığı yeri ortaya çıkaran bir harita."

Langdon susmuştu.

Bellamy, "Söylemek zorundayım ki," dedi. "Senin şu ulu Mason Piramidi'n, sadece *bu...* Altın kapak taşı Tanrı'nın dokunabileceği kadar yukarı yükselen, mütevazı bir taş. Aydınlanmış birinin uzanıp dokunabileceği yükseklikte."

İkisinin arasında birkaç saniye süren bir sessizlik oldu.

Yeni bir açıdan değerlendirebileceğini gördüğü piramide bakan Langdon, içinde beklenmedik bir heyecan hissetti. Gözleri tekrar masonik şifreye kaydı. "Ama bu şifre... o kadar..."

217   *Kayıp Sembol*

"Basit mi?"

Langdon başını salladı. "Bunu *herhangi* biri çözebilir."

Bellamy gülümseyip, Langdon'a bir kâğıtla kalem uzattı. "Belki o zaman sen bizi aydınlatabilirsin?"

Langdon şifreyi okuyup okumamak konusunda kararsızdı, ama içinde bulundukları şartları göz önüne alınca bu, Peter'a karşı ufak bir ihanet gibi kalıyordu. Bunun dışında yazı ne derse desin, herhangi bir şeyin saklandığı yeri ortaya çıkaracağını sanmıyordu... kaldı ki bu, tarihin en büyük hazinelerinden biri olsun.

Langdon, Bellamy'nin uzattığı kalemi alıp, çenesine vurarak şifreyi incelemeye başladı. Şifre o kadar basitti ki, kalem kâğıda ihtiyacı yoktu bile. Buna karşın hataya pay bırakmamak için kalemle kâğıdı kullanıp, mason şifresini çözmekte en sık kullanılan deşifre anahtarını yazdı. Alfabenin sırasına uygun olarak dizilen anahtar, ikisi düz, ikisi noktalı toplam dört sistemden oluşuyordu. Alfabenin her bir harfi, benzersiz biçimdeki bir "duvar" ya da "kafese" yerleştirilmişti. Her bir harfin *duvarının* şekli, o harfin sembolüydü.

Plan o kadar basitti ki, neredeyse çocuk işiydi.

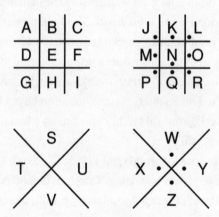

Langdon çıkardığı işi iki kere kontrol etti. Deşifre anahtarının doğruluğundan emin olduktan sonra, dikkatini piramidin üstündeki şifreye verdi. Kodlamayı çözmesi için tek yapması gereken deşifre anahtarında eşleşen şekli bulmak ve içindeki harfi yazmaktı.

Piramidin üstündeki ilk karakter, aşağıya bakan oka veya bir kadehe benziyordu. Langdon kadeh şeklindeki kısmı deşifre anahtarında hemen buldu. İçinde S harfi yer alıyordu.

Langdon *S* yazdı.

Piramitteki ikinci sembol, sağ kenarı eksik bir noktalı kareydi. Deşifre anahtarında bu O harfine karşılık geliyordu.

O yazdı.

Üçüncü sembol basit bir kareydi ve içinde *E* harfi vardı.

Langdon *E* yazdı.

S O E...

Tümünü tamamlayana kadar hızlanarak devam etti. Langdon bitmiş çevirisine bakarken, şaşkınlık dolu bir iç çekti. *Büyük bir buluş yaptığım söylenemez.*

Bellamy'nin yüzünde bir tebessüm belirir gibi oldu. "Bildiğin gibi profesör, Antik Gizemler sadece gerçekten aydınlananlar için korunmuştur."

Kaşlarını çatan Langdon, "Doğru," dedi. *Anlaşılan ben hak etmiyorum.*

50. BÖLÜM

Langley, Virginia'daki CIA merkezinin derinliklerindeki bodrum kat ofisinde, on altı karakterden oluşan aynı mason şifresi, yüksek çözünürlüklü bir bilgisayar ekranında parlıyordu. Güvenlik Ofisi uzmanı Nola Kaye tek başına oturmuş, patronu Inoue Sato tarafından on dakika önce e-postayla gönderilen resmi inceliyordu.

Bu bir tür şaka mı? Elbette şaka olmadığını biliyordu; Başkan Sato espri anlayışından yoksun biriydi ve ayrıca bu akşamki olayların şakayla uzaktan yakından ilgisi yoktu. CIA'in her şeyi gören Güvenlik Ofisi'ne terfi etmesi, gücün karanlık dünyasını görmesini sağlamıştı. Ama son yirmi dört saat içinde tanık oldukları, güçlü insanların sakladığı sırlar konusundaki izlenimlerini tamamen değiştirmişti.

Sato'yla konuşurken, telefonu omzuna sıkıştırıp, "Evet efendim," dedi. "Oymalar gerçekten de mason şifresi. Buna karşın, ortaya çıkan metin manasız. Rasgele harflerden oluşan bir sisteme benziyor." Bakışlarını deşifre ettiği yazıya indirdi.

S O E U
A T U N
C S A S
V U N J

Sato, "Bir *anlamı* olmalı," diye ısrar etti.

"Şu anda bilmediğim ikinci bir şifre katmanı yoksa, bir anlam ifade etmiyor."

Sato, "Bir şey tahmin edebiliyor musun?" diye sordu.

"Izgara sistemi üzerine oturtulmuş bir matris, bu yüzden Vigenère tablosu, kafes, ızgara gibi bir şeyler denerim ama söz veremem, özellikle de bir kereye mahsus kullanılmışsa."

"Elinden geleni yap. Ve elini çabuk tut. Röntgen filminden haber var mı?"

Nola sandalyesini, birisinin çantasının güvenlik kontrolü filmini gösteren ikinci sisteme çevirdi. Sato, içinde küçük bir piramit varmış gibi gözüken küp şeklindeki kutu hakkında bilgi istemişti. Normalde, zenginleştirilmiş plutonyumdan yapılmadığı sürece sekiz santimlik bir nesne ulusal güvenlik meselesi sayılmazdı. Bu plutonyum değildi. Ama eşit derecede şaşırtıcı bir maddeden yapılmıştı.

Nola, "Görüntü yoğunluğu analizi kesin. Beker santimetre küpü on dokuz nokta üç gram. Saf altından oluşuyor. Çok çok değerli."

"Başka bir şey?"

"Aslında evet. Yoğunluk taraması, altın piramidin yüzeyinde ufak düzensizliklere rastladı. Anlaşılan, altının üzerine bir metin kazınmış."

"Öyle mi?" Sato'nun sesi ümitliydi. "Ne yazıyor?"

"Henüz söyleyemiyorum. Yazı son derece belirsiz. Filtrelerle büyütmeye çalışıyorum ama röntgen filminin çözünürlüğü pek iyi sayılmaz."

"Tamam, denemeye devam et. Bir şey bulunca beni ara."

"Peki efendim."

"Ve Nola?" Sato'nun sesi ürkütücüydü. "Son yirmi dört saat içinde öğrendiğin her şey, taş piramidin ve altın kapak taşının görüntüleri en üst güvenlik seviyesinde sınıflandırıldılar. Hiç kimseye danışmayacaksın. Doğrudan bana rapor vereceksin. Bunun anlaşıldığından emin olmak istiyorum."

"Elbette efendim."

"Güzel. Beni haberdar et." Sato telefonu kapattı.

Nola kızarıp sulanmış gözlerini ovuştururken bilgisayar ekranlarına baktı. Otuz altı saattir uyumuyordu ve bu kriz sona erene kadar uyuyamayacağını gayet iyi biliyordu.

Niyeyse...

Kongre Binası'nın ziyaretçi merkezinde, siyah zırhlı CIA operasyon ekibi tünelin girişinde durmuş, ava çıkmayı bekleyen köpekler gibi aç gözlerle loş koridora bakıyorlardı.

Telefonunu az önce kapatan Sato, yanlarına geldi. "Beyler," derken Mimar'ın anahtarı hâlâ elindeydi. "Görev parametreleriniz anlaşıldı mı?"

Lider ajan, "Anlaşıldı," diye cevap verdi. *"İki* hedefimiz var. Birincisi, yaklaşık otuz santim boyunda, üzerinde yazılar olan taş bir piramit. İkincisi daha küçük, yaklaşık beş santim boyunda küp şeklinde bir paket. Her ikisi de en son Robert Langdon'ın çantasında görüldüler."

Sato, "Doğru," dedi. "Bu iki nesne en kısa zamanda ve zarar verilmeden ele geçirilmeli. Sorunuz var mı?"

"Güç kullanma parametreleri?"

Sato, Bellamy'nin kemikle vurduğu yerin hâlâ zonkladığını hissediyordu. "Söylediğim gibi bu nesnelerin ele geçirilmesi azami önem taşıyor."

"Anlaşıldı." Dört adam dönüp tünelin karanlığına girdiler.

Sato bir sigara yakıp, gözden kaybolmalarını izledi.

51. BÖLÜM

Katherine Solomon her zaman ihtiyatlı bir sürücü olmuştu ama şimdi, Suitland Yolu'nda Volvo'suyla saatte yaklaşık yüz elli kilometre hızla son sürat ilerliyordu. Girdiği panik etkisini yitirmeye başlayana kadar, yaklaşık iki kilometre boyunca ayağı gaz pedalına kilitli kalmıştı. Şimdiyse kontrol edemediği titremesinin sadece korkudan kaynaklanmadığını anlıyordu.

Donuyorum.

Kırık camdan içeri dolan dondurucu hava, vücudunu kutup rüzgârı gibi tokatlıyordu. Çoraplı ayaklarını hissetmiyordu. Yolcu koltuğunun altında bulundurduğu yedek ayakkabılara uzandı. Bunu yaparken, boynuna asılan güçlü elin çürüttüğü yerde korkunç bir acı hissetti.

Arabanın camını kırıp içeri elini sokan adamın, Katherine'in Dr. Abaddon olarak tanıdığı sarışın beyefendiyle hiç ilgisi yoktu. Gür saçları ve pürüzsüz, bronz teni kaybolmuştu. Tıraşlı başı, çıplak göğsü ve makyajı sıyrılmış yüzü, dövmelerden oluşan ürkütücü bir deseni ortaya çıkarmıştı.

Camının dışında uğuldayan rüzgârla birlikte o sesin bir kez daha kulağına fısıldadığını duydu. *Katherine, seni yıllar önce öldürmeliydim... anneni öldürdüğüm akşam.*

Hiç kuşkusu kalmayan Katherine tekrar ürperdi. *Oydu.* Gözlerindeki şeytani bakışı hiç unutmamıştı. Ağabeyinin onu öldürdüğünü haber veren tek el silah sesini ve adamın, çıkıntılı kayaların üstünden aşağıdaki donmuş nehre düşmesini unutmamıştı. Adam buzun içine düşmüş ve bir daha yüzeye çıkmamıştı. Müfettişlerin haftalarca aramalarına rağmen ceset bulunamamış, sonunda akıntıyla Chesapeake Körfezi'ne sürüklendiğine karar verilmişti.

Artık *yanıldıklarını* biliyordu. *Hâlâ yaşıyor.*

Ve geri döndü.

Katherine, anıları canlanırken bir acı duydu. Neredeyse on yıl önceydi. Noel günü. Katherine, Peter ve anneleri -tüm ailesi- Potomac'taki büyük taş malikânelerinde toplanmışlardı. Malikâne, içinden kendi nehri geçen sekiz yüz bin metrekarelik ağaçlıklı bir araziye kurulmuştu.

Gelenek haline getirdikleri gibi anneleri mutfakta gayretle çalışmış, iki çocuğuna yemek pişirmekten keyif almıştı. Yetmiş beş yaşındaki Isabel Solomon eli bol bir aşçıydı ve bu akşam fırında geyik etinin, bayır turbu sosunun ve sarmısaklı patates püresinin ağzı sulandıran kokuları bütün eve yayılmıştı. Anneleri ziyafeti hazırlarken, Katherine ve Peter, Katherine'in son tutkusunu -Noetik Bilim adlı yeni bir alan- tartışarak serada oturuyorlardı. Modern parçacık fiziği ile antik gizemciliğin benzersiz bir karışımı olan Noetik, Katherine'in hayal gücünü ele geçirmişti.

Felsefeyle tanışan fizik.

Katherine, Peter'a hayal ettiği bazı deneylerden bahsetmiş ve ağabeyinin bakışlarından, konunun ilgisini çektiğini anlamıştı. Katherine özellikle bu Noel, ağabeyine düşünecek olumlu bir şey vermekten hoşnuttu, çünkü bu tatil, korkunç bir trajedinin acısını hatırlatıyordu.

Peter'ın oğlu, Zachary.

Katherine'in yeğeninin yirmi birinci doğum günü sonuncusu olmuştu. Aile bir kâbus yaşamıştı. Ağabeyi gülmeyi yeni yeni öğrenmeye başlıyordu.

Zachary geç olgunlaşan, zayıf ahlaklı, uyumsuz, asi ve öfkeli bir ergen olmuştu. Ailesi onu sevgi ve ayrıcalıklarla büyüttüğü halde o, Solomon "müessesesinden" ayrılmaya kararlı gibi görünüyordu. Hazırlık okulundan atılmış, çeşitli "ünlülerle" partiden partiye koşmuş ve ailesinin tüm imkânlarını sunarak ona sevgi dolu bir koruma sağlama gayretlerinden uzak durmuştu.

Peter'ın kalbini kırdı.

Zachary'nin on sekizinci doğum gününden kısa bir süre önce Katherine, annesi ve ağabeyiyle oturup, Zachary'ye miras hakkını vermek için olgunlaşmasını bekleyip beklememek üzerine yaptıkları tartışmayı dinlemişti. Ailede asırlardır süregelen geleneğe göre, her Solomon çocuğuna on sekizinci yaşına bastığında Solomon zenginliğinden cömert bir pay verilirdi. Solomon'lar, mirasın bir kişinin hayatının sonunda değil, *başlangıcında* daha faydalı olacağına inanırdı. Bundan başka, hırslı genç nesle Solomon servetinden büyük paylar vermek, ailenin hanedan zenginliğinin arttırmasında anahtar rol oynardı.

Ama bu kez Peter'ın annesi, sorunlu bir çocuğa bu kadar büyük paralar verilmesinin tehlikeli olduğunu söylüyordu. Peter aynı kanıda değildi. Ağabeyi, "Solomon mirası, bozulmaması gereken bir aile geleneğidir. Bu para Zachary'yi daha sorumlu davranmaya mecbur edebilir," demişti. Ne yazık ki ağabeyi yanılıyordu.

Zachary parayı alır almaz aileden kopmuş ve yanına hiçbir eşyasını almadan ortadan kaybolmuştu. Birkaç ay sonra magazin manşetlerinde boy göstermişti: MİRASYEDİ PLAYBOY AVRUPA SOSYETESİYLE.

Magazin gazeteleri Zachary'nin şımarık uçarılıklarını yayınlamaktan zevk alıyordu. Yatlarda yapılan çılgın partilerin ve disko sarhoşlarının fotoğrafları Solomon'ların kolay hazmedebileceği bir şey değildi. Ama gazeteler Zachary'nin Doğu Avrupa'da sınırdan geçerken üstünde kokainle yakalandığı haberini verdiklerinde, şımarık çocuğun fotoğrafları acıklıdan korkutucuya dönüşmüştü: MİLYONER SOLOMON TÜRK HAPİSHANESİNDE.

Hapishanenin Soğanlık'ta olduğunu öğrenmişlerdi. Burası, İstanbul'un Kartal ilçesinde, acımasız bir F-tipi cezaeviydi. Oğlunun güvenliğinden endişe eden Peter Solomon, onu almak için Türkiye'ye gitmişti. Katherine'in perişan haldeki ağabeyi, Zachary'yi ziyaret etmesine müsade edilmeden, elleri boş dönmüştü. Tek sevindirici haber, ABD Dışişleri Bakanlığı'ndaki nüfuzlu tanıdıklarının, Zachary'nin en kısa sürede iade edilmesi için çalıştıklarıydı.

Fakat iki gün sonra Peter'a dehşet verici bir uluslararası telefon gelmişti. Ertesi sabah manşetlerde şöyle yazıyordu: SOLOMON VÂRİSİ HAPİSHANEDE ÖLDÜRÜLDÜ.

Hapishane fotoğrafları korkunçtu ve medya, Solomon'ların özel defin töreninden sonra bile bunları umursamazca yayınlamıştı. Peter'ın eşi, Zachary'yi kurtaramadığı için kocasını asla affetmemiş ve evlilikleri altı ay sonra bitmişti. Peter o zamandan beri yalnızdı.

Katherine, Peter ve anneleri Isabel, ancak yıllar sonra Noel için yeniden bir araya gelmişlerdi. Aile üzüntüyü hâlâ hissediyor olsa da acısı geçen yıllarla birlikte gitgide hafifliyordu. Şimdi anneleri geleneksel ziyafetlerini hazırlarken, tencerelerle tavaların çıkardığı tatlı tıngırtılar mutfaktan yankılanıyordu. Dışarıdaki serada oturan Katherine ve Peter, fırınlanmış Brie peyniri yerken, huzurlu bir tatil sohbeti yapıyorlardı.

Sonra hiç beklenmedik bir ses duyuldu.

Neşeli bir ses arkalarından, "Selam Solomon'lar," dedi.

Şaşıran Katherine ile ağabeyi, başlarını çevirdiklerinde iriyarı birinin seradan içeri girdiğini gördüler. Adam, şeytani bir vahşetle parıldayan gözleri hariç, tüm yüzünü örten bir kar maskesi takmıştı.

Peter bir anda ayağa fırladı. "Kimsin sen?! Buraya nasıl girdin?!"

"Hapisteki küçük oğlun Zachary'yi tanıyordum. Bana bu anahtarın nerede saklandığını o söyledi." Yabancı, eski bir anahtarı kaldırıp canavar gibi sırıtmıştı. "Onu sopayla öldürmeden hemen önce."

Peter'ın ağzı açık kalmıştı.

Doğrudan Peter'ın göğsüne nişan alan bir silah belirdi. "Otur!"

Peter sandalyesine geri çöktü.

Adam odada gezinirken Katherine olduğu yerde kalmıştı. Adamın maskesinin altındaki gözleri, kuduz bir hayvanınki kadar vahşiydi.

"Hey!" diye bağıran Peter, adeta mutfaktaki annelerini uyarmaya çalışıyordu. "Her kimsen, istediğin şeyi al ve git buradan!"

Adam silahı Peter'ın göğsüne doğrulttu. "Peki sence ne istiyorum?"

Solomon, "Sen ne kadar istediğini söyle," dedi. "Evde para bulundurmuyoruz ama..."

Canavar kahkaha attı. "Bana hakaret etme. Para için gelmedim. Bu akşam Zachary'nin diğer doğum hakkını almaya geldim." Sırıttı. "Bana piramitten bahsetti."

Katherine dehşetle karışık bir şaşkınlık içinde, *piramit mi,* diye düşündü. *Ne piramidi?*

Ağabeyi karşı çıktı. "Neden bahsettiğini bilmiyorum."

"Bana aptalı oynama! Zachary bana çalışma odasındaki kasada neyi sakladığını söyledi. Onu istiyorum. Şimdi."

Peter, "Zachary bunları kafası karışıkken söylemiştir," dedi. "Senin neden bahsettiğini bilmiyorum!"

"Bilmiyor musun?" Saldırgan dönüp, silahını Katherine'in yüzüne doğrulttu. "Peki ya şimdi?"

Peter'ın gözleri dehşetle açıldı. "Bana inanmalısın! Ne istediğini bilmiyorum!"

Silahıyla hâlâ Katherine'e nişan almakta olan adam, "Bana bir daha yalan söyleme," dedi. "Yemin ederim onu senden alırım." Gülümsedi. "Ve Zachary'nin anlattığına göre, küçük kız kardeşin senin için her şeyden daha değerliymiş..."

İçeriye Peter'ın Browning Citori tüfeğiyle giren anneleri, "Neler oluyor?!" diye bağırdı. Adamın göğsüne nişan almıştı. Saldırgan ona doğru dönünce, yetmiş beş yaşındaki girişken kadın hiç vakit kaybetmedi. Sağır edici bir patlamayla saçmaları ateşledi. Geriye doğru sendeleyen saldırgan, silahıyla tüm yönlere ateş ederek camları parçaladı. Yere düşerken cam kapıyı kırdı ve silahı elinden düşürdü.

Hemen harekete geçen Peter, yerdeki silaha atıldı. Katherine yere düşmüştü, Bayan Solomon onun yanına koşup çömeldi. "Tanrım, yaralandın mı?!"

Girdiği şokun etkisiyle sessizleşen Katherine başını iki yana salladı. Maskeli adam, kırık cam kapının dışında ayağa kalktı ve yan tarafını tutarak ağaçlara doğru koşmaya başladı. Peter Solomon, annesiyle kız kardeşinin durumunu anlamak için arkasına baktı ve iyi olduklarını görünce, silahla birlikte kapıdan çıkıp, saldırganın peşinden koşmaya başladı.

Katherine'in annesi elini tutarken titriyordu. "Tanrı'ya şükürler olsun iyisin." Sonra birden geri çekildi. "Katherine? Kanaman var! Kan var! Yaralanmışsın!"

Katherine kanı gördü. Çok kan vardı. Her tarafı kan içindeydi. Ama acı hissetmiyordu.

Annesi kendinden geçmişçesine Katherine'in vücudunda yaranın yerini aradı. "Neresi acıyor?"

"Anne, bilmiyorum, hiçbir şey hissetmiyorum!"

Ardından, kanın kaynağını görünce Katherine buz kesti. "Anne, ben değilim..." Annesinin beyaz saten bluzunun yan tarafını işaret etti. Kanın aktığı yerde küçük bir delik olduğu görünüyordu. Annesi bakışlarını aşağı indirirken son derece şaşkındı. Ürküp geriye doğru çekildiğinde adeta acıyı yeni hissetmeye başlamıştı.

"Katherine?" Sesi sakindi ama birden yetmiş beş yılın yükünü yansıtmaya başlamıştı. "Ambulans çağırman gerekiyor."

Katherine telefona koşup yardım çağırdı. Seraya geri döndüğünde annesini bir kan gölünün içinde hareketsiz yatarken buldu. Yanına koşup yere çömeldi ve annesini kollarına aldı.

Ağaçlıklardan gelen silah sesini duyduğunda, aradan ne kadar zaman geçtiğini bilmiyordu. Sonunda seranın kapısı açıldı ve ağabeyi Peter, çılgına dönmüş gözlerle, elindeki silahla hızla içeri girdi. Annesinin cansız bedenine sarılan Katherine'in hıçkırdığını görünce, yüzü kederle buruştu. Serada yankılanan çığlık, ömrü boyunca unutamayacağı bir sesti.

52. BÖLÜM

Mal'akh 5. Bölme'nin açık iskele kapısına doğru hızla koşarken, sırtındaki dövmeli kasların dalgalandığını hissediyordu.

Laboratuvarına girmek zorundayım.

Katherine'in kaçması beklenmedik bir olaydı... aynı zamanda sorun da çıkaracaktı. Mal'akh'ın yaşadığı yerle birlikte artık gerçek kimliğini, on yıl önce evlerine giren kişi olduğunu da biliyordu.

O akşamı Mal'akh da unutmamıştı. Piramidi ele geçirmesine ramak kalmıştı ama kader ona engel olmuştu. *Henüz hazır değildim.* Ama artık hazırdı. Daha güçlüydü. Daha nüfuzluydu. Dönüşü için akıl almaz güçlüklere katlanan Mal'akh sonunda bu akşam kaderini yerine getirmeye kararlıydı. Bu gece sona ermeden Katherine Solomon'ın can veren gözlerine bakacağına emindi.

İskele kapısına vardığında kendine Katherine'in gerçekten kaçmadığını telkin etti; kaçınılmaz sonunu ertelemişti o kadar. Açıklıktan sıyrılarak içeri geçti ve ayaklarıyla halıyı buluncaya dek emin adımlarla ilerledi. Sonra sağa dönüp, Küp'e yöneldi. 5. Bölme kapısındaki yumruklama sesi kesilmişti, bu yüzden, işe yaramaz hale getirmek için anahtar kart yuvasına attığı bozuk parayı görevlinin çıkarmaya çalıştığından şüphe etti.

Küp'e açılan kapıya geldiğinde, dışarıdaki tuş takımını buldu ve Trish'in anahtar kartını soktu. Panelin ışıkları yandı. Trish'in PIN kodunu girip içeri geçti. Tüm ışıklar yanıyordu. Bu steril yerde gezinirken, cihazların ihtişamına gözlerini kısarak baktı. Mal'akh teknolojinin gücüne yabancı değildi; kendi bilim türünü evinin bodrum katında uyguluyordu. Ve dün akşam bu bilimin bir kısmı meyvesini vermişti.

Gerçek.

Peter Solomon'ın benzersiz tutsaklığı -arada bir yerde kapana kısılmış olması- adamın sırlarını tüm çıplaklığıyla ortaya çıkarmıştı. *Ruhunu görebiliyorum.* Öğrendiği sırların bazılarını zaten tahmin ediyordu. Ama

Katherine'in laboratuvarı ve şaşırtıcı buluşları gibi bazı sırlarıysa hiç tahmin etmemişti. Mal'akh, *bilimin artık çok yaklaştığını* fark etmişti. *Ve hak etmeyenlerin yolunu aydınlatmasına müsade edemem.*

Katherine'in burada yaptığı iş, eski felsefe sorularına cevap bulmak için modern bilimi kullanmak suretiyle başlamıştı. *Dualarımızı duyan var mı? Ölümden sonra hayat var mı? İnsanların ruhu var mı?* İnanılmaz bir şekilde Katherine tüm bu sorularla birlikte başkalarını da cevaplamıştı. Bilimsel olarak. Kesin bir biçimde. Kullandığı yöntemler reddedilemezdi. Deneylerinin sonuçları en şüpheci insanları bile ikna edecek cinstendi. Bu bilgi yayınlanıp duyurulursa, insan bilincinde köklü bir değişim olacaktı. *Yollarını bulmaya başlayacaklar.* Mal'akh'ın bu akşamki dönüşümünden önce son görevi, bunun olmamasını sağlamaktı.

Laboratuvarda dolaşırken, Peter'ın bahsettiği veri odasını buldu. Kalın camların arkasındaki iki holografik veri depolama ünitesine baktı. *Tıpkı söylediği gibi.* Mal'akh bu küçük kutuların içeriğinin insani gelişimin yönünü değiştireceğine inanmakta güçlük çekiyordu, ama Gerçek her zaman en güçlü hızlandırıcılardan biri olmuştu.

Holografik depolama birimlerine bakan Mal'akh, Trish'in anahtar kartını çıkardı ve kapının güvenlik paneline soktu. Panelin ışığının yanmamasına şaşırdı. Trish Dunne'a bu odaya girecek kadar güvenmedikleri anlaşılıyordu. Bunun üzerine Katherine'in laboratuvar önlüğünün cebindeki anahtar karta uzandı. Bunu sokunca panelin ışığı yandı.

Mal'akh'ın bir sorunu vardı. *Katherine'in PIN'i bende yok.* Trish'in PIN kodunu denedi ama işe yaramadı. Çenesine hafifçe vururken, geriye doğru adım atıp, sekiz santim kalınlığındaki pleksiglas kapıya baktı. İçeri girmenin bir baltayla bile mümkün olmadığını biliyordu.

Ama Mal'akh bu ihtimali de düşünmüştü.

Güç sağlama odasında, tam da Peter'ın tasvir ettiği şekilde, büyük dalış tüplerini andıran metal silindirler taşıyan bir raf buldu. Silindirlerin üzerinde *LH harfleri, 2* sayısı ve yanıcı madde sembolü vardı. Bunlardan biri laboratuvarın hidrojen yakıt hücresine bağlıydı.

Mal'akh silindirlerden birini takılı bıraktı. Yedek silindirlerden birini dikkatle kaldırıp, rafın yanındaki çekçeğin üstüne koydu. Sonra silindiri güç sağlama odasından iterek çıkarıp veri depolama odasının pleksiglas kapısının önüne götürdü. Bulunduğu konum yeterince yakın olsa da ağır pleksiglas kapının zayıf bir noktası olduğunu fark etti. Kapının altıyla pervaz arasındaki küçük boşluk.

Silindiri eşikte dikkatlice yan yatırdı ve esnek plastik borusunu kapının altından kaydırdı. Emniyet mührünü açıp, silindirin supabına ulaşması bir saniyesini aldı. Daha sonra yavaşça supabı kaldırdı. Baloncuklu, berrak sıvının borudan boşalarak, depolama odasının zeminine döküldüğünü camın ardından görebiliyordu. Mal'akh gölcüğün buharlar ve baloncuklar çıkararak büyümesini, tüm odaya yayılmasını izledi. Hidrojen sadece soğukta sıvı halde kalıyordu, ısıtıldığında kaynamaya başlıyordu. Ortaya çıkan gaz, doğal olarak sıvı halinden daha yanıcı oluyordu.

Hindenburg'u hatırla.

Hemen laboratuvara koşup, payreks kavanozun içindeki Bunsen ocağı yakıtını aldı; yapışkan, alev alıcı fakat yanıcı olmayan bir yağdı. Bunu pleksiglas kapıya taşıdığında, sıvı hidrojenin hâlâ damlamakta olduğunu görünce sevindi. Veri depolama odasındaki kaynayan sıvı gölcüğü artık zeminin tamamını kaplamış, holografik depolama birimlerini taşıyan kaideleri çevrelemişti. Sıvı hidrojen gaza dönüşüp... küçük odayı doldururken, kaynayan gölcükten beyazımsı bir buğu yükseliyordu.

Mal'akh, Bunsen ocağı yakıtını kaldırıp, hidrojen tankının üstüne, boruya ve kapının altındaki küçük boşluğa hatırı sayılır bir miktar döktü. Sonra dikkatlice laboratuvardan geri geri çıkarken, yerde uzun bir yağ şeridi bıraktı.

Washington D.C.'nin 911 çağrılarına cevap veren operatör, bu akşam alışılmadık derecede yoğundu. Ekranında yeni bir acil arama belirirken, *futbol, bira ve dolunay*, diye düşündü. Bu telefon, Anacostia'daki Suitland Yolu'nda bulunan bir benzin istasyonunun ankesörlü telefonundan geliyordu. *Herhalde bir araba kazasıdır.*

"Dokuz-yüz-on-bir," diye cevap verdi. "Acil durumunuz nedir?"

Bir kadın sesi panik içinde, "Smithsonian Müzesi Destek Merkezi'nde az önce saldırıya uğradım," dedi. "Lütfen polis gönderin! Kırk-iki-on Silver Hill Yolu!"

Operatör, "Pekâlâ, sakin olun," dedi. "Şimdi yapmanız gereken..."

"Yapmanız gereken Kalorama Heights'taki malikâneye de bir ekip göndermek, ağabeyim orada esir alındı!"

Operatör içini çekti. *Dolunay.*

53. BÖLÜM

Bellamy, Langdon'a, "Sana söylemeye çalıştığım gibi, bu piramitte gözün gördüklerinden çok daha fazlası var," diyordu.

Öyle olduğu belli. Langdon, şu an fermuarı açık duran çantasının içindeki taş piramidin çok daha gizemli göründüğünü itiraf etmek zorundaydı. Çözdüğü mason şifresi, anlamsız bir dizi harften başka bir şey çıkmamıştı. *Karmaşa.*

```
S  O  E  U
A  T  U  N
C  S  A  S
V  U  N  J
```

Langdon uzunca bir süre harf dizinine bakıp, anlam çıkarmaya -gizli kelimeler, anagramlar, herhangi bir ipucu- çalıştı ama hiçbir şey bulamadı.

Bellamy, "Mason Piramidi'nin, sırlarını pek çok örtünün altında sakladığı söylenir," diye açıkladı. "Her bir perdeyi kaldırdığında, altından bir başkası çıkar. Bu harfleri ortaya çıkarmış olsan da başka bir katmanı daha açmadan sana hiçbir şey söylemeyecektir. Elbette bunu ancak kapak taşını elinde bulunduran kişi yapabilir. Sanırım *kapak taşında*, piramidin nasıl deşifre edildiğini gösteren bir tarif var."

Langdon masada duran küp şeklindeki pakete baktı. Bellamy'nin söylediklerinden, kapak taşı ile piramidin "parçalı şifre" olduğunu anlıyordu, yani kısımlara ayrılmış bir kodlama biçimi. Güvenlik planı Antik Yunan'da icat edilmiş olsa da modern kriptologlar parçalı şifreyi hep kullanırlardı. Yunanlılar gizli bir bilgiyi saklamak istediklerinde bunu bir kil tabletin üzerine yazarlar, sonra onu kırıp her bir parçasını başka bir yerde saklarlardı. Sadece tüm parçalar bir araya getirildiğinde bu sır okunabilirdi. Symbolon[1] denilen bu türden yazılı kil tabletler, aslında günümüzde kullanılan symbol[2] kelimesinin kökünü oluşturuyordu.

Bellamy, "Robert," dedi. "Bu piramit ve kapak taşı, sırrın güvenliğini sağlamak için nesillerdir birbirlerinden ayrı duruyorlardı." Ses tonundan, kederlendiği anlaşılıyordu. "Ama bu akşam, parçalar tehlikeli olacak derecede birbirine yaklaştı. Bunu söylememe gerek yok, biliyorum... ama bu piramidin birleştirilmemesini sağlamak bizim görevimiz."

Langdon, Bellamy'nin acıklı hikâyesini biraz abartılı buldu. *Kapak taşıyla piramitten mi bahsediyor... yoksa ateşleyiciyle nükleer bombadan mı?* Bellamy'nin iddialarını kabul etmekte hâlâ zorlanıyordu ama bunun pek de önemi yoktu. "Eğer bu Mason Piramidi'yse ve yazılarda bir şekilde eski bilginin yerini tarif ediyorsa bile, bu bilgi bahsedilen türden bir gücü nasıl nakledebilir?"

"Peter bana ikna edilmesi güç bir adam olduğunu söylerdi; ispatları söylentilere tercih eden bir akademisyen."

Artık sabrı taşan Langdon, "Şimdi sen buna *inandığını* mı söylüyorsun?" diye sordu. "Çağdaş ve eğitimli bir adam oluşuna saygı duyuyorum, ama böyle bir şeye nasıl inanırsın?"

Bellamy hoşgörüyle tebessüm etti. "Farmasonluk bana, insanın anlama kapasitesinin üstündeki şeylere derin bir saygı duymayı öğretti. Sırf kulağa mucizevi geliyor diye, bir fikri hemen reddetmemeyi öğrendim."

---

(1) Bireşim
(2) Simge

54. BÖLÜM

SMSC'nin çevresinde devriye gezen görevli, binanın dışındaki çakıllı patikada çılgın bir halde koştu. İçerideki görevliden 5. Bölme'nin saldırıya uğradığını ve numune yükleme kapısının açıldığını gösteren güvenlik ışığının yandığını söyleyen bir mesaj almıştı.

Neler oluyor?!
Kapıya vardığında, bir metre kadar aralık olduğunu gördü. *Garip,* diye düşündü. *Kilidi sadece içeriden açılabilir.* Fenerini kemerinden çıkarıp, bölmenin karanlığına tuttu. Hiçbir şey yoktu. Bilinmeyenin içine adımını atmak istemediğinden, sadece eşiğe kadar yürüdü ve ışığı açıklıktan içeriye tutarak sağa sola salladı ve sonra...

Bileğini kavrayan güçlü eller onu karanlığın içine çekti. Bekçi kendini görünmeyen bir kuvvet tarafından döndürülüyormuş gibi hissetti. Burnuna etanol kokusu geliyordu. Fener elinden fırladı ve daha neler olduğunu anlayamadan kaya kadar sert bir yumruk göğüskafesine indi. Bekçi beton zemine yığılıp iri cüsseli siyah biri yanından ayrılırken acıyla inledi.

Yan yatan bekçi, nefes almaya çalışırken hırıltılar çıkardı. Yanında duran fenerinin ışığı, zemin boyunca uzayarak, bir tür metal kutuyu aydınlatıyordu. Kutunun üstündeki etikette Bunsen ocağı yakıtı olduğu yazıyordu.

Bir çakmağın parıltısı ve turuncu alev, insana benzemeyen birini aydınlattı. *Aman Tanrım!* Çıplak göğüslü yaratık yere çömelip, çakmağın alevini zemine değdirirken, bekçi gördüklerinin ne anlama geldiğini ancak o an fark edebildi.

Tutuşan ateş şeridi yanlarından geçerek, hızla boşluğa ilerledi. Şaşkınlık içindeki bekçi arkasına baktı, ama yaratık açık iskele kapısından dışarıya çıkıyordu.

Yerinde doğrulan bekçi, ince ateş şeridini gözleriyle takip ederken, acıyla geri çekildi. *Bu da ne böyle?!* Alev gerçekten tehlikeli olamayacak kadar küçüktü ama o an çok daha dehşet verici başka bir şey gördü. Ateş

Kayıp Sembol

şimdi sadece karanlık boşluğu değil, cüruf betonundan dev bir yapıyı aydınlatıyordu. Bekçinin 5. Bölme'den içeri girmesine asla izin verilmemişti ama bu yapının ne olduğunu gayet iyi biliyordu.

Küp.

Katherine Solomon'ın laboratuvarı.

Alevler düz bir çizgi halinde laboratuvarın dış kapısına ilerledi. Yağ şeridinin kapının altından geçerek ilerlediğini anlayan bekçi, sendeleyerek ayağa kalktı... Birazdan içeride yangın çıkacaktı. Ama yardım çağırmak için döndüğü sırada, yanından beklenmedik bir esintinin geçtiğini hissetti.

Bir an için 5. Bölme'nin tamamı ışıkla aydınlandı.

Bekçi, hidrojen ateş topunun yukarıya doğru püskürdüğünü, 5. Bölme'nin çatısını yardığını ve gökyüzüne doğru yüzlerce metre yükseldiğini hiç görmedi. Gökyüzünden titanyum parçalarının, elektronik cihazların ve laboratuvarın holografik depolama birimindeki erimiş silikon damlalarının yağdığını da...

Katherine Solomon dikiz aynasındaki ani ışık patlamalarını gördüğünde arabayı güneye doğru sürüyordu. Gecenin sessizliğinde gürleyen boğuk bir gümbürtü onu şaşırttı.

Havai fişek mi, diye düşündü. *Redskins maç bitmeden kutlama mı yapıyor?*

Yeniden dikkatini yola verdi. Boş benzin istasyonunun ankesörlü telefonundan 911'e yaptığı çağrıyı düşünüyordu.

Katherine 911 operatörünü, dövmeli bir saldırgan aramaları ve asistanı Trish'i bulmaları için SMSC'ye polis göndermeye ikna etmişti. Bundan başka, memura, ağabeyi Peter'ın tutsak alındığını tahmin ettiği, Dr. Abaddon'a ait Kalorama Heights'taki adresi kontrol ettirmesini de söylemişti.

Ne yazık ki Katherine, Robert Langdon'ın gizli numarasına ulaşamıyordu. Artık, başka çaresi kalmadığından, şu anda Langdon'ın gideceğini söylediği Kongre Kütüphanesi'ne doğru hızla ilerliyordu.

Dr. Abaddon'ın gerçek kimliğinin ürkütücü biçimde ortaya çıkması her şeyi değiştirmişti. Katherine artık neye inanacağını bilmiyordu. Tek bildiği, yıllar önce annesiyle yeğenini öldüren adamın şu anda ağabeyini de ele geçirdiği ve kendisini de öldürmek için peşine düştüğüydü. *Kim bu deli? Ne istiyor?* Aklına gelen tek cevap hiç mantıklı değildi. *Bir piramit mi?* Adamın bu akşam laboratuvarına gelmesi de bir o kadar akıl karıştırıcıydı. Katherine'e zarar vermek istediyse, bunu neden daha önce kendi evindeyken yapmamıştı? Neden kısa mesaj gönderme zahmetine katlanmış, neden laboratuvarına gizlice girme tehlikesini göze almıştı?

Dikiz aynasındaki havai fişekler beklenmedik bir anda daha da parladı. İlk ışıkların ardından ani bir manzara belirmişti, şimdi turuncu bir ateş topunun çatıların üstünde yükseldiğini görebiliyordu. *Daha neler?* Ateş topuna simsiyah bir duman eşlik etti... ve Redskins'in FedEx sahasının yakınlarından gelmiyordu. Serseme dönen Katherine, ağaçların diğer tarafında hangi işletmenin bulunduğunu hatırlamaya çalıştı... yolun hemen güneydoğusunda.

Gerçeği anladığında adeta kamyon çarpmışa döndü.

55. BÖLÜM

Warren Bellamy, kendilerine yardım edebilecek herhangi biriyle bağlantı kurmaya çalışırken, cep telefonunu telaşla tuşluyordu.

Langdon, Bellamy'yi izlerken aklı Peter'daydı. Onu en kısa zamanda nasıl bulabileceklerini düşünüyordu. Peter'ı tutsak alan kişi, *yazıyı deşifre et,* demişti. *İnsanlığın en büyük hazinesinin saklandığı yeri söyleyecek... Birlikte gideceğiz... ve değiş tokuş yapacağız.*

Bellamy kaşlarını çatarak telefonu kapattı. Hâlâ cevap yoktu.

Langdon, "Anlamadığım şey şu," dedi. "Gizli bilgeliğin varlığını... ve bu piramidin onun yeraltındaki konumunu gösterdiğini bir şekilde kabul etsem bile... ben neyi arıyorum? Bir mahzen mi? Sığınak mı?"

Bellamy uzun süre sesini çıkarmadan oturdu. Ardından, isteksizce iç çekerek savunmacı bir tonla konuştu. "Robert, yıllardır duyduklarıma bakılacak olursa, piramit bizi sarmal bir merdiven girişine götürüyor."

"Merdiven mi?"

"Evet. Yerin... yüzlerce metre altına inen bir merdiven."

Langdon duyduklarına inanamıyordu. Yaklaştı.

"Antik bilgeliğin en aşağıda gömülü olduğunu duydum."

Robert Langdon ayağa kalkıp, adım atmaya başladı. *Washington D.C.'de... yerin yüzlerce metre altına inen sarmal bir merdiven.* "Ve bu merdiveni şimdiye dek gören olmamış?"

"Söylendiğine göre, girişi devasa bir taşla kapatılmış."

Langdon içini çekti. Devasa bir taşla kapatılan mezar, Kitabı Mukaddes'te geçen İsa'nın mezarı tanımına uyuyordu. Bu karmaşık arketip hepsinin atasıydı. "Warren, sen yeraltına inen bu gizli merdivenin varlığına inanıyor musun?"

"Şahsen ben hiç görmedim, ama daha yaşlı bazı masonlar var olduğuna yemin ediyorlar. Az önce onlardan birini aramaya çalışıyordum."

Bundan sonra ne söyleyeceğini bilmeyen Langdon, adım atmaya devam etti.

"Robert, bu piramitle ilgili bana çok zor bir görev yüklüyorsun." Warren Bellamy'nin bakışları, okuma lambasının yumuşak ışığında sertleşti. "İnsanı inanmak istemediği bir şeye inandırmaya zorlamanın yolunu bilmiyorum. Ama Peter Solomon'a karşı olan sorumluluğunu umarım anlıyorsundur."

Langdon, *evet, üstlendiğim sorumluluk ona yardım etmek,* diye düşündü.

"Bu piramidin ortaya çıkaracağı güce inanıp inanmamakta serbestsin, hatta ona götürdüğü söylenen merdivene de öyle... Ama bu sırrı korumak için ahlaki bir mecburiyet duyduğunu bilmek istiyorum, her ne olursa olsun." Bellamy küp şeklindeki küçük paketi işaret etti. "Peter kapak taşını sana emanet etti, çünkü onun isteğine saygı duyup, sırrı koruyacağına inanıyordu. Ve şimdi, Peter'ın hayatını feda etmek pahasına da olsa, bunu yapmalısın."

Langdon olduğu yerde durup, kendi etrafında döndü. "Ne?!"

Bellamy kederli ama metin bir ifadeyle Langdon'a baktı. "O da bunu isterdi. Peter'ı unutmalısın. O gitti. Peter piramidi korumak için elinden geleni en iyi şekilde yaparak, kendi üstüne düşen görevi yerine getirdi. Şimdi onun emeklerini boşa çıkarmamak *bizim* görevimiz."

Tepesi atan Langdon, "Bunu söylediğine inanamıyorum!" diye bağırdı. "Bu piramit hakkında söylediğin her şey gerçek olsa bile, Peter senin mason kardeşin. Onu her şeyden önce koruyacağına yemin ettin, ülkenden bile önce!"

"Hayır Robert. Bir mason, dostu olan bir masonu tek bir şey -kardeşliğimizin tüm insanlık için koruduğu büyük sır- hariç, her şeyden önce korur. Kayıp bilgeliğin, öne sürülen güce sahip olduğuna inansam da inanmasam da onu layık olmayan ellerden uzak tutacağıma yemin ettim. Ve bunu hiçbir şeye değişmem... söz konusu Peter'ın hayatı olsa bile."

Langdon öfkeyle, "En üst düzeydekiler de dahil, pek çok mason tanıyorum ve hiçbirinin taş bir piramit uğruna hayatını feda etmeye ant içmediğine eminim," dedi. "Ayrıca hiçbirinin, toprağın derinliklerinde gömülü olan hazineye inen gizli bir merdivene inandığını sanmıyorum."

Kayıp Sembol

"Çemberlerin içinde çemberler var Robert. Herkes her şeyi bilmez."

Duygularını kontrol etmeye çalışan Langdon derin bir soluk aldı. O da herkes gibi, masonların içinde seçkin çemberler bulunduğu söylentilerini duymuştu. Ama doğru olup olmaması mevcut durumla bağlantılı görünmüyordu. "Warren, eğer bu piramit ve kapak taşı gerçekten de masonların en büyük sırrını ortaya çıkarıyorsa, o zaman Peter neden beni işin içine karıştırsın? Çemberleri geç... ben kardeşlerden biri bile değilim."

"Biliyorum ve sanırım Peter muhafız olarak seni işte bu nedenle seçti. Daha önceleri kardeşliğe değersiz emellerle sızan kişiler bu piramidi hedef almışlardı. Peter'ın onu kardeşliğin *dışında* saklaması, akıllıca bir seçim olmuş."

Langdon, "Kapak taşının bende olduğunu biliyor muydun?" diye sordu.

"Hayır. Eğer Peter bundan başka birine bahsetmişse, bu tek bir kişi olabilir." Bellamy cep telefonunu çıkarıp, yeniden arama tuşuna bastı. "Ne yazık ki henüz ona ulaşamadım." Sesli mesaj karşılamasını duyunca telefonu kapattı. "Evet Robert, şimdilik sen ve ben kendi başımızın çaresine bakacakmışız gibi görünüyor. Ve bir karar vermemiz gerek."

Langdon, Mickey Mouse saatine baktı. 21.42. "Peter'ı esir alan kişinin piramidi bu gece deşifre etmemi ve üzerinde ne yazdığını söylememi beklediğinin farkındasındır."

Bellamy kaşlarını çattı. "Tarih boyunca büyük adamlar Antik Gizemleri korumak için çok büyük özverilerde bulundular. Biz de aynını yapmalıyız." Ayağa kalktı. "Yola koyulmalıyız. Er ya da geç Sato yerimizi bulacaktır."

Gitmek istemeyen Langdon, "Peki ya Katherine?" diye sordu. "Ona ulaşamıyorum ve o da aramadı."

"Bir şey olduğu belli."

"Ama onu terk edemeyiz!"

Bellamy buyurgan bir sesle, "Katherine'i unut!" dedi. "Peter'ı unut! Herkesi unut! Anlamıyor musun Robert? Hepimizden -senden, Peter'dan, Katherine'den, benden- daha önemli bir şey sana emanet edildi." Gözlerini Langdon'ınkilere kilitledi. "Bu kapak taşıyla piramidi saklayacak güvenli bir yer bulmalıyız..."

Büyük salon tarafından metalik bir çarpma sesi duyuldu.

Gözleri korkuyla dolan Bellamy yerinde döndü. "Çok çabuk oldu."

Langdon kapıya doğru döndü. Sesin, Bellamy'nin tünel kapısına dayadığı merdivenin tepesindeki metal kovadan geldiği anlaşılıyordu. *Peşimizden geliyorlar.*

Sonra beklenmedik bir şekilde, çarpma sesi yeniden duyuldu.

Ve yeniden.

Ve yeniden.

Kongre Kütüphanesi'nin önündeki bankta yatan evsiz adam, karşısında gelişen tuhaf manzaraya gözlerini ovuşturarak baktı.

Beyaz bir Volvo kaldırıma çıkmış, boş yaya kaldırımında ilerledikten sonra, kütüphanenin ana girişinin önünde frenlerini bağırtarak durmuştu. Koyu renk saçlı, çekici bir kadın arabadan dışarı fırlayıp, telaşla çevreyi kolaçan etmiş ve evsiz adamı görünce, "Telefonun var mı?" diye seslenmişti.

Bayan, benim ayakkabımın teki bile yok.

Aynı şeyi düşündüğü anlaşılan kadın, kütüphanenin ana kapısına doğru basamakları hızla tırmanmıştı. Merdivenin başına gelince kolu kavrayıp, üç devasa kapıdan her birini ümitsizce açmaya çalışmıştı.

Kütüphane kapalı bayan.

Ama kadın aldırış etmiyor gibiydi. Halka şeklindeki tokmaklardan birini kavrayıp, hızla geri çekmiş ve kapıya gürültüyle çarpmasını sağlamıştı. Sonra bir daha yapmıştı. Sonra bir daha. Sonra bir daha.

Evsiz adam, *vay canına, kitaba gerçekten de ihtiyacı olmalı,* diye düşündü.

56. BÖLÜM

Sonunda kütüphanenin heybetli bronz kapıları açıldığında, Katherine Solomon bir duygu seline kapıldığını hissetti. Bu gece içinde biriken tüm korkular ve akıl karmaşası akıp gitmişti.

Kütüphanenin kapısında duran kişi, bir dost ve ağabeyinin sırdaşı olan Warren Bellamy'di. Ama Katherine'in gördüğüne en çok sevindiği kişi, onun arkasında, karanlıkta duran adamdı. Bu hissin karşılıklı olduğu anlaşılıyordu. Katherine kapıdan içeri girip doğruca kollarına atılırken, Langdon'ın gözleri doldu.

Katherine eski bir dostun kucağında huzur bulurken, Bellamy ön kapıyı kapattı. Ağır kilidin yerine oturduğunu duyunca, sonunda kendini güvende hissetti. Gözlerine istem dışı dolan yaşları bastırdı.

Langdon, ona sarılırken, "Geçti," diye fısıldadı. "Bir şeyin yok."

Katherine ona, *çünkü sen beni kurtardın*, demek isterdi. *Laboratuvarımı... ve çalışmalarımın hepsini yok etti. Yılların araştırmaları... havaya uçtu.* Ona her şeyi anlatmak istiyordu ama nefes almakta güçlük çekiyordu.

"Peter'ı bulacağız." Göğsünde yankılanan Langdon'ın boğuk sesi, bir şekilde rahatlatıcıydı. "Söz veriyorum."

Katherine, *bunu kimin yaptığını biliyorum*, diye haykırmak istedi. *Annemi ve yeğenimi öldüren aynı adam!* Daha kendini açıklamaya fırsat bulamadan, ani bir ses kütüphanenin sükûnetini bozdu.

Aşağıdaki merdiven boşluğundan, gürültülü bir çarpma sesi yankılandı, sanki büyük, metal bir nesne yer karolarının üzerine düşmüştü. Katherine, o anda Langdon'ın kaslarının gerildiğini hissetti.

Bellamy acele etmelerini söyleyen bir ifadeyle, öne doğru adım attı. "Gidiyoruz. *Hemen.*"

Şaşkınlık içindeki Katherine, hızlı adımlarla büyük salondan kütüphanenin bol ışıklı okuma odasına geçen Langdon ile Mimar'ın peşinden gitti. Bellamy iki kapıdan, önce dışarıdakini, ardından içeridekini arkalarından kilitledi.

Bellamy onları odanın ortasına doğru koştururken, Katherine şaşkınlık içindeydi. Üçlü, ışığın altında deri bir çantanın durduğu okuma masasının başına geldiler. Çantanın yanında, küp şeklinde minik bir paket vardı. Bellamy bunu alıp, çantanın içindeki...

Katherine bir anda durdu. *Piramit mi?*

Üzeri kazınmış bu taş piramidi daha önce hiç görmemiş olmasına rağmen, neye baktığını anlayınca ürperdi. İçgüdüleri bir şekilde gerçeği biliyordu. Katherine Solomon, hayatına büyük zarar veren bu nesneyle karşı karşıya gelmişti. *Piramit.*

Bellamy çantanın fermuarını kapatıp, Langdon'a uzattı. "Bunu gözünün önünden ayırma."

Ani bir patlama odanın dış kapısını sarstı. Ardından, yere dökülen cam kırıklarının şangırtısı duyuldu.

"Bu taraftan!" diyen Bellamy, ortadaki büyük sekizgen bir kabinin etrafına sıralanmış sekiz tezgâhtan oluşan masaya doğru koşarken korkmuş görünüyordu. Onları tezgâhların arasından geçirdikten sonra kabindeki açıklığı gösterdi. "İçeri girin!"

Langdon, *"Oraya* mı?" diye sordu. "Bizi hemen bulurlar!"

Bellamy, "Güven bana," dedi. "Sandığın gibi değil."

57. BÖLÜM

Mal'akh limuzinini güneye doğru, Kalorama Heights'a sürdü. Katherine'in laboratuvarındaki patlama tahmin ettiğinden büyük olmuştu, bu yüzden yaralanmadan kurtulduğu için şanslıydı. Ama çıkan kargaşa sayesinde herhangi bir dirençle karşılaşmadan paçayı sıyırıp, telefona bağırmakla meşgul olan bir bekçinin yanındaki kapıdan limuzinini hızla çıkarmıştı.

Yoldan çıkmalıyım, diye düşündü. Katherine henüz polise telefon açmamışsa bile patlamanın dikkatlerini çekeceği kesindi. *Ayrıca limuzin kullanan gömleksiz bir adamı fark etmemek imkânsız.*

Mal'akh yıllarca süren hazırlıktan sonra, o akşamın geldiğine inanmakta güçlük çekiyordu. Bu ana kadar uzun ve zorlu bir yolculuk yaşamıştı. *Yıllar önce ıstırapla başlayan şey... bu akşam zaferle sonlanacak.*

Her şeyin başladığı o akşam ismi Mal'akh değildi. Doğrusu, her şeyin başladığı akşam, bir ismi bile yoktu. *Mahkûm 37.* İstanbul'daki Kartal Soğanlık Cezaevi'ndeki çoğu tutuklu gibi, Mahkûm 37, uyuşturucu yüzünden buradaydı.

Beton bir hücredeki ranzada, aç ve üşümüş bir halde, daha ne kadar hapis yatacağını düşünerek karanlıkta yatıyordu. Sadece yirmi dört saat önce tanıştığı hücre arkadaşı, üstündeki ranzada yatıyordu. Obez bir alkolik olan ve işinden nefret eden hapishane müdürü hırsını mahkûmlardan çıkarıyordu. Az önce hapishanenin tüm ışıklarını söndürmüştü.

Mahkûm 37, havalandırmadan gelen konuşma seslerini duyduğunda saat neredeyse ondu. İlk duyduğu ses, şüpheye yer bırakmayacak kadar belirgindi. Bu gece geç vakitte gelen bir ziyaretçi tarafından uyandırılmaktan hoşlanmadığı açıkça belli olan hapishane müdürünün kavgacı sesiydi.

"Evet evet, uzun bir yoldan geldiniz," diyordu. "Ama ilk ay ziyaretçi kabul edilmiyor. Devlet yönetmeliği. Ayrıcalık yok."

Cevap veren yumuşak ve kibar ses keder doluydu. "Oğlum güvende mi?"

"O bir uyuşturucu bağımlısı."

"Ona iyi davranılıyor mu?"

Müdür, "Yeterince iyi davranılıyor," demişti. "Burası otel değil."

Acı dolu bir duraksama olmuştu. "ABD Dışişleri Bakanlığı'nın suçlunun iadesini isteyeceğini biliyorsunuzdur."

"Evet, hep isterler. Gereken yapılacak ama evrak işleri birkaç hafta sürebilir... veya belki bir ay... duruma bağlı olarak."

"Neye bağlı olarak?"

Hapishane müdürü, "Şey," demişti. "Yeterli personelimiz yok." Durmuştu. "Elbette bazen sizin gibi kaygılı kişiler, hapishane personelinin işlemleri hızlandırmasını sağlayan bağışlar yaparlar."

Ziyaretçi cevap vermemişti.

Müdür sesini alçaltarak, "Bay Solomon," diye devam etmişti. "Sizin gibi para sorunu olmayan biri için her zaman seçenekler vardır. Hükümette tanıdıklarım var. Birlikte çalışırsak, oğlunuzu buradan *yarın*, hakkındaki tüm suçlamalar düşmüş olarak çıkarabiliriz. Ülkesine döndüğünde yargılanmaz bile."

Ziyaretçinin cevabı hiç gecikmemişti. "Yaptığınız teklifin doğuracağı yasal sonuçlar bir yana, oğluma paranın bütün sorunları çözeceğini veya insanın hayatta sorumlulukları olmadığını öğretmeyi reddediyorum, özellikle de böylesi önemli bir konuda."

"Onu burada *bırakmayı* mı tercih ediyorsunuz?"

"Onunla konuşmak istiyorum. Şimdi."

"Söylediğim gibi kurallarımız var. Oğlunuzu göremezsiniz... tabii eğer hemen serbest bırakılması için pazarlık yapmazsanız."

Birkaç saniye aralarında soğuk bir sessizlik olmuştu. "Dışişleri Bakanlığı sizinle temasa geçecek. Zachary'nin güvenliğini sağlayın. Bir haftaya kadar eve dönen bir uçakta olacağını tahmin ediyorum. İyi akşamlar."

Kapı çarpmıştı.

Mahkûm 37 kulaklarına inanamıyordu. *Nasıl bir baba, ders olsun diye oğlunu böyle bir cehennemde bırakır?* Peter Solomon, Zachary'nin suçlamasının kaldırılmasını bile reddetmişti.

O gece ilerleyen saatlerde Mahkûm 37, ranzasında yatarken nasıl kurtulacağını bulmuştu. Bir mahkûmu özgürlükten alıkoyan tek şey paraysa, o halde Mahkûm 37 özgür kalmış demekti. Peter Solomon parasından ayrılmak istemiyor olabilirdi ama magazin sayfalarını okuyan herkes, oğlu Zachary'nin de çok parası olduğunu bilirdi. Ertesi gün Mahkûm 37, müdürle özel olarak görüşmüş ve ona bir teklifte bulunmuştu; her ikisine de istediklerini sunacak cesur ve dâhice bir plan.

Mahkûm 37, "Bunun işe yaraması için Zachary Solomon'ın ölmesi gerek," diye açıklamıştı. "Ama her ikimiz de hemen ortadan kaybolmalıyız. Yunan adalarında emekliliğini kutlarsın. Bu yeri bir daha asla görmezsin." Konuyu biraz tartıştıktan sonra iki adam el sıkışmıştı.

Ne kadar kolay olacağını hayal ederken gülümseyen Mahkûm 37, *yakında Zachary Solomon ölmüş olacak,* diye düşünmüştü.

İki gün sonra Dışişleri Bakanlığı, Solomon ailesini korkunç haberi vermek için aramıştı. Hapishanede çekilen fotoğraflar, sopayla dövülerek vahşice öldürülen oğullarının kendi hücresinde yerde kıvrılmış cansız bedenini gösteriyordu. Başına çelik çubukla vurulmuş, vücudunun geri kalan kemikleri ise akıl almayacak sert darbelerle kırılmıştı. İşkence yapıldıktan sonra öldürülmüş gibi görünüyordu. Baş şüpheli, maktulün parasıyla birlikte ortadan kaybolduğu sanılan hapishane müdürüydü. Zachary büyük servetini özel bir hesaba aktardığını bildiren kâğıtlar imzalamış, o hesap ise cinayetin hemen ardından boşaltılmıştı. Paranın şu anda nerede olduğu bilinmiyordu.

Peter Solomon özel uçağıyla Türkiye'ye uçmuş ve dönerken beraberinde getirdiği oğlunun tabutunu Solomon aile mezarlığına defnetmişlerdi. Hapishane müdürü hiç bulunamamıştı. Mahkûm 37, *asla bulunamayacağını* çok iyi biliyordu. Adamın şişman cesedi, Marmara Denizi'nin dibinde yatarken, göç için İstanbul Boğazı'ndan geçen mavi yengeçleri besliyordu. Zachary Solomon'a ait servet, numarası takip edilemeyen bir hesaba aktarılmıştı. Mahkûm 37 yeniden özgür bir adamdı... büyük servet sahibi, özgür bir adam.

Yunan adaları cennet gibiydi. Güneş. Deniz. Kadınlar.

Paranın satın alamayacağı hiçbir şey yoktu; yeni kimlikler, yeni pasaportlar, yeni umutlar. Kendine bir Yunan adı seçti: Andros Dareios. *Andros* "savaşçı" demekti, *Dareios* ise "zengin". Hapishanedeki korku dolu karanlık gecelerden sonra Andros geri dönmemeye yemin etti. Kabarık saçlarını tıraş etti ve uyuşturucu dünyasından tamamıyla çekildi. Daha önce hayal bile etmediği fiziksel zevkleri keşfederek, yepyeni bir hayata başlamıştı. Ege Denizi'nin çivit mavi sularına yelken açmak onun için yeni eroin transıydı; ızgaradan aldığı sulu *arni souvlakia*'yı[1] çiğnemek yeni ekstasisiydi; kayaların tepesinden Mikanos'un köpüklü sularına yaptığı uçurum atlayışı yeni kokainiydi.

Yeniden doğdum.

Andros, Siros Adası'nda büyük bir villa satın almış ve seçkin Possidonia kasabasındaki *güzel insanlarla* birlikte yaşamaya başlamıştı. Bu Yenidünya, zenginlikle birlikte kültürü ve fiziksel kusursuzluğu da içinde barındıran bir topluluktan oluşuyordu. Komşuları vücutları ve zihinleriyle gurur duyuyorlardı ve bu his bulaşıcıydı. Yeni taşınan Andros kumsalda koşu yapmaya, soluk tenini bronzlaştırmaya ve kitap okumaya başlamıştı. Homeros'un *Odysseia*'sını okurken, bu adalarda savaşan güçlü bronz erkeklerin hayallerine kendini kaptırmıştı. Ertesi gün ağırlık çalışmaya başlamış ve göğsüyle, kollarının ne denli çabuk geliştiğine inanamamıştı. Sonunda kadınların kendisine baktığını fark etmeye başlamıştı ve bu hayranlık sarhoş ediciydi. Ama daha da güçlenmek istiyordu. Öyle de yaptı. Karaborsada satılan büyüme hormonlarıyla karıştırılmış steroitlerin desteği ve saatlerce ağırlık kaldırmanın yardımıyla Andros, kendini hiç hayal etmediği bir şeye dönüştürmüştü; mükemmel bir erkek modele. Hem boyunu, hem de kas yapısını artırmış, kusursuz bir göğüsle, sürekli bronz görünen adaleli bacaklara sahip olmuştu.

Artık *herkes* ona bakıyordu.

Daha önceden de uyarıldığı gibi, bu ağır steroitler ve hormonlar vücudunu değiştirmekle kalmamış, sesini de etkileyerek, kendisini daha da gizemli hissetmesini sağlayan ürkütücü bir fısıltıya dönüştürmüştü. Bu yumuşak ve esrarengiz ses; yeni vücudu, serveti ve gizemli geçmişiyle birleşince, onunla tanışan kadınları mıknatıs gibi çekmeye başlamıştı. Kadınlar kendi istekleriyle ona geliyor, o ise hepsini birden tatmin ediyordu. Fotoğraf çekimi için adaya gelen mankenlerden, tatile çıkmış Amerikalı seksi üniversite öğrencilerine, komşuların yalnız eşlerinden genç erkeklere kadar herkesi çekiyordu.

(1) Kuzu şiş

Kayıp Sembol

Ben bir şaheserim.

Ama geçen yıllarla birlikte Andros'un cinsel maceraları heyecanını yitirmeye başlamıştı. Her şey gibi. Adanın zengin mutfağı lezzetini kaybetmiş, okuduğu kitaplara karşı ilgisizleşmiş, hatta villasından görülen güneşin batışı bile sıkıcı gelmeye başlamıştı. *Bu nasıl olurdu?* Henüz yirmili yaşlarının ortalarında olmasına rağmen, kendini çok yaşlı hissediyordu. *Hayatta yaşayacak başka ne kaldı?* Vücudunu bir sanat eserine dönüştürmüş, kendini eğitmiş, zihnini kültürle geliştirmiş, evini cennete çevirmiş ve istediği herkesin aşkını kazanmıştı.

Ama inanılmaz bir şekilde, kendini Türkiye'deki o hapishanede olduğu kadar yalnız hissediyordu.

Neyin eksikliği bu?

Cevabını aylar sonra buldu. Andros villasında tek başına oturmuş, gecenin bir yarısı televizyon kanallarını zaplarken, farmasonluğun sırlarıyla ilgili bir programa rastladı. Cevaplardan çok, sorular üreten program kötü hazırlanmıştı ama yine de kardeşlikle ilgili komplo teorilerinin bolluğu ilgisini çekti. Programın sunucusu efsane üstüne efsane anlatıyordu.

Farmasonlar ve Yenidünya Düzeni...

Masonik Birleşik Devletler Devlet Mührü...

P2 Mason Locası...

Farmasonluğun Kayıp Sırrı...

Mason Piramidi...

Andros şaşkınlıkla yerinde doğruldu. *Piramit.* Sunucu, üzerindeki şifreli yazıyla kayıp bilgeliğin ve akıl almaz bir gücün kapılarını açan, gizemli bir taş piramidin hikâyesinden bahsetmeye başlamıştı. Hikâye inanılmaz olsa da, onun bir anısını canlandırmıştı... çok daha karanlık bir zamandan kalma zayıf bir hatıra. Andros, Zachary Solomon'ın babasından gizemli bir piramitle ilgili duyduklarını hatırlıyordu.

Olabilir mi? Andros ayrıntıları hatırlamak için kendini zorladı.

Program bittiğinde balkona çıkıp, serin havayla zihnini temizledi. Her şeyi hatırlamaya başlayınca, bu efsanenin doğruluk payı olabileceğini fark etti. Ve eğer tüm bunlar gerçekse, öleli çok olduğu halde Zachary Solomon'ın vereceği bir şeyler hâlâ var demekti.

Kaybedecek neyim var?

Üç hafta sonra, mükemmel bir zamanlamayla Andros, Solomon'ların Potomac'taki malikânelerinin serasının dışında soğukta duruyordu. Camın ardından, Peter Solomon'ın kız kardeşi Katherine ile konuşup gülüştüğünü görebiliyordu. *Zachary'yi unutmakta hiç güçlük çekmemişler*, diye düşündü.

Kar maskesini yüzüne geçirmeden önce, uzun yıllardır ilk defa burnuna kokain çekti. O tanıdık cesaretin damarlarına hücum ettiğini hissetti. Silahını çıkarıp, kapıyı eski bir anahtarla açtı ve içeriye adımını attı. "Selam Solomon'lar."

Ne yazık ki, akşam Andros'un planladığı gibi gitmedi. Almaya geldiği piramidi ele geçiremediği gibi, saçmayla vurulmuş ve karla kaplı çimlerin üstünden sık ağaçlıklara doğru koşmaya başlamıştı. Peter Solomon elinde parıldayan tabancasıyla onu kovalıyordu. Andros ağaçlıkların arasına dalıp, derin bir kaya geçidinin arasından aşağı inmeye başladı. Dondurucu kış havasında, çok aşağılardan gelen bir çağlayanın sesi yankılanıyordu. Meşe ağacından yapılmış bir bankın yanından geçip, sola döndü. Saniyeler sonra, buzlu patikanın üstünde kayarak durdu ve ölümün eşiğinden döndü.

Aman Tanrım!

Bir metre kadar ilerisinde patika sona eriyordu. Gerisi ise buzlu nehre bakan bir boşluktu. Patikanın yanındaki büyük kaya parçası, bir çocuğun beceriksiz elyazısıyla kazınmıştı:

Zach'in Köprüsü

Kaya geçidinin diğer tarafında patika devam ediyordu. *Peki köprü nerede?!* Kokain artık işe yaramıyordu. *Kapana kısıldım.* Paniğe kapılan Andros patikadan yukarı kaçmak için arkasını döndü ama karşısında, elinde silahıyla, nefes nefese Peter Solomon duruyordu.

Andros silaha bakıp, geriye doğru bir adım attı. Arkasındaki buzla kaplı nehre bakan uçurum, en az on beş metre yükseklikteydi. Çağlayandan yükselip etraflarını saran buğu, onu kemiklerine kadar donduruyordu.

Solomon, "Zach'in köprüsü uzun zaman önce çürüdü," dedi. "Bu kadar aşağıya yalnızca o inerdi." Solomon silahını tehditkâr bir biçimde sabit tutuyordu. "Oğlumu neden öldürdün?"

Andros, "O bir hiçti," diye yanıtladı. "Bir uyuşturucu bağımlısıydı. Ona iyilik yaptım."

Solomon, Andros'un göğsüne nişan aldığı silahıyla yaklaştı. "Belki aynı iyiliği ben de *sana* yapmalıyım." Ses tonu şaşırtıcı biçimde korkutucuydu. "Sen oğlumu döverek öldürdün. Bir insan böyle bir şeyi nasıl yapar?"

"İnsan felaketin eşiğine geldiğinde akıl almaz şeyler yapar."

"Oğlumu *öldürdün!*"

Andros hararetle, "Hayır," dedi. "Oğlunu *sen* öldürdün. Nasıl bir baba, oğlunu çıkarma şansı varken onu hapishanede bırakır? Oğlunu *sen* öldürdün! Ben değil."

"*Hiçbir şey* bilmiyorsun!" diye bağıran Solomon'ın sesi acı doluydu.

Andros, *yanılıyorsun,* diye düşündü. *Her şeyi biliyorum.*

Peter Solomon silahını doğrultarak iyice yaklaştığında artık aralarında beş metreden az kalmıştı. Andros'un göğsü yanıyor, çok kan kaybettiğini hisssediyordu. Sıcaklık aşağıya akıp, karnına inmişti. Omzunun üstünden arkadaki uçuruma baktı. İmkânsızdı. Solomon'a döndü. "Hakkında, sandığından daha fazla şey biliyorum," diye fısıldadı. "Soğukkanlılıkla cinayet işleyemeceyk bir adam olduğunu biliyorum."

Tam hedefi nişan alan Solomon daha da yaklaştı.

Anderson, "Seni uyarıyorum, eğer o tetiği çekersen, sonsuza kadar yakanı bırakmam," dedi.

Zaten bırakmamalısın! Ve bunun ardından Solomon ateş etti.

Siyah limuzinini hızla Kalorama Heights'a sürerken, şimdi kendine Mal'akh diyen kişi, buzlu kayalıklarda onu ölümün eşiğinden döndüren mucizevi olayları düşündü. Sonsuza kadar değişmişti. Silah sesi bir anlığına yankılansa da etkileri on yıllar sürmüştü. Bir zamanlar bronz ve mükemmel olan vücudunda artık o akşamdan kalma yara izleri vardı... Bu yaraları yeni kimliğinin dövmeli sembolleri altında saklıyordu.

Ben Mal'akh'ım.

Bu en başından beri benim kaderimdi.

Ateşte yürümüş, küle dönmüş ve sonra yeniden doğmuştu... bir kez daha değişimden geçmişti. Bu gece, uzun ve muhteşem yolculuğunun son adımı olacaktı.

58. BÖLÜM

Key4 takma adlı patlayıcı Özel Harekât Birliği tarafından, kilitli kapıları etrafa asgari zarar vererek açmak için geliştirilmişti. Siklo trimetilen trinitramin ile birlikte dietil heksil bir plastikleştirici içeren bu patlayıcı, aslında kapı dikmelerine yerleştirilmek için kâğıt kadar ince yapraklara sarılmış C-4 parçalarıydı. Kütüphanenin okuma odasına girerken, patlayıcı son derece iyi iş gördü.

Operasyon lideri Ajan Turner Simkins kapı enkazının üzerinden adımını atıp, hareket belirtisi olup olmadığını araştıran gözlerle etrafı taradı. Hiçbir şey yoktu.

Simkins, "Işıkları söndürün," dedi.

Duvar panelini bulan ikinci bir ajan düğmeyi çevirdi ve içeriyi karanlığa boğdu. Dört adam birden gece görüşü başlıklarını geçirip, gözlüklerini ayarladılar. Gözlüklerinin içinde parlak yeşil tonlarda beliren odayı incelerken kıpırdamadan durdular.

Manzara değişmemişti.

Karanlıkta kimse kıpırdamıyordu.

Kaçaklar muhtemelen silahsızdı ama yine de operasyon ekibi içeriye silahlarını kaldırarak girdiler. Silahları, dört ürkütücü lazer ışınıyla karanlığı deliyordu. Adamlar ışıklarını zemine, duvarlara ve balkonlara tutarak tüm yönleri aradılar. Genellikle karanlık bir odada, lazer görüşlü silahın hafif belirtisi bile hemen teslim olmaya yeterdi.

Bu gece öyle olmayacağı anlaşılıyor.

Hâlâ hareket yoktu.

Elini kaldıran Ajan Simkins, ekibine içeriye yayılmalarını işaret etti. Adamlar sessizce birbirlerinden ayrıldılar. Ortadaki koridorda dikkatle hareket eden Simkins, CIA cephaneliğine yeni eklenen sistemi devreye sokarak, gözlüğünün bir düğmesine bastı. Isı görüntüleme yıllardır vardı ama

Kayıp Sembol

minyatürleştirme, diferansiyel hassasiyet ve çift kaynaklı entegrasyon alanlarındaki ilerlemeler, ajanların görüşlerini insanüstü sınırlara çıkaran yeni nesil bir görüntüleme cihazı geliştirmişti.

Karanlıkta görüyoruz. Duvarların arkasını görüyoruz. Ve şimdi de... geçmiş zamanı görüyoruz.

Isı görüntüleme cihazı, ısı değişkenlerine o kadar hassaslaştırılmıştı ki, bir kimsenin yerini belirlemekle kalmıyor... *daha önce* bulunduğu yeri de tespit edebiliyordu. Geçmişi görebilme yeteneği en kıymetli nitelikti. Ve bu gece, bir kez daha değerini ispat ediyordu. Ajan Simkins okuma masalarından birinde termal bir işarete rastlamıştı. Gözlüklerinde kırmızımsı mor renkte parlayan iki ahşap sandalye, bu ikisinin salondaki diğerlerinden daha sıcak olduğunu gösteriyordu. Masa lambasının ampulü turuncu parlıyordu. İki adamın bu masada oturdukları belliydi ama şimdi asıl soru, hangi yöne gittikleriydi.

Cevabını, odanın ortasındaki büyük tahta konsolu çevreleyen merkez masada buldu. Hayalet gibi bir el izi kıpkırmızı parlıyordu.

Simkins silahını kaldırarak sekizgen kabine doğru ilerlerken, lazer görüşünü yüzeyi inceleyecek şekilde ayarladı. Konsolun yan kısmında bir açıklık görünceye kadar etrafında dolaştı. *Kendilerini gerçekten de bir dolabın içinde köşeye mi sıkıştırdılar?* Açıklığın dış kenarını tarayan ajan, burada başka bir el izi daha gördü. Birisinin dolaptan içeri girerken, kapı dikmesini tuttuğu belli oluyordu.

Sessizlik sona ermişti.

Açıklığı işaret eden Simkins, "Termal işaret!" diye bağırdı. "Etrafını çevirin!"

Ekibi iki zıt kanattan yaklaşarak, sekizgen konsolu kuşattı.

Simkins açıklığa doğru ilerledi. Aralarında üç metre kalmışken, içeriden ışık geldiğini gördü. "Konsolun içinde ışık var!" diye bağırınca, sesi duyan Bay Bellamy ile Bay Langdon'ın ellerini kaldırarak dolaptan dışarı çıkacaklarını umdu.

Hiçbir şey olmadı.

Pekâlâ, başka yoldan yaparız.

Simkins konsola biraz daha yaklaşırken, içinden beklenmedik bir gürültü geldiğini duydu. Makine sesi gibiydi. O kadar küçük bir yerde, bu sesi neyin çıkarabileceğini tahmin etmeye çalışırken durdu. İyice yaklaşınca, makine sesinden başka sesler de duydu. Ve tam açıklığın önüne geldiği anda ışıklar karardı.

Gece görüşünü ayarlarken, *teşekkürler,* diye düşündü. *Avantaj bizde.* Eşikte durup, açıklıktan içeriye göz attı. Kapının ardındaki, hiç beklenmedik bir manzaraydı. Bu konsol bir dolaptan çok, aşağıdaki odaya inen dik merdivenlerin üstündeki yüksek bir tavana benziyordu. Ajan silahını merdivenlerin aşağısına doğrultup, basamaklardan inmeye başladı. Attığı her adımla birlikte makinenin gürültüsü de artıyordu.

Burası da ne böyle?

Okuma odasının altındaki yer, sanayi tipi küçük bir mekânı andırıyordu. Duyduğu gürültü gerçekten de bir makineden geliyordu ama Bellamy ile Langdon mı çalıştırmıştı, yoksa zaten gün boyunca çalışıyor muydu, bundan emin olamadı. Ama her iki şekilde de bir şey fark etmiyordu. Kaçaklar ısı işaretlerini odanın tek çıkışında bırakmışlardı. Ağır kapının tuş takımındaki sayıların üstünde dört parmak izi belirgin biçimde parlıyordu. Kapının etrafında ince çizgi halinde parlayan turuncu ışık, diğer tarafta ışıkların açık olduğunu gösteriyordu.

Simkins, "Kapıyı uçurun!" dedi. "Buradan kaçtılar."

Bir yaprak Key4 yerleştirip patlatmak sekiz saniyelerini aldı. Duman hafiflediğinde ajanlar kendilerini "sergen" diye bilinen garip bir yeraltı dünyasına bakarken buldular.

Kongre Kütüphanesi'nin, çoğu yeraltında bulunan kilometrelerce kitap rafı vardı. Sonsuzluğa uzanan kitap rafları, aynalarla yaratılan bir tür optik "sonsuzluk" yanılsaması gibiydi.

Bir tabelada şöyle yazıyordu:

ISI KONTROLLÜ ORTAM
Bu Kapıyı Sürekli Kapalı Tutun

Parçalanmış kapıyı iterek geçen Simkins, ardındaki soğuk havayı hissetti. Gülümsemekten kendini alamadı. *Daha kolay olamazdı.* Kontrollü ortamlardaki ısı işaretleri güneş patlamaları gibi kendilerini belli ederlerdi. Daha şimdiden, Bellamy veya Langdon'ın geçerken tutundukları parmaklığın üzerinde kırmızı bir leke vardı.

Kendi kendine, "Kaçabilirsiniz ama kurtulamazsınız," diye fısıldadı. Simkins ile ekibi, raflardan oluşan labirentin içinde ilerlemeye başladı. Oyun sahasında kendi lehine o kadar çok ipucu vardı ki, Simkins'in avını takip etmek için gözlüklerine bile ihtiyacı yoktu. Normal şartlarda raflarla dolu bu labirent, saklanmak için uygun bir ortam sağlardı, ama Kongre Kütüphanesi enerji tasarrufu sağlamak için harekete duyarlı ışıklandırma kullanıyordu ve şimdi kaçakların geçtiği yol uçak pisti gibi aydınlanmıştı. Uzaklardaki ince bir ışık çizgisi, ileride dolambaçlı yollara sapıp kıvrılıyordu.

Adamlar gözlüklerini çıkardılar. Operasyon ekibi, sonsuz kitap labirentinde ışıkları takip ederken, idmanlı bacaklarının üstünde zikzaklar çizdi. Simkins az sonra ilerideki karanlığın içinde yanıp sönen ışıklar gördü. *Kazanıyoruz.* Öndekilerin ayak seslerini ve kesik kesik solumalarını duyuncaya kadar, o da yoluna hızla devam etti. Sonra hedefi gördü.

"Onları gördüm!" diye bağırdı.

Warren Bellamy'nin ince uzun vücudu, anlaşılan yolun sonuna gelmişti. Yaşlı adam, soluğu kesilince rafların arasında sendeledi. *Boşuna uğraşma ihtiyar.*

Simkins, "Olduğunuz yerde durun Bay Bellamy!" diye bağırdı.

Bellamy köşelerden ani dönüşler yapıp, kitap sıralarının arasında zikzaklar çizerek koşmaya devam etti. Her dönüşünde, başının üstündeki ışıklar yanıyordu.

Ekip ona yirmi metre kadar yaklaştığında, durması için yeniden seslendiler ama Bellamy devam etti.

Simkins, "Vurun!" diye emir verdi.

Ekibin öldürücü olmayan silahını taşıyan ajan, tüfeği doğrultup ateş etti. Koridorda hızla fırlayıp, Bellamy'nin bacaklarının etrafına dolanan Makarna Spreyi[1] takma isimli silah, aslında parti oyuncağı değildi. Öldürücü olmayan bu "etkisizleştirici", Sandia Ulusal Laboratuvarı'nda icat edilen bir askeri teknoloji ürünüydü. Temas halinde taş gibi sertleşen tutkallı poliüretan ipler, kaçağın dizlerinin etrafında plastikten sert bir ağ oluşturuyordu. Koşan bir hedef üzerindeki etkisi, hareket halindeki bisik-

---

(1) Silly String

letin tekerleğine çomak sokmakla aynıydı. Bellamy tam adımını atarken poliüretan ipler bacaklarına sarıldı ve tökezleyerek yere düştü. Bellamy karanlık koridorda üç metre daha sürünerek ilerledikten sonra, ışıklar başının üstünde titreşerek yanınca durdu.

Simkins, "Bellamy'yle ben ilgilenirim!" diye bağırdı. "Siz Langdon'ın peşinden gidin! İleride bir yerde olmalı..." Bellamy'nin önündeki kütüphane raflarının simsiyah durduğunu fark eden takım lideri birden durdu. Bellamy'nin önünde başka birinin koşmadığı belliydi. *Yalnız mı?*

Hâlâ yüzüstü yatan Bellamy, sık nefesler alıyordu. Bacakları ve bilekleri sertleşmiş plastikle kaplıydı.

Ajan, "O nerede?" diye sordu.

Bellamy'nin dudağı düşmenin etkisiyle kanıyordu. *"Kim nerede?"*

Ajan Simkins ayağını kaldırıp, botuyla Bellamy'nin ipek kravatına bastı. Sonra biraz basınç uygulayarak asıldı. "İnanın bana Bay Bellamy, benimle bu oyunu oynamak istemezsiniz."

59. BÖLÜM

Robert Langdon kendini ceset gibi hissediyordu.

Hayatta olabileceği en dar yerde, zifiri karanlıkta sırtüstü yatmış, ellerini göğsünde kavuşturmuştu. Katherine benzer pozisyonda, başına yakın bir yerde yattığı halde onu göremiyordu. İçinde bulunduğu korkutucu yeri bir anlığına bile görmemek için gözlerini kapatmıştı.

Çok küçük bir yerdeydi.

Küçücük.

Altmış saniye önce okuma odasının kapıları yerle bir olurken, o ve Katherine, Bellamy'nin peşinden sekizgen konsola girip, dar merdivenden inmiş ve aşağıdaki beklenmedik yere gelmişlerdi.

Langdon hemen nerede olduklarını anlamıştı. *Kütüphanenin devridaim sisteminin kalbi.* Devridaim odasının, havaalanı bagaj dağıtım bölümündekine benzer, farklı yönlere giden sayısız taşıyıcı bandı vardı. Kongre Kütüphanesi üç farklı binada yerleşik olduğundan, okuma odalarından talep edilen kitaplar yeraltı tünellerinden oluşan bir ağda, taşıyıcı bant sistemi üzerinde uzun mesafelerden getiriliyordu.

Bellamy hemen odanın karşı tarafındaki çelik kapıya gidip, anahtar kartını girmiş, bir dizi tuşa basmış ve kapıyı iterek açmıştı. Arka taraf karanlıktı ama kapı açılırken harekete duyarlı ışıklar titreşerek yanmıştı.

Langdon kapının ardındakileri görünce, hayatta çok az insanın gördüğü bir şeye baktığını fark etmişti. *Kongre Kütüphanesi'nin rafları.* Bellamy'nin planı ona cesaret vermeye başlamıştı. *Dev bir labirentten daha iyi bir saklanma yeri olabilir mi?*

Ama Bellamy onları kitap raflarının arasına götürmek yerine, kapıyı bir kitap yardımıyla açık tutup, yüzünü onlara dönmüştü. "Size daha fazla açıklama yapabilmek isterdim ama vaktimiz yok." Anahtar kartını Langdon'a vererek, "Buna ihtiyacın olacak," demişti.

Langdon, "Sen bizimle gelmiyor musun?" diye sormuştu.

Bellamy başını iki yana sallayarak, "Ayrılmazsak asla başaramazsınız," demişti. "O piramidin ve kapak taşının güvenli ellerde olması yapmamız gereken en önemli şey."

Langdon, yukarıdaki okuma odasına çıkan merdivenden başka çıkış yolu göremiyordu. "Peki sen nereye gidiyorsun?"

Bellamy, "Onları sizden uzaklaştırıp, rafların arasına çekeceğim," demişti. "Kaçmanıza ancak bu kadar yardımcı olabilirim."

Langdon nereye gideceklerini sormaya fırsat bulamadan, Bellamy taşıyıcı bantların birinden büyük bir kitap sandığını kaldırıp, "Bantın üstüne yatın," demişti. "Ellerinizi içeride tutun."

Langdon bakakalmıştı. *Ciddi olamazsın.* Taşıyıcı bant kısa bir mesafe devam ettikten sonra, duvardaki karanlık bir deliğin içinde kayboluyordu. Açıklık, geniş kitap sandıklarının geçebileceği kadardı, daha fazla değil. Langdon, istekle arkadaki kitap raflarına bakıyordu.

Bellamy, "Unut bunu," demişti. "Harekete duyarlı ışıklar yüzünden saklanmak imkânsız."

Yukarıdan bir ses, "Termal işaret," diye bağırmıştı. "Etrafını çevirin!"

Katherine duyması gerektiği kadarını duymuştu. Başı ile duvardaki delik arasında yalnızca otuz santim bırakarak, taşıyıcı bandın üzerine çıkmış, ellerini de mumya gibi göğsünün üstüne çapraz yapmıştı.

Langdon donakalmıştı.

Bellamy, "Langdon," diyerek onu kendine getirmişti. "Benim için değilse bile bunu Peter için yap."

Yukarıdaki sesler şimdi iyiden iyiye yaklaşmıştı.

Langdon adeta rüyadaymış gibi bantın yanına gitmiş, çantasını bantın üstüne bıraktıktan sonra, başı Katherine'in ayaklarının dibine gelecek şekilde uzanmıştı. Sert kauçuk banttan sırtına soğuk geliyordu. Tavana baktığında kendini, hastanede MRI cihazına girmeye hazırlanan bir hasta gibi hissediyordu.

Bellamy, "Telefonunu açık tut," demişti. "Yakında biri arayıp... yardım teklif edecek. Ona güven."

Birisi mi arayacak? Bellamy'nin birisine ulaşmaya çalıştığını biliyordu ama ancak mesaj bırakabilmişti. Saniyeler önce, sarmal merdivenden aşağı inerlerken Bellamy son bir kez daha aramayı denemiş, çok alçak sesle kısa bir konuşma yapmış ve sonra da kapatmıştı.

Bellamy, "Sonuna kadar taşıyıcıyla birlikte gidin. Bant geri dönmeden önce hemen atlayın. Dışarı çıkmak için anahtar kartımı kullanın," demişti.

Langdon da, *"Nerede* atlayacağız?!" diye sormuştu.

Ama Bellamy manivelayı indirmişti bile. Odadaki tüm bantlar homurdayarak çalışmaya başlamıştı. Langdon itildiğini hissederken, yukarıdaki tavanın hareket etmeye başladığını görmüştü.

Tanrım beni kurtar.

Langdon duvardaki açıklığa yaklaşırken geriye baktı ve Warren Bellamy'nin rafların arasına dalarken, kapıyı arkasından kapattığını gördü. Hemen ardından Langdon, karanlığın içine kayıp, kütüphane tarafından yutuldu... Bu sırada parlayan kırmızı bir lazer noktası, dans ederek merdivenden aşağı iniyordu.

60. BÖLÜM

Preferred Güvenlik Şirketi'nin düşük maaşlı kadın görevlisi, görev listesindeki Kalorama Heights adresini iki kez kontrol etti. *Burası mı?* Karşısındaki garaj yolu, mahallenin en büyük ve en sessiz malikânelerinden birine aitti ve 911'e burasıyla ilgili bir acil çağrı gelmesi tuhaftı.

911 polisi, teyit edilemeyen çağrılara her zaman yapıldığı gibi, yerel güvenlik şirketiyle temas kurmuştu. Görevli, güvenlik şirketinin "İlk Savunma Hattınız" şeklindeki sloganının, "yanlış ihbarlar, eşek şakaları, kayıp evcil hayvanlar ve kaçık komşuların şikâyetleri" şeklinde değiştirilebileceğini düşünürdü.

Bu akşam da her zamanki gibi, sorunla ilgili ayrıntılı bilgi almadan gönderilmişti. *Maaşımı aşan bir görev.* Görevi; sarı ışığını döndürerek olay yerine gitmek, mekânı kolaçan etmek ve alışılmadık bir durum varsa rapor etmekti. Normalde zararsız bir şey evin alarm sistemini devreye sokar, o da kumanda anahtarını kullanarak sistemi yeniden başlatırdı. Ama nedense bu ev sessizdi. Alarm çalmıyordu. Yoldan bakıldığında her şey karanlık ve sakin görünüyordu.

Görevli, kapıdaki dahili konuşma düğmesine bastı ama cevap alamadı. Kapıyı açmak için kumanda kodunu girdi ve garaj yolunda ilerledi. Arabanın motorunu ve sarı ışıklarını çalışır halde bırakarak ön kapıya yürüp, kapıyı çaldı. Cevap yoktu. Ne bir ışık, ne de hareket görüyordu.

Yönetmeliğe uyarak isteksizce fenerini yaktı ve zorla içeri girilip girilmediğini anlamak için evin etrafında dolaşmaya başladı. Köşeyi döndüğü sırada, evin yanından yavaşlayarak geçen siyah bir limuzin gördü. *Meraklı komşular.*

Evin etrafını adım adım arşınladı ama olağandışı hiçbir şeye rastlamadı. Ev tahmin ettiğinden daha büyüktü. Arka bahçeye vardığında, soğuktan donuyordu. Evde kimse olmadığı belliydi.

Telsize, "Merkez?" diye seslendi. "Kalorama Heights'tayım. Sahipleri evde yok. Herhangi bir soruna dair işaret yok. Evin etrafını kontrol ettim. Zorla içeri girilmemiş. Yanlış ihbar."

Servis memuru, "Anlaşıldı," diye cevap verdi. "İyi akşamlar."

Telsizini kemerine yerleştiren görevli, aracının sıcaklığına yeniden kavuşma hevesiyle geri dönüp yürümeye başladı. Ne var ki, bunu yaparken daha önce gözünden kaçırdığı bir şey fark etti, evin arkasında mavimsi küçük bir ışık vardı.

Şaşkınlıkla o tarafa yürünce, ışığın kaynağını gördü. Bu, evin bodrum katındaki alçak bir pencereydi. Pencerenin camı, içerden ışık geçirmez siyah boyayla karartılmıştı. *Bir tür karanlık oda olabilir mi?* Gördüğü mavimsi pırıltı, siyah boyanın dökülmeye başladığı minik noktadan sızıyordu.

İçeriye bakabilmek için çömeldi ama minik açıklıktan fazla bir şey göremiyordu. Aşağıda birisinin çalışabileceği düşüncesiyle camı hafifçe tıklattı.

"Merhaba?" diye bağırdı.

Cevap yoktu ama cama vururken, kurumuş olan boya birden döküldü ve ona daha açık bir görüş imkânı sundu. Eğilip, yüzünü neredeyse cama yaslayarak bodrumu inceledi. O anda bunu yaptığına pişman oldu.

Tanrı aşkına bu ne böyle?!

Karşısındaki manzaraya dehşetle bakarken şaşkınlıktan, bir süre çömeldiği yerde kaldı. Sonunda titreyerek, kemerindeki telsizini el yordamıyla bulmaya çalıştı.

Ama asla ulaşamadı.

Cızırdayan bir çift Taser iğnesi ensesinden vurulunca, vücuduna yakıcı bir acı yayıldı. Kasları tutuldu ve öne doğru sendeledi. Yüzü soğuk zemine çarparken gözlerini bile kapatmaya fırsat bulamadı.

61. BÖLÜM

Warren Bellamy'nin gözleri ilk defa bu akşam bağlanmıyordu. Tüm mason kardeşleri gibi, masonluğun üst kademelerine geçtiği tüm İkaf Törenlerinde de "gözbağını" takmıştı. Ama o zamanlar, güvendiği dostları arasındaydı. Bu akşam durum farklıydı. Kötü muamele gördüğü bu adamlar onu bağlamış ve kafasına bir torba geçirmişlerdi. Şimdiyse kütüphanenin rafları arasında yürütüyorlardı.

Ajanlar Bellamy'ye fiziksel anlamda gözdağı vermişler ve Robert Langdon'ın yerini sormuşlardı. Yaşlı bedeninin fazla hırpalanmayı kaldıramayacağını bilen Bellamy, yalanını çabucak söyleyivermişti.

Nefes almaya çalışırken, "Langdon benimle buraya hiç inmedi!" demişti. "Ona balkona çıkıp, Musa heykelinin arkasına saklanmasını söyledim ama şimdi nerede olduğunu bilmiyorum!" Görünüşe bakılırsa anlattığı hikâyeye inanmışlardı, çünkü iki ajan hemen peşinden gitmişti. Şimdi geride kalan iki ajan onu raflarından arasında sessizce yürütüyorlardı.

Bellamy'nin tek avuntusu, Langdon ile Katherine'in piramidi güvenli bir yere kaçırdıklarını bilmesiydi. Yakında onlara sığınak sağlayacak bir adam, Langdon'la temasa geçecekti. *Ona güven.* Bellamy'nin aradığı adamın Mason Piramidi ve onun sırrı hakkında hayli bilgisi vardı. Bu sır, uzun zaman önce gömülmüş hikmetin toprak altında saklandığı yere inen sarmal bir merdivenin gizli yeriydi. Okuma odasından kaçarlarken Bellamy sonunda adama ulaşabilmiş ve gönderdiği kısa mesajı kusursuz biçimde anladığına emin olmuştu.

Şimdi zifiri karanlıkta yürüyen Bellamy, Langdon'ın çantasındaki taş piramitle altın kapak taşını hayalinde canlandırdı. *Bu iki parça aynı odada bulunmayalı uzun yıllar oluyor.*

Bellamy o acı dolu geceyi hiç unutmamıştı. *Peter'ın başına gelecek felaketlerin ilkiydi.* Zachary Solomon'ın on sekizinci yaş günü için Potomac'taki Solomon malikânesine davet edilmişti. Asi bir genç olmasına rağmen Zachary bir Solomon'dı ve bu da aile geleneğine uyularak bu akşam miras hakkının ona verileceği anlamına geliyordu. Bellamy, Peter'ın yakın dostlarından ve güvendiği mason kardeşlerinden biriydi, o yüzden geceye şahit olarak katılmasını istemişti. Fakat Bellamy'den şahitlik yapması istenen tek şey miras hakkının verilmesi değildi. Bu akşam ortada paradan çok daha önemli şeyler vardı.

Bellamy erken gitmiş ve kendisinden istendiği gibi Peter'ın çalışma odasında beklemişti. Bu harika eski oda; deri, odun ateşi ve demleme çay kokuyordu. Peter, oğlu Zachary'yi odaya getirdiğinde Warren yerinde oturmaktaydı. On sekiz yaşındaki sıska delikanlı, Bellamy'yi görünce kaşlarını çatmıştı. "Burada ne işin var?"

Bellamy, "Şahitlik yapıyorum," demişti. "Doğum günün kutlu olsun Zachary."

Oğlan mırıldanıp başını çevirmişti.

Peter, "Otur Zach," demişti.

Zachary, babasının büyük ahşap masasının karşısındaki tek koltuğa oturmuştu. Solomon çalışma odasının kapısını kilitlemiş, Bellamy diğer taraftaki koltuğa geçmişti.

Solomon, Zachary'yle ciddi bir ses tonuyla konuşmaya başlamıştı. "Neden burada olduğunu biliyor musun?"

Zachary, "Galiba biliyorum," demişti.

Solomon derin bir iç çekmişti. "Uzun zamandır seninle hiçbir konuda anlaşamadığımızı biliyorum Zach. İyi bir baba olmak ve seni bu ana hazırlamak için elimden geleni yaptım."

Zachary hiçbir şey söylememişti.

"Bildiğin gibi, her Solomon çocuğuna yetişkinliğe geçtiğinde doğum hakkı verilir ki, bu Solomon servetinden bir pay demektir. Burada amaç bu payın bir *tohum* görevi üstlenmesidir... terbiye olman, olgunlaşman ve insanlığın gelişmesine katkıda bulunman için."

Solomon duvardaki bir kasanın yanına gidip kilidini açmış ve büyük, siyah bir klasör çıkarmıştı. "Oğlum, bu portföyde maddi mirasını kendi ismine aktarman için gerekli olan her şey var." Klasörü masanın üstüne bırakmıştı. "İsteğim, bu parayı üretken, refah ve hayırsever bir hayat kurmak için harcaman."

Zachary klasöre uzanmıştı. "Teşekkürler."

Elini klasörün üstüne koyan babası, "Bekle," demişti. "Açıklamam gereken başka bir şey daha var."

Babasına küçümseyici bir bakış fırlatan Zachary, koltuğa geri çökmüştü.

"Solomon mirasının henüz bilmediğin başka boyutları da vardır." Babası şimdi oğlunun gözlerinin içine bakıyordu. "Sen benim ilk evladımsın Zachary, bu da bir seçim yapabileceğin anlamına geliyor."

Delikanlı şaşkınlıkla yerinde doğrulmuştu.

"Bu senin geleceğinin yönünü tayin edebilecek bir seçim, bu yüzden iyice düşünmeni istiyorum."

"Ne seçimi?"

Babası derin bir nefes almıştı. "Zenginlikle... bilgelik arasında bir seçim." Zachary, ona boş gözlerle bakmıştı. "Zenginlik veya bilgelik mi? Anlamıyorum."

Solomon ayağa kalkıp, yeniden kasanın yanına yürümüş ve üzerine masonik semboller kazınmış ağır, taş bir piramit çıkarmıştı. Taşı masada duran klasörün yanına bırakıp, "Bu piramit uzun zaman önce yapıldı ve nesiller boyu ailemize emanet edildi," demişti.

"Bir piramit mi?" Zachary pek heyecanlanmış gibi durmuyordu.

"Oğlum, bu piramit bir haritadır... Bize, insanlığın en büyük kayıp hazinelerinden birinin yerini açıklıyor. Bu harita, hazinenin bir gün yeniden keşfedilmesi için yapıldı." Peter'ın sesinde şimdi gururlu bir ton vardı. "Ve bu akşam, gelenek olduğu üzere, bazı özel şartlarla... bunu sana veriyorum.."

Zachary piramide şüpheyle bakmıştı. "Hazine neymiş?"

Bellamy, Peter'ın böyle düşüncesiz bir soruyu duymayı beklemediğini biliyordu. Adam yine de tavırlarını değiştirmemişti.

"Zachary, bunun altında yatan gizemleri öğrenmeden sana bunu açıklamak çok güç. Ama bu hazinenin özü... Antik Gizemler dediğimiz bir şeydir."

Babasının şaka yaptığını düşünen Zachary kahkahayı basmıştı.

Bellamy, Peter'ın gözlerinde büyüyen hüznü görebiliyordu.

"Bunu tasvir etmek benim için çok güç Zach. Geleneksel olarak bir Solomon on sekiz yaşına geldiğinde, yüksek öğretimi için yatırım..."

Zachary, "Sana söyledim!" diye bağırarak babasının lafını kesmişti. "Üniversiteye gitmek istemiyorum!"

Hâlâ sakin bir ifadeyle konuşan Peter, *"Üniversiteden* bahsetmiyorum," demişti. "Farmason kardeşliğinden bahsediyorum. İnsanlık biliminde süregelen gizemler üzerine bir eğitimi kastediyorum. Eğer aralarına katılmayı isteseydin, bu akşam vereceğin kararın önemini anlamana yardımcı olacak eğitimi de almaya başlamış olurdun."

Zachary gözlerini devirmişti. "Yine bana mason nutuğu atma. Katılmak istemeyen ilk Solomon olduğumu biliyorum. Ne var yani? Anlamıyor musun? Bir avuç yaşlı adamla kıyafet değiştirme oyunu oynamak istemiyorum!"

Peter uzun süre sessizliğini korumuştu. Bellamy, arkadaşının hâlâ genç görünen gözlerinin etrafında ince çizgilerin oluşmaya başladığını fark edebiliyordu.

Sonunda Peter, "Peki anladım," demişti. "Artık devir değişti. Masonluğun sana garip, hatta sıkıcı geldiğini anlıyorum. Ama şunu bilmeni isterim ki, fikrini değiştirecek olursan, kapı sana *daima* açık olacaktır."

Zach, "Nefesini boşa harcama," diye homurdanmıştı.

Ayağa fırlayan Peter, "Bu kadarı yeter!" diye oğlunun sözünü kesmişti. "Hayat sana zor geliyor, bunu anlıyorum Zachary, ama seni yönlendirecek tek kişi ben değilim. Seni mason cemaatinin arasına alıp, gerçek potansiyelini göstermeyi bekleyen iyi adamlar var."

Zachary alaycı bir tebessümle Bellamy'ye bir göz atmıştı. "Bu yüzden mi buradasınız Bay Bellamy? Siz masonlar toplanıp benim üstüme saldırın diye mi?"

Hiçbir şey söylemeyen Bellamy, Zachary'ye odada gücün kimde olduğunu hatırlatmak için dönüp Peter Solomon'a saygı dolu gözlerle bakmıştı.

Zachary yeniden babasına dönmüştü.

Peter, "Zach," demişti. "Bu şekilde hiçbir yere varamıyoruz... Ancak şunu bilmeni istiyorum: Bu akşam sana teklif edilen sorumluluğu anlasan da anlamasan da bunu sunmak benim ailevi sorumluluğumdu." Piramidi işaret ederek, "Bu piramidi muhafaza etmek ender bir ayrıcalıktır," demişti. "Kararını vermeden önce bu fırsatı birkaç gün değerlendirmeni tavsiye ederim."

Zachary, "Fırsat mı?" demişti. "Bir taşa bakıcılık yapmak mı?"

Peter içini çekerek, "Bu dünyanın büyük gizemleri var Zach," demişti. "En akla gelmedik hayalleri aşan sırlar var. Piramit, işte bu sırları koruyor. Ve bundan da önemlisi, muhtemelen henüz sen yaşarken bir gün gelecek, piramit deşifre edilecek ve sırları ortaya çıkacak. Bu, insanlık adına büyük bir değişim anı olacak... ve sen o anda büyük bir rol oynama şansına sahipsin. Bunu dikkatlice düşünmeni istiyorum. Zenginlik sıradandır, hikmet ise az bulunur." Önce klasörü, sonra piramidi gösterdi. "Hikmet olmadan zenginliğin felaketle sonuçlanacağını unutmaman için yalvarıyorum."

Zachary, babası sanki bir deliymiş gibi ona bakıyordu. "Ne dersen de baba, bunun için mirasımdan vazgeçmeyeceğim." Piramidi işaret ediyordu.

Peter ellerini önünde kavuşturmuştu. "Eğer sorumluluk almayı seçersen, masonlar arasındaki eğitimini tamamlayana kadar hem paranı, hem de piramidi senin için saklarım. Bu, yıllar sürer ama böylece paraya da, piramide de sahip olacak olgunluğa erişirsin. Zenginlik ve hikmet. Güçlü bir birleşim."

Zachary ayağa fırlamıştı. "Tanrım, baba! Hiç vazgeçmeyeceksin, değil mi? Masonlar veya taş piramitler ya da Antik Gizemler umrumda değil!" Uzanıp siyah klasörü kapmış ve babasının yüzüne doğru sallamıştı. "Benim doğum hakkım *bu!* Benden önceki Solomon'larla aynı! Eski hazine haritalarıyla ilgili uyduruk hikâyelerle beni mirasımdan vazgeçirmeye çalıştığına inanamıyorum!" Klasörü koltuğunun altına sıkıştırıp, Bellamy'nin yanından odanın terasa açılan kapısına yönelmişti.

"Zachary, bekle!" Zachary karanlığa doğru yürürken, babası arkasından koşmuştu. "Ne yaparsan yap, gördüğün piramitten asla bahsetmemelisin!" Peter Solomon'ın sesi çatallaşmıştı. "Hiç kimseye! Asla!"

Ama Zachary, ona aldırış etmeden karanlığın içinde gözden kaybolmuştu.

Masasına geri dönüp, deri koltuğuna kendini bırakan Peter Solomon'ın gözleri keder doluydu. Uzun süren bir sessizliğin ardından, başını kaldırıp Bellamy'ye baktı ve gülümsemeye çalıştı. "İyi gitti."

Solomon'ın kederini paylaşan Bellamy içini çekmişti. "Nezaketsizlik yapmak istemem Peter ama... ona güveniyor musun?"

Solomon anlamsızca boşluğa bakıyordu.

"Demek istediğim... piramitle ilgili bir şey söylemeyeceğine güveniyor musun?" diye ısrar etmişti.

Solomon'ın yüzü ifadesizdi. "Ne diyeceğimi gerçekten bimiyorum Warren. Artık onu tanıdığıma bile emin değilim."

Bellamy ayağa kalkıp, büyük masanın önünde aşağı yukarı yürümüştü. "Peter, sen ailevi görevini yerine getirdin. Ama az önce yaşananları göz önünde bulundurarak, sanırım tedbir almamız gerekecek. Ona yeni bir ev bulman için kapak taşını sana geri vermem gerekecek. Artık ona başka biri göz kulak olmalı."

263   *Kayıp Sembol*

Solomon, "Neden?" diye sormuştu.

"Zachary birisine piramitten bahsedecek olursa... ve bu akşam benim de burada olduğumu söylerse..."

"Kapak taşı hakkında hiçbir şey bilmiyor ve piramidin önemini kavrayamayacak kadar çocuk. Kapak taşı için yeni bir eve ihtiyacımız yok. Ben piramidi kasamda saklayacağım. Ve sen de kapak taşını nerede saklıyorsan orada tutacaksın. Şimdiye dek yaptığımız gibi."

Altı yıl sonra, Noel Günü, aile hâlâ Zachary'nin ölüm acısını atlatamamışken, onu hapiste öldürdüğünü iddia eden bir adam, Solomon malikânesine girmişti. Saldırgan, piramit için gelmiş ama Isabel Solomon'ın hayatını alıp gitmişti.

Günler sonra Peter, Bellamy'yi ofisine çağırmıştı. Kapıyı kilitleyip piramidi kasadan çıkarmış ve aralarındaki masanın üstüne koymuştu. "Seni dinlemem gerekirdi."

Bellamy, Peter'ın bu konuda suçluluk hissettiğini biliyordu. "Bir şey fark etmezdi."

Solomon esefle içini çekmişti. "Kapak taşını getirdin mi?"

Bellamy cebinden küp şeklinde küçük bir paket çıkarmıştı. Rengi solmuş ambalaj kâğıdına düğüm atılmış ve Solomon'ın yüzüğündeki amblemi taşıyan balmumuyla mühürlenmişti. Paketi masanın üstüne bırakan Bellamy, bu akşam Mason Piramidi'nin iki yarısının olmaması gerektiği kadar birbirine yakınlaştığının farkındaydı. "Buna muhafızlık edecek başka birini bul. Kim olduğunu bana söyleme."

Solomon başını sallamıştı.

Bellamy, "Piramidi nerede saklayabileceğin hakkında bir fikrim var," demişti. Solomon'a Kongre Binası'nın alt bodrumundan bahsetmişti. "Washington'da oradan daha güvenli bir yer yok."

Solomon'ın bu fikri hemen benimsediğini hatırlıyordu, çünkü piramidi ulusun sembolik kalbinde saklamak kadar uygun başka bir şey olamazdı. Bellamy, *tipik Solomon,* diye düşünmüştü. *Bir krizin ortasında bile idealist davranır.*

Şimdi, on yıl sonra, Bellamy gözleri bağlanmış bir halde Kongre Kütüphanesi'nde yürütülürken, bu gece krizin sona ermekten çok uzak olduğunu biliyordu. Ayrıca Solomon'ın kapak taşına muhafızlık etmek için kimi seçtiğini de... Robert Langdon'ın bu işi başarabilmesi için Tanrı'ya dua etti.

62. BÖLÜM

İkinci Sokak'ın altındayım.

Taşıyıcı bant karanlıkta Adams Binası'na doğru ilerlerken, Langdon gözlerini kapatmıştı. Başının üstündeki tonlarca toprağı ve içinde seyahat ettiği dar tüpü düşünmemeye çalışıyordu. Hemen yakınında Katherine'in nefes aldığını duyabiliyordu ama şu ana dek tek kelime etmemişti.

Şok geçiriyor. Langdon ona ağabeyinin kesilmiş elinden bahsetmek istemiyordu. *Bahsetmelisin Robert. Bilmeye hakkı var.*

Sonunda Langdon gözlerini açmadan, "Katherine?" dedi. "İyi misin?"

Yakın bir yerden ve kimden çıktığı görülmeyen titrek bir ses yükseldi. "Robert, taşıdığın şu piramit. Peter'ın değil mi?"

Langdon, "Evet," diye cevap verdi.

Ardından uzun bir sessizlik oldu. "Bence... annem o piramit yüzünden öldürüldü."

Langdon, Isabel Solomon'ın on yıl önce öldürüldüğünü biliyordu ama ayrıntılarından haberi yoktu. Ayrıca Peter, piramitle ilgili herhangi bir şey söylememişti. "Neden bahsediyorsun?"

O akşam yaşanan korkunç olayları, dövmeli adamın evlerine nasıl girdiğini hatırlarken Katherine'in sesi duygu doluydu. "Uzun zaman önceydi, ama piramidi istediğini hiç unutmadım. Hapisteyken, yeğenim Zachary'den... onu öldürmeden hemen önce piramidi öğrendiğini söylemişti."

Langdon büyük bir şaşkınlıkla Katherine'i dinliyordu. Solomon ailesinin yaşadığı trajediler inanılacak gibi değildi. Katherine, saldırganın o akşam öldüğüne inandığını anlatarak devam etti... ama aynı adam bugün yeniden ortaya çıkmış, Peter'ın psikiyatrı numarası yaparak Katherine'i evine çekmişti. Endişeli bir sesle, "Ağabeyim hakkında, annemin ölümü hakkında ve hatta *işim* hakkında özel şeyler biliyordu," dedi. "Bunları ancak ağabeyimden öğrenmiş olabilirdi. Bu yüzden ona güvendim... Smithsonian Müzesi Destek Merkezi'ne de böyle girdi." Katheri-

Kayıp Sembol

ne derin bir nefes alıp, Langdon'a adamın bu akşam laboratuvarını havaya uçurduğundan emin olduğunu söyledi.

Langdon olanlara inanamıyordu. İkisi de birkaç dakika boyunca hareket eden bantın üzerinde hiç konuşmadılar. Langdon bu akşamın dehşet verici diğer haberlerini Katherine'le paylaşması gerektiğini biliyordu. Elinden geldiğince sakin ve nazik bir biçimde, ağabeyinin ona yıllar önce küçük bir paket emanet ettiğini, bu akşam oyuna gelerek Washington'a bu paketi getirdiğini ve sonunda Kongre Binası'nın Rotunda'sında ağabeyinin elinin bulunduğunu anlattı.

Katherine'in tepkisi sağır edici bir sessizlikti.

Langdon, onun sersemlediğini hissedebiliyor ve uzanıp teselli etmek istiyordu ama, karanlık ve dar bir yerde uç uca yatmak bunu imkânsızlaştırıyordu. "Peter iyi," diye fısıldadı. "Yaşıyor ve onu geri alacağız." Langdon, ona umut vermeye çalıştı. "Katherine, onu elinde tutan kişi, piramidi onun için deşifre edersem... bana ağabeyini canlı iade etmeye *söz verdi.*"

Katherine hâlâ bir şey söylemiyordu.

Langdon konuşmaya devam etti. Ona taş piramidi, masonik şifreyi, mühürlü kapak taşını anlattı. Ve Bellamy'nin bunun gerçekten de efsanedeki Mason Piramidi olduğuna, yeryüzünün derinliklerine inen sarmal bir merdivenin saklandığı yeri ortaya çıkaran bir harita olduğuna ve Washington'da uzun yıllar önce yerin yüzlerce metre altına gömülen gizemli bir hazine bulunduğuna inandığını söyledi.

Katherine sonunda konuştuğunda sesi yavan ve duygusuzdu. "Robert, gözlerini aç."

Gözlerimi mi açayım? Langdon bulundukları yerin ne kadar dar olduğunu görmek bile istemiyordu.

Katherine bu kez telaşla, "Robert!" dedi. "Gözlerini aç! Geldik!"

İlk girdiği deliğe benzer bir delikten geçerken Langdon gözlerini açtı. Katherine taşıyıcı banttan iniyordu bile. Taşıyıcı bant köşeden kıvrılıp, aynı yoldan geri dönmeden hemen önce, Langdon bacaklarını kenardan aşağı sarkıtarak karo zemine tam zamanında atladı. Katherine hemen onun çantasını aldı. İçinde bulundukları bu yer geldikleri diğer binadakine benzer bir devridaim odasıydı. Küçük bir levhada ADAMS BİNASI: DEVRİDAİM ODASI 3 yazıyordu.

Langdon kendini bir tür yeraltı doğum kanalından çıkmış gibi hissediyordu. *Yeniden doğdum.* Hemen Katherine'e döndü. "Sen iyi misin?"

Katherine'in gözleri kızarmıştı ve ağladığı belli oluyordu ama metanetle başını salladı. Langdon'ın çantasını alıp, tek kelime konuşmadan odanın karşı tarafına götürdü ve dağınık bir masanın üzerine bıraktı. Masanın halojen lambasını yaktı, çantanın fermuarını açıp, kenarlarını aşağı sıyırdı ve içine baktı.

Granit piramit, halojen ışığında adeta pürüzsüz görünüyordu. Katherine parmaklarını yüzeye kazınmış mason şifresinin üzerinde gezdirirken, Langdon onun derin bir duygu seline kapıldığını hissediyordu. Yavaşça çantaya uzanıp, küp şeklindeki paketi çıkardı. Işığın altına tutup dikkatle inceledi.

Langdon, "Gördüğün gibi, balmumu mühür Peter'ın mason yüzüğüyle damgalanmış," dedi. "Paket, bu yüzükle yüz yıl önce mühürlenmişti."

Katherine hiçbir şey söylemedi.

Langdon, ona, "Ağabeyin bu paketi bana emanet ettiğinde, karmaşanın içinde düzen yaratacağını söylemişti," dedi. "Bunun ne anlama geldiğinden pek emin değilim ama, kapak taşının çok önemli bir şeyi ortaya çıkardığını sanıyorum, çünkü Peter onun yanlış ellere geçmemesi gerektiği konusunda çok ısrar etmişti. Bay Bellamy de bana aynı şeyi, piramidi saklamamı ve kimsenin paketi açmasına izin vermememi söyledi."

Katherine bunun üzerine öfkeli bir ifadeyle ona döndü. "Bellamy sana paketi *açmamanı* mı söyledi?"

"Evet. Bu konuda çok ciddiydi."

Katherine şüpheli görünüyordu. "Ama piramidi deşifre etmemizin tek yolunun bu kapak taşı olduğunu söyledin, öyle değil mi?"

"Herhalde öyle."

Katherine'in ses tonu gitgide yükseliyordu. "Ve sana o adam tarafından, piramidi deşifre etmen gerektiği söylendi. Peter'ı ancak bu şekilde geri alabiliriz, öyle değil mi?"

Langdon başını salladı.

"O halde Robert, neden paketi açıp bunu hemen deşifre etmiyoruz?!"

Langdon nasıl cevap vereceğini bilmiyordu. "Katherine, ben de aynı tepkiyi verdim ama Bellamy, piramidin sırrının çözülmemesinin her şeyden... ağabeyinin hayatından bile daha önemli olduğunu söyledi."

Katherine'in güzel yüz hatları sertleşti ve bir tutam saçı kulağının arkasına sıkıştırdı. Konuşurken sesi kararlıydı. "Bu taş piramit her neyse, benim tüm ailemin hayatına mal oldu. Önce yeğenim Zachary, sonra annem ve şimdi de ağabeyim. Ve gerçeği kabul edelim Robert, bu akşam beni uyarmak için aramasaydın..."

Langdon kendini Katherine'in mantığıyla Bellamy'nin ısrarcı baskısı arasına sıkışmış hissediyordu.

Katherine, "Ben bir bilim insanı olabilirim," dedi. "Ama aynı zamanda ailemde tanınmış masonlar da var. İnan bana Mason Piramidi ve onun insanlığı aydınlatacak olan büyük hazineleri hakkındaki tüm hikâyeleri duydum. Dürüst olmak gerekirse, böyle bir şeyin var olabileceğine inanmakta güçlük çekiyorum. Ama eğer varsa... belki de ortaya çıkarma zamanı gelmiştir." Katherine paketin üstündeki eski düğümün altına parmağını soktu.

Langdon yerinde sıçradı. "Katherine, hayır! Bekle!"

Katherine durdu ama parmağını düğümün altından çekmedi. "Robert, ağabeyimin bunun için ölmesine izin vermeyeceğim. Kapak taşı her ne söylüyorsa... o yazılar hangi kayıp hazineyi ortaya çıkarıyorsa... tüm bu sırlar bu gece sona erecek."

Böyle söyledikten sonra düğüme asıldı ve kırılgan balmumu mühür açıldı.

63. BÖLÜM

Washington'daki Büyükelçilikler Bölgesi'nin[1] hemen batısındaki sakin mahallede, gülleri on ikinci yüzyıldaki bitkilerden filizlendirildiği söylenen ortaçağ tarzı, taş duvarlı bir bahçe bulunur. Bahçedeki Gölge Evi diye bilinen Carderock kameriye, George Washington'ın kendi taşocağından çıkarılan taşlardan yapılmış dolambaçlı patikaların ortasında durur.

Bu akşam bahçenin sessizliğini, ahşap kapıdan girerken bağıran genç bir adam bozuyordu.

Ay ışığında önünü görmeye gayret ederken, "Merhaba!" diye seslendi. "Burada mısınız?"

Kırılgan ve güç duyulur bir ses cevap verdi. "Kameriyedeyim... biraz hava alıyordum."

Genç adam, yaşlı amirini, taş bankta bir battaniyenin altında otururken buldu. Kamburu çıkmış ufak tefek yaşlı adamın cinleri andıran yüz hatları vardı. Yıllar bedenini bükmüş ve görme yeteneğini çalmıştı ama ruhu hâlâ dimdik ayaktaydı.

Soluklanmaya çalışan genç adam ona, "Ben.. az önce... arkadaşınız... Warren Bellamy'den bir telefon aldım," dedi.

"Ya?" Yaşlı adam başını dikleştirdi. "Neyle ilgili?"

"Söylemedi ama sanki acelesi var gibiydi. Telesekreterinize mesaj bıraktığını söyledi, hemen dinlemeniz gerekiyormuş."

"Sadece bunları mı söyledi?"

"Pek değil." Genç adam duraksadı. "Size bir soru sormamı istedi." *Çok garip bir soru.* "Cevabınıza hemen ihtiyacı olduğunu söyledi."

Yaşlı adam hemen yaklaştı. "Ne sorusu?"

Genç adam, Bay Bellamy'nin sorusunu dile getirirken, yaşlı adamın yüzünün aldığı ifade ay ışığında bile görülebiliyordu. Hemen battaniyesini fırlatıp ayağa kalkmaya çalıştı.

"Lütfen içeri girmeme yardım et. Hemen."

---

(1) Embassy Row

Kayıp Sembol

64. BÖLÜM

Katherine Solomon, *başka sır olmayacak*, diye düşündü.

Nesillerdir bozulmadan duran balmumu mühür, şimdi önündeki masada paramparça duruyordu. Ağabeyinin kıymetli paketinin rengi solmuş sarı ambalaj kâğını açtı. Yanında duran Langdon son derece huzursuzdu.

Katherine kâğıdın altından, gri taştan yapılmış küçük bir kutu çıkarmıştı. Cilalı bir granit küpe benzeyen kutunun, hiçbir yerinde menteşesi, kilidi veya görünürde açılır bir yeri yoktu. Bu, Katherine'e Çin bulmaca kutularını hatırlattı.

Parmaklarını kenarlarında gezdirirken, "Düz bir blok gibi görünüyor," dedi. "Filmde iç tarafının çukur göründüğüne emin misin? Kapak taşı içinde mi?"

Katherine'in yanına gelip, gizemli kutuyu dikkatle inceleyen Langdon, "Öyleydi," dedi. Katherine'le birlikte, açmanın bir yolunu bulmak için kutuya farklı açılardan baktılar.

Kutunun üst kenarındaki gizli çatlağı tırnağıyla hisseden Katherine, "Buldum," dedi. Kutuyu masanın üstüne yerleştirdi ve kapağı özenle kaldırdı. Kapak, kıymetli bir mücevher kutusu gibi kolayca açıldı.

Kapak geriye düştüğünde hem Katherine hem de Langdon, nefeslerini tuttular. Kutunun içi adeta ışık saçıyordu. Neredeyse doğaüstü bir ihtişamla parlıyordu. Katherine hayatında hiç bu kadar büyük bir altın parçası görmemişti. Kıymetli metalin, masadaki lambanın ışığını yansıttığını fark etti.

"Göz alıcı," diye fısıldadı. Yüz yılı aşkın bir süredir karanlık bir kutunun içinde mühürlü kalmış olmasına rağmen, kapak taşı ne solmuş ne de lekelenmişti. *Altın, bozulma yasasına dirençlidir; eskilerin, onun sihirli olduğunu düşünmelerinin sebebi budur.* Katherine eğilerek, küçük altın tepeciğin üstünden bakarken nabzının hızlandığını hissetti. "Bir yazı var."

Langdon yaklaşınca, omuzları birbirine değdi. Mavi gözleri merakla parlıyordu. Profesör, Katherine'e Antik Yunan'daki bireşim -parçalara ayrılmış şifre- oluşturma yöntemini ve uzun yıllar önce piramitten ayrılan bu kapak taşının, piramidin şifresini çözmekte nasıl bir anahtar rol oynayacağını anlatmıştı. Bu yazı her ne diyorsa, karmaşadan düzen yaratacaktı.

Katherine küçük kutuyu ışığa tutup, kapak taşına baktı.

Küçük olmakla birlikte yazı mükemmel biçimde görünüyordu. Yüzeyinin bir kenarına, güzel bir elyazısıyla bir metin kazınmıştı. Katherine dört basit kelimeyi okudu.

Sonra bir daha okudu.

"Hayır!" dedi. "Söylediği şey *olamaz!*"

Sokağın karşısında bulunan Başkan Sato, Kongre Binası'nın dışındaki yaya yolundan, 1. Sokak'taki randevu yerine telaşlı adımlarla ilerliyordu. Operasyon ekibinden gelen son haberler kabul edilemezdi. Langdon yoktu. Piramit yoktu. Kapak taşı yoktu. Bellamy'yi gözaltına almışlardı ama onlara doğruyu söylemiyordu. En azından şimdilik.

Ben, onu konuştururum.

Omzunun üstünden arkaya, Washington'ın en yeni manzarasına -yeni ziyaretçi merkezinin üstündeki Kongre Binası Kubbesi- baktı. Işıklandırılmış kubbe, bu gece gerçekten tehlikede olan şeyin önemini vurguluyordu. *Zaman.*

Sato'nun cep telefonu çaldı ve arayanın kendi Güvenlik Ofisi uzmanı olduğunu görünce rahatladı.

Sato, "Nola," diye cevap verdi. "Ne buldun?"

Nola Kaye, ona kötü haberi verdi. Kapak taşının röntgen filmindeki yazı okunamayacak kadar belirsizdi ve görüntü geliştirici filtreler de işe yaramamıştı.

Kahretsin. Sato dudağını ısırdı. "Peki, on altı harfli sistem ne oldu?"

Nola, "Üzerinde çalışıyorum," dedi. "Ama şu ana kadar uygulanabilir ikinci bir şifreleme düzeni bulamadım. Bilgisayarda sistemdeki harfleri karıştırıp, tanımlanabilir bir şey bulmaya çalışıyorum ama yirmi trilyondan fazla olasılık var."

"Çalışmaya devam et. Bir şey bulursan bana haber ver." Sato asık bir yüzle telefonu kapattı. Sadece fotoğraf ve röntgen filmini kullanarak piramidi deşifre etme umutlarını hızla yitiriyordu. *O piramitle kapak taşına ihtiyacım var... ve vaktim daralıyor.*

Sato, 1. Sokak'a vardığında, siyah bir Escalade SUV, yolu ikiye ayıran çift sarı şeridi geçip, tam önündeki randevu noktalarında durdu. Bir ajan tek başına araçtan indi.

Sato, "Langdon'dan haber var mı?" diye sordu.

Adam donuk bir sesle, "Güvenlik üst seviyede," dedi. "Destek birimleri geldi. Kütüphanenin tüm çıkışları kuşatıldı. Hatta bir de hava desteğimiz geliyor. Ona göz yaşartıcı gaz sıkacağız, kaçacak yeri kalmayacak."

"Peki Bellamy?"

"Arka koltukta bağlı."

Güzel. Omzu hâlâ ağrıyordu.

Ajan, Sato'ya, içinde cep telefonu, anahtarlar ve cüzdanın bulunduğu plastik torbayı verdi. "Bellamy'nin üzerindekiler."

"Başka bir şey var mı?"

"Hayır efendim. Piramit ve paket hâlâ Langdon'da olmalı."

Sato, "Tamam," dedi. "Bellamy söylemediği pek çok şey biliyor. Onu bizzat sorgulamak istiyorum."

"Peki efendim. O halde Langley'ye mi gidiyoruz?"

Sato derin bir nefes alıp, SUV'un yanında birkaç adım attı. ABD vatandaşlarını sorgulamanın katı kuralları vardı ve Bellamy'yi Langley'de tanıklar huzurunda videoya kaydetmeden, avukatlar, vesaire vesaire olmadan sorgulaması kesinlikle yasadışıydı. "Langley'ye değil," derken daha yakın bir yer düşünmeye çalışıyordu. *Ve daha sakin.*

SUV'un yanında hazır olda emir bekleyen ajan, hiçbir şey söylemedi.

Sato sigara yakıp derin nefes çekti ve Bellamy'nin eşyalarının bulunduğu plastik torbaya baktı. Anahtar halkasına USBG yazan dört harfli bir elektronik anahtarlık takılıydı. Elbette Sato bu anahtarlığın hangi hükümet binasına ait olduğunu biliyordu. Bina çok yakındı ve bu saatte fazlasıyla sakindi.

Gülümseyip, anahtarlığı cebine attı. *Mükemmel.*

Ajana Bellamy'yi götürmek istediği yeri söylediğinde adamın şaşıracağını sanmıştı, ama soğuk bakışlarından bir şey anlaşılmayan ajan başını sallayıp, Sato'nun binmesi için SUV'un kapısını açtı.

Sato profesyonellere bayılıyordu.

Adams Binası'nın bodrum katındaki Langdon, altın kapak taşının yüzeyine zarif bir biçimde yazılmış kelimelere şüpheyle bakıyordu.

Bu kadar mı?

Yanındaki Katherine kapak taşını ışığa tuttu ve başını iki yana salladı. "Daha fazlası olmalı," derken kandırılmış gibi konuşuyordu. "Ağabeyim yıllardır *bunu* mu koruyordu?"

Langdon da şaşırdığını itiraf etmeliydi. Peter'la Bellamy'nin söylediklerine göre bu kapak taşı, piramidi deşifre etmelerine yardımcı olacaktı. Langdon bu iddiaların ışığında, daha aydınlatıcı bir şey bekliyordu. *Bu çok açık ve işe yaramaz.* Kapak taşının üstündeki dört kelimeyi bir kez daha okudu.

Sır
Düzen'in içinde gizli

Sır Düzen'in içinde mi gizli?

İlk bakışta bu yazı anlaşılır bir şey söylüyor gibiydi. Piramidin üstündeki harfler "düzensizdi" ve işin sırrı uygun sıralamayı bulmaktı. Ama bu yazının aşikâr olmanın yanı sıra, alışılmadık bir tarafı daha vardı. Langdon, "Düzen kelimesi büyük harfle başlıyor," dedi.

Katherine anlamsızca başını salladı. "Gördüm."

Sır Düzen'in içinde gizli. Langdon'ın aklına tek bir mantıklı açıklama geliyordu. "Düzen kelimesi burada Masonik Düzen'i ifade ediyor olmalı."

Katherine, "Katılıyorum," dedi. "Ama yine de faydası dokunmuyor. Bize hiçbir şey söylemiyor."

Langdon onunla aynı fikirdeydi. Zaten tüm Mason Piramidi hikâyesi Masonik Düzen'in içinde gizlenen bir sırrın etrafında dönüyordu.

"Robert, ağabeyim sana bu kapak taşının, başkalarının sadece *karmaşa* gördüğü yerde senin *düzen* görmene yardımcı olacağını söylememiş miydi?"

Langdon boşuna uğraştığını düşünerek başını salladı. Bu akşam ikinci kez kendini yetersiz hissediyordu.

65. BÖLÜM

Mal'akh, beklenmedik misafiriyle -Preferred Güvenlik Şirketi'nin kadın güvenlik görevlisi- işini bitirdiğinde, kutsal çalışma alanının dışarıya açılan penceresinin boyasını tazeledi.

Bodrumun yumuşak mavi buğusundan uzaklaşarak gizli bir kapıdan oturma odasına geçti. İçeri girdiğinde durup, olağanüstü *Üç Güzeller* tablosuna baktı ve evinin o tanıdık kokularıyla seslerinin keyfini çıkardı.

Yakında sonsuza kadar gitmiş olacağım. Mal'akh bu geceden sonra bir daha geri dönemeyeceğini biliyordu. Gülümseyerek, *bu geceden sonra, bu yere artık ihtiyacım kalmayacak,* diye düşündü.

Robert Langdon'ın piramidin gerçek gücünü veya kaderin ona biçtiği rolün önemini keşfedip keşfetmediğini merak ediyordu. Kullanılıp atılan telefonundaki mesajları bir kez daha kontrol ettikten sonra, *Langdon beni arayacak,* diye düşündü. Saat şu anda 22.02'ydi. *İki saatten az vakti kaldı.*

Mal'akh merdivenlerden yukarı, İtalyan mermeri kaplı banyosuna çıktı ve ısınması için buharlı duşunu açık bıraktı. Temizlenme ritüeline başlamanın hevesiyle, kıyafetlerini sistemli bir şekilde çıkardı.

Açlıktan kazınan midesini yatıştırmak için iki bardak su içti. Sonra boy aynasına yürüyüp, çıplak vücudunu inceledi. İki gündür tuttuğu oruç, kaslarını ortaya çıkarmıştı. Kendine bakmaya doyamıyordu. *Şafak sökerken, bundan çok daha fazlası olacağım.*

66. BÖLÜM

Langdon, Katherine'e, "Buradan çıkmalıyız," dedi. "Yerimizi bulmaları an meselesi." Bellamy'nin kaçabilmiş olmasını ümit ediyordu.

Yazının hiçbir şey açıklamıyor olmasına hâlâ inanamayan Katherine, altın kapak taşına kilitlenmiş gibi görünüyordu. Kapak taşını kutudan çıkarmış ve tüm kenarlarını incelemişti. Şimdiyse dikkatle kutuya geri koyuyordu.

Langdon, *sır Düzen'in içinde gizli,* diye düşündü. *Çok yardımcı oldu.*

Langdon şimdi, Peter'ın da kutunun içindekiler hakkında yanlış bilgilendirilmiş olabileceğini düşünüyordu. Bu piramit ve kapak taşı, Peter doğmadan çok önce yapılmıştı. Peter ise Langdon ve Katherine kadar kendisi için de gizemini koruyan bir sırrı saklayarak, büyükbabalarının ona söylediğini yapmıştı.

Langdon, *ne bekliyordum ki,* diye düşündü. Mason Piramidi efsanesi hakkında öğrendiği bilgiler arttıkça her şey aklına daha çok yatmaya başlıyordu. *Büyük bir taşla kapanmış gizli bir sarmal merdiven mi arıyorum?* İçinden bir ses Langdon'a boşa kürek çektiğini söylüyordu. Yine de bu piramidi deşifre etmek, Peter'ı kurtarmak için yapabileceği en iyi şey gibi görünüyordu.

"Robert, 1514 yılı senin için bir şey ifade ediyor mu?"

1514? Bu soru hiçbir şey çağrıştırmamıştı. Langdon omuzlarını silkti. "Hayır. Neden?"

Katherine, ona taş kutuyu uzattı. "Bak. Kutuya tarih atılmış. Işığın altında bak."

Langdon bir sandalye çekip, küp şeklindeki kutuyu ışığın altında inceledi. Katherine elini omzuna koyup, kutunun dış tarafında alt köşeye kazınmış minik yazıyı göstermek için eğildi.

Kutuyu işaret ederken, "1514, A.D.," dedi.

Yazıda 1514 sayısı açıkça görülüyordu, fakat takip eden *A* ve *D* harfleri alışılmadık bir karakterle yazılmışlardı.

1514 ⁊D̄

Katherine ümit dolu bir sesle, "Belki de aradığımız bağlantı bu tarihtir?" dedi. "Bu eski küp, masonik köşe taşlarını fazlasıyla andırıyor. Bu yüzden belki de *gerçek* bir köşe taşını işaret ediyordur. Belki de 1514'te inşa edilmiş bir bina vardır?"

Langdon, Katherine'in söylediklerinin bir kısmını duymuştu.

1514, A.D., tarih değil.

⁊D̄ sembolü ortaçağ sanatıyla ilgilenen pek çok akademisyenin de tanıyabileceği gibi, çok iyi bilinen bir sanatçı imzası, daha doğrusu imza yerine kullanılan bir semboldü. Eski filozoflar, ressamlar ve yazarlar, eserlerine isimlerini yazmak yerine kendilerine özel, benzersiz bir sembol ya da isimlerinin başharfleriyle imzalarlardı. Bu uygulama, eserlerine gizemli bir hava katmakla birlikte, yazıları veya eserleri kiliseye aykırı görülürse onları işkenceden de korurdu.

Bu sanatçı imzasındaki *A.D.* harfleri *Anno Domini*[1] anlamına gelmiyordu... Alman dilinde bambaşka bir şey söylüyordu.

Langdon bir anda tüm parçaların yerine oturmaya başladığını fark etti. Birkaç saniye sonra şifreyi nasıl çözeceğinden emindi. Toplanırken, "Katherine, başardın," dedi. "İhtiyacımız olan tek şey buydu. Haydi gidelim. Sana yolda açıklarım."

Katherine şaşkınlık içindeydi. "1514 A.D. tarihi sana gerçekten de bir şey ifade ediyor mu?"

Langdon, ona göz kırpıp kapıya yöneldi. "A.D. tarih değil, Katherine. Bir *kişi.*"

---

(1) Milattan Sonra

67. BÖLÜM

Büyükelçilikler Bölgesi'nin batısında bulunan Gölge Evi kameriyesinin içinde bulunduğu bahçe sessizlik içindeydi. Giriş yolunun diğer ucundaki genç adam, kamburu çıkmış amirini çimlerde yürütüyordu.

Ona yol göstermeme izin mi veriyor?

Normalde bu kör adam, mabedinin topraklarında yolunu tek başına bulmayı tercih ederek, yardım almayı reddederdi. Ama bu akşam, içeri girip, Warren Bellamy'nin çağrısına cevap vermek için sabırsızlanıyormuş gibi görünüyordu.

Özel çalışma odasının bulunduğu binadan içeri girerlerken yaşlı adam, "Teşekkür ederim," dedi. "Buradan sonra yolumu bulabilirim."

"Efendim, kalıp yardımcı olmayı isterim..."

"Bu akşamlık bu kadarı yeter," dedikten sonra yardımcısının kolundan çıktı ve telaşla karanlığa yöneldi. "İyi akşamlar."

Genç adam binadan çıkıp, çimlerin üzerinden aynı topraklardaki mütevazı meskenine geri döndü. Evinden içeri girdiğinde içini kemiren merak duygusuna engel olamıyordu. Yaşlı adam, Bay Bellamy'nin sorusunu duyunca belirgin biçimde keyfi kaçmıştı... ama soru garip, hatta anlamsızdı.

Dul kadının oğluna yardım edecek yok mu?

Hayal gücünü ne kadar zorlasa da bunun ne anlama gelebileceğini kestiremiyordu. Şaşkınlık içinde bilgisayarının başına gidip, aynı cümleyi yazdı.

Aynı soruyu içeren sayfalar üst üste belirmeye başladığında hayrete düştü. Merakla yazılanları okudu. Görünüşe bakılırsa bu garip soruyu tarihte ilk soran Warren Bellamy değildi. Aynı kelimeler yüzyıllar önce... öldürülen bir arkadaşının ardından yas tutan Kral Süleyman tarafından da seslendirilmişti. İddialara göre aynı soru bugün masonlar tarafından da bir tür şifreli yardım çağrısı olarak hâlâ kullanılıyordu. Anlaşılan Warren Bellamy, bir mason dostuna imdat çağrısı göndermişti.

Kayıp Sembol

68. BÖLÜM

Albrecht Dürer mi?

Katherine, Adams Binası'nın bodrumunda Langdon ile birlikte koştururken, parçaları birleştirmeye çalışıyordu. *A.D. demek Albrecht Dürer mi demek?* On altıncı yüzyılın ünlü Alman oymabaskı ve resim sanatçısı, ağabeyinin en sevdiği ressamlardan biriydi. Katherine onun eserlerinden bazılarını biliyordu. Buna rağmen, Dürer'in kendilerine nasıl yardımcı olabileceğini tahmin edemiyordu. *Her şeyden önemlisi, dört yüz yıl önce öldü.*

Işıklı ÇIKIŞ tabelalarını takip ederlerken Langdon, "Dürer, simgesel açıdan mükemmel," diyordu. "Rönesans zihniyetinin en büyük isimlerinden biri; sanatçı, filozof, simyacı ve yılmaz bir Antik Gizemler öğrencisi. Bugüne kadar Dürer'in eserlerindeki gizli mesajları kimse tam manasıyla anlayamadı."

Katherine, "Bunlar doğru olabilir," dedi. "Ama '1514 Albrecht Dürer' ifadesi piramidin nasıl deşifre edileceğini ne şekilde açıklıyor?"

Kilitli bir kapıya geldiklerinde Langdon açmak için Bellamy'nin anahtar kartını kullandı.

Merdivenlerden yukarı hızla çıkarlarken Langdon, "1514 sayısı, Dürer'in çok özel bir eserini işaret ediyor," dedi. Büyük bir koridora gelmişlerdi. Langdon etrafa göz attıktan sonra sol tarafı gösterdi. "Albrect Dürer 1514 sayısını, 1514 yılında tamamladığı en gizemli eserlerinden birinde -*Melankoli I*-[1] saklamıştı. Bu, Kuzey Avrupa Rönesansı'nın yeni ufuklar açan eserlerinden biri olarak kabul edilir."

Peter bir zamanlar Katherine'e antik gizemcilikle ilgili bir kitapta *Melankoli I*'i göstermişti ama gizlenmiş 1514 sayısını hatırlamıyordu.

Langdon heyecanlı bir sesle, "Bildiğin gibi *Melankoli I*, insanoğlunun Antik Gizemleri anlamakta çektiği sıkıntıyı tasvir eder," dedi. "*Melan-*

---

(1) Melencolia I

koli I'deki sembolizm o denli karmaşıktır ki, Leonardo da Vinci'yi anlamak, onun yanında çocuk oyuncağı gibi kalır."

Katherine birden durup Langdon'a baktı. "Robert, *Melankoli I* burada, Washington'da. Ulusal Sanat Galerisi'nde sergileniyor."

Gülümseyerek, "Evet," dedi. "Ve içimden bir ses bunun tesadüf olmadığını söylüyor. Galeri bu saatte kapalıdır ama müze müdürünü tanıyorum..."

"Unut bunu Robert, müzeye gidince neler olduğunu biliyorum." Katherine, üzerinde bilgisayar duran bir masanın yanına yürüdü.

Pek mutlu görünmeyen Langdon, onu takip etti.

"Bunu kolay yoldan yapalım." Görünüşe bakılırsa, sanat uzmanı Profesör Langdon, orijinal bir sanat eseri bu kadar yakınındayken interneti kullanmak konusunda etik açıdan ikilem yaşıyordu. Katherine masanın yanına gidip bilgisayarı açtı. Makine, sonunda açıldığında, Katherine bir sorun olduğunu fark etti. "Tarayıcı simgesi yok."

"Kütüphanenin dahili bilgisayar ağına bağlı." Langdon masaüstünde duran bir simgeyi işaret etti. "Bunu dene."

Katherine, DİJİTAL KOLEKSİYON yazılı bir simgeyi tıkladı. Bilgisayarda yeni bir pencere açıldı ve Langdon tekrar işaret etti. Katherine onun seçtiği simgeyi tıkladı: AYRINTILI BİLGİ KOLEKSİYONU.

"'Albrecht Dürer' yaz."

Katherine ismi yazdıktan sonra, arama düğmesine tıkladı. Birkaç saniye içinde ekranda küçük resimler belirmeye başlamıştı. Resimlerin hepsi aynı tarzda yapılmıştı; karmaşık siyah beyaz oymabaskılar görünüyordu. Dürer'in birbirine benzeyen düzinelerce oymabaskı yaptığı anlaşılıyordu.

Katherine alfabetik sıraya dizilmiş eserlerin listesine baktı:

Âdem ile Havva[1]
İsa'nın Çilesi[2]
Mahşerin Dört Atlısı[3]
TUTKU[4]
Son Akşam Yemeği[5]

---

(1) Adam and Eve
(2) Betrayal of Christ
(3) Four Horsemen of the Apocalypse
(4) Great Passion
(5) Last Supper

İncil'den başlıklar gören Katherine, Dürer'in erken dönem Hıristiyanlık, simya, astroloji ve bilimin bir karışımı olan Mistik Hıristiyanlık ismindeki bir öğretiye inandığını hatırladı.

Bilim...

Laboratuvarının alevler içindeki görüntüsü Katherine'in zihninde canlanmıştı. Uzun vadede doğuracağı sonuçları pek düşünemiyordu, şu anda aklında sadece asistanı Trish vardı. *Umarım kurtulmayı başarmıştır.*

Langdon, Dürer'in *Son Akşam Yemeği* hakkında bir şeyler söylüyordu ama Katherine onu pek duymuyordu. *Melankoli I* için bir bağlantı görmüştü. Fareyi tıklatınca, sayfa resim hakkındaki genel bilgilerle yenilendi.

Melankoli I, 1514
Albrect Dürer
(bakır oymabaskı)
Rosenwald Koleksiyonu
Ulusal Sanat Galerisi
Washington, D.C.

Sayfayı aşağı indirdiğinde, Dürer'in eserinin yüksek çözünürlüklü dijital bir resmi tüm ihtişamıyla karşısına çıktı.

Ne kadar garip olduğunu unutan Katherine, resmi şaşkınlık içinde inceledi.

Langdon, onu anladığını ifade eder şekilde güldü. "Esrarengiz olduğunu söylemiştim."

Melankoli I'de, dev kanatlara sahip biri, akla hayale gelebilecek en aykırı ve biçimsiz nesnelerle -terazi, kemikleri sayılan bir köpek, marangoz gereçleri, kum saati, çeşitli geometrik cisimler, asılı duran bir çan, bir *putto*,[1] bıçak ve merdiven, çevrili taş bir binanın önünde, derin düşüncelere dalmış oturuyordu.

Katherine ağabeyinin, bu kanatlı figürün "insan dehasını" temsil ettiğini söylediğini belli belirsiz hatırlıyordu. Hâlâ aydınlanmaya ulaşamayan büyük düşünür, kederli bir ifadeyle çenesini eline dayamıştı. Bu büyük deha, insan zekâsının sembolleriyle -fen, matematik, felsefe, doğa, ge-

---

(1) Avrupa Rönesans sanatında kullanılan, genellikle çıplak ve kanatlı küçük çocuk figürü.

ometri, hatta marangozluk nesneleri- çevrelenmişti ama hâlâ gerçek aydınlanmaya götüren merdivenden yukarı tırmanamıyordu. *Dâhi biri bile Antik Gizemleri anlamakta güçlük çekiyor.*

Langdon, "Simgesel açıdan bu resim, insanoğlunun *insani* zekâyı *tanrısal* güce dönüştürmekteki başarısız girişimini temsil eder," dedi. "Simyasal açıdan ise, kurşunu altına dönüştüremediğimizi gösterir."

Katherine, "Pek de cesaret verici bir mesaj değil," dedi. "Peki bu bize nasıl yardımcı olacak?" Langdon'ın bahsettiği gizli 1514 sayısını göremiyordu.

Langdon çarpık bir tebessümle, "Karmaşanın içindeki düzen," dedi. "Tıpkı ağabeyinin söylediği gibi." Elini cebine sokup, daha önce masonik şifreden alıp yazdığı harfleri çıkardı. "Şu anda bu harflerin bir anlamı yok." Kâğıdı masanın üstüne yaydı.

S	O	E	U
A	T	U	N
C	S	A	S
V	U	N	J

Katherine tabloya baktı. *Kesinlikle anlamsız.*

"Ama Dürer bunu değiştirecek."

"Peki bunu nasıl yapacak?"

"Dilbilim simyası." Langdon bilgisayar ekranını işaret etti. "Dikkatli bak. Bu sanat eserinde gizli bir şey, on altı harfli tablodan bir anlam çıkartacak." Bekledi. "Görebildin mi? 1514 sayısını ara."

Katherine öğrencilik oynayacak havada değildi. "Robert, hiçbir şey görmüyorum; bir küre, bir merdiven, bir bıçak, çokyüzlü bir cisim, bir terazi? Pes ettim."

"Bak! Arka planda. Meleğin arkasındaki binanın üstüne kazınmış. Çanın altında. Dürer sayılarla dolu bir kare yapmış."

Katherine şimdi 1514'ü de içeren sayıların bulunduğu kareyi görmüştü.

"Katherine, piramidi deşifre edecek anahtar bu kare!"

Katherine, ona şaşkın gözlerle baktı.

Gülümseyen Langdon, "Bu *herhangi* bir kare değil," dedi. "Bayan Solomon, bu *sihirli* bir kare."

69. BÖLÜM

Beni hangi cehenneme götürüyorlar?

SUV'un arkasında koltukta oturan Bellamy'nin gözleri hâlâ bağlıydı. Kongre Kütüphanesi'ne yakın bir yerde kısa süreli bir mola verdikten sonra, araç yoluna devam etmişti. Şimdi yaklaşık bir blok ilerledikten sonra yeniden duruyorlardı.

Bellamy boğuk konuşma seslerini duyuyordu.

Otoriter bir ses, "Üzgünüm... imkânsız..." diyordu. "...bu saatte kapalı..."

SUV'u süren adam aynı otoriter tonda cevap veriyordu. "CIA soruşturması... ulusal güvenlik..." Karşılıklı konuşmalar ve gösterilen kimliklerin ikna edici olduğu anlaşılıyordu, çünkü ses tonu hemen değişmişti.

"Evet, elbette... servis girişi..." Garaj kapısı gibi bir şeyin gıcırdadığı duyuldu. Kapı açılırken ses, "Size eşlik edeyim mi? İçeri girdikten sonra, geçemeyeceğiniz bir yer..." diye ekledi.

"Hayır. Biz girebiliriz."

Görevli şaşırdıysa bile, artık çok geçti. SUV yeniden hareket etmeye başlamıştı. Yaklaşık elli metre ilerledikten sonra durdu. Ağır kapı bir kez daha arkalarından gürültüyle kapandı.

Sessizlik.

Bellamy titrediğini hissetti.

SUV'un arka kapısı gürültüyle açıldı. Birisi onu kollarından çekip ayağa kaldırırken, Bellamy omuzlarında şiddetli bir ağrı hissetti. Bir güç onu hiç konuşmadan, geniş bir kaldırımda yürüttü. Burada adını koyamadığı keskin bir koku vardı. Yanlarında yürüyen birisinin ayak seslerini duyuyordu ama o her kimse, henüz konuşmamıştı.

Bir kapının önünde durduklarında Bellamy elektronik bir bip sesi duydu. Kapı tık diye açıldı. Bir sürü koridordan geçirilirken, Bellamy sıcaklığın ve nemin gitgide arttığını hissetti. *Kapalı havuz olabilir mi? Hayır.* Duyduğu klor kokusu değildi... daha çok topraksı ve ilkel bir kokuydu.

Hangi cehennemdeyiz?! Bellamy, Kongre Binası'nın en fazla bir ya da iki blok ötesinde olduğunun farkındaydı. Bir kez daha durdular ve yine bir güvenlik kapısının elektronik sesi duyuldu. Bu kapı tıslayıp, kayarak açıldı. Onu içeri iterlerken, burnuna gelen kokudan emindi.

Bellamy şimdi nerede olduklarını anlamıştı. *Tanrım!* Servis kapısından girmese de buraya sık sık gelirdi. Bu muhteşem cam bina, Kongre Binası'ndan yalnızca elli metre ötedeydi ve teknik açıdan Kongre Sitesi'nin bir parçasıydı. *Burayı ben yönetiyorum!* Bellamy şimdi içeriye kendi anahtarlığıyla girdiklerini anlıyordu.

Güçlü kollar onu kapıdan geçirip, aşina olduğu dolambaçlı bir yoldan yürüttü. Bu yerin ağır, rutubetli sıcaklığı genellikle onu rahatlatırdı. Ama bu akşam terletiyordu.

Burada ne işimiz var?!

Birden Bellamy'yi durdurup, bir banka oturttular. Kaslı adam kelepçelerini açtıktan sonra hiç vakit kaybetmeden, onu arkasından banka bağladı.

Kalbi hızla çarpan Bellamy, "Benden ne istiyorsunuz?" diye sordu.

Tek duyduğu cevap, uzaklaşan botların ve kayarak kapanan cam kapının sesiydi.

Sonra sessizlik oldu.

Ölüm sessizliği.

Beni burada mı bırakacaklar? Ellerini iplerden kurtarmaya çalışan Bellamy daha fazla terlemeye başlamıştı. *Gözbağımı bile çıkaramıyorum!*

"Yardım edin!" diye bağırdı. "Kimse yok mu?"

Panikle seslense de, kimsenin duyamayacağını biliyordu. Orman diye bilinen bu dev cam oda, kapılar kapandığında kesinlikle hava geçirmiyordu.

Beni ormanda bıraktılar, diye düşündü. *Sabaha kadar beni kimse bulamayacak.*

Sonra sesi duydu.

Güçlükle duyulmasına karşın, daha öncekilere hiç benzemeyen bu ses, Bellamy'yi dehşete düşürdü. *Bir şey nefes alıyor. Çok yakınımda.*

Bankta yalnız değildi.

Kibrit o kadar yakınında ateş aldı ki, sıcaklığını yüzünde hissetti. Bellamy geri çekilirken içgüdüsel olarak kelepçelerine asıldı.

Sonra aniden bir el yüzüne yaklaşıp, gözbağını çözmeye başladı.

Karşısındaki alev, Bellamy'nin yüzünün birkaç santim ötesinde, dudağından sarkıttığı sigarayı yakan Inoue Sato'nun siyah gözlerinde yansıyordu.

Cam tavandan içeri süzülen ay ışığında Sato, ona öfkeyle baktı. Onun korktuğunu görmek hoşuna gitmişti.

Kibriti sallayarak söndüren Sato, "Evet, Bay Bellamy," dedi. "Nereden başlasak?"

70. BÖLÜM

Sihirli bir kare. Dürer'in oymabaskısında sayıların bulunduğu kareye bakan Katherine başını salladı. Çoğu kişi Langdon'ın aklını kaçırdığını düşünürdü ama Katherine onun haklı olduğunu hemen anlamıştı.

Sihirli kare ismi gizemli bir şeyle değil, matematiksel bir şeyle ilgiliydi. Karenin içindeki ardışık sayılar her satırda, her sütunda ve çaprazlamasına toplandığında aynı sonucu verecek şekilde dizilmişti. Yaklaşık dört bin yıl önce Mısır ve Hindistan'daki matematikçilerin oluşturduğu sihirli karelerin hâlâ birtakım sihirli güçlere sahip olduğuna inanılırdı. Katherine şu günlerde bile, inançlı bazı Hintlilerin puja[1] sunaklarında Kubera Kolam denilen üçe-üçlük sihirli kareler çizdiklerini okumuştu. Çağımızın insanı sihirli kareleri "eğlendirici matematik" kategorisine soksa da bazıları hâlâ yeni "sihirli" oluşumlar keşfetmekten zevk alıyordu. *Dâhiler için sudoku.*

Satır ve sütunlardaki sayıları toplayan Katherine, Dürer'in karesini çabucak inceledi.

16	3	2	13
5	10	11	8
9	6	7	12
4	15	14	1

"Otuz dört," dedi. "Tüm yönlerden toplandığında otuz dört ediyor."

Langdon, "Kesinlikle," dedi. "Ama Dürer imkânsız gibi görünen birşeyi başardığı için *bu* sihirli karenin ünlü olduğunu biliyor muydun?" Dürer'in sayıları; satırlar, sütunlar ve diyagonallerin dışında, her çeyreğin

---

(1) Hem bir tapınma yöntemi, hem de dini objelerin üstüne yerleştirildiği sunaktır.

içindeki dört karenin, merkezdeki dört karenin ve dört köşedeki sayıların toplamının da aynı sonucu verecek şekilde yerleştirdiğini anlattı. "Aslında en şaşırtıcı olanı, Dürer'in 15 ve 14 sayılarını, bu inanılmaz başarıyı gerçekleştirdiği yılı gösterecek şekilde, en alt satırda yan yana getirmesi!"

Sayılara göz gezdiren Katherine, kombinasyonları hayranlıkla inceliyordu.

Şimdi Langdon'ın sesi daha heyecanlıydı. *"Melankoli I,* Avrupa sanatında sihirli karelerin tarihte ilk görüldüğü eserdir. Bazı tarihçiler, Dürer'in şifreli bir şekilde Antik Gizemlerin Mısır'daki Gizem Okullarından çıkıp Avrupa'ya geldiğini ve artık Avrupa'daki gizli cemaatlerde saklandığını gösterdiğine inanırlar." Langdon durdu. "Bu da bizi... *şuraya* getiriyor."

Taş piramiteki harflerin yazılı olduğu kâğıdı gösterdi.

S	O	E	U
A	T	U	N
C	S	A	S
V	U	N	J

Langdon, "Sanırım artık bu tablo tanıdık geliyordur?" diye sordu. "Dörde dörtlük bir kare."

Langdon kalemi eline alıp, Dürer'in sihirli sayı karesini dikkatle, kâğıttaki harflerin yanına aktardı. Katherine artık ne kadar kolay olacağını görüyordu. Ama Langdon kalem elinde öylece kalmıştı... onca heyecandan sonra şimdi tereddütlü görünüyordu.

"Robert?"

Dehşet dolu bir ifadeyle Katherine'e döndü. "Bunu yapmak istediğimizden emin misin? Peter..."

"Robert, yazıyı sen deşifre etmek istemiyorsan, ben yaparım." Kalemi almak için elini uzattı.

Langdon, onu kararından hiçbir şeyin döndüremeyeceğini anlıyordu, bu yüzden razı olup, dikkatini yeniden piramide verdi. Sihirli kareyi dikkatle piramitteki harf tablosuyla üst üste getirdi ve her harfe bir sayı verdi. Ardından, Dürer'in sihirli karesindeki sıraya uygun olarak, masonik şifredeki harfleri yeniden dizdi.

Langdon bitirdiğinde, çıkan sonucu birlikte incelediler.

```
J  E  O  V
A  S  A  N
C  T  U  S
U  N  U  S
```

Katherine'in kafası karışmıştı. "Hâlâ anlamsız."

Langdon bir süre sessiz kaldı. "Doğrusunu istersen Katherine, anlamsız değil." Keşfettiği şeyin heyecanıyla gözleri bir kez daha parladı. "Bu... Latince."

Uzun ve karanlık bir koridorda, yaşlı bir adam çalışma odasına doğru olanca hızıyla ayaklarını sürüyordu. Sonunda odasına varıp da kendini masasındaki sandalyeye bıraktığında, yaşlı kemikleri huzur buldu. Telesekreteri bipliyordu. Düğmeye basıp dinledi.

Arkadaşının ve mason kardeşinin fısıltısı, "Ben Warren Bellamy," diyordu. "Korkarım kötü haberlerim var..."

Katherine Solomon harflerin oluşturduğu tabloya yeniden bakıp, metni inceledi. Şimdi karşısında Latince bir kelime belirmişti. *Jeova.*

```
J  E  O  V
A  S  A  N
C  T  U  S
U  N  U  S
```

Katherine, Latince dersi almamıştı ama bu kelimeyi okuduğu eski İbranice metinlerden tanıyordu. *Jeova. Yehova.* Gözlerini tabloda aşağı doğru kaydırırken, metnin *tümünü* okuyabildiğine şaşırdı.

Jeova Sanctus Unus.

Anlamını hemen hatırladı. Bu deyişe, İbraniceden yapılan yeni çevirilerde hemen her yerde rastlanırdı. Tevrat'ta İbranilerin Tanrısı'nın pek çok ismi vardı -*Yehova, Yahve, Rab, Elohim*- ama Latince çevirilerde akıl karıştırıcı isimlerin tümü tek bir deyişe indirgenmişti: *Jeova Sanctus Unus.*

Katherine kendi kendine, "Tek bir Tanrı mı?" diye fısıldadı. Bu deyiş ağabeyini kurtarmalarına yarayacak bir şeye benzemiyordu. "Piramidin gizli mesajı bu mu? Tek bir Tanrı mı? Ben bunun bir harita olduğunu sanıyordum."

Aynı derecede şaşırmış görünen Langdon'ın gözlerindeki heyecan kayboluyordu. "Şifreyi doğru çözdük ama..."

"Ağabeyimi tutan kişi bir *yer* öğrenmek istiyor." Saçını kulağının arkasına attı. "Bu onu pek mutlu etmeyecek."

Nefes alıp veren Langdon, "Katherine," dedi. "Ben de bundan korkuyordum. Bütün akşam boyunca, gerçek olduğunu düşünerek efsaneler ve simgesel anlatımların peşinden koştuk. Belki de bu yazı, *mecazi* bir yeri gösteriyordur, insanın gerçek potansiyeline ulaşmasının ancak tek bir Tanrı'yla mümkün olabileceğini söylüyordur."

"Ama bu hiç mantıklı değil!" diye cevap veren Katherine, hayal kırıklığıyla dişlerini sıktı. "Ailem nesiller boyu bu piramidi korudu! Tek bir Tanrı mı? Sır *bu* mu? Ve CIA de bunun ulusal güvenlik meselesi olduğunu söylüyor, öyle mi? Ya onlar yalan söylüyor ya da biz bir şeyi gözden kaçırıyoruz."

Aynı şeyleri düşünen Langdon omuzlarını silkti.

Bu sırada telefonu çalmaya başladı.

Eski kitaplarla dolu dağınık bir odadaki yaşlı adam, masasının üstüne kamburunu çıkararak eğildi ve telefon ahizesini romatizmalı eline aldı.

Hat çalıp durdu.

Sonunda tereddütlü bir ses cevap verdi. "Alo?" Ses tok ama şüpheliydi.

Yaşlı adam, "Sığınacak bir yere ihtiyacınız olduğu söylendi," dedi.

Hattaki adam şaşırmış gibiydi. "Kimsiniz? Warren Bellamy mi..."

Yaşlı adam, "İsim kullanmayın lütfen," dedi. "Size emanet edilen haritayı koruyabildiniz mi?"

Şaşkınlık dolu bir duraksama oldu. "Evet... ama sanırım bunun bir önemi yok. Fazla bir şey söylemiyor. Bu bir haritaysa bile, daha çok *mecazi* bir anlamı..."

"Hayır, sizi temin ederim o gerçek bir harita. Ve oldukça *gerçek* bir yeri işaret ediyor. Onu saklamalısınız. Ne kadar önemli olduğunu size anlatamam. Takip ediliyorsunuz ama bulunduğum yere kadar görünmeden gelebilirseniz burada sığınak... ve cevaplar bulacaksınız."

Şüphede olduğu anlaşılan adam duraksadı.

Kelimeleri dikkatle seçen yaşlı adam, "Dostum," dedi. "Roma'da, Tiber'in kuzeyinde, Sina Dağı'ndan on taş, gökyüzünden bir taş, Luka'nın karanlık babasının suretinden bir taş barındıran bir sığınak var. Yerimi biliyor musun?"

Uzun sessizliğin ardından hattaki adam cevap verdi. "Evet, biliyorum."

Yaşlı adam gülümsedi. *Ben de bileceğinizi tahmin ediyordum profesör.* "Hemen gelin. Takip edilmediğinizden emin olun."

71. BÖLÜM

Mal'akh buhar banyosunun dalgalanan sıcaklığında çırılçıplak duruyordu. Son kalan etanol kokusunu da yıkayıp temizlenmişti. Şimdi kendini yine temiz hissediyordu. Okaliptüslü buhar derisine işlerken, gözeneklerinin ısıyla açıldığını hissetti. Ardından, ritüeline başladı.

Önce, dövmeli vücudunu ve kafa derisini tüy dökücü kremle ovarak, tüm tüylerinden kurtuldu. *Helios Oğullarının yedi adasının tanrıları tüysüzdü.* Sonra yumuşamış ve emici kıvama gelmiş derisine Abramelin yağı[1] sürdü. *Abramelin, Maguşların kutsal yağıydı.* Ardından, duş ayarını tamamen sola çevirdi ve su buz gibi soğudu. Gözeneklerini sıkıştırıp, ısı ve enerjiyi içine hapsetmek için tam bir dakika boyunca soğuk suyun altında durdu.

Duştan çıkarken titriyordu ama saniyeler sonra, içindeki sıcaklık derisinin katmanlarına yayılıp, onu ısıttı. Mal'akh'ın içi fırın gibi olmuştu. Aynanın karşısında çırılçıplak durup, kendine hayranlıkla baktı... Kendini ölümlü biri olarak belki de son görüşüydü.

Ayakları şahin pençesiydi. Bacakları -Boaz ve Jakin- eski bilgelik sütunlarıydı. Kalçaları ve karnı, mistik gücün kemerli geçidiydi. Bu kemerli geçidin altındaki büyük cinsellik organı, kaderinin dövme yapılmış sembollerini taşıyordu. Eski hayatında bu ağır et parçası bedeni zevklerinin kaynağıydı. Ama artık değil.

Arındım.

Mal'akh, Katharoi'nin[2] gizemli hadım keşişleri gibi testislerini kesmişti. Fiziksel potansiyelini daha değerli bir şey için feda etmişti. *Tanrıların cinsiyeti yoktur.* Cinsiyet belirleyen insani kusuruyla birlikte dünyevi cinsel şehvetlerden kurtulduktan sonra, Ouranos, Attis, Sporus ve Arthur

---

(1) Kokulu bitkilerden oluşan ve sihirli olduğuna inanılan bir yağ. Törenlerde sürülür. Adını Yahudi İbrahim tarafından yazılan *Abramelin Kitabı*'ndan almıştır.

(2) Arınmış insanlar, arınmak anlamına gelir.

efsanesindeki hadım büyücüler gibi olmuştu. *Her ruhani değişimden önce fiziksel bir değişim olur.* Osiris'ten Tammuz'a, İsa'dan Şiva'ya ve hatta Buda'ya kadar... bütün büyük tanrıların verdiği ders buydu. *Giysi olan bedenimden kurtulmalıyım.*

Mal'akh gözlerini, göğsündeki iki başlı Zümrüdüanka kuşundan, yüzünü süsleyen eski mühür simgelerinden yukarı, başının tepesine dikti. Başını aynaya doğru eğdiğinde, orada bekleyen çıplak daireyi belli belirsiz görebiliyordu. Vücudun bu kısmı kutsaldı. Bıngıldak diye bilinen insan kafatasındaki bu yer, doğumda açık kalırdı. *Beyne açılan pencere.* Bu psikolojik kapı birkaç ay içinde kapansa da iç ve dış dünyalar arasındaki kayıp bağın simgesi olarak kalırdı.

Mal'akh, taçı andıran bir *ouroboros* -kendi kuyruğunu yutan mistik bir yılan- çemberinin içindeki bu el değmemiş deriyi inceledi. Çıplak deri, bir vaatte bulunurcasına sanki ona bakıyordu.

Robert Langdon yakında Mal'akh'ın istediği büyük hazineyi bulacaktı. Bunu ele geçirdikten sonra, başının tepesindeki boşluğu dolduracak ve son dönüşümü için nihayet hazır olacaktı.

Mal'akh yatak odasının karşı tarafına yürüyüp, en alt çekmeceden uzun, beyaz bir ipek kumaş aldı. Daha önce defalarca yaptığı gibi, kasıklarıyla kalçasının etrafına sardı. Sonra aşağı indi.

Bilgisayarına bir e-posta gelmişti.

Mesaj irtibatta olduğu kişiden geliyordu:

İSTEDİĞİN ŞEYE AZ KALDI
SENİ BİR SAATE KADAR ARAYACAĞIM. SABRET.

Mal'akh gülümsedi. Son hazırlıkları yapmanın zamanı gelmişti.

72. BÖLÜM

Okuma odasının balkonundan inen CIA operasyon ajanı kendini kandırılmış hissediyordu. *Bellamy bize yalan söyledi.* Ajan, yukarıdaki Musa heykelinin yakınında veya merdivenlerin başka herhangi bir yerinde ısı işaretine rastlamamıştı.

Peki Langdon hangi cehenneme gitti?

Ajan, ısı işaretlerini saptadıkları tek yere, kütüphanenin danışma masasına geri döndü. Sekizgen konsolun altına girerek, bir kez daha merdivenlerden inmeye başladı. Hareket halindeki taşıyıcı bant gıcırtılar çıkarıyordu. İçeri girdiğinde termal gözlüklerini taktı ve odayı taradı. Hiçbir şey yoktu. Patlamayla yerle bir olan sıcak kapıdan raflara doğru baktı. Bunun dışında hiçbir...

Vay canına!

Görüş alanında hiç beklenmedik bir aydınlanma olunca ajan geriye doğru sıçradı. Duvardan çıkan taşıyıcı bantın üstünde, belli belirsiz iki insan figürü hayalet gibi parlıyordu. *Isı işareti.*

Sersemleyen ajan, iki görüntünün odada yarım daire çizip, duvardaki dar delikten dışarı çıkmasını izledi. *Taşıyıcı bantla mı dışarı çıktılar? Bu delilik.*

Robert Langdon'ı duvardaki delikten ellerinden kaçırdıklarını anlayan ajan, şimdi bir sorunun daha farkına varıyordu. *Langdon yalnız değil miydi?*

Tam telsizi elini alıp takım liderine haber vermek üzereyken, lideri ondan önce davrandı.

"Tüm birimler! Kütüphanenin önündeki meydanda terk edilmiş bir Volvo bulduk. Katherine Solomon'ın üstüne kayıtlı. Görgü tanığı kütüphaneye gireli çok olmadığını söylüyor. Robert Langdon'la birlikte olduğundan şüpheleniyoruz. Başkan Sato her ikisini birden hemen bulmamızı emretti."

Dağıtım odasındaki ajan, "İkisine ait ısı işaretlerine rastladım!" diye bağırarak, durumu açıkladı.

Takım lideri, "Lanet olsun!" dedi. "Taşıyıcı bant nereye gidiyor?"

Operasyon ajanı, duvar panosundaki personel referans şemasına bakıyordu. "Adams Binası'na," diye cevap verdi. "Bir blok ötede."

"Tüm birimler. Adams Binası'na yönelin! HEMEN!"

73. BÖLÜM

Sığınak. Cevaplar.

Katherine'le birlikte Adams Binası'nın yan kapısından soğuk kış gecesine çıkarlarken bu kelimeler Langdon'ın zihninde yankılanıyordu. Onu arayan gizemli kişi, bulunduğu yeri şifreli yoldan söylemiş olsa da Langdon anlamıştı. Katherine'in gidecekleri yere gösterdiği tepki umut doluydu: *Tek bir Tanrı başka nerede bulunur?*

Şimdi asıl soru, oraya nasıl gidecekleriydi.

Kendi etrafında dönen Langdon, aklını toplamaya çalıştı. Karanlık olsa da neyse ki bulutlar dağılmıştı. Küçük bir avluda duruyorlardı. Kongre Binası Kubbesi şaşılacak kadar uzak bir mesafedeydi. Langdon saatler önce Kongre Binası'na ayak bastığından bu yana ilk defa dışarı çıktığını fark etti.

Bu kadar seminer vermek yeter.

"Robert, bak." Katherine, Jefferson Binası'nı işaret etti.

Langdon'ın ilk tepkisi, yerin altındaki taşıyıcı bantta bu kadar uzun bir yol kat ettiklerine şaşırmak oldu. Ama ikinci tepkisi dehşete düşmekti. Jefferson Binası şu an oldukça hareketliydi, kamyonlarla arabalar girip çıkıyor, adamlar bağrışıyordu. *Bu bir projektör mü?*

Langdon, Katherine'in elini tuttu. "Gel."

Avludan kuzeydoğuya doğru koşup, Langdon'ın Folger Shakespeare Kütüphanesi olduğunu fark ettiği U şeklindeki binanın arkasında gözden kayboldular. Francis Bacon'ın elyazması *Yeni Atlantis*'e[1] ev sahipliği yapan bu bina, onlar için bu akşam gizlenecek uygun bir yer olabilirdi. Amerika'nın kurucu ataları ütopik bir bakış açısıyla, Yenidünya'yı sözde bu kitaptaki eski bilgiler üzerine inşa etmişlerdi. Buna rağmen Langdon durmadı.

Bize bir taksi gerek.

Üçüncü Sokak ile Doğu Capitol Caddesi'nin köşesine geldiler. Fazla araba geçmediğinden, Langdon taksi ararken ümitsizliğe kapıldı. Katheri-

---

[1] New Atlantis

ne'le birlikte Üçüncü Sokak'tan kuzeye doğru koşarlarken, Kongre Kütüphanesi'yle aralarını iyice açmışlardı. Tam bir blok ilerledikten sonra Langdon köşeyi dönen taksiyi fark etti. İşaret edince, taksi kenara çekip durdu. Radyosunda Ortadoğu'ya özgü müzik çalan genç Arap şoför, onlara dostça gülümsedi. Arabaya binerlerken şoför, "Nereye?" diye sordu.

"Bizim..."

"Kuzeybatı!" diye söze giren Katherine, Jefferson Binası'ndan uzağı, Üçüncü Sokak'ın ilerisini işaret etti. "Union İstasyonu'na doğru sürün, Massachusetts Bulvarı'ndan sola sapın. Biz size duracağınız yeri söyleriz."

Şoför omzunu silkti, pleksiglas ara bölmeyi kapattı ve yeniden müziğinin sesini açtı.

Katherine, Langdon'a, "arkanda iz bırakma" der gibi uyaran bir bakış fırlattı. Pencereden dışarısını gösterip, Langdon'ın dikkatini alçak uçuş yaparak, bölgeye yaklaşan siyah helikoptere çekti. *Kahretsin.* Anlaşılan Sato, Solomon'ın piramidini ele geçirmek konusunda fazlasıyla kararlıydı.

Helikopterin Jefferson ile Adams binaları arasına inmesini izlerlerken, Katherine'in endişesi gittikçe artıyordu. "Bir saniyeliğine cep telefonuna bakabilir miyim?"

Langdon, ona telefonunu uzattı.

Telefonun kapağını açarken, "Peter bana iyi bir hafızan olduğunu söylemişti," dedi. "Çevirdiğin her telefon numarasını hatırlarmışsın?"

"Bu doğru ama..."

Katherine telefonunu camdan dışarı fırlattı. Koltuğunda dönen Langdon, arkalarında kalan asfaltın üzerinde cep telefonunun parçalanışını izledi. "Bunu neden yaptın!"

Katherine kararlı gözlerle, "Sistemin dışına çık," dedi. "Bu piramit ağabeyimi bulmak için tek umudum ve onu CIA'in bizden çalmasına izin vermeye hiç niyetim yok."

Ön koltuktaki Ömer Amirana, müziğini mırıldanırken kafasını sallıyordu. Bu akşam işler kesat gitmişti, ama sonunda siftah yapacak bir müşteri bulduğu için kendini şanslı hissediyordu. Taksisi Stanton Park'tan geçerken, telsizi merkezdeki arkadaşının tanıdık sesiyle cızırdadı.

"Burası Merkez. Ulusal Park çevresindeki tüm araçlar. Hükümet yetkililerinden az önce Adams Binası çevresindeki iki kaçakla ilgili bildiri aldık..."

Merkez, arabasındaki çifti tıpatıp tarif ederken Ömer olanları şaşkınlıkla dinledi. Dikiz aynasına tedirgin bir bakış attı. Uzun boylu adam bir yerlerden tanıdık geliyordu. *Amerika'nın En Çok Arananları arasında mı görmüştüm?*

Ömer heyecanla telsizine atıldı. Alçak bir sesle, "Merkez?" dedi. "Burası taksi bir-üç-dört. Bahsettiğin iki kişi şu anda... benim arabamda."

Merkez ona hemen ne yapması gerektiğini açıkladı. Merkezin verdiği telefon numarasını ararken Ömer'in elleri titriyordu. Cevap veren ses, askeri bir otorite ve sertlikle konuşuyordu.

"Ben CIA'den Ajan Turner Simkins. Kiminle görüşüyorum?"

Ömer, "Şey... ben taksi şoförüyüm," dedi. "İki kaçakla ilgili sizi aramam..."

"Kaçaklar şu an aracındalar mı? Sadece evet ya da hayır diye cevap ver."

"Evet."

"Konuşmamızı duyuyorlar mı? Evet ya da hayır."

"Hayır. Bölme..."

"Onları nereye götürüyorsun?"

"Kuzaybatıdan Massachusetts'e doğru."

"Tam olarak?"

"Söylemediler."

Ajan duraksadı. "Erkek yolcunun yanında deri bir çanta var mı?"

Dikiz aynasına bakan Ömer'in gözleri büyüdü. "Evet! O çantada patlayıcı falan..."

Ajan, "Beni iyi dinle," dedi. "Söylediklerimi aynen uyguladığın müddetçe tehlikede olmayacaksın. Anlıyor musun?"

"Evet efendim."

"İsmin ne?"

"Ömer," derken terliyordu.

Adam sakin bir sesle, "Dinle Ömer," dedi. "Çok iyi gidiyorsun. Ekibimi senin yolunun önüne çıkarana kadar elinden geldiğince yavaş git. Anlıyor musun?"

"Evet efendim."

"Aracında onlarla konuşabilmeni sağlayan bir dahili sistem var mı?"

"Evet efendim."

"Güzel. Şimdi şunu yapmanı istiyorum."

74. BÖLÜM

Bilinen ismiyle Orman, Kongre Binası'na komşu olan ABD Botanik Bahçesi'nin -Amerika'nın yaşayan müzesi- en önemli unsuruydu. Teknik açıdan bir yağmur ormanına dönüştürülmüş olan bu yer; yüksek kauçuk ağaçları, asırlık gibi duran incir ağaçları ve cesaretli turistler için hazırlanmış asma köprüsüyle dev bir seranın içindeydi.

Normal zamanlarda Warren Bellamy, Orman'ın toprak kokusu ve cam tavandaki buhar deliklerinden süzülen nemli güneş ışığıyla beslendiğini hissederdi. Ama bu gece, sadece ay ışığıyla aydınlanan Orman ona dehşet veriyordu. Hâlâ arkadan bağlı kollarına giren kramplar yüzünden kıvranırken, sürekli terliyordu.

Sakince sigarasını tüttüren Başkan Sato, onun karşısında bir yukarı bir aşağı yürüyordu. Özenle biçimlendirilmiş bu ortamda, yaptığı çevre terörüydü. Başlarının üstündeki cam tavandan aşağı süzülen, ay ışığında, sigara dumanı ile çevrili yüzü şeytan gibi görünüyordu.

Sato, "Peki," diye devam etti. "Bu akşam Kongre Binası'na gelip de, benim orada olduğumu anladığında... bir karar verdin. Geldiğini bana bildirmek yerine sessizce SBB'ye indin, kendini büyük bir tehlikeye atarak bana ve Şef Anderson'a saldırdın. Langdon'ın piramit ve kapak taşıyla birlikte kaçmasına yardım ettin." Omzunu ovdu. "İlginç bir tercih."

Bellamy, *yine olsa aynı tercihte bulunurdum,* diye düşündü. Öfkeyle, "Peter nerede?" diye sordu.

Sato, *"Ben* nereden bileyim?" diye sordu.

"Bundan başka her şeyi biliyor gibisin!" diye çıkışan Bellamy, tüm olanların arkasında bir şekilde Sato'nun olduğundan şüphelendiğini saklamaya gerek duymadı. "Kongre Binası'na gitmeyi bildin. Robert Langdon'ı bulman gerektiğini bildin. Hatta kapak taşını bulmak için Langdon'ın çantasının filmini istemeyi bile biledin. Belli ki, birileri sana içerden bilgi veriyor."

Soğuk bir kahkaha atan Sato ona yaklaştı. "Bay Bellamy, bana bu yüzden mi saldırdınız? Sence düşman ben miyim? O küçük piramidinizi çalmaya mı çalıştığımı sanıyorsun?" Sato sigarasından bir nefes alıp, dumanını burnundan verdi. "Beni iyi dinle. Sır saklamanın önemini benden daha iyi kimse bilemez. Tıpkı senin gibi ben de kitlelerin ulaşmaması gereken bazı bilgiler olduğuna inanıyorum. Ama bu akşam, korkarım henüz kavrayamadığın bazı güçler devrede. Peter Solomon'ı kaçıran adamın muazzam bir gücü var... onun gücünü henüz anlayamadın. İnan bana o, yürüyen bir saatli bomba... Bildiğin dünyayı kökten değiştirecek bir dizi olayı başlatma yeteneğine sahip."

"Anlamıyorum." Bağlı kolları ağrıyan Bellamy oturduğu bankta kıpırdandı.

"Anlamana gerek yok. İtaat etmen gerek. Şu anda büyük bir felaketi engellememin tek yolu bu adamla işbirliği yapmak... ve ona istediği şeyi tam olarak vermek. Bu da demek oluyor ki, Bay Langdon'ı arayıp, ona piramit ve kapak taşıyla birlikte teslim olmasını söyleyeceksin. Langdon gözaltına alındıktan sonra piramitteki yazıyı deşifre edecek, bu adamın istediği bilgiye ulaşacak ve ona istediği şeyi verecek."

Antik Gizemlere götüren sarmal merdivenin yerini mi? "Bunu yapamam. Sır saklamaya yemin ettim."

Sato birden patladı. "Neye yemin ettiğin umrumda değil, seni öyle çabuk hapse atarım ki..."

Bellamy küstahça, "İstediğin kadar tehdit et," dedi. "Sana yardım etmeyeceğim."

Sato derin bir nefes alıp, bu kez korkutucu bir fısıltıyla konuştu. "Bay Bellamy, bu akşam gerçekten de neler olduğu hakkında hiç fikrin yok, öyle değil mi?"

Birkaç saniye süren gergin sessizlik, Sato'nun telefonunun çalmasıyla bozuldu. Elini cebine daldırıp, hırsla telefonu açtı. "Konuş," dedikten sonra dikkatle dinledi. "Taksi şimdi nerede? Ne zamandır? Tamam, iyi. Onları ABD Botanik Bahçesi'ne getirin. Servis girişi. Ve o lanet piramitle kapak taşını da getirdiğinizden emin olun."

Telefonu kapatıp, kibirli bir gülümsemeyle Bellamy'ye döndü. "Haydi bakalım... görünen o ki, artık işimize yaramayacaksın."

75. BÖLÜM

Dalgın gözlerle boşluğa bakan Robert Langdon, ağırdan alan taksi şoförüne hızlanmasını söyleyemeyecek kadar kendini yorgun hissediyordu. Piramidi neyin bu kadar özel kıldığını anlayamadıkları için hayal kırıklığı yaşayan Katherine de yanında sessizliğe gömülmüştü. Piramit ve kapak taşıyla ilgili bildikleri her şeyi denemişler ama hâlâ bu piramidin nasıl bir harita olabileceğini çözememişlerdi.

Jeova Sanctus Unus? Sır Düzen'in içinde gizli?

Telefondaki gizemli kişi, verdiği özel adrese gidebilirlerse onlara cevapları sunmaya söz vermişti. *Roma'da, Tiber'in kuzeyinde bir sığınak.* Langdon, kurucu ataların "Yeni Roma"ya sonradan Washington ismini verdiklerini biliyordu ama ilk kurdukları hayalin belirtileri hâlâ devam ediyordu. Tiber'in suları hâlâ Potomac'a akıyordu; senatörler hâlâ St. Peter's kubbesinin bir benzerinin altında toplanıyorlardı; Volcanus ve Minerva, Rotunda'nın uzun zaman önce yok olan ateşinin üstünden hâlâ onları koruyordu.

Langdon ile Katherine'in aradığı cevaplar birkaç kilometre uzakta bekliyordu. *Massachusetts Bulvarı'nın kuzeybatısında.* Gittikleri yer gerçekten de Washington'ın Tiber Nehri'nin kuzeyinde bir sığınaktı. Langdon şoförün daha hızlı gitmesini istiyordu.

Katherine aniden bir şeyin farkına varmış gibi koltuğunda doğruldu. "Aman Tanrım! Robert!" Bembeyaz bir yüzle ona döndü. Önce tereddüt ettiyse de sonra üzerine basa basa konuştu. "Yanlış yöne gidiyoruz!"

Langdon, "Hayır, burası doğru!" diye karşı çıktı. "Massachusetts Bulvarı'nın..."

"Hayır! Yanlış *yere* gidiyoruz demek istiyorum!"

Langdon'ın kafası bulanmıştı. Arayan gizemli kişinin tarif ettiği yeri nasıl anladığını Katherine'e zaten anlatmıştı. *Sina Dağı'ndan on taş, gökyüzünden bir taş, Luka'nın karanlık babasının suretinden bir taş.* Dünyada bu iddialara karşılık veren yalnızca bir bina vardı. Ve taksi tam olarak oraya gidiyordu.

"Katherine, yerin doğru olduğuna eminim."

"Hayır!" diye bağırdı. "Artık *oraya* gitmemize gerek yok. Ben piramitle kapak taşını anladım! Artık tüm bunların neyle ilgisi olduğunu biliyorum!"

Langdon şaşırmıştı. "Anladın mı?"

"Evet! Freedom Plaza'ya[1] gitmemiz gerek!"

Langdon artık hiçbir şey anlamıyordu. Yakın olsa da Freedom Plaza'nın konuyla hiç ilgisi yoktu.

Katherine, *"Jeova Sanctus Unus!"* dedi. "İbranilerin tek Tanrısı. *İbranilerin* kutsal sembolü Yahudi yıldızıdır - Süleyman'ın Mührü - ve bu masonlar için de önemli bir semboldür." Cebinden bir dolar çıkardı. "Bana kalemini ver."

Langdon sersemlemiş bir halde ceketinden kalemini çıkardı.

"Bak." Bir doları bacağının üstüne yaydı ve kalemi alıp, banknotun arka tarafındaki Devlet Mührü'nü gösterdi. "Süleyman'ın Mührü'nü, Birleşik Devletler'in Devlet Mührü üzerine yerleştirirsen..." Piramidin tam üstünden bir Yahudi yıldızı sembolü çizdi. "Bak ne elde ediyorsun!"

Langdon banknota göz attıktan sonra, Katherine'e sanki deliymiş gibi baktı.

"Robert, daha yakından bak! Neyi *işaret ettiğimi* görmüyor musun?"

Langdon yeniden çizime baktı.

Nereye varmaya çalışıyor böyle? Langdon bu resmi daha önce de görmüştü. Komplo teorisyenlerinin hayli tuttuğu bu "kanıt", Amerika'nın kurulurken masonların gizli etkisi altında olduğunu gösteriyordu. Altı köşeli yıldız, Birleşik Devletler Mührü'nün üstüne kusursuz biçimde yerleştirildiğinde, yıldızın tepe noktası, masonik her şeyi gören gözün üstüne

(1) Özgürlük Meydanı

Kayıp Sembol

oturuyordu... ve biraz ürkütücü olsa da yıldızın diğer köşeleri açık biçimde M-A-S-O-N harflerine denk düşüyordu.

"Katherine, bu sadece bir tesadüf. Freedom Meydanı'yla ne ilgisi olduğunu hâlâ anlamıyorum."

Bu kez sesi öfkeli çıkan Katherine, "Bir daha bak!" dedi. *İşaret ettiğim* yere bakmıyorsun! Tam şurası. Görmüyor musun?"

Langdon o anda gördü.

CIA operasyon lideri Turner Simkins, Adams Binası'nın dışında durup, taksinin arka koltuğunda geçen konuşmayı duymaya çalışırken cep telefonunu kulağına iyice dayadı. *Bir şey oldu.* Ekibi, değiştirilmiş Sikorsky UH-60 helikopterine binip kuzeybatıya yönelmek ve yollarını kesmek üzereydi ama şimdi durum değişmiş gibi görünüyordu.

Katherine Solomon saniyeler önce yanlış yere gittiklerini iddia etmeye başlamıştı. Açıklaması -bir dolarlık banknot ve Yahudi yıldızı- takım lideri kadar, anlaşıldığı kadarıyla Robert Langdon'a da bir şey ifade etmemişti. En azından ilk başta. Ama şimdi Langdon onun ne dediğini anlamış gibiydi.

Langdon, "Tanrım, haklısın!" diye bağırdı. "Daha önce görmemiştim!"

Simkins birinin araçtaki bölmeye vurduğunu ve aradaki paravanın açıldığını duydu. Katherine şoföre, "Planda değişiklik yaptık," dedi. "Bizi Freedom Plaza'ya götür!"

Taksi şoförü huzursuz bir sesle, "Freedom Plaza mı?" dedi. "Massachusetts'ten kuzeybatıya gitmiyor muyuz?"

Katherine, "Unut onu!" diye bağırdı. "Freedom Plaza! Buradan sola dön! Buradan! BURADAN!"

Ajan Simkins taksinin, lastiklerini öttürerek köşeyi döndüğünü duydu. Katherine, Devlet Mührü'nün meydana gömülü bronz kalıbı hakkında Langdon'a heyecanla bir şeyler anlatıyordu.

Taksi şoförü gergin bir sesle araya girdi. "Hanımefendi, teyit etmek için soruyorum. Freedom Plaza'ya gidiyoruz, Pennsylvania Bulvarı ile On Üçüncü Sokak'ın köşesi, değil mi?"

Katherine, "Evet!" dedi. "Acele et!"

"Çok yakın. İki dakika."

Simkins gülümsedi. *Aferin Ömer.* Hazırda bekleyen helikoptere doğru koşarken, ekibine seslendi. "Onları yakaladık! Freedom Plaza! Kımıldayın!"

76. BÖLÜM

Freedom Plaza bir haritadır.

Pennsylvania Bulvarı ile On Üçüncü Sokak'ın köşesinde yer alan meydanın desenli taş döşemesi, Pierre L'Enfant'ın ilk tasarladığı şekliyle Washington sokaklarını yansıtır. Üzerinde yürümesi eğlenceli bir harita olmasının yanı sıra, meydanın ismi buraya gelen turistlerin de ilgisini çekmektedir. Çünkü Martin Luther King Jr. "Bir Hayalim Var" konuşmasını yakınlardaki Willard Otel'de hazırlamıştır.

D.C. taksi şoförü, turistleri Freedom Plaza'ya hep getirirdi ama bu geceki iki yolcusunun sıradan turistler olmadıkları belliydi. *CIA peşlerinde.* Ömer daha kaldırımın yanında durmadan adamla kadın taksiden dışarı fırladılar.

Tüvit ceketli adam, Ömer'e, "Burada bekle!" dedi. "Hemen geri döneceğiz!"

Ömer ikisinin dev haritaya koşup, kesişen caddelerin geometrisini inceleyerek birbirlerine işaretlerle bağrışmalarını izledi. Ömer torpido gözünden cep telefonunu aldı. "Efendim, hâlâ orada mısınız?"

Hattın diğer ucunda, gürültünün bastırdığı ses, "Evet Ömer!" diye bağırdı. "Şimdi nerdesin?"

"Haritadayım. Bir şey arıyor gibiler."

Ajan, "Onları gözünün önünden ayırma," diye bağırdı. "Geldim sayılır."

Ömer, iki kaçağın meydandaki ünlü Devlet Mührü'nü -şimdiye dek dökülmüş en büyük bronz madalyonlardan biriydi- bulmalarını seyretti. Bir süre yanında durduktan sonra, birbirlerine güneybatıyı işaret ettiler. Ardından, tüvit ceketli adam taksiye doğru koştu. Adam soluk soluğa yanına gelirken, Ömer cep telefonunu hemen torpido gözüne bıraktı.

"Alexandria, Virginia hangi yönde?" diye sordu.

"Alexandria mı?" Ömer, adamla kadının işaret ettiği aynı yönü, güneybatıyı gösterdi.

Adam kısık bir sesle, "Biliyordum!" dedi. Yerinde dönüp kadına seslendi. "Haklıymışsın! Alexandria!"

Kadın şimdi meydanın karşı tarafındaki ışıklı METRO tabelasını gösteriyordu. "Mavi Hat doğrudan oraya gidiyor. Biz King Sokağı İstasyonu'na gitmek istiyoruz!"

Ömer birden paniğe kapıldığını hissetti. *Hayır, olamaz.*

Adam, Ömer'e dönüp tarifede yazandan fazla para uzattı. "Teşekkürler. Burada iniyoruz." Deri çantasını kapıp koşmaya başladı.

"Durun! Sizi götürebilirim! Oraya hep giderim!"

Ama çok geç kalmıştı. Adamla kadın meydanın öbür tarafına doğru koşup metro istasyonuna inen merdivenlerde gözden kayboldular.

Ömer telefonuna sarıldı. "Efendim! Metroya girdiler! Onları durduramadım! Mavi Hat'la Alexandria'ya gidiyorlar!"

Ajan, "Sen orada bekle!" diye bağırdı. "On beş saniye sonra oradayım!"

Ömer adamın kendisine verdiği kâğıt paralara baktı. En üsttekinin, üstüne çizim yaptıkları banknot olduğu anlaşılıyordu. Birleşik Devletler Mührü'nün üstüne bir Yahudi yıldızı çizilmişti. Ve elbette yıldızın köşeleri MASON harflerine denk düşüyordu.

Ömer aniden sanki bir tır römörkü taksisinin üstüne düşüyormuş gibi, sağır edici bir gümbürtü duydu. Karşısına baktı ama sokak boştu. Ses yükseldiğinde, siyah bir helikopter siyah gökyüzünden aşağı inip, meydandaki haritanın üstüne kondu.

İçinden siyah zırhlı bir grup adam indi. Çoğu metro istasyonuna doğru koştu ama içlerinden biri Ömer'in taksisinin yanına geldi. Yolcu kapısını hızla çekip açtı. "Ömer? Sen misin?"

Dili tutulan Ömer, başını salladı.

Ajan, "Nereye gittiklerini söylediler mi?" diye sordu.

"Alexandria! King Sokağı İstasyonu," dedi. "Onları götürmeyi teklif ettim ama..."

"Alexandria'da *nereye* gittiklerini söylediler mi?"

"Hayır! Meydandaki Devlet Mührü madalyonuna baktılar, sonra da Alexandria'yı sordular ve bana *bununla* ödeme yaptılar." Ajana, üstünde acayip çizimin bulunduğu banknotu uzattı. Ajan banknotu incelerken Ömer parçaları bir araya getirmişti. *Masonlar! Alexandria!* Amerika'daki en ünlü masonik binalardan biri Alexandria'daydı. "Tabii ya!" dedi. "George Washington Masonik Anıtı! King Sokağı İstasyonu'ndan çıkar çıkmaz orada!"

Diğer ajanlar istasyondan koşarak gelirlerken, şoförle aynı kanıya varan ajan, "Tabii ya," dedi.

Adamlardan biri, "Onları kaçırdık!" diye seslendi. "Mavi Hat hemen soldaydı! Orada değillerdi!"

Saatine bakan ajan Simkins, Ömer'e döndü. "Metro kaç dakikada Alexandria'ya gider?"

"En az on dakika. Belki de daha fazla."

"Ömer, harika bir iş çıkardın. Teşekkürler."

"Önemli değil. Tüm bunlar neyle ilgili?"

Ajan Simkins, bir yandan bağırarak, helikoptere doğru koşmaya başlamıştı bile. "King Caddesi İstasyonu! Oraya onlardan önce varacağız!"

Ömer sersemlemiş bir halde siyah kuşun havalanmasını izledi. Pennsylvania Bulvarı'nın üstünden güneye kıvrılarak, karanlık gökyüzünde gürültüyle kayboldu.

Taksi şoförünün ayaklarının altındaki bir metro treni, Freedom Plaza'dan hızla uzaklaşıyordu. İçerideki yolculardan Robert Langdon ile Katherine Solomon, tren onları varacakları yere götürürken tek kelime konuşmadılar.

Kayıp Sembol

77. BÖLÜM

Hatıra hep aynı şekilde başlıyordu.

Derin bir dağ geçidinin dibindeki buz kaplı nehre doğru sırtüstü düşüyordu. Peter Solomon'ın merhametsiz gri gözleri Andros'un silahının namlusunun üstünden ona bakıyordu. O düşerken, yukarıdaki dünya hızla uzaklaşıyor, çağlayandan yükselen puslu bulutun içinde her şey kayboluyordu.

Bir an için her şey, cennet gibi bembeyazdı.

Sonra buza çarptı.

Soğuk. Karanlık. Acı.

Düşüyordu... Kuvvetli bir güç tarafından kayalara çarparak, soğuk boşluğa doğru amansızca çekiliyordu. Ciğerleri havasızlıktan ağrıyor, göğüs kasları soğuktan kasıldığı için soluk alamıyordu.

Buzun altındayım.

Çağlayanın yakınındaki buz, suyun çalkantısı yüzünden incelmiş, Andros da kırılan bu yerden içine düşmüştü. Suyun akıntısına kapılırken, şeffaf bir tavanın kapanına kısılmıştı. Buzu altından tırmalayıp kırmaya çalıştı ama gücü yoktu. Saçmanın acısının yanında, omzundaki kurşun yarasının ağrısı da artık uyuşmaya başlayan bedeninin felce uğratan zonklamasıyla yavaş yavaş kayboluyordu.

Hızlanan akıntı onu nehirdeki bir dönemeçte savurdu. Vücudu oksijen ihtiyacıyla kıvranıyordu. Birden, suya düşmüş bir ağacın dallarına takıldı. *Düşün!* Dala var gücüyle asılarak yüzeye çıkmaya çalıştı ve dalın buzu delerek suyun altına girdiği yeri buldu. Parmak uçları, dalı çevreleyen suyun minik açıklığını yakaladı ve deliği büyütmek için kenarlarından asıldı. Bir iki denemeden sonra açıklık birkaç santim büyümüştü.

Daldan güç alarak başını geriye attı ve ağzını açıklığa dayadı. Ciğerlerine dolan kış havası ona sıcak gelmişti. Aniden vücuduna hücum eden oksijenle ümitlendi. Ayaklarını ağacın gövdesine dayayıp, sırtıyla omuzlarını var gücüyle yukarı itti. Düşen ağacın etrafındaki buz, dallar ve çöküntü yüzünden delindiği için zaten zayıflamıştı. Güçlü bacaklarını ağacın gövdesine yaslayıp, başı ve omuzlarıyla buzu kırarak kış akşamına çıktı. Ciğerlerine hava doldu. Vücudunun büyük kısmı hâlâ suyun altında olduğundan, bacakları ve kollarıyla, yukarı çıkmak için mücadele etti. Sonunda sudan çıktığında, buzun üstünde nefes nefese yatıyordu.

Islak kar maskesini çıkarıp, cebine koyan Andros, nehrin yukarısındaki Peter Solomon'a baktı. Nehirdeki dönemeç görüşünü engelliyordu. Göğsü yeniden yanmaya başlamıştı. Nehirde açtığı kırığı kapatmak için bir dal çekerek, yavaşça üstünü örttü. Kırık sabaha kadar yeniden donmuş olacaktı.

Andros sendeleyerek ağaçların arasında yürürken, kar yağmaya başladı. Ağaçların arasından çıkıp, küçük bir otoyolun kenarındaki bankete ulaştığında, ne kadar koştuğunu bilmiyordu. Çılgına dönmüştü ve hipotermi geçiriyordu. Kar hızını artırmıştı. Uzaktan bir arabanın farlarının yaklaştığı görülüyordu. Andros çılgınca el sallayınca, kamyonet hemen kenara çekip durdu. Vermont plakalıydı. İçinden kırmızı ekose gömlekli, yaşlı bir adam indi.

Ona doğru sendeleyerek ilerleyen Andros, kanayan göğsünü tutuyordu. "Bir avcı... beni vurdu! Hastaneye... gitmem gerek!"

Yaşlı adam hiç tereddüt etmeden onu kamyonetin yolcu koltuğuna oturttu ve kaloriferi açtı. "En yakın hastane nerede?"

Andros'un hiçbir fikri yoktu ama güneyi işaret etti. "Bir sonraki çıkış." *Hastaneye gitmiyoruz.*

Ertesi gün Vermont'lu yaşlı bir adamın kaybolduğu bildirildi ama Vermont'taki yolculuğu sırasında tam olarak *nerede* ortadan kaybolduğunu bilen yoktu. Ertesi günkü gazete manşetlerini kaplayan büyük haberle bu kayıp vakası arasında bir ilgi olduğunu da kimse bilmiyordu; Isabel Solomon'ın şaşırtıcı cinayeti.

Andros uyandığında kendini, sezonu kapatmış ucuz bir motelin boş odasında buldu. İçeri girip, yırtık çarşaflarla yaralarını sardığını ve küf kokulu battaniyelerin altındaki ince yatağa sığındığını hatırlıyordu. Açlıktan ölmek üzereydi.

Topallayarak banyoya gittiğinde, lavabonun içindeki kanlı saçmaları gördü. Onları göğsünden çıkardığını belli belirsiz hatırlıyordu. Gözlerini kirli aynaya dikip, aldığı hasarı görmek için yavaşça kanlı bandajlarını aç-

Kayıp Sembol

tı. Göğsünün ve karnının sert kasları, saçmaların çok derine girmesini engellemişti, ama bir zamanlar kusursuz olan vücudu artık yaralar yüzünden bozulmuştu. Peter Solomon'ın ateşlediği tek mermi, görünüşe bakılırsa omzundan girip çıkarak, ardında kanlı bir çukur bırakmıştı.

Hepsinden kötüsü, Andros uğruna bunca yolu kat ettiği şeyi elde edememişti. *Piramidi.* Karnı guruldayınca, yemek bulma umuduyla yaşlı adamın kamyonetine topallayarak yürüdü. Kamyonet artık karla kaplıydı. Andros bu eski motelde ne zamandır uyuduğunu merak etti. *Tanrı'ya şükürler olsun ki uyandım.* Ön tarafta yiyecek hiçbir şey bulamadı ama torpido gözünde ağrıkesici vardı. Bir avuç dolusu alıp, bolca karla birlikte yuttu.

Bir şeyler yemem lazım.

Birkaç saat sonra, eski motelin arkasından yola çıkan kamyonetin iki gün öncekiyle hiçbir ilgisi yoktu. Aracın üst kısmı, jantlar, tampondaki çıkartmalar ve tüm aksesuvarları sökülmüştü. Vermont plakasını, motelin çöp bidonunun yanında bulduğu bir servis kamyonununkiyle değiştirmiş, kanlı çarşafları, saçmaları ve motelde bulunduğuna dair diğer tüm delilleri o çöp bidonuna atmıştı.

Andros piramitten vazgeçmemişti ama şimdilik beklemek zorundaydı. Saklanması, iyileşmesi ve her şeyden önce *yemesi* gerekiyordu. Yol kenarında rastladığı bir büfede yumurta, domuz pastırması, patates köftesi ve üç bardak portakal suyuyla karnını doyurdu. Sonra da yanında götürmek üzere biraz daha yemek siparişi verdi. Tekrar yola çıktığında, kamyonetin eski radyosunu dinlemeye başladı. Yatağa düştüğünden beri ne bir televizyon, ne de gazete görmüştü. Yerel istasyonun haberlerini duyunca hayrete düştü.

Haber spikeri, "FBI detektifleri, iki gün önce Potomac'taki evinde Isabel Solomon'ı öldüren silahlı saldırganı aramaya devam ediyor," diyordu. "Katilin buzlu nehre düşüp, denize sürüklendiğine inanılıyor."

Andros donakalmıştı. *Isabel Solomon'ı mı öldürdüm?* Sersemlemiş bir sessizlik içinde haberin devamını dinleyerek aracı kullanmaya devam etti.

Artık buradan çok çok uzaklara gitmesi gerekiyordu.

Upper West Side Binası'ndan, Central Park'ın nefes kesici bir manzarası görülüyordu. Andros burayı seçmişti, çünkü penceresinin dışında uzanan yeşillik denizi ona, yitirdiği Adriyatik manzarasını hatırlatıyordu. Yaşadığı için mutlu olması gerektiğini bilse de mutlu değildi. İçindeki boşluk kaybolmamıştı ve Peter Solomon'ın piramidini çalmaktaki başarısızlığını aklından çıkaramıyordu.

Andros, Mason Piramidi Efsanesi'ni araştırarak uzun saatler geçirmişti. Piramidin gerçek olup olmadığıyla ilgili kimse anlaşamamış gibi görünse de engin bir bilgelik ve güç vaat ettiği konusunda hepsi birleşiyordu. Andros kendi kendine, *piramit gerçek* dedi. *İçeriden aldığım bilgiler reddedilemez.*

Kader, piramidi Andros'un ulaşabileceği kadar yakınına getirmişti ve bunu göz ardı etmenin, piyangoyu kazanan bileti nakde çevirmemek gibi bir şey olduğunu biliyordu. *Piramidin gerçek olduğunu... ve onu koruyan kişinin kimliğini bilen tek mason olmayan insan benim.*

Aylar geçmişti. Vücudu iyileştiği halde Andros artık Yunanistan'daki kendini beğenmiş adam değildi. İdman yapmayı ve aynada çıplak vücuduna hayranlıkla bakmayı bırakmıştı. Vücudunun yaşlılık belirtileri gösterdiğini hissediyordu. Bir zamanlar kusursuz olan cildi artık yara izleriyle doluydu ve bu, kederini daha da artırıyordu. İyileşmesine yardımcı olan ağrıkesicileri almaya devam ediyor, onu Kartal Soğanlık Cezaevi'ne gönderen hayatına geri dönmeye başladığını hissediyordu. Umrunda değildi. *Canı ne isterse onu yapacaktı.*

Bir akşam Greenwich Village'da, kolunda zikzak şeklinde bir yıldırım dövmesi olan adamdan uyuşturucu satın alıyordu. Andros ne olduğunu sorduğunda adam, dövmenin bir araba kazasından kalma yara izini kapattığını söyledi. Esrar satıcısı, "Yara izini her gün görmek bana kazayı hatırlatıyordu," dedi. "Bu yüzden üstünü güç simgesi bir dövmeyle kapattım. Kontrolü geri aldım."

O gece, yeni aldığı uyuşturucunun etkisiyle Andros bir dövme salonuna gitti ve gömleğini çıkardı. "Bu izleri saklamak istiyorum," dedi. *Yeniden kontrolü ele almak istiyorum.*

"Saklamak mı?" Dövme sanatçısı onun göğsüne baktı. "Neyle?"

"Dövmeyle."

"Evet de... ne dövmesiyle?"

Geçmişini hatırlatan o çirkinliklerden kurtulmaktan başka bir şey istemeyen Andros omzunu silkti. "Bilmiyorum. Sen seç."

Dövme sanatçısı başını iki yana sallayıp, Andros'a eski ve kutsal dövme geleneğiyle ilgili bir kitapçık verdi. "Hazır olduğunda geri gel."

Andros, New York Halk Kütüphanesi'ne gidip dövmelerle ilgili elli üç kitap buldu ve birkaç hafta içinde hepsini okudu. Okumaya olan tutkusu yeniden alevlenmişti. Kütüphaneyle evi arasında kucak dolusu kitap getirip götürüyor, Central Park'ı seyrederken oburcasına bir iştahla kitapların tadına varıyordu.

Dövmeler hakkındaki bu kitaplar, Andros'un daha önce hiç bilmediği garip bir dünyanın kapılarını aralamıştı. Bu; simgelerle, gizemlerle, mitolojiyle ve sihirli sanatlarla ilgili bir dünyaydı. Okudukça ne kadar kör olduğunu fark ediyordu. Aklına gelen fikirleri, eskizleri ve garip rüyalarını defterlere yazmaya başladı. Artık kütüphanede aradığını bulamadığında, *nadir kitaplar satan özel kitapçılara* dünyadaki en ezoterik kitapları ona bulup getirmeleri için para ödemeye başladı.

De Praestigiis Daemonum... Lemegeton... Ars Almadel... Grimorium Verum... Ars Notoria... ve benzerleri. Hepsini okudu. Okudukça dünyada hâlâ kendisini bekleyen daha pek çok hazine bulunduğundan iyice emin oldu. *Orda bir yerde, insanın anlayışını değiştiren sırlar var.*

Sonra, kilisenin "yaşamış en kötü adam" ilan ettiği Aleister Crowley'nin -1900'lerin başlarında yaşamış olan gizemci- yazılarını keşfetti. *Küçük beyinler büyük zekâlardan daima korkar.* Andros, ritüeller ve büyülü sözlerin güçlerini öğrenmişti. Doğru seslendirildiğinde kutsal *kelimelerin* başka dünyaların kapılarını açan anahtar görevi gördüğünü de. *Bu evrenin ötesinde gölge bir evren var... o dünyadan güç alabilirim.* Andros bu güce sahip olmak istese de önce tamamlanması gereken bazı kurallar ve görevler olduğunu biliyordu.

Crowley, *kutsal bir şeye dönüşmek,* diye yazmıştı. *Kendinizi kutsal kılın.*

Eski "kutsallaşma" ayini bir za1manlar dünyada geçerli bir kanundu. Tapınağa yakılmış kurbanlar sunan ilk İbranilerden, Chichén Itzá piramitlerinin tepesinde insanların kafasını kesen Mayalara ve çarmıhta kendi bedenini sunan Mesih İsa'ya kadar eskilerin tümü Tanrı'nın *kurban* istediğini anlamışlardı. İnsanlar kurban yoluyla tanrılardan iyilik isteyip, kendilerini kutsallaştırıyorlardı.

Sacra- kutsal

Face- yapmak

Kurban ayinleri uzun süre önce terk edilmiş olsa da gücü baki kalmıştı. Aleister Crowley de dahil olmak üzere birkaç gizemci bu sanatı devam ettirip zaman içinde mükemmelleştirmiş ve kendilerini daha büyük bir şeye dönüştürmüşlerdi. Andros da onlar gibi kendini dönüştürmek için can atıyordu. Ama bunu yapmak için o tehlikeli köprüden geçmesi gerektiğini biliyordu.

Işığı karanlıktan ayıran tek şey kan.

Bir gece, bir karga Andros'un açık penceresinden banyoya girip, içeride kapalı kalmıştı. Andros kuşun bir süre çırpındıktan sonra kaçamayacağını kabullenerek durmasını seyretmişti. Andros işaretleri görecek kadar bu işi öğrenmişti. *Devam etmem için uyarılıyorum.*

Kuşu tek eliyle tutup, mutfağında kendi hazırladığı sunakta durmuş ve ezberlediği sihirli sözleri söylerken keskin bıçağını havaya kaldırmıştı.

"Camiach, Eomiahe, Emial, Macbal, Emoii, Zazean... Assamaian Kitabı'ndaki en kutsal meleklerin isimleriyle sizi bu işimde tek bir Tanrı'nın gücüyle, yardımıma çağırıyorum."

Andros bıçağını indirip, panik halindeki kuşun sağ kanadındaki büyük bir damarı dikkatle kesmişti. Kuştan akmaya başlayan kırmızı sıvının, önceden yerleştirdiği metal kabın içine akmasını seyrederken, havanın birden soğuduğunu hissetmiş, buna rağmen devam etmişti.

"Her şeye gücü yeten Adonai, Arathron, Ashai, Elohim, Elohi, Elion, Asher Eheieh, Shaddai... yardımcım olun ki, bu kan tüm dileklerimi ve isteklerimi gerçekleştirecek güce sahip olsun."

O gece rüyasında kuşları görmüştü... Dev bir Zümrüdüanka kuşu alevlerin arasından yükseliyordu. Ertesi sabah, çocukluğundan beri hissetmediği bir enerjiyle uyanmıştı. Parkta tahmin ettiğinden çok daha hızlı ve uzun koşmuştu. Artık koşamayacak kadar yorulduğunda durup şınav ve mekik çekmişti. Sayısız kez tekrar etmişti. Ama hâlâ enerjisi vardı.

O gece bir kez daha rüyasında anka kuşunu görmüştü.

Central Park'a yine sonbahar gelmiş, yaban hayatı kışlık yiyecek arayışına girmişti. Soğuğa aldırış etmeyen Andros'un özenle yerleştirdiği kapanlar canlı fare ve sincaplarla doluydu. Bunları sırt çantasında eve götürüp, daha karmaşık ritüeller düzenliyordu.

Emanual, Massiach, Yod, He, Vaud... lütfen beni layık bulun.

Kanlı ritüeller canlılığını artırıyordu. Andros her geçen gün kendini biraz daha genç hissediyordu. Gece gündüz -gizemli eski metinleri, destansı ortaçağ şiirlerini, eski filozofları- okumaya devam etti. İşlerin gerçek doğasını öğrendikçe, insanlık için tüm ümidin kaybolduğunu anladı. *Hiç anlayamayacakları bir dünyada amaçsızca dolaşan körler.*

Andros hâlâ bir insandı ama artık başka bir şeye dönüştüğünü hissediyordu. Daha büyük bir şeye. *Kutsal bir şeye.* İri vücudu uyuşukluktan kurtulmuştu ve eskisinden çok daha güçlüydü. Nihayet, vücudunun asıl önemini anlamıştı. *Vücudum en değerli hazineme... zihnime giden bir araçtan başka bir şey değil.*

Andros henüz gerçek kapasitesine ulaşmadığını biliyor, bu yüzden daha fazla araştırıyordu. *Kaderim ne?* Tüm eski metinler iyiyle kötüden... ve insanın ikisi arasında seçim yapması gerektiğinden bahsediyordu. *Ben seçimimi uzun zaman önce yaptım,* diye düşünüyor ve bundan pişmanlık duymuyordu. *Kötülük doğal bir yasadan başka nedir?* Aydınlığı karanlık takip ederdi. Düzeniyse karmaşa... Esas olan, her şeyin yitirildiğiydi. Her şey bozulurdu. Mükemmel biçimde sıralanmış kristal sonunda toz parçacıkları haline gelirdi.

Bazıları yaratır... bazıları yok eder.

John Milton'ın *Kayıp Cennet*'ini[1] okuyunca, kaderinin ne olduğunu fark etti. Moloch diye bilenen meleğin... düşmüş olanın... ışığa karşı savaşan şeytanın... cesur olanın hikâyesini okudu.

Moloch dünyada Tanrı gibi dolaştı. Andros, bu meleğin isminin eski dile çevrildiğinde Mal'akh diye okunduğunu öğrendi.

Ben de öyle olacağım.

Tüm büyük dönüşümler gibi bunun da bir kurbanla başlaması gerekiyordu... ama fareler ya da kuşlar olmazdı. Hayır, bu dönüşüm *gerçek* bir kurban gerektiriyordu.

Birden daha önce hayatında hiç olmadığı bir şekilde zihni açıldı. Tüm kaderi önünde belirmişti. Üç gün boyunca devasa bir kâğıda çizimler yaptı. Sonunda bitirdiğinde, dönüşeceği şeyin kopyasını çıkardı.

Gerçek boyutlardaki eskizi duvarına asıp, aynaya bakar gibi ona baktı.

Ben bir şaheserim.

Ertesi gün çizimlerini dövme salonuna götürdü.

Hazırdı.

---

(1) Paradise Lost

78. BÖLÜM

George Washington Masonik Anıtı, Alexandria, Virginia'daki Shuter's Tepesi'nin üstünde yer alır. Aşağıdan yukarıya doğru, üç farklı mimari üsluptaki -Dorik, İyonik, Korint- katmandan oluşan yapı, insanın zihinsel yükselişinin fiziki sembolüdür. İskenderiye, Mısır'daki Faros Feneri gibi, bu yüksek kulenin de kızılımsı çatı süslemeleri bulunan piramit şeklinde bir tepesi vardır.

Göz alıcı mermer giriş salonunda, yanında Kongre Binası'nın köşetaşını yerleştirdiği malayla birlikte, Masonik tören kıyafetleri içinde George Washington'ın büyük, bronz bir heykeli bulunur. Giriş salonunun üstündeki dokuz kat, Mağara, Kripta Salonu ve Tapınak Şövalyeleri Şapeli gibi isimler taşır. Burada barınan hazineler arasında yirmi binden fazla masonik yazı, Ahit Sandığı'nın göz kamaştırıcı bir kopyası ve Kral Süleyman'ın Tapınağı'ndaki taht odasının bire bir ölçüdeki örneği mevcuttur.

UH-60 helikopteri alçaktan uçarak Potomac'ın üstünden geçerken, CIA ajanı Simkins saatine göz attı. *Trenlerinin gelmesine altı dakika var.* Derin bir soluk alıp, ufukta parlayan Masonik Anıt'a pencereden baktı. Görkemle parlayan kulenin, Ulusal Park'taki diğer binalar kadar etkileyici olduğunu düşündü. Simkins, anıtın içine hiç girmemişti ve bu gece de farklı olmayacaktı. Her şey planladıkları gibi giderse, Robert Langdon ile Katherine Solomon metro istasyonundan asla çıkamayacaklardı.

Anıtın karşısındaki King Sokağı İstasyonu'nu gösteren Simkins pilota, "Şuraya!" diye bağırdı. Helikopteri yan yatıran pilot, Shuter Tepesi'nin eteklerindeki çimenlik bir alana iniş yaptı.

Simkins ile ekibi hep birlikte inip, sokağın karşı tarafına geçerek, King Sokağı İstasyonu'na doğru ilerlerken yayalar şaşkınlıkla onlara baktılar. Merdivenlerdeki yolcular, siyahlar içindeki silahlı adamlar yanlarından koşarak geçerlerken, kendilerini duvara yapıştırarak onlara yol verdiler.

Pek çok farklı hattın -Sarı, Mavi ve Amtrak- geçtiği anlaşılan King Sokağı İstasyonu, Simkins'in beklediğinden daha büyüktü. Duvardaki metro haritasının yanına koşup, Freedom Plaza'yla, buradan gelen direkt hattı buldu. Simkins, "Mavi Hat, güneye giden peron!" diye bağırdı. "Hemen oraya gidip, herkesi dışarı çıkarın!" Ekibi oraya doğru fırladı.

Bilet gişesine koşan Simkins, kimliğini gösterip içerideki kadına bağırdı. "Metro Merkez'den bir sonraki tren ne zaman gelecek?!"

İçerideki kadın korkmuş görünüyordu. "Emin değilim. Mavi Hat on bir dakikada bir gelir. Dakik bir programı yok."

"Son tren gideli ne kadar oldu?"

"Beş... veya altı dakika. Fazla değil."

Simkins kafasından hesapladı. *Mükemmel.* Langdon bir sonraki trende olmalıydı.

Hızla ilerleyen metro vagonunun içindeki Katherine Solomon, sert plastik koltukta rahatsız bir şekilde kıpırdandı. Tepedeki parlak floresan ışıklar gözlerini yakıyordu. Kapanmak isteyen gözkapaklarına bir saniye bile izin vermedi. Boş vagonda onun yanında oturan Langdon, ayaklarının dibindeki deri çantaya boş gözlerle bakıyordu. Vagonun ritmik sallantısı yüzünden mayışmış gibi görünen profesörün gözkapakları ağırlaşmıştı.

Katherine, Langdon'ın çantasındaki garip şeyleri zihninde canlandırdı. *CIA bu piramidi neden istiyor?* Bellamy, gerçek potansiyelini bildiği için Sato'nun bu piramidin peşinde olabileceğini söylemişti. Ama bu piramit antik sırların saklandığı yeri bir şekilde ortaya çıkarıyor olsa bile, Katherine ortaçağın esrarlı bilgeliğinin CIA'i ilgilendirebileceğine inanmakta güçlük çekiyordu.

Ama sonra CIA'in pek çok kereler eski sihir ve gizemcilikle ilgili parapsikolojik ve psişik programlar yürüttüğünün ortaya çıktığını hatırladı. 1995'teki "Stargate/Scannate" skandalında, uzaktan görüntüleme adındaki gizli bir CIA teknolojisi bulunduğu ortaya çıkmıştı. Bu, "izleyicinin" fiziken bulunmadığı herhangi bir yere zihin gözünü gönderip casusluk yapabildiği, bir tür telepatik zihin yolculuğuydu. Gizemciler buna astral yolculuk, yogiler ise beden dışı deneyim diyorlardı. Ne yazık ki, vergilerini ödeyen dehşete düşmüş Amerikan vatandaşları buna *saçmalık* diyordu ve bu yüzden program sona erdirilmişti. En azından kamunun bildiği kadarıyla.

Fakat Katherine, CIA'in başarısızlıkla sonuçlanan programlarıyla, Noetik Bilim alanındaki kendi buluşları arasında belirgin bağlar görüyordu.

Katherine polise telefon edip, Kalorama Heights'ta bir şey bulup bulmadıklarını sormak için sabırsızlanıyordu, ama şu anda ikisinin de telefonu yoktu ve yetkililerle temasa geçmek büyük bir hata olacaktı. Sato'nun kollarının nereye kadar uzandığını bilmeye imkân yoktu.

Sabır Katherine. Birkaç dakika sonra, onlara cevaplar sunacağının garantisini veren bir adamın konuğu olarak, güvenli bir yerde saklanacaklardı. Katherine bu cevaplar her ne ise, ağabeyini kurtarmasına yardımcı olmasını umut etti.

Metro haritasına bakarken, "Robert?" diye fısıldadı. "Bir sonraki durakta iniyoruz."

Langdon kurduğu hayallerden sıyrıldı. "Tamam, teşekkürler." Tren gümbürdeyerek istasyona doğru ilerlerken, çantasını yerden alıp Katherine'e tereddütle baktı. "Umarım herhangi bir sorun yaşamadan oraya varırız."

Turner Simkins, adamlarının yanına gitmek için aşağı inerken, metrodaki peron tamamıyla temizlenmiş, adamları platform boyunca uzanan taşıyıcı sütunların arkasındaki yerlerini almışlardı. Platformun diğer ucundaki tünelin derinliklerinden bir gürültü duyuldu. Gürültü artarken Simkins, etrafında bir sıcak hava dalgası hissetti.

Kaçamayacaksın Bay Langdon.

Simkins, kendisine platformda eşlik etmesini istediği diğer iki ajana döndü. "Kimliklerle silahları çıkarın. Bu trenler otomatik ama kapıları açan bir kondüktör var. Onu bulun."

Trenin farları tünelin aşağısında belirdi ve frenlerin tiz sesleri duyuldu. Tren istasyona girip yavaşlamaya başlayınca, Simkins ile ajanları raylara doğru eğildiler, kapıları açmadan önce kondüktörle göz teması kurmaya çalışarak CIA kimliklerini salladılar.

Tren hızla yaklaşıyordu. Simkins siyahlar içindeki adamların kimliklerini sallamasına anlam veremeyen kondüktörün şaşkın yüzünü üçüncü vagonda gördü. Artık tamamen durmak üzere olan trene doğru koştu.

Kimliğini yukarı kaldırırken, "CIA!" diye bağırdı. "Kapıları AÇMA!" Tren yanından yavaşça kayarken, kondüktörün vagonuna gidip ona seslendi. "Kapıları açma! Anladın mı?! Kapıları AÇMA!"

Tren tamamen durduğunda, şaşkınlıktan gözleri kocaman olmuş kondüktör yan taraftaki pencereden, "Ne oldu?!" diye sordu.

Simkins, "Bu tren yerinden ayrılmasın," dedi. "Ve kapıları açma."

"Tamam."

"Bizi ilk vagona sokabilir misin?"

Kondüktör başını salladı. Korkulu bir ifadeyle trenden aşağı indi ve kapıyı arkasından kapattı. Simkins ve iki adamıyla birlikte ilk vagona gidip kapıyı açtı.

Silahını çıkaran Simkins, "Arkamızdan kilitle," dedi. Simkins ile adamları hemen ilk vagonun parlak aydınlığına daldılar. Kondüktör kapıyı arkalarından kilitledi.

İlk vagonda, silahlı üç adamın içeri girmesine şaşkınlıkla bakan sadece dört yolcu -üç yeniyetme delikanlı ve yaşlı bir kadın- vardı. Simkins kimliğini kaldırdı. "Her şey yolunda. Yerlerinizde kalın."

Simkins ile adamları, kapıları kilitli trenin arka tarafına doğru vagonları tek tek arayarak ilerlediler. Çiftlikteki eğitimde buna "diş macunu sıkmak" denirdi. Bu trende çok az yolcu vardı ve vagonların yarısını aradıkları halde, Robert Langdon ile Katherine Solomon'ın tarifine uyan kimseye rastlamamışlardı. Simkins yine de kendinden emindi. Bir metro treninde saklanacak hiçbir yer yoktu. Tuvalet, depo ya da alternatif çıkışlar yoktu. Kaçaklar onları trene binerken görmüş ve arka tarafa kaçmış olsalar bile dışarı çıkamazlardı. Bir kapıyı aralamak neredeyse imkânsızdı ve ayrıca Simkins'in adamları trenin her iki tarafından platformu izliyorlardı.

Sabır.

Simkins sondan ikinci vagona geldiğinde kendini biraz huzursuz hissetmeye başlamıştı. Bu vagonda tek bir yolcu vardı ve o da bir Çinliydi. Simkins ile adamları saklanacak bir yer var mı, diye içeriyi aradılar ama hiç kimse yoktu.

Üçlü, trenin son bölmesine doğru yaklaşırken silahını kaldıran Simkins, "Son vagon," dedi. Son vagona girdiklerinde üçü birden durup, etrafa bakakaldı.

Ne bu?... Boş vagonun arka tarafına koşan Simkins, tüm koltukların arkalarına baktı. Öfkeden kudurmuş bir halde adamlarına döndü. "Ne cehenneme kayboldu bunlar?!"

79. BÖLÜM

Alexandria, Virginia'nın on iki kilometre kuzeyindeki Robert Langdon ile Katherine Solomon, kırağı düşmüş çayırların üzerinde ilerliyorlardı.

Katherine'in hızlı düşünme ve doğaçlama yeteneğinden etkilenen Langdon, "Aktris olmalıydın," dedi.

"Sen de fena değildin." Katherine ona gülümsedi.

Langdon ilk başta Katherine'in takside anlattığı saçmalıklara bir anlam verememişti. Bir anda Yahudi yıldızı ve Devlet Mührü'yle ilgili aklına gelen bir şey yüzünden Freedom Plaza'ya gitmek istemişti. Bir dolarlık banknotun üstüne çok iyi bilinen bir komplo teorisinin resmini çizmiş ve Langdon'dan *işaret ettiği* yere iyi bakmasını istemişti.

Langdon sonunda onun banknotu değil, şoför koltuğunun arkasındaki minik bir göstergeyi işaret ettiğini anlamıştı. Gösterge lambası öylesine kirlenmişti ki fark edilmiyordu. Ama biraz eğilip yaklaşınca lambanın yandığını ve kırmızı bir ışık yaydığını görmüştü. Ayrıca yanan lambanın altında yazan iki silik kelimeyi de okuyabilmişti.

–DAHİLİ AÇIK–

Şaşıran Langdon, korku dolu gözlerle ona ön koltuğa bakmasını işaret eden Katherine'e dönmüştü. Langdon, paravanın arkasından gizlice bakarak dediğini yapmıştı. Ön konsolun üstünde, ışığı yanar halde açık duran cep telefonu, dahili hoparlöre çevrilmişti. Langdon o anda Katherine'in ne demek istediğini anlamıştı.

Bu takside olduğumuzu biliyorlar... bizi dinliyorlar.

Langdon bir yerde önlerinin kesilip etraflarının çevrilmesine ne kadar kaldığını bilmiyordu, ama çabuk davranmaları gerektiğinden emindi. Katherine'in Freedom Plaza'ya gitmek istemesinin nedeninin piramitle değil, Kırmızı, Mavi ya da Turuncu hatlardan birine binerek, altı farklı yöne gidebilecekleri büyük bir metro istasyonuyla ilgisi olduğunu anlamıştı. Sonra da onunla birlikte rol yapmaya başlamıştı.

Kayıp Sembol

Freedom Plaza'da taksiden atladıklarında Langdon durumu ele alıp hemen bir doğaçlama yapmış ve Katherine'le birlikte metro istasyonuna inerlerken arkasında Alexandria'daki Masonik Anıt'a gidiyorlarmış gibi bir izlenim bırakmıştı. Birlikte Mavi Hat'tı geçip, tam tersi istikamete giden Kırmızı Hat'a binmişlerdi.

Güneydeki Tenleytown'a doğru altı durak geçtikten sonra, sakin ve lüks bir semtte inmişlerdi. Gidecekleri bina, Massachusetts Bulvarı'nın hemen bitişiğindeki bakımlı çimlerin ortasında yükselen çevredeki en büyük yapıydı.

Şimdi, Katherine'in deyimiyle "sistemin dışındaki" ikili, nemli çimlerin üstünden yürüyorlardı. Sağ taraflarında, eski gül ağaçları ve Gölge Ev kameriyesiyle ünlü, ortaçağ tarzında bir bahçe vardı. Bahçeden geçip doğruca çağrıldıkları muhteşem binaya doğru yürüdüler. *Sina Dağı'ndan on taş, gökyüzünden bir taş ve Luka'nın karanlık babasının suretinden bir taş içeren sığınak.*

Parlak ışıklarla aydınlatılmış kulelere bakan Katherine, "Buraya daha önce hiç gelmemiştim," dedi. "Göz kamaştırıcı."

Bu yerin gerçekten ne kadar etkileyici olduğunu unutan Langdon onunla aynı fikirdeydi. Bu Neo-Gotik şaheser, Büyükelçilikler Bölgesi'nin kuzey ucunda yer alıyordu. Genç Amerikalıların bu hayranlık uyandırıcı yeri tanımaları için bir çocuk dergisine yazdığı yazıdan beri yıllardır buraya gelmemişti. "Musa, Ay Taşları ve *Yıldız Savaşları*" isimli makalesi, yıllarca turistlerin rehberlerinde yer almıştı.

Langdon yıllar sonra geri dönmenin verdiği ani sezgiyle, *Washington Ulusal Katedrali,* diye düşündü. *Tek bir Tanrı başka nerede olabilir?*

Başını kaldırıp ikiz çan kulelerine bakan Katherine, "Bu katedralde gerçekten de Sina Dağı'ndan on taş var mı?" diye sordu.

Langdon başını salladı. "Ana sunağın yanında. Musa'ya Sina Dağı'nda verilen On Emri temsil ediyorlar."

"Peki ya ay taşı?"

Gökyüzünden bir taş. "Evet. Vitraylı pencerelerden birinin ismi Uzay Penceresi ve içinde bir parça ay taşı var."

"Tamam ama, son şey hakkında ciddi olamazsın." Güzel gözleri kuşkuyla bakan Katherine, bakışlarını profesöre çevirmişti. "Darth Vader... heykeli mi?"

Langdon kendi kendine güldü. "Luke Skywalker'ın karanlık babası mı? Kesinlikle. Vader, Ulusal Katedral'in en popüler grotesk figürlerinden biri." Batı kulesinin tepesini işaret etti. "Gece görmek zor ama orada."

"Darth Vader'ın Washington Ulusal Katedrali'nde ne işi var?"

"Çocuklar arasında, kötülüğün yüzünü temsil eden yontu yarışması düzenlendi ve Darth kazandı."

Yirmi beş metrelik kemerli ana girişin nefes kesici gül penceresinin altındaki geniş merdivenlere vardılar. Basamakları çıkmaya başladıklarında Langdon, kendisini arayan gizemli yabancıyı düşündü. *İsim vermeyin lütfen... Size emanet edilen haritayı koruyabildiniz mi?* Ağır piramidi taşımaktan yorulan Langdon'ın omzu ağrımıştı, bu yüzden de bir an önce bir yere bırakmak istiyordu. *Sığınak ve cevaplar.*

Merdivenin başına geldiklerinde, karşılarına görkemli bir çift ahşap kapı çıktı. Katherine, "Çalacak mıyız?" diye sordu.

Langdon da aynı şeyi düşünüyordu ama o sırada kapılardan biri gıcırdayarak aralandı.

Zayıf bir ses, "Kim o?" dedi. Kapı eşiğinde benzi solmuş yaşlı bir adamın yüzü belirdi. Üzerinde papaz cüppesi vardı ve boş bakıyordu. Katarktla perdelenmiş gözleri mat ve beyazdı.

"İsmim Robert Langdon," diye cevap verdi. "Katherine Solomon ve ben sığınak arıyoruz."

Yaşlı adam rahatlayarak, derin bir soluk aldı. "Tanrı'ya şükürler olsun. Ben de sizi bekliyordum."

80. BÖLÜM

Warren Bellamy birden ümitlendi.

Operasyon ajanından telefon alan Başkan Sato hemen söylenmeye başlamıştı. "İyi, o zaman onları hemen bulsan iyi olur!" diye bağırdı. "Vaktimiz daralıyor!" Telefonu kapattıktan sonra, sanki bundan sonra ne yapacağına karar vermeye çalışıyormuş gibi Bellamy'nin önünde aşağı yukarı yürüdü.

Sonunda tam karşısında durup döndü. "Bay Bellamy, size bunu sadece bir kez soracağım." Gözlerinin içine baktı. "Evet veya hayır... Robert Langdon'ın nerede olabileceğine dair bir fikrin var mı?"

Bellamy fikir sahibi olmaktan çok daha fazlasını biliyordu, ama başını iki yana salladı. "Hayır."

Sato hâlâ delici gözlerle bakıyordu. "Ne yazık ki, işimin bir parçası da insanların ne zaman yalan söylediğini anlamaktır."

Bellamy gözlerini başka yöne çevirdi. "Üzgünüm, size yardımcı olamam."

Sato, "Mimar Bellamy," dedi. "Bu akşam saat yediyi biraz geçe, şehir dışındaki bir restoranda yemek yerken, Peter Solomon'ı kaçırdığını söyleyen bir adam seni telefonla aradı."

Birden içinin ürperdiğini hisseden Bellamy, gözlerini yeniden Sato'ya çevirdi. *Sen bunu nereden biliyorsun?*

Sato, "Bu adam Robert Langdon'a bir görev vererek onu Kongre Binası'na gönderdiğini söyledi," diye devam etti. *"Senin* yardımına ihtiyaç duyacağı bir görevdi. Langdon bu işi başaramazsa dostun Peter Solomon'ın öleceği konusunda seni uyardı. Paniğe kapılıp Peter'ın tüm numaralarını aradın ama ona ulaşamadın. Sonra da panik halinde Kongre Binası'na koştun."

Bellamy, Sato'nun bu telefonu nereden bildiğini tahmin edemiyordu.

Sato bir yandan sigarasını içerken bir yandan da konuşuyordu. "Kongre Binası'ndan kaçarken, Solomon'ı kaçıran kişiye, Langdon'la birlikte Mason Piramidi'ni ele geçirdiğini bildiren bir mesaj attın."

Bellamy, *bu bilgileri nereden alıyor,* diye merak etti. *O kısa mesajı gönderdiğimi Langdon bile bilmiyor.* Kongre Kütüphanesi'ne giden tünele girer girmez, Bellamy inşaat ışıklarını yakmak için elektrik odasına gitmişti. Yalnız kaldığı sırada Solomon'ı alıkoyan adama, Sato'nun devreye girdiğini, ama Langdon'la birlikte Mason Piramidi'ni ele geçirdiklerini ve isteklerini yerine getireceklerini söyleyen bir mesaj göndermeye karar vermişti. Elbette bu bir yalandı ama Bellamy güven vererek, hem Peter Solomon için, hem de piramidi saklamak için vakit kazanacaklarını ümit etmişti.

Bellamy, "Mesaj gönderdiğimi sana kim söyledi?" diye sordu.

Sato, Bellamy'nin cep telefonunu onun yanına fırlattı. "Uzay teknolojisine gerek yok."

Bellamy, cep telefonuyla anahtarlarını onu yakalayan ajanların aldığını hatırladı.

Sato, "Geri kalan bilgiyi nereden öğrendiğime gelince," dedi. "Terörle Mücadele Yasası ulusal güvenlik için tehlikeli gördüğüm herkesin telefonunu dinleme hakkını bana tanıyor. Peter Solomon'ın böylesi bir tehdit oluşturduğuna inanıyorum ve dün gece eyleme geçtim."

Bellamy, onun söylediklerini anlamakta güçlük çekiyordu. "Peter Solomon'ın telefonunu mu dinliyorsun?"

"Evet. Onu kaçıran adamın seni restorandayken aradığını bu sayede öğrendim. Peter'ın cep telefonunu aradın ve olanları anlatan endişeli bir mesaj bıraktın."

Bellamy, onun doğruyu söylediğini biliyordu.

"Ayrıca, buraya neden kandırılarak getirildiğini öğrenmeye çalışan Robert Langdon'ın Kongre Binası'ndan açtığı telefonu da tespit ettik. Ben de hemen Kongre Binası'na doğru yola çıktım ve daha yakın olduğum için senden önce vardım. Langdon'ın çantasının röntgen filmine bakmam gerektiğini nereden bildiğime gelince... Langdon'ın bu işe karıştığını öğrendiğim için, ekibimden Langdon ile Peter Solomon'ın sabahın erken saatlerinde cep telefonundan yaptıkları görüşmeyi yeniden incelemelerini istedim. Bu görüşmede Solomon'ı kaçıran kişi kendini onun asistanı gibi tanıtıyor ve Peter'ın Langdon'a emanet ettiği küçük paketi seminere gelirken yanında getirmesini rica ediyordu. Langdon yanında taşıdığı paket hakkında bilgi vermeyince, çantasının filmini istedim."

Kayıp Sembol

Bellamy artık doğru düzgün düşünemiyordu. Sato'nun söylediği her şey akla yatkındı ama bir şey yerine oturmuyordu. "Ama... Peter Solomon'ın ulusal güvenlik için tehdit oluşturduğunu nereden çıkardın?"

Sato, "İnan bana Peter Solomon ulusal güvenlik için ciddi bir tehdit," diye homurdandı. "Ve samimi olmak gerekirse Bay Bellamy, sen de öylesin."

Yerinde doğrulan Bellamy'nin bileklerindeki kelepçeler canını acıtıyordu. "Anlayamadım?!"

Sato yüzünde zoraki bir gülümsemeyle, "Siz masonlar, tehlikeli bir oyun oynuyorsunuz. Çok *çok* tehlikeli bir sırrı saklıyorsunuz," dedi.

Antik Gizemlerden mi bahsediyor?

"Neyse ki, sırlarınızı gizli tutmak konusunda her zaman iyi iş başardınız. Ancak, son zamanlarda dikkatsiz davranıyorsunuz ve bu akşam, en tehlikeli sırrınız dünyaya açıklanmak üzere. Ve eğer biz bunu durduramazsak, seni temin ederim sonuçları felaket olacak."

Bellamy şaşkınlık içindeydi.

Sato, "Bana saldırmasaydın, ikimizin aynı takımda olduğunu anlayacaktın," dedi.

Aynı takım. Bu kelimeler Bellamy'nin aklına imkânsız gibi görünen bir fikir getirdi. *Sato, Eastern Star üyesi mi?* Eastern Star Cemiyeti masonların kız kardeş örgütüydü. Benzer bir yardımseverlik, gizli bilgelik ve ruhani bir açık fikirlilik felsefesini benimserdi. *Aynı takım mı? Ellerim kelepçeli! Peter'ın telefonunu dinliyor!*

Sato, "O adamı durdurmama yardım edeceksin," dedi. "Bu ülkenin telafi edemeyeceği bir felakete yol açma kapasitesine sahip." Yüzü duvar gibiydi.

"Peki o zaman neden onu *takip* etmiyorsun?"

Sato şüpheyle baktı. "Bunu *denemediğimi* mi sanıyorsun? Yer tespiti yapamadan Solomon'ın telefonu kesildi. Diğer numarası kullanılıp atılan türden, ki onu takip etmek imkânsız. Özel jet şirketi, Langdon'ın uçuşunu Solomon'ın asistanının, Solomon'ın cep telefonundan ve Solomon'ın Marquis Jet kartıyla yapıldığını söyledi. Hiç iz yok. Zaten fark etmez. Tam olarak bulunduğu yeri tespit etsek bile, içeri girip onu yakalamayı göze alamam."

"Neden?"

Sabrının sonuna geldiği anlaşılan Sato, "Bu gizli bir bilgi olduğundan paylaşamam," dedi. "Bana bu konuda güvenmeni istiyorum."

"İyi ama güvenmiyorum!"

Sato'nun gözleri buz gibiydi. Aniden dönüp, Orman'a doğru bağırmaya başladı. "Ajan Hartmann! Evrak çantası lütfen."

Bellamy elektronik kapının tıslamasını ve bir ajanın Orman'dan içeri girdiğini duydu. Elinde tuttuğu ince titanyum çantayı, başkanın yanında yere bıraktı.

Sato, "Bizi yalnız bırak," dedi.

Ajan çıkarken kapı bir kez daha tısladı ve etraf sessizliğe gömüldü.

Sato metal çantayı yerden alıp kucağına yatırdı ve mandallarını açtı. Ardından gözlerini yavaşça Bellamy'ye çevirdi. "Bunu yapmak istemiyordum ama vaktimiz tükeniyor ve bana başka seçenek bırakmadın."

Garip çantaya bakan Bellamy, içini bir korku kapladığını hissetti. *Bana işkence mi edecek?* Yeniden kelepçelerini zorladı. "O çantada ne var?!"

Sato gaddarca gülümsedi. "Olayları benim gözümden görmeni sağlayacak bir şey. Garanti veririm."

81. BÖLÜM

Mal'akh'ın sanatını gerçekleştirdiği yeraltındaki mekân zekice saklanmıştı. Evinin bodrum katı, içeri girenlere normal görünürdü. Bir kazan, sigorta kutusu, odun yığını ve ıvır zıvırla dolu tipik bir kilerdi. Ama kilerin görünen bu kısmı, Mal'akh'ın yeraltındaki mekânının sadece bir bölümüydü. Çalışmaları için geniş bir alanı duvarla ayırmıştı.

Mal'akh'ın özel çalışma alanı, her biri özel bir amaç için ayrılmış küçük odalardan meydana geliyordu. Sadece yatak odasından gizli ve dik bir rampayla girilen bu yeri görmek imkânsızdı.

Bu akşam Mal'akh rampadan inerken, derisine işlenmiş mühür ve işaretler, bodrum katının özel gökyüzü mavisi ışığında adeta canlandılar. Mavimsi pusun içinde pek çok kapalı kapının önünden geçti ve doğruca koridorun sonundaki en büyük odaya yöneldi.

Mal'akh'ın "sanctum sanctorum"[1] dediği bu yer tam on iki ayaklık mükemmel bir kareydi. *Burçlar kuşağının on iki yıldızı vardır. Gün on ikişer saatlik dilimlere ayrılır. Cennetin on iki kapısı vardır.* Odanın ortasında, yediye yedi ayak ölçülerinde taş bir masa vardı. *Vahyin Yedi Mührü vardır. Tapınağın yedi basamağı vardır.* Masanın üstünde, dikkatle ayarlanmış bir ışık kaynağı asılıydı. Önceden tasarlanmış renklerden oluşan bir tayfın etrafında dönerek, kutsal *Gezegen Saatleri Tablosu'yla*[2] uyum içinde her altı saatte bir döngüsünü tamamlıyordu. *Yanor saati mavidir. Nasnia saati kırmızıdır. Salam saati beyazdır.*

Şimdiyse Caerra saatiydi ve odanın rengi morun yumuşak tonundaydı. Üzerinde, kalçalarının ve hadım edilmiş cinsellik organının üstüne sardığı ipekli peştamalden başka bir şey olmayan Mal'akh, hazırlıklarına başladı.

---

(1) Latince kutsalların kutsalı anlamında kullanılır. Ayrıca dini anlamda bir tapınağın en kutsal yeridir.
(2) Sihirli saatler ve onları yöneten meleklerin isimleri bu saatler her gün gece yarısından sonra başlar ve ertesi gün gece yarısında sona erer.

Sonradan odayı kutsamak için yakacağı tütsüleri karıştırdı. Ardından, bu peştamal yerine kuşanacağı saf ipek örtüyü katladı. Ve son olarak, adağına süreceği kutsal yağa bir şişe arınmış su kattı. İşi bittiğinde, hazırladığı tüm malzemeleri servis masasının üstüne koydu.

Bundan sonra bir rafın yanına gidip, oradan fildişi küçük bir kutu aldı, masadaki diğer eşyaların yanına yerleştirdi. Henüz kullanmaya hazır olmasa da kapağı açıp, içindeki hazineye hayranlıkla bakmaktan kendini alamadı.

Bıçak.

Fildişi kutunun içindeki siyah kadifenin kucağında parıldayan adak bıçağını Mal'akh bu gece için saklıyordu. Geçen yıl Ortadoğu antika karaborsasından 1,6 milyon dolara satın almıştı.

Tarihin en ünlü bıçağı.

Kaybolduğuna inanılan kadim zamanlardan kalma bu bıçak, kemik bir sapa tutturulmuş demirden yapılmıştı. Çağlar boyunca sayısız nüfuzlu kişinin eline geçmişti. Ama son yüzyıllarda gizli bir koleksiyona girerek ortadan kaybolmuştu. Mal'akh onu elde etmek için her yolu denemişti. Bıçağın on yıllardır, hatta belki de yüzyıllardır kan akıtmadığını tahmin ediyordu. Yeniden bileylenmiş olan bu bıçak, bu gece bir kez daha kurban vermenin gücünü tadacaktı.

Mal'akh bıçağı nazikçe yastıklı bölmesinden kaldırıp, arınmış suya batırdığı ipek bezle cilaladı. New York'taki ilk basit denemelerinden bu yana yetenekleri gelişmişti. Mal'akh'ın uyguladığı karanlık sanat pek çok dilde farklı isimlerle anılıyordu, ama hangi dilde olursa olsun, kesinlikle bir bilimdi. Bu ortaçağ teknolojisi bir zamanlar güç kapılarının anahtarını elinde tutmuş, ama uzun zaman önce okültizm[1] ve sihrin karanlık dünyasıyla ilişkilendirilerek yasaklanmıştı. Bu sanatı hâlâ uygulayan birkaç kişi olduğu söylense de, Mal'akh gerçeği biliyordu. *Bu iş sıkıcı fakültelerde okuyanlara göre değil.* Eski karanlık sanat, tıpkı modern bilim gibi kesin formüller, özel malzemeler ve zamanlama ile ilgili bir disiplindi.

Bu sanat, günümüz meraklılarının genellikle isteksizce uyguladığı etkisiz kara büyülerden değildi. Bu sanatın, tıpkı nükleer fizik gibi muazzam bir güç ortaya çıkarma potansiyeli vardı. Uyarılar korkunçtu: *Bu sanatı beceriksizce uygulayanlar, geri akıntıyla çarpılıp, yok olma tehlikesini taşırlar.*

---

(1) Doğaüstü gizli güçlere inanma.

Mal'akh dikkatini, hayranlıkla baktığı kutsal bıçaktan, önündeki masada duran kalın parşömen kâğıda çevirdi. Bu parşömeni kuzu derisinden kendisi yapmıştı. Kuralların belirttiği üzere cinsel olgunluğa erişmemiş kuzu henüz saftı. Parşömenin yanında, karga tüyünden yaptığı bir kalem, gümüş bir çay tabağı ve pirinç bir kâsenin etrafına dizilmiş üç mum vardı. Kâsenin içinde iki parmak yüksekliğinde katı kıvamlı, kırmızı sıvı duruyordu.

Bu sıvı Peter Solomon'ın kanıydı.

Kan sonsuzluğun boyasıdır.

Mal'akh tüy kalemi aldı, sol elini parşömenin üzerine yerleştirdi, kalemi kana batırdı ve açık avcunun dış hatlarını dikkatle çizdi. İşi bitince Antik Gizemlerin beş sembolünün her birini çizimdeki parmak uçlarının her birine ekledi.

Taç... dönüşeceğim kralı temsil etmesi için.

Yıldız... kaderime yazılmış olan cenneti temsil etmesi için.

Güneş... ruhumun aydınlanmasını temsil etmesi için.

Fener... insan anlayışının cılız ışığını temsil etmesini için.

Ve anahtar... bu gece sonunda elde edeceğim eksik parçayı temsil etmesi için.

Kanla elinin kopyasını çıkarma işini bitiren Mal'akh, parşömeni kaldırıp üç mumun ışığında eserine hayranlıkla baktı. Kanın kurumasını bekledikten sonra, parşömeni üçe katladı. Eski sihir sözlerinden oluşan bir şarkı mırıldanırken parşömeni üçüncü muma değdirip yaktı. Yanan parşömeni gümüş çay tabağına bıraktı. Bu sırada hayvan derisindeki karbon, pudramsı siyah kömüre dönüştü. Alevler sönünce külleri, kanlı pirinç kâsenin içine attı. Sonra karışımı karga tüyüyle karıştırdı.

Sıvı daha koyu, neredeyse siyah bir renk aldı.

Kâseyi iki avcuyla tutan Mal'akh başının üzerine kaldırdı. Eskilerin kan *eukharistos*[1] şarkısını mırıldanarak teşekkürlerini sundu. Ardından siyahlaşmış sıvıyı dikkatle cam bir şişenin içine döktü ve ağzını tıpayla kapattı. Mal'akh başının tepesindeki dövmesiz alanı bu mürekkeple doldurup, şaheserini tamamlayacaktı.

---

[1] Yunanca minnet, şükran duymak anlamına gelen bir kelime.

82. BÖLÜM

Washington Ulusal Katedrali dünyadaki altıncı büyük katedraldir ve otuz katlı bir gökdelenden daha yüksektir. İki yüz vitray pencere, elli üç çan ve 10,647 tane borusu olan bir kilise orgu bulunan bu Gotik şaheser, aynı anda üç binden fazla inananı barındırabilir.

Ama bu akşam büyük katedral boştu.

Peder Colin Galloway -katedralin başrahibi- ezelden beri yaşıyormuş gibi görünüyordu. Solgun teniyle tezat oluşturan bir cüppe giymiş olan peder, iki büklüm bedenine rağmen, tek kelime etmeden ayaklarını yerde sürüyerek ilerledi. Langdon ile Katherine, optik yanılsama yaratmak için hafifçe sola kıvrılan yüz yirmi metre uzunluğundaki ana koridorun karanlığında onu takip ettiler. Büyük Çarmıh'a geldiklerinde başrahip onları ara perdeden -halkın oturduğu kısımla arkadaki mabedi birbirinden ayıran sembolik bölme- geçirdi.

Kilisenin mihrabı buhur kokuyordu. Sadece tepedeki yapraksı tonozlardan kıvrılarak inen ışığın aydınlattığı bu kutsal yer loştu. İncil'de geçen olayları tasvir eden süslemelerin bulunduğu yan kemerlerin tepesinde elli eyaletin bayrakları asılıydı. Bu yolu kalbine kazıdığı anlaşılan başrahip Galloway, yürümeye devam etti. Langdon bir an için, Sina Dağı'ndan on taşın gömülü olduğu sunağa gittiklerini sandı, ama yaşlı peder sola dönüp, yan bloka açılan gizli bir kapıyı el yordamıyla buldu.

Kısa bir koridordan yürüdükten sonra üzerinde pirinç isim levhası bulunan bir ofis kapısının önüne geldiler.

PEDER DR. COLIN GALLOWAY
KATEDRAL BAŞRAHİBİ

Kapıyı açıp, ışıkları yakan Galloway'in misafirleri için böyle bir nezakette bulunmayı unutmadığı anlaşılıyordu. Onları içeri alarak kapıyı kapattı.

Kayıp Sembol

Başrahibin ofisi; yüksek kitap rafları, bir masası, oymalı bir gardırobu ve özel bir banyosu olan küçük ama şık bir odaydı. Duvarda on altıncı yüzyıl goblenleriyle pek çok dini resim vardı. Yaşlı başrahip, masasının karşısındaki iki deri sandalyeyi gösterdi. Katherine'le birlikte oturan Langdon, sonunda ağır çantasını yere bıraktığı için minnet duyuyordu.

Rahat sandalyeye yerleşen Langdon, *sığınak ve cevaplar*, diye düşündü.

Masasının arkasında ayaklarını sürüyen yaşlı adam, arkası yüksek sandalyesine kendini bıraktı. Ardından, yorgun bir iç çekişle başını kaldırdı ve perdeli gözlerini boş bakışlarla onlara çevirdi. Ama konuştuğunda sesi beklenmedik derecede berrak ve güçlüydü.

Yaşlı adam, "Daha önce karşılaşmadığımızın farkındayım," dedi. "Ama her ikinizi de tanıyor gibiyim." Bir mendil çıkarıp ağzının kenarlarını sildi. "Profesör Langdon, bu katedralin sembolizmiyle ilgili yazdığınız o usta makale de dahil olmak üzere yazılarınızı biliyorum. Ve Bayan Solomon, ağabeyiniz Peter ile ben yıllardır mason kardeşiyiz."

Katherine, "Peter'ın başı dertte," dedi.

"Bana da böyle söylendi." Yaşlı adam içini çekti. "Ve size yardım edebilmek için elimden gelen her şeyi yapacağım."

Langdon başrahibin parmağında mason yüzüğü görmemişti, ama pek çok masonun, özellikle de din adamı olanların, üyeliklerini ifşa etmemeyi seçtiklerini biliyordu.

Konuşmaya başladıktan sonra Başrahip Galloway'in, Warren Bellamy'den bu akşamki olayların bir kısmını öğrendiği anlaşıldı. Langdon ile Katherine ona hikâyenin geri kalanını anlattıktan sonra, başrahip daha da endişeli görünmeye başladı.

Başrahip, "Peki, sevgili Peter'ı kaçırdığını iddia eden bu adam, piramidin şifresini Peter'ın hayatı karşılığında deşifre etmenizi mi istiyor?" diye sordu.

Langdon, "Evet," dedi. "Bunun onu Antik Gizemlerin saklandığı yere götürecek olan bir harita olduğuna inanıyor."

Başrahip, ürkütücü mat gözlerini Langdon'a çevirdi. "İfadenizden sizin böyle şeylere inanmadığınızı hissettim."

Langdon bu konuda vakit kaybetmek istemiyordu. "Benim neye inandığım önemli değil. Peter'a yardım etmemiz gerekiyor. Piramidi deşifre ettik ama hiçbir yeri işaret etmiyor."

Yaşlı adam oturduğu yerde doğruldu. "Piramidi *deşifre* mi ettiniz?"

Söze giren Katherine, Bellamy'nin uyarılarına ve ağabeyinin Langdon'dan paketi açmamasını istemesine rağmen, önceliğinin ağabeyine yardım etmek olduğu düşüncesiyle, bunu kendisinin yaptığını açıkladı. Başrahibe altın kapak taşını, Albrecht Dürer'in sihirli karesini ve on altı harfli mason şifresinden *Jeova Sanctus Unus* sözünü nasıl elde ettiklerini anlattı.

Başrahip, "Sadece bunu mu söylüyor?" diye sordu. "Tek bir Tanrı?"

Langdon, "Evet efendim," diye cevap verdi. "Görünüşe bakılırsa piramit, coğrafi değil *mecazi* bir harita."

Başrahip ellerini uzattı. "Bir dokunayım."

Langdon çantasının fermuarını açıp piramidi çıkardı ve dikkatle masanın üstünde pederin tam karşısına koydu.

Yaşlı adamın zayıf elleri piramidin her noktasını -yazıların olduğu yüzü, pürüzsüz tabanı ve kesilmiş tepesini- incelerken Katherine ile Langdon onu seyrettiler. Bitirdiğinde ellerini yeniden uzattı. "Peki ya kapak taşı?"

Langdon küçük taş kutuyu çıkartıp masanın üstüne koydu ve kapağını açtı. Sonra kapak taşını yaşlı adamın bekleyen ellerine verdi. Aynı şekilde incelemeye koyulan başrahibin, kapak taşının her bir noktasını hissederken, küçük harfli yazıyı okumakta zorlandığı anlaşılıyordu.

Langdon, "Sır Düzen'in içinde gizli," dedi. "Ve *düzen* kelimesinin başharfi büyük."

Kapak taşını piramidin üstüne el yordamıyla yerleştiren yaşlı adamın yüzü ifadesizdi. Sanki dua ediyormuş gibi bir süre durdu ve avuçlarını defalarca piramidin yüzeyinde gezdirdi. Sonra uzanıp, küp şeklindeki kutuyu eline aldı ve parmaklarıyla içini dışını yoklayarak dikkatle inceledi.

Bitirdiğinde kutuyu elinden bırakıp, sandalyesinde geriye yaslandı. Sesi birden ciddileşerek, "Peki," dedi. "Neden bana geldiniz?"

Soru Langdon'ı hazırlıksız yakalamıştı. "Efendim, buraya geldik, çünkü siz gelmemizi söylediniz. Ayrıca Bay Bellamy size güvenmemiz gerektiğini söyledi."

"Peki siz *ona* güvenmediniz mi?"

"Anlayamadım?"

Başrahibin beyaz gözleri doğrudan Langdon'a bakıyordu. "Kapak taşının içinde bulunduğu paket mühürlüydü. Bay Bellamy size *açma-*

Kayıp Sembol

manızı söyledi ama siz açtınız. Size paketi açmamanızı Peter Solomon da söylemişti. Ama açtınız."

Katherine, "Bayım," diye konuşmaya başladı. "Ağabeyime yardım etmeye çalışıyorduk. Onu elinde tutan adam bize piramidi deşifre..."

Başrahip, "Bunu anlayabiliyorum," diye itiraz etti. "Peki ama paketi açmakla elinize ne geçti? Hiçbir şey. Peter'ı kaçıran adam belirli bir *yer* arıyor ve *Jeova Sanctus Unus* onu tatmin etmeyecek."

Langdon, "Size katılıyorum," dedi. "Ama ne yazık ki piramidin tüm söylediği bu. Daha önce de belirttiğim gibi, harita daha çok simgesel..."

Başrahip, "Yanılıyorsunuz profesör," dedi. "Tıpkı Antik Gizemler gibi bu haritanın da katmanları var. Gerçek sırrını hâlâ çözemediniz."

Langdon, "Başrahip Galloway," dedi. "Piramitle kapak taşının her bir karesini inceledik, görecek başka bir şey kalmadı."

"Şu anki haliyle kalmadı, doğru. Ama nesneler değişirler."

"Anlayamadım?"

"Profesör, bildiğiniz gibi bu piramit mucizevi bir dönüşüm gücü vaat ediyor. Efsaneye göre bu piramit şeklini değiştirebilir... sırlarını açıklamak için fiziki şeklini başka bir hale sokabilir. Excalibur'ı[1] Kral Arthur'un ellerine teslim eden ünlü kaya gibi, Mason Piramidi de eğer kendisi uygun görürse... şeklini değiştirip, layık olana sırlarını açıklayabilir."

Langdon, yaşlı adamın geçen seneler yüzünden mantığını kaybettiğini düşündü. "Efendim, yanlış anlamadıysam siz, bu piramidin gerçek anlamda bir *değişim* geçireceğini mi söylüyorsunuz?"

"Profesör, elimi uzatıp bu piramidi gözlerinizin önünde değiştirebilseydim, gördüğünüz şeye inanır mıydınız?"

Langdon nasıl cevap vereceğini bilemiyordu. "Sanırım başka seçeneğim kalmazdı."

"Tamam öyleyse. Şimdi bunu yapacağım." Ağzını yeniden kuruladı. "Bir zamanlar en akıllı insanların bile dünyayı düz kabul ettiğini size hatırlatmama izin verin. Çünkü eğer dünya yuvarlak olsaydı, okyanuslar dökülürdü. 'Hayır, dünya küre şeklindedir, yalnız görünmeyen, esrarengiz bir güç her şeyin yüzeye tutunmasını sağlar,' deseydiniz, bir düşünün sizinle nasıl alay ederlerdi."

---

(1) Kral Arthur'un efsanevi kılıcı.

Langdon, "Yerçekiminin varlığıyla, nesnelerin elinizin dokunuşuyla başkalaşım geçirmesi arasında fark var," dedi.

"Var mı? Göremediğimiz ya da anlayamadığımız 'gizemli' güçlerin hâlâ ciddiye alınmadığı karanlık çağlarda yaşıyor olamaz mıyız? Tarih bize bir şey öğrettiyse o da bugün alaya aldığımız garip düşüncelerin bir gün kabul edilen gerçeklere dönüştüğüdür. Bu piramidi parmağımın dokunuşuyla değiştirebileceğimi söylüyorum ve siz benim aklımdan şüphe ediyorsunuz. Bir tarihçiden daha fazlasını beklerdim. Tarih, hep aynı şeyi söyleyen büyük dehalarla doludur... Bu büyük dehalar, insanın, farkında olmadığı gizemli yeteneklere sahip olduğu konusunda ısrar ederler."

Langdon başrahibin haklı olduğunu biliyordu. Ünlü Hermetik özdeyiş şunu söylüyordu: *Sizler Tanrı olduğunuzu bilmez misiniz?* Bu ifade Antik Gizemlerin temel direklerinden biriydi. *Yukarıdaki aşağıdakine, aşağıdaki yukarıdakine benzer... İnsan, Tanrı'nın suretinden yaratılmıştır... Tanrılaşma.* İnsanın ilahi olduğu -gizli potansiyeli- mesajı sayısız inancın eski metinlerinde tekrar edilirdi. Kitabı Mukaddes bile Zebur 86:2'de *sizler ilahsınız,* diyordu.

Yaşlı adam, "Profesör," dedi. "Pek çok eğitimli insan gibi, sizin de dünyalar arasında sıkıştığınızı görüyorum; bir ayağınız ruhani, bir ayağınız ise fiziki dünyada. Kalbiniz inanmak istiyor... ama zekânız buna izin vermeyi reddediyor. Bir akademisyen olarak, tarihin büyük dehalarından ders alacak irfana sahipsiniz." Durup, boğazını temizledi. "Yanlış hatırlamıyorsam, tarihteki büyük dehalardan biri: 'Bize akıl ermez gelen, gerçekte var. Doğanın sırlarının ardında, anlaşılmaz, soyut ve açıklanamaz bir şey duruyor. Anlayabileceğimiz her şeyin ötesindeki bu güce hürmet etmek benim dinimdir,' demişti."

Langdon, "Bunu kim söylemiş?" diye sordu. "Gandhi mi?"

Katherine, "Hayır," dedi. "Albert Einstein."

Katherine Solomon, Einstein'ın yazdığı her bir kelimeyi okumuş ve bir gün toplulukların da aynı şeyleri hissedeceğini düşünmekle birlikte, onun esrarengiz olana gösterdiği saygı karşısında büyülenmişti. Einstein, *geleceğin dini, kozmik bir din olacak. Bu din, teoloji ve dogmalardan uzak durup, kişisel Tanrı'ya üstün gelecek,* diye tahminde bulunmuştu.

Kayıp Sembol

Robert Langdon bu fikri kabullenmekte güçlük çekiyor gibiydi. Katherine onun, yaşlı peder yüzünden uğradığı hayal kırıklığının arttığını hissediyor ve ona hak veriyordu. Ne de olsa buraya kadar cevapları bulmak için gelmişler, ama elinin dokunuşuyla nesneleri değiştirebileceğini iddia eden kör bir adam bulmuşlardı. Buna rağmen yaşlı adamın gizemli güçlere karşı duyduğu güçlü tutku, Katherine'e ağabeyini hatırlatıyordu.

Katherine, "Peder Galloway," dedi. "Peter'ın başı dertte. CIA peşimizde. Ve Warren Bellamy yardım etmeniz için bizi size gönderdi. Bu piramidin ne dediğini veya nereyi işaret ettiğini bilmiyorum, ama onu deşifre etmek Peter'ı kurtaracağımız anlamına geliyorsa bunu yapmalıyız. Bay Bellamy de ağabeyimin hayatını bu piramit için feda etmiş olabilir ama benim ailem bu yüzden acıdan başka bir şey yaşamadı. Sakladığı sır her ne ise bu gece sona erecek."

Yaşlı adam korkutucu bir ses tonuyla, "Haklısınız," dedi. "Her şey bu gece sona erecek. Bunu garantilediniz." İçini çekti. "Bayan Solomon, o kutunun mührünü kırdığınızda, geri dönüşü olmayan bir dizi olayı başlattınız. Bu gece henüz farkında olmadığınız bazı güçler devrede. Geri dönüşü yok."

Katherine sersemlemiş bir halde pedere bakıyordu. Sanki Vahyin Yedi Mührü'nden veya Pandora'nın Kutusu'ndan bahsedermiş gibi kederle konuşuyordu.

Langdon araya girip, "Saygısızlık etmek istemem efendim," dedi. "Taş bir piramidin herhangi bir şeyi nasıl başlatacağını hayal edemiyorum."

"Elbette edemezsiniz profesör." Yaşlı adam kör gözlerle ona bakıyordu. "Henüz bunu görecek gözlere sahip değilsiniz."

83. BÖLÜM

Orman'ın rutubetli havasında oturan Kongre Binası'nın Mimarı, sırtından aşağı buz gibi terler döküldüğünü hissediyordu. Kelepçeli bilekleri ağrıyordu ama tüm dikkatini, Sato'nun bankın üstünde, ikisinin arasına açtığı korkutucu titanyum çantaya vermişti.

Sato, ona, *bu çantanın içindekiler, her şeyi benim gözlerimle görmeni sağlayacak. Buna garanti veririm,* demişti.

Asyalı küçük kadın, metal çantanın mandallarını Bellamy'nin göremeyeceği şekilde açtı. Bellamy henüz içindekileri görmemişti ama hayal gücü hızla çalışıyordu. Sato'nun ellerinin çantanın içinde bir şeyler yaptığını duyan Bellamy, parıldayan, keskin aletler çıkaracağını düşündü.

Çantanın içinde ansızın yanan bir ışık, daha çok parlayarak Sato'nun yüzünü aydınlattı. Elleri çantanın içinde hızlı bir şekilde hareket etmeye devam ederken, ışığın rengi değişti. Birkaç saniye sonra ellerini geri çekti, çantayı kavrayıp Bellamy'nin rahatlıkla görebileceği şekilde çevirdi.

Bellamy, telefon ahizesi, iki anteni ve çift klavyesi bulunan bir tür ileri teknoloji dizüstü bilgisayarına bakıyordu. Başta duyduğu rahatlama hissi, yerini hemen akıl karşılıklığına bıraktı.

Ekranda CIA logosu ve bir metin vardı:

GÜVENLİ OTURUM AÇILDI
KULLANICI: İNOUE SATO
GÜVENLİK YETKİSİ: 5. SEVİYE

Dizüstü bilgisayarın oturum açma penceresinin altında bir işlem simgesi dönüyordu:

LÜTFEN BEKLEYİN...
DOSYA ŞİFRESİ ÇÖZÜLÜYOR...

* * *

Kayıp Sembol

Bellamy, Sato'ya bakınca, gözlerinin kendisininkilere kilitlediğini gördü. "Sana bunu göstermek istemiyordum," dedi. "Ama bana başka seçenek bırakmadın."

Ekran yeniden yanıp söndü. Dosya açılıp, içindekiler LCD ekranı doldururken Bellamy bakışlarını aşağı indirdi.

Bellamy birkaç saniye boyunca, ne olduğunu anlamak için ekrana baktı. Sonunda anlam vermeye başladığında, kanın damarlarından çekildiğini hissetti. Dehşet dolu gözlerini başka tarafa çeviremiyordu. "Ama bu... *imkânsız!*" diye bağırdı. "Bu... nasıl olabilir?"

Sato'nun yüzünde zalim bir ifade vardı. "Siz söyleyin Bay Bellamy. *Siz* söyleyin."

Kongre Binası'nın Mimarı, gördüklerinin ne anlama geldiğini kavradığında tüm dünyanın bir felaketin eşiğine geldiğini hissetti.

Aman Tanrım... Korkunç bir hata yaptım!

84. BÖLÜM

Başrahip Galloway yaşadığını hissetti.

Tüm ölümlüler gibi zamanı geldiğinde kendisinin de fani bedeninden ayrılacağını biliyordu, ama o gün, bu gün değildi. Bedenindeki kalbi güçlü ve hızlı atıyordu... zihni açıktı. *Yapılacak işler var.*

Zayıf ellerini piramidin pürüzsüz yüzeyinde gezdirirken, hissettiklerine inanmakta güçlük çekmişti. *Bu ana tanık olacak kadar yaşayacağımı hiç sanmıyordum.* Bireşim haritasının parçaları nesiller boyunca birbirinden ayrı tutulmuştu. Şimdi sonunda birleşmişlerdi. Galloway bunun kehanet edilen zaman olduğundan şüpheleniyordu.

Kader tuhaf biçimde piramidi birleştirmek için mason olmayan iki kişiyi seçmişti. Bir şekilde bu uygun görünüyordu. *Gizemler iç çemberin dışına hareket ederek... karanlıktan... aydınlığa çıkıyor.*

Başını Langdon'ın nefes aldığı yöne çevirerek, "Profesör," dedi. "Peter size bu küçük pakete neden göz kulak olmanızı istediğini söyledi mi?"

Langdon, "Bazı güçlü kişilerin onu çalmak istediklerini söylemişti," diye cevap verdi.

Başrahip başını salladı. "Evet, Peter bana da aynı şeyi söylemişti."

Sol tarafındaki Katherine aniden, "Söyledi mi?" dedi. "Siz ve ağabeyim bu piramit hakkında *konuştunuz* mu?"

Galloway, "Elbette," dedi. "Ağabeyinizle pek çok şeyden söz ederdik. Bir zamanlar Tapınak Mabedi'nde Üstadı Muhterem bendim. Rehberliğime başvurmak için ara sıra bana gelirdi. Yaklaşık bir yıl kadar önce derin bir endişe içinde bana geldi. Şu anda sizin oturduğunuz yerde oturuyordu. Bana doğaüstü önsezilere inanıp inanmadığımı sordu."

"Önseziler mi?" Katherine'in sesi kaygılıydı. "Yani... *hayal* gibi mi?"

"Tam olarak değil. Daha içsel bir şey. Peter, hayatında karanlık bir gücün büyüdüğünü hissediyordu. Bir şeyin onu izlediğini... beklediğini... ona büyük bir zarar verme niyetinde olduğunu hissediyordu."

Kayıp Sembol

Katherine, "Haklı olduğu ortaya çıktı," dedi. "Annemizi ve Peter'ın oğlunu öldüren adam Washington'a geldi ve Peter'ın mason kardeşlerinden biri oldu."

Langdon, "Doğru," dedi. "Ama, bu CIA'in işe neden karıştığını açıklamıyor."

Galloway pek emin değildi. "Güç sahibi insanlar her zaman daha büyük güçlerle ilgilenirler."

Langdon, "Ama... CIA?" diye meydan okudu. "Ve esrarengiz sırlar? Arada bir kopukluk var."

Katherine, "Hayır yok," dedi. "CIA teknolojideki gelişmelerle büyür ve gizemli bilimlerle ilgili deneyleri hep yapmıştır; ESP,[1] uzaktan görüntüleme, duyusal yoksunluk, farmakolojik etkenli yüksek zihinsel durumlar. Hepsi aynı, insan zihninin görünmeyen potansiyelini açığa çıkarmakla ilgili. Peter'dan bir şey öğrendiysem o da şu: Bilimle gizemcilik birbiriyle çok yakından ilişkilidirler, sadece yöntemleri birbirinden farklıdır. Amaçları aynıdır... ama usulleri farklıdır."

Galloway, "Peter, bana, çalışma alanınızın bir tür modern gizem bilimi olduğunu söylemişti," dedi.

Katherine başını sallayarak, "Noetik," dedi. "Ve insanın hayal edemeyeceğimiz güçlere sahip olduğunu kanıtlıyor." Başından ve ellerinden saçtığı ışıkla, "Nurlu İsa'yı" tasvir eden vitray pencereyi gösterdi. "Doğrusunu isterseniz, aşırı soğutulmuş çift şarjlı cihazla, bir şifacının ellerinin fotoğrafını çektim. Fotoğraflar sizin vitray pencerenizdeki İsa resmine çok benziyordu... şifacının parmak uçlarından enerji akımı çıkıyordu."

İçinden gülümseyen Galloway, *iyi eğitilmiş zihin,* diye düşündü. *İsa hastaları nasıl iyileştirdi sanıyorsunuz?*

Katherine, "Biliyorum ki modern bilim, şifacılarla şamanları hafife alıyor ama ben bunu kendi gözlerimle gördüm," dedi. "CCD[2] kameralarım bu adamı parmak uçlarından yoğun bir enerji alanı yayarken fotoğrafladı... ve hastanın hücre yapısını gerçek anlamda değiştirdi. Eğer bu Tanrısal bir güç değilse, ben ne olduğunu bilmiyorum."

Başrahip Galloway bu kez gülümsedi. Katherine'de ağabeyiyle aynı tutkuya sahipti. "Peter bir zamanlar Noetik Bilimi, küre şeklindeki

---

(1) Altıncı his.
(2) Görüntü belirlemekte kullanılan çift şarjlı yüksek hızlı yarı iletkenli bir alet.

dünya görüşünü benimsedikleri için alay edilen ilk kâşiflerle karşılaştırmıştı. Bu kâşifler neredeyse bir gecede aptaldan kahramana dönüşmüş, haritalandırılmamış dünyaları keşfederek, gezegendeki herkesin ufkunu açmışlardı. Peter bunu sizin de başaracağınızı düşünüyor. Yaptığınız işle ilgili çok büyük ümitleri var. Ne de olsa tarihteki her felsefi değişim, cesur bir fikirle başlamıştır."

Galloway bu yeni cesur fikrin, insanın kullanılmayan bir potansiyeli olduğu savının ispatını görmek için laboratuvara gitmek gerekmediğini elbette biliyordu. Bu katedralin hastaları iyileştirici dua çemberleri vardı ve üst üste defalarca, fiziki değişimi tıbben raporlanmış mucizelere tanık olmuşlardı. Asıl soru Tanrı'nın insana büyük güçler bahşedip bahşetmediği değil, bu güçlerin nasıl açığa çıkarılacağıydı.

Yaşlı başrahip ellerini huşu ile Mason Piramidi'nin yanlarına yerleştirdi ve alçak sesle konuştu. "Dostlarım, bu piramidin tam olarak nereyi işaret ettiğini bilmiyorum... ama şunu biliyorum: Orada bir yerde gömülü büyük bir manevi hazine var... nesiller boyu sabırla karanlıkta bekleyen bir hazine. Bunun dünyayı değiştirecek bir etmen olduğuna inanıyorum." Kapak taşının altın tepesine dokundu. "Ve şimdi bu piramit birleştiğine göre... vakti hızla yaklaşıyor. Hem neden olmasın ki? Dönüşümsel büyük aydınlanmanın yaşanacağı, çok eski zamanlardan beri kehanet ediliyor."

Langdon sorgulayan bir ses tonuyla, "Peder," dedi. "Aziz Yahya'nın Vahyi'ni ve kıyametin gerçek anlamını hepimiz biliyoruz, ama Kitabı Mukaddes'ten bir kehanet..."

Başrahip, "Ah, yapmayın, Vahiy Kitabı saçmalıktan başka bir şey değil!" dedi. "Onu nasıl okuyacağını kimse bilmiyor. Ben, açık zihinlerin anlaşılır yazılarından bahsediyorum; Aziz Augustinus, Sir Francis Bacon, Newton, Einstein, liste böyle devam eder. Hepsi de dönüştürücü aydınlanma anını bekliyorlardı. Hatta İsa bile, 'Bilinmeyen hiçbir şey kalmayacak, ışığa çıkmayan hiçbir sır kalmayacak,' demişti."

Langdon, "Tahmin edilebilir bir varsayım," dedi. "Bilgi katlanarak çoğalır. Öğrendikçe öğrenme yeteneğimiz artar ve bilgi dağarcığımızı hızla geliştiririz."

Katherine, "Evet," dedi. "Bunu bilimde rahatlıkla görüyoruz. İcat ettiğimiz her yeni teknoloji, başka yeni teknolojileri icat etmemize yarayan

Kayıp Sembol

bir araç haline geliyor ve böylece büyüyerek devam ediyor. Bilimin son beş yıl içinde, geçen beş *bin* yıldan daha fazla ilerlemesinin sebebi bu. Katsal büyüme. Metametiksel olarak, zaman geçtikçe katsal büyüme eğrisi neredeyse dikey hale gelir ve yeni gelişmeler inanılmaz bir hızla gerçekleşir."

Başrahibin ofisine sessizlik çökmüştü. Galloway, iki misafirinin, bu piramidin onlara nasıl başka bir şey açıklayacağını hâlâ anlayamadıklarını fark etti. *Kader bu yüzden sizi bana getirdi,* diye düşündü. *Bu işte bir rolüm var.*

Peder Colin Galloway, yıllar boyunca mason kardeşleriyle birlikte bekçi rolünü oynamıştı. Ama şimdi işler değişiyordu.

Artık bekçi değilim... şimdi bir rehberim.

Masasında kollarını uzatan Galloway, "Profesör Langdon?" dedi. "Elimi tutar mısınız?"

Robert Langdon, Başrahip Galloway'in uzattığı avcuna bakarken tereddüt etti.

Dua mı edeceğiz?

Langdon nazikçe uzanıp, sağ eliyle başrahibin zayıf elini tuttu. Yaşlı adam, Langdon'ın elini sıkıca kavradı ama dua etmek için değil. Bunun yerine Langdon'ın işaretparmağını bulup, daha önce kapak taşının içinde durduğu taş kutunun içine soktu.

Başrahip, "Gözleriniz sizi kör etti," dedi. "Siz de benim gibi parmak uçlarınızla görseydiniz, bu kutunun size öğretecek bir şeyleri kaldığını fark ederdiniz."

Langdon itaatle parmak ucunu kutunun iç yüzeyinde gezdirdi ama hiçbir şey hissetmedi. Kutunun içi pürüzsüzdü.

Galloway, "Aramaya devam edin," diye teşvik etti.

Sonunda Langdon'ın parmak ucu, kutunun iç tabanının tam ortasında ufacık bir nokta -çıkıntılı minik bir yuvarlak- hissetti. Elini çekip içine baktı. Minik daire çıplak gözle görülebiliyordu. *Bu da ne?*

Galloway, "Bu sembolü tanıyabildiniz mi?" diye sordu.

Langdon, "Sembol mü?" diye cevap verdi. "Pek iyi göremiyorum."

"İyice bastırın."

Langdon, onun, söylediğini yaparak, parmak ucunu noktanın üzerine bastırdı. *Ne olacağını zannediyor?*

Başrahip, "Parmağınızı bir süre orada tutun," dedi. "Baskı uygulayın."

Langdon, bir tutam saçını kulağının arkasına atarken şaşkınlıkla kendisini seyreden Katherine'e bir göz attı.

Birkaç saniye sonra yaşlı başrahip başını salladı. "Tamam, elinizi çekin. Simya tamamlandı."

Simya mı? Elini taş kutudan çeken Robert Langdon, olduğu yerde kalakaldı. Değişen hiçbir şey olmamıştı. Kutu masanın üstünde duruyordu.

Langdon, "Hiçbir şey yok," dedi.

Başrahip, "Parmağınızın ucuna bakın," diye yanıt verdi. "Bir değişim göreceksiniz."

Langdon parmağına baktı, ama görebildiği tek değişim, dairesel yumrunun -ortasında nokta bulunan minik yuvarlağın- cildinde meydana getirdiği girintiydi.

Başrahip, "Peki sembolü *şimdi* tanıyabildiniz mi?" diye sordu.

Langdon sembolü tanımıştı, ama başrahibin bu sembolün ayrıntılarını hissedebilmesine daha çok şaşırmıştı. İnsanın parmak uçlarıyla görmesi, kesinlikle sonradan öğrenilen bir yetenekti.

Sandalyesini yaklaştırıp, Langdon'ın parmağını yakından inceleyen Katherine, "Bu simya," dedi. *"Altının* eski sembolü."

"Gerçekten de öyle." Başrahip gülümseyerek kutuya hafifçe vurdu. "Profesör, tebrik ederim. Az önce tarihteki tüm simyacıların ulaşmaya çalıştığı şeyi başardınız. Değersiz bir maddeden altın yarattınız."

Olanlardan etkilenmeyen Langdon kaşlarını çattı. Bu küçük salon hilesinin pek faydası dokunmayacaktı. "İlginç bir fikir efendim, ama korkarım ki -ortasında nokta bulunan çember- bu sembolün düzinelerce farklı anlamı var. Tarihte en sık kullanılan sembollerden biri."

"Neden bahsediyorsunuz?" diye soran başrahibin sesinden, şüphelendiği belli oluyordu.

Langdon, bir masonun bu sembolün manevi anlamlarını bilmiyor olmasına şaşırmıştı. "Efendim, bu sembolün sayısız anlamı vardır. Antik Mısır'da Ra'nın -güneş tanrısı- sembolüydü, günümüzde astronomide hâlâ güneş sembolü olarak kullanılır. Doğu felsefesinde Üçüncü Göz'ün içgörüşünü, kutsal gülü ve aydınlanma işaretini temsil eder. Kabalacılar Kether'i -en yüksek Sefirot'u, 'saklıların en saklısını'- simgelemek için kullanmışlardır. Eski gizemciler buna Tanrı'nın Gözü derlerdi, Devlet Mührü'ndeki Her Şeyi Gören Göz buradan çıkmıştır. Pisagorcular bunu Monad'ın sembolü olarak kullanmışlardır; İlahi Gerçek, Prisca Sapientia, zihnin ve ruhun bir olması..."

"Yeter!" Başrahip Galloway kendi kendine gülüyordu. "Profesör, teşekkür ederim. Elbette haklısınız."

Langdon, başrahibin kendisiyle dalga geçtiğini anladı. *Hepsini biliyordu.*

Hâlâ gülümsemekte olan Galloway, "Bu sembol aslında Antik Gizemlerin sembolüdür," dedi. "Bu sebeple, kutunun içinde yer almasının tesadüf olmadığını belirtmek isterim. Efsaneye göre, bu haritanın sırları en küçük ayrıntılarda saklıdır."

Katherine, "Peki," dedi. "Ama bu sembol oraya bilerek işlenmiş olsa bile, haritayı çözmemize yardımcı olmuyor, öyle değil mi?"

"Daha önce, balmumu mührün Peter'ın yüzüğündeki armayı taşıdığını söylemiştiniz, öyle değil mi?"

"Evet, doğru."

"Ve yüzüğün yanınızda olduğunu söylemiştiniz."

"Yanımda." Langdon elini cebine sokup yüzüğü buldu, plastik torbadan çıkardı ve masada başrahibin önüne koydu.

Yüzüğü alan Galloway, yüzeyini incelemeye koyuldu. "Bu benzersiz yüzük, Mason Piramidi'yle aynı zamanda yapılmıştı ve geleneğe uygun biçimde, piramidi *korumakla* görevli mason tarafından takılırdı. Bu gece taş kutunun altındaki minik sembolü hissettiğimde, yüzüğün de bu bireşimin bir parçası olduğunu fark ettim."

"Öyle mi?"

"Bundan eminim. Peter çok yakın bir dostumdur ve bu yüzüğü yıllarca taktı. Çok iyi tanıyorum." Yüzüğü Langdon'a uzattı. "Kendiniz bakın."

Langdon yüzüğü alıp, parmaklarını çift başlı Zümrüdüanka kuşunun, 33 sayısının, ORDO AB CHAO kelimelerinin ve *her şey otuz üçüncü derecede ortaya çıkacak* sözünün üzerinde gezdirerek, inceledi. İşe yarar hiçbir şey hissetmemişti. Sonra parmakları yüzüğün dış çevresini takip ederken birden durdu. Şaşırarak yüzüğü çevirdi ve çevresinin alt kısmına baktı.

Galloway, "Buldunuz mu?" dedi.

Langdon, "Sanırım öyle, evet!" dedi.

Katherine sandalyesini yaklaştırdı. "Ne?"

Langdon, ona gösterirken, "Yüzüğün bandındaki derece işareti," dedi. "O kadar küçük ki, gözle görülmüyor ama dokununca, oyulduğunu anlıyorsun. Sanki daire şeklinde küçük bir çentik gibi." Derece işareti yüzüğün ortasındaydı... ve küpün iç kısmındaki minik çıkıntıyla aynı boyutlarda görünüyordu.

"Aynı boyutlarda mı?" Daha da yaklaşan Katherine'in sesi şimdi heyecanlıydı.

"Öğrenmenin tek bir yolu var." Yüzüğü alıp, kutunun içine koyarak, iki minik daireyi üst üste getirdi. Bastırınca, kutudaki çıkıntılı daire, yüzüğün girintisine uydu ve zayıf ama kararlı bir tık sesi duyuldu.

Hepsi yerinde sıçradı.

Langdon bekledi ama hiçbir şey olmadı.

Peder, "Bu neydi?" diye sordu.

Katherine, "Hiçbir şey olmadı," diye cevap verdi. "Yüzük yerine oturdu... ama başka bir şey olmadı."

"Büyük bir değişim olmadı mı?" Galloway şaşırmışa benziyordu.

Yüzüğün kabartmasındaki armaya -çift başlı bir Zümrüdüanka kuşu ve 33 sayısı- bakan Langdon, *işimiz bitmedi,* diye düşündü. *Her şey otuz üçüncü derecede açığa çıkacak.* Aklına Pisagor, kutsal geometri ve açılarla ilgili düşünceler geldi. Belki de *derecelerin matematiksel* bir anlamı vardı.

Kalbi gitgide hızla atmaya devam ederken, uzanıp, küpün tabanında takılı duran yüzüğü tuttu. Ardından, yavaşça yüzüğü sağ tarafa doğru çevirmeye başladı. *Her şey otuz üçüncü derecede açığa çıkacak.*

Yüzüğü on derece... yirmi derece... otuz derece çevirdi.

Bunun ardından öyle ani bir şey oldu ki, Langdon görmeye fırsat bulamadı.

85. BÖLÜM

Değişim.

Ne olduğunu duyan Başrahip Galloway'in olanları görmesine gerek yoktu.

Masanın karşısındaki Langdon ile Katherine ölüm sessizliğine bürünmüşler, gözlerinin önünde gürültüyle başkalaşım geçiren taş küpe hiç şüphesiz şaşkınlıkla bakıyorlardı.

Galloway gülümsemekten kendini alamadı. Bu sonucu zaten bekliyordu ama piramidin bulmacasını çözmelerine nasıl yardımcı olacağı konusunda hâlâ bir fikri yoktu. Buna rağmen bir Harvard simgebilim profesörüne sembollerle ilgili bir şey öğretme fırsatını yakalamanın keyfini çıkarıyordu.

Başrahip, "Profesör," dedi. "Masonların küp şekline -veya bizim deyişimizle kesmetaşa- hürmet gösterdiğini çok az kişi bilir, çünkü çok daha eski iki boyutlu bir sembolün... üç boyutlu halini temsil eder." Galloway'in profesöre, şimdi masanın üstünde yatan eski sembolü tanıyıp tanımadığını sormasına gerek yoktu. Dünyadaki en ünlü sembollerden biriydi.

Karşısındaki masanın üstünde duran değişim geçirmiş kutuya bakan Robert Langdon'ın aklında binlerce düşünce dolaşıyordu.

Saniyeler önce taş küpün içine uzanmış, mason yüzüğünü tutmuş ve nazikçe çevirmişti. Yüzüğü otuz üç derece çevirdiğinde, küp gözlerinin önünde şekil değiştirmişti. Kutunun gizli menteşeleri serbest kalınca, yan kenarlarını meydana getiren yüzeyler birbirinden ayrılarak açılmıştı. Kutu bir anda dağılmış, kenarları ve kapağı masanın üstüne gürültüyle düşmüştü.

Dan Brown   338

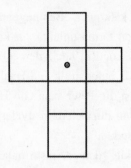

Langdon, *kutu haç şeklini aldı*, diye düşündü. *Sembolik simya.*

Katherine, dağılan küpe hayretle bakıyordu. "Mason Piramidi... Hıristiyanlıkla mı ilgili?"

Bir an için Langdon da aynı şeyi düşünmüştü. Ne de olsa Hıristiyan haçı, masonlar arasında saygı duyulan bir semboldü ve pek çok Hıristiyan mason bulunduğu muhakkaktı. Ama masonlar arasında Yahudiler, Müslümanlar, Budistler, Hindular ve tanrılarına isim vermeyenler de vardı. Hıristiyanlığa özgü bir sembol fazlasıyla kısıtlayıcı olurdu. Sonra, bu sembolün gerçek anlamı aklına geldi.

Ayağa kalkan Langdon, "Bu bir haç değil," dedi. "Ortasında noktalı daire sembolüyle haç, birleşik bir semboldür, üst üste binen iki sembol tek bir sembolü meydana getirir."

"Ne demek istiyorsun?" Langdon aşağı yukarı yürürken Katherine gözleriyle onu takip ediyordu.

Langdon, "Haç, dördüncü yüzyıla kadar bir Hıristiyanlık sembolü değildi," dedi. "Bundan çok önce Mısırlılar tarafından, iki boyutun kesişimini -insanla ilahların- temsil etmesi için kullanılıyordu. Aşağıdaki yukarıdakine, yukarıdaki aşağıdakine benzer. İnsanla Tanrı'nın bir olduğunun görsel bir temsiliydi."

"Peki."

Langdon, "Ortasında nokta bulunan dairenin pek çok anlamı olduğunu zaten biliyoruz," dedi. "En ezoterik anlamlarından biri, simyada mükemmelliği temsil eden *gül*dür. Ama bir haçın tam ortasına gülü yerleştirdiğimiz zaman bambaşka bir sembol elde ederiz; Gül Haçı olur."

Galloway gülümseyerek sandalyesine yaslandı. "Şu işe bakın. İşte şimdi anlamaya başladınız."

Katherine de ayağa kalkmıştı. "Ben neyi anlamıyorum?"

Langdon, "Gül Haçı, farmasonlukta sık kullanılan bir semboldür," diye açıkladı. "Doğrusu İskoç Riti'ndeki derecelerden biri de masonluğun gizemli felsefesine katkıda bulunan ilk Gül Haçlıların onuruna isimlendirilen 'Güç Haçı Şövalyesi'dir. Peter sana Gül Haçlıları anlatmış olabilir. Büyük bilim adamlarından düzinelercesi üyeleri arasındaydı; John Dee, Elias Ashmole, Robert Fludd..."

Katherine, "Kesinlikle," dedi. "Araştırmalarımda Gül Haçlıların tüm bildirilerini okudum."

Langdon, *tüm bilim adamları okumalı,* diye düşündü. Gül Haçı Tarikatı'nın -veya daha resmi adıyla Eski ve Gizemli Rosae Crucis Tarikatı- bilimi önemli ölçüde etkileyen ve Antik Gizemler efsanesiyle örtüşen esrarengiz bir tarihi vardı... Eski bilgelerin sahip olduğu gizli hikmet asırlar boyunca, sadece en parlak zekâlar tarafından öğrenilmişti. Doğrusu Rönesans Avrupa'sındaki tüm aydınların isimleri tarihteki ünlü Gül Haçlılar listesinde vardı: Paracelsus, Bacon, Fludd, Descartes, Pascal, Spinoza, Newton, Leibniz.

Güç Haçlılar öğretisine göre, tarikat "eskilerin ezoterik gerçekleri üzerine kurulmuştu". Manevi dünyaya ışık tutan bu gerçeklerin "sıradan insanlardan saklı tutulması" gerekiyordu. Yıllar içinde kardeşliğin sembolü süslü bir haçın üstündeki gonca güle dönüşmüş olsa da ilk başta sade bir haçın üstündeki noktalı bir çemberdi, yani en basit haç betimlemesinin üstündeki en basit gül betimlemesiydi.

Galloway, Katherine'e, "Peter'la ben Gül Haçlıların felsefesini sık sık tartışırdık," dedi.

Başrahip, masonlarla Gül Haçlılar arasındaki yakın ilişkiyi anlatmaya başladığında, Langdon dikkatinin, bütün gece aklını kurcalayan düşünceye çevrildiğini hissetti. *Jeova Sanctus Unus. Bu söz bir şekilde simyayla ilgili.* Hâlâ Peter'ın ona bu sözle ilgili anlattıklarını hatırlayamıyordu ama bir sebepten ötürü, Gül Haçlıların isminin geçmesi bu düşüncenin canlanmasına yol açmıştı. *Düşün Robert!*

Galloway, "Gül Haçlıların kurucusunun, Christian Rosenkreuz ismiyle bilinen Alman bir gizemci olduğu söylenir," diyordu. "Elbette bir takma isim olduğu belli, hatta bir kanıt olmadığı halde bazı tarihçiler bu kişinin Francis Bacon olduğuna inanırlar..."

Aniden, "Bir takma isim!" diye bağıran Langdon'ın kendi de şaşırmıştı. "İşte bu! *Jeova Sanctus Unus!* Bu bir takma isim!"

Katherine, "Neden bahsediyorsun?" diye sordu.

Langdon'ın nabzı hızlanmıştı. "Bütün akşam Peter'ın bana *Jeova Sanctus Unus* ve bunun simyayla ilişkisi hakkında anlattıklarını hatırlamaya çalıştım. Sonunda hatırladım! Aslında simyayla değil, daha çok bir *simyacıyla* ilgili! Çok ünlü bir simyacı!"

Galloway kendi kendine güldü. "Vakti gelmişti profesör. İsmini iki kere zikrettim, hatta *takma isim* de dedim."

Langdon, yaşlı başrahibe baktı. *"Biliyor muydunuz?"*

"Ee, bana *Jeova Sanctus Unus* dediğinizde ve Dürer'in simyayla ilgili sihirli karesini kullanarak bu sözü deşifre ettiğinizi anlattığınızda şüphelenmiştim ama Gül Haçı bulduğunuzda artık emin oldum. Sizin de bildiğiniz gibi, bahsi geçen bilim adamının özel kâğıtları arasında, Gül Haçlıların bildirilerinin bolca dipnot düşülmüş bir kopyası bulunuyordu."

Katherine, "Kim?" diye sordu.

Langdon, "Dünyanın en büyük bilim adamlarından biri!" diye yanıtladı. "Bir simyacı, Londra Kraliyet Akademisi'nin üyesi ve bir Gül Haçlıydı. Ayrıca en gizli bilimsel çalışmalarını *'Jeova Sanctus Unus'* takma ismiyle imzalardı."

Katherine, "Tek bir Tanrı mı?" dedi. "Mütevazı bir adam."

Galloway, "Aslında bir dâhi," diyerek düzeltti. "İsmini bu şekilde yazıyordu, çünkü tıpkı eski bilgeler gibi o da ilahi bir varlık olduğunu biliyordu. Ayrıca *Jeova Sanctus Unus*'taki on altı harfin yerleri değiştirildiğinde isminin Latince karşılığı okunuyor ve onun için mükemmel bir takma isim oluşturuyordu."

Katherine şaşırmış görünüyordu. *"Jeova Sanctus Unus* ünlü bir simyacının Latince ismi mi?"

Langdon, başrahibin masasından bir kalem kâğıt alıp, konuşurken bir yandan da yazmaya başladı. "Latincedeki *J* harfi *I* ile, *V* harfi ise *U* ile yer değiştirebilir. *Jeova Sanctus Unus*'taki harflerin yerleri bu şekilde değiştirildiğinde, bu adamın ismini elde ediyoruz."

Langdon on altı harfi yazdı: *Isaacus Neutonuus.*

Kâğıdı Katherine'e uzatıp, "Adını duyduğunu düşünüyorum," dedi.

Kâğıda bakan Katherine, "Isaac Newton mı?" diye sordu. "Piramidin üstündeki yazı bize *bunu* mu anlatmaya çalışıyordu?"

Langdon bir an için yeniden Westminster Abbey'de durduğu an yaşadığı deneyimi yaşadığını hissetti. Newton'ın piramidi andıran mezarının başında. *Ve bu gece büyük bilim adamı yeniden ortaya çıkıyor.* Elbette bu bir tesadüf değildi... Piramitler, gizemler, bilim, gizli bilgi... bunların hepsi iç içe geçmişti. Newton'ın ismi, gizli bilgiyi arayanların hep karşısına çıkan bir işaret direğiydi.

Galloway, "Isac Newton'ın, piramidin anlamının nasıl çözüleceğiyle bir ilgisi olmalı," dedi. "Ne olduğunu tahmin edemiyorum ama..."

Gözleri büyüyen Katherine, "Dâhice!" diye bağırdı. "Piramidi bu şekilde değiştireceğiz!"

Langdon, "Anlıyor musun?" dedi.

Katherine, "Evet!" dedi. "Bunu daha önce görmediğimize inanamıyorum. Çok basit bir simya işlemi. En basit bilimi kullanarak bu piramidi değiştirebilirim! Newton bilimi!"

Langdon, Katherine'in söylediklerini anlamaya çalışıyordu.

Katherine, "Başrahip Galloway," dedi. "Yüzüğü okuduysanız, diyor ki..."

"Durun!" Yaşlı başrahip aniden parmağını yukarı kaldırıp, sessiz olmalarını işaret etti. Sanki bir şey dinliyormuş gibi başını nazikçe yan tarafa çevirdi. Bir süre sonra ayağa kalktı. "Dostlarım, bu piramidin henüz açığa çıkmamış sırları olduğu belli. Bayan Solomon'ın nereye varacağını bilmiyorum ama bir sonraki adımınızı biliyorsa, ben kendi payıma düşen rolü oynadım demektir. Eşyalarınızı toplayın ve bana başka bir şey söylemeyin. Şimdilik beni karanlıkta bırakın. Ziyaretçilerimiz beni zorlarsa, hiçbir bilgim olmamasını tercih ederim."

Kulak kesilen Katherine, "Ziyaretçiler mi?" diye sordu. "Ben kimseyi duyamıyorum."

Kapıya yönelen Galloway, "Duyacaksınız," dedi. "Acele edin."

Şehrin öbür ucundaki baz istasyonu, Massachusetts Bulvarı'nda paramparça yatan bir cep telefonuyla bağlantı kurmaya çalışıyordu. Sinyal bulamayınca çağrıyı telesekretere yönlendirdi.

Warren Bellamy'nin panik içindeki sesi, "Robert!" diyordu. "Neredesin?! Beni ara! Korkunç bir şey oluyor!"

86. BÖLÜM

Bodrumun gök mavisi ışığındaki Mal'akh, taş masanın başında durup hazırlıklarına devam etti. Çalışırken, boş karnı guruldadı. Hiç aldırış etmedi. Bedeninin arzularına kölelik ettiği günler geride kalmıştı.

Değişim fedakârlık ister.

Tarihte değişim geçirmiş pek çok erkek gibi, Mal'akh da kendi yolunda en soylu fedakârlıklardan birini yapmıştı. Kendi kendini hadım etmek sandığından daha az acılı olmuştu. Ayrıca bunun çok sık uygulandığını öğrenmişti. Her yıl binlerce erkeğin cinsiyet değiştirmekten cinsel bağımlılıklardan kurtulmaya ve kuvvetli manevi inanışlara kadar pek çok sebepten ötürü ameliyatla hadım -işlemin bilinen ismi orşiektomi idi- edildiğini biliyordu. Mal'akh'ın sebepleri en yüksek seviyedendi. Mitolojideki, kendini hadım eden Attis gibi, ölümsüzlüğe ancak kadın ve erkekliğin maddi dünyasından tamamıyla kopunca ulaşabileceğini biliyordu.

Androjen birdir.

Eskiler dönüşümle ilgili bu fedakârlığın doğasında var olan gücü anladığı halde, günümüzde hadımlardan çekinilirdi. İlk Hıristiyanlar, İsa'nın bile Matta İncili 19:12'de kendi erdemleriyle övündüğünü bilirdi: *"Doğuştan, ana rahminden çıktıklarında hadım olanlar bulunduğu gibi, insanlar tarafından hadım edilmiş olanlar ve kendilerini Göklerin Egemenliği uğruna hadım saymış olanlar da vardır. Bunu kabul edebilen, kabul etsin."*

Büyük planın içinde tek bir el küçük bir bedel olsa da Peter Solomon bedeninden bir fedakârlık yapmıştı. Ama gecenin sonuna doğru Solomon çok daha büyük bir şeyi feda edecekti.

Yaratmak için yok etmek zorundayım.

Peter Solomon, kendisini bu gece bekleyen kaderi elbette hak etmişti. Uzun zaman önce, Mal'akh'ın fani yaşam yolunda en önemli rolü oynamıştı. Bu yüzden Peter, Mal'akh'ın büyük dönüşümünde de en önemli

Kayıp Sembol

rolü oynamak üzere seçilmişti. Bu adam, yaşayacağı dehşeti ve acıyı kendisi davet etmişti. Peter Solomon, dünyanın zannettiği kişi değildi.

Kendi oğlunu feda etti.

Peter Solomon bir zamanlar oğlu Zachary'yi çok zor bir seçimle baş başa bırakmıştı; servet ya da bilgelik. *Zachary kötü bir seçim yaptı.* Delikanlının seçimi, onu cehennemin derinliklerine çeken bir dizi olayın başlangıcı olmuştu. *Kartal Soğanlık Cezaevi.* Zachary Solomon o hapishanede ölmüştü. Hikâyeyi tüm dünya biliyordu... ama bilmedikleri şey, Peter Solomon'ın oğlunu kurtarabileceğiydi.

Mal'akh, *oradaydım,* diye düşündü. *Her şeyi duydum.*

Mal'akh o geceyi hiç unutmamıştı. Solomon'ın acımasız tercihi, oğlu Zach'in sonunu getirmişti ama Mal'akh da bu sayede doğmuştu.

Bazıları ölecek ki, diğerleri yaşasın.

Mal'akh'ın tepesindeki ışık bir kez daha değişirken, saatin geç olduğunun farkına vardı. Hazırlıklarını tamamlayıp, rampadan yukarı çıktı. Fani dünyanın işleriyle uğraşmanın zamanı gelmişti.

87. BÖLÜM

Katherine koşarken, *her şey otuz üçüncü derecede açığa çıkacak,* diye düşündü. *Piramidin nasıl değişeceğini biliyorum!* Cevap gece boyunca önlerinde durmuştu.

Katherine ile Langdon, "Avlu" işaretlerini takip ederek, katedralin yan kanadında koşuyorlardı. Tıpkı başrahibin söylediği gibi, katedralden duvarlarla çevrili büyük bir avluya çıktılar.

Katedralin avlusu, bronzdan postmodern bir çeşme ile kapalı, beşgen bir bahçeden oluşuyordu. Katherine, çeşmeden akan suyun avluda yüksek sesle yankılanmasına şaşırdı. Ama sonra, duyduğu sesin su olmadığını anladı.

Başlarının üstündeki karanlık gökyüzünü delen ışığı görünce, "Helikopter!" diye bağırdı. "Revağın altına gir!"

Projektörün göz alıcı ışığı avluya dolduğu sırada, Langdon ile Katherine diğer tarafa ulaşıp, kendilerini dışarıdaki çimenlere götüren bir tünelin başındaki Gotik kemerin altına girdiler. Helikopter başlarının üstünden geçip, büyük kavisler çizerek katedralin üstünde dönerken, tünelin içinde beklediler.

Katherine, "Galiba Galloway sesini duyduğu ziyaretçiler konusunda haklıymış," dedi. *Kötü gözler iyi kulakları doğurur.* Kendi kulakları şimdi, hızlanan nabzıyla birlikte ritmik bir şekilde zonkluyordu.

Çantasını kapıp, geçitte yürümeye başlayan Langdon, "Bu taraftan," dedi.

Başrahip Galloway onlara tek bir anahtar ve açık bir tarif vermişti. Ne yazık ki kısa tünelin sonuna vardıklarında, gitmek istedikleri yerle aralarında, yukarıdaki helikopterin ışığıyla aydınlanmış geniş bir çayırlık alan vardı.

Katherine, "Geçemeyiz," dedi.

"Bekle... bak." Langdon, çimenlik alanın sol tarafında beliren siyah gölgeyi işaret etti. Biçimsiz bir leke gibi başlayan gölge, hızla büyüyerek onlara doğru ilerledi, daha da belirginleşti, gittikçe uzayarak bulundukları tarafa ilerledi ve sonunda iki uzun kuleyle taçlandırılmış, büyük siyah bir dörtgene dönüştü.

Langdon, "Katedralin ön cephesi, projektörü engelliyor," dedi.

"Ön tarafa iniyorlar!"

Langdon, Katherine'i elinden tuttu. "Koş! Şimdi!"

Katedralin içindeki Başrahip Galloway, attığı her adımda yıllardır hissetmediği bir hafiflik duyuyordu. Büyük Çarmıh'ın önünden geçip, orta sahından nartekse ve oradan da ön kapıya yürüdü.

Helikopterin katedralin önünde alçaldığını duyabiliyordu. Işıklarının karşısındaki gül penceresinden girdiğini ve mabedin her bir yanına harikulade renkler saçtığını hayal etti. Renkleri görebildiği günleri hatırladı. Ne tuhaf ki, şimdi dünyası haline gelen ışıksız boşluk pek çok şeyi aydınlatıyordu. *Artık eskisinden çok daha net görüyorum.*

Galloway, Tanrı'nın hizmetine çok genç yaşlarda girmiş ve yaşamı boyunca kiliseyi her şeyden çok sevmişti. Yaşamlarını samimiyetle Tanrı'ya adayan pek çok meslektaşı gibi Galloway de yorgundu. Hayatı boyunca cehaletin sesini bastırmaya uğraşmıştı.

Ne bekliyordum?

Haçlılardan engizisyona, hatta Amerikan politikasına kadar İsa'nın ismi, her türlü güç savaşında kendi taraflarındaymış gibi kullanılmıştı. Zamanın başlangıcından bu yana cahiller daima sesini en fazla duyuranlar, masum kitleleri sürükleyerek kendi arzularını zorla yaptıranlar olmuşlardı. Dünyevi arzularını, anlamadıkları Kutsal Kitap'a atıfta bulunarak haklı göstermeye çalışmışlardı. Hoşgörüsüzlüklerini inançlarının kanıtı olarak kabul etmişlerdi. Bunca yıldan sonra insanoğlu sonunda, bir zamanlar İsa hakkındaki güzel şeylerin tümünü yok etmeyi başarmıştı.

Bu gece Gül Haç sembolüyle karşılaşmak içini ümitle doldurmuştu. Geçmişte defalarca okuduğu ve hâlâ anımsayabildiği, Gül Haçlılar bildirilerinde yazılanları hatırlatmıştı.

Birinci Bölüm: *Yehova, daha önceden sadece seçilmişler için ayırdığı sırları açığa çıkararak, insanlığa verdiği sözü yerine getirecek.*

Dördüncü Bölüm: *Tüm dünya tek bir kitapta bir araya gelecek ve bilim ve teknolojiye karşı çıkanlar uzlaşacaklar.*

Yedinci Bölüm: *Dünyanın sonu gelmeden önce Tanrı, insanlığın sıkıntılarını hafifletmek için büyük bir ışık seli yaratacak.*

Sekizinci Bölüm: *Bu vahiy gerçekleşmeden önce dünya, insanların yaşamını zehirleyip beyinlerini efsunlayan ilahiyat şarabının uyuşturucu etkisinden uyanmalı.*

Galloway kilisenin uzun zaman önce yoldan çıktığını biliyordu. Hayatını bu yolu düzeltmeye adamıştı. Şimdi bu anın hızla yaklaştığını hissediyordu.

Karanlığın en yoğun olduğu an, daima şafaktan hemen öncesidir.

CIA ajanı Turner Simkins, buz tutmuş çimenlerin üzerine inen Sikorsky helikopterin eşiğine tünemişti. Arkasından, adamlarıyla birlikte yere atladı ve hemen helikoptere tüm çıkışları gözetlemesi için yeniden havalanmasını işaret etti.

Bu binadan kimse çıkamayacak.

Helikopter yeniden gökyüzüne yükselirken, Simkins ile adamları katedralin ana kapısına giden merdivenleri çıktılar. Altı kapıdan hangisini çalması gerektiğine henüz karar verememişken, kapılardan biri aralandı.

Karanlığın içinden bir ses, "Evet?" dedi.

Simkins, rahip kıyafetleri içindeki kambur adamı güçlükle seçebiliyordu. "Başrahip Colin Galloway siz misiniz?"

Yaşlı adam, "Benim," diye cevap verdi.

"Robert Langdon'ı arıyorum. Onu gördünüz mü?"

Öne doğru bir adım atan yaşlı adam, korkutucu boş gözlerini Simkins'e dikti. "İşte *bu* bir mucize olurdu."

88. BÖLÜM

Vakit geçiyor.

Güvenlik uzmanı Nola Kaye'in sinirleri hayli gergindi ve şimdi içtiği üçüncü fincan kahve içinde elektrik akımı gibi dolaşmaya başlamıştı. *Sato'dan henüz haber yok.*

Sonunda telefonu çalınca Nola hemen atıldı. "Güvenlik Ofisi," diye cevap verdi. "Ben Nola."

"Nola, ben sistem güvenliğinden Rick Parrish."

Nola yerine çöktü. *Sato değil.* "Selam Rick. Senin için ne yapabilirim?"

"Seni uyarmak için aradım, bizim bölümde, bu akşam üzerinde çalıştığın konuyla ilgili bilgi olabilir."

Nola fincanını elinden bıraktı. *Benim bu akşam ne üzerinde çalıştığımı nereden biliyorsun?* "Anlayamadım?"

Parrish, "Pardon, beta testini yaptığımız yeni CI[1] programı," dedi. "Sürekli senin bilgisayarını işaretliyor," dedi.

Nola, onun neden bahsettiğini anladı. Ajans şimdilerde, birbiriyle alakalı veri alanlarında işlem yapan farklı CIA bölümlerine gerçek zamanlı uyarı yapan yeni bir tür "imeceli birleştirme" yazılımı çalıştırıyordu. Zaman açısından kritik terörist tehditleri söz konusu olduğunda, felaketi engellemenin yolu genellikle kurumdaki adamın, senin ihtiyacın olan veriyi analiz ettiğini söyleyen bir uyarı almaktan geçiyordu. Nola'nın bildiği kadarıyla bu CI yazılımı fayda getirmekten çok dikkat dağıtmaya yarıyordu. Bu yüzden Nola yazılıma *kesintisiz engelleme* diyordu.

Nola, "Doğru, unutmuşum," dedi. "Sizde ne var?" Binadaki başka birinin üzerinde çalışmak bir yana, bu krizden haberi bile olmadığına emindi. Nola'nın bu akşam bilgisayarda yaptığı tek iş, ezoterik mason konularında Sato için tarihi araştırma yapmaktı. Ama yine de bu oyunu oynamaya mecburdu.

---

(1) Bir tür bilgisayar programı portalı.

Parrish, "Şey, belki de önemli bir şey değildir," dedi. "Ama bu akşam bir korsanı durdurduk ve CI programı sürekli olarak bilgiyi seninle paylaşmam gerektiğini söylüyor."

Korsan mı? Nola kahvesinden bir yudum aldı. "Dinliyorum."

Parrish, "Yaklaşık bir saat önce, Zoubianis isimli birinin, veri tabanımızdaki bir dosyaya ulaşmaya çalıştığını tespit ettik," dedi. "Adam bu işi yapması için tutulduğunu ama neden özellikle bu dosyaya ulaşması için para verildiğini, hatta CIA sunucusunda olduğunu bile bilmediğini söylüyor."

"Peki."

"Sorgulamasını bitirdik, adam temiz. Ama garip bir şey var, hedef aldığı aynı dosya bu akşam daha önce bir arama motoru tarafından da işaretlenmişti. Görünüşe bakılırsa birisi sistemimize korsan giriş yapmaya çalışmış, anahtar kelimelerle bir arama yapmış ve sonuçları elemiş. Sorun şu ki, kullanılan anahtar kelimeler gerçekten garip. İçlerinden birini CI yüksek öncelikli eşleştirme olarak işaretledi, her iki veri kümemizde de benzeri olmayan bir kelime." Duraksadı. *"Bireşim* kelimesini biliyor musun?"

Yerinde sıçrayan Nola, kahvesini masaya döktü.

Parrish, "Diğer anahtar kelimeler de alışılmışın dışında," diye devam etti. *"Piramit, kapı..."*

Masasını kurulayan Nola, "Buraya gel," diye emretti. "Ve elindeki her şeyi getir!"

"Bu kelimeler sana bir şey *ifade* ediyor mu?"

"HEMEN GEL!"

89. BÖLÜM

Katedral Koleji, Ulusal Katedral'e komşu, zarif ve şato benzeri bir yapıdır. Washington'ın ilk piskoposu tarafından tasarlanan Vaizler Koleji, papazlığa atandıktan sonra din görevlilerinin eğitimlerine devam edebilmeleri için kurulmuştu. Bugün bu kolej ilahiyat, evrensel adalet, şifa ve maneviyat konularında geniş çaplı bir eğitim programı sunmaktadır.

Langdon ile Katherine, projektörleriyle geceyi gündüze çeviren helikopter yeniden havalanırken çimenlerden karşı tarafa koşup, Galloway'in anahtarını kullanarak içeri girmeyi başarmışlardı. Giriş salonunda nefes nefese dururken, etraflarını incelediler. Pencerelerden içeri yeteri kadar ışık giriyordu, bu yüzden Langdon ışıkları açıp, helikoptere bulundukları yeri gösterme riskini göze alamadı. Ana koridordan yürürken, bir dizi konferans salonunun, sınıfın ve oturma alanının önünden geçtiler. İçerisi Langdon'a Yale'in -yoğun yaya trafiğine dayanması için kendi dönemine ait inceliği güçlendirilmiş, dışarıdan bakıldığında nefes kesici, içeridense kullanışlı- Neo-Gotik binalarını anımsatmıştı.

Koridorun bittiği yeri gösteren Katherine, "Buradan," dedi.

Katherine piramitle ilgili yeni tahminini Langdon'la henüz paylaşmamıştı ama buna Isaacus Neutonuus isminin geçmesinin sebep olduğu belliydi. Çimenlerin üstünden geçerken tek söylediği, piramidi basit bir bilim kullanarak değiştirebileceğiydi. İhtiyacı olan her şeyi bu binada bulabileceğine inanıyordu. Langdon, Katherine'in neye ihtiyacı olduğunu veya granit ya da altından bir nesneyi nasıl dönüştürmeyi planladığını bilmiyordu ama küpün Gül Haç'a dönüştüğünü gördükten sonra, ona inanmaya hazırdı.

Koridorun sonuna geldiklerinde, istediği şeyi göremediği anlaşılan Katherine somurttu. "Bu binada yurtların da olduğunu söylemiştin, öyle değil mi?"

"Evet, uzun süreli konferanslar için."

"O halde bir yerlerde mutfak olmalı, öyle değil mi?"

"Acıktın mı?"

Kaşlarını çatarak ona baktı. "Hayır, bir laboratuvara ihtiyacım var."

Elbette öyle. Langdon, umut vaat eden bir sembolün bulunduğu, aşağı inen merdiveni fark etti. *Amerika'nın en sevdiği piktogram.*

Bodrumdaki mutfak, büyük gruplara yemek pişirmek için tasarlanmış, sanayi tipi -bol miktarda paslanmaz çelik ve büyük kâseler- bir yerdi. Katherine kapıyı kapatıp ışıkları açtı. Aspiratörler hemen çalışmaya başladı.

Aradığı her neyse, hemen dolapların içini karıştırmaya koyuldu. "Robert, piramidi tezgâhın üstüne koyar mısın?"

Kendini Daniel Boulud'dan[1] emir alan toy bir aşçı yamağı gibi hisseden Langdon, piramidi çantasından çıkarıp, üstüne altın kapak taşını yerleştirerek Katherine'in isteğini yerine getirdi. İşini bitirdiğinde, Katherine büyük bir tencereye sıcak su dolduruyordu.

"Şunu lütfen ocağın üstüne koyar mısın?"

Katherine ocağı yakarken Langdon, etrafa su sıçratan tencereyi ocağın üstüne koydu.

Ümit dolu bir sesle, "Istakoz mu pişireceğiz?" diye sordu.

"Çok komik. Hayır, simya yapıyoruz. Ve aklında bulunsun, bu bir makarna tencereyi, ıstakoz tenceresi değil." Tencerenin içinden çıkardığı delikli süzgeci işaret etti ve sonra tezgâhta duran piramidin yanına koydu.

Çok aptalım. "Peki makarna pişirmek piramidi deşifre etmemize yarayacak mı?"

Onun yaptığı yorumu duymazdan gelen Katherine ciddi bir sesle konuştu. "Masonların otuz üçüncü dereceyi en üst derece olarak seçmelerinin hem tarihi, hem de sembolik bir sebebi olduğunu eminim biliyorsundur."

Langdon, "Elbette," dedi. İsa'dan altı yüzyıl önce, Pisagor döneminde 33 sayısı numeroloji geleneğinde tüm sayıların üstü sayılırdı. İlahi Gerçek'i simgeleyen en kutsal figürdü. Bu gelenek, masonların ve başkalarının arasında devam etmişti. Hiçbir tarihi kanıt bulunmasa da, Hıristiyanla-

---

(1) Dünyaca ünlü Fransız aşçı.

rın İsa'nın otuz üç yaşında çarmıha gerildiğini düşünmeleri boşuna değildi. Benzer şekilde, Yusuf'un Bakire Meryem'le otuz üç yaşındayken evlenmesi, İsa'nın otuz üç mucize gerçekleştirmesi, Yaradılış'ta Tanrı'nın isminin otuz üç defa geçmesi veya İslamiyette cennet sakinlerinin otuz üç yaşında olmaları da tesadüf değildi.

Katherine, "Otuz üç pek çok gizem geleneğinde kutsal bir sayıdır," dedi.

"Doğru." Langdon hâlâ bunun makarna tenceresiyle ne ilgisi olduğunu anlayamıyordu.

"Bu yüzden, Newton gibi eski bir simyacı, Gül Haçlı ve gizemcinin otuz üç sayısının özel olduğunu düşünmesi senin için şaşırtıcı olmaz."

Langdon, "Öyle olduğuna eminim," dedi. "Newton numeroloji, kehanet ve astrolojiyle yakından ilgiliydi ama ne..."

"Her şey otuz üçüncü derecede açığa çıkacak."

Langdon, Peter'ın yüzüğünü cebinden çıkarıp yazıyı okudu. Sonra su dolu tencereye baktı. "Üzgünüm, bir şey anlamıyorum."

"Robert, bu akşam başlangıçta hepimiz otuz üçün masonik bir derece olduğunu düşündük ama yüzüğü otuz üç derece çevirdiğimizde küp şekil değiştirerek bir haça dönüştü. O anda, *derece* kelimesinin farklı bir anlamda kullanıldığını anladık."

"Evet. Açı derecesi."

"Kesinlikle. Ama *derecenin* üçüncü bir anlamı daha var."

Langdon ocaktaki tencereye bir göz attı. "Isı."

Katherine, "Kesinlikle!" dedi. "Bütün akşam gözümüzün önündeydi. 'Her şey otuz üçüncü derecede açığa çıkacak.' Bu piramidin ısısını otuz üç dereceye getirebilirsek... bize bir şey açıklayacak."

Langdon, Katherine Solomon'ın son derece zeki biri olduğunu biliyordu, ama çok belirgin bir noktayı atlıyor gibiydi. "Yanılmıyorsam otuz üç fahrenhayt ölçeğinde dondurucu soğuk anlamına gelir. Piramidi buzdolabına koymamız gerekmez miydi?"

Katherine gülümsedi. "Eğer kâğıtlarını *Jeova Sanctus Unus* diye imzalayan büyük simyacı ve Gül Haç gizemcisinin tarifine uyacaksak, hayır."

Isaacus Neutonuus yemek tarifi mi yazıyordu?

"Robert, ısı en temel simya öğesidir ve her zaman Fahrenhayt ya da Santigrat olarak ölçülmez. Çok daha eski ısı birimleri vardır, bunlardan biri de Isaac..."

Katherine'in haklı olduğunu fark eden Langdon, "Newton Sıcaklık Birimi!" dedi.

"Evet! Isaac Newton, sıcaklığı ölçmek için tamamıyla doğal fenomenler üzerine kurulu bir sistem icat etmişti. Newton'ın başlangıç noktası buzun erime ısısıydı ve buna 'sıfırıncı derece' demişti." Duraksadı. "Sanırım suyun kaynama ısısına hangi dereceyi uygun gördüğünü tahmin edebilirsin, tüm simya işlemlerinin kralına?"

"Otuz üç."

"Evet otuz üç! Otuz üçüncü derece. Newton Sıcaklık Birimi'nde suyun kaynama noktası otuz üç derecedir. Bir keresinde ağabeyime Newton'ın neden bu sayıyı seçtiğini sorduğumu hatırlıyorum. Bana çok sıradan gelmişti. Suyun kaynaması en temel simya işlemidir ama o otuz üçü seçmişti. Neden yüz değil? Neden daha şık bir sayı değil? Peter bana, Newton gibi bir gizemci için otuz üçten daha şık bir sayı olmàdığını söylemişti."

Her şey otuz üçüncü derecede açığa çıkacak. Langdon önce su dolu tencereye, sonra da piramide baktı. "Katherine, piramit saf granit ve saf altından yapılmış. Sence su kaynatmak onu dönüştürmek için yeterli ısıyı sağlayacak mı?"

Katherine'in yüzündeki gülümseme, Langdon'ın bilmediği bir şey bildiğini ima ediyordu. Kendinden emin bir şekilde tezgâha yürüdü, altın kapaklı granit piramidi kaldırdı ve süzgecin içine koydu. Ardından dikkatle kaynayan suyun içine daldırdı. "Bir bakalım, ne olacak?"

Ulusal Katedral'in üstündeki CIA pilotu, helikopteri otomatik dengelemeye bağladı ve binanın çevresini teftişe çıktı. *Hiç hareket yok.* Termal görüntüleme sistemi, katedralin taş duvarlarının içini göremiyordu, bu yüzden ekibin içeride ne yaptığını bilemiyordu ama birisi dışarıya kaçacak olursa, termal görüntüleme onu yakalayacaktı.

Altmış saniye sonra termal sensörden ses geldi. Ev güvenliği sistemleriyle aynı prensiple çalışan dedektör, güçlü bir ısı farkı tespit etmişti. Genellikle bu, soğuk bir yerde hareket eden insan varlığına işaret ederdi, ama ekranda görülen, daha çok bir ısı bulutuna, çimenlerin üstünde yüzen bir sıcak hava kümesine benziyordu. Pilot, kaynağı bulmuştu. Katedral Koleji'nin yan tarafında çalışan bir aspiratörden geliyordu.

Herhalde önemli bir şey değildir, diye düşündü. Bu türden değişimleri hep görürdü. *Birisi yemek pişiriyor ya da çamaşır yıkıyor.* Ama tam döneceği sırada, tuhaf bir şey fark etti. Garajda hiç araba yoktu ve binada hiç ışık yanmıyordu.

UH-60'ın görüntüleme sistemini uzunca bir süre inceledi. Ardından takım liderine telsizle haber verdi. "Simkins, önemli bir şey olmayabilir, ama..."

"Akkor ısı göstergesi!" Langdon bunun zekice olduğunu kabul etmek zorundaydı.

Katherine, "Bu çok basit bir bilim," dedi. "Farklı maddeler farklı ısılarda akkor hale gelir. Buna termal gösterge deriz. Bilimde bu göstergeler hep kullanılır."

Langdon bakışlarını suyun içindeki piramitle kapak taşına çevirdi. Fokurdayan suyun üstünde ince bir buhar bulutu belirmeye başlamıştı, ama o pek de ümitli değildi. Saatine bakınca kalbi hızlandı: 23.45. "Isınınca burada bir şeyin parlayacağına mı inanıyorsun?"

"Parlamayacak Robert. Akkor hale gelecek. Arada büyük fark var. Akkor durumuna sıcaklık sebep olur ve belirli bir ısıda meydana gelir. Mesela çelik üreticileri ısıl işlem sırasında çubuklara, belirli bir sıcaklıkta akkor hale gelen şeffaf bir tabaka püskürtürler, böylece çubukların ne zaman oluştuğunu anlarlar. Ruh halini gösteren yüzükleri düşün. Parmağına takarsın ve vücut ısına göre renk değiştirir."

"Katherine bu piramit 1800'lerde yapılmıştı! Bir ustanın taş kutuya gizli menteşeler yerleştirmesini anlayabilirim ama bir tür şeffaf termal tabaka uygulamak?"

Suyun içindeki piramide umutla bakan Katherine, "Son derece uygun," dedi. "Eski simyacılar termal gösterge olarak organik fosforu hep kullandılar. Çinliler renkli havai fişekler yaparlardı, hatta Mısırlılar..." Kaynayan suya dikkatle bakan Katherine, cümlesini bitirmeden durdu.

"Ne?" Onun bakışlarını takip eden Langdon da fokurdayan suya baktı ama bir şey göremedi.

Katherine eğilerek suya daha da yakından baktı. Birden arkasını dönüp, mutfağın karşı tarafındaki kapıya doğru koştu.

Langdon, "Nereye gidiyorsun?" diye bağırdı.

Mutfağın ışık düğmesinin yanında durup kapattı. Işıklar ve aspiratör kapanmış, içerisi koyu bir karanlık ve sessizliğe gömülmüştü. Langdon yeniden piramide dönüp, buharın arasından suyun içindeki kapak taşına baktı. Katherine yanına geldiğinde, Langdon'ın ağzı hayretten açık kalmıştı.

Metal kapak taşının küçük bir bölümü, tam da Katherine'in tahmin ettiği gibi suyun altında parlamaya başlamıştı. Belirmeye başlayan yazılar, su ısındıkça daha da parlaklaşıyordu.

Katherine, "Metin!" diye fısıldadı.

Sersemlemiş haldeki Langdon başını salladı. Kapak taşındaki yazıların hemen altında bazı kelimeler görünüyordu. Sadece üç kelime var gibiydi. Langdon henüz kelimeleri okuyamamıştı ama bu gece aradıkları şeyin perdesini kaldırıp kaldırmayacağını merak ediyordu. Galloway onlara, *piramit gerçek bir harita ve gerçek bir yeri işaret ediyor,* demişti.

Harfler daha da parlaklaştığında, Katherine ocağın altını kapattı, suyun fokurdaması artık kesilmişti. Şimdi kapak taşı, suyun dingin yüzeyinin altında görünüyordu.

Parlayan üç kelime net bir şekilde okunuyordu.

90. BÖLÜM

Katedral Koleji'nin loş ışığındaki Langdon ile Katherine, su tenceresinin başında durmuş, yüzeyin altında değişmiş halde duran kapak taşına bakıyorlardı. Altın kapak taşının yan yüzeyinde, akkor hale gelmiş bir mesaj parlıyordu. Gözlerine inanmakta güçlük çeken Langdon, parlayan metni okudu. Piramidin bir *yer* açıklayacağının söylendiğini biliyordu... ama bu yerin böylesine net tarif edileceğini hiç tahmin etmemişti.

Sekiz Franklin Meydanı

Şaşkınlık içinde, "Meydanı adres gösteriyor," diye fısıldadı.
Katherine de aynı şekilde şaşkındı. "Orada ne var bilmiyorum ya sen?"
Langdon başını iki yana salladı. Franklin Meydanı'nın, Washington'ın en eski bölgelerinden biri olduğunu biliyordu ama bu adresi bilmiyordu. Kapak taşının üst kısmına bakıp, metni yukarıdan aşağıya okudu.

Sır
Düzen'in içinde gizli
Sekiz Franklin Meydanı

Franklin Meydanı' nda bir tür Düzen mi var?
Derinliklere inen sarmal bir merdivenin saklı olduğu bir bina mı var?
Bu adreste bir şeyin gömülü olup olmadığına dair Langdon'ın hiçbir fikri yoktu. Şu noktada önemli olan Katherine'le birlikte piramidi deşifre ettikleri ve Peter'ın serbest kalması için değiştokuş yapacakları bilgiye artık sahip olduklarıydı.
Ve kaybedecek bir dakika bile yok.
Langdon'ın kolundaki Mickey Mouse saatinin kolları, on dakikadan az vakitleri kaldığını gösteriyordu.
Mutfak duvarındaki telefonu gösteren Katherine, "Telefon et," dedi. "Hemen!"
Bu anın birden gelmesi Langdon'ı şaşırtmıştı, bu yüzden tereddüt etti.
"Bundan emin miyiz?"
"Kesinlikle eminim."
"Peter'ın güvende olduğunu duymadan ona hiçbir şey söylemeyeceğim."
"Elbette söyleme. Numarayı hatırlıyorsun, öyle değil mi?"

Langdon başını salladı ve mutfak telefonuna doğru yürüdü. Ahizeyi kaldırarak adamın cep telefonunu çevirdi. Katherine yanına gelip, konuşulanları duyabilmek için başını onunkine yaklaştırdı. Hat çalmaya başladığında Langdon, onu daha önce kandıran adamın korkutucu fısıltısını duymaya kendini hazırladı.

Sonunda bağlantı kuruldu.

Ama kimse cevap vermedi. Ses yoktu. Hattın diğer ucunda sadece nefes sesleri duyuluyordu.

Langdon biraz bekledikten sonra konuştu. "İstediğin bilgi bende ama almak istiyorsan önce bize Peter'ı vereceksin."

Bir kadın sesi, "Kimsiniz?" diye cevap verdi.

Langdon yerinde sıçradı. İçgüdüsel olarak, "Robert Langdon," dedi. "*Siz* kimsiniz?" Bir an için yanlış numara çevirdiğini düşündü.

"*İsminiz Langdon mı?*" Kadının sesi şaşkındı. "Burada sizi soran biri var."

Ne? "Affedersiniz, kimsiniz?"

"Preferred Güvenlik Şirketi'nden memur Paige Montgomery." Sesi titriyor gibiydi. "Belki bu konuda bize yardımcı olabilirsiniz. Bir saat kadar önce ortağım, Kalorama Heights'tan gelen bir 911 çağrısına cevap verdi... muhtemel bir rehine vakasıydı. Onunla bağlantım kesildi, bu yüzden yardım çağırıp kontrol etmek için malikâneye geldim. Ortağımı arka bahçede ölü bulduk. Ev sahibi yoktu, bu yüzden kapıyı kırıp içeri girdik. Antredeki masada bir cep telefonu çalıyordu ve ben..."

Langdon, "İçeride misiniz?" diye sordu.

Kadın, "Evet ve 911'i aramakla... iyi ettiniz," diye kekeledi. "Gevezelik ettiğim için kusuruma bakmayın ama ortağım öldü ve burada isteği dışında alıkonulan bir adam bulduk. Durumu kötü, şu an müdahale ediyoruz. İki kişiyi soruyordu; birinin ismi Langdon, diğerininki de Katherine."

Ahizeye, "O benim ağabeyim!" diye bağıran Katherine, başını Langdon'ınkine iyice yasladı. "911'i ben aradım! O iyi mi?"

"Efendim aslına bakarsanız..." Kadının sesi çatırdadı. "Durumu kötü. Sağ eli kesilmiş..."

Katherine, "Lütfen," diye zorladı. "Onunla konuşmak istiyorum."

"Şu an kendisine müdahale ediliyor. Bilinci gidip geliyor. Yakınlardaysanız, buraya gelmelisiniz. Sizi görmek istediği anlaşılıyor."

Katherine, "Yaklaşık altı dakika mesafedeyiz!" dedi.

"O halde acele edin." Arka taraftan boğuk bir ses gelince yeniden hatta döndü. "Üzgünüm, galiba bana ihtiyaç duyuluyor. Geldiğinizde sizinle görüşürüz."

Hat kapandı.

91. BÖLÜM

Katedral Koleji'nin içindeki Langdon ile Katherine, bodrumun merdivenlerini ikişer ikişer atlayarak yukarı çıktılar ve karanlık koridorda koşturarak çıkışa yöneldiler. Artık yukarıdan gelen helikopter sesini duymuyorlardı. Bu yüzden Langdon, görünmeden dışarı çıkıp Peter'ın yanına, Kalorama Heights'a gidebileceklerinden ümitliydi.

Onu buldular. Yaşıyor.

Otuz saniye önce, kadın güvenlik memuruyla yapılan telefon konuşması sona ererken, Katherine buharları tüten piramitle kapak taşını sudan çıkarmıştı. Langdon'ın deri çantasına yerleştirirken piramitten hâlâ sular damlıyordu. Langdon şimdi deri çantadan yayılan sıcaklığı hissedebiliyordu.

Peter'ın bulunmuş olmasının verdiği heyecan, kapak taşının parıldayan mesajını gölgede bırakmıştı -Sekiz Franklin Meydanı- ama Peter'ın yanına vardıktan sonra bunun için vakitleri olacaktı.

Merdivenlerin başındaki köşeden dönerlerken, Katherine aniden durdu ve koridorun karşı tarafındaki oturma odasını gösterdi. Langdon, cumbanın penceresinden, ince siyah bir helikopterin çimenlerin üstünde durduğunu gördü. Arkası onlara dönük duran bir pilot, telsiziyle konuşuyordu. Ayrıca yakınlarına park etmiş, siyah camlı bir Escalade de vardı.

Langdon ile Katherine oturma odasında karanlığın içinden, operasyon ekibinin diğer üyelerini görebilmek için pencereden dışarı baktılar. Neyse ki, Ulusal Katedral'in dışındaki geniş çimenlik alan bomboştu.

Langdon, "Katedrale girmiş olmalılar," dedi.

Kalın bir ses arkalarından, "Değiller," dedi.

Langdon ile Katherine konuşanı görebilmek için arkalarını döndüler. Kapı eşiğinde, siyahlar içinde iki kişi lazer görüşlü silahlarını onlara doğrultmuştu. Langdon parlak kırmızı bir noktanın göğsünde dans ettiğini görebiliyordu.

Rahatsız edici, tanıdık bir ses, "Sizi yeniden görmek ne güzel profesör," dedi. Ajanlar kenara çekilince, Başkan Sato'nun minik bedeni aralarından kolayca geçerek, oturma odasından içeri girdi ve Langdon'ın tam önünde durdu. "Bu gece fazlasıyla kötü kararlar verdiniz."

Langdon etkili bir sesle, "Polis, Peter Solomon'ı buldu," dedi. "Durumu kötü ama yaşayacak. Her şey bitti."

Sato, Peter'ın bulunduğuna şaşırdıysa bile hiç belli etmedi. Langdon'a doğru yürüyüp, birkaç santim uzağında dururken gözlerini bile kıpırdatmadı. "Profesör, sizi temin ederim, bitmek sözcüğünün içinde bulunduğumuz durumda en ufak bir bağlantısı yok. Ve eğer şimdi işin içine polis girdiyse, durum daha da ciddileşti demektir. Bu akşam size daha önce de söylediğim gibi, çok hassas bir durum söz konusu. O piramidi alıp asla kaçmamalıydınız."

Katherine, "Efendim," diye geveledi. "Ağabeyimi görmem gerek. Piramit sizde kalabilir ama mutlaka izin vermelisiniz..."

Katherine'e dönen Sato, "Mutlaka izin mi vermeliyim?" diye sordu. "Sanırım siz Bayan Solomon'sınız." Gözlerinden alevler püskürterek Katherine'e baktıktan sonra Langdon'a döndü. "Deri çantayı masanın üzerine koyun!"

Langdon göğsündeki lazer ışıklarına baktı. Deri çantayı sehpanın üzerine bıraktı. Ajanlardan biri temkinli bir şekilde yaklaşıp, çantanın fermuarını açtı ve iki yanından aşağı kıvırdı. İçeride kalmış bir miktar buhar yukarı doğru dalgalandı. Işığını çantadan içeri tutup, uzunca bir süre baktıktan sonra, Sato'ya doğru başını salladı.

Sato yanına gidip, çantanın içine baktı. Islak piramit ve kapak taşı, fenerin ışığında parlıyordu. Sato çömelip, daha önce sadece filmini gördüğü altın kapak taşına daha da yakından baktı.

Sato, "Yazı size bir şey ifade ediyor mu?" diye sordu. "Sır Düzen'in içinde gizli."

"Emin değiliz efendim."

"Piramitten neden buharlar çıkıyor?"

Katherine hiç tereddüt etmeden, "Suda kaynattık," dedi. "Şifreyi çözme işleminin bir kısmı da buydu. Size her şeyi anlatacağız ama lütfen izin verin, gidip ağabeyimi görelim. Çok fazla..."

Sato, "Piramidi *kaynattınız* mı?" diye sordu.

Katherine, "Feneri kapatın," dedi. "Kapak taşına bakın. Hâlâ görebilirsiniz."

Ajan, fenerin ışığını söndürünce Sato kapak taşının önünde diz çöktü. Ayakta duran Langdon, kapak taşındaki yazının hâlâ biraz parladığını görebiliyordu.

Sesinden şaşırdığı anlaşılan Sato, "Sekiz Franklin Meydanı," dedi.

"Evet efendim. Yazı akkor hale gelen bir vernik veya başka bir şeyle yazılmış. Otuz üçüncü derece aslında..."

Sato, "Peki ya adres?" diye sordu. "Adamın istediği *bu* mu?"

Langdon, "Evet," dedi. "Piramidin, ona büyük hazinenin yerini söyleyecek bir harita olduğuna inanıyor. Onun Antik Gizemlerin kilidini açacak bir anahtar olduğunu sanıyor."

Sato inanmakta güçlük çeken bir ifadeyle yeniden kapak taşına baktı. Biraz ürkek bir sesle, "Söylesenize, bu adamla temas kurdunuz mu? Ona adresi verdiniz mi?" dedi.

"Denedik." Langdon, ona adamın cep telefonunu aradıklarında olanları anlattı.

O konuşurken, Sato dilini sarı dişlerinin üzerinde gezdiriyordu. Öfkeden patlamak üzereymiş gibi görünmesine karşın, ajanlarından birine dönüp fısıltıyla konuştu. "İçeri gönderin. SUV'da."

Başını sallayan ajan, telsiziyle konuştu.

Langdon, "Kimi içeri gönderecekler?" diye sordu.

"Yarattığınız lanet karmaşayı düzeltebilecek tek kişiyi."

Langdon, "Ne karmaşası?" diye öfkeyle sordu. "Peter güvende olduğuna göre, artık sorun..."

Sato, "Tanrı aşkına!" diye patladı. "Bu işin Peter'la ilgisi yok! Size Kongre Binası'ndayken de anlatmaya çalıştım profesör, ama benimle *birlikte* çalışmak yerine bana *karşı* çalışmayı tercih ettiniz. Ve berbat bir karmaşaya sebep oldunuz! Cep telefonunuzu kırdığınızda, ki biz onu *takip ediyorduk,* bu adamla iletişiminizi de kestiniz. Ve ortaya çıkardığınız şu adres -her ne cehennemse- bu deliyi yakalamak için tek şansımızdı. Bu oyunu oynamanız bizim için çok önemliydi, siz ona adresi verecektiniz ve biz de onu yakalayacaktık!"

Langdon cevap vermeye fırsat bulamadan Sato öfkesini bu kez Katherine'e kustu.

"Ve siz Bayan Solomon! Siz bu delinin nerede yaşadığını bildiğiniz halde bana neden söylemediniz? Adamın evine güvenlik görevlisi göndermediniz mi? Onu orada yakalama fırsatını kaçırdığımızı anlamıyor musunuz? Ağabeyinizin kurtulduğuna sevindim, ama size şunu söyleyeyim, bu gece ailenizi aşan bir krizle karşı karşıyayız. Etkileri tüm dünyada hissedilecek. Ağabeyinizi kaçıran adamın muazzam bir gücü var ve onu hemen yakalamamız gerekiyor!"

Sato söylevini tamamlarken, Warren Bellamy'nin uzun, zarif silueti karanlıkta belirdi ve oturma odasından içeri adımını attı. Sanki cehennemden çıkmış gibi, üstü başı buruşmuş, hırpalanmış ve sarsılmış görünüyordu.

"Warren!" Langdon ayağa kalktı. "İyi misin?"

"Hayır," diye cevap verdi. "Pek sayılmaz."

"Duydun mu? Peter güvende!"

Bellamy, sanki artık hiçbir şeyin önemi yokmuş gibi, yarı şuursuz bir halde başını salladı. "Evet sohbetinizi duydum. Memnun oldum."

"Warren neler oluyor?"

Sato araya girdi. "Siz ikiniz daha sonra da konuşabilirsiniz. Şimdi Bay Bellamy bu deliye ulaşıp, onunla iletişim kuracak. Gece boyunca yaptığı gibi."

Langdon hiçbir şey anlamıyordu. "Bellamy bu akşam o adamla iletişim *kurmadı!* Bu adam işin içinde Bellamy'nin olduğunu bile bilmiyor!"

Bellamy'ye dönen Sato, kaşını havaya kaldırdı.

Bellamy içini çekti. "Robert, ne yazık ki bu akşam sana her konuda dürüst davranmadım."

Langdon bakmakla yetindi.

"Doğru olanı yaptığımı sandım..." diyen Bellamy, korkmuş görünüyordu.

Sato, "Eh, doğru olanı *şimdi* yapacaksın," dedi. "Ve hepimiz dua edelim ki işe yarasın." Sato'nun uğursuz sesini doğrularcasına, dolaplı saatin çanı çalmaya başladı. Eşyalarla dolu bir plastik torba çıkaran Sato, Bellamy'ye fırlattı. "İşte eşyaların. Cep telefonun fotoğraf çekiyor mu?"

"Evet efendim."

"Güzel. Kapak taşını kaldır."

Mal'akh, bu akşam Robert Langdon'a yardım etmesi için Kongre Binası'na gönderdiği bir masondan -Warren Bellamy- az önce bir mesaj almış-

Kayıp Sembol

tı. Langdon gibi Bellamy de Peter'ı canlı istiyor ve Langdon piramidi ele geçirip, şifresini çözerken Mal'akh'a yardım etmeyi kabul ediyordu. Mal'akh gece boyunca cep telefonuna otomatik olarak gönderilen e-postalar almıştı. Mesajı açarken, *bu ilginç bir şey olmalı,* diye düşündü.

Gönderen: Warren Bellamy
Langdon'dan ayrıldım
ama istediğin bilgiyi sonunda aldım.
İspatı ekte. Eksik kısım
için ara. -wb

-ekli dosya (jpeg)-

Mal'akh eki açarken, *eksik kısım için ara mı,* diye düşündü.
Ekli dosya bir fotoğraftı.

Mal'akh fotoğrafı gördüğünde, kalbi heyecandan duracak gibi oldu ve nefesini tuttu. Minik, altın bir piramidin yakın çekim fotoğrafına bakıyordu. *Efsanedeki kapak taşı!* Yüzeyindeki süslü yazıda umut vaat eden bir mesaj vardı: *Sır Düzen'in içinde gizli.*

Mal'akh bu yazının altında onu şaşırtan bir şeyi fark etti. Kapak taşı parıldıyor gibiydi. Belli belirsiz parlayan metne şaşkınlıkla bakarken, efsanenin gerçek olduğunu anladı: *Sırrını layık olana açıklamak için piramit şekil değiştirir.*

Bu sihirli değişimin nasıl gerçekleştiğine dair hiçbir fikri yoktu ve umrunda da değildi. Parıldayan metin, tıpkı kehanet edildiği gibi Washington D.C.'deki gerçek bir adresi gösteriyordu. *Franklin Meydanı.* Ne yazık ki, fotoğrafta görünen Warren Bellamy'nin işaretparmağı yüzünden, kapak taşındaki bilginin önemli bir bölümü çıkmamıştı.

Sır
Düzen'in içinde gizli
■■■■ Franklin Meydanı

Eksik kısım için ara. Bellamy'nin ne demek istediğini Mal'akh şimdi anlamıştı.

Kongre Binası'nın Mimarı gece boyunca onunla işbirliği yapmıştı ama şimdi çok tehlikeli bir oyun oynamayı tercih ediyordu.

92. BÖLÜM

Langdon, Katherine ve Bellamy, silahlı CIA ajanlarının bakışları altında, Sato ile birlikte, Katedral Koleji'ndeki oturma odasında bekliyorlardı. Önlerindeki sehpanın üstünde, içindeki altın kapak taşı göründüğü Langdon'ın deri çantası hâlâ açık duruyordu. *Sekiz Franklin Karesi* kelimeleri, arkalarında orada bulunduklarına dair hiç iz bırakmadan, ortadan kaybolmuştu.

Katherine, ağabeyini görmesine izin vermesi için Sato'ya yalvarmış ama o, gözlerini Bellamy'nin cep telefonundan ayırmadan, başını iki yana sallamakla yetinmişti. Sehpanın üstünde duran telefon henüz çalmamıştı.

Langdon, *Bellamy, bana neden doğruyu söylemedi,* diye düşünüyordu. Görünüşe bakılırsa Mimar, gece boyunca Peter'ı kaçıran adamla temas halinde olmuş, Langdon'ın piramidi deşifre ederken kat ettiği aşamalar hakkında ona bilgi vermişti. Bu, Peter'a zaman kazandırmak için başvurduğu bir blöftü. Aslında Bellamy'nin amacı, piramidin sırrını çözmek için uğraşan herkesi durdurmaktı. Ama şimdi taraf değiştirmiş gibi görünüyordu. O ve Sato, bu adamı yakalamak uğruna, piramidin sırrını tehlikeye atmaya hazırdılar.

Koridordan gelen yaşlı bir ses, "Çek ellerini üzerimden!" diye bağırdı. "Ben *körüm,* alil değil! Burada yolumu bulabilirim!" Başrahip Galloway, bir CIA ajanı, onu oturma odasından içeri sokup, sandalyelerden birine oturturken hâlâ yüksek sesle söyleniyordu.

Boş gözleri dimdik ileri bakarken Galloway, "Burada kimler var?" diye sordu. "Seslerden çok kişinin olduğu anlaşılıyor. Kör bir adamı alıkoymak için kaç kişiye ihtiyacınız var? Cevap verin!"

Sato, "Yedi kişiyiz," dedi. "Aralarında Robert Langdon, Katherine Solomon ve mason kardeşiniz Warren Bellamy de var."

Yerinde çöken Galloway, patırtıyı kesti.

Langdon, "Biz iyiyiz," dedi. "Peter'ın güvende olduğunu öğrendik. Durumu kötü ama yanında polis var."

Galloway, "Tanrı'ya şükürler olsun," dedi. "Peki..."

Gürültülü bir takırtı, odadaki herkesin yerinde sıçramasına sebep oldu. Bellamy'nin cep telefonu sehpanın üstünde titreşiyordu. Herkes sustu.

Sato, "Pekâlâ Bay Bellamy," dedi. "İşi berbat etmeyin. Tehlikeyi biliyorsunuz."

Bellamy derin bir nefes aldıktan sonra uzanıp, çağrıya cevap vermek için hoparlöre bastı.

Sehpanın üzerindeki telefona doğru yüksek sesle, "Ben Bellamy," dedi.

Hoparlörden yükselen ürkütücü fısıltı tanıdıktı. Arabanın içinde cep telefonu kitinden konuşuyor gibiydi. "Saat gece yarısını geçti Bay Bellamy. Peter'ı çektiği cefadan kurtarmak üzereydim."

Odada endişeli bir sessizlik oldu. "Onunla konuşmak istiyorum."

Adam, "İmkânsız," diye cevap verdi. "Arabadayız. Bagajda bağlı."

Birbirlerine bakan Langdon ile Katherine, diğerlerine doğru başlarını iki yana salladılar. *Blöf yapıyor! Peter artık onda değil!*

Sato, Bellamy'ye baskıya devam etmesini işaret etti.

Bellamy, "Peter'ın hayatta olduğuna dair *kanıt* istiyorum!" dedi. "Yoksa sana eksik kalan..."

"Üstadı Muhterem'inin doktora ihtiyacı var. Pazarlık yapmakla vakit kaybetme. Franklin Meydanı'ndaki numarayı bana söyle, ben de Peter'ı oraya getireyim."

"Sana söyledim, ben..."

Adam, "Şimdi!" diye parladı. "Yoksa kenara çekerim ve Peter Solomon hemen ölür!"

Bellamy güçlü bir sesle, "Sen beni dinle," dedi. "Adresin geri kalanını istiyorsan, benim kurallarımla oynayacaksın! Benimle Franklin Meydanı'nda buluş. Peter'ı canlı olarak getirdiğinde, sana hangi bina olduğunu söyleyeceğim."

"Yetkilileri yanında getirmeyeceğini nereden bileyim?"

"Çünkü seni kandırma tehlikesini göze alamam. Elindeki tek kart Peter'ın hayatı değil. Bu gece başka şeylerin de tehlikede olduğunu biliyorum."

Telefondaki adam, "Şunu iyi bil ki, eğer Franklin Meydanı'nda senden başka birinin bulunduğunu fark edersem, gaza basar devam ederim ve bir daha Peter Solomon'ın izine rastlayamazsın," dedi. "Ve elbette... dertlerin bununla da bitmez."

Bellamy kasvetli bir sesle, "Yalnız geleceğim," dedi. "Peter'ı teslim ettiğinde, sana ihtiyacın olan her şeyi vereceğim."

Adam, "Meydanın ortası," dedi. "Oraya varmam yirmi dakikamı alır. Sana ne kadar sürerse sürsün, beni beklemeni tavsiye ederim."

Hat kapandı.

Oda birden canlandı. Sato emirler yağdırmaya başladı. Birkaç ajan telsizlerini kapıp kapıya koştular. "Çabuk! Çabuk!"

O kargaşa sırasında Langdon, bu gece gerçekte nelerin döndüğünü sorarcasına Bellamy'ye baktı ama yaşlı adamı aceleyle kapıya götürüyorlardı.

Katherine, "Ağabeyimi görmem gerek!" diye bağırdı. "Bizi bırakmanız gerekiyor!"

Sato, Katherine'in yanına yürüdü. "Hiçbir şey yapmam gerekmiyor Bayan Solomon. Anlaşıldı mı?"

Katherine ısrarından vazgeçmeden, Sato'nun küçük gözlerine umutsuzca baktı.

"Bayan Solomon, önceliğim Franklin Meydanı'ndaki adamı tutuklamak ve ben bu görevi tamamlayıncaya kadar siz burada, adamlarımla birlikte oturacaksınız. İşte ancak ondan sonra ağabeyinizle ilgilenebiliriz."

Katherine, "Bir konuyu atlıyorsunuz," dedi. "Ben bu adamın nerede yaşadığını biliyorum! Kalorama Heights'ta, beş dakikalık mesafede ve orada gerçekten işinize yarayacak deliller var! Ayrıca bu işin duyulmamasını istediğinizi söylediniz. Durumu düzeldikten sonra kim bilir Peter yetkililere neler anlatacak?"

Katherine'in söylemek istediklerini anlayan Sato, dudaklarını büktü. Dışarıda helikopterin pervane kanatları dönmeye başlamıştı. Sato kaşlarını çattıktan sonra adamlarından birine döndü. "Hartmann, sen Escalade'i al. Bayan Solomon ile Bay Langdon'ı Kalorama Heights'a götür. Peter Solomon *hiç kimseyle* konuşmayacak. Anlaşıldı mı?"

Ajan, "Evet efendim," dedi.

"Oraya varınca beni ara. Ne bulduğunuzu bildir. Ve bu ikisini gözünün önünden ayırma."

Ajan Hartmann hemen başını salladıktan sonra Escalade'in anahtarlarını çıkardı ve kapıya yöneldi.

Katherine tam arkasındaydı.

Sato, Langdon'a döndü. "Sizinle birazdan görüşeceğiz Bay Langdon. Beni düşman tarafta gördüğünüzü biliyorum ama emin olun ki durum öyle değil. Hemen Peter'ın yanına gidin. Bu iş henüz bitmedi."

Langdon'ın yanındaki Başrahip Galloway, sehpanın başında sessizce oturuyordu. Önündeki açık deri çantanın içinde duran piramidi elleriyle bulmuştu. Yaşlı adam ellerini taşın sıcak yüzeyinde gezdiriyordu.

Langdon, "Peder, siz de Peter'ı görmeye geliyor musunuz?" dedi.

"Ben, sizi sadece yavaşlatırım." Galloway ellerini çantadan çıkarıp, fermuarını çekip kapattı. "Ben burada oturup, Peter'ın iyileşmesi için dua edeceğim. Daha sonra konuşuruz. Ama Peter'a piramidi gösterdiğinizde, ona benim için bir şey söyler misiniz?"

"Elbette." Langdon çantayı omzuna astı.

"Ona şunu söyleyin." Galloway boğazını temizledi. "Mason Piramidi sırrını daima... *içtenlikle* korudu."

"Anlamıyorum."

Yaşlı adam gözlerini açıp kapattı. "Siz Peter'a bunu söyleyin. O anlayacaktır."

Bunun ardından Başrahip Galloway, başını eğip dua etmeye başladı.

Aklı karışan Langdon, yaşlı adamı orada bırakıp dışarı çıktı. Katherine çoktan SUV'un ön koltuğuna oturmuş, şoföre yolu tarif ediyordu. Langdon, dev araç kuzeydeki Kalorama Heights'a doğru çimlerin üstünden hızlanarak ilerlerken son anda arka koltuğa geçip kapıyı kapattı.

93. BÖLÜM

K ve On Üçüncü Sokaklarla çevrili Franklin Meydanı, Washington şehir merkezinin kuzeybatı köşesinde yer alır ve pek çok tarihi binaya ev sahipliği yapar. Bunlardan en ünlüsü, Alexander Graham Bell'in 1880 yılında ilk kablosuz telefon mesajını gönderdiği Franklin Okulu'dur.

Meydanın üstüne batı tarafından hızla yaklaşan UH-60 helikopteri, Ulusal Katedral'den yaptığı yolculuğu birkaç dakika içinde tamamlamıştı. Aşağıdaki meydana bakan Sato, *bolca vakit var,* diye düşündü. Hedef gelmeden önce, adamlarının pozisyon almalarının ne kadar önemli olduğunu biliyordu. *En az yirmi dakikadan önce gelemeyeceğini söyledi.*

Sato'nun emri üzerine pilot, tepesindeki iki yaldızlı kuleyle civardaki en yüksek ve prestijli ofis binasının -ünlü Bir Franklin Meydanı- çatısına alçaldı. Elbette bu manevra yasadışıydı, ama paten demirler neredeyse çatıya değecek kadar yaklaşan helikopter orada sadece birkaç saniye durdu. Herkes dışarı atladıktan sonra pilot hemen havalanarak "sessiz irtifaya" yükseldi, sonra da görünmeden destek sağlayacağı doğuya yöneldi.

Ekibi, Bellamy'yi görevine hazırlarken, Sato bekledi. Mimar, onun güvenli dizüstü bilgisayarındaki dosyada gördüklerinden ötürü hâlâ şaşkın gibiydi. *Dediğim gibi... ulusal güvenlik meselesi.* Bellamy, onun ne demek istediğini hemen anlamıştı. Şimdiyse tam bir işbirliği içindeydi.

Ajan Simkins, "Her şey hazır efendim," dedi.

Ajanlar Sato'nun isteği üzerine Bellamy'yi çatıdan koşturup, pozisyonlarını alacakları kata inen merdivenlerde gözden kayboldular.

Sato binanın kenarına yürüyüp aşağıya baktı. Aşağıdaki ağaçlı, dörtgen park tüm bloku kaplıyordu. *Saklanılabilecek çok yer var.* Sato'nun ekibi, adama fark edilmeden yakalamanın önemini anlamıştı. Hedefleri buradaki varlıklarını hissedip de kaçmaya yeltenecek olursa... başkan bunu düşünmek bile istemiyordu.

Kayıp Sembol

Burada rüzgâr sert ve soğuktu. Sato kollarıyla kendini sardı ve kenardan aşağı düşmemek için ayaklarını yere sağlam bastı. Bu avantajlı yüksek noktadan bakınca, Franklin Meydanı az sayıda binayla, hatırladığından daha küçük görünüyordu.

Bellamy ile ajanlar, ağaçlıklı alanın karanlığına yayılan karıncalara benziyorlardı. Simkins, Bellamy'yi boş parkın ortasına yakın, açık bir yere yerleştirdi. Ardından Simkins ile ekibi doğal kamuflajın içine dalarak, görünürden kayboldu. Saniyeler sonra Bellamy tek başına, parkın ortasına yakın bir sokak lambasının soğuk ışığında bir aşağı bir yukarı dolaşıyordu.

Sato hiçbir acıma duygusu hissetmedi.

Sigarasını yakıp uzun bir nefes çekerken ciğerlerine dolan sıcaklığın keyfini çıkardı. Aşağıda her şeyin yolunda gittiğinden emin olunca, kenardan çekilip iki telefonu beklemeye başladı. Biri uzmanı Nola'dan, diğeri Kalorama Heights'a gönderdiği Ajan Hartmann'dan gelecekti.

94. BÖLÜM

Yavaşla! Langdon, köşeden uçarcasına dönerken, iki tekerleğin üstünde havaya kalkacakmış gibi olan Escalade'in arka koltuğunu sıkıca kavradı. CIA ajanı Hartmann ya sürücülük becerilerini Katherine'e göstermeye çalışıyordu ya da Peter Solomon ağzını açmadan önce yanına varmak için emir almıştı.

Büyükelçilikler Bölgesi'ndeki kırmızı-ışıkta-geçmece hız oyunu yeterince korkutucuydu ama şimdi Kalorama Heights'taki malikâneler mahallesinin virajlı yolunda aşırı hızla ilerliyorlardı. Akşamüstü adamın evine gitmiş olan Katherine, onlar ilerlerken bağırarak yolu tarif ediyordu.

Langdon'ın ayağının altındaki deri çanta her dönüşte ileri geri sallanıyor, piramitten ayrılmış olan kapak taşının çantanın dibinde zıplarken çıkardığı madeni ses duyuluyordu. Zarar görmesinden endişe ederek, elini çantadan içeri sokup, taşı bulununcaya kadar aradı. Hâlâ sıcaktı ama parıldayan kelimeler kaybolmuş, üstünde sadece ilk baştaki yazı kalmıştı:

Sır Düzen'in içinde gizli.

Langdon, kapak taşını yan ceplerden birine yerleştirirken, zarif yüzeyinin minik beyaz parçacıklarla kaplı olduğunu gördü. Şaşkınlıkla temizlemeye çalıştı, ama yapışmışlardı ve sanki plastik gibi serttiler. *Bu da ne?* Sonra taş piramidin yüzeyinin de bu beyaz noktalarla kaplanmış olduğunu gördü. Langdon tırnağıyla birini kazıyıp parmakları arasında yuvarladı.

"Balmumu mu?" diye ağzından kaçırdı.

Katherine omzunun üstünden baktı. "Ne?"

"Piramitle kapak taşının her yanında balmumu parçaları var. Anlamıyorum. Bu nereden gelmiş olabilir?"

"Çantandaki bir şeyden olabilir mi?"

"Sanmıyorum."

Köşeyi dönerlerken Katherine ön camdan yolu gösterdi ve Ajan Hartmann'a, "Burası! Geldik," dedi.

Başını kaldırıp bakan Langdon, karşıdaki garaj yolunda dönen ışıklarıyla bir güvenlik aracının park etmiş olduğunu gördü.

Malikâne oldukça göz alıcıydı. İçerideki tüm ışıklar yanıyordu ve ön kapı ardına kadar açıktı. Aceleyle geldikleri belli olan yarım düzine kadar araç, garaj yoluyla çimlerin üstüne gelişigüzel park etmişlerdi. Araçlardan bazıları hâlâ çalışır durumda ve farları açıktı. Çoğunun farı eve doğru çevrilmişti ama içlerinden çarpık duran birinin farları gözlerini alıyordu.

Ajan Hartmann, beyaz bir sedanın yanında, çimlerin üstünde durdu. Arabanın parlak renkli çıkartmasında PREFERRED GÜVENLİK ŞİRKETİ yazıyordu. Araçların dönen ışıklarıyla, gözlerine giren farlar ilk başta fark etmelerine engel olmuştu.

Katherine hemen araçtan atlayıp eve doğru koştu. Langdon fermuarını kapatmaya vakit harcamadan, çantayı omzuna astı. Çimenlerin üstünden koşarak ön kapıya doğru Katherine'in peşinden gitti. Evin içinden sesler geliyordu. Ajan Hartmann aracı kilitleyip, onları takip ederken Langdon arkasından SUV'un sesini duydu.

Katherine verandadaki merdivenleri çıkıp, ana kapıdan içeri girdi ve antrede gözden kayboldu. Onun arkasından eşiği geçen Langdon, Katherine'in giriş salonundan, ana koridorda seslerin geldiği yöne doğru ilerlediğini görebiliyordu. Onun önünde, güvenlik üniforması giymiş bir kadının koridorun sonundaki yemek odasında arkası dönük oturduğu görülüyordu.

Katherine koşarken, "Memur hanım!" diye bağırdı. "Peter Solomon nerede?"

Langdon da onun peşinden atıldı, ama bunu yaptığı sırada gözüne beklenmedik bir şey ilişti. Sol tarafındaki oturma odasının penceresinden, garaj yolu kapısının kapandığını gördü. *Tuhaf.* Gözüne başka bir şey daha ilişti... dönen ışıkların ve kör edici farların parlaklığında gözünden kaçan bir şey. Garaj yolunda gelişigüzel park etmiş olan yarım düzine kadar araç hiç de Langdon'ın sandığı polis ya da acil müdahale arabalarına benzemiyordu.

Bir Mercedes?... bir Hummer?... Bir Tesla Roadstar?

Langdon o anda evde duyulan seslerin, yemek odası tarafındaki bir televizyondan geldiğini fark etti.

Yavaş çekimde dönerek koridora doğru seslendi. "Katherine, dur!"

Ama döndüğü anda, Katherine Solomon'ın artık koşmadığını gördü. Uçuyordu.

95. BÖLÜM

Katherine Solomon düştüğünü anlıyor... ama sebebini çıkaramıyordu. Koridordan yemek odasındaki güvenlik memuruna doğru koşarken, ayağı, görünmeyen bir nesneye takılmış ve tökezleyerek ayakları yerden kesilmişti.

Şimdi yere, parke zeminin üstüne yığılmak üzereydi.

Katherine karnının üstüne düşünce, ciğerlerindeki hava aniden boşaldı. Başının üstündeki ayaklı portmanto tehlikeli biçimde sallandı ve devrilip tam yanına düştü. Soluk soluğa başını kaldırdığında, sandalyede oturan kadın güvenlik memurunun hiç kıpırdamadığını görünce şaşırdı. Bundan daha da tuhafı, yere devrilmiş portmantonun ayağına, koridorun karşı tarafına uzanan ince bir tel bağlanmıştı.

Kim, neden böyle bir şey yapsın?...

"Katherine!" Langdon, ona seslenince, Katherine dönüp baktı ve kanının donduğunu hissetti. *Robert! Tam arkanda!* Çığlık atmak istedi, ama hâlâ nefes almaya çalışıyordu. Tek yapabildiği; Langdon'ın, arkasındaki Ajan Hartmann'ın boğazını tutarak kapı eşiğinde sendelediğinden habersiz, kendisine yardım etmek için koridorda koşuşunu izlemek oldu. Uzun tornavidayı sapından tutup boynundan çekerken, kanlar Hartmann'ın ellerine fışkırdı.

Ajan ileri doğru adım atarken, saldırgan belirdi.

Tanrım... hayır!

Üzerinde, peştamale benzeyen garip bir iç çamaşırından başka bir şey olmayan iri adamın, giriş salonunda saklandığı anlaşılıyordu. Kaslı vücudu tepeden tırnağa tuhaf dövmelerle kaplanmıştı. Ön kapı kapanırken, koridorda Langdon'ın peşinden koşmaya başladı.

O sırada Ajan Hartmann yere kapaklandı. Şaşırmış görünen Langdon arkasını döndüğü sırada dövmeli adam çoktan üstüne çullanmış, sırtına bir tür alet saplıyordu. Işık parlamasına eşlik eden bir elektrik cızırtısının ar-

Kayıp Sembol

dından Katherine, Langdon'ın kaskatı kesildiğini gördü. Gözleri donarak büyüyen Langdon, öne doğru sendeleyip, felç olmuş bir halde yere yığıldı. Deri çantasının üstüne sertçe düşerken, piramit yerde yuvarlandı.

Dövmeli adam kurbanına dönüp bakmadan, doğruca Katherine'e yöneldi. Katherine yemek odasına sürünerek girerken bir sandalyeye çarptı. Bu sandalyeye yaslanmış olan kadın güvenlik memuru, sallanıp yanına yığıldı. Kadının cansız ifadesinden dehşet okunuyordu. Ağzına bir bez tıkanmıştı.

Devasa adam, Katherine'in hareket etmesine fırsat bırakmadan yanına vardı. Onu omuzlarından muazzam bir güçle yakaladı. Artık makyajsız olan yüzü son derece korkutucuydu. Adamın kasları esnerken, Katherine bez bir bebek gibi karnının üstüne çevrildiğini hissetti. Ağır bir diz sırtına yüklenince, bir an için ikiye ayrılacağını sandı. Adam, onu kollarından tutup, geriye doğru çekti.

Başı yan çevrilmiş ve yanağı halıya bastırılmış Katherine, şimdi sırtı dönük duran Langdon'ın sarsılarak titrediğini görebiliyordu. Onun arkasındaki Ajan Hartmann antrede kıpırdamadan yatıyordu.

Bileklerini soğuk metal kıstırdığında, Katherine bir telle bağlandığını anladı. Dehşetle kurtulmaya çalıştı, ama bunu yapmak ellerini fena halde acıtıyordu.

"Hareket edersen bu tel seni keser," diyen adam, inanılmaz bir hızla el bileklerini bağlayıp, ayak bileklerine geçmişti.

Katherine, ona tekme atınca, adam güçlü yumruğunu sağ kalçasının altına indirerek, bacağını etkisiz duruma getirdi. Birkaç saniye içinde ayak bilekleri de bağlanmıştı.

Katherine, "Robert!" diye seslenebildi.

Langdon koridorda, yerde inliyordu. Profesör, başının yanında yere devrilmiş taş piramitle, deri çantasının üstünde iki büklüm yatıyordu.

Katherine, saldırgana, "Piramidin şifresini çözdük!" dedi. "Sana her şeyi anlatacağım!"

"Evet anlatacaksın." Bunu söyledikten sonra bezi ölü kadının ağzından çıkarıp sert bir şekilde Katherine'in ağzına tıkadı.

Tadı ölüm gibiydi.

Robert Langdon'ın bedeni sanki kendisine ait değildi. Yanağı parkeye yaslanmış, uyuşuk ve kıpırdayamaz bir halde yatıyordu. Şok silahlarının, geçici süreyle sinir sistemine aşırı yük bindirerek kurbanı etkisiz hale getirdiğini biliyordu. Elektrikli kas/sinir sistemi etkileyici diye bilinen, yıldırım çarpması gibi bir şeydi. Hissettiği büyük acı, vücudundaki her bir moleküle nüfuz ediyordu. Zihninin odaklandığı isteğe karşın, kasları gönderdiği emre uymayı reddediyordu.

Ayağa kalk!

Yerde, felce uğramış halde yüzükoyun yatan Langdon, nefes almakta güçlük çekerken, kısa soluklar almaya çalışıyordu. Kendisine saldıran adama henüz bakamamış olsa da Ajan Hartmann'ın bir kan gölü içinde yattığını görebiliyordu. Adamla mücadele edip tartışan Katherine'in sesi şimdi, sanki adam ağzına bir şey tıkmış gibi boğuk çıkıyordu.

Ayağa kalk Robert! Ona yardım etmelisin!

Langdon'ın bacakları karıncalanıyordu. Duyumsadığı, yakıcı ve acı yüklü bir iyileşme hissiydi ama yine de bacakları işbirliği yapmıyordu. *Kıpırda!* Yüzüne ve boynuna gelen canla birlikte yeniden bedenini hissetmeye başlarken kolları seğirdi. Büyük bir çabayla, yanağını parkeye sürterek başını hareket ettirmeyi başardı. Başını döndürdüğünde yemek odasını gördü.

Langdon'ın görüş alanı, çantasından fırlayıp, yerde yan devrilen piramit yüzünden kapanmıştı. Piramidin tabanı yüzünün birkaç santim uzağındaydı.

Langdon bir an için neye baktığını anlayamadı. Önündeki kare, taş piramidin tabanıydı, ama nedense farklı görünüyordu. Çok farklı. Hâlâ kare ve hâlâ taştı... ama artık düz ve pürüzsüz değildi. Piramidin tabanı kazınmış işaretlerle doluydu. *Bu nasıl olabilir?* Birkaç dakika hayal gördüğünü sanarak bakakaldı. *Piramidin tabanına defalarca baktım... hiç işaret yoktu!*

Langdon bunun sebebini şimdi anlıyordu.

Nefes alma güdüsü zorlayınca, aniden hava yuttu. Mason Piramidi'nin hâlâ paylaşacağı sırları olduğunu fark ediyordu. *Bir başka değişime tanık oldum.*

Langdon o anda Galloway'in ricasının anlamını çözdü. *Peter'a şunu söyleyin: Mason Piramidi sırrını daima... içtenlikle korudu.* O sırada bu sözler tuhaf gelmişti ama Langdon şimdi Başrahip Galloway'in Peter'a şifreli bir mesaj gönderdiğini anlıyordu. Aynı şifre, Langdon'ın okuduğu sıradan bir gerilim romanında da kullanılmıştı.

Sin-cere.[1]

---

(1) İçtenlik

Michelangelo'dan beri heykeltıraşlar eserlerindeki kusurları, çatlakların içine sıcak balmumu sürüp, üstünü taş tozuyla kaplayarak kapatmışlardı. Bu aslında bir hileydi, bu yüzden "balmumsuz" -kelime karşılığı *sine cera*- heykellerin içtenlikle yapıldıkları düşünülürdü. Bu söz o zamandan sonra yerleşmişti. Bugün hâlâ mektupları "içtenlikle" diye bitirince, "balmumsuz" yazdığımızı ve sözlerimizin gerçek olduğunu söylüyoruz.

Piramidin tabanındaki yazılar da aynı yöntemle kapatılmıştı. Katherine kapak taşının tarifini uygulamak için piramidi *kaynatınca,* balmumu eriyerek altındaki yazıları ortaya çıkarmıştı. Oturma odasındayken ellerini piramidin üzerinde gezindiren Galloway'in, piramidin altındaki işaretleri hissettiği anlaşılıyordu.

Langdon bir anlığına, Katherine'le birlikte içinde bulundukları tehlikeyi unutmuştu. Piramidin tabanındaki inanılmaz semboller dizisine baktı. Ne anlama geldiklerine... veya neyi ortaya çıkardıklarına dair fikri yoktu ama bir şey kesindi. *Mason Piramidi'nin hâlâ anlatacak sırları var. Sekiz Franklin Meydanı son cevap değil.*

Yeni bir şifreyi daha çözerken salgıladığı adrenalin yüzünden mi, yoksa birkaç saniye daha yatmaktan mı bilinmez ama, Langdon birden vücuduna yeniden hâkim olduğunu hissetti.

Tek kolunu acıyla yana uzatıp, yemek odasını görebileceği şekilde deri çantayı önünden çekti.

Katherine'in bağlanmış olduğunu ve ağzının tıkandığını gördüğünde dehşete düştü. Dizlerinin üstüne kalkmak için kaslarını esnetti, ama hemen ardından gözlerine inanamayarak yerinde donakaldı. Yemek odasının kapı eşiğinde ürkütücü bir manzara, Langdon'ın daha önce gördüğü hiçbir şeye benzemeyen bir insan figürü duruyordu.

Tanrı aşkına bu da ne?!...

Langdon yuvarlanıp, kaçmak için bacaklarıyla tekmelemeye başladı ama dövmeli adam onu yakalayıp sırtüstü çevirdi ve göğsünün üstüne bindi. Dizlerini Langdon'ın pazularına bastırıp, onu yere çiviledi. Adamın göğsünde çift başlı bir Zümrüdüanka kuşu vardı. Boynu, yüzü ve tıraşlı başı alışılmadık bir dizi karmaşık sembollerle kaplanmıştı. Langdon bunların kara büyü ritüellerinde kullanılan mühürler olduklarını biliyordu.

Langdon daha ne olduğunu anlayamadan dev adam, onun kulaklarını ellerinin arasına aldı, başını yerden kaldırıp inanılmaz bir kuvvetle parkeye çarptı.

O an her şey karardı.

96. BÖLÜM

Koridorda duran Mal'akh etrafındaki katliamı inceledi. Evi savaş alanına dönmüştü.

Robert Langdon ayaklarının altında şuursuzca yatıyordu.

Katherine Solomon yemek odasında yerde bağlı ve ağzı tıkalıydı.

Yaslandığı sandalyeden düşerek yere yığılan kadın güvenlik memurunun cesedi yakınındaydı. Hayatını kurtarmak isteyen güvenlik memuru, Mal'akh ne dediyse onu yapmıştı. Boğazına dayanmış bir bıçakla Mal'akh'ın telefonuna cevap vermiş ve Langdon ile Katherine'i koşturarak buraya getirtecek yalanı söylemişti. *Ortağı yoktu ve Peter Solomon hiç iyi değildi.* Kadın rolünü tamamladığı anda Mal'akh onu öldürmüştü.

Mal'akh'ın evde olmadığı izlenimini tamamlamak için, arabalarından birinin araç kitinden Bellamy'yi aramıştı. Bellamy'ye ve başka her kim dinliyorsa ona, *yoldayım,* demişti. *Peter bagajda.* Aslında Mal'akh sadece garajla ön bahçe arasında araba kullanıyordu. Farları açık ve motorları çalışır durumda olan bir sürü arabasını buraya gelişigüzel park etmişti.

Aldatmaca kusursuz biçimde işe yaramıştı.

Neredeyse.

Tek pürüz, antrede boynunda tornavidayla yatan, siyahlar içindeki kanlı yığındı. Cesedin üstünü arayan Mal'akh, CIA logosu taşıyan bir telsiz ve cep telefonu bulduğunda kendi kendine güldü. *Demek onlar bile gücümün farkında.* Pillerini çıkarıp, her iki aygıtı da ağır bir bronz havanla ezdi. Yeniden Langdon'ın yanına yürüdü. Profesör kasılıp kalmıştı ve bir süre daha öyle kalacaktı. Gözleri heyecanla, profesörün açık çantasının yanında duran taş piramide kaydı. Nefesi kesildi, kalbi çarpmaya başladı.

Yıllarca bekledim...

Aşağı uzanıp, Mason Piramidi'ni kaldırırken elleri hafifçe titredi. Parmaklarını yavaşça yazıların üstünde gezdirdi, kelimelerin yaydığı umut ona huşu vermişti. Kendini daha fazla büyüsüne kaptırmadan, piramidi kapak taşıyla birlikte Langdon'ın çantasına koydu ve fermuarını kapattı.

Yakında piramidi bir araya getireceğim... çok daha güvenli bir yerde.

Çantasını omzuna attıktan sonra profesörü de sırtlamaya çalıştı ama kondüsyonlu fiziği beklediğinden daha ağırdı. Mal'akh onu koltukaltlarından tutup, yerde sürüklemeye karar verdi. Mal'akh, *gittiği yeri beğenmeyecek,* diye düşündü.

Langdon'ı sürüklerken, mutfaktaki televizyondan sesler yükseldi. Televizyondan ses gelmesi, aldatmacanın bir parçasıydı ve şimdi Mal'akh onu kapatacaktı. Kanalda, televizyon yoluyla misyonerlik yapan biri Göklerdeki Babamız duasını cemaate okutuyordu. Mal'akh hipnotize olmuş izleyicilerden kaçının bu duanın çıkış kaynağını bildiğini merak etti.

Grup makama uyarak, "...Gökte olduğu gibi yeryüzünde de..." dedi.

Mal'akh, *evet,* diye düşündü. *Aşağıdaki yukarıdakine, yukarıdaki aşağıdakine benzer.*

"... Ayartılmamıza izin verme..."

Bedenimizin zayıflıklarını terbiye etmemize yardım et.

Hepsi birden "... Kötü olandan bizi kurtar..." diye yalvardı.

Mal'akh gülümsedi. *Bu zor olabilir. Karanlık büyüyor.* Buna rağmen, denedikleri için onları takdir etti. Görünmeyen güçlerle konuşup, yardım dileyen insanların bu modern dünyada soyu tükenmekteydi.

Ayini yapanlar, "Amen!" dedikleri sırada, Mal'akh, Langdon'ı yemek odasına sürüklüyordu.

Mal'akh, *Amon,* diye düzeltti. *Dininizin beşiği Mısır'dır.* Tanrı Amon, Zeus'un... Jüpiter'in... ve Tanrı'nın tüm yeni yüzlerinin öncüsüydü. Bugüne kadar dünyadaki her din onun ismini farklı şekillerde seslendirmişti. *Amen! Amin! Aum!*

Misyoner, İncil'den alıntılar yapıp melekleri, şeytanları, cennet ve cehennemde görevli ruhların hiyerarşisini anlatmaya başladı. Onları, "Ruhlarınızı kötü güçlerden koruyun!" diye uyardı. "Kalplerinizi duayla yüceltin! Tanrı ve melekleri sizi duyacaktır!"

Mal'akh doğruyu söylediğini biliyordu. *Ama şeytanlar da duyacak.*

Mal'akh uzun zaman önce, sanat doğru biçimde uygulandığında, kişinin ruhani dünyaya giden kapıyı açabileceğini öğrenmişti. Oradaki görünmeyen güçlerin, iyi ve kötü, çeşitli biçimleri vardı. Işık olanlar şifa veriyor, koruyor ve evrene düzen getiriyordu. Karanlık olanlar tam tersi iş görüyor, yıkım ve karmaşa getiriyorlardı.

Doğru şekilde çağrıldıklarında görünmeyen güçler, kişinin dünyadaki arzusunu yerine getirmeye ikna edilebilirdi... kişiye doğaüstü güçler sunarlardı. Çağıran kişiye yapacakları yardımın karşılığında bu güçler adak isterlerdi; Işık'tan gelecekler yardımlar için dua ve övgü... Karanlık'tan gelecek yardımlar için kan dökülmesi.

Adak ne kadar büyük olursa, nakledilen güç o denli büyük olur. Mal'akh uygulamalara önemsiz hayvanların kanıyla başlamıştı. Ama geçen zamanla birlikte, adak seçimleri daha cüretkâr olmuştu. *Bu gece son adımı atacağım.*

Kıyametin geleceği uyarısını yapan vaiz, "Dikkatli olun!" diye bağırdı. "İnsan ruhunun vereceği son savaş yakında yapılacak!"

Mal'akh, *sahiden de öyle,* diye düşündü. *Ve ben en büyük savaşçısı olacağım.*

Elbette bu savaş çok, çok önceleri başlamıştı. Antik Mısır'da sanatı mükemmelleştirenler, tarihin büyük üstatları haline gelmişler, halk kitlelerinin ötesinde gelişerek, Işık'ın gerçek uygulayıcıları olmuşlardı. Yeryüzünde tanrılar gibi dolaşmışlardı. Bilgelikten payını almak için dünyanın öbür ucundan gelen adayların üyeliğe kabul edildiği büyük tapınaklar inşa etmişlerdi. Altın insanlardan bir nesil doğmuştu. Kısa bir süre için insanlık kendini yükseltip, dünyevi bağlarından kurtulacak gibi olmuştu.

Antik Gizemlerin altın çağı.

Ama etten vücuda gelen insan; kibir, nefret, sabırsızlık ve hırs günahlarına kolay aldanan bir varlıktı. Zaman içinde sanatı yozlaştıranlar, çarpıtarak, kendi çıkarları için kullananlar olmuştu. Bu çarpıtılmış şeklini karanlık güçleri çağırmak için kullanmışlardı. Böylece yeni bir sanat meydana gelmişti... Daha güçlü, hızlı ve sarhoş edici etkisi olan bir sanat.

İşte benim sanatım bu.

Büyük eserim bu.

Aydınlanmış Üstatlar ile onların ezoterik kardeşlikleri kötülüğün doğduğuna tanık olmuşlar ve insanlığın, yeni bulduğu bu bilgiyi kendi türünün iyiliği için kullanmadığını görmüşlerdi. Bu yüzden layık olmayanların ulaşmasını engellemek amacıyla bilgeliklerini saklamışlardı. Sonunda, her şey tarihin içinde kaybolup gitmişti.

Bunu Cennetten Kovuluş takip etmişti.

Ve sürekli bir karanlık.

Günümüze kadar üstatların asil torunları azimle çalışarak, Işık'ı aramış, geçmişte kaybettikleri gücü yeniden ele geçirmeye uğraşmış ve karanlığı uzak tutmaya çabalamışlardı. Onlar, yeryüzündeki tüm dinlerin

kiliselerinde, tapınaklarında ve mabetlerindeki kadın ve erkek rahiplerdi.
. Zaman hatıraları silmiş... onları geçmişlerinden ayırmıştı. Bir zamanlar
hikmetin aktığı Kaynak'tan artık haberleri yoktu. Onlara, yani imanın ye-
ni muhafızlarına atalarının ilahi gizemleri sorulduğunda bunları kâfirlik
olarak nitelendirip, şiddetle sahipsiz bırakmışlardı.

Mal'akh, *acaba gerçekten unuttular mı,* diye düşündü.

Antik sanatın tınısı, Musevilikteki mistik Kabalacılardan İslamiyette-
ki ezoterik Sufilere kadar, dünyanın her köşesinde hâlâ yankılanıyordu. İz-
lerine Hıristiyanlığın gizli ritüellerinde, Aşai Rabbani'nin Tanrı'yı yeme
ayinlerinde, azizler, melekler ve şeytanların hiyerarşisinde, ilahi ve sihirli
sözlerinde, kutsal takvimin astrolojik temellerinde, kutsama cüppelerinde
ve sonsuz hayat vaadinde rastlamak mümkündü. Şimdi bile papazlar du-
manlı buhurdanları sallayarak, kutsal çanları çalarak ve kutsal su serpişti-
rerek kötü ruhları kovuyorlardı. Hıristiyanlar hâlâ doğaüstü şeytan çıkar-
ma hünerlerini kullanıyorlardı; inanışlarındaki bu eski uygulama sadece
şeytanları kovmak için değil, aynı zamanda çağırmak için de yapılırdı.

Ve hâlâ geçmişlerini anlayamıyorlar mı?

Kilisenin gizemli geçmişi, en çok merkez üssünde belirgindi. St. Pe-
ter's Meydanı'ndaki Vatikan Şehri'nde büyük bir Mısır obeliski duruyor-
du. İsa ilk nefesini almadan bin üç yüz yıl önce yapılmıştı. Bu kutsal ve es-
rarlı abidenin ne orayla, ne de modern Hıristiyanlıkla bir ilgisi vardı. Taş
bir kule, duyulmak için haykırıyordu. Her şeyin nerede başladığını hatırla-
yan birkaç bilge için bir anıttı. Antik Gizemlerin rahminden doğan bu ki-
lisede hâlâ onun ayinleri ve sembolleri kullanılıyordu.

Hepsinin üstünde tek bir sembol.

Sunakların, cüppelerin, kulelerin ve Kutsal Kitap'ın üstünde Hıristi-
yanlığın tek bir simgesi vardı, kurban edilen, değerli bir insan. Hıristiyan-
lık, kurban vermenin dönüştürücü gücünü diğer inanışlardan çok daha iyi
anlamıştı. Şimdi bile İsa'nın yaptığı fedakârlığı yüceltmek için müritleri
oruç tutarak, büyük perhize girerek, gelirlerinden kiliseye vererek, kendi
küçük adaklarını sunuyorlardı.

Elbette bu adakların hepsi önemsiz. Kan yoksa... gerçek adak da yoktur.

Karanlığın güçleri uzun zaman boyunca kan adağını kabul etmişler-
di ve bu sayede öylesine güçlenmişlerdi ki, iyilik güçleri artık onları den-
gelemekte sıkıntı yaşıyordu. Yakında Işık tamamıyla kararacak ve karanlı-
ğın uygulayıcıları insanların zihinlerinde özgürce hareket edebileceklerdi.

97. BÖLÜM

Sato, "Sekiz Franklin Meydanı diye bir yer olmalı," diye ısrar etti. "Bir daha bak!"

Masasında oturan Nola Kaye, kulaklığını başına yerleştirdi. "Efendim, her yere baktım... D.C.'de bu adres yok."

Sato, "Ama şu anda *Bir* Franklin Meydanı'nın çatısındayım," dedi. *"Sekiz* de olmalı!"

Başkan Sato bir çatıda mı? "Bekleyin." Nola yeni bir arama başlattı. Başkan Sato'ya bilgisayar korsanından bahsetmeyi düşündü ama Sato şimdilik Sekiz Franklin Meydanı'na kilitlenmiş gibiydi. Zaten Nola tüm bilgiye sahip değildi. *Şu lanet olası sistem güvenliği nerede ki?*

Ekrana bakan Nola, "Tamam," dedi. "Sorunu anladım. Bir Franklin Meydanı binanın adı... adresi değil. Asıl adres 1301 K Sokağı."

Haber başkanın kafasını karıştırmış gibiydi. "Nola açıklamaya vaktim yok... Piramit açık bir şekilde Sekiz Franklin Meydanı adresini işaret ediyor."

Nola oturduğu yerde aniden doğruldu. *Piramit belirli bir adresi mi işaret ediyor?*

Sato, "Yazıda, 'Sır Düzen'in içinde gizli- Sekiz Franklin Meydanı' diyor," diye devam etti.

Nola pek anlam veremiyordu. "Düzen dediği... mason veya kardeşlik tarikatleri gibi bir şey mi?"

Sato, "Öyle sanıyorum," diye yanıt verdi.

Nola bir süre düşündükten sonra yeniden klavyeyi tuşlamaya başladı. "Efendim, meydandaki sokak numaraları geçen yıllar içinde değişmiş olabilir mi? Yani, eğer bu piramit efsanede iddia edildiği kadar eskiyse, belki de piramit yapıldığı sırada Franklin Meydanı'ndaki numaralar farklıydı. Sekiz sayısını içermeden 'düzen' ve 'Franklin Meydanı' ve 'Washington D.C.' yazarak yeni bir arama başlatıyorum... Bu şekilde bir fikir edinebiliriz tabii eğer..." Arama sonuçları belirirken, cümlesini yarıda kesti.

Kayıp Sembol

Sato, "Ne buldun?" diye sordu.

Nola listedeki ilk sonuca baktı. Mısır'daki Büyük Piramit'in hayranlık uyandırıcı bir resmi, Franklin Meydanı'ndaki bir binaya ayrılan web sitesi anasayfasının arka planını oluşturuyordu. Bu bina meydandaki diğerlerine hiç benzemiyordu.

Veya bu açıdan şehirdeki başka hiçbir binaya da benzemediği söylenebilirdi.

Nola'nın donup kalmasına neden olan binanın acayip mimarisi değil, *amacının* açıklamasıydı. Web sitesine göre, bu alışılmadık yapı; eski bir gizli tarikat tarafından... ve yine bu tarikat için... kutsal bir mabet olarak inşa edilmişti.

98. BÖLÜM

Robert Langdon korkunç bir başağrısıyla kendine gelmeye başlamıştı. *Neredeyim?*

Her neredeyse, etraf karanlıktı. Zifiri bir karanlık ve ölüm sessizliği... Kolları iki yanında, sırtüstü yatıyordu. Aklı karışmış bir halde el ve ayak parmaklarını hareket ettirmeye çalıştı ve ağrımadan hareket ettiklerini anlamak onu rahatlattı. *Neler oldu?* Başağrısı ve mutlak karanlık dışında, her şey normale benziyordu.

Neredeyse her şey...

Langdon, fazlasıyla düzgün, cam gibi sert bir yüzeyin üstünde yattığını fark etti. Ama bundan daha da garibi, muntazam yüzey çıplak teniyle; omuzları, sırtı, uylukları, kalçası, baldırlarıyla doğrudan temas halindeydi. *Çıplak mıyım?* Şaşkınlıkla ellerini vücudunda gezdirdi.

Tanrım! Kıyafetlerim nerede?

Sis perdesi karanlığın içinde dağılmaya başlayınca hatırladıkları Langdon'ın gözünün önünden geçti... korkutucu fotoğraf kareleri... ölü bir CIA ajanı... dövmeli bir canavarın yüzü... başının yere çarpması. Resimler hızla akmaya başladı... şimdi Katherine Solomon'ın yemek odasında bağlanmış ve ağzı tıkanmış görüntüsünü mide bulantısıyla hatırlıyordu.

Tanrım!

Langdon dikilip oturmaya kalkıştı, ama bunu yaparken, alnı birkaç santim üstünde duran bir şeye çarptı. Kafatasına acı dalgası yayılırken, bilincini kaybeder gibi oldu ve geri düştü. Sersemlemiş bir halde ellerini uzatıp, karanlıkta engelin ne olduğunu bulmak için yokladı. Bulduğu şey ona anlam ifade etmedi. Bu odanın tavanı otuz santimden daha alçak gibiydi. *Neresi burası?* Dönmek için kollarını açtığında, iki eli birden yan duvarlara çarptı.

Şimdi gerçeği kavramaya başlıyordu. Robert Langdon bir odada değildi.

Bir kutunun içindeyim!

Kayıp Sembol

Tabut benzeri küçük kutuya, var gücüyle yumruklarıyla vurmaya başladı. Üst üste defalarca, yardım isteyerek bağırdı. Onu saran dehşet, her geçen saniye artarak sonunda dayanılmaz seviyeye geldi.

Canlıyken gömüldüm.

Çılgın bir panik içinde, kolları ve bacaklarıyla tüm gücünü vererek ittiği halde tuhaf tabutun kapağı yerinden kımıldamadı. Tek anlayabildiği kutunun fiberglastan yapıldığıydı. Hava geçirmiyor, ses geçirmiyor, ışık geçirmiyor, içinden çıkılmıyordu.

Bu kutunun içinde boğularak öleceğim.

Küçükken düştüğü derin kuyuyu ve dipsiz çukurun karanlığında suyla mücadele ederek geçirdiği korkunç geceyi hatırladı. Yaşadığı bu travma Langdon'ın psikolojisini etkileyerek, kapalı yerlerde kalma korkusuyla yaşamasına yol açmıştı.

Bu gece canlıyken gömülen Robert Langdon, en büyük kâbusunu yaşıyordu.

Mal'akh'ın yemek odasındaki Katherine Solomon, yerde sessizce titredi. Teller el ve ayak bileklerini kesmişti. En ufak bir hareketiyle bağlar sanki daha da sıkılaşıyordu.

Dövmeli adam Langdon'a vahşice saldırıp onu bayıltmış, baygın vücudunu deri çanta ve taş piramitle birlikte yerde sürüklemişti. Katherine nereye gittiklerini bilmiyordu. Kendilerine eşlik eden ajan ölmüştü. Dakikalardır tek bir ses duymuyor, Langdon ile dövmeli adamın hâlâ evde olduklarından şüphe ediyordu. Yardım istemek için çığlık atmaya çalışıyor, ama bunu her denediğinde ağzındaki tıkaç nefes borusuna tehlikeli biçimde yaklaşıyordu.

Yerde yaklaşan ayak seslerini duyunca, birisinin yardıma geldiği ümidiyle başını çevirdi. Onu yakalayan kişinin dev silueti kapı eşiğinde belirdi. On yıl önce ailesinin evindeki görüntüsünü hatırlayınca Katherine ürküp geri çekildi.

Ailemi öldürdü.

Adam şimdi ona doğru yürüyordu. Langdon ortalarda yoktu. Adam çömelip, onu belinden kavradı ve kaba bir şekilde omzuna attı. Tel bileklerini keserken, ağzındaki tıkaç acı dolu çığlıklarını bastırdı. Onu koridordan, daha bugün birlikte sakince çay içtikleri oturma odasına doğru götürdü.

Beni nereye götürüyor?!

Katherine'i oturma odasından geçirirken, akşamüstü hayranlıkla baktığı *Üç Güzeller* yağlıboya tablosunun önünde durdu.

Dudakları Katherine'in kulaklarına değen adam, "Bu resmi beğendiğini söylemiştin," diye fısıldadı. "Memnun oldum. Gördüğün son güzellik bu olabilir."

Bunu söyledikten sonra, uzanıp avuç içini dev çerçevenin sağ kenarına bastırdı. Katherine'in şaşkın bakışları altında, resim adeta döner bir kapı gibi duvarın içine doğru çevrildi. *Gizli bir geçit.*

Katherine kıvranarak kurtulmaya çalıştı ama adam onu sıkıca tutarak, tablonun arkasındaki açıklığa taşıdı. *Üç Güzeller* arkalarından dönerek kapanırken, Katherine tablonun arkasındaki yoğun yalıtımı gördü. Anlaşılan, burada çıkan seslerin dış dünyadan duyulmaması gerekiyordu.

Tablonun arkası, odadan çok bir koridora benziyordu. Adam onu koridorun sonuna kadar taşıyıp, ağır bir kapıyı açtı ve buradan küçük bir sahanlığa geçirdi. Katherine, bodruma inen dar bir rampadan aşağı bakıyordu. Çığlık atmak için önce nefes aldı ama tıkaç onu boğuyordu.

İniş dik ve dardı. İki yandaki beton duvarlar, aşağıdan yayılan mavimsi bir ışıkla renklenmişti. Yukarı doğru yükselen, kokuların ürkütücü bir karışımıyla yüklü hava; kimyasalların sert ısırığı, tütsünün yumuşak sakinliği, insan terinin topraksı kokusu ve hepsini bastıran hayvani bir korku atmosferiyle... sıcak ve keskindi.

Rampanın sonuna geldiklerinde adam, "Uğraştığın bilim beni etkiledi," diye fısıldadı. "Umarım *benimki* de seni etkiler."

99. BÖLÜM

CIA ajanı Turner Simkins, bakışlarını Warren Bellamy'den ayırmadan Franklin Meydanı'nın karanlığında çömeldi. Henüz yemi yutan olmamıştı ama daha erkendi.

Simkins'in telsizinden ses gelince, adamlarından birinin bir şey yakaladığı ümidiyle cevap verdi. Ama telsizdeki Sato'ydu. Yeni bilgiler almıştı. Onu dinleyen Simkins, endişesine hak verdi. "Bekleyin," dedi. "Bakalım bir şey görecek miyim?" Saklandığı çalıların arasından sürünüp, meydana girdiği yöne doğru baktı. Biraz kıpırdadıktan sonra sonunda görebiliyordu.

Lanet olsun.

Cami benzeri bir binaya bakıyordu. Daha büyük iki binanın arasındaki Mağribi cephe, çok renkli desenlerin arasına döşenmiş toprak rengi parlak karolardan yapılmıştı. Üç büyük kapının üstündeki, iki dizi kavisli dar pencereden, davetsiz yaklaşanlara ateş açacak Arap okçular her an fırlayacak gibiydi.

Simkins, "Görüyorum," dedi.

"Hareket var mı?"

"Yok."

"Güzel. Pozisyonu değiştirip, orayı dikkatle gözetlemeni istiyorum. İsmi Almas Tapınağı[1] ve mistik bir tarikatın genel merkezi."

Simkins, D.C. bölgesinde uzun süredir çalışmasına rağmen, daha önce ne bu tapınağın ismini, ne de Franklin Meydanı'nda genel merkezi bulunan mistik bir tarikatı duymuştu.

Sato, "Bu bina, Mistik Tapınağın Soylularının Kadim Arabi Tarikatı adlı bir gruba ait," dedi.

"Hiç duymadım."

---

[1] Almas Shrine Temple

Sato, "Duyduğunu düşünüyorum," dedi. "Daha çok Shriners ismiyle bilinen, masonlarla bağlantılı bir topluluk."

Simkins süslemeli binaya şüpheyle baktı. *Shriners mı? Çocuklar için hastaneler yaptıran adamlar mı?* Kırmızı fesler giyip, geçit törenlerinde yürüyen hayırsever bir kardeşlikten daha zararsız bir 'tarikat' düşünemiyordu. Buna karşın Sato hâlâ kaygılıydı.

"Efendim, eğer hedefimiz bu binanın Franklin Meydanı'ndaki tarikat olduğunu fark ederse, adrese gerek duymayacaktır. Randevuyu es geçip, doğruca bu yere gidecektir."

"Ben de aynen öyle düşünüyorum. Gözünü girişten ayırma."

"Peki efendim."

"Ajan Hartmann, Kalorama Heights'tan haber verdi mi?"

"Hayır efendim. Size telefon açmasını istemiştiniz."

"Evet, aramadı."

Saatine bakan Simkins, *tuhaf,* diye düşündü. *Geç kalmış.*

100. BÖLÜM

Robert Langdon zifiri karanlıkta çıplak ve tek başına, titreyerek yatıyordu. Korku, kaslarını felce uğrattığından, artık ne yumrukluyor, ne de bağırıyordu. Bunun yerine gözlerini kapatıp, gümbürdeyen kalbiyle paniklemiş nefesini kontrol etmek için elinden geleni yapıyordu. Kendini, *geceleyin, büyük gökyüzünün altında yatıyorsun,* diye telkin etmeye çalıştı. *Üstünde kilometrelerce açık alandan başka hiçbir şey yok.* Kapalı MRI makinesinde kalmaya ancak bu sakinleştirici hayal ve üç doz Valium'la dayanabiliyordu. Ama bu gece, kurduğu hayalin nedense hiç etkisi olmuyordu.

Katherine Solomon'ın ağzını tıkayan bez geri kaçmış, onu boğuyordu. Onu esir alan adamın omzunda dar bir rampadan, bodrumdaki karanlık koridora inmişlerdi. Koridorun sonunda, ürkütücü bir kırmızımsı mor ışığın aydınlattığı bir oda olduğunu gördü, ama oraya kadar gitmediler. Adam yan taraftaki küçük bir odada durup onu içeri taşıdı ve ahşap bir iskemleye oturttu. Bağlı ellerini, hiç kıpırdatamaması için iskemlenin arkasına aldı.

Katherine bileklerindeki tellerin daha da derin kesikler açtığını hissediyordu. Nefes alamamanın yarattığı panik yüzünden acıyı pek hissetmiyordu. Boğazının iyice gerisine kaçan bez yüzünden içgüdüsel olarak öğürüyordu. Görüşü daralmaya başladı.

Arkasındaki dövmeli adam kapıyı kapatıp ışığı açtı. Artık Katherine'in gözleri iyice sulandığından, hemen yakınındaki nesneleri bile ayırt edemiyordu. Her şey bulanıklaşmıştı.

Önünde, şekli bozulmuş renkli bir vücut belirdi. Katherine bayılmanın eşiğindeyken, gözlerinin seğirdiğini hissetti. Pullarla kaplı bir kol uzanıp, ağzındaki bezi çekti.

Derin soluklar alan Katherine'in ciğerlerine hava dolarken bir öksürüyor, bir nefesi kesiliyordu. Görüşü yavaşça berraklaşmaya başlayınca kendini şeytanın yüzüne bakarken buldu. Bu görüntü insan sayılmazdı. Boynunu, yüzünü ve tıraşlı başını garip sembollerden oluşan dövmelerle örtmüştü. Başının tepesindeki ufak bir daire hariç, vücudunun her bir noktası dövmelerle iş-lenmişti. Göğsündeki çift başlı Zümrüdüanka kuşu, göğüs uçlarından oluşan gözleriyle ölümünü sabırla bekleyen aç bir akbaba gibi bakıyordu.

Adam, "Ağzını aç," diye fısıldadı.

Katherine canavara tiksinerek baktı. *Ne?*

Adam, "Ağzını aç," diye yineledi. "Yoksa bez geri gelir."

Katherine titreyerek ağzını açtı. Adam kalın, dövmeli işaretparmağı-nı dudaklarının arasına soktu. Diline dokunduğunda Katherine kusacağını sandı. Adam ıslak parmağını çıkarıp, tıraşlı başının tepesine götürdü. Göz-lerini kapatıp, tükürüğü derisindeki dövme yapılmamış daireye sürdü.

Görmek istemeyen Katherine başını çevirdi.

Oturduğu yer bir tür kazan dairesine benziyordu; duvarlarda borular, guruldayan sesler ve floresan ışıklar vardı. Etrafına henüz iyice bakamamış-tı, ama gözleri yanında, yerde duran bir şeye takıldı. Bir kıyafet yığını var-dı; balıkçı yaka kazak, tüvit spor ceket, mokasenler, Mickey Mouse saat.

"Tanrım!" Önünde duran dövmeli hayvana döndü. "Robert'a ne yaptın?"

Adam, "Şş," diye fısıldadı. "Yoksa seni duyar." Yan tarafa adım atıp, arkasını işaret etti.

Langdon orada yoktu. Katherine'in tek görebildiği; devasa, siyah bir fiberglas kutuydu. Rahatsız edici bir şekilde, savaştan eve gönderilen ce-setlerin konulduğu ağır sandıklara benziyordu. Kocaman iki mandalla, sandık sıkıca kapatılmıştı.

Katherine, "Onun *içinde* mi?" dedi. "Ama... boğulacak!"

Adam, "Hayır, boğulmayacak," derken, duvardan sandığın alt kısmı-na ilerleyen şeffaf boruları gösterdi. "Ama boğulmak için dua edecek."

Kesif karanlıktaki Langdon, dış dünyadan gelen seslerin boğuk titre-şimlerini dinledi. *Sesler?* Sandığı yumruklayıp, var gücüyle bağırmaya başladı. "İmdat! Kimse duyuyor mu?!"

Uzaklardan, kısık bir ses duyuldu. "Robert! Tanrım, hayır! HAYIR!"

Bu sesi tanıyordu. Katherine'di ve korkmuştu. Buna rağmen, sesi duyduğuna memnun oldu. Ona seslenmek için derin bir nefes aldı ama boynunun arkasında beklenmedik bir şey hissedince aniden durdu. Kutu-nun altından hafif bir esinti geliyor gibiydi. *Bu olabilir mi?* Tam olarak an-lamak için kıpırdamadan durdu. *Evet, kesinlikle.* Ensesindeki tüylerin ha-vanın hareketiyle kıpırdadığını hissedebiliyordu.

Langdon hemen sandığın alt kısmında havanın geldiği yeri aramaya başladı ve kısa sürede buldu. *Minik bir havalandırma var!* Küçük açıklık, lavaboların gider deliği gibiydi ama buradan yukarı doğru yumuşak ve sürekli bir esinti geliyordu.

İçeri hava pompalıyor. Boğulmamı istemiyor.

Bu rahatlık kısa sürdü. Şimdi havalandırmadaki delikten korkunç bir ses geliyordu. Akan sıvının şüpheye yer bırakmayan lıkırtısı... ve ona doğru geliyordu.

Katherine, borulardan birinden Langdon'ın sandığına doğru ilerleyen berrak sıvıya şaşkınlık içinde baktı. Manzara, sapık bir sihirbazın sahne gösterilerini andırıyordu.

Sandığa su mu pompalıyor?

Tellerin, bileklerini derinden kesmesine aldırış etmeyen Katherine, bağlarına asıldı. Tek yapabildiği panik içinde bakmaktı. Langdon'ın çaresizlikle yumrukladığını duyabiliyordu, ama su kutunun alt kısmına ulaştığında yumruklama kesildi. Ürkütücü bir sessizlik anı oldu. Ardından yumruklama yeni bir çaresizlikle tekrar başladı.

Katherine, "Onu çıkar!" diye yalvardı. "Lütfen! Bunu yapamazsın!"

"Bilirsin, boğulmak korkunç bir ölümdür." Adam daireler çizerken sakin bir sesle konuşuyordu. "Asistanın Trish, sana nasıl olduğunu anlatabilir."

Katherine söylediklerini duymuştu ama anlamakta güçlük çekiyordu.

Adam, "Benim de bir zamanlar neredeyse boğulduğumu hatırlarsın," diye fısıldadı. "Ailenin Potomac'taki malikânesinde olmuştu. Ağabeyin beni vurdu ve Zach'in köprüsünden buzların üstüne düştüm."

Katherine nefret dolu gözlerle ona baktı. *Annemi öldürdüğün gece.*

"O akşam tanrılar beni korudu," dedi. "Ve içlerinden biri olmam için... bana yol gösterdiler."

Langdon'ın başının altından kutuya dolan su sıcaktı... vücut ısısındaydı. Sıvı şimdiden birkaç santim yükselmiş ve çıplak vücudunun arka tarafını tamamen içine almıştı. Göğüskafesinden yukarı tırmanırken, Langdon acı gerçeğin hızla yaklaştığını hissetti.

Öleceğim.

Yeni bir panikle kollarını kaldırdı ve yeniden çılgınca yumruklamaya başladı.

101. BÖLÜM

Katherine ağlayarak, "Onu dışarı çıkarmalısın!" diye yalvardı. "Ne istersen yapacağız!" Sular sandığın içine dolarken Langdon'ın daha da şiddetli yumrukladığını duyabiliyordu.

Dövmeli adam, gülümsedi. "Sen ağabeyinden daha kolaysın. Sırlarını bana anlatması için Peter'a yapmak zorunda kaldıklarım..."

Katherine, "O nerede?" diye sordu. "Peter nerede?! Söyle bana! Ne istiyorsan onu yaptık! Piramidi çözdük ve..."

"Hayır, piramidi *çözmediniz*. Oyun oynadınız. Bilgiyi benden saklayıp, evime bir hükümet ajanı getirdiniz. Bu davranışı ödüllendireceğimi sanmıyorum."

Hıçkırıklara boğulan Katherine, "Başka seçeneğimiz yoktu," dedi. "CIA seni arıyor. Yanımıza bir ajan verdiler. Sana her şeyi anlatacağım. Robert'ı çıkart!" Katherine, Langdon'ın sandığın içinde bağırıp, yumrukladığını duyabiliyor ve suyun borunun içinden akmaya devam ettiğini görebiliyordu. Fazla vakti olmadığının farkındaydı.

Önünde duran dövmeli adam, çenesini okşayarak sakin bir tonla konuşuyordu. "Herhalde Franklin Meydanı'nda beni bekleyen ajanlar vardır, öyle değil mi?"

Katherine hiçbir şey söylemeyince adam iri ellerini onun omuzlarına koyup, yavaşça kendine doğru çekti. Kolları hâlâ sandalyenin arkasında tellerle bağlı olduğundan, kadının omuzları gerilirken, kopacakmış gibi acıyla yandı.

Katherine, "Evet!" dedi. "Franklin Meydanı'nda ajanlar var!"

Adam, onu daha kuvvetli çekti. "Kapak taşındaki adres ne?"

Bileklerindeki ve omuzlarındaki ağrı dayanılmazdı ama Katherine bir şey söylemedi.

"Şimdi de söyleyebilirsin Katherine veya kollarını kırar tekrar sorarım."

Acıyla soluk alırken, "Sekiz!" dedi. "Eksik sayı *sekiz!* Kapak taşında: 'Sır Düzen'in içinde saklı - Sekiz Franklin Meydanı!' yazıyor. Yemin ederim. Sana başka ne söyleyeceğimi bilmiyorum! *Sekiz* Franklin Meydanı!"

Adam omuzlarını bırakmıyordu.

Katherine, "Tüm bildiğim bu!" dedi. "Adres bu! Beni bırak! Robert'ı o hücreden çıkart!"

Adam, "Yapardım..." dedi. "Ama bir sorun var. Yakalanmadan Sekiz Franklin Meydanı'na gidemem. Bana o adreste ne olduğunu söyle."

"Bilmiyorum!"

"Peki piramidin tabanındaki sembol ne? Alt kısmındaki? Anlamını biliyor musun?"

"Tabanda ne *sembolü* var?" Katherine onun neden bahsettiğini bilmiyordu. "Tabanda sembol falan yok. Dümdüz, boş taş!"

Tabut benzeri sandıktan gelen boğuk imdat çağrılarına alıştığı anlaşılan dövmeli adam, sakince Langdon'ın çantasının yanına gidip, piramidi çıkardı. Sonra Katherine'in yanına dönüp, tabanını görebilmesi için tam gözünün önünde tuttu.

Katherine kazınmış sembolleri görünce, hayretle soluğunu yuttu.

Ama... bu imkânsız!

Piramidin tüm tabanı karmakarışık oymalarla doluydu. *Orada daha önce hiçbir şey yoktu! Buna eminim!* Bu sembollerin ne anlama gelebileceğine dair hiçbir fikri yoktu. Her türlü mistik geleneği kapsıyor gibiydiler. Katherine içlerinden pek çoğunu tanımıyordu bile.

Tam bir karmaşa.

"Bunun ne anlama geldiğini... bilmiyorum."

Adam, "Ben de," dedi. "Neyse ki elimizde bir uzman var." Sandığa bir göz attı. "Ona soralım, olmaz mı?" Piramidi sandığın yanına taşıdı.

Katherine kısa süren bir ümitle, kapağın kilidini açacağını sandı. Ama adam sakince kutunun üstüne oturup, yan taraftaki küçük bir paneli kaydırdı ve sandığın üstündeki pleksiglas pencereyi ortaya çıkardı.

Işık!

Langdon gözlerini kısarak yukarıdan gelen ışık hüzmesine baktı. Gözleri ışığa alışınca, ümidi yerini akıl karışıklığına bıraktı. Sandığın üst kısmındaki pencere gibi bir şeye bakıyordu. Bu pencereden beyaz tavanı ve floresan ışığını gördü.

Aniden dövmeli yüz üstünde belirip, ona yukarıdan baktı.

Langdon, "Katherine nerede?" diye bağırdı. "Çıkar beni!"

Adam gülümsedi. "Arkadaşın Katherine burada, benimle," dedi. "Onun hayatını kurtaracak güç bende. Seninkini de öyle. Ama senin vaktin kısıtlı, bu yüzden dikkatle dinlemeni öneririm."

Langdon, onu camın arkasından güçlükle duyabiliyordu. Göğsüne yaklaşan su, biraz daha yükselmişti.

Adam, "Piramidin tabanında semboller olduğunun farkında mısın?" diye sordu.

Yukarıdayken yerde yatan piramidin tabanındaki semboller dizisini görmüş olan Langdon, "Evet!" diye bağırdı. "Ama ne oldukları hakkında fikrim yok! Sekiz Franklin Meydanı'na gitmelisin! Cevap orada! Kapak taşında..."

"Profesör, CIA'in orada beni beklediğini ikimiz de biliyoruz. Tuzağa düşmeye hiç niyetim yok. Ayrıca, zaten sokak numarası da gerekmiyor. O meydanda uygun olabilecek tek bir bina var, o da Almas Shrine Temple." Bakışlarını Langdon'a indirip sustu. "Mistik Tapınağın Soylularının Kadim Arabi Tarikatı."

Langdon'ın aklı karışmıştı. Almas Shrine Temple'ı biliyordu ama Franklin Meydanı'nda olduğunu unutmuştu. *'Düzen' den kasıt 'Shriners' mıydı? Tapınakları, gizli bir merdivenin üstünde mi duruyor?* Tarihi açıdan hiç anlam ifade etmiyordu ama Langdon şu anda tarihi tartışabilecek bir durumda değildi. "Evet!" diye bağırdı. "Orası olmalı! Sır Düzen'in içinde gizli!"

"O binayı biliyor musun?"

"Kesinlikle!" Langdon kulaklarını yükselen suyun üstünde tutmak için zonklayan başını kaldırdı. "Sana yardım edebilirim! Çıkar beni!"

"Yani piramidin tabanındaki sembollerle bu binanın ne ilgisi olduğunu bana söyleyebilir misin?"

"Evet! Bırak sembollere bakayım!"

"Çok iyi o zaman. Bakalım ne bulacaksın!"

Acele et! Sıcak sıvı etrafında yükselirken, Langdon adamın kilidi açacağı beklentisiyle kapağı yukarı itti. *Lütfen! Çabuk!* Ama kapak açılmadı. Bunun yerine piramidin tabanı pleksiglas pencerede belirdi.

Langdon panik içinde baktı.

"Herhalde buradan yeterince yakındır?" Adam piramidi dövmeli elleriyle tutuyordu. "Hızlı düşün profesör. Tahminimce altmış saniyeden az vaktin var."

102. BÖLÜM

Robert Langdon, köşeye sıkıştırılan bir hayvanın mucizevi bir güç gösterebileceğini hep duyardı. Ama sandığı alttan var gücüyle ittirdiğinde, hiçbir şey yerinden kıpırdamadı. Etrafındaki sıvı yükselmeye devam ediyordu. Nefes almak için yirmi santimden az bir yer kaldığından, başını kalan hava boşluğuna kaldırmıştı. Şimdi pleksiglas pencereyle yüz yüzeydi. Gözleri ile taş piramidin tabanı arasında ise birkaç santimlik mesafe vardı.

Bunun ne anlama geldiğini bilmiyorum.

Mason Piramidi'nin, sertleştirilmiş balmumu ve taş tozunun altında yüz yılı aşkın bir süredir gizlenen son yazısı artık ortaya çıkmıştı. Akla gelebilecek her türlü geleneğin -simya, astroloji, hanedanlık, semavi dinler, sihir, sayılar, mühür, Yunan, Latin- sembollerinden oluşan mükemmel kare bir tabloydu. Sonuç olarak, bu bir sembol karmaşasıydı; harfleri düzinelerce farklı dil, kültür ve zaman diliminden gelen, bir kâse alfabe çorbasıydı.

Tam bir karmaşa.

Kayıp Sembol

Simgebilim Profesörü Robert Langdon, yaptığı en çılgın akademik yorumlarda bile, sembollerden oluşan bu karenin anlam verecek şekilde nasıl deşifre edileceğini bulamazdı. *Karmaşanın içinden çıkan Düzen mi? İmkânsız.*

Sıvı şimdi ademelmasına gelmişti ve Langdon, kapıldığı dehşet seviyesinin sıvıyla birlikte yükseldiğini hissedebiliyordu. Sandığa vurmaya devam etti. Piramit alay edercesine ona bakıyordu.

Langdon ümitsizlik içinde, zihin enerjisinin her bir zerresini sembolerden oluşan dama tahtasına yoğunlaştırdı. *Bunlar ne anlama gelebilirler?* Maalesef, karışım birbiriyle öylesine uyumsuzdu ki, nereden başlayacağını bilemiyordu. *Tarihin aynı dönemlerine bile ait değiller!*

Katherine'in, kutunun dışından gelen boğuk fakat anlaşılır sesini duyabiliyordu. Kadın, Langdon'ı serbest bırakması için ağlayarak yalvarıyordu. Çözüm yolu bulamamasına karşın, yaklaşan ölüm, vücudundaki her bir hücrenin cevabı bulmak için çalışmasına neden olmuş gibiydi. Daha önce hiç deneyimlemediği tuhaf bir şekilde, zihninin açıldığını hissetti. *Düşün!* Tabloya dikkatle bakıp, ipucu aradı -bir desen, gizli bir kelime, özel bir simge, herhangi bir şey- ama gördüğü, birbiriyle ilgisiz sembollerden oluşan bir tabloydu. *Karmaşa.*

Langdon her geçen saniye, vücuduna ürkütücü bir uyuşukluğun hâkim olduğunu hissediyordu. Sanki bedeni, zihnini ölüm acısından korumaya hazırlanıyordu. Su artık kulaklarına dolmak üzereydi. Başını olabildiğince yukarı kaldırarak, sandığın kapağına dayadı. Gözünün önünden korkutucu sahneler geçmeye başlamıştı. New England'da bir oğlan çocuğu karanlık bir kuyunun dibinde suyla cebelleşiyordu. Roma'daki bir adam, ters çevrilmiş bir tabutun içinde iskeletin altında kalmıştı.

Katherine'in haykırışları gittikçe artıyordu. Duyabildiği kadarıyla, deli bir adamı ikna etmeye çalışarak, Langdon'ın Almas Shrine Temple'a gitmeden piramidi deşifre edemeyeceği konusunda ısrar ediyordu. "Belli ki bulmacanın eksik parçası o binada! Tüm bilgiye sahip olmadan Robert piramidi nasıl deşifre edebilir?"

Langdon, onun çabalarını takdir ediyordu ama, "Sekiz Franklin Meydanı'nın" Almas Shrine Temple'ı işaret etmediğinden emindi. *Zaman çizelgesi baştan aşağı yanlış.* Efsaneye göre Mason Piramidi, 1800'lerin ortalarında, Shriners'dan on yıllar önce yapılmıştı. Aslında Langdon o zamanlar buraya Franklin Meydanı dendiğini de sanmıyordu. Kapak taşı, var olmayan bir adresteki, inşa edilmemiş bir binayı gösteriyor olamazdı. "Sekiz Franklin Meydanı" her ne ise... 1850'de var olmak zorundaydı.

Ne yazık ki Langdon hiçbir şey bulamıyordu.

Zaman çizelgesine uyacak herhangi bir şey bulabilmek için hafızasını yokladı. *Sekiz Franklin Meydanı? 1850'de var olan bir şey.* Hiçbir sonuca varamadı. Su artık kulaklarından içeri sızıyordu. Korkusuyla mücadele ederek, camdaki sembol tablosuna baktı. *Aradaki bağlantıyı anlamıyorum!* Telaştan çıldırmak üzere olan zihni, bulabildiği uzak yakın tüm benzerlikleri dökmeye başladı.

Sekiz Franklin Meydanı...[1] *Sekiz Franklin Karesi... kareler... sembol tablosu bir kare... kare ve pusula mason sembolleridir... Masonik sunaklar karedir... karelerin doksan derecelik açıları vardır.* Su yükselmeye devam ediyordu ama Langdon bu düşünceyi aklından uzaklaştırdı. *Franklin kelimesinde sekiz harf var... 8 yan yatırıldığında sonsuzluk sembolüdür... sekiz numerolojide yok etmenin sayısıdır...*

Langdon'ın hiçbir fikri yoktu.

Kutunun dışındaki Katherine hâlâ yalvarıyordu, ama artık sular başının etrafında çalkalandığı için Langdon konuşmasını kesik kesik duyuyordu.

"... bilmeden imkânsız... kapak taşının mesajı açıkça... sır... içinde gizli..."

Sonra sesi kesildi.

Langdon'ın kulaklarından içeri akan su, Katherine'in son sözlerini boğmuştu. Anne karnı gibi bir sessizlik etrafını kaplayınca, gerçekten öleceğini anladı.

Sır... içinde gizli...

Katherine'in son sözleri mezarının sessizliğinde yankılandı.

Sır... içinde gizli.

Langdon tuhaf bir şekilde, bu kelimeleri daha önce defalarca duyduğunu fark etti.

Sır... içinde gizli.

---

(1) İngilizcede meydan anlamına gelen "square" sözcüğü, aynı zamanda kare anlamında da kullanılmaktadır.

Kayıp Sembol

Şimdi bile Antik Gizemler onunla alay eder gibiydi. "Sır... içinde gizli." İnsanların Tanrı'yı göklerde değil... kendi içinde araması gerektiğini söyleyen gizemlerin temel öğretisiydi. *Sır... içinde gizli.* Tüm büyük mistik öğretmenlerin verdiği mesaj buydu.

Mesih İsa, *Tanrı'nın krallığı içinizdedir,* demişti.

Pisagor, *kendinizi tanıyın,* demişti.

Hermes Trismegistus, *sizler tanrı olduğunuzu bilmez misiniz,* demişti.

Liste böylece uzayıp gidiyordu.

Tüm çağların mistik öğretileri bu fikri iletmeye çalışmışlardı. *Sır... içinde gizli.* Buna rağmen insanlar, Tanrı'yı görebilmek için yüzlerini gökyüzüne çevirmişlerdi.

Langdon için bu farkındalık, büyük bir kinaye haline gelmişti. Kendinden önceki bütün körler gibi gözünü gökyüzüne dikmiş olan Robert Langdon, birden ışığı gördü.

Onu adeta yıldırım gibi çarpmıştı.

Sır

Düzen'in içinde gizli

Sekiz Franklin Karesi

Bir anda her şeyi anladı.

Kapak taşındaki mesaj netleşti. Taşıdığı anlam, gece boyunca karşısında durmuştu. Kapak taşındaki metin, tıpkı piramidin kendisi gibi bir bireşim -parçalanmış şifre-, parçalar halinde yazılmış bir mesajdı. Anlamı o kadar basit bir tarzda saklanmıştı ki, Katherine ile bunu fark edemediklerine inanamıyordu.

Ama bundan daha da şaşırtıcı olanı, kapak taşındaki mesajın *gerçekten de* piramidin tabanındaki sembol tablosunun nasıl çözüleceğini anlatmasıydı. Çok basitti. Tıpkı Peter Solomon'ın söylediği gibi; altın kapak taşı, karmaşanın içinden düzen çıkaracak güçlü bir tılsımdı.

Langdon kapağa vurup bağırmaya başladı. "Biliyorum! Biliyorum!"

Üstünde duran taş piramit uzaklaşırken onun yerinde beliren dövmeli bir yüz küçük pencereden doğruca ona baktı.

Langdon, "Çözdüm!" diye bağırdı. "Çıkar beni!"

Dövmeli adam konuşurken, Langdon'ın suyun altındaki kulakları hiçbir şey duymadı. Ama gözleri, adamın dudaklarının iki kelimeyi söylediğini gördü. *"Söyle bana."*

Su neredeyse gözlerine kadar gelen Langdon, "Söyleyeceğim!" dedi. "Çıkar beni! Her şeyi açıklayacağım!" *Çok basit.*

Adamın dudakları bir kez daha hareket etti. *"Ya şimdi söyle... ya da öl."*

Su, son kalan hava boşluğunu da doldururken, Langdon dudaklarını su seviyesinin üstünde tutmak için başını iyice geriye attı. Bunu yaparken gözlerine kaçan sıcak su, görüşünü bulandırdı. Sırtını gererek, dudaklarını pleksiglas cama dayadı.

Ardından, kalan havanın son saniyelerinde Robert Langdon, Mason Piramidi'nin nasıl deşifre edileceği sırrını onunla paylaştı.

Konuşmasını bitirdiğinde, sıvı dudaklarına kadar yükseldi. Langdon, içgüdüleriyle son bir nefes alıp, ağzını sımsıkı kapattı. Hemen ardından sular her yanını tamamıyla kaplamış, tabutun üstüne ulaşarak, pleksiglas pencerede yayılmaya başlamıştı.

Mal'akh, *başardı,* diye düşündü. *Langdon piramidin nasıl çözüleceğini buldu.*

Cevap çok basitti. Çok açıktı.

Pencerenin altındaki Robert Langdon'ın su içindeki yüzü, çaresiz ve yalvaran gözlerle ona bakıyordu.

Mal'akh başını iki yana sallayıp, yavaşça şunları söyledi: "Teşekkürler profesör. Ölümden sonraki hayatın tadını çıkar."

103. BÖLÜM

İyi bir yüzücü olan Robert Langdon, hep boğulmanın nasıl bir his olduğunu merak etmişti. Şimdi bunu deneyimleyeceğini biliyordu. Nefesini pek çok insandan daha uzun süre tutabildiği halde, vücudunun havasızlığa şimdiden tepki gösterdiğini hissedebiliyordu. Kanında dolaşan karbondioksit, nefes alma içgüdüsünü çalıştırıyordu. *Nefes alma!* Her geçen saniye nefes alma güdüsü artıyordu. Kısa süre sonra, nefes tutmanın kırılma noktası denilen yere geleceğini biliyordu. Bu kritik anda kişi artık bilinçli olarak nefesini tutamazdı.

Kapağı aç! Langdon'ın içgüdüleri ona yumruklayıp, çırpınmasını söylüyordu ama kıymetli oksijeni bu şekilde harcamaması gerektiğini iyi biliyordu. Yapabileceği tek şey, yukarıdaki bulanık suya bakıp, ümit etmekti. Dışarıdaki dünya şimdi, pleksiglas pencereden görülen puslu bir ışıktan ibaretti. Kaslarının içi yanmaya başlayınca, hipoksinin başladığını anladı.

Birden kendisine bakan güzel ve hayaletimsi bir yüz belirdi. Sıvı perdesinin ardında, yumuşak hatları adeta bir melek gibi görünen Katherine'di. Pleksiglas pencerede göz göze geldiklerinde, Langdon bir an için kurtulduğunu sandı. *Katherine!* Ama ardından, onun dehşet dolu boğuk çığlıklarını duyunca, onları esir alan adam tarafından tutulduğunu fark etti. Dövmeli canavar, başına geleceklere Katherine'in tanık olmasını istiyordu.

Katherine, üzgünüm...

Bu garip, karanlık yerde sualtında kapana kısılan Langdon, hayatının son dakikaları olduğunu anlıyordu. Yakında yaşamı son bulacaktı... Şu anda... veya geçmişte olduğu... ya da gelecekte olacağı her şey sona eriyordu. Beyin ölümü gerçekleştiğinde, beynindeki tüm hatıralar, sahip olduğu tüm bilgilerle birlikte, kimyasal reaksiyonlara uğrayarak yok olacaktı.

Dan Brown 398

Bu sırada Robert Langdon, evrende ne kadar değersiz olduğunu fark etti. Daha önce hiç yaşamadığı yalnız ve gurur kırıcı bir histi. Nefes tutma kırılma noktasının yaklaştığını hissedince neredeyse mutlu oldu.

O an gelmişti.

Langdon'ın ciğerleri nefes almaya hazırlanarak çökerken, tuttuğu havayı püskürtmeye zorluyordu. Yine de nefesini bir süre daha tuttu. Son saniyesiydi. Ardından, elini daha fazla ateşe tutamayan bir adam gibi, kendini kaderin kucağına bıraktı.

Refleks, mantığa galip gelmişti.

Dudakları aralandı.

Ciğerleri genişledi.

Ve sıvı içine akmaya başladı.

Göğsüne dolan acı, tahmininden daha kuvvetliydi. Sıvı ciğerlerine akarken yakıyordu. Bir anda acı, kafatasına sıçradı ve başı sanki mengeneyle eziliyor gibiydi. Kulaklarındaki gürültülü uğultunun arasından Katherine'in çığlıklarını duydu.

Kör edici bir ışık parlaması oldu.

Ve ardından karanlık geldi.

Robert Langdon gitmişti.

104. BÖLÜM

Bitti.

Katherine Solomon çığlık atmayı kesmişti. Az önce tanık olduğu boğulma, onu şok ve umutsuzlukla felç etmişti.

Langdon'ın, pleksiglas pencerenin altındaki ölü gözleri onu geçip, boşluğa bakıyordu. Donuk ifadesinde acı ve pişmanlık vardı. Cansız ağzının etrafından son hava baloncukları yükseldi ve sonra ruhunun çıkmasına izin verir gibi, Harvard'lı profesör tankın dibine doğru çökmeye başladı... ve karanlıkta kayboldu.

Gitti. Katherine uyuşmuştu.

Dövmeli adam uzanıp, acımasız bir son hareketle küçük pencereyi çekerek kapattı ve Langdon'ın cesedini içine mühürledi.

Sonra Katherine'e bakarak gülümsedi. "Başlayalım mı?"

Katherine cevap vermeye bile fırsat bulamadan, üzüntüden kaskatı kesilmiş vücudunu omzuna kaldırıp, ışığı kapattı ve odadan dışarı taşıdı. Birkaç güçlü adımdan sonra onu koridorun sonundaki, kırmızımsı mor ışıkla yıkanmış gibi görünen geniş alana götürdü. Bu oda tütsü kokuyordu. Onu odanın ortasındaki kare masaya taşıyıp, sırtının üstüne sert bir şekilde bırakırken, kadının ciğerlerindeki havayı boşalttı. Yüzeyi sert ve soğuktu. *Taş mı bu?*

Adam el ve ayak bileklerindeki telleri çözerken, Katherine kafasını yeni toparlıyordu. İçgüdüsel olarak onunla mücadele etmeye çalıştı ama tutulmuş kollarıyla bacakları güçlükle cevap veriyordu. Adam onu masaya kalın deri şeritlerle bağlamaya başladı. Bantlardan birini dizlerinin üstünden geçirdikten sonra, bir diğerini kalçasının üstünden kopçaladı. Kollarını iki yanına sabitledi. Sonra, göğüslerinin hemen üstünden, son şeridi bağladı.

Bu işlem sadece birkaç saniye sürmüş, Katherine yine hareketsiz kalmıştı. Kollarıyla bacaklarında kan yeniden dolaşmaya başlarken, el ve ayak bilekleri zonkluyordu.

Kendi dövmeli dudaklarını yalayan adam, "Ağzını aç," diye fısıldadı.

Katherine tiksintiyle dişlerini birbirine kenetledi.

Adam bir kez daha işaretparmağını uzatıp, Katherine'in dudaklarında gezdirdi. Tüyleri diken diken olan Katherine, dişlerini daha çok sıktı. Dövmeli adam kendi kendine gülüp, diğer eliyle kurbanının boynundaki baskı noktasını buldu ve sıktı. Katherine'in çenesi o anda açıldı. Adamın parmağının ağzına girip, dilinin üstünde gezindiğini hissedebiliyordu. Öğürüp, ısırmaya çalıştı ama katil, parmağını çoktan çekmişti. Hâlâ sırıtırken, ıslak parmak ucunu Katherine'in görebileceği şekilde kaldırdı. Sonra gözlerini kapatarak bir kez daha, tükürüğü başındaki çıplak çembere sürdü.

Adam içini çekip yavaşça gözlerini açtı. Sonra ürkütücü bir sükûnetle arkasını dönüp odadan çıktı.

Bu ani sessizlikte Katherine kalbinin gümbürtüsünü duyabiliyordu. Tam üstündeki bir dizi alışılmadık ışık, morumsu kırmızıdan koyu kırmızıya değişerek, odanın alçak tavanını aydınlatıyordu. Tavana dikkatle bakıldığında, gördükleri karşısında donakaldı. Her bir santimi çizimlerle kaplıydı. Yukarıdaki akıl karıştırıcı kompozisyon, gök haritasını tasvir ediyor gibiydi. Yıldızlar, gezegenler ve burç takımları astrolojik semboller, haritalar ve formüllerle karışmıştı. Eliptik yörüngeleri gösteren oklar, ufuktan yükseliş derecelerini gösteren geometrik semboller ve ona yukarıdan bakan zodyak yaratıkları vardı. Çılgın bir bilim adamı Sistine Şapeli'nde kontrolü kaybetmiş gibiydi.

Katherine başka tarafa bakmak için başını çevirdi ama sol tarafındaki duvar, tavandakinden farklı değildir. Ortaçağa özgü bir şamdandaki mumların titreşen ışığı; yazılar, fotoğraflar ve çizimlerin altında kalmış bir duvarı aydınlatıyordu. Sayfalardan bazıları antik kitaplardan yırtılmış papirüs veya tirşe kâğıtlara benziyordu; diğerlerinin daha yeni yazılar oldukları belliydi; aralarındaysa fotoğraflar, çizimler, haritalar ve şemalar vardı; hepsi de duvara belirli bir titizlikle yapıştırılmış gibi görünüyordu. Aralarından örümcek ağı gibi geçen ipler, bunları birbirine sonsuz olasılıklarla bağlıyordu.

Katherine bu kez başını çevirip öbür tarafa baktı.

Ne yazık ki, bu taraftaki gördüklerinin en korkuncuydu.

Bağlı olduğu taş tezgâhın yanında, ona hastanelerin ameliyathanelerini hatırlatan küçük bir servis masası duruyordu. Masanın üstüne birtakım nesneler dizilmişti; aralarında şırınga, koyu renk sıvı ihtiva eden bir şişe, kemik saplı ve fazlasıyla parlatılmış demirden büyük bir hançer vardı.

Tanrım... bana ne yapmayı planlıyor?

105. BÖLÜM

CIA sistem güvenliği uzmanı Rick Parrish, sonunda Nola Kaye'in ofisine geldiğinde, elinde tek bir sayfa kâğıt vardı.

Nola, "Niye bu kadar geciktin?" diye sordu. *Sana hemen gelmeni söylemiştim!*

Gazoz şişesi kalınlığındaki gözlüklerini uzun burnunun üst kısmına iterken, "Üzgünüm," dedi. "Senin için daha fazla bilgi toplamaya çalıştım ama..."

"Sende ne var, bana onu göster."

Parrish, ona bilgisayar çıktısını uzattı. "Düzenlenmiş bir metin ama ana fikri anlarsın."

Nola sayfaya hayretle baktı.

Parrish, "Bir bilgisayar korsanının sisteme nasıl girdiğine hâlâ akıl erdiremiyorum," dedi. "Ama sanki bir delegator örümceği bizim arama..."

Başını kâğıttan kaldıran Nola, "Unut bunu!" diye çıkıştı. "CIA'in piramitler, antik kapılar ve kazınmış bireşimlerle ilgili gizli bir dosyayla ne işi var?"

"Beni de geciktiren bu oldu. Hangi dokümanın hedeflendiğini görmeye çalışıyordum, bu yüzden dosya yolunu takip ettim." Boğazını temizleyen Parrish durdu. "Bu dokümanın aslında... CIA başkanına ait bir bölümde bulunduğu ortaya çıktı."

Şüpheyle bakan Nola, olduğu yerde döndü. *Sato'nun Mason Piramidi'yle ilgili bir dosyası mı var?* CIA'in üst düzey pek çok yöneticisiyle birlikte, şimdiki başkanın da yüksek dereceli bir mason olduğunu biliyordu ama içlerinden hiçbirinin CIA bilgisayarında masonik sırlar saklayacağına inanamıyordu.

Ama son yirmi dört saat içinde tanık olduklarını düşününce, her şeyin mümkün olabileceğine artık inanmaya başlamıştı.

* * *

Ajan Simkins, Franklin Meydanı'ndaki çalıların arasında, karın üstü yatıyordu. Gözlerini Almas Tapınağı'nın sütunlu girişine sabitlemişti. *Hiçbir şey yok.* İçeride hiç ışık yanmamış, kapıya kimse yaklaşmamıştı. Başını çevirip Bellamy'yi kontrol etti. Parkın ortasında tek başına adım atan adam, üşümüş görünüyordu. *Gerçekten* çok üşümüş gibiydi. Simkins onun titreyip durduğunu görebiliyordu.

Telefonu titreşti. Arayan Sato'ydu.

"Hedef ne kadar gecikti?"

Simkins kronografına baktı. "Hedef yirmi dakika demişti. Neredeyse kırk dakika oldu. Bir şeyler ters gidiyor."

Sato, "Gelmeyecek," dedi. "Bitti."

Simkins, onun haklı olduğunu biliyordu. "Hartmann'dan haber var mı?"

"Hayır, Kalorama Heights'tan arayan olmadı. Ona ulaşamıyorum."

Simkins dikleşti. Eğer bu doğruysa, o halde bir şeyler *kesinlikle* ters gidiyordu.

Sato, "Az önce saha desteğini aradım," dedi. "Ama onlar da Hartmann'ı bulamıyorlar."

Lanet olsun. "Escalade'de GPS yer belirleme cihazı var mıymış?"

Sato, "Evet. Kalorama Heights'ta bir ev adresi," dedi. "Adamlarını topla. Çekiliyoruz."

Telefonunu kapatan Sato, ülkesinin başkentinin görkemli şehir manzarasına baktı. Buz gibi bir rüzgâr ince ceketinden içeri girince, ısınmak için kollarını vücuduna sardı. Başkan Inoue Sato, öyle sık üşüyen veya korkan bir kadın değildi. Ama şu anda, her ikisini birden hissediyordu.

106. BÖLÜM

Rampadan hızla yukarı çıkıp çelik kapıyı açan Mal'akh, tablonun içinden geçerek yeniden oturma odasına girdi. Üzerinde hâlâ sadece ipek peştamalı vardı. *Hemen hazırlanmam gerek.* Antredeki ölü CIA ajanına bir göz attı. *Bu ev artık güvenli değil.*

Taş piramidi tek eliyle taşıyan Mal'akh, doğruca birinci kattaki çalışma odasına gidip, dizüstü bilgisayarının başına oturdu. Giriş yaparken, aşağıdaki Langdon'ı hayal etti. Gizli bodrumda suyun altındaki cesedinin bulunmasının kaç gün ya da hafta süreceğini merak etti. Mal'akh o zamana kadar çoktan gitmiş olacaktı.

Langdon rolünü oynadı... ustalıkla.

Langdon, Mason Piramidi'nin parçalarını tekrar bir araya getirmekle kalmamış, tabanındaki sembollerden oluşan esrarlı tabloyu da çözmenin bir yolunu bulmuştu. İlk bakışta semboller deşifre edilemez gibi görünüyordu ama cevabı basitti... tam karşısında duruyordu.

Mal'akh'ın bilgisayarı açılırken, ekranında daha önce aldığı e-posta yeniden belirdi. Warren Bellamy'nin parmağı tarafından kısmen kapatılan parlak kapak taşının fotoğrafı.

Sır
Düzen'in içinde gizli
■■■■■ *Franklin Meydanı*

Katherine, Mal'akh'a, *Sekiz... Franklin Meydanı,* demişti. Ayrıca ajanların onu yakalamak umuduyla Franklin Meydanı'nda beklediğini itiraf etmiş ve kapak taşındaki *Düzen* kelimesiyle neyin kastedildiğini açıklamıştı. Masonlar mı? Shriners mı? Gül Haçlılar mı?

Mal'akh artık *bunlardan hiçbiri* olmadığını biliyordu. *Langdon gerçeği buldu.*

On dakika önce, sular yüzüne doğru yükselirken Harvard'lı profesör, piramidi çözen anahtarı bulmuştu. Gözlerinde dehşetle, "Sekizinci Dereceden Franklin Karesi!" diye bağırmıştı. "Sır, Sekizinci Dereceden Franklin Karesi'nde gizli!"

Mal'akh ilk başta bunun anlamını kavrayamamıştı.

Ağzı pleksiglas pencereye yaslanmış olan Langdon, "Bu bir adres değil!" diye bağırmıştı. "Sekizinci Dereceden Franklin Karesi! Bu bir *sihirli* kare!" Ardından, Albrecht Dürer'le ilgili bir şey... ve son şifreyi çözmekte piramidin ilk şifresinin nasıl ipucu oluşturduğunu söylemişti.

Mal'akh sihirli karelere aşinaydı, ilk gizemciler onlara *kameas* diyorlardı. *De Occulta Philosophia*[1] isimli antik metin, sihirli karelerin esrarengiz gizemlerini ve sihirli sayı karelerine dayanarak nasıl güçlü mühürler oluşturulacağını anlatıyordu. Langdon, ona piramidin tabanındaki şifreyi çözmenin anahtarının sihirli bir kare olduğunu mu söylemişti?

"Sekize sekizlik bir kareyi bulman gerekiyor!" diye bağıran profesörün, vücudunun suyun üstünde kalan tek kısmı dudaklarıydı. "Sihirli kareler *derecelerle* sınıflandırılır! Üçe üçlük bir kare 'üçüncü derecedir'! Dörde dörtlük bir kare 'dördüncü derecedir'! Senin 'sekizinci dereceye' ihtiyacın var!"

Sular Langdon'ı tamamen yutmak üzereyken, profesör çaresizce nefes alıp, ünlü bir mason hakkında bir şeyler bağırdı... Amerika'nın kurucularından... bir bilim adamı, gizemci, matematikçi, mucit... ve kendi ismini taşıyan esrarengiz *kamea'*nın yaratıcısı.

Franklin.

Mal'akh o anda Langdon'ın haklı olduğunu anlamıştı.

Heyecandan nefessiz kalan Mal'akh şimdi yukarıda, dizüstü bilgisayarının başında oturuyordu. İnternette hızlı bir arama yapınca, karşısına çıkan düzinelerce sonuçtan birini seçip okumaya başladı.

---

(1) Kara Büyü Felsefesi

SEKİZİNCİ DERECEDEN FRANKLIN KARESİ

Tarihin en iyi bilinen sihirli karelerinden biri de 1769'da, Amerikalı bilim adamı Benjamin Franklin tarafından yayımlanan sekizinci dereceden karedir. Daha önce hiç görülmemiş "diyagonal toplamları" nedeniyle ünlü olmuştur. Franklin'in bu gizemli sanat biçimine olan tutkusu, zamanının önde gelen simyacıları ve gizemcileriyle kurduğu yakın ilişkilerden kaynaklanmış olabilir. Ayrıca, *Fakir Richard'ın Almanak'ı* [1] isimli eserindeki kehanetlerin temellerini oluşturan, astrolojiye duyduğu inanç da etken sayılabilir.

52	61	4	13	20	29	36	45
14	3	62	51	46	35	30	19
53	60	5	12	21	28	37	44
11	6	59	54	43	38	27	22
55	58	7	10	23	26	39	42
9	8	57	56	41	40	25	24
50	63	2	15	18	31	34	47
16	1	64	49	48	33	32	17

Mal'akh, Franklin'in her satır, sütun ve köşelerdeki sayılar toplamı aynı sihirli sabit sayıyı veren ünlü yapıtını -1'den 64'e kadar sayıların benzer dizilişi- inceledi. *Sır Sekizinci Dereceden Franklin Karesi'nde gizli.*

Mal'akh gülümsedi. Heyecanla titrerken, taş piramidi eline alıp, tabanını inceledi.

---

(1) Poor Richard's Almanack

Altmış dört sembolün farklı bir düzende yeniden dizilip yerleştirilmesi gerekiyordu. Sıralarını Franklin'in sihirli karesindeki sayılar belirleyecekti. Sembollerden oluşan bu karmakarışık tablonun, farklı bir düzene girince bir anda nasıl anlam kazanacağına akıl erdiremese de verilmiş eski söze güveni vardı.

Ordo ab chao.

Kalbi hızla çarparken, kalem kâğıt çıkarıp çabucak sekize sekizlik bir kare çizdi. Ardından, sembolleri yeni tanımlanan pozisyonlarına göre tek tek yerleştirmeye başladı. Tablonun hemen o anda anlam kazanmaya başladığını görmek onu şaşırttı.

Karmaşadan çıkan düzen!

Deşifre etmeyi tamamen bitirince, önünde duran çözüme şaşkınlık içinde baktı. Sade bir resim, şekil almış, karışık tablo dönüşmüştü... yeniden düzenlenmişti... Mal'akh *tüm* mesajın manasını anlayamasa da, çözdüğü kadarı ona yetiyordu. Bundan sonra nereye gideceğini biliyordu.

Piramit yolu gösteriyor.

Kare, dünyanın en gizemli yerlerinden birini işaret ediyordu. İnanılmaz bir biçimde, Mal'akh yolculuğunu hep bu noktada tamamlayacağını hayal etmişti.

Kader.

107. BÖLÜM

Katherine Solomon'ın üzerinde yattığı taş masa soğuktu.

Robert'ın ölüm anının korkunç görüntüleriyle birlikte, ağabeyle ilgili düşünceler de aklını kurcalıyordu. *Peter da mı öldü?* Yanındaki masada duran garip bıçak, kendisini bekleyenin ne olabileceğine dair görüntüleri gözünde canlandırdı.

Gerçekten sona mı geldim?

Ama tuhaf bir şekilde düşünceleri araştırmalarına kaydı... Noetik Bilim'e... ve yakın geçmişte yaptığı buluşlara. *Hepsi... kül olup uçtu.* Öğrendiği hiçbir şeyi dünyayla paylaşamayacaktı. En şaşırtıcı buluşunu henüz birkaç ay önce yapmıştı ve insanların ölüm hakkındaki düşüncelerini yeniden belirleyecek bir potansiyele sahipti. Şimdi bu deneyi düşünmek garip de olsa ona umulmadık bir teselli veriyordu.

Katherine Solomon genç bir kızken ölümden sonra hayat olup olmadığını merak ederdi. *Cennet var mı? Öldükten sonra ne oluyor?* Büyüdükçe, bilim alanındaki çalışmaları cennet, cehennem ve ölümden sonra hayatla ilgili hayali düşüncelerinin hepsine son vermişti. "Ölümden sonraki hayatın" insani bir yorum olduğunu kabul etmek zorunda kalmıştı... Tüm bunlar ölümlü olmanın korkutucu gerçeğini yumuşatmak için tasarlanmış bir peri masalıydı.

Ya da ben öyle sanıyordum...

Katherine ile ağabeyi bir yıl önce, felsefenin en eski sorularından birini tartışıyorlardı; insan ruhunun varlığını. Özellikle de insanların, bedenin *dışında* varlığını sürdürebilecek bir tür bilince sahip olup olmadıkları konusunu tartışmışlardı.

Her ikisi de böylesi bir insan ruhunun *var olduğu* düşüncesindeydi. Eski felsefelerin çoğu onlarla aynı fikri savunuyordu. Budist ve Brahmanist düşünce, metempsikozu ölümden sonra ruhun yeni bir bedene göçü destekliyordu; Platocular bedeni, ruhun kaçtığı bir "hapishane" olarak tanımlıyorlardı; Stoacılar ruha, *apospasma tou theu*, yani Tanrı'nın bir parçası diyorlar ve ölümden sonra Tanrı'nın yanına çağrıldığına inanıyorlardı.

Katherine biraz da hüsranla, insan ruhunun varlığının bilimsel olarak belki de asla kanıtlanamayacak bir kavram olduğunu fark etmişti. İnsan bedeninin dışında bir bilincin var olduğunu ispatlamak, sigara dumanını üfleyip, yıllar sonra bulmayı ümit etmek gibiydi.

Tartışmadan sonra Katherine'in aklına garip bir fikir gelmişti. Ağabeyi *Yaradılış Kitabı*'ndan ve ruhun orada *Neshemah* -vücuttan ayrı, ruhsal bir "zekâ"- diye tasvir edildiğinden bahsetmişti. *Zekâ* kelimesi Katherine'e *düşüncenin* varlığından bahsediyor gibi gelmişti. Noetik Bilim açık bir biçimde *düşüncelerin* bir kütlesi olduğunu göstermişti, bu yüzden insan ruhunun da bir kütlesi olabileceği fikri mantıklı geliyordu.

İnsan ruhunu tartabilir miyim?

Elbette bu fikir imkânsızdı... hatta düşünmesi bile saçmalıktı.

Üç gün sonra Katherine uykusundan uyanıp, aniden yatakta doğrulmuştu. Yerinden fırlayıp, laboratuvara giderek, hem şaşırtacak kadar basit, hem de korkutacak kadar cesur deneyini tasarlamaya başlamıştı.

İşe yarayacağından emin olmadığı için çalışmasını tamamlayana kadar Peter'a fikrinden bahsetmemeye karar vermişti. Dört ay sürmüş ama sonunda ağabeyini laboratuvara getirmişti. Arka depoda sakladığı büyük bir aygıtı tekerleklerinin üzerinde taşımıştı.

Peter'a icadını gösterirken, "Bunu kendim tasarlayıp yaptım," demişti. "Bir tahminin var mı?"

Ağabeyi garip makineye bakmıştı. "Kuvöz mü?"

Katherine kahkahalar içinde, mantıklı bir tahmin olmasına rağmen başını iki yana sallamıştı. Makine gerçekten de hastanelerde prematüre bebeklerin yatırıldığı şeffaf kuvözlere benziyordu. Ama bu makine yetişkinlere uygun bir boyuttaydı; uzay çağının uyku kapsülünü andıran uzun, hava geçirmez, şeffaf ve plastik bir kapsüldü. Elektronik bir aygıtın üstünde duruyordu.

Tertibatın fişini elektrik prizine takan Katherine, "Bakalım *bu,* tahminine yardımcı olacak mı?" demişti. Dikkatle bazı düğmeleri ayarlarken, beliren dijital ekrandan sayılar geçmeye başlamıştı.

İşini bitirdiğinde ekranda şöyle yazıyordu:

0.0000000000 kg

Şaşırmış görünen Peter, "Bir terazi mi?" diye sormuştu.

"Herhangi bir terazi değil." Katherine yan taraftaki tezgâhtan ufak bir kâğıt parçası alıp, nazikçe kapsülün üstüne bırakmıştı. Ekrandaki sayılar yeniden akıp, yeni bir sonuç göstererek durmuşlardı.

.0008194325 kg

Katherine, "Yüksek hassasiyetli mikroterazi," demişti. "Birkaç mikrograma kadar çözünürlük verebiliyor."

Peter hâlâ şaşkın görünüyordu. "Sen... insan için mi hassas terazi yaptın?"

"Kesinlikle." Makinenin şeffaf kapağını açmıştı. "Bu kapsülün içine birini yerleştirip, kapağı kapatırsam, kişi tamamıyla mühürlü bir sisteme girer. Ne içeri bir şey girer, ne dışarı bir şey çıkar. Gaz, sıvı ya da toz parçacıkları erişemez. Hiçbir şey dışarı çıkamaz; ne kişinin alıp verdiği nefesler, ne buharlaşan ter, ne de vücut sıvısı..."

Peter elini gür, gri saçlarında gezdirmişti. Aynı gerginlik göstergesi Katherine'de de vardı. "Hımm... herhalde insan orada çabucak ölür."

Katherine başını sallamıştı. "Nefes alma hızına bağlı olarak, yaklaşık altı dakika."

Peter, ona dönmüştü. "Anlamıyorum."

Katherine gülümsemişti. "Anlayacaksın."

Katherine makineyi ardında bırakarak, Peter'ı Küp'ün kontrol odasına getirip, plazma duvarın karşısına oturtmuştu. Klavyeyi tuşlayınca, holografik sürücülerde saklanan görüntü dosyalarına ulaşmıştı. Plazma duvar çalışmaya başladığında, karşılarında beliren görüntüler amatör kayıtları andırıyordu.

Kamera; bozulmuş bir yatak, ilaç şişeleri, solunum maskesi ve kalp monitörü bulunan mütevazı bir odayı çekiyordu. Kamera çekime devam edip, odanın ortasındaki Katherine'in terazisinde durunca Peter'ın aklı karışmış gibiydi.

Peter'ın gözleri büyümüştü. "Bu da ne?..."

Kapsülün şeffaf kapağı açıktı ve içinde oksijen maskesi takan çok yaşlı bir adam yatıyordu. Yaşlı karısıyla bakımevi çalışanı aygıtın yanında duruyorlardı. Adam güçlükle nefes alıyordu. Gözleri kapalıydı.

Katherine, "Kapsüldeki adam Yale'deki fen öğretmenlerimden biri," demişti. "Onunla yıllarca bağlantımızı kesmedik. Çok hastaydı. Her zaman vücudunu bilime bağışlamak istediğini söylerdi. Ona bu deney fikrimden bahsedince hemen bir parçası olmak istedi."

Karşılarında gelişen manzarayı seyreden Peter'ın şaşkınlıktan adeta dili tutulmuştu.

Bakımevi çalışanı adamın karısına dönmüştü. "Vakit geldi. O hazır." Karısı, yaşlı gözlerini silip, sakin bir kararlılıkla başını sallıyordu. "Tamam."

Bakımevi çalışanı çok nazik bir biçimde kapsülün içine uzanarak adamın oksijen maskesini çıkarıyordu. Adam hafifçe kımıldansa da gözleri hâlâ kapalıydı. Şimdi, oksijen ünitesiyle diğer cihazları kenara çeken bakımevi çalışanı, yaşlı adamı odanın ortasındaki kapsülde yalnız bırakıyordu.

Yaşlı adamın karısı terazinin yanına yaklaşıp, eğiliyor ve kocasını nazikçe alnından öpüyordu. Gözlerini açmayan yaşlı adamın dudaklarında, belli belirsiz sevgi dolu bir tebessüm belirmişti.

Oksijen maskesi çıkınca adamın nefes alıp vermekte daha da zorlandığı görülüyordu. Sonun geldiği anlaşılıyordu. Adamın karısı, hayran bırakacak bir güç ve sakinlikle, kapsülün şeffaf kapağını yavaşça kapatıp, Katherine'in gösterdiği gibi kilitliyordu.

Peter dehşetle geri çekilmişti. "Katherine, Tanrı aşkına ne yaptın?"

Katherine, "Sorun yok," diye fısıldamıştı. "Kapsülün içinde hava var." Bu videoyu şimdiye dek pek çok kereler seyretmiş olmasına rağmen, nabzı yine de hızlanıyordu. Ölen adamın yattığı mühürlü kutunun altındaki teraziyi göstermişti. Dijital sayılar şöyle yazıyordu:

$$51.4534644 \text{ kg}$$

Katherine, "Bu onun vücut ağırlığı," demişti.

Yaşı adamın nefes alıp verişi daha da hafifleyince, Peter tüm dikkatiyle öne eğilmişti.

Katherine, "Onun istediği buydu," diye fısıldamıştı. "Olacakları seyret."

Geriye doğru adım atan adamın karısı, yatağın üzerine oturup, bakımevi çalışanıyla birlikte sessizce izlemeye başlamıştı.

Bunu takip eden altmış saniye içinde adamın sığ nefesleri sıklaşmış ve en sonunda sanki bu anı kendisi seçmiş gibi son nefesini almıştı. Her şey durmuştu.

Bitmişti.

Karısı ve bakımevi çalışanı sessizce birbirlerini teselli ediyorlardı.

Başka bir şey olmamıştı.

Peter birkaç saniye sonra aklı karışmış bir halde Katherine'e bakmıştı.

Katherine, Peter'ın bakışlarını, hâlâ ölü adamın ağırlığını gösteren kapsülün dijital ekranına yönlendirirken, *bekle,* diye düşünmüştü.

Ne olduysa, bundan sonra olmuştu.

Peter gördükleri karşısında geriye doğru sıçrarken, neredeyse sandalyesinden düşecekti. "Ama... bu..." Şaşkınlık içinde, açık kalan ağzını kapatmıştı. "Ben inanamıyorum..."

Büyük Peter Solomon'ın nutkunun tutulduğu anlar çok azdı. Olanları ilk gördüğünde Katherine de onunkine benzer tepkiler göstermişti.

Adamın ölümünün ardından saniyeler sonra, terazideki sayılar birden azalmaya başlamıştı. Ölümünden hemen sonra adam *hafiflemişti.* Ağırlığındaki değişim çok küçük olsa da ölçülebiliyordu... ve olası sebepleri son derece akıl karıştırıcıydı.

Katherine laboratuvar defterine titreyen elleriyle şunları yazdığını hatırlıyordu: "Ölüm anında insan vücudundan çıkan, görülmez bir 'maddenin' var olduğu anlaşılıyor. Fiziksel bariyerlerle engellenmemiş ölçülebilir bir kütlesi var. Henüz algılayamadığım bir boyutta hareket ettiğini sanıyorum."

Ağabeyinin yüzündeki şok ifadesinden, onun da bunun ne anlama geldiğini anladığını görüyordu. Rüya görmediğinden emin olmak için gri gözlerini kırpıştırırken, "Katherine..." demişti. "Sanıyorum az önce insan ruhunun ağırlığını ölçtün."

Aralarında uzun bir sessizlik olmuştu.

Katherine, ağabeyinin, tüm kesin ve harikulade sonuçlarını akıl süzgecinden geçirdiğini hissediyordu. *Zaman alacak.* Gerçekten de düşündükleri şeye -bir ruh veya bilinç ya da yaşam gücünün, beden dışında hareket edebildiğinin kanıtına- tanık oldularsa, o zaman pek çok gizemli soruya yeni bir ışık tutulmuş demekti: ruh göçü, kozmik bilinç, ölüm anı deneyimleri, astral yolculuk, uzaktan görme, kontrol edilebilir rüyalar ve bunun gibi şeyler. Tıp dergileri; ameliyat masasında ölüp kendi vücutlarına yukarıdan bakan ve sonra yeniden yaşama dönen hastaların hikâyeleriyle doluydu.

Peter suskundu. Katherine, onun gözlerinin yaşardığını görebiliyordu. Kendisi de ağlamıştı. Peter ile Katherine çok sevdikleri kişileri kaybetmişlerdi ve bu durumdaki birisi için, insan ruhunun ölümden sonra yaşadığına dair en ufak bir ipucu, ümit demekti.

Ağabeyinin gözlerindeki hüznü fark eden Katherine, onun *Zachary'yi düşündüğünü anlamıştı.* Peter yıllarca oğlunun ölümünden kendisini sorumlu tutmuştu. Katherine'e defalarca Zachary'yi hapishanede bırakmanın, ömrü boyunca yaptığı en büyük hata olduğunu ve bu yüzden kendisini asla affetmeyeceğini söylemişti.

Çarpan bir kapı Katherine'in dikkatini çekince, birden bodrum katındaki soğuk, taş masanın üstüne geri döndü. Rampanın yukarısındaki metal kapı gürültüyle kapanmıştı ve dövmeli adam aşağı iniyordu. Onun koridordaki odalardan birine girip, içeride bir şeyler yaptığını ve sonra yeniden koridora çıkarak Katherine'in bulunduğu odaya doğru yürüdüğünü duyabiliyordu. İçeri girdiğinde, Katherine onun, önünde bir şey ittirdiğini gördü. Tekerleklerin üzerinde... ağır bir şeydi. Adam ışığa çıktığında, Katherine gözlerine inanamadı. Dövmeli adam, tekerlekli sandalyedeki bir adamı itiyordu.

Katherine'in beyni sandalyedeki adamı hemen tanımıştı. Ama duyguları yüzünden, gördüklerini kabul edemiyordu.

Peter?

Ağabeyinin yaşadığına sevinmeli mi... yoksa dehşete mi düşmeliydi, karar veremiyordu. Peter'ın vücudu tıraşlanmıştı. Gür gri saçlarıyla kaşları gitmişti ve pürüzsüz cildi sanki yağlanmış gibi parlıyordu. Üzerinde siyah, ipek bir sabahlık vardı. Sağ elinin olması gereken yerde, temiz bandajlarla sarılmış bir kol duruyordu. Ağabeyinin acı yüklü bakışları, onun pişmanlık ve acı dolu gözlerine kilitlendi.

"Peter!" Katherine'in sesi çatallı çıkmıştı.

Konuşmaya çalışan ağabeyi, gırtlağından boğuk sesler çıkarabildi. Katherine, onun sandalyeye bağlandığını ve ağzının tıkalı olduğunu anlıyordu.

Dövmeli adam uzanıp, Peter'ın tıraşlı başını nazikçe okşadı. "Ağabeyini büyük bir şerefe erişmesi için hazırladım. Bu akşam oynayacağı bir rol için..."

Katherine'in tüm vücudu kaskatı kesildi. *Hayır...*

"Peter ile ben az sonra gideceğiz, hoşça kal demek isteyeceğini düşündüm."

Katherine zayıf bir sesle, "Onu nereye götürüyorsun?" diye sordu.

Adam gülümsedi. "Peter'la benim Kutsal Dağ'a yolculuk etmemiz gerekiyor. Hazine orada. Mason Piramidi yerini açıkladı. Arkadaşın Robert Langdon çok yardımcı oldu."

Katherine, ağabeyinin gözlerine baktı. "Robert'ı... o öldürdü."

İfadesinden ıstırap okunan ağabeyi, daha fazla acıya katlanamıyormuş gibi başını şiddetle iki yana salladı.

Bir kez daha Peter'ın başını okşayan adam, "Ah, yazık Peter," dedi. "Bunun, yaşayacağın anı bozmasına izin verme. Küçük kız kardeşine hoşça kal de. Bu ailenizin son kez bir araya gelişi."

Katherine zihninin çaresizlikle çırpındığını hissediyordu. Ona, "Bunu neden yapıyorsun?" diye bağırdı. "Biz sana ne yaptık?! Neden ailemden bu kadar nefret ediyorsun?"

Dövmeli adam yaklaşıp, dudaklarını onun kulağına iyice yapıştırdı. "Kendime göre sebeplerim var Katherine." Sonra, servis masasına yürüyerek garip bıçağı eline aldı. Katherine'e yaklaşıp parlak bıçağı yanağında gezdirdi. "Bu, muhtemelen tarihteki en ünlü bıçak."

Katherine'in herhangi bir bıçaktan haberi yoktu ama insana kötü şeyler hissettiriyor ve oldukça eski görünüyordu.

Adam, "Endişelenme," dedi. "Onun gücünü senin üstünde harcamaya niyetim yok. Onu, çok daha değerli bir yerde kullanmak üzere... çok daha değerli kurban için saklıyorum." Katherine'in ağabeyine döndü. "Peter, sen bu bıçağı tanıdın, değil mi?"

Ağabeyinin gözleri korku ve şaşkınlıkla büyümüştü.

"Evet Peter, bu antik sanat eseri hâlâ duruyor. Çok büyük bedeller karşılığında elde ettim... ve senin için saklıyordum. En sonunda, acı dolu yolculuğumuzu birlikte noktalayacağız."

Bunu söyledikten sonra, bıçağı diğer nesnelerle -tütsü, sıvı şişeleri, beyaz saten giysiler ve diğer tören gereçleri- birlikte bir beze sardı. Ardından, bu nesneleri, Mason Piramidi ve kapak taşıyla birlikte Robert Langdon'ın deri çantasının içine yerleştirdi. Adam, Langdon'ın çantasının fermuarını kapatıp, Peter'a dönerken, Katherine çaresizce bakıyordu.

"Bunu sen taşır mısın Peter?" Ağır çantayı, Peter'ın kucağına koydu.

Daha sonra bir çekmecenin başına gitti ve içini karıştırmaya başladı. Katherine metal nesnelerin birbirine çarptığını duyabiliyordu. Adam geri döndüğünde, Katherine'in sağ kolunu tutup sabitledi. Katherine, onun ne yaptığını göremiyordu, ama görebildiği anlaşılan Peter çılgınca sallanmaya başlamıştı.

Katherine sağ bileğinin içine aniden batan bir şeyin acısını ve bu bölgede dolaşan ürkütücü sıcaklığı hissetti. Kederli ve boğuk sesler çıkaran Peter, ağır sandalyeden boş yere kurtulmaya çalışıyordu. Katherine koluna ve bileğinin altındaki parmak uçlarına soğuk bir uyuşukluğun yayıldığını hissetti.

Adam yana çekildiğinde, ağabeyinin neden bunca dehşete kapıldığını anladı. Dövmeli adam, sanki kan alıyormuş gibi damarına bir iğne sokmuştu. Ama iğne bir tüpe bağlı değildi. Bunun yerine kanı iğneden dışarı... kolundan ve bileğinden aşağı, taş masanın üstüne akıyordu.

Peter'a dönen adam, "Bir insan saati," dedi. "Biraz sonra sana rolünü oynamanı söylediğimde burada, karanlıkta tek başına ölen Katherine'i hayal etmeni isteyeceğim."

Peter büyük bir işkence çekiyormuş gibi bakıyordu.

Adam, "Yaklaşık bir saat kadar yaşayacak," dedi. "Eğer benimle hemen işbirliği yaparsan, onu kurtarmak için yeterli vaktim olur. Ama elbette eğer bana karşı koyarsan... kız kardeşin burada karanlıkta ölür."

Peter ağzındaki tıkacın ardından manasızca böğürdü.

Elini Peter'ın omzuna koyan dövmeli adam, "Biliyorum, biliyorum," dedi. "Bu senin için çok zor olsa da aslında alışkın olman gerekir. Sonuçta, ailenden birini ilk kez yüzüstü bırakmayacaksın." Eğilip Péter'ın kulağına fısıldadı. "Elbette, Kartal Soğanlık Cezaevi'ndeki oğlun Zachary'yi düşünüyorum."

Bağlarına asılan Peter, ağzındaki bezin ardından bir kez daha boğuk bir çığlık attı.

Katherine, "Kes şunu!" diye bağırdı.

Toparlanmayı bitiren adam, "O geceyi çok iyi hatırlıyorum," derken durumdan büyük zevk aldığı belliydi. "Her şeyi duydum. Hapishane müdürü oğlunu bırakmayı teklif etti ama sen onu orada bırakarak... Zachary'ye ders vermeyi tercih ettin. Oğlunu dersini aldı, öyle değil mi?" Gülümsedi. "Onun kaybı... benim kazancım oldu."

Adam keten bir bez çıkarıp, Katherine'in ağzına tıkıştırdı. Sonra da kulağına, "Ölüm sessiz bir şey olmalı," diye fısıldadı.

Peter çılgınca debelendi. Dövmeli adam başka tek kelime etmeden Peter'ın tekerlekli sandalyesini odadan geri geri çıkarırken, son bir kez daha kız kardeşine bakmasına izin verdi.

Katherine ile Peter'ın gözleri son kez birbirine kenetlendi.

Sonra gitti.

Katherine onların rampadan yukarı çıkıp, metal kapıdan geçtiklerini duyabiliyordu. Dışarı çıkarlarken, dövmeli adamın kapıyı arkasından kilitlediğini ve *Üç Güzeller* tablosundan geçerek yoluna devam ettiğini duydu. Birkaç dakika sonra da dışarıdan bir arabanın motor sesi yükseldi.

Malikâne sessizliğe gömüldü.

Katherine karanlıkta tek başına kanayarak yatıyordu.

108. BÖLÜM

Robert Langdon'ın zihni sonsuz bir boşlukta asılı kalmıştı.

Işık yoktu. Ses yoktu. His yoktu.

Sadece sonsuz ve sessiz bir boşluk vardı.

Yumuşaklık.

Ağırlıksızlık.

Vücudu onu serbest bırakmıştı. Zincirinden kurtulmuştu.

Fiziksel dünya son bulmuştu. Zaman son bulmuştu.

Artık sadece bilinçten ibaretti... Geniş bir evrenin boşluğunda asılı kalan bedensiz bir bilinç.

109. BÖLÜM

Modifiye edilmiş UH-60, Kalorama Heights'taki çatıların tepelerinde alçak uçuş yaparken, destek ekibinin verdiği koordinatlara doğru, gürültüyle ilerliyordu. Malikânelerden birinin önündeki çimenlerde gelişigüzel park edilmiş Escalade'i ilk fark eden Ajan Simkins oldu. Garaj yolunun giriş kapısı kapalı, ev ise karanlık ve sessizdi.

Sato, helikopterin inmesi için işaret verdi.

Helikopter, diğer araçların arasındaki ön bahçeye sert bir iniş yaptı... Araçlardan biri, tepesinde ışıldağı hâlâ dönmekte olan bir güvenlik arabasıydı.

Dışarı fırlayan Simkins ile ekibi, silahlarını çıkarıp verandaya koştular. Ön kapının kapalı olduğunu gören Simkins, ellerini dayayıp, pencereden içeri baktı. Antre karanlıktı ama Simkins yerde yatan bir cesedin gölgesini seçebiliyordu.

"Kahretsin," diye fısıldadı. "Bu Hartmann."

Ajanlardan biri, verandadaki iskemlelerden birini kaldırıp, cumba penceresine indirdi. Kırılan camın sesini, arkalarındaki helikopterin gürültüsü bastırmıştı. Saniyeler sonra hepsi içerdeydiler. Simkins antreye koşup, nabzını kontrol etmek için Hartmann'ın yanında diz çöktü. Nabız yoktu. Her yer kan içindeydi. Sonra, Hartmann'ın boğazındaki tornavidayı gördü.

Tanrım. Ayağa kalkıp, adamlarına etrafı aramalarını işaret etti.

Birinci kata yayılan ajanların lazer görüşleri, lüks malikânenin karanlığını araştırıyordu. Oturma ve çalışma odalarında hiçbir şey bulamadılar, ama yemek odasında boğulmuş bir güvenlik görevlisinin cesedine rastladılar. Simkins, Robert Langdon ile Katherine Solomon'ın hayatta olduklarına dair ümidini hemen kaybetti. Bu vahşi katil bir CIA ajanıyla, silahlı bir güvenlik memurunu öldürmeyi beceriyorsa, bir profesör ile bilim insanının hiç şansı yoktu.

Birinci katın güvenli olduğu anlaşıldıktan sonra, Simkins iki ajanını üst katı araştırmaya gönderdi. Bu sırada mutfakta bulduğu bodrum

417

merdivenlerinden aşağı inmeye başladı. Merdivenlerin sonuna gelince ışıkları yaktı. Bodrum katı pek kullanılmıyormuş gibi geniş ve boştu. Kazanlar, çıplak beton duvarlar ve birkaç kutu vardı. *Burada bir şey yok.* Adamları ikinci kattan aşağı inerken, Simkins mutfağa çıktı. Herkes başını iki yana salladı.

Ev boştu.

Kimse yoktu. Başka ceset de yoktu.

Simkins, Sato'ya tatsız manzarayı ve etrafın temiz olduğunu telsizle haber verdi.

Antreye gittiğinde, Sato'nun verandadaki basamakları çıktığını gördü. Daha gerisinde, Warren Bellamy, ayaklarının dibinde Sato'nun titanyum çantasıyla helikopterin içinde tek başına, yarı şuursuz bir halde oturuyordu. Müdürün güvenli dizüstü bilgisayarı, şifreli uydu kanalları aracılığıyla, dünyadaki CIA bilgisayar sistemlerine girebiliyordu. Bu gecenin erken saatlerinde, Bellamy'yi tam işbirliğine ikna eden bir tür bilgiyi paylaşmak için bu bilgisayarı kullanmıştı. Bellamy'nin ne gördüğüne dair Simkins'in hiçbir fikri yoktu, ama her ne ise, Mimar gördüklerinden sonra fark edilir bir şoka girmişti.

Antreye giren Sato, Hartmann'ın cesedinin yanında başını öne eğdi. Hemen sonra bakışlarını Simkins'e dikti. "Langdon ile Katherine'den hiç iz yok mu? Veya Peter Solomon'dan?"

Simkins başını iki yana salladı. "Eğer hâlâ hayattalarsa, yanında götürmüş olmalı."

"Bu evde bilgisayar gördünüz mü?"

"Evet efendim. Ofiste."

"Gösterin bana."

Simkins, onu antreden, oturma odasına götürdü. Pelüş halı, kırılan cumba penceresinin kırık cam parçalarıyla doluydu. Şöminenin, büyük bir tablonun ve kitap raflarının yanından geçip, ofis kapısının önüne geldiler. Lambrili ofiste antika masa ile büyük bir bilgisayar ekranı vardı. Masanın arkasına geçip, ekrana göz atan Sato hemen kaşlarını çattı.

Alçak sesle, "Lanet olsun," dedi.

Etrafında dolaşıp, yanına gelen Simkins ekrana baktı. "Ne oldu?"

Sato, ekrandaki boş kenetlenme istasyonunu işaret etti. "Dizüstü bilgisayar kullanıyor. Yanında götürmüş."

Simkins anlayamıyordu. "Görmek istediğiniz bir bilgi mi var?"

Sato sert bir tonla, "Hayır," dedi. "Kimsenin görmesini *istemediğim* bir bilgi var."

Aşağıdaki gizli bodrumda yatan Katherine Solomon, helikopter pervanelerinin gürültüsünün ardından, kırılan camı ve üst kattaki sert ayak seslerini duymuştu. Yardım istemek için bağırmaya çalıştı ama ağzındaki tıkaç buna engel oluyordu. Ne kadar çok çabalarsa, kan bileğinden o kadar hızlı akıyordu.

Nefesinin kesildiğini ve başının döndüğünü hissetti.

Sakinleşmesi gerektiğini biliyordu. *Aklını kullan Katherine*. Dikkatini yoğunlaştırarak, meditasyon yaptı.

Robert Langdon'ın zihni, boşlukta yüzüyordu. Sonsuz boşluktan içeri bakıp, bir dayanak noktası bulmaya çalıştı ama hiçbir şey bulamadı.

Mutlak karanlık. Mutlak sessizlik. Mutlak huzur.

Hangi yönün yukarı olduğunu anlamasına yarayan yerçekimi bile yoktu.

Vücudu gitmişti.

Ölüm bu olmalı.

Zaman, bu yerde sanki pusulayı şaşırmış gibi iç içe geçiyor, uzuyor ve kısalıyordu. Zamanın nasıl geçtiğini artık anlamıyordu.

On saniye mi? On dakika mı? On gün mü?

Ama hatıraları birden, uzak galaksilerdeki patlamalar gibi canlanmaya başladı. Engin bir hiçlikteki şok dalgaları gibi Langdon'ın üstüne geliyorlardı.

Robert Langdon aniden hatırlamaya başlamıştı. Canlı ve rahatsız edici görüntüler onu delip geçiyordu. Dövmelerle kaplı bir yüze bakıyordu. Bir çift güçlü el başını kaldırıp, yere çarpıyordu.

Acı vardı... ardından karanlık.

Gri ışık.

Zonklama.

Hatıra kırıntıları. Langdon aşağı... aşağı... aşağı doğru, yarı baygın yerde sürükleniyordu. Onu ele geçiren adam bir şarkı söylüyordu.

Verbum significatium... Verbum omnificum... Verbum perdo...[1]

---

(1) Şifrelenmiş sırları çözmekte kullanılan sihirli parola.

110. BÖLÜM

CIA, uydu-görüntüleme bölümünün isteğini yerine getirmesini beklerken, Sato çalışma odasında tek başına duruyordu. D.C. bölgesinde çalışmanın ayrıcalıklarından biri de uydu kapsamında olmaktı. Eğer şansı varsa içlerinden biri bu gece evin fotoğrafını çekecek şekilde konumlandırılmış ve son yarım saat içinde evden ayrılan bir aracın görüntüsünü yakalamış olabilirdi.

Uydu teknisyeni, "Üzgünüm efendim," dedi. "Söz konusu koordinatlar bu gece kapsamda değilmiş. Yeniden konumlandırma talebinde bulunmak ister misiniz?"

"Hayır, teşekkürler. Çok geç." Telefonu kapattı.

Şimdi hedefin gittiği yeri nasıl bulacağına dair hiçbir fikri olmayan Sato, derin bir nefes aldı. Adamlarının, Ajan Hartmann'ın cesedini torbalayıp, helikopetere taşıdığı girişe yürüdü. Sato, Ajan Simkins'e adamlarını toplayıp, Langley'ye dönmek için hazırlanmasını emretmişti ama Simkins oturma odasında, elleri ve dizlerinin üstünde duruyordu. Sanki hastaymış gibi görünüyordu.

"İyi misin?"

Yüzünde tuhaf bir ifadeyle başını kaldırıp baktı. "Bunu gördünüz mü?" Oturma odasının zeminini işaret etti.

Yanına gelen Sato, pelüş halıya baktı. Hiçbir şey göremeyince başını iki yana salladı.

Simkins, "Çömelin," dedi. "Halının havına bakın."

Sato da öyle yaptı. Halının lifleri sanki ezilmiş gibi görünüyordu... Sanki tekerlekli ağır bir şey odadan geçmiş gibi iki düz çizgiyle ezilmişlerdi.

Simkins, "Tuhaf olan, tekerleklerin takip ettiği yön," dedi. Sonra gösterdi.

Sato'nun bakışları, oturma odasındaki halıdan geçen paralel çizgileri takip etti. İzler, şöminenin yanındaki, yerden tavana uzanan geniş tablonun altında yok oluyordu. *Bu da ne böyle?*

Dan Brown   420

Tablonun yanına giden Simkins, duvardan indirmeye çalıştı. Yerinden kıpırdamadı. Ellerini kenarlarında gezdirirken, "Sabitlenmiş," dedi. "Durun, altında bir şey var..." Aşağı kenarın altındaki küçük bir kola parmaklarıyla dokununca, bir şey tıkırdadı.

Simkins tabloyu ileri doğru itti. Tüm resim kendi ekseni etrafında döner kapı gibi çevrilirken, Sato ileri doğru bir adım attı.

Simkins fenerini kaldırıp, ışığını arkadaki karanlık yere tuttu.

Sato gözlerini kıstı. *İşte başlıyoruz.*

Kısa koridorun sonunda, ağır, metal bir kapı duruyordu.

Langdon'ın zihninin karanlığında uçuşan hatıralar, gelip gidiyordu. Hemen ardından, aynı ürkütücü ve uzaktan gelen fısıltıyla, kırmızı kıvılcımlar dönmeye başladı.

Verbum significatium... Verbum omnificum... Verdum perdo.

Şarkı, ortaçağ ilahilerinin yankıları gibi devam etti. *Verbum significatium... Verbum omnificum.* Kelimeler boşlukta yuvarlanırken, her yanından yeni sesler yankılanmaya başladı.

Apocalypsis...[1] *Franklin... Apocalypsis... Verbum... Apocalypsis...*

Bir anda uzaklarda yaslı bir çan çalmaya başladı. Üst üste çalan çanın sesi gittikçe arttı. Langdon'ın anlamasını istercesine daha hızlı çalıyor, sanki zihninin takip etmesi için onu uyarıyordu.

---

(1) Kıyamet

111. BÖLÜM

Tam üç dakika boyunca çalan saat kulesinin çanı, Langdon'ın başının üstündeki kristal avizeleri sallıyordu. Yıllar önce Phillips Exeter Akademisi'ndeki pek sevilen bu toplantı salonunda bazı seminerlere katılmıştı. Bu gece öğrencilere seslenecek olan sevgili bir dostunu dinlemeye gelmişti. Işıklar kararırken, Langdon okul müdürü portrelerinin asılı durduğu arka duvardaki koltuklardan birine geçti.

Kalabalık sakinleşti.

Uzun, gölge gibi birisi, karanlıkta sahneye çıkıp, podyumdaki yerini aldı. Yüzü olmayan ses, mikrofona, "Günaydın," diye fısıldadı.

Kimin seslendiğini görmek için herkes yerinde kıpırdandı.

Çalışmaya başlayan bir slayt projektörü, sepya bir fotoğraf gösterdi; yüksek kuleleri, Gotik süslemeleri ve kırmızı kumtaşından ön cephesiyle etkileyici bir şatoydu.

Gölge yeniden konuştu. "Bunun nerede olduğunu bana kim söyleyebilir?"

Karanlıktan bir kız, "İngiltere!" dedi. "Eski Gotik ve Romanesk üslupların karışımı olan bu ön cephe, onu gerçek bir *Normandiya* şatosu haline getirip, on ikinci yüzyıl civarlarındaki İngiltere'ye yerleştiriyor."

Yüzü olmayan ses, "Vay," diye cevap verdi. "Mimarisini bilen biri varmış."

Her taraftan alçak sesli homurdanmalar yükseldi.

Gölge, "Ne yazık ki," diye devam etti. "Dört bin beş yüz kilometre ve yarım bin yıl ıskaladın."

Salondakiler yerlerinde dikildiler.

Projektör şimdi aynı şatonun farklı açıdan renkli ve modern bir fotoğrafını gösteriyordu. Şatonun kuleleri ön plana hâkimdi ama arka planda, şaşılacak kadar yakın mesafede, ABD Kongre Binası'nın büyük, beyaz ve kolonlu kubbesi duruyordu.

Kız, "Bir dakika!" diye bağırdı. "D.C.'de Normandiya şatosu mu var?"

Ses, "1855'ten beri," diye cevap verdi. "İşte bundan sonraki fotoğraf o zaman çekilmişti."

Yeni bir slayt belirdi; hayvan iskeletleri, bilimsel çalışmaların sergilendiği vitrinler, biyolojik örneklerin bulunduğu cam kavanozlar, arkeolojik eserler ve tarihöncesi sürüngenlerin alçıdan modelleriyle, binanın içinin siyah-beyaz çekimiydi.

Ses, "Bu harikulade şato, Amerika'nın ilk gerçek bilim müzesiydi," dedi. "Tıpkı kurucuları gibi, genç ve tecrübesiz ülkemizin aydınlanmanın beşiği olabileceğine inanan zengin bir İngiliz bilim adamının hediyesiydi. Kurucu atalarımıza yüklü bir serveti miras bıraktı ve onlardan ulusumuzun merkezinde 'bilginin artması ve yayılması için bir kuruluş' inşa etmelerini istedi." Uzunca bir süre sustu. "Bu cömert bilim adamının ismini bana kim söyleyebilir?"

Ön sıradan çekingen bir ses, "James *Smithson* mı?" dedi.

İsmi tanıyan kalabalık fısıldaşmaya başladı.

Sahnedeki adam, "Gerçekten de Smithson," dedi. Şimdi ışığa çıkan Peter Solomon'ın gri gözleri neşeyle parladı. "Günaydın. İsmim Peter Solomon ve *Smithsonian* Enstitüsü'nün sekreteriyim."

Öğrenciler çılgınca alkışlamaya başladı.

Karanlıkta oturan Langdon, Peter'ın genç beyinleri Smithsonian Enstitüsü tarihinin fotoğraf turuyla fethetmesini hayranlıkla izledi. Gösteri Smithsonian Şatosu'nun bodrum laboratuvarları, sergilerin sıralandığı koridorları, yumuşakçalarla dolu salonu, kendilerine "kabuklu deniz canlısı kuratörleri" diyen bilim adamları ve şatonun en popüler iki sakininin -Yayılma ve Artma isimli, şimdi ölmüş iki baykuş- eski fotoğraflarıyla başladı. Yarım saatlik slayt gösterisi, devasa Smithsonian müzelerinin sıralandığı Ulusal Park'ın etkileyici bir uydu fotoğrafıyla son buluyordu.

Solomon sözlerini şöyle bağladı: "Konuşmamın başlangıcında da söylediğim gibi, James Smithson ile kurucu atalarımız, bu ülkenin aydınlanmanın beşiği olmasını hayal etmişlerdi. Bugün ulaştığımız noktayı görselerdi büyük gurur duyacaklarına inanıyorum. Onların kurduğu Smithsonian Entitüsü, Amerika'nın ortasında bir bilim ve bilgi abidesi olarak yükseliyor. Enstitümüzün bugün ulaştığı başarı ve çalışmaları bilgi, irfan ve bilim temelleri üzerine kurulmuş bir ülke düşleyen atalarımıza duyulan saygının canlı bir kanıtıdır."

Solomon coşku dolu alkışlar arasında slaytları kapatmıştı. Işıklar yandığında, düzinelerce sabırsız el soru sormak için havaya kalkmıştı.

Solomon ortalarda oturan kızıl saçlı bir gence söz verdi.

Delikanlı şaşkın bir sesle, "Bay Solomon?" dedi. "Kurucularımızın, bilimsel gelişim temelleri üzerine kurulu bir ülke inşa etmek için Avrupa'daki din baskısından kaçtığını söylediniz."

"Bu doğru."

"Ama... ben kurucularımızın Amerika'yı *Hıristiyan* bir ulus olarak inşa eden dindar insanlar olduklarını sanıyordum."

Solomon gülümsedi. "Dostlarım, beni yanlış anlamayın. Ülkemizin kurucuları çok dindar insanlardı, ama onlar Yaradancıydı; Tanrı'ya evrensel ve açık fikirli bir anlayışla inanıyorlardı. Öne sürdükleri tek *dini* ideal, din *özgürlüğüydü*." Mikrofonu kürsüden çıkarıp, sahnenin kenarına yürüdü. "Amerika'nın kurucularının manevi açıdan aydınlanmış bir ütopya hayali vardı. Düşünce özgürlüğü, kitlelerin eğitimi ve bilimsel gelişmeler, modası geçmiş dini batıl inanışların karanlığının yerine geçecekti."

Arka taraftan sarışın bir kız elini kaldırdı.

"Evet?"

Cep telefonunu kaldıran genç kız, "Bayım," dedi. "Sizi internette araştırdım. Wikipedia, tanınmış bir farmason olduğunuzu söylüyor."

Solomon, mason yüzüğünü yukarı kaldırdı. "Sizi dosya indirme maliyetinden kurtarayım."

Öğrenciler gülüştüler.

Kız tereddüt ederek, "Şey, peki," dedi. "Az önce modası geçmiş dini batıl inanışlardan bahsettiniz. Modası geçmiş batıl inanışlardan sorumlu tutulacak birileri varsa... bana öyle geliyor ki, bunlar da ancak masonlardır."

Solomon bu yorum karşısında oldukça rahattı. "Öyle mi? Nasıl?"

"Şey, ben masonluk hakkında çok şey okudum, pek çok eski ritüel ve inanışlarınız olduğunu biliyorum. İnternetteki bu makalede bile, masonların bir tür eski sihirli bilgeliğe inandıkları yazıyor... insanı tanrıların katına çıkarabilecek bir bilgelikmiş."

Herkes dönüp kıza sanki aklını kaçırmış gibi baktı.

Solomon, "Aslında," dedi. "Haklı."

Çocukların hepsi, hayretle dönüp ona baktılar.

Solomon gülmemek için kendini tutup kıza, "Bu sihirli bilgi hakkında başka Wiki-bilgeliği yazıyor mu?" diye sordu.

Kız biraz tedirgin görünüyordu, ama web sitesinden okumaya başladı. "Bu güçlü bilgeliğin layık olmayanlar tarafından kullanılmasını engellemek için, eski üstatlar bilgilerini *şifreli* yazarlardı... Semboller, mitoloji ve alegoriden oluşan mecazi bir dil kullanarak gerçeği gizlerlerdi. Günümüzde de bu şifrelenmiş bilgelik her yanımızda bulunmaktadır. Mitolojide, sanatta ve asırlık okült metinlerde şifrelenmişlerdir. Ne yazık ki günümüz insanı sembollerden oluşan bu karmaşık ağı çözme yeteneğini kaybetmiş... ve büyük gerçek kaybolmuştur."

Solomon bekledi. "Hepsi bu mu?"

Kız koltuğunda kıpırdandı. "Aslında, biraz daha var."

"Ben de öyle tahmin etmiştim. Lütfen... okuyun."

Kız tereddüt ediyordu, ama boğazını temizleyip, devam etti. "Efsaneye göre, uzun zaman önce Antik Gizemleri deşifre eden bilgeler, arkalarında bir tür *anahtar* bırakmışlardı... Bu, şifrelenmiş sırları çözmekte kullanılacak *parolaydı*. *Verbun significatium* diye bilinen bu sihirli parolanın, karanlığı kaldırma ve tüm insanlığın anlayacağı şekilde, Antik Gizemleri çözme gücünü elinde tuttuğu söylenir."

Solomon düşünceli bir şekilde gülümsedi. "Ah, evet... *verbum significatium.*" Bir süre boşluğa baktıktan sonra, gözlerini yeniden sarışın kıza çevirdi. "Peki bu harika *kelime* şimdi nerede?"

Endişeli görülen kızın, misafir konuşmacıya meydan okuduğu için pişman olduğu anlaşılıyordu. Okumayı bitirdi. "Efsaneye göre, *verbum significatium* yerin derinliklerinde gömülüdür, orada tarihin en önemli anını bekler... İnsanlığın artık gerçek, bilgi ve asırların bilgeliği olmadan yaşayamayacağı anı bekler. Bu karanlık yol kesişiminde, insanlık sonunda o kelimeyi yeryüzüne çıkaracak ve harikulade bir Aydınlanma Çağı'na girecektir."

Kız telefonunu kapatıp koltuğuna gömüldü.

Uzun bir sessizliğin ardından, başka bir öğrenci elini kaldırdı. "Bay Solomon, buna gerçekten inanmıyorsunuz, öyle değil mi?"

Solomon gülümsedi. "Neden olmasın? Mitolojide içgörü ve tanrısal güçler sağlayan sihirli kelimeler geleneği vardır. Çocuklar bugün bile, yok olan bir şeyi var etmek ümidiyle 'abrakadabra' diye bağırırlar. Elbette bugün artık bu kelimenin oyun tekerlemesi olmadığını unuttuk; kökleri eski Arami gizemciliğine dayanır. *Avrah KaDabra*, 'konuştuğum sırada yaratıyorum' anlamına gelir."

Sessizlik.

Öğrenci, "Ama bayım," diye üsteledi. "Tek bir *kelimenin*... şu *verbum significatiumu* her ne ise Antik Gizemleri çözme gücüne sahip olduğuna ve tüm dünyaya aydınlanma getireceğine inanıyor musunuz?"

Peter Solomon'ın yüzünden hiçbir şey anlaşılmıyordu. "Sizin düşünmeniz gereken, benim şahsi inançlarım olmamalı. Sizin düşünmeniz gereken, bir Aydınlanma Çağı'nın geleceği kehanetinin, dünyadaki tüm inanç ve felsefe geleneklerinde nasıl yankılanacağıdır. Hindular buna Krita Çağı[1] astrologlar Kova Burcu Çağı derler, Museviler Mesih'in geleceği şeklinde tasvir ederler, teosofistler Yeni Çağ, kozmologlar Uyumlu Birleşme derler ve belirli bir tarih öngörürler."

Birisi, "21 Aralık 2012!" diye bağırdı.

"Evet, Maya matematiğine inanıyorsanız... sinirleri bozacak kadar yakın."

Solomon'ın on yıl önce, televizyoncuların 2012 yılını Dünyanın Sonu ilan edeceklerini doğru tahmin ettiğini hatırlayan Langdon, kendi kendine güldü.

Solomon, "Zamanlamayı bir yana bırakırsak, tarih boyunca insanlığın tüm farklı felsefelerinin aynı sonuca çıktığını düşünmek bende hayranlık uyandırır," dedi. "Büyük bir aydınlanmanın geleceğini söylerler. Her kültürde, her çağda ve dünyanın her köşesinde, insanların hayalleri hep aynı kavram üzerinde yoğunlaşır; insanın yüceleceği... insan zekâsının gerçek potansiyeline kavuşacağı." Gülümsedi. "İnanışlardaki bu benzerliği sizce ne açıklayabilir?"

Kalabalığın arasından alçak sesle biri, *"Gerçek!"* dedi.

Solomon yerinde döndü. "Bunu kim söyledi?"

Yumuşak yüz hatlarından Nepalli ya da Tibetli olduğu anlaşılan Asyalı ufak tefek bir delikanlı el kaldırmıştı. "Belki de tüm ruhlara yerleştirilmiş evrensel bir gerçek vardır. Belki de DNA'larımızdaki ortak bir sabit kod gibi, hepimizin içinde aynı hikâye saklıdır. Belki de hikâyelerimizin birbirine benzeyişinin sebebi bu ortaklaşa gerçektir."

Ellerini birbirine yaslayıp, delikanlıya eğilerek selam veren Solomon'ın yüzü sevinçle parlıyordu. "Teşekkür ederim."

Herkes susmuştu.

Salondakilere seslenen Solomon, "Gerçek," dedi. "Gerçeğin gücü vardır. Eğer hepimiz aynı fikirlerin çekimine kapılıyorsak, belki de bu fikirler *gerçek* olduğu için böyle yapıyoruzdur... belki de içimizde yazılıdırlar. Ve gerçeği duyduğumuzda, anlamasak bile, gerçeğin içimizde yankılandığını... bilinçaltımızda titreştiğini hissederiz. Belki de gerçeği öğrenmiyor... zaten içimizde olan bu bilgiyi... hatırlıyor... anımsıyor... farkına varıyoruzdur."

Artık salonda tam bir sessizlik hâkimdi.

Solomon bir süre, söylediklerinin iyice sindirilmesi için bekledikten sonra, "Sözlerimi noktalarken, gerçeği ortaya çıkarmanın asla kolay olmadığı konusunda sizleri uyarmalıyım," dedi. "Tarih boyunca her Aydınlanma Ça-

---

(1) Geçiş çağı

ğı'nı, ters yöne iten bir karanlık çağ izlemiştir. Doğa ve denge yasaları da böyledir. Ve bugün dünyamızda büyüyen karanlığa bakacak olursak, bunun, eşit oranda bir ışığın da büyüdüğü anlamına geldiğini fark ederiz. Büyük bir Aydınlanma Çağı'nın eşiğindeyiz ve hepimiz -hepiniz- tarihin bu önemli anını yaşayacağımız için kutsanmışız. Tarihin tüm çağları boyunca... yeryüzünde yaşamış olan tüm insanlar arasında... nihai Rönesans'a tanıklık edecek o kısa zaman aralığında yaşayanlar bizleriz. Karanlık bin yılın ardından bilimimizin, zihinlerimizin ve hatta dinlerimizin gerçeği ortaya çıkardığını göreceğiz."

Solomon sessiz olmalarını işaret etmek için elini havaya kaldırdığında, büyük bir alkış kopmasını bekliyordu. "Genç hanım?" Arka taraftaki cep telefonlu, kavgacı sarışın kıza yönelmişti. "Sizinle pek aynı dili konuşmadığımızı biliyorum, ama size teşekkür etmek istiyorum. Gelecek olan değişikliklerde sizin tutkunuz önemli bir etken olacak. Karanlık, kayıtsızlıkla beslenir... ve en güçlü panzehiri inançtır. İnancınızı araştırmaya devam edin. İncil'i araştırın." Gülümsedi. "Özellikle son sayfalarını."

Kız, "Kıyamet mi?" dedi.

"Kesinlikle. Vahiy Kitabı ortak *gerçeğimizin* canlı bir örneğidir. İncil'in son kitabı, sayısız başka gelenekte anlatılan benzer hikâyeden bahseder. Hepsi de büyük hikmet perdesinin kalkacağı kehanetinde bulunurlar."

Başka biri, "Ama kıyamet, dünyanın sonuyla ilgili değil mi? Bilirsiniz işte; Deccal, mahşer, iyiyle kötü arasındaki son savaş, bunlar değil mi?" diye sordu.

Solomon kendi kendine güldü. "Burada kimler Yunanca dersi alıyor?"

Pek çok el havaya kalktı.

"Apocalypse kelimesi gerçekte ne anlama geliyor?"

Öğrencilerden biri, "Şu demek," diye başladı ama sonra şaşırmış gibi durdu. *"Apocalypse* 'örtüsünü açmak'... veya 'ortaya çıkarmak' anlamına gelir."

Solomon delikanlıyı başını sallayarak onayladı. "Kesinlikle. Apocalypse, gerçekte *açığa çıkarma* demektir. İncil'deki Vahiy Kitabı, büyük gerçeğin ve hayal edilemeyecek bilgeliğin ortaya çıkacağını öngörür. Apocalypse dünyanın sonu değil, *bildiğimiz* şekliyle dünyanın sonudur. Çarpıtılmış Apocalypse kehaneti, İncil'in en güzel mesajlarından biridir." Solomon sahnenin önüne doğru adım attı. "İnanın bana Apocalypse geliyor... ve bize öğretildiği gibi bir şey olmayacak."

Başının çok üstündeki çan çalmaya başladı.

Öğrenciler şaşkın ve gürültülü bir alkış kopardılar.

112. BÖLÜM

Sağır edici bir patlamanın şok dalgasıyla yerinde sıçradığında, Katherine Solomon bilincin kıyısında sallanıyordu.

Saniyeler sonra burnuna duman kokusu geldi.

Kulakları çınlıyordu.

Boğuk sesler duyuyordu. Uzaktan. Bağrışmalar. Ayak sesleri. Birden daha rahat nefes almaya başladı. Ağzındaki bez çıkarılmıştı.

Bir adam, "Güvendesin," diye fısıldadı. "Dayan biraz."

Adamın iğneyi kolundan çekmesini beklerken, adam bunun yerine emirler vermeye başladı. "Sağlık setini getirin... iğneye serum bağlayın... laktatlı Ringer solüsyonu aşılayın... kan basıncını ölçün." Adam hayati belirtilerini kontrol ederken, "Bayan Solomon, size bunu yapan kişi... nereye gitti?" diye sordu.

Katherine konuşmaya çalıştı ama başaramadı.

Ses, "Bayan Solomon?" diye tekrarladı."Nereye gitti?"

Katherine gözlerini aralamaya çalıştı ama içi geçiyordu.

Adam, "Nereye gittiğini bilmemiz gerek," diye üsteledi.

Katherine hiç anlamı olmadığını bildiği halde, o iki kelimeyi fısıldadı. "Kutsal... Dağ'a."

Dağılmış çelik kapının üstünden adımını atan Başkan Sato, gizli bodruma inen tahta rampadan aşağı indi. Ajanlarından biri onunla aşağıda karşılaştı.

"Başkan, bunu görmek isteyeceğinizi sanıyorum."

Sato, ajanı dar koridordan, küçük bir odaya kadar takip etti. Oda iyi aydınlanmıştı ve yerdeki kıyafet yığını dışında boştu. Sato, Robert Langdon'ın mokasenleriyle tüvit ceketini tanıdı.

Ajan, karşı duvardaki büyük, tabut benzeri kutuyu işaret etti.

Bu da ne böyle?

O yöne doğru hareket eden Sato, duvardan geçen şeffaf plastik borunun kutuyu beslediğini gördü. Dikkatle yaklaştı. Üstünde hareketli küçük bir parça olduğunu görebiliyordu. Uzanıp bu parçayı kenara itince, küçük pencere ortaya çıktı.

Sato geri çekildi.

Pleksiglasın altında... suya batmış Profesör Robert Langdon'ın ifadesiz yüzü duruyordu.

Işık!

Langdon'ın asılı kaldığı sonsuz boşluk aniden kör edici güneşle dolmuştu. Karanlık boşlukta uzanan yakıcı beyaz ışınlar, zihnini deliyordu.

Her yerde ışık vardı.

Birden, önündeki ışık yayan bulutun içinde güzel bir silüet belirdi. Bulanık ve belirsiz bir yüzdü... İki göz, boşlukta ona bakıyordu. Işık demeti yüzünü çevreleyince Langdon, Tanrı'nın yüzüne baktığını sandı.

Tanktan içeri bakan Sato, Profesör Langdon'ın olanlardan haberi olup olmadığını merak ediyordu. Bundan şüphesi vardı. Ne de olsa bu teknolojinin tüm amacı, kişinin durumunu değerlendirememesiydi.

Duyusal yoksunluk tankları, ellilerden beri vardı ve zengin yeniçağ deneycileri için hâlâ popüler bir geçit niteliği taşıyorlardı. Bilinen ismiyle "yüzmek", ana rahmine dönüş deneyimi yaşatıyordu... Tüm duyusal girdileri ortadan kaldırarak -ışık, ses, dokunma, hatta yerçekimi- beyin aktivitesini sakinleştiren bir tür meditasyon hali yaratmaya yardım ediyordu. Geleneksel tanklarda kişi, nefes alabilmesi için yüzünü suyun üzerinde tutan, hiper-batmaz tuzlu bir solüsyonda sırtüstü yüzerdi.

Ama son yıllarda, bu tanklarda bir kuantum sıçraması yaşanmıştı.

Oksijene doyurulmuş perflorokarbon.

Total Likit Ventilasyon (TLV) diye bilinen bu yeni teknoloji, öylesine mantığa aykırıydı ki, çok az kişi varlığına inanıyordu.

Nefes alınabilen sıvı.

Sıvının içinde nefes almak, Leland C. Clark'ın oksijene doyurulmuş perflorokarbona batırdığı bir fareyi saatlerce hayatta tuttuğu 1966'dan beri var olan bir gerçekti. TLV teknolojisi 1989'da, izleyicilerin çok azı gerçek bilimi seyrettiklerinin farkında olsa da *The Abyss*[1] filmiyle etkileyici bir çıkış yapmıştı.

Total Likit Ventilasyonu; modern tıbbın, prematüre bebeklerin nefes almasına yardımcı olmak için bebeği rahimdeki sıvı dolu ortama döndürme çabalarından doğmuştu. Ana rahminde dokuz ay geçiren insan ciğerleri, sıvıyla doldurulmuş ortama yabancı değildi. Perflorokarbon bir zamanlar nefes alınmayacak kadar yapışkandı ama yeni gelişmeler sayesinde neredeyse suyun yoğunluğuyla aynı, nefes alınabilir sıvılar yapılabiliyordu.

CIA'in Bilim ve Teknoloji Başkanlığı -istihbarat dünyasındaki ismiyle "Langley Büyücüleri"- ABD Ordusu'na teknoloji üretmek için oksijene doyurulmuş perflorokarbon üzerinde yoğun çalışmalar yapmıştı. Deniz kuvvetlerinin seçkin okyanus dalış ekipleri, oksijene doyurulmuş sıvıda nefes almanın, trimiks ya da helioks'a oranla, vurgun yeme tehlikesiyle karşılaşmadan çok daha derinlere dalma imkânı sunduğunu keşfetmişlerdi. Benzer şekilde NASA ile hava kuvvetleri de geleneksel oksijen tankı yerine nefes alınabilir sıvı teçhizatı ile donatılan pilotların, sıvının g-kuvvetini iç organlara gazdan daha orantılı yayması sebebiyle, daha yüksek g-kuvvetine dayanabildiklerini öğrenmişlerdi.

Sato şimdilerde, kişilerin şu Total Likit Ventilasyon tanklarını deneyebileceği "aşırı deneyim laboratuvarları" -bilinen ismiyle "Meditasyon Makineleri"- olduğunu duymuştu. Buradaki tank, sahibinin özel deneyleri için yerleştirilmiş olmalıydı ama, kapağındaki ağır kilitler Sato'ya bu tankın karanlık uygulamalar için de kullanıldığını düşündürüyordu... CIA'in bildiği bir sorgulama tekniği için.

Kötü ün salmış olan şu suda boğma[2] sorgulama tekniği, kurban gerçekten de boğulduğuna *inandığı* için oldukça etkiliydi. Sato, bunun gibi duyusal yoksunluk tanklarının kullanıldığı pek çok özel operasyonun, bu yanılsamayı daha ürkütücü yeni seviyelere taşımak için yapıldığını biliyordu. Nefes alınabilir sıvıya batırılan biri, gerçek anlamda "boğulabilirdi". Boğulma deneyimi yüzünden yaşanan panik, genellikle kurbanın içinde nefes aldığı sıvının, sudan biraz daha yoğun olduğunu fark

---

(1) Derinlik Sarhoşluğu
(2) Water boarding

etmesini engellerdi. Sıvı ciğerlerine aktığında, genellikle korkudan bayılır ve sonra en üst düzey "hücre hapsinde" uyanırdı.

Tutukluya bedeninden tamamen ayrıldığı hissini vermek için oksijene doyurulmuş sıvının içinde topikal uyuşturucu maddeler, paraliz ilaçları ve halüsinojenler karıştırılırdı. Beyni, kollarını ve bacaklarını hareket ettirmesi için emir gönderdiğinde hiçbir şey olmazdı. "Ölü" olma hali başlı başına ürkütücüydü, ama "yeniden doğum" sürecinin oluşturduğu durum değerlendirme bozukluğu, parlak ışıklar, soğuk hava ve sağır edici gürültülerin yardımıyla son derece sarsıcı ve acılı olabiliyordu. Yeniden doğum ve takip eden boğulmaların ardından tutuklu öyle bir gelirdi ki, yaşıyor mu yoksa ölü mü anlayamazdı... ve sorgulayıcıya hemen her şeyi söyleyebilirdi.

Sato, Langdon'ı çıkarmak için tıbbi ekibin gelmesini bekleyip beklememesi gerektiğine karar veremedi, ama fazla vakti olmadığını biliyordu. *Bildiklerini öğrenmem gerek.*

"Işıkları söndürün," dedi. "Ve bana battaniye bulun."

Kör edici güneş gitmişti.

Yüz de yok olmuştu.

Karanlık geri dönmüştü ama, Langdon şimdi boşluğun içinde ışık yılı kadar uzak mesafelerde yankılanan fısıltıları duyabiliyordu. Boğuk sesler... anlaşılmaz kelimeler. Sanki dünya büyük bir sarsıntıyla ikiye ayrılacakmış gibi... titreşimler oluyordu.

Sonra oldu.

Evren bir anda ikiye ayrıldı. Boşlukta devasa bir boğaz açıldı... sanki boşluk dikiş yerlerinden kopmuştu. Açıklıktan içeri grimsi bir pus girdi ve Langdon korkunç bir manzarayla karşılaştı. Bedeni olmayan eller uzanarak, onu bu dünyadan çekip çıkarmak istercesine vücudunu kavrıyordu.

Hayır! Onlarla mücadele etmeye çalıştı, ama kolları yoktu... yumrukları yoktu. *Yoksa var mıydı?* Birden vücudunun zihninde şekillendiğini hissetti. Eti geri dönmüş, onu yukarı doğru çeken güçlü eller tarafından kavranmıştı. *Hayır! Lütfen!*

Ama çok geçti.

Eller onu açıklıktan yukarı kaldırırken, göğsüne bir acı saplandı. Ciğerleri kumla doldurulmuş gibiydi. *Nefes alamıyorum!* Şimdi, aklına gele-

Kayıp Sembol

bilecek en sert, en soğuk zeminde sırtüstü yatıyordu. Bir şey sert ve acı verici biçimde, üst üste göğsüne bastırıyordu. Sıcak havayı içinden atıyordu.

Geri dönmek istiyorum.

Sıvıyı öksürürken, şiddetle sarsılıyordu. Göğsünde ve boynunda acı hissetti. Tıpkı işkence gibiydi. Boğazı yanıyordu. İnsanlar konuşuyor, fısıldamaya çalışıyorlardı ama sesler sağır ediciydi. Görüşü bulanıklaşmıştı, tek görebildiği bozuk şekillerdi. Cildi, bir ölününkü gibiydi ve uyuşmuştu.

Göğsü artık daha ağır geliyordu... basınç. *Nefes alamıyorum!*

Daha fazla sıvıyı öksürdü. Öğürme hissine kapılınca soluk aldı. Soğuk hava ciğerlerine·dolduğunda, yeryüzündeki ilk nefesini alan bir bebek gibi hissetti. Bu dünya ıstırap vericiydi. Langdon'ın tek isteği ana rahmine geri dönmekti.

Robert Langdon ne kadar zaman geçtiğini bilmiyordu. Şimdi sert bir zeminde, havlulara ve battaniyelere sarılmış, yan yattığını hissedebiliyordu. Tanıdık bir yüz ona bakıyordu... ama etrafındaki ışınlar gitmişti. Uzaktan gelen bir şarkı hâlâ zihninde yankılanıyordu.

Verbum significatium... Verbum omnificum...

Birisi, "Profesör Langdon," diye fısıldadı. "Nerede olduğunuzu biliyor musunuz?"

Hâlâ öksüren Langdon, hafifçe başını salladı.

Ama her şeyden önemlisi, bu gece olanları fark etmeye başlamıştı.

113. BÖLÜM

Yün battaniyelere sarılmış olan Langdon, titreyen bacaklarının üstünde ayağa kalkıp, açık duran sıvı tankından içeri baktı. İstememiş olsa da vücudu ona geri dönmüştü. Boğazı ve ciğerleri yanıyordu. Bu dünya sert ve acımasızdı.

Sato az önce duyusal yoksunluk tankını ona açıklamış; eğer dışarı çıkarmasa ya açlıktan ya da daha beter bir şeyden öleceğini eklemişti. Langdon, Peter'ın da benzer bir deneyim yaşadığından emindi. Dövmeli adam kendisine bu akşam, *Peter arada bir yerde,* demişti. *Arafta... Hamistagan'da.* Eğer bu doğum sürecine bir kereden fazla maruz kaldıysa, Peter'ın adama bilmek istediği her şeyi söylemesi Langdon'ı şaşırtmazdı.

Sato, Langdon'a kendisini takip etmesini işaret etti. Langdon da öyle yaptı. Dar bir koridordan ağır adımlarla yürüyüp, şimdi ilk defa gördüğü bu garip barınağın derinliklerine ilerlediler. Taş bir masa ve ürkütücü renklerle aydınlatılmış olan kare şeklinde bir odaya girdiler. Katherine'in burada olduğunu görünce, Langdon rahat bir soluk aldı. Buna rağmen, manzara ürkütücüydü.

Katherine, taş masanın üstünde sırtüstü yatıyordu. Yerde kana bulanmış havlular vardı. Bir CIA ajanı, tüpü Katherine'in koluna bağlı bir serum torbasını tutuyordu.

Katherine sessizce hıçkırıyordu.

Güçlükle konuşabilen Langdon, "Katherine?" diye boğuk bir ses çıkardı.

Katherine başını çevirdiğinde aklı karışmış gibi bakıyordu. "Robert?!" Gözleri önce hayret, sonra neşeyle büyüdü. "Ama... boğulduğunu sanıyordum!"

Langdon taş masaya doğru ilerledi.

Serum torbasını tutan, ajanın itirazlarına aldırış etmeyen Katherine, yerinde doğruldu. Battaniyelere sarılı olan Langdon'a uzanarak, ona sıkıca sarıldı. Yanağından öperken, "Şükürler olsun," dedi. Sonra onu bir kez daha öptü ve sanki gerçek olduğuna inanmıyormuş gibi sıktı. "Anlamıyorum... nasıl?..."

Sato duyusal yoksunluk tankları ve oksijene doyurulmuş perflorokarbonlar hakkında bir şeyler anlatmaya başladı ama Katherine onu dinlemiyordu. Langdon'a sarılmakla yetindi.

"Robert," dedi. "Peter yaşıyor." Ağabeyiyle dehşet verici karşılaşmasını hatırlarken sesi tiredi. Peter'ın fiziksel durumunu anlattı; tekerlekli sandalyeyi, garip bıçağı, "kurban" vermek konusunu ve Peter'ı hemen işbirliği yapmaya ikna etmek için onu insandan bir saat haline getirdiğini...

Langdon konuşamıyordu. "Senin... nereye... gittiklerine dair bir fikrin var mı?"

"Peter'ı Kutsal Dağ'a götürdüğünü söyledi."

Langdon kollarının arasından sıyrılıp Katherine baktı.

Katherine'in gözleri yaşlarla dolmuştu. "Piramidin tabanındaki tabloyu çözdüğünü ve piramidin ona Kutsal Dağ'a gitmesini anlattığını söyledi."

Sato, "Profesör," diye üsteledi. "Bu size bir anlam ifade ediyor mu?"

Langdon başını iki yana salladı. "Hiçbir şey." Yine içinde bir ümit vardı. "Ama bilgiyi piramidin tabanından aldıysa, biz de bulabiliriz. Ona nasıl çözeceğini ben söyledim."

Sato başını iki yana salladı. "Piramit yok. Baktık. Yanında götürmüş."

Bir süre sessiz kalan Langdon, gözlerini kapatıp piramidin tabanında gördüklerini hatırlamaya çalıştı. Sembollerden oluşan tablo, boğulmadan önce gördüğü son resimdi ve yaşadığı sarsıntı bir şekilde, görüntülerin zihnine kazınmasına sebep olmuştu. Tablonun, hepsini olmasa da bir kısmını hatırlıyordu ve belki de bu kadarı yeterli olurdu.

Sato'ya dönüp telaşla, "Bize yetecek kadarını hatırlayabilirim ama internette bir şeye bakmanızı isteyeceğim," dedi.

Sato, BlackBerry'sini çıkardı.

"'Sekizinci Dereceden Franklin Karesi' yazıp arayın."

Sato, ona şaşkın gözlerle baktı ama soru sormadan yazmaya başladı.

Langdon'ın görüşü hâlâ bulanıktı ve etrafındaki acayiplikleri yeni fark etmeye başlıyordu. Yaslandığı taş masanın kurumuş kan lekeleriyle, sağ taraftaki duvarınsa metinler, fotoğraflar, çizimler, haritalar ve aralarından geçip onları birbirine bağlayan, ipten dev bir ağla kaplı olduğunu gördü.

Tanrım.

Hâlâ battaniyelere sarılı olan Langdon, acayip derlemeye doğru yürüdü. Duvara son derece tuhaf bir bilgi koleksiyonu yapıştırılmıştı; kara büyüden Kutsal Kitap'a kadar antik metinlerden sayfalar, sembol ve mühür çizimleri, komplo teorisi web sitelerinden sayfalar, Washington D.C.'nin işaretlenmiş ve üzerine notlar alınmış bir uydu fotoğrafı. Sayfalardan birinde, çeşitli dillerdeki kelimelerden oluşan bir liste vardı. Langdon bunlardan bazılarının masonik kutsal kelimeler, bazılarının antik sihir kelimeleri, bazılarınınsa büyü törenlerine özgü kelimeler olduklarını fark etti.

Aradığı bu mu?

Bir kelime?

Bu kadar basit mi?

Langdon'ın Mason Piramidi hakkındaki şüpheleri, açığa çıkaracağı rivayet edilen şeye dayanıyordu; Antik Gizemlerin yeri. Çok uzun zaman önce kaybolan antik kütüphanelerde saklanan kitaplardan, günümüze ulaşmış yüz binlerce ciltle dolu devasa bir mahzen olması gerekirdi. Tüm bunlar imkânsız görünüyordu. *O kadar büyük bir mahzen olabilir mi? D.C.'nin altında?* Ama Peter'ın Phillips Exeter'da yaptığı konuşma, sihirli kelimelerden oluşan bu listeyle birleşince, başka bir şaşırtıcı olasılık doğmuştu.

Langdon sihirli kelimelerin gücüne kesinlikle inanmıyordu... ama dövmeli adamın inandığı belliydi. Karalanmış notları, haritaları, metinleri, bilgisayar çıktılarını, aralarından geçen ipleri ve yapışkanlı not kâğıtlarını bir kez daha incelerken nabzı hızlandı.

Konulardan biri sürekli tekrar ediyordu.

Tanrım, verbum significatium'u arıyor... Kayıp Kelime'yi. Peter'ın konuşmasından parçalar hatırlayan Langdon, bu düşüncenin şekil alması için biraz bekledi. *Aradığı şey Kayıp Kelime! Washington'da gömülü olduğuna inandığı şey bu.*

Sato, onun yanına geldi. "İstediğiniz şey bu muydu?" BlackBerry'sini ona uzattı.

Langdon ekrandaki sekize sekiz kareye baktı. "Kesinlikle." Bir müsvedde kâğıdı aldı. "Bir kaleme ihtiyacım var."

Sato ona cebinden bir kalem verdi. "Lütfen acele edin."

* * *

Bilim ve Teknoloji Müdürlüğü'nün bodrum katındaki ofisinde, Nola Kaye sistem güvenlik uzmanı Rick Parrish tarafından kendisine getirilen redakte edilmiş dokümanı inceliyordu. *CIA başkanı, antik piramitler ve yeraltındaki gizli mekânlarla ilgili bir dosyayla ne halt eder?*

Telefonu eline alıp çevirdi.

Sato hemen cevap verdi. Sesi çok gergindi. "Nola, ben de şimdi seni arayacaktım."

Nola, "Yeni bilgi edindim," dedi. "Bunun neyle ilgili olduğunu bilmiyorum ama redakte edilmiş bir..."

Sato, "Her ne diyorsa, unut gitsin," diyerek sözünü kesti. "Vaktimiz kalmadı. Hedefi yakalamakta başarısız olduk ve onun büyük bir tehlike yaratacağını düşünmek için birçok nedenim var."

Nola ürperdiğini hissetti.

"İyi haber, tam olarak nereye gittiğini biliyoruz." Sato derin bir nefes aldı. "Kötü haber, yanında bir *dizüstü bilgisayar* taşıyor."

114. BÖLÜM

Yaklaşık on beş kilometre ötedeki Mal'akh, battaniyeyi Peter Solomon'ın etrafına sardı ve tekerlekli sandalyesini ay ışığının aydınlattığı bir parktan, dev bir binanın karanlığına götürdü. Yapının dış cephesinde tam otuz üç sütun vardı... her biri tam olarak otuz üç ayak[1] yükseklikteydi. Heybetli bina bu saatte boştu, yüzden onları kimse görmeyecekti. Hoşgörse de fark etmezdi. Kimse kel kafalı, bir kötürümü akşam gezintisine çıkaran uzun boylu, nazik görünüşlü, bir adamdan şüphelenmezdi.

Arka girişe vardıklarında Mal'akh, Peter'ın sandalyesini güvenlik tuş takımının yanına götürdü. Küstahça bakan Peter'ın şifreyi girmeye niyeti yok gibiydi.

Mal'akh kahkaha attı. "Beni içeri sokacağın için mi buradasın sanıyorsun? Kardeşlerinden biri olduğumu ne çabuk unuttun?" Uzanıp, otuz üçüncü dereceye yükseldikten sonra kendisine verilen giriş kodunu girdi.

Ağır kapı tıklayarak açıldı.

Peter inleyerek sandalyede kıpırdanmaya başladı.

Mal'akh, "Peter, Peter," diye mırıldandı. "Katherine'i düşün. İşbirliği yap ki, yaşayabilsin. Onun hayatını kurtarabilirsin. Sana söz verdim."

Esirini sandalyesiyle içeri taşıyan Mal'akh'ın kalbi heyecandan hızla atarken, kapıyı arkalarından kilitledi. Peter'ı birtakım koridorlardan geçirerek asansöre götürdü ve çağırma düğmesine bastı. Kapılar açılınca asansöre bindiler. Ardından, Peter'ın ne yaptığını görmesi için uzanıp en üstteki düğmeye bastı.

Peter'ın ıstıraplı yüzünde derin bir korku ifadesi belirdi.

Asansörün kapısı kapanırken, Peter'ın tıraşlı başını nazikçe okşayan Mal'akh, "Şş," diye fısıldadı. "Sen de iyi bilirsin... işin sırrı ölümün nasıl olduğunda..."

---

(1) On metre

Tüm sembolleri hatırlayamıyorum!

Langdon, taş piramidin tabanındaki sembollerin yerlerini hatırlaya-bilmek için gözlerini kapatıp, elinden geleni yaptı ama onun ezberci hafı-zası bile bu kadarını beceremiyordu. Hatırlayabildiği birkaç sembolü yaz-dı ve Franklin'in sihirli karesinde gösterilen yerlerine yerleştirdi.

Ama şimdilik mantıklı gelen hiçbir şey göremiyordu.

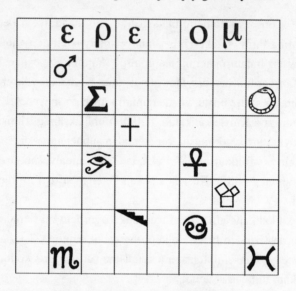

Katherine, "Bak!" diyerek onu cesaretlendirmeye çalıştı. "Doğru iz üstünde olmalısın. İlk sıranın hepsi Yunan harflerinden oluşuyor; aynı tür-den semboller yan yana geliyor!"

Langdon da bunu fark etmişti ama bu biçimde yerleştirilmiş harflere uyan Yunanca bir kelime hatırlayamıyordu. *İlk harfe ihtiyacım var.* Sihirli ka-reye bir kez daha bakarak, ilk harfe denk düşen sol alt köşenin yanındaki sem-bolü hatırlamaya çalıştı. *Düşün!* Gözlerini kapatıp, piramidin tabanını hayal etmeye çalıştı. *En alt satır... sol köşenin yanında... orada hangi harf vardı?*

Langdon bir an için yeniden tanka dönmüş, dehşetle pleksiglasın al-tından piramidin tabanına bakıyordu.

Sonra bir anda gördü. Derin nefesler alarak gözlerini açtı. "İlk harf *H!*"

Langdon kareye geri dönerek ilk harfi yazdı. Kelime hâlâ tamamlan-mamıştı ama bu kadarı da yeterdi. Birden, kelimenin ne anlama gelebile-ceğini fark etti.

Ηερεδομ!

Kalbi kulaklarında atan Langdon, BlackBerry'de yeni bir arama başlattı. Bu ünlü Yunanca kelimenin İngilizcedeki karşılığını yazdı. İlk çıkan sonuç bir ansiklopedi sayfasıydı. Okuyunca, doğru olduğunu anladı.

> *Ηερεδομ!* Farmasonluğun "yüksek derecelerinde" önemli bir kelime. İskoçya'daki efsanevi bir dağa atıfta bulunan Fransız Rose Cruix[1] ritüellerinden. İlk Bölüm'de geçen efsanevi yer. Yunanca, *Ηερεδομ!* Kutsal Ev anlamındaki Hieros-domos kelimesinden gelir.

Langdon biraz şüpheyle, "İşte bu!" diye bağırdı. "Gittikleri yer burası!"

Onun omzunun üstünden yazıyı okuyan Sato, hiçbir şey anlamamış görünüyordu. "İskoçya'daki efsanevi bir dağa mı gittiler?!"

Langdon başını iki yana salladı. "Hayır, kod adı Heredom olan, Washington'daki bir binaya."

---

(1) Gül Haç

115. BÖLÜM

Kardeşler arasında Heredom olarak bilinen Mabet Evi daima, Amerika'daki masonik İskoç Riti'nin en değerli mücevheri olmuştu. Piramidimsi, dik eğimli çatısıyla bu binaya hayali bir İskoç dağının ismi verilmişti. Ama Mal'akh buradaki hazinenin hayali olmadığını biliyordu.

Yer burası, diye düşündü. *Yolu Mason Piramidi gösterdi.*

Eski asansör yavaşça üçüncü kata çıkarken Mal'akh, Franklin Karesi'ni kullanarak yeniden düzenlediği sembolleri yazdığı kâğıdı çıkardı. Şimdi tüm Yunan harfleri ilk satıra çıkmıştı... ve yanlarında basit bir sembol vardı.

H	ε	ρ	ε	δ	o	μ	↓

Mesaj bundan daha açık olamazdı.

Mabet Evi'nin altında.

Heredom↓

Kayıp Kelime burada bir yerde.

Mal'akh yerini tam olarak nasıl bulacağını bilmese de cevabın tablodaki diğer sembollerde gizli olduğundan emindi. Şansı vardı ki, Mason Piramidi ile bu binanın sırlarını çözmekte Peter Solomon'dan daha fazla yardımı dokunacak biri olamazdı. *Üstadı Muhterem'in kendisi.*

Tekerli sandalyesinde çırpınmaya devam eden Peter, ağzındaki tıkacın ardından boğuk sesler çıkarıyordu.

Mal'akh, "Katherine için endişelendiğini biliyorum," dedi. "Ama bitti sayılır."

Mal'akh için son, ansızın gelmiş gibiydi. Acı çektiği, plan yaptığı, beklediği ve araştırma yaptığı yılların ardından... o an sonunda gelmişti.

Asansör yavaşlamaya başlayınca, içini heyecan kapladığını hissetti.

Kabin sarsılarak durdu.

Bronz kapılar kayarak açıldı ve Mal'akh karşılarında duran görkemli salona baktı. Kare şeklindeki geniş salon, sembollerle donatılmış ve tavandaki pencereden içeri giren ay ışığıyla yıkanmıştı.

Mal'akh, *aynı noktaya geri döndüm,* diye düşündü.

Tapınak Odası. Peter Solomon ile kardeşlerinin Mal'akh'ı aptal gibi kendi aralarına aldıkları yer burasıydı. Artık masonların en büyük sırrı -kardeşlerden bazılarının var olduğuna bile inanmadığı sır- yeryüzüne çıkmak üzereydi.

Bodrumdan yukarı çıkan tahta rampada Sato ile diğerlerinin peşinden giderken kendini hâlâ sarhoş gibi hisseden Langdon, "Hiçbir şey bulamayacak," dedi. "Gerçekten *kelime* diye bir şey yok. Hepsi mecazi, Antik Gizemlerin bir sembolü."

İki ajanın koluna girerek destek olduğu Katherine de arkasından geliyordu.

Grup, metal kapı enkazının üzerinden ve ekseni etrafında dönen tablo bölümünden dikkatle geçip, oturma odasına girdi. Langdon, Sato'ya, Kayıp Kelime'nin farmasonluğun en eski sembollerinden biri olduğunu anlattı. İnsanların artık deşifre edemediği esrarengiz bir dilde yazılmış, tek bir kelimeydi. Antik Gizemler gibi Kayıp Kelime de gizli gücünü ancak onu deşifre edecek kadar aydınlanmış kişilere açıklayacağını vaat ediyordu. Langdon, "Kayıp Kelime'yi bulup, anlamını çözebilirsen... Antik Gizemlerin sana açılacağı rivayet edilir," dedi.

Sato dönüp omzunun üstünden baktı. "O halde bu adamın bir *kelimenin* peşinde olduğuna inanıyorsunuz?"

Langdon söylediklerinin ilk başta saçma geleceğini kabul ediyordu ama bu, pek çok soruya cevap veriyordu. "Bakın, ben büyü törenleri konusunda uzman değilim," dedi. "Ama bodrum duvarlarındaki dokümanlardan... ve Katherine'in anlattığı, adamın başının üstündeki dövme yapılmamış kısımdan anladığım kadarıyla... bu adam Kayıp Kelime'yi bulup, vücuduna yazmayı ümit ediyor."

Sato, grubu yemek odasına yönlendirdi. Dışarıdaki helikopterin pervaneleri gürültüyle çalışıyordu.

Langdon yüksek sesle düşünerek konuşmaya devam etti. "Eğer bu adam gerçekten Antik Gizemlerin gücünü çözmek üzere olduğuna inanıyorsa, ona göre Kayıp Kelime'den daha güçlü başka hiçbir sembol olamaz. Eğer bulup, başının tepesine yazabilirse -ona göre kutsal bir yer- kendisinin kusursuz biçimde donatıldığına ve tören için hazır olduğuna..." Peter'ı bekleyen kaderi düşünen Katherine'in benzinin attığını görünce sustu.

Helikopter pervanesinin gürültüsünden sesi güçlükle duyulan Katherine, "Ama Robert," dedi. "Bu iyi haber, öyle değil mi? Peter'ı kurban etmeden önce Kayıp Kelime'yi başının tepesine yazmak istiyorsa, daha vaktimiz var demektir. Kelimeyi buluncaya kadar Peter'ı öldürmeyecektir. Ve eğer *kelime* yoksa..."

Ajanlar Katherine'i bir sandalyeye oturturlarken Langdon açıklamaya çalıştı. "Ne yazık ki Peter hâlâ senin kanamadan öleceğini sanıyor. Seni kurtarmanın tek yolunun bu deliyle işbirliği yapmak olduğunu düşünüyor... ve sanıyorum onun Kayıp Kelime'yi bulmasına yardımcı olacaktır."

Katherine, "Ne olmuş yani?" diye üsteledi. "Eğer kelime yoksa..."

Katherine'in gözlerinin içine bakan Langdon, "Katherine," dedi. "Eğer senin öldüğüne inansaydım ve eğer birisi bana Kayıp Kelime'yi bularak seni kurtarabileceğimi söyleseydi, o zaman bu adama bir kelime bulurdum - *herhangi* bir kelime- ve verdiği sözü tutması için Tanrı'ya dua ederdim."

Yan odadan bir ajan, "Başkan Sato!" diye bağırdı. "Şunu bir görseniz iyi olacak!"

Yemek odasından aceleyle çıkan Sato, ajanlarından birinin yatak odasından aşağı indiğini gördü. Elinde sarı bir peruk taşıyordu. *Bu da ne?*

Ajan, peruğu uzatırken, "Adamın takma saçı," dedi. "Giysi dolabında bulduk. Yakından bakın."

Sarı peruk Sato'nun beklediğinden daha ağırdı. Başa oturan kısmı, kalın bir jelden yapılmış gibiydi. Tuhaf bir şekilde, peruğun alt kısmından bir kablo çıkıyordu.

Ajan, "Kafa derisine oturan jel torbalı batarya," dedi. "Saçın içine gizlenen fiber optik mini kameraya enerji sağlar."

"Ne?" Sato, sarı saçların arasına görünmeyecek şekilde yerleştirilmiş minik kamera lensini buluncaya kadar peruğu parmaklarıyla yokladı. "Bu şey, bir gizli kamera mı?"

Ajan, *Video* kamera," dedi. "Görüntüleri şu küçük sert kartta depoluyor." Peruğun başa oturan kısmına yerleştirilmiş pul büyüklüğündeki kare bir silikonu gösterdi. "Harekete duyarlı olmalı."

Sato, *Tanrım,* diye düşündü. *Bu şekilde yapmış olmalı.*

"Yaka çiçeği" havasındaki bu gizli kamera, başkanın bu gece yüz yüze geldiği krizde anahtar rol oynamıştı. Bir süre daha baktıktan sonra ajana geri verdi.

"Evi aramaya devam edin," dedi. "Bu adamla ilgili bulabileceğiniz her türlü bilgiyi istiyorum. Dizüstü bilgisayarının kayıp olduğunu biliyoruz, hareket halindeyken onu dış dünyaya nasıl bağlamayı planlıyor öğrenmek istiyorum. Çalışma odasında bize donanımıyla ilgili ipucu sağlayabilecek her türlü kullanma kılavuzunu, kabloyu, her şeyi arayın."

"Peki efendim." Ajan koşturarak gitti.

Gitme vakti geldi. Sato helikopter pervanesinin son gücüyle döndüğünü duyabiliyordu. Simkins'in, hedefin gittiğine inandıkları bina hakkında bilgi almak için Warren Bellamy'yi getirdiği yemek odasına gitti.

Mabet Evi.

Franklin Meydanı'ndan beri battaniyeye sarılı olduğu halde gözle görülür derecede titreyen Bellamy, "Ön kapılar içeriden kilitlidir," dedi. "İçeri girmenin tek yolu arka giriş. Tuş takımına sadece kardeşlerin bildiği bir PIN kodu girilir."

Notlar alan Simkins, "Bu PIN ne?" diye sordu.

Ayağa kalkamayacak kadar güçsüz görünen Bellamy, dişlerinin arasından giriş kodunu söyledikten sonra, "1733 On Altıncı Sokak, ama binanın arkasındaki park alanından girin. Bulması biraz güç olabilir..." diye ekledi.

Langdon, "Yerini biliyorum," dedi. "Gittiğimizde size gösteririm."

Simkins başını iki yana salladı. "Siz gelmiyorsunuz profesör. Bu askeri bir..."

Langdon, "Ne diye gelmiyormuşum!" diye çıkıştı. "Peter orada! Ve o bina bir labirenttir! Size yolu gösterecek biri olmazsa, Tapınak Odası'na girmeniz on dakikanızı alır!"

Bellamy, "Doğru söylüyor," dedi. "Orası bir labirent. Bir asansör var ama eski ve gürültülüdür, ayrıca Tapınak Odası'ndan net görülür. Sessizce girmek istiyorsanız, yürüyerek çıkmalısınız."

Langdon, "Yolunuzu asla bulamazsınız," diye uyardı. "O arka kapıdan girip sırasıyla Tören Salonu, Şeref Salonu, Orta Sahın, Atriyum, Büyük Merdiven..."

Sato, "Yeter," dedi. "Langdon geliyor."

Kayıp Sembol

116. BÖLÜM

Enerji artıyordu.

Peter Solomon'ı sunağa doğru iterken, Mal'akh bu enerjinin, içinde aşağı yukarı hareket edip zonkladığını hissedebiliyordu. *İçeri girdiğimden, sonsuza dek daha güçlü olarak bu binadan çıkacağım.* Geriye kalan tek şey, son malzemenin yerini bulmaktı.

Kendi kendine, *"Verbum significatium,"* diye fısıldadı. *"Verbum omnificum."*

Mal'akh, Peter'ın tekerlekli sandalyesini sunağın yanında durdurup, etrafından dolaştı ve Peter'ın kucağında duran ağır çantanın fermuarını açtı. Elini içine sokup, taş piramidi çıkardı ve Peter'ın tam önünde ay ışığına tuttu. Ona piramidin tabanına kazınmış sembol tablosunu gösterdi. "Geçen bunca yıla rağmen, piramidin, sırrını nasıl koruduğunu hâlâ anlayamamışsın," diye alay etti. Piramidi dikkatle sunağın köşesine yerleştirdikten sonra yeniden çantaya döndü. Altın kapak taşını çıkarırken, "Ve bu tılsım, gerçekten de karmaşanın içinden düzen çıkardı, tıpkı vaat ettiği gibi," dedi. Metal kapak taşını özenle taş piramidin üzerine yerleştirdikten sonra Peter'ın görebilmesi için geri çekildi. "Bak, bireşimin tamamlandı."

Yüzünü çarpıtan Peter, boş yere konuşmaya çalıştı.

"Güzel. Görüyorum ki bana söyleyecek bir şeyin var." Mal'akh, kurbanının ağzındaki tıkacı sertçe çekip çıkardı.

Peter Solomon konuşmaya başlamadan önce bir süre öksürüp, sık nefesler aldı. "Katherine..."

"Katherine ölmek üzere. Onu kurtarmak istiyorsan, sana söylediklerimi aynen yapmanı tavsiye ederim." Mal'akh, onun şimdiye kadar çoktan öldüğünü veya ölmeye yakın olduğunu düşünüyordu. Zaten fark etmezdi. Ağabeyine hoşça kal diyecek kadar yaşayabildiği için şanslıydı.

Peter boğuk bir sesle, "Lütfen," diye yalvardı. "Ona bir ambulans gönder."

"Ben de bunu yapacağım. Ama önce sen bana gizli merdivene nasıl gidileceğini söyleyeceksin."

Peter'ın ifadesi şaşkınlığa dönüştü. "Ne?!"

"Merdiven... Mason efsanesi, Kayıp Kelime'nin gömülü olduğu, toprağın yüzlerce metre altındaki gizli yere inen merdivenden bahseder."

Peter şimdi telaşa kapılmış görünüyordu.

Mal'akh, "Efsaneyi biliyorsun," diye yem attı. "Bir taşın altında saklı olan gizli merdiven." Ortadaki sunağı gösterdi. Büyük granit levhanın üstünde yaldızlı harflerle İbranice şöyle yazıyordu: TANRI 'IŞIK OLSUN' DEDİ VE IŞIK OLDU. "Buranın doğru yer olduğu belli. Merdivenin girişi, aşağıdaki katlardan birinde gizli olmalı."

Peter, "Bu binada gizli merdiven falan yok!" diye bağırdı.

Sabırla gülümseyen Mal'akh yukarıyı gösterdi. "Bu bina piramit şeklinde yapılmış." Ortadaki kare şeklindeki pencereye belli bir açıyla yükselen, dört tarafı kemerli tavanı işaret etti.

"Evet, Mabet Evi bir piramit ama bunun..."

"Peter, bütün gece vaktim var." Mal'akh, üzerindeki beyaz ipek sabahlığı düzeltti. "Ama Katherine'in yok. Onun yaşamasını istiyorsan, merdivene nasıl gidileceğini bana söyleyeceksin."

"Sana zaten söyledim," dedi. "Bu binada gizli merdiven yok."

"Yok mu?" Mal'akh, piramidin tabanındaki sembolleri yeniden düzenleyip yerleştirdiği kâğıdı çıkardı. "Mason Piramidi'nin son mesajı bu. Deşifre etmeme arkadaşın Robert Langdon yardım etti."

Mal'akh kâğıdı kaldırıp, Peter'ın yüzüne yaklaştırdı. Üstadı Muhterem kâğıdı gördüğünde içini çekti. Altmış dört sembol anlam ifade edecek şekilde gruplandırılmış... ve karmaşanın içinden gerçek bir *resim* çıkmıştı.

Piramidin altında duran bir merdiven resmi.

Peter Solomon karşısındaki sembol tablosuna hayretle baktı. Mason Piramidi sırrını nesiller boyunca saklamıştı. Şimdi birdenbire örtüsü kalkıyordu. Karın boşluğunda içine soğuk bir şeylerin dolduğunu hissetti.

Piramidin son şifresi.

İlk bakışta bu sembollerin gerçek anlamı Peter için gizemini korusa da sonradan dövmeli adamın inandığı şeye neden inandığını hemen anladı.

Heredom isimli piramidin altında gizli bir merdiven olduğuna inanıyor.
Sembolleri yanlış anlıyor.

Dövmeli adam, "Nerede?" diye sordu. "Merdiveni nasıl bulacağımı bana söyle, ben de Katherine'i kurtarayım."

Peter, *keşke bunu yapabilseydim,* diye düşündü. *Ama merdiven gerçek değil.* Merdiven efsanesi tamamıyla sembolikti... Masonluktaki alegorilerin bir parçasıydı. Bilinen ismiyle, Sarmal Merdiven, ikinci derece işaret tahtasında[1] yer alırdı. İnsanın İlahi Gerçek'e yükselişini temsil ederdi. Sarmal Merdiven, Yakup'un merdiveni gibi, cennete giden yolun sembolüydü... insanın Tanrı'ya yaptığı yolculuktu... dünyevi ve ruhani dünyalar arasındaki bağlantıydı. Basamakları, zihnin çeşitli erdemlerini temsil ederdi.

Peter, *bunu bilmeliydi,* diye düşündü. *Tüm ikaf törenlerine katıldı.*

Her mason üye, "insan biliminin gizemlerinde rol almasını" sağlayacak, sembolik merdivenden çıkacağını öğrenirdi. Noetik Bilim ve Antik Gizemler gibi farmasonluk da insan zihninin henüz kullanılmayan potansiyeline hürmet ederdi. Ayrıca masonik sembollerinin pek çoğu insan fizyolojisiyle ilgiliydi.

---

(1) Masonluğun ilk üç derecesinde, üyeliğe yeni kabul edilenlerin farmasonluğa dair öğrendiklerini pekiştirmelerine yardımcı olan sembol ve amblemlerin resmedildiği tahtalar.

Zihin, fiziksel bedenin üstünde altın bir kapak taşı gibi durur. Felsefe Taşı budur. Enerji, belkemiği merdiveninde aşağı yukarı dolaşıp, ilahi zihni fiziksel vücuda bağlar.

Peter, belkemiğinin tam *otuz üç* omurgadan oluşmasının bir rastlantı olmadığını biliyordu. *Masonluğun otuz üç derecesi vardır.* Belkemiğinin en altı veya *sacrum,* "kutsal kemik" anlamına gelirdi. *Vücut gerçekten de bir tapınaktır.* Masonların hürmet ettiği insan bilimi, bu tapınağın en güçlü ve soylu amaç için nasıl kullanılacağı anlayışıydı.

Ne yazık ki, bu adama gerçeği açıklamanın Katherine'e faydası olmayacaktı. Bakışlarını sembol tablosuna indiren Peter, yenilgiye uğramış gibi içini çekti. "Haklısın," diye yalan söyledi. "Bu binanın altında gerçekten de bir merdiven var. Katherine'e yardım gönderdiğin anda seni oraya götüreceğim."

Dövmeli adam, ona bakmakla yetindi.

Solomon meydan okuyan gözleriyle ona ateş püskürdü. "Ya kız kardeşimi kurtarıp gerçeği öğrenirsin... ya da ikimizi birden öldürüp sonsuza kadar cahil kalırsın!"

Adam kâğıdı yavaşça aşağı indirerek başını iki yana salladı. "Senden memnun değilim Peter. Sınavı geçemedin. Hâlâ beni kandırmaya çalışıyorsun. Aradığım şeyin ne olduğunu bilmediğimi mi sanıyorsun? Gerçek potansiyeli henüz anlayamadığımı mı sanıyorsun?"

Adam bunları söyledikten sonra, arkasını dönüp sabahlığını aşağı kaydırdı. Beyaz ipek dalgalanarak yere düşerken, Peter ilk defa adamın belkemiğinin üstündeki uzun dövmeyi gördü.

Yüce Tanrım...

Beyaz örtünün üstünde, zarif bir sarmal merdiven sırtının ortasına kadar yükseliyordu. Basamaklardan her biri, farklı bir omurun üzerine yerleştirilmişti. Nutku tutulan Peter, merdiveni adamın kafatasına kadar gözleriyle takip etti.

Peter bakmaktan başka bir şey yapamıyordu.

Dövmeli adam tıraşlı başını arkaya atıp kafatasının tepesindeki çıplak deriyi ona gösterdi. Bu el değmemiş derinin etrafında, kendi kuyruğunu yutan halka şeklinde bir yılan vardı.

Bir olma.

Adam yavaşça başını eğip, yüzünü Peter'a döndü. Göğsündeki çift başlı anka kuşu, ölü gözleriyle ona bakıyordu.

Adam, "Kayıp Kelime'yi arıyorum," dedi. "Bana yardım edecek misin... yoksa sen ve kız kardeşin ölecek misiniz?"

Mal'akh, *nasıl bulunacağını biliyorsun,* diye düşündü. *Bana söylemediğin bir şey biliyorsun.*

Peter Solomon sorgulama sırasında, şu anda hatırlamadığı bir şeyler açıklamış olmalıydı. Duyusal yoksunluk tankına girip çıkmak, onu kendinden geçirmiş ve itaatkâr kılmıştı. Ağzındaki baklayı çıkarırken, Mal'akh'a anlattığı her şey, Kayıp Kelime efsanesiyle uyumluydu.

Kayıp Kelime mecazi bir anlatım değil... gerçek. Eski bir dilde yazıldı ve asırlarca saklandı. Gerçek anlamını kavrayacak kişiye hayal edilemeyecek bir güç verme potansiyeline sahip.

Esirinin gözlerine bakan Mal'akh, "Peter," dedi. "Sembol tablosuna baktığında... bir şey gördün. Aklına bir şey geldi. Bu tablo sana bir şey ifade ediyor. Bana söyle."

"Katherine'e yardım gönderene kadar sana hiçbir şey söylemeyeceğim!"

Mal'akh, ona gülümsedi. "İnan bana, kız kardeşini kaybetmek, şu anda en son kaygılanman gereken şey." Başka bir şey söylemeden Langdon'ın çantasına döndü ve kendi evinin bodrumunda paketlediği gereçleri çıkarmaya başladı. Daha sonra, adak sunağının üzerine özenle yerleştirmeye başladı.

Katlanmış bir ipek örtü. Bembeyaz.

Gümüş bir buhurdan. Mısır'dan mürrüsafi.[1]

Peter'ın kanının durduğu bir şişe. Külle karışmış.

Siyah karga tüyü. Kutsal kalemi.

Adak bıçağı. Kenan Çölü'ndeki meteoritin demirinden dövülmüş.

Sesi keder yüklü olan Peter, "Ölmekten korktuğumu mu sanıyorsun?" diye bağırdı. "Katherine ölürse, hiçbir şeyim kalmaz! Bütün ailemi öldürdün! Benden her şeyimi aldın!"

Mal'akh, *"Her şeyini* almadım," diye cevap verdi. "Henüz almadım." Çantaya uzanarak çalışma odasından getirdiği dizüstü bilgisayarını çıkardı. Bilgisayarı açıp esirine baktı. "Korkarım, içinde bulunduğun müşkül durumu henüz kavrayamadın."

---

(1) Ağaçlardan sızan ve havayla temas edince donan bir tür reçine.

117. BÖLÜM

CIA helikopteri çimenlerden havalanıp, bir helikopterden beklendiğinden daha hızlı uçarken, Langdon midesinin ağzına geldiğini hissetti. CIA ajanlarından biri malikâneyi araştırıp bir yandan da destek ekibini beklerken, Katherine, Bellamy'yi teselli etmek için arkada kalmıştı.

Langdon ayrılmadan önce onu yanağından öpüp, "Dikkatli ol Robert," demişti.

Askeri helikopter Mabet Evi'ne hızla yaklaşırken, Langdon var gücüyle hayata tutunuyordu.

Yanında oturan Sato, sağır edici gürültüyü bastırıp pilota bağırdı. "Dupont Meydanı'na git! Orada ineceğiz!"

Şaşıran Langdon, ona döndü. "Dupont mu?! Orası Mabet Evi'nden çok uzak! Mabet'in park yerine inebiliriz!"

Sato başını iki yana salladı. "Binaya *sessizce* girmemiz lazım. Hedef geldiğimizi duyarsa..."

Langdon, "Vaktimiz yok!" diye itiraz etti. "Bu kaçık adam Peter'ı öldürmek üzere! Helikopterin sesi belki onu korkutup durdurur!"

Sato, ona buz gibi soğuk gözlerle baktı. "Size daha önce de söylediğim gibi, Peter Solomon'ın güvenliği benim asıl amacım değil. Bunun anlaşıldığını sanıyordum."

Langdon başka bir ulusal güvenlik nutku dinleyecek havada değildi. "Bakın, bu helikopterde o binaya nasıl girileceğini bilen tek kişi benim..."

Sato, "Dikkatli olun profesör," diye uyardı. "Burada ekibimin bir üyesi olarak bulunuyorsunuz ve tam işbirliği içinde olmamız gerekiyor." Bir süre durduktan sonra ekledi. "Aslında, bu geceki krizin ciddiyetini size açıklamam iyi olur."

Sato koltuğunun altına uzanıp, parlak bir titanyum çanta çıkardı. Çantayı açtığında, alışılmışın dışında, karmaşık görünen bir bilgisayar ortaya çıktı. Bilgisayarı çalıştırınca oturum açma istemiyle birlikte bir CIA logosu belirdi.

Sato sisteme giriş yaparken, "Profesör, adamın evinde bulduğumuz sarı peruğu hatırlıyor musunuz?" diye sordu.

"Evet."

"İyi, o peruğun içine fiber optik bir kamera gizlenmişti... Saçların arasında görünmüyordu."

"Gizli kamera mı? Anlamıyorum."

Sato gözlerinden ateş saçarak bakıyordu. "Anlayacaksınız." Dizüstü bilgisayarındaki bir dosyayı çalıştırdı.

LÜTFEN BEKLEYİN...

DOSYA ÇÖZÜLÜYOR...

Başka bir pencerede açılan video görüntüsü tüm ekranı kapladı. Sato çantayı kaldırıp, Langdon'ın kucağına koyarak, filmi ön koltuktan izlemesini sağladı.

Ekranda alışılmadık bir görüntü belirmişti.

Langdon şaşırarak geri çekildi. *Bu da ne?*

Puslu ve karanlık kayıtta gözleri bağlanmış bir adam vardı. Darağacına götürülen ortaçağdaki kâfirlerin kıyafetini giymişti; boynunda halattan bir ilmek vardı, pantolonunun sol paçası dize kadar, gömleğinin sağ kolu dirseğine kadar sıyrılmıştı ve düğmeleri açık gömleğinden çıplak göğsü görünüyordu.

Langdon hayretle baktı. Mason törenleri hakkında, gördüklerinin ne anlama geldiğini anlayacak kadar bilgi sahibiydi.

Bir mason aday... ilk derecesine girmeye hazırlanıyor.

Bronz tenli, kaslı ve uzun boylu adamın başında tanıdık bir sarı peruk vardı. Langdon, onu hemen tanımıştı. Adamın dövmelerinin bronz makyajın altında saklandığı belli oluyordu. Peruğunun içine gizlediği kamerayla boy aynasından kendi yansımasını çekiyordu.

Ama... neden?

Ekran karardı.

Yeni bir kayıt belirdi. Küçük, loş ve dörtgen bir oda. Siyah beyaz karolardan etkileyici bir satranç tahtası zemin. Üstünde titreşen mumların yandığı, üç sütunun çevrelediği, ahşap, alçak bir sunak.

Langdon birden olanları anladı.

Aman Tanrım.

Amatör filmleri hatırlatan bir tarzda çekilmişti. Sonra kamera, odada dönerek üyeyi gözlemleyen küçük bir grubu gösterdi. Adamlar mason tören giysilerini giymişlerdi. Langdon karanlıkta onların yüzlerini seçemiyordu, ama bu törenin nerede yapıldığına dair hiçbir kuşkusu yoktu.

Bu Loca Salonu'nun geleneksel düzeni, dünyadaki herhangi bir yer olabilirdi ama üstadın sandalyesinin üstündeki bebek mavisi üçgen alınlık, buranın D.C.'deki en eski mason locası olduğunu belirtiyordu. Potomac Locası No. 5; Beyaz Saray ile Kongre Binası'nın köşe taşlarını yerleştiren George Washington ve ülkenin mason kurucularının evi.

Loca bugün hâlâ faaldi.

Peter Solomon, Mabet Evi'ni yönetmenin yanı sıra, kendi yerel locasının da üstadıydı. Ve bir mason üyenin yolculuğu bunun gibi localarda başlardı... Farmasonluğun ilk üç derecesine buralarda yükseltilirdi.

Peter'ın tanıdık sesi, "Kardeşlerim," dedi. "Evrenin Yüce Mimarı adına, birinci dereceden mason töreni için bu locayı açıyorum!"

Bir tokmağın gürültülü sesi duyuldu.

Langdon, Peter Solomon'ın bu ayindeki bazı katı âdetleri uyguladığını gösteren videoyu inanamayan gözlerle izledi.

Üyenin çıplak göğsüne parlak hançer dayıyor... Üye, masonluğun gizemlerini "uygunsuz biçimde" açıklayacak olursa kazığa vurmakla tehdit ediyor... Siyah beyaz yer döşemesinin "yaşayanlarla ölüleri" temsil ettiğini açıklıyor... "Boğazın kesilmesi, dilin kökünden koparılması, kişinin cesedinin denizin sert kumlarına gömülmesi" şeklindeki cezalardan bahsediyor...

Langdon bakakalmıştı. *Tanık olduğum tüm bu görüntüler gerçek mi?* Mason üyelik törenleri asırlar boyunca gizliliğini korumuştu. Dışarı sızan tasvirler sadece uzaklaştırılan bir avuç kardeş tarafından yazılmıştı. Elbette Langdon anlatılanları okumuştu, ama üyeliğe kendi gözleriyle tanık olmak... bu çok daha farklı bir şeydi.

Özellikle de bu şekilde işlenmişse. Langdon bu çekimin haksız propaganda olduğunun farkındaydı. Üyeliğin asil yönlerini atlayarak, sadece en rahatsızlık verici kısımlarını gösteriyordu. Bu video yayınlanacak olursa, bir gecede internette sansasyon yaratacağından emindi. *Masonluk karşıtı komplo teorisyenleri bu çekime köpekbalığı gibi saldırırlar.* Mason örgütü ve özellikle de Peter Solomon, zararsız ve tamamıyla sembolik bir tören olmasına karşın, kendilerini karşıtların cadı kazanında bulur ve hasar almamak için boş yere uğraşırlardı.

451

Videoda ürkütücü şekilde, insan kurban vermeye dair İncil'den alıntılar yapılıyordu. *"İbrahim'in, ilk oğlu İshak'ı Yüce Varlık'a kurban olarak sunması."* Peter'ı düşünen Langdon, helikopterin daha hızlı uçmasını diledi.

Video kaydı şimdi değişmişti.

Aynı oda. Başka bir akşam. Daha büyük bir grup mason izleyici. Peter Solomon, üstat koltuğundan gözlüyordu. Bu ikinci dereceydi. Şimdi her şey daha etkileyiciydi. *Sunakta diz çöküyor... "Farmasonlukta var olan esrarları sonsuza dek saklamaya" yemin ediyor... "Göğüskafesinin yarılarak açılması ve çarpan kalbinin yırtıcı hayvanlara yem olması için yeryüzüne savrulması" cezasını kabul ediyor...*

Görüntü bir kez daha değişirken, Langdon'ın kalbi deli gibi çarpıyordu. Daha kalabalık bir topluluk. Yerde tabut şeklinde bir "işaret tahtası".

Üçüncü derece.

Bu ölüm töreniydi, tüm derecelerin en şiddetlisi. Üyenin, "kendi yok oluşunun son aşamasıyla yüzleşmeye" zorlandığı an buydu. *Birisini üçüncü dereceye yükseltmek*[(1)] deyimi aslında, bu işkenceci sorgulamadan geliyordu. Langdon bu törenle ilgili akademik anlatılara aşina olsa da göreceklerine asla hazır değildi.

Cinayet.

Hızlı ara çekimlerle kayıtta, üyenin vahşice öldürülüşü kurbanın bakış açısından yansıtılıyordu. Başına aldığı darbelerden birinin de mason çekiciyle indirildiği canlandırılıyordu. Bu sırada bir diyakoz kederle, "dul kadının oğlu" hikâyesini okuyordu. Kral Süleyman Tapınağı'nın Üstat Mimar'ı Hiram Abiff, sahip olduğu gizli bilgeliği açıklamak yerine ölmeyi tercih etmişti.

Elbette saldırılar canlandırmaydı ama kameradaki etkisi insanın kanını donduruyordu. Öldürücü darbenin ardından üye -artık "eski hali ölmüştü"- sembolik tabutuna yerleştirilip, gözleri kapatılıyor ve kolları cesetlere yapıldığı gibi çaprazlamasına kavuşturuluyordu. Kilise orgu ölüm marşını çalarken, mason kardeşler ölünün etrafında yas tutarak çember çiziyorlardı.

Ölüm sahnesi gerçekten rahatsız ediciydi.

Ve durum daha da kötüleşiyordu.

Adamlar katledilen kardeşlerinin etrafında toplanırken, gizli kamera yüzlerini net bir biçimde çekiyordu. Langdon şimdi Solomon'ın salondaki

---

(1) Anasından emdiği sütü burnundan getirmek anlamındaki İngilizce deyim.

tek ünlü olmadığını fark ediyordu. Üyenin tabutuna bakan adamlardan biri hemen her gün televizyona çıkıyordu.

Ünlü bir ABD senatörüydü.

Aman Tanrım...

Sahne yeniden değişti. *Dışarısı... gece vakti... Aynı sallantılı video çekimi... Adam şehirdeki bir caddede yürüyor... Kameranın önünde sarı saç telleri var... Bir köşeden dönüyor... Kamera adamın elindeki bir şeyi gösteriyor... bir dolarlık banknot... Devlet Mührü'nü yakın çekim alıyor... her şeyi gören göz... bitmemiş piramit... Ve sonra aniden, uzaklardaki benzer bir şekli gösteriyor... Piramit şeklinde heybetli bir bina... eğimli cepheleri, kesik tepesinde birleşiyor.*

Mabet Evi.

Langdon panik içindeydi.

Video hareket etmeye devam etti. *Adam şimdi aceleyle binaya gidiyor... çok katlı merdivenlerden çıkıyor... büyük bronz kapılara doğru gidiyor... on yedişer tonluk iki sfenks gardiyanın arasından geçiyor.*

Üyeliğe kabul piramidine giren bir aday.

Şimdi karanlık vardı.

Uzaklardan güçlü bir kilise orgunun sesi duyuldu... ve yeni bir görüntü belirdi.

Tapınak Odası.

Langdon güçlükle yutkundu.

Ekrandaki mağaramsı mekân, coşkulu bir faaliyet içindeydi. Tavan penceresinin altındaki siyah mermer sunak, ay ışığında parlıyordu. Bunun etrafındaki el yapımı domuz derisinden sandalyelerinde oturan adamlar, otuz üçüncü dereceden seçkin masonların oluşturduğu bir konseydi ve tanıklık etmek için buradaydılar. Video şimdi yavaş ve kasıtlı bir şekilde yüzlerini gösteriyordu.

Langdon dehşet içinde seyretmeye devam etti.

Daha görmediği halde, bakması anlamasına yetmişti. Dünyanın en güçlü şehrindeki en yüksek dereceli ve en usta masonların toplantısına, doğal olarak pek çok nüfuzlu ve tanınmış kişi katılacaktı. Sunağın etrafında, uzun ipek eldivenleri, mason önlükleri ve parlayan madalyonlarıyla, ülkenin en nüfuzlu adamlarından bazıları oturuyordu.

Anayasa Mahkemesi'nden iki yargıç...

Savunma bakanı...

Beyaz Saray sözcüsü...

Kamera dönerek, katılımcıların yüzlerini göstermeye devam ederken Langdon midesinin bulandığını hissetti.

Üç tanınmış senatör... içlerinden biri çoğunluk lideri...

Milli güvenlik bakanı...

Ve...

CIA başkanı...

Langdon başını çevirmek istedi, ama yapamadı. Çarpıcı manzara, onu bile dehşete düşürüyordu. Bir anda Sato'nun kaygı ve endişesinin sebebini anladı.

Şimdi ekran, şok edici tek bir görüntüye odaklanmıştı.

Bir insan kafatası... koyu kırmızı sıvıyla doluyordu. Ünlü *caput mortuum'u* üyeye, mum ışığında altın mason yüzüğü parlayan Peter Solomon elleriyle sunuyordu. Kırmızı sıvı şaraptı... ama kan gibi parıldıyordu. Görsel etkisi korkutucuydu.

John Quincy Adams'ın *Letters on the Masonie Institution*[1] isimli eserinde bu töreni ilk ağızdan okumuş olan Langdon, bunun *Beşinci İşret* olduğunu fark etti. Buna rağmen, gözleriyle görmek... Amerika'nın en güçlü adamlarının buna soğukkanlılıkla tanık olduğunu seyretmek... Langdon'ın daha önce hiç görmediği kadar dikkat çekici bir şeydi.

Üye, kafatasını ellerinin arasına aldı... Yüzü şarabın dingin yüzeyine yansımıştı. *"Yeminimi bilerek ve isteyerek bozacak olursam, içtiğim bu şarap bana ölümcül bir zehir olsun,"* dedi.

Bu üyenin yeminini bozmaya niyetli olduğu artık belliydi.

Kayıtlar halka gösterildiğinde neler olacağını hayal bile edemiyordu. *Kimse anlamaz.* Hükümet devrilirdi. Yayın organları, mason karşıtı grupların, köktendincilerin ve komplo teorisyenlerinin nefret ve korku salan sesleriyle dolar, yeniden bir Püriten cadı avı başlatılırdı.

Langdon, *gerçeğin çarpıtılacağını* biliyordu. *Masonlara her zaman yapıldığı gibi.*

Gerçek şuydu ki, kardeşliğin ölüme odaklanması, *hayatı cesurca kucaklamalarından* kaynaklanıyordu. Mason törenleri kişinin içinde uyuyan insanı canlandırmak, onu karanlık cehalet tabutundan kaldırmak, ışığa tut-

_____

(1) Mason Kurumu Üzerine Mektuplar

mak ve görecek gözleri vermek için tasarlanmıştı. İnsan sadece *ölümü* deneyimleyerek *hayat* deneyimini tam anlamıyla kavrayabilirdi. Yeryüzündeki günlerinin sayılı olduğunu fark ettiğinde, bu günleri şeref, dürüstlük ve dostlarına hizmet ederek yaşamanın önemini anlayabilirdi.

Mason üyelik törenleri şaşırtıcıydı, çünkü dönüştürücü olmaları gerekiyordu. Mason yeminleri acımasızdı, çünkü insanın şerefinin ve verdiği "sözün" bu dünyadan giderken yanında götürebileceği yegâne şeyler olduğunu hatırlatıyordu. Mason öğretileri esrarengizdi, çünkü *evrensel* olmaları gerekiyordu... Bu öğretileri; dinlere, kültürlere ve ırklara üstün gelen semboller ve mecazların ortak dili aracılığıyla öğretiyordu... kardeş sevgisiyle ortak bir "dünya bilinci" oluşturuyordu.

Langdon bir an için ümide kapıldı. Bu video dışarı sızarsa halk, yüklendikleri anlam bir yana bırakıldığında tüm dini törenlerin korkutucu görülebileceğini fark ederek, açık görüşlü ve hoşgörülü olacaktı; çarmıha germe sahnelemeleri, Musevilerin sünnet törenleri, Mormon'ların ölüyü vaftiz etmeleri, Katoliklerin şeytan çıkarmaları, İslamiyetteki peçe, Şamanların şifa vermesi, Musevilerin Kaparot töreni, hatta İsa'nın etiyle kanını sembolik olarak yemek.

Langdon *rüya gördüğünü* sanıyordu. *Bu kayıtlar yayınlanırsa karmaşa yaratır.* Rusya'nın veya İslam dünyasının ileri gelen liderlerinin, çıplak göğüslere hançer dayadığı, vahşi yeminler ettiği, sahte cinayetler işlediği, sembolik tabutlarda yattığı ve insan kafatasından şarap içtiği bu video kayıtları görülürse neler olacağını tahmin edebiliyordu. Tüm dünya bir anda derinden sarsılıp, şok olacaktı.

Tanrım bize yardım et...

Şimdi görüntülerde üye, kafatasını dudaklarına götürüyordu. Başını geriye doğru eğdi... kan kırmızı şarabı yudumladı... yeminini etti. Ardından kafatasını indirip, etrafındaki topluluğa baktı. Amerika'nın en güçlü ve güvenilir erkekleri, kabul ettiklerini belirtir şekilde, memnuniyetle başlarını salladılar.

Peter Solomon, *"Hoş geldin kardeşim,"* dedi.

Görüntü kararırken, Langdon nefes almadığını fark etti.

Sato hiç konuşmadan uzanıp çantayı kapattı ve kucağından kaldırdı. Langdon konuşmaya çalışarak ona döndü, ama söyleyecek söz bulamadı. Önemi yoktu. Anladığı yüzünden belli oluyordu. Sato haklıydı. Bu gece ulusal güvenlik meselesiydi... hem de tahmin edilemez boyutlarda.

118. BÖLÜM

Mal'akh, peştamalını tekrar beline bağlamış Peter Solomon'ın tekerlekli sandalyesinin önünde ileri geri yürüyordu. Tutsağının korkusunun her saniyesinden zevk alırken, "Peter," diye fısıldadı. *"İkinci* bir ailen olduğunu... mason kardeşlerini unuttun. Ve eğer bana yardım etmezsen onları da yok edeceğim."

Solomon kucağındaki dizüstü bilgisayarının ışığında neredeyse katatonik görünüyordu. Sonunda başını kaldırıp, "Lütfen," diye kekeledi. "Eğer bu video dışarı sızarsa..."

Mal'akh gülerek, "Eğer mi?" dedi. *"Eğer* dışarı çıkarsa mı?" Dizüstü bilgisayarının yanına takılmış küçük hücresel modemi gösterdi. "Bununla tüm dünyaya bağlanabiliyorum."

"Bunu yapamazsın..."

Mal'akh, Solomon'ın korkusundan zevk alarak, *yaparım,* diye düşündü. "Beni durduracak ve kız kardeşini kurtaracak gücün var," dedi. "Ama bana bilmek istediğim şeyi anlatmalısın. Kayıp Kelime bir yerde saklı, Peter ve bu tablo onun tam olarak nerede olduğunu gösteriyor."

Peter sembol tablosuna tekrar baktı, yüzünden hiçbir şey okunmuyordu.

"Belki bu sana ilham verir." Mal'akh, Peter'ın omuzlarının üzerinden uzanıp, dizüstü bilgisayarın birkaç tuşuna bastı. Ekranda bir e-posta programı açıldı ve Peter kaskatı kesildi. Ekranda Mal'akh'ın o akşam yazmaya başladığı bir e-posta -büyük medya kuruluşlarından oluşan uzun bir listeye gönderilmek üzere hazır bekleyen bir video dosyası- vardı.

Mal'akh gülümsedi. "Bence paylaşmamızın vakti geldi, sence de öyle değil mi?"

"Yapma!"

Mal'akh uzanıp, programın gönder butonuna bastı. Peter dizüstü bilgisayarı yere düşürmek için işe yaramayacak bir çabayla iplerinden kurtulmaya çalıştı.

Mal'akh, "Sakin ol, Peter," diye fısıldadı. "Bu büyük bir dosya. Gitmesi birkaç dakika sürer." Parmağıyla işlem çubuğunu gösterdi:

MESAJ GÖNDERİLİYOR: İŞLEMİN %2'Sİ TAMAMLANDI.

"Eğer bana bilmek istediğim şeyi söylersen, e-postayı durdururum ve kimse bunu görmez."

Peter beti benzi atmış bir halde işlem çubuğunun yavaş yavaş hareket edişini izliyordu.

MESAJ GÖNDERİLİYOR: İŞLEMİN %4'Ü TAMAMLANDI.

Mal'akh, dizüstü bilgisayarı Peter'ın kucağından alıp, yakındaki domuz derisi sandalyelerden birinin üzerine koydu ve diğer adamın işlemi izleyebilmesi için ekranı ona doğru çevirdi. Sonra, Peter'ın yanına dönüp, sembollerin bulunduğu sayfaları onun kucağına yaydı. "Efsaneler, Mason Piramidi'nin Kayıp Kelime'yi açığa çıkaracağını söylüyor. Bu, piramidin son şifresi. Nasıl okunacağını bildiğine eminim."

Mal'akh dizüstü bilgisayara baktı.

MESAJ GÖNDERİLİYOR: İŞLEMİN %8'İ TAMAMLANDI.

Mal'akh bakışlarını tekrar Peter'a çevirdi. Solomon nefretle parlayan gri gözleriyle ona bakıyordu.

Mal'akh, *benden nefret et,* diye düşündü. *Duygular ne kadar yoğun olursa, ritüel tamamlandığında ortaya çıkacak enerji o kadar etkili olur.*

Langley'de, helikopter sesi yüzünden Sato'yu güçlükle duyabilen Nola Kaye telefonu kulağına iyice bastırdı.

Nola, "Dosya transferini durdurmanın imkânsız olduğunu söylediler!" diye bağırdı. "Yerel ISP'leri[1] kapatmak en az bir saat alırmış ve eğer kablosuz bir bağlantıyla giriş yapabiliyorsa, kablolu interneti çökertmek dosyayı göndermesini engelleyemeyecektir."

Son zamanlarda, dijital bilgilerin akışını durdurmak neredeyse imkânsız hale gelmişti. Internete birçok giriş yolu vardı. Bilgisayarlar, Wi-Fi noktaları, hücresel modemler, uydu telefonları, süper telefonlar ve e-posta donanımlı PDA'lar arasında olası bir veri sızıntısını engellemenin tek yolu kaynak makineyi yok etmekti.

---

(1) Internet Service Provider: İnternet Servis Sağlayıcı

Kayıp Sembol

Nola, "Uçtuğunuz UH-60'ın teknik özelliklerini araştırdım," dedi. "Ve görünüşe bakılırsa, helikopterde EMP[1] donanımı var."

Elektromanyetik darbe ve elektromanyetik silahlar, artık polis teşkilatında, kaçan arabaları güvenli bir uzaklıktan durdurmak için yaygın bir şekilde kullanılıyordu. Bir EMP silahı, yüksek yoğunlukta bir elektromanyetik radyasyon darbesi ateşleyerek, hedef aldığı herhangi bir aracın –arabaların, cep telefonlarının, bilgisayarların- elektroniğini etkili bir şekilde bozabiliyordu. Nola'nın elindeki teknik bilgilere göre, UH-60'ta gövdeye monte edilmiş, lazer görüşlü, on gigavatlık darbe etkisi yaratan elli-dB kazanç kontrolüyle, altı gigahertz manyetron bulunuyordu. Darbe, doğrudan bir dizüstü bilgisayara gönderildiğinde, bilgisayarın ana kartını yakıp, sabit sürücüyü anında siliyordu.

Sato bağırarak, "EMP işe yaramaz," diye karşılık verdi. "Hedef, taş bir binanın içinde. Görüş hattı yok ve kalın elektromanyetik kalkanlar var. Videonun gönderildiğine dair herhangi bir bulgu var mı?"

Nola, masonlar hakkında son dakika haberleri araması yapan ikinci monitöre baktı. "Henüz yok, efendim. Ancak halka açıklandığı anda öğrenebileceğiz."

"Beni haberdar et." Sato telefonu kapattı.

Helikopter gökyüzünden Dupont Meydanı'na doğru alçalırken Langdon nefesini tuttu. Hava aracı, Lincoln Anıtı'nı yapan iki adamın tasarladığı iki katlı ünlü fıskiyenin güneyindeki araziye ağaçların arasından sertçe inerken, bir avuç dolusu yaya etrafa kaçıştı.

Otuz saniye sonra Langdon, New Hampshire Bulvarı'ndan Mabet Evi'ne doğru ilerleyen askeri bir Lexus SUV'un yolcu koltuğunda oturuyordu.

Peter Solomon çaresizlik içinde ne yapması gerektiğine karar vermeye çalışıyordu. Gözünün önüne, kan kaybeden Katherine'in bodrumdaki hali ve biraz önce tanık olduğu videonun görüntüleri geliyordu. Başını yavaş yavaş birkaç metre uzaktaki domuz derisi sandalyenin üzerinde duran dizüstü bilgisayara doğru çevirdi. İşlem çubuğunun neredeyse üçte biri dolmuştu.

---

(1) Electro Magnetic Pulse: Elektro Manyetik Titreşim

MESAJ GÖNDERİLİYOR: İŞLEMİN %29'U TAMAMLANDI.

Dövmeli adam, bir buhurdan sallayarak ve kendi kendine ilahiler söyleyerek, ağır ağır kare şeklindeki sunağın etrafında dönüyordu. Yoğun, beyaz dumanlar tavan penceresine doğru yükseliyordu. Adamın gözleri iyice açılmıştı ve şeytani bir transa girmiş gibi görünüyordu. Peter gözlerini, sunağa yayılmış beyaz ipek kumaşın üzerinde duran antika bıçağa çevirdi.

Peter Solomon'ın bu gece, bu mabette öleceğinden hiç şüphesi yoktu. Sadece, nasıl öleceğini bilmiyordu. Kız kardeşini ve kardeşliğini kurtarmanın bir yolunu bulabilecek miydi... yoksa, boşu boşuna mı ölecekti?

Kucağında duran sembol tablosuna baktı. Tabloya ilk kez baktığında, bu anın şoku gözlerini kör etmiş, görüşünün kaos perdesini delip geçmesini, ürkütücü gerçeği görmesini engellemişti. Ama şimdi, bu sembollerin gerçek anlamları kristal berraklığında gözünün önünde duruyordu. Tabloyu bambaşka bir açıdan görüyordu.

Peter Solomon tam olarak ne yapması gerektiğini biliyordu.

Derin bir nefes aldı ve başını kaldırıp, tavan penceresinden Ay'a baktı. Sonra konuşmaya başladı.

Bütün büyük gerçekler basittir.
Mal'akh bunu uzun zaman önce öğrenmişti.

Peter Solomon'ın şu anda açıkladığı çözüm o kadar zarif ve saftı ki, Mal'akh bunun doğru olduğuna emindi. Piramidin son şifresi, onun düşündüğünden çok daha basitti.

Kayıp Kelime gözümün önündeymiş.

Bir anda parlak bir ışın, Kayıp Kelime'yi çevreleyen karanlık tarihi ve efsaneyi delip geçti. Kayıp Kelime, vaat edildiği gibi, gerçekten antik bir dilde yazılmıştı ve insanoğlunun bildiği her felsefede, dinde ve bilimde mistik güçler içeriyordu. *Simya, astroloji, Kabala, Hıristiyanlık, Budizm, Gül Haç, farmasonluk, astronomi, fizik, Noetik.*

Şimdi, Büyük Heredom piramidinin tepesindeki bu kabul töreni salonunda durmuş, bunca yıldır aradığı hazineye bakan Mal'akh, kendini en mükemmel şekilde hazırlamış olduğunu düşünüyordu.

Yakında tamamlanacağım.
Kayıp Kelime bulundu.

* * *

Kalorama Heights'ta bir CIA ajanı, garajda bulduğu çöp tenekelerinden boşalttığı çöp yığınının içinde tek başına ayakta duruyordu.

Telefonda Sato'nun uzmanına, "Bayan Kaye?" dedi. "Çöpü aramak iyi fikirdi. Sanırım, bir şey buldum."

Evin içindeki Katherine Solomon her geçen saniye daha da güçlendiğini hissediyordu. Laktozlu Ringer solüsyonu iğnesi, tansiyonunu düzeltmiş ve baş ağrısını geçirmişti. Şimdi, ayağa kalkmaması konusunda verilen kesin talimatlar doğrultusunda yemek odasında bir koltuğa oturmuş, dinleniyordu. Sinirleri iyice zayıflamıştı ve ağabeyinden gelecek haberler için giderek endişeleniyordu.

Herkes nerede? CIA'in adli tıp ekibi henüz gelmemişti ve evde kalan ajan hâlâ çevreyi kolaçan ediyordu. Folyo battaniyeye sarılmış Bellamy, onunla birlikte yemek odasında oturmuştu ama şimdi o da CIA'in Peter'ı kurtarmasına yardımcı olabilecek bir şeyler bulabilmek için dışarı çıkmıştı.

Boş boş oturamayan Katherine sendeleyerek ayağa kalktı, sonra yavaşça oturma odasına doğru yürüdü. Bellamy'yi çalışma odasında buldu. Mimar, açık bir çekmecenin önünde ayakta duruyordu, sırtı ona dönüktü. Görünüşe bakılırsa çekmecenin içindekilerle onun içeri girdiğini duyamayacak kadar meşguldü.

Arkasından yaklaştı. "Warren?"

Yaşlı adam irkilerek ona doğru dönerken kalçasıyla çekmeceyi kapattı. Yüzüne şok ve keder ifadesi yerleşmişti, yanaklarından aşağı gözyaşları süzülüyordu.

"Ne oldu?" Katherine çekmeyece baktı. "Ne var orada?"

Bellamy'nin konuşmaya gücü yok gibiydi. Az önce, hiç görmemiş olmayı dilediği bir şeyi görmüş bir adama benziyordu.

"Çekmecede ne var?"

Bellamy, yaşlı ve kederli gözlerle onun gözlerinin içine, uzunca bir süre baktı. Sonunda konuştu. "Sen ve ben hep... bu adamın *neden* ailenden nefret ettiğini merak ederdik."

Katherine kaşlarını çatarak, "Evet?" dedi.

"Şey..." Bellamy'nin sesi çatallaştı. "Biraz önce nedenini öğrendim."

119. BÖLÜM

Mabet Evi'nin en üst katındaki salonda, kendisine Mal'akh diyen kişi, büyük sunağın önünde durmuş, başının tepesindeki el değmemiş deriye nazikçe masaj yapıyordu. Hazırlanırken, *Verbum significatium,* diye şarkı söyledi. *Verbum omnificum.* Nihayet son malzeme bulunmuştu.

En kıymetli hazineler genellikle en basit olanlardır.

Sunağın üstündeki buhurdandan çıkan kokulu dumanlar dönerek yukarı yükseldi. Ay ışığı hüzmesinden yükselen tütsü, serbest kalmış bir ruhun özgürce seyahat edebileceği gökyüzüne çıkan kanalı temizliyordu.

Vakit gelmişti.

Mal'akh, Peter'ın rengi koyulaşmış kanının durduğu şişeyi çıkarıp, tıpasını açtı. Tutsağı ona bakarken, karga tüyünün ucunu koyu kırmızı boyanın içine daldırdı ve başının tepesindeki kutsal daireye götürdü. Bu geceyi ne kadar uzun zamandır beklediğini düşünerek... bir süre durdu. Büyük dönüşümü sonunda gerçekleşiyordu. *Kayıp Kelime insanın zihnine yazıldığında, akıl almaz bir güce sahip olmaya hazırdır.* Antik Tanrılaşma vaadi böyleydi. İnsanlık şimdiye kadar bu vaadi fark edememiş ve Mal'akh da böyle kalması için elinden geleni yapmıştı.

Büyük bir sükûnetle, tüyün ucunu derisine dokundurdu. Aynaya ya da yardıma ihtiyacı yoktu, dokunma hissi ve zihin gözü onun için yeterliydi. Kayıp Kelime'yi yavaşça ve özenle, kafa derisindeki dairesel *ouroboros'*un[1] içine yazmaya başladı.

Peter Solomon olanları dehşet içinde izliyordu.

Mal'akh işini bitirdiğinde gözlerini kapattı, tüyü elinden bıraktı ve ciğerlerindeki havayı tamamen boşalttı. Hayatında ilk defa, hiç tatmadığı bir duyguyu hissediyordu.

Tamamlandım.

---

(1) Daire çizerek kendi kuyruğunu ısıran yılan ya da ejderha. Çok eski bir sembol olan Ouroboros, genellikle kendini yeniden yaratmayı temsil eder.

Kayıp Sembol

Bir oldum.

Mal'akh, kendi vücudunu bir sanat eseri haline getirebilmek için üzerinde yıllarca çalışmıştı ve şimdi, nihai dönüşüm anına yaklaşırken, derisine yazılmış her bir çizgiyi hissedebiliyordu. *Gerçek bir şaheserim. Kusursuz ve tamamlanmış.*

Peter'ın sesi, "Sana istediğin şeyi verdim," diyerek onu kendine getirdi. "Katherine'e yardım gönder. Ve o dosyayı durdur."

Mal'akh gözlerini açarak gülümsedi. "Seninle işimiz henüz bitmedi." Sunağa dönüp, adak bıçağını aldı ve parmağını kaygan demir bıçağını üstünde gezdirdi. "Bu antik bıçak, insan kurban etmek için Tanrı tarafından görevlendirilmişti," dedi. "Onu tanıdın değil mi?"

Solomon'ın gri gözleri taş kesildi. "Benzersizdir, ayrıca efsaneyi de duydum."

"Efsane mi? Kutsal Kitap'ta anlatılıyor. Gerçek olduğuna *inanmıyor* musun?"

Peter bakmakla yetindi.

Mal'akh bu sanat eserini bulmak ve sahip olmak için bir servet harcamıştı. Üç bin yıldan fazla bir zaman önce, yeryüzüne düşen demir bir meteoritten yapılmıştı ve Akedah bıçağı olarak biliniyordu. *Eski gizemcilerin dediği gibi, cennetten gelen demir.* Yaradılış'ta anlatılan, İbrahim'in Moriah Dağı'nda, neredeyse oğlu İshak'ı kurban edeceği... bıçak olduğuna inanılıyordu. Bıçağın şaşırtıcı geçmişinde ona papalar, Nazi gizemcileri, Avrupalı simyacılar ve özel koleksiyoncular sahip olmuştu.

Mal'akh, *onu koruyup, hayranlık beslediler ama hiçbiri onu gerçek amacı için kullanarak asıl gücünü ortaya çıkarmaya cesaret edemedi,* diye düşündü. Akedah bıçağı bu gece kaderini yaşayacaktı.

Akedah, mason ritüellerinde hep kutsal sayılmıştı. Masonlar ilk derecede, *"Tanrı'ya sunulan en aziz hediye... yüce varlığın isteklerine itaat ederek, ilk doğan oğlu İshak'ı adak sunması..."* diyerek saygılarını gösterirlerdi.

Yeni bileylenmiş bıçağı Peter'ı tekerlekli sandalyesine bağlayan ipleri kesmek için kullanan Mal'akh'ın elindeki ağırlık heyecan vericiydi. Bağlar yere düştü.

Uyuşmuş kollarını kıpırdatmaya çalışan Peter, acıyla yüzünü buruşturdu. "Bunu bana neden yapıyorsun? Sonunda ne olacağını sanıyorsun?"

Mal'akh, "Herkesten önce sen bunu anlamalıydın," diye cevap verdi. "Antik yöntemler hakkında bilgilisin. Gizemlerin gücünün *kurban* vermeye... insan ruhunu vücudundan kurtarmaya dayandığını biliyorsun. Başlangıçtan beri bu şekilde oldu."

Sesi acı ve nefret dolu olan Peter, "Kurbanın ne olduğu hakkında hiçbir şey bilmiyorsun," dedi.

Mal'akh, *mükemmel,* diye düşündü. *Nefretini besle. İşimi kolaylaştırırsın.* Tutsağının önünde adım atan Mal'akh'ın boş midesi guruldadı. "İnsan kanı akıtmanın büyük gücü vardır. Eski Mısırlılardan Keltik Druid'lere, Çinlilerden Azteklere kadar herkes bunu anlamıştı. İnsan kurban etmenin bir sihri vardır, ama modern insan gerçek adaklar sunamayacak kadar korkaklaştı, ruhani dönüşüm için gerekli olan hayatı veremeyecek kadar narinleşti. Yine de antik metinler çok açık. İnsan sadece en kutsal olanı sunarak büyük güce erişebilir."

"Benim kutsal bir adak olduğumu mu düşünüyorsun?"

Mal'akh kahkaha atarak. "Gerçekten de hâlâ anlayamadın, değil mi?"

Peter, ona şüpheyle baktı.

"Evimde neden duyusal yoksunluk tankı olduğunu biliyor musun?" Ellerini kalçalarına koyan Mal'akh, üzerinde hâlâ bir örtü bulunan özenle süslenmiş bedenini esnetti. "Alıştırma yapıyordum... hazırlanıyordum... bu ölümlü kabuktan kurtulduğumda... bu güzel vücudu tanrılara kurban ettiğimde... sadece zihin olacağım anı bekliyordum. Kıymetli olan *benim!* Saf, beyaz kuzu benim!"

Peter'ın ağzı açık kalmıştı ama tek kelime edemedi.

"Evet Peter, insan tanrılara kendisi için en kıymetli olanı sunmalı. En beyaz güvercinini... en kıymetli, en değerli adağını. *Sen* benim için kıymetli değilsin." Mal'akh ona öfkeyle baktı. "Anlamıyor musun? Kurban sen değilsin Peter... *benim.* Sunulacak beden benimki. Hediye *benim.* Bana bak. Hazırlandım, son yolculuğum için kendimi değerli kıldım. *Hediye benim!"*

Peter konuşamıyordu.

Mal'akh, "İşin sırrı ölümün nasıl olduğu," dedi. "Masonlar bunu anlar." Sunağı işaret etti. "Antik gerçeklere saygı gösteriyorsunuz ama korkaksınız. Kurban vermenin gücünü anlıyor ama sahte cinayetlerle, kansız ölüm ayinleriyle ölümden uzak duruyorsunuz. Bu gece sembolik sunağınız gerçek gücüne... ve asıl amacına tanıklık edecek."

Mal'akh uzanıp, Peter Solomon'ın sol elini tuttu ve Akedah bıçağının sapını avcuna bastırdı. *Sol el karanlığa hizmet eder.* Bu da planlanmıştı. Peter'ın başka seçeneği kalmayacaktı. Mal'akh bu sunakta, bu adam tarafından, ölümlü bedeni gizemli sembollerle hediye gibi süslenmiş bir adağın, kalbine saplanan bu bıçakla kurban verilmesinden daha güçlü ve sembolik bir ölüm şekli düşünemiyordu.

Mal'akh kendini sunarak, şeytanlar katındaki yerini alacaktı. Gerçek gücün olduğu yer, karanlık ve kandı. Eskiler bunu biliyorlardı ve bilgeler, kişiliklerine uygun taraflar seçmişlerdi. Mal'akh ise kendi tarafını akıllıca seçmişti. Evrenin doğal yasası karmaşaydı. Bilgi yitiminin motoru kayıtsızlıktı. İnsanın duyarsızlığı, karanlık ruhların tohum attığı verimli yerdi.

Ben onlara hizmet ettim, onlar da beni bir Tanrı olarak kabul edecekler.

Peter yerinden kımıldamadı. Sadece Mal'akh'ın elindeki antik bıçağa baktı.

Mal'akh, "Sana emrediyorum," diyerek ona sataştı. "Ben istekli bir kurbanım. Oynayacağın son rol yazıldı. Beni dönüştüreceksin. Beni bedenimden kurtaracaksın. Bunu yapmazsan, kız kardeşini ve kardeşliğini kaybedeceksin. Gerçek anlamda yalnız kalacaksın." Durup, tutsağına gülümsedi. "Bunu son cezan olarak düşün."

Peter gözlerini yavaşça Mal'akh'a çevirdi. *"Seni* öldürmek mi? Bir *ceza* mı? Tereddüt eder miyim sanıyorsun? Oğlumu öldürdün. Annemi. Tüm ailemi."

"Hayır!" Mal'akh kendisini bile şaşırtan bir güçle patlamıştı. "Yanılıyorsun! Aileni ben öldürmedim! *Sen* öldürdün! Zachary'yi hapishanede bırakmayı tercih eden sendin! Ondan sonra çarklar dönmeye başladı! Aileni *sen* öldürdün Peter, ben değil!"

Bıçağı intikam hırsıyla sıkan Peter'ın eklemleri bembeyaz kesilmişti. "Zachary'yi neden hapiste bıraktığımı bilmiyorsun."

Mal'akh, "Her şeyi biliyorum!" diye çıkıştı. "Oradaydım. Ona *yardım* etmek istediğini söyledin. Servetle bilgelik arasında seçim yapmasını isterken de ona *yardım* mı ediyordun? Masonlara katılması ültimatomunu verirken de *yardım* etmeye mi çalışıyordun? Nasıl bir baba, çocuğundan 'servetle bilgelik' arasında seçim yapmasını ister ve sonra bununla başa çıkabilmesinin yollarını bilmesini bekler? Nasıl bir baba, oğlunu güvenle eve getirmek yerine hapiste bırakır?" Mal'akh, Peter'ın önüne geçip çömeldiğinde, dövmeli yüzü onunkinin birkaç santim uzağında duruyordu. "Ama en önemlisi... nasıl bir baba kendi oğlunun gözlerine bakıp... geçen bunca yıla rağmen... onu *tanıyamaz?*"

Mal'akh'ın sözleri taş odada birkaç saniye yankılandı.

Ardından sessizlik oldu.

Bu beklenmedik sessizlikte Peter Solomon girdiği transtan uyanmış gibiydi. Şimdi yüzüne tam bir şüphe gölgesi düşmüştü.

Evet baba. Benim. Mal'akh onu terk eden adamdan intikam almak... o gri gözlere bakıp, onca yıldır gizlenen gerçeği söylemek için... yıllardır bu anı bekliyordu. İşte o an gelmişti. Sözlerinin ağırlığının Peter Solomon'ın ruhunu ezdiğini izlemek arzusuyla ağır ağır konuştu. "Sevinmelisin baba. Müsrif oğlun geri döndü."

Peter'ın yüzü ölü kadar beyazdı.

Mal'akh her anın tadını çıkarıyordu. "Beni hapiste bırakma kararını kendi babam verdi... Ve o anda, beni son defa reddedeceğine yemin ettim. Artık oğlun değildim. Zachary Solomon ölmüştü."

Babasının gözlerinde aniden iki damla yaş belirince, Mal'akh onların, hayatında gördüğü en güzel şey olduklarını düşündü.

Mal'akh'ın yüzüne, sanki onu ilk defa görüyormuş gibi bakan Peter, gözyaşlarını yuttu.

Mal'akh, "Müdürün tek istediği paraydı," dedi. "Ama sen reddettin. Yalnız benim paramın da seninki kadar değerli olduğunu unutmuştun. Müdür, parasını aldığı sürece ödemeyi kimin yaptığına aldırmıyordu. Ona cömert bir miktar ödemeyi teklif edince, benim ölçülerimde hasta bir tutuklu seçip, benim kıyafetlerimi giydirdi ve tanınmayacak hale gelinceye kadar dövdü. Gördüğün fotoğraflar... gömdüğün mühürlü tabut... onlar bana ait değildi. Bir yabancıya aittiler."

Peter'ın gözyaşlarıyla yıkanan yüzü, şimdi keder ve şaşkınlık içindeydi. "Aman Tanrım... Zachary."

"Artık değilim. Zachary hapisten çıktığında, başka biri oldu."

Genç vücuduna deney aşamasındaki büyüme hormonları ve steroitler yükleyince, gençliğindeki bedeniyle, çocuksu yüz hatları fazlasıyla başkalaşmıştı. Hatta ses telleri bile tahrip olup, delikanlılıktaki sesini kalıcı bir fısıltıya dönüştürmüştü.

Zachary, Andros oldu.

Andros, Mal'akh oldu.

Ve bu gece... Mal'akh en büyük enkarnasyonunu yaşayacak.

Bu sırada Kalorama Heights'taki Katherine Solomon, masanın açık çekmecesinin önünde durmuş, sadece bir fetişiste ait olabilecek eski gazete makaleleri ve fotoğraflar koleksiyonuna bakıyordu.

Bellamy'ye dönerek, "Anlamıyorum," dedi. "Bu kaçık benim ailemi takıntı yapmış gibiydi ama..."

Bir sandalyeye otururken, derinden sarsılmış gibi görünen Bellamy, "Devam et..." diyerek onu yüreklendirdi.

Katherine, her biri Solomon ailesiyle -Peter'ın başarıları, Katherine'in araştırmaları, anneleri Isabel'in korkunç ölümü, Zachary Solomon'ın uyuşturucu alışkanlığı, enkarnasyon ve Kartal Soğanlık Cezaevi'nde gerçekleşen vahşi cinayet- ilgili gazete makalelerini biraz daha karıştırdı.

Bu adamın Solomon ailesiyle ilgili saplantıları fanatizmi aşmıştı, ama Katherine *sebebini* anlayabileceği bir şey görmemişti.

İşte bundan sonra fotoğrafları gördü. Birincisinde Zachary beyaz badanalı evlerin serpiştirildiği bir plajda, dizlerine kadar gelen masmavi bir denizin içinde duruyordu. *Yunanistan mı?* Bu fotoğrafın, Zach'in Avrupa'da uyuşturucu batağında yaşadığı günlerde çekildiğini tahmin etti. Ama yine de Zach'in paparazzilerin uyuşturucu müptelası gruplarla parti yapan iskelete dönmüş delikanlı fotoğraflarından daha sağlıklı görünmesi tuhaftı. Vücudu bir şekilde daha sağlıklı, daha güçlü, daha olgun görünüyordu. Katherine, onun hiç bu kadar sağlıklı göründüğünü hatırlamıyordu.

Şaşkınlıkla fotoğraftaki tarihi kontrol etti.

Ama bu... imkânsız.

Tarih, Zachary hapiste öldükten bir yıl sonrasına aitti.

Katherine birden fotoğraf destesini çılgınca karıştırmaya başladı. Tüm fotoğraflar Zachary Solomon'a aitti... gittikçe yaşlanıyordu. Koleksiyon, sanki yavaş bir dönüşümü tarih sırasına koyan resimli bir otobiyografi gibiydi. Zachary'nin vücudunun başkalaşmasına, kaslarının şişmesine ve yüz hatlarının kullandığı ağır stroitler yüzünden şekil değiştirmesine dehşetle baktı. Bedeni olduğunun iki katına çıkmış, gözlerindeki ifade rahatsız edici boyutta değişmişti. Artık hiçbir şeyden korkmuyor gibiydi.

Bu adamı tanımıyorum bile!

Katherine'in genç yeğenine ait hatıralarına hiç benzemiyordu.

Başının tıraşlı olduğu bir resme geldiğinde, dizlerinin tutmadığını hissetti. Ardından, çıplak vücudunun fotoğrafını gördü... yaptığı ilk dövmelerle süslenmişti.

Katherine'in kalbi neredeyse duracaktı. "Aman Tanrım..."

120. BÖLÜM

Langdon askeri Lexus SUV'un arka koltuğundan, "Sağa dön!" diye bağırdı.

Simkins, S Sokağı'na döndü ve ağaçlıklı bir yerleşim bölgesinde aracı tam gaz sürmeye başladı. On Altıncı Sokak'ın köşesine yaklaşırlarken, Mabet Evi sağ tarafta bir dağ gibi yükseldi.

Simkins başını kaldırıp, dev yapıya baktı. Birisi Roma'daki Panteon'un tepesine bir piramit inşa etmiş gibi görünüyordu. Binanın ön tarafına doğru gitmek için On Altıncı Sokak'tan sağa dönmeye hazırlandı.

Langdon, "Dönme!" diye bağırdı. "Düz git! S'de kal."

Simkins söyleneni yaptı ve binanın doğu tarafından ilerlemeye devam etti.

Langdon, "On Beşinci Sokak'tan sağa dön!" dedi.

Simkins kılavuzunun söylediğini yaptı ve saniyeler sonra Langdon, Mabet Evi'nin arkasındaki bahçeleri ikiye ayıran asfaltsız giriş yolunu gösterdi. Buranın dışarıdan görünmesi çok zordu. Simkins araba yoluna döndü ve Lexus'ı hızla binanın arka tarafına doğru sürdü.

Langdon, arka girişe park edilmiş aracı göstererek, "Bak!" dedi. Bu büyük bir minibüstü. "Buradalar."

Simkins, SUV'u park etti ve motoru kapattı. Sessizce, dışarı çıkarak binaya girmek için hazırlandılar. Simkins muazzam yapıya baktı. "Tapınak Odası *yukarıda* mı diyorsun?"

Langdon, binanın kulesini göstererek başını salladı. "Piramidin tepesindeki düz alan aslında bir tavan penceresi."

Simkins, Langdon'a döndü. "Tapınak Odası'nın *tavan penceresi* mi var?"

Langdon, ona tuhaf biçimde baktı. "Tabii ki. Cennete açılan pencere... sunağın tam üzerinde."

* * *

UH-60, Dupont Meydanı'nda rölantide duruyordu.

Yolcu koltuğunda oturan Sato, ekibinden gelecek haberleri beklerken tırnaklarını kemiriyordu.

Sonunda telsizde Simkins'in cızırtılı sesi duyuldu. "Başkan?"

"Ben Sato."

"Binaya giriyoruz ama size iletmem gereken bir ek bilgi var."

"Devam et."

"Bay Langdon az önce bana içinde büyük ihtimalle hedefin bulunduğu odanın çok büyük bir tavan penceresi olduğunu söyledi."

Sato bu bilgiyi birkaç saniye değerlendirdi. "Anlaşıldı. Teşekkür ederim."

Simkins telsizi kapattı.

Sato tırnağını tükürüp, pilota döndü. "Helikopteri havalandır."

121. BÖLÜM

Çocuğunu kaybeden her ebeveyn gibi Peter Solomon da ölen oğlunun, yaşasaydı nasıl biri olacağını hep hayalinde canlandırmıştı... neye benzeyecek... ve ne hale gelecekti.

Peter Solomon şimdi cevabını almıştı.

Karşısındaki dövmeli iri yaratık, yaşama minik ve kıymetli bir bebek olarak gelmişti... Bebek Zach kundaklanıp hasır bir sepete konmuştu... İlk adımlarını Peter'ın çalışma odasında atmıştı... İlk kelimelerini orada öğrenmişti. Sevgi dolu bir ailede büyüyen masum bir çocuktan, nasıl bir şeytan çıktığı, insan ruhunun tutarsızlıklarından biri olarak kalmıştı. Kendi kanı oğlunun damarlarında aktığı, o kanı pompalayan kendi oğlunun kalbi olduğu halde, Peter bu gerçeği kabullenmeye çok erken başlamıştı. Eşsiz ve tek... sanki evrenden rasgele seçilmiş gibi.

Oğlum... annemi, dostum Robert Langdon'ı ve galiba kız kardeşimi öldürdü.

Peter'ın kalbini buz gibi bir uyuşukluk kaplarken, bağlantı kurabilmek için oğlunun gözlerinde tanıdık bir şey aradı. Ne var ki bu adamın gözleri Peter'ınkiler gibi gri olmasına karşın, bir yabancının gözleriydi ve adeta başka bir dünyaya aitmiş gibi kin ve nefretle doluydu.

Peter'ın elinde tuttuğu Akedah bıçağına bakan oğlu, "Yeterince güçlü müsün?" diye onunla alay etti. "Yıllar önce başlattığın şeyi bitirebilecek misin?"

"Oğlum..." Solomon kendi sesini tanıyamadı. "Ben.. ben... seni sevdim."

"Beni iki kez öldürmeye çalıştın. Önce hapiste terk ettin, sonra da Zach'in Köprüsü'nde vurdun. Şimdi bu işi *bitir!*"

Solomon bir an için, kendi bedeninin dışına süzüldüğünü hissetti. Artık kendisini tanıyamıyordu. Tek eli yoktu, başı tamamen çıplaktı, siyah bir sabahlık giyiyordu, tekerlekli sandalyede oturuyor ve antik bir bıçağı tutuyordu.

Kayıp Sembol

Adam bir kez daha, "Bitir işini!" diye bağırırken, çıplak göğsündeki dövmeler dalgalandı. "Katherine'i kurtarabilmenin... kardeşliğini kurtarabilmenin tek yolu beni öldürmek!"

Solomon'ın bakışları, domuz derisi sandalyedeki dizüstü bilgisayarıyla, hücresel modeme kaydı.

MESAJ GÖNDERİLİYOR. İŞLEMİN % 92'Sİ TAMAMLANDI

Katherine'in kan kaybından öleceği görüntüsünü... ve mason kardeşlerini aklından çıkaramıyordu.

Adam, "Hâlâ vakit var," diye fısıldadı. "Tek seçeneğin olduğunu biliyorsun. Beni ölümlü kabuğumdan kurtar."

Solomon, "Lütfen," dedi. "Bunu yapma..."

Adam, "Bunu *sen* yaptın!" diye tısladı. "Kendi çocuğunu imkânsız bir seçim yapmaya zorladın! O geceyi hatırlıyor musun? Servet ya da bilgelik? O gece beni sonsuza kadar kendinden uzaklaştırdın. Ama geri döndüm baba... ve bu gece seçim yapma sırası sende. Zachary mi, Katherine mi? Hangisi? Kız kardeşini kurtarmak için kendi oğlunu öldürecek misin? Kardeşliğini kurtarmak için kendi oğlunu öldürecek misin? Veya ülkeni? Yoksa her şey için çok geç olana kadar bekleyecek misin? Katherine ölene kadar... video yayınlanana kadar... Ömrünün geri kalanını, tüm bu trajedileri engelleyebileceğini bilerek mi geçireceksin? Zaman tükeniyor. Ne yapılması gerektiğini biliyorsun."

Peter'ın kalbi sızladı. Kendi kendine, *sen Zachary değilsin,* dedi. *Zachary uzun zaman önce öldü. Sen her neysen... ve her nereden geliyorsan... benden değilsin.* Peter Solomon kendi sözlerine inanmasa da bir seçim yapması gerektiğini biliyordu.

Vakti tükenmişti.

Büyük Merdiven'i bul!

Karanlık koridorlarda hızla koşan Robert Langdon, binanın merkezine doğru dönerek ilerliyordu. Turner Simkins tam arkasından onu takip ediyordu. Langdon ümit ettiği gibi, binanın orta avlusundan giriş yapmıştı.

Yeşil granitten sekiz Dorik sütunun hâkim olduğu orta avlu, siyah mermer heykelleri, içinde ateş yanan çanakları, Tötonik haçları, çift başlı anka kuşu madalyonları ve Hermes'in başını taşıyan duvar şamdanlarıyla, karma -Greko-Roman-Mısır- bir kabristana benziyordu.

Langdon dönüp, avlunun sonundaki muhteşem mermer merdivene doğru koştu. İki adam mümkün olduğunca hızlı ve sessiz yukarı çıkarlarken, "Burası doğruca Tapınak Odası'na gidiyor," diye fısıldadı.

Langdon ilk sahında, mason bilge Albert Pike'ın bronz büstüyle yüz yüze geldi. Altında, şu ünlü sözler yazıyordu: SADECE KENDİMİZ İÇİN YAPTIKLARIMIZ BİZİMLE BİRLİKTE ÖLÜR; BAŞKALARI VE DÜNYA İÇİN YAPTIKLARIMIZSA KALICI VE ÖLÜMSÜZDÜR.

Mal'akh, Peter Solomon'ın yaşadığı hüsran ve acı sanki kaynayarak yüzeye çıkıyormuşçasına, Tapınak Odası'nın atmosferinde hissedilir bir değişiklik fark etti... lazer gibi Mal'akh'ın üstüne odaklanıyordu.

Evet... vakit geldi.

Tekerlekli sandalyesinden kalkmış olan Peter Solomon, şimdi yüzünü sunağa dönmüş, elinde bıçakla ayakta duruyordu.

"Katherine'i kurtar," diyerek Peter'ı ikna etmeye çalışan Mal'akh, geri geri giderek onu sunağa çekti ve önceden hazırladığı beyaz kefenin üstüne uzandı. "Yapman gerekeni yap."

Peter sanki bir kâbusta hareket ediyormuş gibi ileri doğru adım attı.

Şimdi sırtüstü yatan Mal'akh, bakışlarını tavandaki pencereden görünen Ay'a çevirdi. *İşin sırrı ölümün nasıl olduğu.* Bundan daha mükemmel bir an olamazdı. *Asırların Kayıp Kelime'siyle donatılmış olarak, babamın sol eliyle kendimi sunuyorum.*

Mal'akh derin bir nefes aldı.

Beni kabul edin şeytanlar, çünkü bu size sunulan benim bedenimdir.

Mal'akh'ın başında duran Peter Solomon titriyordu. Gözyaşlarıyla ıslanmış gözleri çaresizlikle, kararsızlıkla, kederle parlıyordu. Odanın diğer tarafındaki modemle dizüstü bilgisayara bir kez daha baktı.

Mal'akh, "Seçimini yap," diye fısıldadı. "Beni bedenimden kurtar. Tanrı bunu istiyor. *Sen* bunu istiyorsun." Kollarını yanına uzatıp, göğsünü ileri doğru kavis yaparak, ihtişamlı çift başlı Zümrüdüanka kuşunu ortaya çıkardı. *Ruhumu giydiren vücuttan kurtulmama yardım et.*

Peter'ın yaşlı gözleri şimdi görmeden Mal'akh'a bakıyor gibiydi.

Mal'akh, "Anneni öldürdüm!" diye fısıldadı. "Robert'ı öldürdüm! Kız kardeşini öldürüyorum! Kardeşliğini yok ediyorum! Yapman gerekeni yap!"

Kayıp Sembol

Peter Solomon'ın çehresine kederli ve pişmanlık dolu bir ifade oturmuştu. Başını geriye atıp, bıçağı kaldırırken acı dolu bir çığlık attı.

Robert Langdon ile Ajan Simkins, içeriden kanı donduran bir çığlık yükseldiğinde, nefes nefese Tapınak Odası'nın kapısına varmışlardı. Langdon emindi.

Peter'ın çığlığı ıstırap yüklüydü.

Çok geç kaldım!

Simkins'e aldırış etmeden kapının kolunu kavradı ve sonuna kadar açtı. Karşısındaki dehşet verici manzara en büyük korkusunu doğruluyordu. Loş odanın ortasındaki başı tıraşlı adam büyük sunağın önünde duruyordu. Üstünde siyah bir sabahlık vardı ve elinde büyük bir bıçak tutuyordu.

Langdon kıpırdamaya fırsat bulamadan, bıçak sunağın üstünde uzanan bedene indi.

Mal'akh gözlerini kapatmıştı.

Çok güzel. Çok kusursuz.

Antik Akedah bıçağı üzerine inerken ay ışığında parlamıştı. Kokulu dumanlar, yakında serbest kalacak ruhuna yolu hazırlayarak, yukarı doğru yükselmişti. Bıçak aşağı inerken, katilinin azap ve çaresizlik yüklü çığlığı hâlâ bu kutsal yerde yankılanıyordu.

İnsan kurbanın kanına ve ebeveynimin gözyaşlarına bulandım.

Mal'akh kendini muhteşem darbeye hazırladı.

Dönüşüm vakti gelmişti.

İnanılmaz bir şekilde hiç acı hissetmedi.

Vücudu sağır edici ve derin bir sarsıntı geçirmişti. Oda sallanmaya başladı ve yukarıdan gelen parlak beyaz ışık gözlerini kamaştırdı. Cennet gürlüyordu.

Ve Mal'akh o olduğunu biliyordu.

Tıpkı planladığı gibi olmuştu.

Langdon, helikopter yukarıda belirirken, sunağa doğru koştuğunu hatırlamıyordu. Kollarını iki yana açıp... bıçağını ikinci kez indirmeden, onu durdurmak ümidiyle... siyah sabahlıklı adama doğru atıldığını da hatırlamıyordu.

Vücutları çarpıştığında Langdon, tavan penceresinden parlak bir ışığın içeri girip, sunağı aydınlattığını gördü. Sunakta Peter Solomon'ın kanlı bedenini görmeyi bekliyordu ama ışıkta parlayan çıplak göğüste hiç kan yoktu... sadece karmaşık dövmeler vardı. Et yerine taş sunağa saplandığı anlaşılan kırık bıçak yanında duruyordu.

Siyah sabahlıklı adamla birlikte yere düşerken, adamın sağ kolundaki bandajları gördü. Durdurmaya çalıştığı kişinin Peter Solomon olduğunu anladığında adeta şok geçirir gibi oldu.

Taş zeminde birlikte kayarlarken, helikopterin projektörleri yukarından ışık saçıyordu. Gürültüyle alçalan helikopterin paten demirleri, geniş cam duvarın üstüne kondu.

Helikopterin ön kısmında tuhaf görünüşlü bir silah, camdan aşağıyı nişan almıştı. Lazer görüşünün kırmızı ışığı, geceyi bölerek Langdon ile Solomon'ı nişan almıştı.

Hayır!

Ama yukarıdan silah sesi gelmedi... sadece helikopter pervanesinin gürültüsü duyuluyordu.

Langdon, hücrelerinde ışıldayan ürkütücü bir enerji dalgasından başka hiçbir şey hissetmedi. Başının arkasındaki domuz derisi sandalyenin üstünde duran dizüstü bilgisayar tuhaf biçimde tısladı. Döndüğü sırada ekranın birden karardığını gördü. Ne yazık ki görülen son mesaj gayet açıktı.

MESAJ GÖNDERİLİYOR: İŞLEMİN %100'Ü TAMAMLANDI

Havalan! Lanet olsun! Havalan!

UH-60'ın pilotu, helikopterin pervanelerine aşırı yüklenerek, paten demirlerinin geniş cam tavana değmesini engellemeye çalıştı. Pervanelerin verdiği üç tonluk basıncın camı zaten kırılma noktasına getirdiğini biliyordu. Ne yazık ki, piramidin eğimi, burnunu yukarı kaldırmasına engel olarak, itme kuvvetini yan tarafa veriyordu.

Yukarı! Şimdi!

Uzaklaşmaya çalışırken helikopterin burnunu kaldırdı, ama sol payanda, camın ortasına çarptı. Kısacık bir andı ama bu kadarı yetmişti.

Tapınak Odası'nın dev tavan penceresi, cam ve rüzgâr girdabıyla patlayarak, aşağıdaki odaya kırık cam parçalarından oluşan bir sel gibi yağdı.

* * *

Gökyüzünden yıldızlar yağıyor.

Güzel, beyaz ışığa bakan Mal'akh, parlak mücevherlerin üstüne yağdığını gördü... Adeta onu ihtişamlarıyla kefene sarmak için yarışarak hızlanıyorlardı.

Birden acı hissetti.

Batma. Yanma. Kesilme. Keskin bıçaklar yumuşak etini parçalıyordu. Göğsü, boynu, uylukları, yüzü. Vücudu bir anda gerildi. Acı, onu girdiği transtan uyandırırken, kan dolu ağzından bir çığlık yükseldi. Yukarıdaki beyaz ışık kendini dönüştürmüş ve sanki sihir gibi, bir anda, gümbürdeyen pervaneleriyle aşağıdaki Tapınak Odası'nda soğuk rüzgârlar estiren, siyah bir helikopter olmuştu. Pervanelerin rüzgârı odadaki tütsüleri dört bir yana dağıtırken, Mal'akh iliklerine kadar donduğunu hissediyordu.

Başını çeviren Mal'akh, Akedah bıçağının kırık bir halde yanında durduğunu gördü. Şimdi kırık cam parçalarıyla kaplı sunağa çarparak parçalanmıştı. *Ona yaptığım bunca şeye rağmen... Peter Solomon bıçağın yönünü değiştirdi. Kanımı dökmeyi reddetti.*

Mal'akh artan bir dehşetle başını kaldırıp, kendi vücuduna baktı. Yaşayan sanat eseri onun en büyük adağı olacaktı. Oysa şimdi vücudu kana bulanmıştı... etinin her yanından büyük cam parçaları fışkırıyordu.

Bitkin bir halde başını granit sunağa tekrar yasladı ve çatıdaki açıklıktan yukarı baktı. Şimdi helikopter gitmiş, yerinde sessiz ve soğuk bir ay kalmıştı.

Gözleri büyüyen Mal'akh, büyük sunağın üstünde tek başına... sık nefesler aldı.

122. BÖLÜM

İşin sırrı, ölümün nasıl olduğu.

Mal'akh her şeyin ters gittiğini anlamıştı. Parlak bir ışık yoktu. Muhteşem bir karşılama yoktu. Sadece karanlık ve dayanılmaz bir acı vardı. Gözleri bile acıyordu. Hiçbir şey göremiyordu ama etrafında hareket olduğunu hissedebiliyordu. Sesler duyuyordu... insan sesleri... içlerinden biri, her nasılsa Robert Langdon'a aitti. *Bu nasıl olabilir?*

Langdon, "O iyi," diye tekrar edip duruyordu. "Katherine *iyi*, Peter. Kız kardeşin *iyi.*"

Mal'akh, *hayır*, diye düşündü. *Katherine öldü. Ölmüş olmalı.*

Mal'akh artık göremiyordu, gözlerinin açık olup olmadığını bile anlayamıyordu ama helikopterin uzaklaştığını duydu. Tapınak Odası'na aniden bir sakinlik çöktü. Mal'akh, az sonra patlayacak olan bir fırtına yüzünden kabaran okyanus dalgaları gibi... hareketlenmeye başlayan toprağın akıcı ritimlerini hissedebiliyordu.

Chao ab ordo.

Şimdi yabancı sesler bağrışıyor, Langdon'la dizüstü bilgisayar ve video dosyası hakkında telaşlı bir şeyler konuşuyorlardı. Mal'akh, *artık çok geç olduğunu* biliyordu. *Zarar verildi.* Video, çoktan kontrolden çıkmış bir yangın gibi, şok içindeki dünyanın dörtbir köşesine yayılmaya ve kardeşliğin geleceğini yok etmeye başlamıştı. *Bilgeliği yaymaya en muktedir olanlar yok edilmelidirler.* İnsanoğlunun cahilliği karmaşanın büyümesine yardımcı olan şeydi. Yeryüzünde Işık'ın eksikliği, Mal'akh'ı bekleyen Karanlık'ı besleyen şeydi.

Büyük işler yaptım ve yakında bir kral gibi karşılanacağım.

Mal'akh birinin kendisine doğru yaklaştığını hissetti. Kim olduğunu biliyordu. Babasının tıraşlanmış vücuduna kendi sürdüğü kutsal yağların kokusunu alabiliyordu.

Peter Solomon kulağına, "Beni duyabiliyor musun bilmiyorum," diye fısıldadı. "Ama bir şeyi bilmeni istiyorum." Parmağıyla Mal'akh'ın ka-

Kayıp Sembol

fasının tepesindeki kutsal noktaya dokundu. "Buraya yazdığın şey..." Durdu. "Kayıp Kelime bu *değil*."

Mal'akh, *tabii ki öyle,* diye düşündü. *Beni bu olduğuna, şüpheye yer bırakmayacak şekilde ikna ettin.*

Efsaneye göre, Kayıp Kelime o kadar antik ve sır dolu bir dilde yazılmıştı ki, insanoğlu onu nasıl okuyacağını unutmuştu. Peter'ın ortaya çıkardığı bu gizemli dil, gerçekten de yeryüzündeki en eski dildi.

Sembollerin dili.

Sembolizm dilinde, hepsinden üstün olan *bir* sembol vardı. En eski ve en evrensel olan bu sembol eski geleneklerin hepsini, Mısır güneş tanrısının aydınlanışını, simya altınının zaferini, Felsefe Taşı'nın bilgeliğini, Gül Haç'ının saflığını, Yaradılış anını, Yaradan'ı, astrolojik güneşin egemenliğini ve hatta bitmemiş piramidin tepesinde duran her şeyi gören gözü temsil eden tek bir simgeyle birleştiriyordu.

Noktalı daire. Kaynağın sembolü. Her şeyin başlangıcı.

Peter'ın ona dakikalar önce anlattığı şey buydu. Mal'akh ilk önce şüphe etmişti ama sonra tabloya tekrar bakmış ve piramit sembolünün *doğrudan* noktalı daire -ortasında bir nokta bulunan daire- sembolünü işaret ettiğini fark etmişti. Efsaneyi hatırlayarak, *Mason Piramidi, Kayıp Kelime'yi gösteren bir harita,* diye düşündü. Sonunda, babası doğruyu söylüyor gibi gelmişti.

Bütün büyük gerçekler basittir.

Kayıp Kelime bir kelime değil... bir sembol.

Mal'akh noktalı daire sembolünü büyük bir şevkle kafasına yazmıştı. Bunu yaparken, içinde yükselen bir güç ve tatmin duygusu hissetmişti. *Şaheserim ve adağım tamamlandı.* Karanlığın güçleri artık onu bekliyordu. Çalışması için ödüllendirilecekti. Bu onun zafer anı olacaktı...

Ama, son anda, her şey ters gitmişti.

Peter hâlâ arkasında duruyor ve Mal'akh'ın zar zor kavrayabildiği şeyler söylüyordu. "Sana yalan söyledim," diyordu. "Bana başka seçenek bırakmadın. Eğer sana gerçek Kayıp Kelime'yi söyleseydim, bana inanmazdın, anlamazdın da."

Kayıp Kelime... noktalı daire değil mi?

Peter, "Gerçek şu ki," dedi. "Kayıp Kelime'yi *herkes* bilir... ama çok az kişi ne olduğunu anlar."

Kelimeler, Mal'akh'ın kafasının içinde yankılandı.

Peter avcunu nazikçe Mal'akh'ın kafasının tepesine koyarak, "Tamamlanmadın," dedi. "İşin henüz bitmedi. Ama her nereye gidiyorsan, lütfen şunu bil... sen sevildin."

Nedense, babasının elinin nazik dokunuşu, içinde yanan ve vücudunun içinde kimyasal reaksiyon başlatan etkili bir katalizör etkisi yaptı. Aniden, vücudundaki tüm hücreler sanki çözülüyormuş gibi fiziksel kabuğunun içinde yayılan yoğun bir enerji hissetti.

Bir anda, tüm dünyevi acıları yok oldu.

Dönüşüm. Gerçekleşiyor.

Kendime, kutsal granit parçasının üzerindeki kanlı et enkazına yukarıdan bakıyorum. Babam arkamda diz çökmüş, geriye kalan tek eliyle cansız kafamı tutuyor.

Yükselen bir öfke... ve kafa karışıklığı hissediyorum.

Bu bir merhamet anı değil... bu intikam, dönüşüm için... ama yine de babam boyun eğmeyi reddediyor, rolünü oynamayı reddediyor, acısını ve öfkesini bıçak vasıtasıyla benim kalbime yönlendirmeyi reddediyor.

Burada kapana kısıldım, asılı kaldım... Dünyevi kabuğuma bağlı kaldım.

Babam, feri giden gözlerimi kapatmak için yumuşak avcunu nazikçe yüzümde gezdiriyor.

Bağlarımdan kurtulduğumu hissediyorum.

Etrafımda dalgalanan bir perde belirerek, ışığı koyultup karartıyor, dünyanın görüntüsünü yok ediyor. Aniden zaman hızlanıyor ve ben hayal ettiğimden çok daha karanlık bir boşluğa düşüyorum. Burada, anlamsız boşlukta, bir fısıltı duyuyorum... Biriken bir güç hissediyorum. Güçleniyor, şaşırtıcı bir hızla yükselip, etrafımı sarıyor. Kötü ve kuvvetli. Karanlık ve hükmedici.

Burada yalnız değilim.

Bu benim zaferim, büyük karşılanışım. Ama nedense, içim mutlulukla değil, engin bir korkuyla doluyor.

Bu beklediğim gibi bir şey değil.

Güç şimdi köpürüyor, hükmedici bir kudretle etrafımda dönüyor, beni paramparça etmekle tehdit ediyor. Aniden, hiçbir uyarı olmadan karanlık, tarihöncesi büyük bir yaratık gibi kendini toparlayıp, önüme dikiliyor.

Daha önce dünyayı terk eden tüm karanlık ruhlarla karşı karşıya geliyorum.

Karanlık beni bir bütün olarak yutarken... muazzam bir korkuyla çığlık atıyorum...

Kayıp Sembol

123. BÖLÜM

Dean Galloway, Ulusal Katedral'in içinde havada tuhaf bir değişim hissetti. Nedenini bilmiyordu ama uzaklarda olmakla birlikte tam da orada... hayalet gibi bir gölgenin uçtuğunu... bir ağırlığın havaya kalktığını hissetti.

Çalışma masasında tek başına otururken derin düşüncelere dalmıştı. Telefonu çaldığında kaç dakika bu halde kaldığını bilmiyordu. Arayan Warren Bellamy idi.

Mason kardeşi, "Peter yaşıyor," dedi. "Haberi yeni aldım. Hemen duymak isteyeceğini düşündüm. O iyileşecek."

Galloway rahat bir soluk alarak, "Tanrı'ya şükür," dedi. "Şimdi nerede?"

Bellamy, onlar Katedral Koleji'nden ayrıldıktan sonra gelişen olağanüstü hikâyeyi sırasıyla anlattı.

"Peki hepiniz iyi misiniz?"

Bellamy, "Evet, iyileşiyoruz," dedi. "Ama bir şey var." Durdu.

"Evet?"

"Mason Piramidi... Sanırım, Langdon sırrını çözdü."

Galloway gülümsemesine engel olamadı. Nedense, hiç şaşırmamıştı. "Söylesene, Langdon piramidin sözünü tutup tutmadığını keşfetti mi? Piramit, efsanenin her zaman ortaya çıkaracağını iddia ettiği şeyi ortaya çıkardı mı?"

"Henüz bilmiyorum."

Galloway, *çıkacak*, diye düşündü. "Dinlenmelisin."

"Sen de."

Hayır, dua etmeliyim.

124. BÖLÜM

Asansör açıldığında, Tapınak Odası'nın tüm ışıkları pırıl pırıl yanıyordu. Katherine Solomon, ağabeyini bulmak için telaşla içeri koşarken, bacakları hâlâ pelte gibiydi. Oldukça soğuk olan bu muazzam oda, tütsü kokuyordu. Önüne çıkan manzara karşısında olduğu yerde kalakaldı.

Bu ihtişamlı odanın ortasında, alçak bir taş sunağın üzerinde, kanlı, dövmeli ve kırık cam parçaları saplanmış bir ceset duruyordu. Yukarıda, tavandaki bir delik gökyüzüne açılıyordu.

Tanrım. Katherine hemen başını başka tarafa çevirdi ve gözleriyle Peter'ı aramaya başladı. Ağabeyini odanın diğer tarafında otururken gördü. Langdon ve Başkan Sato'yla konuşurken bir sağlık görevlisi tarafından muayene ediliyordu.

Katherine, ona doğru koşarak, "Peter!" diye seslendi. "Peter!"

Ağabeyi dönüp kardeşine bakınca, yüzüne rahatlamış bir ifade yerleşti. Hemen ayağa kalkıp, ona doğru yürüdü. Üzerinde, olasılıkla birinin aşağıdaki ofisinden getirdiği basit bir beyaz tişört ve siyah bir pantolon vardı. Sağ kolu askıya alınmıştı. Nazik kucaklaşmaları biraz tuhaf görünse de Katherine bunu pek fark etmedi. O tanıdık huzur her zamanki gibi, hatta çocukluğunda kendisini kollayan ağabeyi sarıldığında olduğu gibi, bir koza misali onu sardı.

Sessizce birbirlerine sarıldılar.

Sonunda Katherine, "İyi misin? Yani... gerçekten?" diye fısıldadı. Peter'ı bırakıp, askıya ve eskiden sağ elinin olduğu yerdeki bandaja baktı. Gözleri yine yaşlarla doldu. "Ben çok... çok üzgünüm."

Peter çok önemli bir şey değilmiş gibi omzunu silkti. "Ölümlü beden. İnsan vücudu sonsuza dek kalmaz. Önemli olan her şeye rağmen iyi olmak."

Peter'ın verdiği cevap duygularını harekete geçirip, onu neden çok sevdiğini hatırlamasına neden oldu. Ailenin kopmaz bağlarını... damarlarında akan ortak kanı hissederek, Peter'ın başını okşadı.

Katherine, maalesef bu akşam odada *üçüncü* bir Solomon bulunduğunu biliyordu. Bakışları sunağın üzerindeki cesede kaydı. Gördüğü fotoğrafları zihninden silmeye çalışarak ürperdi.

Kayıp Sembol

Başını başka tarafa çevirince, gözleri Robert Langdon'ınkilerle karşılaştı. Orada derin ve anlayışlı bir merhamet vardı. Langdon her nasılsa onun ne düşündüğünü anlıyor gibiydi. *Peter biliyor.* Katherine'in içini saf duygular -rahatlama, şefkat, çaresizlik- kapladı. Ağabeyinin bir çocuk gibi titrediğini hissetti. Bu, onun daha önce hiç tanık olmadığı bir şeydi.

"Kendini rahat bırak," diye fısıldadı. "Sorun değil. Kendini rahat bırak."

Peter'ın titremesi arttı.

Katherine, ona tekrar sarılıp başını okşadı. "Peter, sen *her zaman* güçlü olan taraftın... *her zaman* benim yanımda oldun. Ama şimdi ben *senin* için buradayım. Her şey yolunda. Buradayım."

Katherine, ağabeyinin başını omzuna yatırdı... ve büyük Peter Solomon kendini hıçkırıklar içinde kardeşinin kollarına bıraktı.

Başkan Sato, gelen telefonu cevaplamak için uzaklaştı.

Arayan Nola Kaye'di. İlk defa, iyi haberler veriyordu.

"Hâlâ dağıtıldığına dair bir işaret yok efendim." Sesi umutlu geliyordu. "Olsaydı, şimdiye kadar mutlaka görürdük. Durumu kontrol altına almış görünüyorsunuz."

Sato, Langdon'ın aktarımın tamamlandığını görmüş olduğu dizüstü bilgisayara bakarak, *sayende, Nola,* diye düşündü. *Kıl payı kurtardık.*

Nola'nın önerisiyle malikâneyi arayan ajan, çöp tenekelerini kontrol etmiş ve yeni alınmış bir hücresel modem kutusu bulmuştu. Elinde model numarası bulunan Nola, dizüstü bilgisayarın tapınaktan üç blok ilerideki olası erişim düğümünü -On Altıncı Sokak ile Corcoran Caddesi'nin köşesindeki küçük bir verici- yalıtarak, uyumlu taşıyıcılarına, bant genişliğine ve hizmet ızgaralarına[1] çapraz başvuru yapabilmişti.

Nola bilgiyi hemen helikopterdeki Sato'ya aktarmıştı. Mabet Evi'ne doğru yaklaşırken, pilot bir alçaktan uçuş gösterisi sergilemiş ve elektromanyetik radyasyon darbesiyle aktarıcı düğümü vurarak, dizüstü bilgisayar aktarımı tamamlamadan saniyeler önce devre dışı bırakmıştı.

Sato, "Bu gece iyi iş çıkardın," dedi. "Şimdi, git biraz uyu. Bunu hak ettin."

"Teşekkür ederim, efendim." Nola bir şey söylemek ister gibiydi.

"Başka bir şey var mıydı?"

Uzun süre sessiz kalan Nola'nın, söyleyip söylememekte tereddüt ettiği anlaşılıyordu. "O kadar da acelesi yok efendim. İyi geceler."

---

(1) www.capital.com.tr/haber.aspx?HBR_KOD=1524

125. BÖLÜM

Robert Langdon, Mabet Evi'nin zemin katındaki şık banyonun sessizliğinde, lavaboya sıcak su akıtırken, aynada kendisine bakıyordu. Loş ışıkta bile, tamamıyla tükenmiş görünüyordu.

Çantası yine omzundayı ama şimdi çok daha hafifti... içinde sadece kişisel eşyaları ve buruşmuş konferans notları vardı. Kendi kendine güldü. Bu akşam konferans vermek üzere başkente yaptığı ziyaret, tahmin ettiğinden yorucu olmuştu.

Öyle olsa da, Langdon'ın minnettar olması gereken çok şey vardı.

Peter hayatta.

Ve video görüntüleri durduruldu.

Langdon yüzüne ılık su çarparken, yavaşça hayata döndüğünü hissetti. Hâlâ her şey bulanıktı, ama vücudundaki adrenalin sonunda yok oluyor... ve tekrar kendisi gibi hissetmeye başlıyordu. Ellerini kuruladıktan sonra Mickey Mouse saatine baktı.

Tanrım, geç olmuş.

Langdon banyodan çıktı ve Şeref Salonu'nun kavisli duvarı -başarılı masonların, Amerikan Başkanlarının, hayırseverlerin, aydınların ve diğer nüfuzlu Amerikalıların portreleriyle donatılarak zarifçe kavis verilmiş geçit- boyunca ilerledi. Harry S. Truman'ın yağlıboya resminin önünde durdu ve adamın mason olmak için gerekli olan törenlere, ritüellere ve çalışmalara katlanışını hayal etmeye çalıştı.

Hepimizin gördüğü dünyanın arkasında gizli bir dünya var. Hepimiz için.

Koridorda bir ses, "Kayboldun," dedi.

Langdon arkasını döndü.

Konuşan Katherine'di. Bu akşam çok kötü şeyler yaşamış olmasına rağmen, yine de ışık saçıyordu... her nasılsa gençleşmişti.

Langdon bitkin bir ifadeyle gülümsedi. "Peter nasıl?"

Katherine yanına gidip, onu sevgiyle kucakladı. "Sana nasıl teşekkür edebilirim?"

Langdon güldü. "Benim hiçbir şey *yapmadığımı* biliyorsun, öyle değil mi?"

Katherine uzun bir süre onu bırakmadı. "Peter iyi olacak..." Kendini bırakıp, Langdon'ın gözlerinin derinliklerine baktı. "Ve bana inanılmaz bir şey anlattı... *harika* bir şey." Sesi heyecandan titriyordu. "Gidip, kendim bakmalıyım. Biraz sonra dönerim."

"Ne? Nereye gidiyorsun?"

"Hemen dönerim. Peter seninle hemen konuşmak istiyor... *baş başa.* Kütüphanede."

"Ne hakkında olduğunu söyledi mi?"

Katherine gülerek, başını iki yana salladı. "Peter'ı ve sırlarını bilirsin."

"Ama..."

"Birazdan görüşürüz."

Ve sonra gitti.

Langdon derin derin içini çekti. Bir akşam için yeteri kadar sır öğrendiğini düşünüyordu. Tabii ki Mason Piramidi ve Kayıp Kelime gibi cevaplanmamış sorular vardı, ama eğer cevaplar varsa, bunların kendisi için olmadığını hissediyordu. *Mason olmadığım için.*

Kalan son enerjisini toplayarak, mason kütüphanesine doğru yürüdü. Oraya vardığında, Peter önünde taş piramitle tek başına masada oturuyordu.

"Robert?" Peter gülümsedi ve elini sallayarak içeri girmesini işaret etti. "Bir iki kelime etmek istiyorum."

Langdon gülümsemeyi başararak, "Evet, bir tanesini *kaybettiğini* duydum," dedi.

126. BÖLÜM

Mabet Evi'ndeki kütüphane, D.C.'nin en eski kamuya açık okuma odasıydı. Zarif kitap raflarında, *Ahiman Rezon, The Secrets of a Prepared Brother*[1] isimli nadide eserlerin de bulunduğu çeyrek milyon cilt dururdu. Bununla birlikte kütüphanede, kıymetli mason madalyonları, tören gereçleri ve hatta Benjamin Franklin'in elyazısıyla yazılmış çok değerli bir kitap sergilenirdi.

Ama Langdon'ın kütüphanede en sevdiği hazine, çok az kişinin fark ettiği bir şeydi.

Yanılsama.

Solomon uzun zaman önce ona, uygun noktadan bakıldığında, kütüphanedeki okuma masasıyla altın masa lambasının belirgin bir görsel yanılsama oluşturduğunu göstermişti... bir piramit ve onun parlayan altın kapak taşı görünüyordu. Solomon bu yanılsamanın, uygun bir açıdan bakan herkesin, farmasonluğun gizemlerini görebileceğini sessizce hatırlattığını düşündüğünü söylemişti.

Ama bu gece, farmasonluğun gizemleri gözler önüne serilmişti. Langdon, Üstadı Muhterem Peter Solomon ile Mason Piramidi'nin karşısında oturuyordu.

Peter gülümsüyordu. "Robert, bahsettiğin 'kelime' efsane değil. *Gerçek.*"

Masanın karşı tarafına bakan Langdon, sonunda konuştu. "Ama... anlamıyorum. Bu nasıl mümkün olabilir?"

"Kabul edilemeyecek kadar zor olan ne?"

Ortak bir anlayışa sahip olduklarını görmek için bakışlarını Peter'a diken Langdon, *hepsi!* demek istedi. "Kayıp Kelime'nin gerçek olduğuna inandığını söylüyorsun... ve gerçek bir *gücü* olduğuna, öyle mi?"

---

(1) Ahiman Rezon, Hazırlıklı Bir Kardeşin Sırları

Peter, "Muazzam bir güç," dedi. "Antik Gizemleri çözerek, insanlığı dönüştürme gücüne sahip."

Langdon, "Bir kelime mi?" diyerek sorguladı. "Peter ben inanmıyorum, bir kelimenin..."

Peter sükûnetle, "İnanacaksın," dedi.

Langdon sessizce baktı.

Ayağa kalkıp masanın etrafında gezinmeye başlayan Solomon, "Bildiğin gibi," diyerek devam etti. "Kayıp Kelime'nin yeniden keşfedileceği bir günün geleceği uzun zamandan beri kehanet edilir... o gün her şey açığa çıkacak... ve insanlık bir kez daha unuttuğu gücüne kavuşacaktır."

Langdon, Peter'ın kıyametle ilgili yaptığı konuşmayı anımsadı. Pek çok kişi *apocalypse*'i yanlış yorumlayarak dünyanın dehşet verici sonu şeklinde algılıyordu, oysa kelimenin gerçek anlamı, eskilerin büyük bilgeliğe mal ettikleri bir "açığa çıkmadan" bahsediyordu. *Yaklaşmakta olan Aydınlanma Çağı*. Buna rağmen Langdon, böylesi büyük bir değişikliğin... bir *kelime* tarafından getirileceğine akıl erdiremiyordu.

Peter, masada altın kapak taşının yanında duran piramidi işaret etti. "Mason Piramidi," dedi. "Efsanevi bireşim. Bu gece bir araya getirilmiş... ve tamamlanmış halde." Altın kapak taşını saygıyla kaldırıp, piramidin üstüne yerleştirdi. Ağır altın parça, yerine tıklayarak kolayca oturdu.

"Bu gece dostum, daha önce hiç yapılmamış bir şeyi gerçekleştirdin. Mason Piramidi'ni bir araya getirdin, tüm şifrelerini çözdün ve sonunda... *bunu* ortaya çıkardın."

Solomon bir kâğıt çıkarıp, masanın üstüne koydu. Langdon, Sekizinci Dereceden Franklin Karesi kullanılarak, yeniden yerleştirilen sembol tablosunu hemen tanıdı. Bu tabloyu Tapınak Odası'nda incelemişti.

Peter, "Bu sembol dizisini okuyup okuyamayacağını merak ediyorum. Ne de olsa, uzman sensin."

Langdon tabloya bir göz attı.

Heredom, noktalı daire, piramit, merdiven...

Langdon içini çekti. "Peki dostum... Görebileceğin gibi, bu alegorik bir resimyazı. Dilinin gerçek olmaktan öte, mecazi ve sembolik olduğu belli."

Solomon kendi kendine güldü. "Simgebilim uzmanına basit bir soru sor da gör... Peki, bana ne gördüğünü söyle."

Peter bunu gerçekten duymak istiyor mu? Langdon kâğıdı kendisine doğru çekti. "Aslında, daha önce de bakmıştım, en basit kelimelerle söylemek gerekirse, bu tablo... cennet ile cehennemi tasvir eden bir *resim*."

Şaşırmış görünen Peter kaşlarını havaya kaldırdı. "Ya?"

"Elbette. Resmin en üstünde, *Heredom* -Kutsal Ev- kelimesi var, ben bunu Tanrı'nın Evi diye yorumluyorum... veya *cennet*."

"Peki."

"*Heredom* kelimesinden sonraki aşağı ok, resimyazının geri kalanının cennetin *altındaki* dünyada yer aldığını işaret ediyor... yani... *dünyada*." Langdon'ın gözleri tablonun alt kısmına kaydı. "Piramidin *altındaki* iki sıra, tüm âlemler arasında en aşağıda yer alan dünyayı -terra firma- temsil ediyor. Buna uygun olarak, bu alt âlemler on iki eski *astroloji* işaretini içeriyor, ki bunlar, gökyüzüne bakıp, yıldızlarla gezegenlerin hareketlerinde Tanrı'nın elini gören ilk insanların ilkel dinlerini tasvir ediyor."

Sandalyesini kaydırarak yaklaşan Solomon tabloyu inceledi. "Peki, başka?"

Langdon, "Astrolojinin temelinde, büyük piramit yeryüzünden yükselir," diyerek devam etti. "Cennete doğru uzanır... kayıp bilgeliğin ebedi sembolüdür. Tarihin büyük felsefeleri ve dinleri ile doludur... Mısırlı, Pisagorcu, Budist, Hindu, Müslüman, Musevi, Hıristiyan ve diğerleri... hepsi de yukarıya akıp bir arada kaynaşarak, piramidin dönüştürücü geçidine doğru huni şeklinde daralırlar... orada ise sonunda, birleşmiş, tek bir felsefeye dönüşürler." Durdu. "Evrensel tek bir bilinç... kapak taşının üstünde asılı duran antik bir sembolle temsil edilen... Tanrı'nın ortak bir imgesi."

Peter, "Noktalı daire," dedi. "Tanrı'nın evrensel sembolü."

"Doğru. Tarih boyunca noktalı daire, *tüm* insanlar için *her şey* demekti; Güneş Tanrısı Ra, simya altını, her şeyi gören göz, Büyük Patlama'dan önceki tekillik noktası..."

"Evrenin Ulu Mimarı."

Peter'ın, Tapınak Odası'nda noktalı daireyi Kayıp Kelime olarak yutturmaya çalışırken, aynı görüşü ileri sürmüş olabileceğini sezinleyen Langdon, başını salladı.

Peter, "Peki son olarak?" diye sordu. "Ya merdiven?"

Langdon bakışlarını, piramidin altındaki merdiven resmine indirdi. "Peter, senin de herkes kadar bildiğine eminim ki, bu farmasonluktaki Sarmal Merdiveni simgeliyor... Cennete yükselen Yakup'un merdiveni gibi... veya insanın ölümlü bedenini, daimi zihnine bağlayan sıralı omurga gibi... Merdiven, dünyevi karanlıktan yukarıdaki ışığa doğru çıkar." Duraksadı. "Diğer semboller ise; hepsi de Antik Gizemleri destekleyen göksel, masonik ve bilimsel bir karışım görüntüsünde."

Solomon çenesini sıvazladı. "Zekice bir yorum profesör. Elbette tablonun alegori gibi okunabileceğini kabul ediyorum ama..." Gözleri derinleşen bir esrarla parladı. "Bu semboller başka bir hikâyeyi daha anlatıyorlar. Çok daha gerçek bir hikâyeyi."

"Ya?"

Solomon yeniden masanın etrafında gezinmeye başladı. "Bu gece Tapınak Odası'ndayken, öleceğime inandığımda bu tabloya baktım ve mecazın ötesinde, alegorinin ötesinde, bu sembollerin gerçekte bize ne anlattığını gördüm." Durup, birden Langdon'a döndü. "Bu tablo, Kayıp Kelime'nin tam olarak gömülü bulunduğu yeri açıklıyor."

"Bir daha söyler misin?" Sandalyesinde huzursuzca kıpırdanan Langdon, akşam yaşadığı travma yüzünden Peter'ın aklının karışmış olabileceğinden korkuyordu.

"Robert, efsanede Mason Piramidi her zaman bir harita -çok özel bir harita- olarak tasvir edilmişti, layık olan kimseye Kayıp Kelime'nin gizli yerini gösterecekti." Langdon'ın önündeki sembol tablosuna hafifçe vurdu. "Sana garanti veririm, bu semboller tam olarak efsanenin söylediği şey... yani bir harita. Kayıp Kelime'ye inen merdivenleri bulacağımız yeri açıklayan özel bir şema."

Endişeyle gülen Langdon, artık daha temkinli olmaya çalışıyordu. "Mason Piramidi efsanesine inansam bile, bu sembol tablosu bir harita olamaz. Şuna bir bak. Haritaya benzer yanı yok."

Solomon gülümsedi. "Bazen bir şeyi bambaşka bir ışıkta görmek için, bakış açını biraz değiştirmen gerekebilir."

Langdon bir kez daha baktı ama yeni bir şey göremedi.

Peter, "Sana bir soru sorayım," dedi. "Masonlar köşe taşlarını neden binanın kuzeydoğusuna yerleştirirler biliyor musun?"

"Tabii, çünkü sabah ışıklarını ilk önce kuzeydoğu köşesi alır. Yeryüzünden ışığa yükselen mimarinin gücünü simgeler."

Peter, "Evet," dedi. "O halde, belki de ilk ışıkları görmek için *oraya* bakmalısın." Tabloyu işaret etti. "Kuzeydoğu köşesine."

Gözlerini yeniden sayfaya çeviren Langdon, bakışlarını üst sağ veya kuzeydoğudaki köşeye kaydırdı. Burada ↓ sembolü vardı.

Solomon'ın varmak istediği noktayı anlamaya çalışarak, "Aşağı ok var," dedi. "Yani... Heredom'ın *altında* demek."

Solomon, "Hayır, Robert, *altında* değil," diye cevap verdi. "Düşün. Tablo mecazi bir labirent değil. Bir *harita*. Ve bir haritada *aşağıyı* gösteren yön oku..."

Şaşıran Langdon, "Güneyi gösterir!" diye bağırdı.

Şimdi heyecanla sırıtan Solomon, "Kesinlikle," diye cevap verdi. "Güney! Haritada *aşağısı* güney demektir. Bundan başka, bir haritada *Heredom* kelimesi cennetin mecazi anlamı değil, coğrafi bir konumun ismi olmalıdır."

"Mabet Evi mi? Yani bu haritanın... bu binanın güneyini mi işaret ettiğini söylüyorsun?"

Kahkaha atan Solomon, "Tanrı'ya şükürler olsun!" dedi. "Sonunda anlamaya başladın."

Langdon tabloyu inceledi. "Ama Peter... haklı olsan bile, bu binanın güneyi, otuz altı bin kilometreden uzun bir boylamın *herhangi* bir yeri olabilir."

"Hayır Robert. Efsaneyi göz ardı ediyorsun. Kayıp Kelime'nin D.C.'de bulunduğunu söyler. Bu da alanı önemli ölçüde daraltır. Bundan başka efsane, merdivenlerin üstünde büyük bir taşın durduğunu söyler... ve bu taşa antik dilde bir mesaj kazınmıştır... layık olanın bulabileceği bir işarettir."

Langdon onun söylediklerini ciddiye almakta güçlük çekiyordu. Bulundukları yerin güneyinde neresi olduğunu pek bilmese de yerin altındaki bir merdivenin üstünde, mesaj kazınmış dev bir taş bulunmadığına emindi.

Peter, "Taşa yazılı mesaj, gözlerimizin önünde," dedi. Langdon'ın önündeki tablonun üçüncü satırını gösterdi. "Yazı *bu* Robert! Bulmacayı çözdün!"

Sersemleyen Langdon, yedi sembolü inceledi.

Çözdüm mü? Langdon'ın, bu yedi farklı sembolün ne anlama geldiğine dair hiç fikri yoktu. Ayrıca ülkenin başkentinin herhangi bir yerine kazınmadıklarına da emindi... özellikle de merdivenin üstündeki dev bir taşa.

"Peter," dedi. "Ben bunun neyi aydınlattığını anlamadım. D.C.'de şu mesajın kazındığı bir taş bilmiyorum."

Solomon, onun omzuna hafifçe vurdu. "Yanından geçtin ama görmedin. Hepimiz öyle yaptık. Tıpkı gizemler gibi o da açıkça görülecek bir yerde. Ve bu gece, bu yedi sembolü gördüğümde, efsanenin gerçek olduğunu hemen anladım. Kayıp Kelime, D.C.'de gömülü... Ve üstüne yazı kazınmış devasa bir taşın altındaki uzun merdivenin dibinde yatıyor."

Şaşıran Langdon sessizliğini korudu.

"Robert, bu gece gerçeği öğrenmeyi hak ettiğine inanıyorum."

Az önce duyduklarını sindirmeye çalışan Langdon, Peter'a baktı. "Kayıp Kelime'nin gömülü olduğu yeri bana mı söyleyeceksin?"

Solomon gülümseyerek ayağa kalkarken, "Hayır," dedi. "Sana *göstereceğim.*"

* * *

Beş dakika sonra Langdon, Escalade'in arka koltuğunda Peter Solomon'ın yana yerleşiyordu. Sato park yerinin karşı tarafından yaklaşırken, Simkins direksiyona geçti.

Sigarasını yakan Sato, "Bay Solomon?" dedi. "Az önce istediğiniz telefonu açtım."

Peter açık pencereden, "Ve?" diye sordu.

"Size içeri giriş izni vermelerini istedim."

"Teşekkür ederim."

Şüpheyle bakan Sato, onu inceledi. "Çok sıradışı bir istek olduğunu söylemek zorundayım."

Solomon sanki aldırmıyormuş gibi omuzlarını silkti.

Aracın etrafından dolaşıp, Langdon'ın oturduğu tarafa giden Sato, Solomon'ın üzerine varmadı.

Langdon camını aşağı indirdi.

Sato, buz gibi bir sesle, "Profesör," dedi. "Bu gece her ne kadar bize gönülsüzce yardım etmiş olsanız da başarılı olmamızda önemli bir rol oynadınız... Bu nedenle, size teşekkür ederim." Sigarasından uzun bir nefes çekip, yan tarafa fırlattı. *Yine de* son bir tavsiyem olacak. Bir dahaki sefere size üst düzey bir CIA yetkilisi ulusal güvenlik meselesi olduğunu söylediğinde..." Simsiyah gözlerinden ateş saçarak, "Saçmalıklarınızı Cambridge'e saklayın," dedi.

Langdon konuşmak için ağzını açtı ama Başkan Inoue Sato çoktan arkasını dönüp, park yerinde bekleyen helikoptere doğru yürümeye başlamıştı.

Omzunun üstünden bakan Simkins'in yüzü ifadesizdi. "Beyler hazır mısınız?"

Solomon, "Aslında," dedi. "Bir dakika." Koyu renkli, katlanmış bir bez parçası çıkarıp Langdon'a uzattı. "Robert, gitmeden önce bunu takmanı istiyorum."

Şaşıran Langdon bezi inceledi. Siyah kadifedendi. Açtığında masonik bir gözbağı -birinci derece adayının taktığı geleneksel gözbağı- tuttuğunu fark etti. *Bu da ne?*

Peter, "Gideceğimiz yeri görmemeni tercih ederim," dedi.

Langdon, Peter'a döndü. "Yolculukta gözlerimi *bağlamı* mı istiyorsun?"

Solomon sırıttı. "Benim sırrım. Benim kurallarım."

127. BÖLÜM

Langley'deki CIA karargâhının dışında rüzgâr soğuk esiyordu. Nola Kaye, sistem güvenliğinden Rick Parrish'i, ay ışığıyla aydınlanmış merkez avluda titreyerek takip etti.

Beni nereye götürüyor?

Tanrı'ya şükürler olsun ki, masonik video krizini aşmışlardı, ama Nola hâlâ huzursuzdu. CIA başkanının ana bellek kesimindeki redakte edilmiş dosyası bir muamma olarak kaldığından, Nola'yı rahatsız ediyordu. Sabah Sato'yla bilgi alışverişinde bulunacaklardı, bu yüzden tüm gerçekleri öğrenmek istiyordu. Sonunda Rick Parrish'i arayıp yardım istemişti.

Şimdi Rick'in peşinden bilmediği bir yere doğru giderken, okuduğu tuhaf sözleri aklından çıkaramıyordu:

Yeraltındaki gizli bir yere... enlem/boylamların Washington D.C.'deki bir yeri gösterdiğini... giden antik bir kapıyı çıkardı... kimseler için piramidin tehlikeli sonuçlar... açığa çıkarmak için şu kazınmış bireşimi deşifre etseler....

Parrish yürürlerken, "Şu anahtar kelimelerden örümcek gönderen bilgisayar korsanının, Mason Piramidi hakkında bilgi aradığı konusunda hemfikiriz," dedi.

Nola, *öyle diyelim*, diye düşündü.

"Ama bilgisayar korsanının, Mason Piramidi'nin beklemediği bir yüzüyle karşılaştığını düşünüyorum."

"Ne demek istiyorsun?"

"Nola, CIA başkanının, teşkilat çalışanlarının her konuda fikirlerini paylaşacakları dahili tartışma panosunu nasıl desteklediğini biliyorsun, değil mi?"

"Elbette." Tartışma panoları, teşkilat personelinin internetteki güvenli bir ortamda çeşitli konular hakkında sohbet etmesini sağlıyor ve başkanın çalışanlarına ulaşabileceği bir tür sanal geçit sunuyorlardı.

"Başkanın tartışma panoları, başkanın kendi ana bellek kısmında korunuyor ama, tüm seviyelerdeki çalışanların erişebilmelerini sağlamak için, başkanın özel güvenlik duvarının dışında saklanıyorlar."

Teşkilatın kafeteryasının köşesinden dönerlerken Nola, "Nereye varmak istiyorsun?" diye sordu.

"Tek kelimeyle..." Parrish karanlığı işaret etti. "*Şuna.*"

Nola başını kaldırıp baktı. Önlerindeki meydanın karşı tarafında, büyük metal bir heykel ay ışığında parlıyordu.

Beş yüzün üzerinde orijinal esere sahip olmakla övünen bir teşkilat için *Kryptos* adlı bu heykel, en ünlülerinden biri sayılmazdı. Yunancada "gizli" anlamına gelen *Kryptos*, Amerikalı sanatçı James Sanborn'un eseriydi ve CIA'de bir efsane haline gelmişti.

Heykelin S şeklindeki büyük, bakır levhası, kıvrımlı metal bir duvar gibi duruyordu. Duvarın geniş yüzeyine, şaşırtıcı bir şifreleme sistemiyle yaklaşık iki bin harf kazınmıştı. Yeterince anlaşılmaz değilmiş gibi, S şeklindeki duvarın etrafındaki alana özenle başka heykel parçaları yerleştirilmişti. Bunların arasında tuhaf açılı granit bloklar, bir pusula gülü, bir mıknatıs taşı, "bilinçli hafıza" ve "karanlık güçlerden" bahseden Morse alfabesiyle yazılmış bir mesaj bile vardı. Pek çok hayranı, bu parçaların heykelin nasıl deşifre edileceğini gösteren ipuçları olduklarına inanıyordu.

Kryptos bir sanattı ama... aynı zamanda bir bilmeceydi.

Şifrelenmiş sırrını deşifre etmek, CIA'in içindeki ve dışındaki kriptologların tutkusu haline gelmişti. Birkaç yıl önce, sonunda şifrenin bir kısmı çözülmüş ve ulusal bir haber haline gelmişti. *Kryptos*'un şifresinin önemli bir kısmı hâlâ gizemini korusa da, deşifre edilmiş kısımlar o kadar garipti ki, heykeli olduğundan daha da gizemli bir hale getiriyordu. Yeraltındaki gizli mekânlardan, antik mezarlara açılan kapılardan, enlemlerden ve boylamlardan bahsediyordu.

Nola deşifre edilmiş kısımların bazı bölümlerini hatırlıyordu: *Bilgi bir araya getirilip, yeraltındaki bilinmeyen bir yere taşınmıştı... Tamamıyla görünmezdi... Bu nasıl mümkün olabilir?... Yeryüzünün manyetik alanını kullandılar...*

Nola heykele hiçbir zaman fazla önem vermemiş, tamamıyla deşifre edilip edilmediğini de umursamamıştı. Ama şu anda cevap istiyordu. "Bana neden *Kryptos*'u gösteriyorsun?"

Parrish, ona gizemli bir şekilde gülümsedikten sonra, cebinden katlanmış bir kâğıt çıkardı. "İşte hakkında endişe ettiğin şu redakte edilmiş gizemli doküman. Tüm metne ulaştım."

Nola şaşkınlık içindeydi. "Başkanın bilgisayardaki özel bölümüne mi girdin?"

"Hayır. Daha önce de anlatmaya çalıştığım buydu. Bir bak." Nola'ya dosyayı verdi.

Nola kâğıdı eline alıp açtı. Sayfanın üstündeki standart CIA teşkilatı antetini görünce, şaşkınlığı daha da arttı.

Doküman gizli *değildi*. Hatta gizlilikle alakası yoktu.

PERSONEL TARTIŞMA PANOSU KRYPTOS
SIKIŞTIRILMIŞ BELLEK: İŞ PARÇACIĞI #2456282.5

Nola, daha verimli depolama için tek bir sayfaya sıkıştırılmış, bir dizi gönderiye bakıyordu.

Rick, "Senin şu anahtar kelime dokümanın, şifre tutkunlarının, *Kryptos* hakkında yazdığı ipe sapa gelmez şeyler."

Nola, tanıdık bir dizi anahtar kelime içeren cümleyi görünceye kadar dokümanı gözleriyle taradı.

Jim, heykel onun, bilginin saklandığı YERALTINDAKİ gizli
bir yere taşındığını söylüyor.

Rick, "Metin, başkanın internetteki *Kryptos* tartışma panosundan," diye açıkladı. "Tartışma panosu yıllardır açık. *Binlerce* gönderi var. İçerinden *birinin* bütün anahtar kelimeleri içermesine şaşırmadım."

Nola anahtar kelimeleri içeren başka bir gönderiyi bulana kadar kâğıdı gözleriyle taramaya devam etti.

Mark şifredeki enlem/boylamların WASHINGTON D.C.'deki bir yeri gösterdiğini söylese de kullandığı koordinatlar bir
derece sapıyor. Kryptos aslında kendisini işaret ediyor.

Parrish heykelin yanına yürüyüp, avcunu harflerden oluşan şifre denizinin üzerinde gezdirdi. "Hâlâ pek çok şifrenin çözülmesi gerekiyor ve mesajın eski mason sırlarıyla ilgili olabileceğini düşünen birçok kişi var."

Nola şimdi masonlarla *Kryptos*'u bağdaştıran söylentileri hatırlar gibi olmuştu ama bu aşırılıkları umursamadı. Sonra meydanın etrafına yerleştirilmiş heykel parçalarına bakarken, tıpkı Mason Piramidi gibi, parçalanmış bir şifre -bireşim- olduğunu fark etti.

Tuhaf.

Nola bir an için *Kryptos*'un modern bir Mason Piramidi olduğunu düşündü. Hepsi bir göreve sahip, farklı malzemelerden yapılmış, çok parçalı bir şifreydi. "*Kryptos* ile Mason Piramidi'nin aynı sırrı saklaması sence mümkün mü?"

"Kim bilir?" Parrish, *Kryptos*'a hayal kırıklığıyla baktı. "Tüm mesajı öğrenebileceğimizi hiç sanmıyorum. Ama tabii, birisi kasasını açıp, başkanı çözüme bir göz gezdirmeye izin vermesi için ikna edebilirse, o zaman başka."

Nola başını salladı. Şimdi her şeyi hatırlamaya başlamıştı. *Kryptos* yerleştirilirken, heykelin tüm şifrelerinin çözümünü içeren mühürlü bir zarf gelmişti. Mühürlenmiş çözüm, o zamanın CIA Başkanı William Webster'a emanet edilmiş, o da kasasına kilitlemişti. Geçen yıllar boyunca bir başkanın diğerine devrettiği dokümanın hâlâ orada olduğu söyleniyordu.

Nola'nın William Webster'ı düşünmesi, hafızasını canlandırarak, *Kryptos*'un başka bir kısmını hatırlamasını sağlamıştı:

ORADA BİR YERDE GÖMÜLÜ.
TAM YERİNİ KİM BİLİYOR?
SADECE W.W.

Orada *neyin* gömülü olduğunu kimse bilmese de çoğu kişi *WW*'nun William Webster olduğuna inanıyordu. Nola, WW'nun duymuş, ama üzerine fazla kafa yormamıştı. William Whiston -Kraliyet Akademisi ilahiyatçısı- isimli bir adam olduğuna dair söylentiler.

Rick yeniden konuşmaya başladı. "İtiraf etmeliyim ki, sanatçıları pek bilmem ama bence bu Sanborn denilen adam gerçek bir deha. İnternette onun *Kiril Projektörü* projesini gördüm. Zihin kontrolü hakkındaki bir KGB dokümanındaki Rusça harfleri ışıkla yansıtıyor. Korkutucu."

Nola artık Rick'i dinlemiyordu. Başka bir gönderideki üçüncü anahtar kelimeyi bulduğu kâğıdı inceliyordu.

Doğru, o bölüm tamamen ünlü bir arkeoloğun günlüğün-
dekilerle bire bir aynı. Yaptığı kazıda Tutankamon'un mezarı-
na giden ANTİK BİR KAPIYI açığa çıkardığı anısını anlatıyor.

Nola, *Kryptos*'ta bahsi geçen arkeoloğun, ünlü Mısırolog Howard Carter olduğunu biliyordu. Diğer gönderide ismi geçiyordu.

Carter'ın diğer kazı notlarına internetten bir baktım. Fi-
ravunun huzurunu kaçıran kimseler için PİRAMİDİN tehlike-
li sonuçlar doğuracağı uyarısını yapan bir kil tablet bulmuşa
benziyor. Bir lanet! Acaba endişelenmeli miyiz? ☺

Nola suratını astı. "Rick, Tanrı aşkına, bu salağın piramitten bahsediş şekli bile doğru değil. Tutankamon piramidin içine gömülmemiş. Krallar Va-
disi'ne gömülmüştü. Kriptologlar *Discovery Channel* seyretmiyorlar mı?"

Parrish omuzlarını silkti. "Teknik adamlar işte."

Nola şimdi son anahtar kelimeyi görmüştü.

Çocuklar, bilirsiniz ben komplo teorisyeni değilim ama
Jim ve Dave, 2012'de dünyanın sonu gelmeden önce son
sırrını açığa çıkarmak için şu KAZINMIŞ BİREŞİMİ deşifre
etseler iyi olacak... Ciao.

Parrish, "Her neyse," dedi. "CIA başkanını, eski bir mason efsanesi hakkındaki gizli dokümanı saklamakla suçlamadan önce, bu *Kryptos* tartış-
ma panosunu görmek isteyeceğini düşündüm. Zaten, CIA başkanı kadar nü-
fuz sahibi birinin bu türden şeylere ayıracak vakti olduğunu sanmıyordum."

Nola, antik bir törene katılan tüm o nüfuz sahibi erkeklerin video gö-
rüntülerini hayalinde canlandırdı. *Rick bir bilseydi...*

Nihayetinde, *Kryptos* her neyi açığa çıkarıyorsa, mesajın gizemli imala-
rı olduğunu biliyordu. Başını kaldırıp parlayan sanat eserine baktı. Devletin önde gelen istihbarat teşkilatlarından birinin kalbinde duran üç boyutlu bir şifreydi. Bir gün, son şifresini açıklayıp açıklamayacağını merak etti.

Rick'le birlikte içeri dönerlerken, kendi kendine gülmeye başladı.
Orada bir yerde gömülü.

128. BÖLÜM

Bu delilik.

Gözleri bağlı olan Robert Langdon, Escalade ıssız caddelerde güneye doğru hızla ilerlerken hiçbir şey göremiyordu. Yanındaki koltukta oturan Peter Solomon sessizliğini korumakta kararlıydı.

Beni nereye götürüyor?

Langdon ilgi ve endişe karışımı bir merak duyarken, parçaları umutsuzca birleştirmeye çalışan hayal gücü de hızla çalışıyordu. Peter iddiasında kararlıydı. *Kayıp Kelime? Merdivenin dibine, üstüne yazı yontulmuş bir taş parçası mı gönülü?...* Tüm bunlar ona imkânsız geliyordu.

Taşın üzerine kazındığı iddia edilen yazılar Langdon'ın hafızasındaydı... ama yine de yedi sembol, anlayabildiği kadarıyla bir arada hiçbir şey ifade etmiyorlardı.

Taş ustası gönyesi: Dürüstlük ve doğruluk sembolü.

Au harfleri: Altın elementinin bilimsel kısaltması

Sigma: Yunan alfabesindeki S harfi, tüm parçaların toplamının matematiksel sembolü

Piramit: İnsanın gökyüzüne ulaşmasını anlatan Mısır sembolü.

Delta: Yunan alfabesindeki D harfi, değişimin matematiksel sembolü

Cıva: En eski simya sembolü

Ouroboros: Bütünlük ve bir olma sembolü

Solomon bu yedi sembolün bir "mesaj" olduğu konusunda hâlâ ısrarlıydı. Eğer doğruysa, bu Langdon'ın nasıl okuyacağını hiç bilmediği bir mesajdı.

Escalade aniden yavaşladı ve hızla sağa, garaj yolu ya da giriş yolu gibi daha farklı bir zemine saptı. Yerinde doğrulan Langdon nerede olduklarına dair bir ipucu yakalamak için dikkatle dinledi. Yaklaşık on dakikadır yolculuk yapıyorlardı. Langdon zihniyle takip etmeye çalışsa da yön tayin etme yeteneğini çok çabuk kaybetmişti. Tek bildiği, şu anda Mabet Evi'ne doğru gittikleriydi.

Escalade durunca, Langdon arabanın camının indirildiğini duydu.

Şoför, "Ajan Simkins, CIA," diye bildirdi. "Sanırım, bizi bekliyordunuz."

Sert bir asker sesi, "Evet, efendim," diye karşılık verdi. "Başkan Sato daha önce telefon etmişti. Güvenlik barikatını açana kadar bekleyin."

Langdon artan bir şaşkınlıkla konuşmaları dinledi, askeri bir üsse girmek üzere olduklarını şimdi anlıyordu. Araba, pürüzsüz bir asfalt üzerinde yeniden hareket edince, Langdon başını Solomon'a doğru çevirdi. "Neredeyiz, Peter?"

"Gözbağını *sakın* çıkarma!" Peter'ın sesi sertti.

Araç kısa bir mesafe gittikten sonra tekrar yavaşlayarak durdu. Simkins motoru kapattı. Sesler artmıştı. Çoğu askeri komutlardı. Birisi Simkins'ten kimliğini istedi. Ajan arabadan inip, adamlarla alçak sesle konuştu.

Langdon'ın kapısı aniden açıldı ve güçlü eller onun arabadan inmesine yardım etti. Hava çok soğuk ve rüzgârlıydı.

Solomon yanında duruyordu. "Robert, ajan Simkins seni içeri götürecek."

Langdon kilidin içinde dönen metal anahtar seslerini... sonra da ağır demir bir kapının gıcırtıyla açıldığını duydu. Antik bir bodrum merdiveni kapısının sesine benziyordu. *Beni hangi cehenneme götürüyorlar?*

Simkins, Langdon'ın metal kapıya doğru ilerlemesini sağladı. Eşikten geçtiler. "Dümdüz ilerleyin, profesör."

Ortalık birden sessizleşmişti. Ölüm sakinliği. Issız. İçerideki hava steril ve işlem görmüş gibi kokuyordu.

Simkins ve Solomon, Langdon'ı aralarına almış, onu yankı yapan bir koridorda yürütüyorlardı. Mokasen ayakkabılarının altındaki zemin, taş hissi veriyordu.

Metal kapı arkalarından gürültüyle kapanınca, Langdon irkilerek yerinde sıçradı. Kilitler döndü. Gözbağının altında terliyordu. Hemen çıkarıp atmak istedi.

Artık yürümüyorlardı.

Simkins, Langdon'ın kolunu bıraktı ve bir dizi elektronik bip sesinden sonra önlerinde beklenmedik bir gürültü duyuldu. Langdon bunun kayarak açılan otomatik bir güvenlik kapısı olduğunu düşündü.

Simkins, "Bay Solomon, siz ve Bay Langdon buradan sonra yalnız ilerleyeceksiniz. Ben sizi burada bekliyorum," dedi. "El fenerimi alın."

Solomon, "Teşekkür ederim," dedi. "Birazdan döneriz."

El feneri mi? Langdon'ın kalbi deli gibi atmaya başlamıştı.

Peter, Langdon'ın koluna girip ilerledi. "Benimle yürü, Robert."

Birlikte, yavaşça başka bir eşikten geçtiler ve güvenlik kapısı arkalarından gürültüyle kapandı.

Peter olduğu yerde durdu. "Bir sorun mu var?"

Langdon aniden kusacak gibi olmuş ve dengesini kaybetmişti. "Sanırım, gözbağını çıkarmam gerekiyor."

"Henüz değil, neredeyse geldik."

"Neredeyse *nereye* geldik?" Langdon, karın boşluğunda artan bir ağırlık hissediyordu.

"Sana söyledim. Seni Kayıp Kelime'ye inen merdiveni görmeye götürüyorum."

"Peter, bu hiç komik değil!"

"Amaç, komik olması *değil*. Amaç, zihnini açmak, Robert. Sana, bu dünyada henüz fark etmediğin gizemler olduğunu hatırlatmak. Ve seninle birlikte bir adım daha atmadan önce, benim için bir şey yapmanı istiyorum. Sadece bir anlığına... efsaneye *inanmanı* istiyorum. Yüzlerce metre aşağıda, insanoğlunun en büyük kayıp hazinelerinden birine inen sarmal merdivenden aşağı bakmak üzere olduğuna inanmanı istiyorum."

Langdon'ın başı dönüyordu. Sevgili arkadaşına inanmak istiyor, ama inanamıyordu. "Daha yolumuz var mı?" Kadife gözbağı terden sırılsıklam olmuştu.

"Hayır. Sadece birkaç adım daha. Son bir kapıdan geçeceğiz. Şimdi, onu açıyorum."

Solomon, onu bir anlığına bırakınca, başı dönen Langdon olduğu yerde sallandı. Dengesini bulmak için uzanınca Peter hemen yanına geldi. Ağır otomatik kapı önlerinde gürültüyle açıldı. Peter, Langdon'ın koluna girdi ve yeniden ilerlemeye başladılar.

"Bu taraftan."

Bir eşikten daha geçtiler ve kapı arkalarından kayarak kapandı.

Sessizlik. Soğuk.

Langdon, bu yerin -her neresi ise- güvenlik kapılarının, diğer tarafındaki dünyayla bir ilgisi olmadığını hissetti. Hava, bir mezar kadar rutubetli ve soğuktu. Akustiği yoktu. Klostrofobi krizinin eşiğinde olduğunu hissetti. "Birkaç adım daha." Solomon onu bir köşeden döndürüp, tam durması gereken yere getirdi. Sonunda, "Gözbağını çözebilirsin," dedi.

Langdon kadife gözbağını hemen çıkardı. Nerede olduğunu anlamak için etrafına bakındı, ama hâlâ hiçbir şey göremiyordu. Gözlerini ovuşturdu. Hiçbir şey göremedi. "Peter, burası zifiri karanlık!"

"Evet, biliyorum. Önüne doğru uzan. Bir parmaklık var. Onu tut."

Langdon karanlıkta el yordamıyla aranarak, demir parmaklığı buldu.

"Şimdi izle." Peter'ın bir şey arandığını duyabiliyordu. Aniden el fenerinin keskin ışığı karanlığı deldi. Işık yere doğrultulmuştu, bu yüzden Langdon henüz etrafında neler olduğunu göremeden Solomon el fenerini parmaklığın üzerinden, aşağıya doğrulttu.

Langdon dipsiz bir kuyuya... yeryüzünün derinliklerine inen sonsuz bir sarmal merdivene bakıyordu. *Tanrım!* Neredeyse dizlerinin bağı çözülmüştü, destek almak için parmaklığa tutundu. Merdiven geleneksel kare spiral şeklindeydi. El fenerinin ışığı dipsiz karanlıkta yok olurken, Langdon yerin altına inen en az otuz basamak görebiliyordu. *Dibini göremiyorum bile!*

Kekeleyerek, "Peter..." dedi. "Burası neresi!"

"Seni birazdan merdivenin dibine götüreceğim, ama bunu yapmadan önce sana başka bir şey göstermeliyim."

İtiraz edemeyecek kadar bitkin olan Langdon, Peter'ın kendisini merdiven boşluğundan uzaklaştırıp, tuhaf, küçük bir odadan geçirmesine izin verdi. Peter, el fenerini ayaklarının altındaki aşınmış taş zemine doğru tuttuğundan, Langdon etraflarındaki mekân hakkında fazla bilgi sahibi olamıyordu... tek bildiği küçük bir yer olduğuydu.

Minik bir taş oda.

Odanın karşı duvarına hemen vardılar, içinde dikdörtgen bir cam gömülüydü. Langdon bunun diğer odaya açılan bir pencere olabileceğini düşündü ama durduğu yerden, diğer tarafın karanlığından başka bir şey görünmüyordu.

Peter, "Haydi," dedi. "Bak."

"Orada ne var?" Langdon bir anda Kongre Binası'nın altındaki Yansıma Odası'nı ve içinde dev bir yeraltı mağarasına açılan bir kapı olabileceğine inanışını hatırladı.

"Sadece bak, Robert." Solomon, onu hafifçe ileri doğru itti. "Ve kendine sahip ol, çünkü göreceğin şey seni şok *edecek*."

Ne göreceği hakkında hiçbir fikri olmayan Langdon cama doğru ilerledi. Kapıya yaklaşırken, Peter el fenerini söndürünce, küçük oda zifiri karanlığa büründü.

Gözleri karanlığa alışan Langdon önüne doğru uzanıp, elleriyle duvarı, sonra camı buldu ve yüzünü şeffaf kapıya yaklaştırdı.

Arka taraf hâlâ karanlıktı.

Yüzünü cama bastırarak daha da yaklaştı.

Sonra gördü.

Langdon'ın vücuduna yayılan şok ve şaşkınlık dalgası, iyice içine işleyerek midesini altüst etti. Beyni, karşında duran hiç beklenmedik görüntüyü kabullenmeye çalışırken neredeyse arkaüstü düşüyordu. Robert Langdon, camın diğer tarafında duran şeyi en çılgın rüyalarında bile hayal edemezdi.

İnanılmaz bir görüntüydü.

Karanlığın içinde göz kamaştırıcı, beyaz bir ışık, pırıltılar saçan bir mücevher gibi parlıyordu.

Langdon şimdi her şeyi anlıyordu... Giriş yolundaki barikatı... ana girişteki muhafızları... dışarıdaki ağır metal kapıyı... gürültüyle açılıp kapanan otomatik kapıları... midesindeki ağırlığı... kafasındaki sersemliği... ve bu minik taş bölmeyi.

Peter arkasından, "Robert," diye fısıldadı. "Bazen bakış açısını değiştirmek, ışığı görmeye yeter."

Dili tutulan Robert pencereden dışarı baktı. Bakışları, gecenin karanlığında gezindi, bir kilometreden uzun boşlukta gidip geldi, sonra aşağıya... daha da aşağıya... karanlığa doğru indi ve muhteşem bir şekilde aydınlatılmış Kongre Binası'nın sade, beyaz kubbesi üzerinde durdu.

Langdon, Kongre Binası'nı daha önce hiç bu açıdan -Amerika'nın muhteşem Mısır dikilitaşının üzerinde, yerden yüz yetmiş metre yüksekte dururken- görmemişti. Bu akşam, hayatında ilk kez, küçük gözlem odasına... Washington Anıtı'nın tepesine çıkmıştı.

129. BÖLÜM

Aşağıdaki manzaranın gücünü içine çekerken, cam kapıda büyülenmiş bir halde duruyordu. Bilmeden yüzlerce metre yukarı çıktıktan sonra, şimdi hayatında gördüğü en harikulade manzaralardan birini hayranlıkla seyrediyordu.

Ulusal Park'ın doğu ucundaki ABD Kongre Binası'nın kubbesi, bir dağ gibi yükseliyordu. Binanın her iki yanından, ona doğru iki paralel ışık çizgisi uzanıyordu. Bunlar Smithsonian müzelerinin aydınlatılmış cepheleriydi; sanat, tarih, bilim ve kültür abideleri.

Langdon şimdi büyük bir şaşkınlıkla Peter'ın doğru olduğunu iddia ettiği şeylerin gerçekten de doğru olduğunu görüyordu. *Gerçekten de sarmal bir merdiven var... ve büyük bir taşın altında yüzlerce metre aşağı iniyor.* Bu obeliskin kapak taşı, tam başının üstündeydi. Langdon, ürkütücü derecede benzerlik teşkil eden önemsiz bir bilgiyi hatırladı: Washington Anıtı'nın kapak taşı, tam olarak üç bin üç yüz libre[1] geliyordu.

Yine 33 sayısı.

Bundan daha da şaşırtıcı olanı; bu kapak taşının doruğu, bu dikilitaşın zirvesi, minik ve parlak bir alüminyum ile taçlandırılmıştı, çünkü zamanında altın kadar değerli olan bir metaldi. Washington Anıtı'nın parlak tepesi, Mason Piramidi'yle aynı boyutta, yaklaşık otuz santim kadardı. Bu küçük metal piramidin üstünde inanılmaz bir yazı *-Laus Deo-* vardı. Langdon o anda anladı. *Taş piramidin tabanındaki asıl mesaj bu.*

Yedi sembol bir transliterasyon![2]

Şifrelerin en basiti.

Semboller harf.

---

(1) 1650 kg
(2) Çevri-yazım, harf çevirisi.

Taş ustası gönyesi -L
Altın elementi-AU
Yunanca Sigma-S
Yunanca Delta-D
Simya cıvası- E
Ouroboros-O

Langdon, "*Laus Deo*," diye fısıldadı. "Tanrı'ya şükürler olsun" anlamındaki bu ünlü Latince deyiş, Washington Anıtı'nın tepesine, üç santimlik elyazısı harflerle yazılmıştı. *Gözler önünde ama... kimsenin göremeyeceği bir yerde.*

Laus Deo

Odanın yumuşak ışıklarını açan Peter, arkasından, "Tanrı'ya şükürler olsun," dedi. "Mason Piramidi'nin son şifresi."

Langdon arkasını döndü. Arkadaşının yüzünde geniş bir gülümseme vardı. Daha önce mason kütüphanesinde onun "Tanrı'ya şükürler olsun," dediğini şimdi çok iyi hatırlıyordu. *Ama ben hâlâ bir şey anlamadım.*

Langdon, efsanevi Mason Piramidi'nin onu buraya yönlendirmesinin ne kadar uygun düştüğünü fark edince ürperdi... Ulusun kalbinden gökyüzüne yükselen, Amerika'nın büyük dikilitaşına -gizemli antik bilgeliğin sembolü- gelmişti.

Kare şeklindeki küçük odada saatin ters yönünde hareket eden Langdon, başka bir seyir penceresinin önüne geldi.

Kuzey.

Kuzeye bakan bu pencereden, tam karşısında duran Beyaz Saray'ın o tanıdık siluetine baktı. Ufukta, kuzeydeki Mabet Evi'ne giden On Altıncı Sokak'ın düz çizgisini gördü.

Heredom'ın güneyindeyim.

Kenar boyunca giderek diğer pencereye geldi. Batıya bakan Langdon, Lincoln Anıtı'na giden yansıma havuzunun uzun dörtgenini takip etti. Klasik Yunan mimarisine, Atina'daki Partheon, Athena -kahramanlık girişimlerinin tanrıçası- Tapınağı ilham vermişti.

Langdon, *annuit coeptis*, diye düşündü. *Tanrı girişimlerimizi destekler.*

Son pencereye giden profesör, karanlıkta parlayan Jefferson Anıtı'nın bulunduğu, Tidal Basin[(1)] üzerinden güneye doğru baktı. Zarifçe

---

(1) Gelgit Havzası.

eğimlenen küçük kubbeye, mitolojideki büyük Roma tanrılarının evi olan Panteon'un şeklinin verildiğini biliyordu.

Dört yöne birden bakmış olan Langdon, Ulusal Park'a ait, havadan çekilmiş fotoğrafları düşündü. Dört kolunu Washington Anıtı'ndan pusulanın ana yönlerine doğru uzatıyordu. *Amerika' nın kesişen yollarında duruyorum.* Langdon geriye dönüp, Peter'ın durduğu yere geldi. Akıl hocası keyiften ışık saçıyordu. "Evet Robert, işte bu. Kayıp Kelime. Gömülü olduğu yer *burası.* Mason Piramidi bizi buraya getirdi."

Langdon sersemlemiş, Kayıp Kelime'yi tamamıyla unutmuştu.

"Robert, senden daha güvenilir birini tanımıyorum. Ve böyle bir geceden sonra, tüm bunların neyle ilgisi olduğunu bilmeyi hak ettiğine inanıyorum. Efsanede vaat edildiği gibi, Kayıp Kelime gerçekten de sarmal merdivenin altında gömülü." Anıtın uzun merdivenlerinin girişini gösterdi.

Ayakları yerden kesilmiş olan Langdon şimdi de şaşkındı.

Peter hemen elini cebine sokup, küçük bir nesne çıkardı. "Bunu hatırlıyor musun?"

Langdon, Peter'ın ona uzun zaman önce emanet ettiği küp şeklindeki kutuyu eline aldı. "Evet... ama sanırım onu korumayı pek beceremedim."

Solomon kendi kendine güldü. "Belki de gün ışığına çıkma zamanı gelmişti."

Taş küpe göz atan Langdon, Peter'ın bunu neden kendisine verdiğini merak ediyordu.

Peter, "Bu sana neyi anımsatıyor?" diye sordu.

1514 𝖉 bakan Langdon, Katherine paketi açtığında edindiği ilk izlenimi hatırladı. "Bir köşe taşı."

Peter, "Kesinlikle," diye cevap verdi. "Şimdi, köşe taşları hakkında bilmediğin birkaç şey olabilir. Birincisi, köşe taşı yerleştirme *kavramı,* Eski Ahit'ten gelir."

Langdon başını salladı. "Kitabı Mukaddes'te Mezmurlar Kitabı."

"Doğru. Ve gerçek bir köşe taşı daima yere gömülür; binanın yeryüzünden, gökyüzünün aydınlığına çıkan ilk basamağını temsil eder."

Kongre Binası'na doğru bakan Langdon, köşe taşı temelinin çok derinlere gömüldüğü için, bugüne kadar yapılan kazılarda bulunamadığını hatırladı.

Solomon, "Son olarak," dedi. "Elinde tuttuğun taş kutu gibi, köşe taşlarının pek çoğu birer mahzendir... ve içlerinde, gömülü hazineleri saklayabilecekleri boşluklar vardır... bu hazinelere tılsım da diyebilirsin, yükselecek olan binanın geleceğe dair ümitlerini yansıtan bir sembol."

Bu geleneği Langdon da biliyordu. Masonlar bugün bile, anlamlı nesneleri, mühürledikleri köşe taşlarına yerleştirirlerdi; zaman kapsülleri, fotoğraflar, bildiriler, hatta bazı önemli kişilerin külleri.

Merdivene bir göz atan Solomon, "Sana bunu neden anlattığımı iyi açıklamam gerek," dedi.

"Kayıp Kelime'nin, Washington Anıtı'nın köşe taşına gömüldüğünü mü düşünüyorsun?"

"Öyle *düşünmüyorum*, Robert. *Biliyorum*. Kayıp Kelime bu köşe taşına 4 Temmuz 1848'de, bir mason töreniyle gömüldü."

Ona bakan Langdon, "Mason kurucularımız bir *kelime* mi gömdüler?" diye sordu.

Peter başını salladı. "Evet, öyle yaptılar. Gömdükleri şeyin gerçek gücünü biliyorlardı."

Langdon gece boyunca soyut kavramları anlamaya çalışmıştı... Antik Gizemler, Kayıp Kelime, asırların sırları. Şimdi somut bir şey istiyor ve Peter'ın yüz yetmiş metre aşağılarındaki köşe taşında, her şeye ışık tutacak anahtarın gömülü olduğu iddiasını kabul etmekte güçlük çekiyordu. *Hayat boyu gizemlerin üstünde çalıştıkları halde, hâlâ orada saklı olduğu söylenen güce ulaşamamış insanlar var.* Etrafında, simyanın gizemli sırlarını keşfetme yolundaki başarısız çabalarında kullandığı gereçlerle oturan Dürer'in *Melankoli I*'deki kederli Bilge'sini hatırladı. *Sırlar gerçekten çözülebilse bile, hepsi tek bir yerde bulunamazlar!*

Langdon, herhangi bir cevabın yeryüzündeki binlerce cilde yayıldığına inanırdı... Pisagor, Hermes, Heraclitus, Paracelsus ve yüzlercesinin yazılarında şifrelenmişti. Cevap; simya, gizemcilik, sihir ve felsefenin unutulmuş, tozlu kitaplarında yazılıydı. Cevap; antik İskenderiye Kütüphanesi'nde, Sümerlerin kil tabletlerinde ve Mısır'ın hiyerogliflerinde saklıydı.

Başını iki yana sallayan Langdon, alçak bir sesle, "Peter, üzgünüm," dedi. "Antik Gizemleri anlamak, yaşam boyu devam eden bir süreçtir. Anahtarın tek bir kelimede bulunacağına akıl sır erdiremiyorum."

Peter elini Langdon'ın omzuna koydu. "Robert, Kayıp Kelime bir 'kelime' değil." Gururla gülümsedi. "Biz ona 'kelime' diyoruz, çünkü eskiler ilk başlarda... öyle derlerdi."

130. BÖLÜM

Başlangıçta kelime vardı.

Dean Galloway, Ulusal Katedral'deki Büyük Çarmıh'ın önünde diz çöktü ve Amerika için dua etti. Sevgili ülkesinin kelimenin gerçek gücünü -tüm eski ustaların yazılı bilgeliklerinin kayıtlı koleksiyonunu- büyük bilgeler tarafından öğretilen ruhani gerçekleri anlayabilmesi için dua etti.

Tarih, insanoğlunu öğretmenlerin en bilgeleriyle, ruhani ve zihinsel gizemleri kavrayışları her türlü anlayıştan üstün olan aydınlanmış ruhlarla kutsamıştı. Bu üstatların -Buda, İsa, Muhammet, Zerdüşt ve diğerleri- değerli sözleri, en eski ve en değerli araçlarla tarih boyunca iletilmişti.

Kitaplarla.

Yeryüzündeki her kültürün, birbirinden farklı olmasına rağmen yine de aynı sayılan, kendi kutsal kitabı -kendi kelimesi- vardı. Hıristiyanlar için kelime İncil, Müslümanlar için Kuran, Museviler için Tevrat, Hindular için Veda idi.

Kelime, yolu aydınlatacak.

Amerika'nın mason ataları için kelime, İncil olmuştu. *Ama tarih boyunca sadece birkaç kişi onun gerçek mesajını anlayabilmişti.*

Bu gece, Galloway büyük katedralin içinde tek başına diz çökerken, ellerini kelimenin -kendi Mason İncili'nin eski bir kopyasıydı- üzerine koydu. Bu değerli kitap, bütün Mason İncilleri gibi, Eski Ahit'i, Yeni Ahit'i ve felsefik mason yazılarının sahipsiz hazinesini içeriyordu.

Galloway'in gözleri artık metni okuyamıyor olsa da, önsözü ezbere biliyordu. Yüce mesajı, dünyadaki milyonlarca kardeşi tarafından birçok dilde okunmuştu.

Metinde şunlar yazıyordu:

ZAMAN BİR NEHİRDİR... VE KİTAPLAR DA SANDAL-
LARDIR. BİRÇOK CİLT, YOLCULUĞUNA BU NEHİRDEN
BAŞLAR, PARÇALANIR VE KUMLARA GÖMÜLEREK UNU-
TULUR. SADECE ÇOK AMA ÇOK AZI ZAMANIN SINAVLA-
RINI GEÇER VE GELECEK DEVİRLERİ KUTSAMAK ÜZERE
HAYATTA KALIR.

*Bu ciltlerin hayatta kalmasının, diğerlerinin de yok olmasının bir
nedeni var.* Dean Galloway, bir din adamı olarak, eski spiritüel metinlerin
-yeryüzünde üzerinde en çok çalışılmış kitapların- aslında, en az anlaşılan-
lar olmasını her zaman şaşkınlık verici bulmuştu.

Bu sayfaların arasına gizlenmiş, olağanüstü bir sır var.

Yakında bir gün şafak sökecek ve insanoğlu sonunda eski öğretilerin
basit, dönüştürücü gerçeğini kavramaya başlayacak... ve kendi ihtişamlı
doğasını anlamakta ileri doğru bir kuantum sıçraması yaşayacaktı.

Kayıp Sembol

131. BÖLÜM

Washington Anıtı'nın belkemiğinden, açık bir asansör boşluğunun etrafında aşağı inen sarmal merdivenin 896 taş basamağı vardı. Solomon'la birlikte basamakları inerlerken, Langdon, arkadaşının az önce söylediği şaşırtıcı gerçekle başa çıkmaya çalışıyordu: *Robert, bu anıtın içi oyuk köşe taşının içine atalarımız, kelimenin -İncil- bir kopyasını gömdüler. O kelime, bu basamakların sonundaki karanlıkta bekliyor.*

Aşağı inerlerken, Peter sahınlardan birinde aniden durup, duvara gömülmüş büyük bir madalyonu aydınlatmak için el fenerini yaktı.

Bu da ne böyle?! Langdon, üzerindeki oymayı görünce yerinde sıçradı.

Madalyonda, elinde tırpan tutan pelerinli korkunç bir figürün, bir kum saatinin yanında diz çöküşü betimlenmişti. Kolunu yukarı kaldıran figür, işaretparmağını uzatarak, "Cevap orada!" der gibi, açık duran büyük bir İncil'i gösteriyordu.

Oymaya bakan Langdon, sonra başını Peter'a çevirdi.

Akıl hocasının gözleri gizemle parlıyordu. "Bir şeyi düşünmeni istiyorum Robert." Sesi boş merdivenlerde yankılandı. "Sence, insanlığın bütün o hengâmeli tarihi boyunca İncil neden binlerce yıl ayakta kalabildi? Neden hâlâ var? Okuması çok ilginç hikâyeleri olduğu için mi? Elbette değil... ama bir nedeni var. Hıristiyan keşişlerin hayatlarını İncil'i deşifre etmeye adamalarının bir sebebi var. Musevi gizemcilerle Kabalacıların, gözlerini Eski Ahit'e dikmelerinin, Müslüman din bilginlerinin Kuran'ı tefsir etmelerinin bir sebebi var. İşte tüm bunlar Robert, bu antik kitapların sayfalarında güçlü sırların saklı olduğunu söylüyor... Açığa çıkmayı bekleyen, geniş bir bilgelik koleksiyonu."

Langdon, tüm kutsal kitapların gizli bir anlamı, alegori, sembolizm ve mesellerle üstü örtülmüş bir mesajı olduğu teorisine yabancı değildi.

Peter, "Peygamberler bizi, gizemlerini paylaşmak için kullandıkları dilin şifreli olduğu konusunda uyardılar," diye devam etti. "Markos İncili bize, 'Size gizemi bilmenizi sağlayacak bilgi verildi... ama meselle anlatılıyor,' der. Özdeyişler, bilginlerin sözlerinin 'bilmece' olduklarına dikkat çekerken, Korintliler 'gizli bilgelikten' bahseder. Yuhanna İncili: 'Sizinle mesellerle konuşacağım... ve karanlık sözler kullanacağım,' diye uyarır."

Karanlık sözler, diye düşünen Langdon, bu tuhaf deyişin hem Özdeyişler'de, hem de Zebur 78'de defalarca tekrarlandığını hatırladı. *Ağzımı meselle açıp, eskilerin karanlık sözlerini dile getireceğim.* Langdon, "karanlık sözler" kavramının "şeytani" değil, gerçek manasının gizlendiği veya üstünün örtüldüğü anlamına geldiğini öğrenmişti.

Peter, "Ve eğer şüphen varsa, Korintliler alenen mesellerin iki anlamı olduğunu söyler," diye ekledi. "'Bebekler için süt ve erkekler için et'; burada *süt* olgunlaşmamış zihinler için sadeleştirilmiş okuma parçaları, *et* ise sadece olgunlaşmış zihinlerin erişebileceği gerçek mesaj anlamına gelir."

El fenerini yukarı kaldıran Peter, bir kez daha, maksatlı bir şekilde, İncil'i işaret eden pelerinli figürü aydınlattı. "Şüpheci olduğunu biliyorum Robert, ama şöyle düşün. İncil'in gizli bir anlamı yoksa, o halde neden tarihteki en parlak zekâlar -Kraliyet Akademisi'ndeki dâhi bilim adamları da buna dahil- onu incelemeyi takıntı haline getirdiler? Sir Isaac Newton, Kutsal Kitap'ın anlamını deşifre etmeye çalışırken, İncil'deki gizli bir *bilimsel* bilgiyi elde ettiğini savunduğu 1704 elyazması da dahil olmak üzere, bir *milyondan* fazla kelime yazdı."

Langdon bunun doğru olduğunu biliyordu.

Peter, "Ve Sir Francis Bacon," diye devam etti. "Kral James'in onaylı Kral James İncili'ni yazması için tuttuğu aydın, İncil'in şifreli bir anlamı olduğuna öylesine kanaat getirmişti ki bugün hâlâ üzerinde çalışılan kendi şifrelerini yazdı! Tabii bildiğin gibi Bacon bir Gül Haçlıydı ve *The Wisdom of the Aucieuts*'ı[1] kaleme almıştı." Peter gülümsedi. "Hatta ikonoklast[2] şair William Blake bile, satır aralarını okumamız gerektiği ipucunu vermişti."

Langdon o dizeleri biliyordu:

İNCİL'İ OKURUZ AKŞAM SABAH
AMA SİZİN BEYAZ OKUDUĞUNUZU BEN OKURUM SİYAH

Gitgide hızlanmakta olan Peter, "Ayrıca tüm bunlar Avrupalı aydınlarla da sınırlı değildi," diye devam etti. "En zeki atalarımızın -John Adams,

---

(1) Eskilerin Bilgeliği
(2) Yerleşmiş geleneklere karşı çıkan.

Ben Franklin, Thomas Paine, İncil'i gerçek anlamında yorumlayabilmenin tehlikeleri hakkında uyarıda bulundukları yer *burasıydı* Robert, genç Amerikan ulusunun tam kalbi. Aslında Thomas Jefferson, İncil'in gerçek mesajının *saklı* olduğuna öylesine inanmıştı ki sayfaları yırtıp; kendi deyişiyle, 'sahte yapı iskelesinden kurtarıp gerçek öğretileri eski durumuna getirmek' için, kitabı yeniden düzenlemişti."

Langdon bu tuhaf gerçeğin farkındaydı. Jefforson İncili bugün hâlâ basılıyordu ve tartışmalı düzeltileri arasında, İsa'nın bakire Meryem'den doğması ile yeniden dirilişinin İncil'den çıkarılması da vardı. İnanılmaz bir şekilde, on dokuzuncu yüzyılın ilk yarısında, her yeni kongre üyesine Jefferson İncili hediye edilmişti.

"Peter, bu konuyu ilgi çekici bulduğumu biliyorsun. Zeki insanların kutsal kitapların gizli anlamları olduğu fikrini *cazip* bulduklarını anlayabilirim, ama bana mantıklı gelmiyor. Herhangi bir akademisyen sana *öğretimin* şifreli yapılmadığını söyleyebilir."

"Anlamadım?"

"Öğretmenler *öğretir*, Peter. Peygamberler -tarihin en büyük öğretmenleri- neden dillerini anlaşılmaz kılsınlar? Dünyayı değiştirmeyi ümit ettiyseler, neden şifreli konuştular? Neden dünyanın anlayabileceği şekilde açık anlatmadılar?"

Aşağı inerken, dönüp omzunun üstünden bakan Peter, bu soru karşısında şaşırmış gibiydi. "Robert, Antik Gizemler Okulu neden gizli tutulduysa, İncil de o yüzden açık konuşmadı... yeni atanan papazlar asırların gizli öğretilerini öğrenmeden önce neden eğitildilerse o yüzden... Invisible College'deki bilim adamları neden bilgiyi başkalarıyla paylaşmak istemedilerse o yüzden. Bu bilgi çok *güçlü* Robert. Antik Gizemleri çatıya çıkıp haykıramazsın. Gizemler, ustanın elinde yolu aydınlatacak, ama delinin elinde dünyayı dağlayacak, yanan bir meşaledir."

Langdon aniden durdu. *Neden bahsediyor?* "Peter, ben *İncil'den* bahsediyorum. Sen neden *Antik Gizemlerden* bahsediyorsun?"

Peter, ona döndü. "Robert, anlamıyor musun? Antik Gizemlerle İncil aynı şey."

Langdon donup kaldı.

Söylediklerini iyice anlamasını bekleyen Peter bir süre sessiz kaldı. "İncil, gizemlerin tarih boyunca aktarıldığı kutsal kitaplardan biri. Sayfalları ümitsizce bize sırrı anlatmaya çalışırlar. Anlamıyor musun? İncil'de geçen 'karanlık sözler', bizimle gizli bilgeliklerini sessizce paylaşan eskilerin fısıltısıdır."

Langdon hiçbir şey söylemedi. Anladığı kadarıyla Antik Gizemler, insan zihninin gizli kalmış gücünden yararlanmak için bir kullanma kılavuzuydu... kişinin Tanrılaşması için bir tarifti. Langdon gizemlerin gücünü hiçbir zaman kabul edememişti ve elbette, İncil'in bir şekilde bu gizemlerin anahtarını sakladığı düşüncesi ona imkânsız gibi geliyordu.

"Peter, İncil ve Antik Gizemler birbirlerinin tam *zıttı*. Gizemler kişinin *içindeki* tanrıyla ilgilidir... insanın tanrı olması halidir. İncil ise kişinin *üstündeki* Tanrı ile ilgilidir... insansa güçsüz bir günahkârdır."

"Evet! Kesinlikle! Doğru noktaya parmak bastın! İnsan kendini Tanrı'dan *ayırdığı* an, kelimenin anlamı kayboldu. Eski üstatların sesleri, kelimeyi sadece kendilerinin anladığını haykıran uygulayıcıların gürültüsünde duyulmaz oldu... Onlar kelimenin sadece ve sadece kendi *dillerinde* yazıldığını iddia ederler."

Peter merdivenlerden inmeye devam etti.

"Robert, eskiler öğretilerinin nasıl çarpıtıldığını... dinin cennete bilet kesen bir gişe haline geldiğini... askerlerin, Tanrı'nın kendi davalarını desteklediğine inanarak savaşa koştuklarını görselerdi dehşete düşerlerdi, bunu ikimiz de biliyoruz. Kelimeyi kaybettik ama gerçek anlamı hâlâ erişebileceğimiz bir yerde, gözlerimizin önünde. Günümüze kadar gelen tüm metinlerde, İncil'den *Bhagavad Gita'ya* ve Kuran'a kadar her yerde yazıyor. Tüm bu metinlere farmasonluğun sunakları üzerinde yer ayrılmıştır, çünkü masonlar kelimenin unutulmaya yüz tuttuğunu bilirler... ama bu metinlerin her biri, kendi diliyle, *aynı* mesajı sessizce fısıldamaktadır." Peter'ın sesi duygu yüklüydü. "Sizler tanrı olduğunuzu bilmez misiniz?"

Langdon bu eski deyişin, bu gece sürekli karşısına çıkmasına hayret etti. Hem Galloway ile konuşurken, hem de Kongre Binası'nda *Washington'ın Göğe Yükselişi*'ni açıklamaya çalışırken bu konuyu derinlemesine düşünmüştü.

Peter'ın sesi fısıltıya dönüştü. "Buda, 'Sen tanrısın,' dedi. İsa, 'Tanrı'nın Krallığı içinizdedir,' diye öğretti ve hatta bize 'Benim yaptıklarımı *siz* de yapabilirsiniz... hem de daha büyüğünü,' diye vaatte bulundu. Sufizm, tanrıyı insanın içinde aramak gerektiğini ve insanın birçok yönüyle tanrının yansıması olduğunu belirtir. Papalığa karşı çıkan ilk papa -Romalı Hippolytus- bile, gnostik öğretmen Monoimus'un: 'Tanrı'yı *aramayı* bırakın... bunun yerine kendinizden başlayın,' sözünden alıntı yaparak, aynı mesajı vermişti."

Langdon, Mabet Evi'nde, Mason Tyler'ın sandalyesinin arkasına kazınmış iki rehber kelimeyi hatırladı: KENDİNİZİ BİLİNİZ.

Peter zayıf bir sesle, "Bir zamanlar bilge bir adam bana, Tanrı'yla senin arandaki fark, senin ilahi olduğunu unutman demişti," dedi.

"Peter, seni duyuyorum ve söylemek istediklerini anlıyorum. Evet, tanrı olduğumuza inanmak isterdim ama aramızda dolaşan tanrıya hiç rastlamadım. Hiç insanüstü bir varlık görmedim. İncil'in veya diğer kutsal kitapların mucizelerini örnek gösterebilirsin, ama onlar insanlar tarafından uydurulmuş ve zaman içinde abartılmış eski hikâyelerden başka şeyler değiller."

Peter, "Belki," dedi. "Veya belki de bizim bilimimizin, eskilerin bilgeliğine erişmesini beklememiz gerek." Durdu. "Komik olan şu ki... Katherine'in araştırmalarının bunu başarabileceğine inanıyorum."

Langdon birden Katherine'in Mabet Evi'nden aceleyle çıktığını hatırladı. "Hey, sahi, o nerede?"

Sırıtan Peter, "Yakında gelir," dedi. "Ne kadar şanslı olduğunu gözleriyle görmeye gitti."

Dışarıda, anıtın kaidesinde soğuk akşam havasını içine çeken Peter Solomon, canlandığını hissetti. Langdon'ın dikkatle yere bakıp, başını kaşımasını ve sonra da dikilitaşın kaidesinin etrafına bakınmasını keyifle izledi.

Peter, "Profesör," diye şaka yaptı. "İncil'in içinde bulunduğu köşe taşı yerin altında. Kitaba *erişemezsiniz* ama, orada olduğuna sizi temin ederim."

Düşüncelere dalmış gibi görünen Langdon, "Sana inanıyorum," dedi. "Ben sadece... bir şey fark ettim."

Langdon geriye doğru adım atıp, Washington Anıtı'nın durduğu dev meydana göz gezdirdi. Dairesel alan, anıtın erafında ortak merkezli iki daire oluşturan, iki sıra koyu renk taş hariç... tamamıyla beyaz taştan yapılmıştı.

Langdon, "Çemberin içinde çember," dedi. "Washington Anıtı'nın, çemberin içindeki bir çemberin merkezinde yükseldiğini daha önce fark etmemiştim."

Peter gülümsemesine engel olamadı. *Hiçbir şeyi de kaçırmıyor.* "Evet, büyük noktalı daire... Amerika'nın kesişme noktasında... Tanrı'nın evrensel sembolü." Muzip bir tavırla omuzlarını silkti. "Eminim sadece bir tesadüftür."

Bakışlarını göğe doğru çeviren Langdon, gözlerini karanlık gökyüzünde bembeyaz parlayan kuleye çevirdiğinde dalgın görünüyordu.

Peter, onun, bu yapıtın gerçekte ne olduğunu... antik bilgeliğin sessiz bir hatırlatıcısı... bir ulusun kalbindeki aydınlanmış insanın ikonu olduğunu anlamaya başladığını hissediyordu. Peter tepedeki minik alüminyum ucu göremese de gökyüzüne uzanan aydınlanmış insan zihninin orada olduğunu biliyordu.

Laus Deo.

"Peter?" Langdon, gizemli bir üyeliğin kabul töreninden geçen bir adam gibi yanına yaklaştı. "Az kalsın unutuyordum," diyerek elini cebine soktu ve Peter'ın mason yüzüğünü çıkardı. "Bütün gece boyunca bunu sana geri vermek istedim."

"Teşekkür ederim Robert." Sol elini uzatıp yüzüğü alan Peter, ona hayranlıkla baktı. "Etrafındaki tüm gizlilik ve esrarla birlikte bu yüzüğün ve Mason Piramidi'nin... hayatımda büyük bir etkisi olduğunu biliyorsun. Piramit, gizemli sırları olduğu vaadiyle bana gençken verilmişti. Sadece varlığı bile, dünyada büyük gizemler olduğuna inanmama yetti. Merakımı uyandırdı ve zihnimi Antik Gizemlere açmamda bana ilham verdi." Sessizce gülümseyip yüzüğü cebine attı. "Şimdi anlıyorum ki, Mason Piramidi'nin asıl amacı cevapları açıklamak değil, onlar aracılığıyla bir sihre ilham vermekmiş."

İki adam uzunca bir süre anıtın dibinde sessizce durdu.

Langdon sonunda ciddi bir sesle konuşmaya başladı. "Senden bir iyilik istemek zorundayım Peter... dostun olarak."

"Elbette. Ne istersen."

Langdon bunun üzerine isteğini belirtti.

Onun haklı olduğunu bilen Solomon başını salladı. "Yapacağım."

Bekleyen Escalade'i gösteren Langdon, "Hemen," diye ekledi.

"Tamam... ama bir şartla."

Langdon kendi kendine gülerek, gözlerini devirdi. "Bir şekilde son sözü söyleyen hep sen oluyorsun."

"Evet, Katherine ile senin görmeni istediğim son bir şey var."

"Bu saatte mi?" Langdon saatine baktı.

Solomon eski dostuna sıcacık gülümsedi. "Washington'ın en göz alıcı hazinesidir... ve çok ama çok az sayıda insan görmüştür."

132. BÖLÜM

Katherine Solomon, Washington Anıtı'nın kaidesine doğru hızla tepeyi tırmanırken, kendini iyi hissediyordu. Bu akşam büyük şok ve üzüntü yaşamıştı, ama düşünceleri şimdi, geçici de olsa Peter'ın ona verdiği harika habere -kendi gözleriyle görüp, onayladığı habere- odaklanmıştı.

Araştırmam güvende. Hepsi.

Laboratuvarının holografik veri sürücüleri bu akşam imha edilmişti, ama Peter, Mabet Evi'nde ona bu olaydan önce, tüm Noetik araştırmalarının yedeklenerek gizlice SMSC yönetim ofislerinde sakladığını söylemişti. *Biliyorsun ki, çalışmalarına hayranım ve seni rahatsız etmeden ilerleyişini takip etmek istemiştim,* diye açıklamıştı.

Boğuk bir ses, "Katherine?" dedi.

Başını kaldırıp baktı.

Aydınlatılmış anıtın kaidesinde tek başına duran bir siluet vardı.

"Robert!" Katherine koşarak yanına gidip ona sarıldı.

Langdon, "İyi haberi aldım," diye fısıldadı. "Rahatlamışsındır."

Duygulanmıştı ve sesi çatlak çıkıyordu. "Hem de çok." Peter'ın kurtardığı araştırma, bilimsel bir güç gösterisiydi; insan düşüncesinin, dünyada gerçek ve ölçülebilir bir güç olduğunu kanıtlayan büyük bir deney koleksiyonuydu. Katherine'in deneyleri insan düşüncesinin; buz kristallerinden, Rassal Olay Üreticilerine ve atom altı parçacıklarının hareketlerine kadar her şeyin üzerinde *etkili olduğunu* gösteriyordu. Şüphecileri inananlara dönüştürebilen ve ortak bilinci büyük ölçüde etkileme potansiyeli bulunan, kesin ve aksi iddia edilemez sonuçlara ulaşmıştı. "Her şey değişecek, Robert. *Her şey.*"

"Peter kesinlikle böyle düşünüyor."

Katherine etrafta ağabeyini aradı.

Langdon, "Hastanede," dedi. "Benim hatırım için gitmesi konusunda ısrar ettim."

Katherine rahat bir soluk aldı. "Teşekkür ederim."

"Seni burada beklememi söyledi."

Katherine, gözlerini parlak, beyaz dikilitaşa doğru kaldırarak, başını salladı. "Seni buraya getirdiğini söyledi. 'Laus Deo'yla ilgili bir şeymiş. Ayrıntılara girmedi."

Langdon bezgin bir ifadeyle güldü. "Ben de ne olduğunu tam olarak anlamış değilim." Başını kaldırıp anıtın tepesine baktı. "Ağabeyin bu akşam pek anlamadığım birçok şey söyledi."

Katherine, "Dur, tahmin edeyim," dedi. "Antik Gizemler, bilim ve kutsal kitaplar."

"Bingo."

"Benim dünyama hoş geldin." Göz kırptı. "Peter beni buna uzun zaman önce bulaştırdı. Araştırmamın çoğuna bunlar yön verdi."

"Sezgilerim, anlattığı bazı şeylerin mantıklı olduğunu söylüyor." Langdon başını iki yana salladı. "Ama aklım..."

Katherine gülümseyerek ona sarıldı. "Biliyorsun, Robert, sana bu konuda yardımcı olabilirim."

Kongre Binası'nın içinde, Mimar Warren Bellamy tenha bir koridorda yürüyordu.

Bu akşam yapacak tek bir şey kaldı, diye düşündü.

Ofisine varınca, çalışma masasının çekmecesinden çok eski bir anahtar çıkardı. Siyah, ince uzun bir demirden yapılmıştı ve üzerinde solmuş işaretler vardı. Anahtarı cebine attıktan sonra misafirlerini karşılamaya hazırlandı.

Robert Langdon ve Katherine Solomon, Kongre Binası'na gelmek üzereydiler. Bellamy, Peter'ın ricası üzerine onlara çok nadir elde edilen bir fırsat tanıyacaktı; bu binanın en olağanüstü ve sadece Mimar tarafından gösterilebilecek sırrını görme fırsatını.

133. BÖLÜM

Kongre Binası'ndaki Rotunda'nın çok yukarılarında duran Robert Langdon, kubbenin tavanının hemen altında uzanan daire şeklindeki platforma ürkekçe yaklaştı. Yükseklikten başı dönen profesör, kendini denemek için tırabzanlardan aşağı bakarken, aşağıdaki zeminin ortasında Peter'ın eli bulunduğundan bu yana sadece on saat geçtiğine hâlâ inanamıyordu.

Aynı zeminde bulunan Kongre Binası Mimarı şimdi, elli beş metre aşağıdaki Rotunda'da belirip, yok olan minik bir benek gibiydi. Bu balkona kadar Katherine ile Langdon'a eşlik eden Bellamy, onlara bazı kesin talimatlar verdikten sonra yalnız bırakmıştı.

Peter'ın talimatları.

Langdon, Bellamy'nin kendisine vermiş olduğu demir anahtara bir göz attı. Ardından, bu kattan yükselip, daha da yukarı çıkan dar merdivene baktı. *Tanrı yardımcım olsun.* Mimarın anlattığına göre bu dar merdiven, Langdon'ın elindeki demir anahtarla açılan küçük bir metal kapıya çıkıyordu.

Kapının ardında Peter'ın, Langdon ile Katherine'in görmesi için ısrar ettiği bir şey vardı. Peter ayrıntılara girmemişti, ama kapıların açılması gereken kesin *saati* sıkıca tembihlemişti. *Kapıyı açmak için bekleyecek miyiz? Neden?*

Saatine yeniden bakan Langdon, hafifçe inledi.

Anahtarı cebine atıp, balkonun bittiği yerde başlayan karşısındaki büyük boşluğa göz gezdirdi. Yükseklikten korkmadığı anlaşılan Katherine, önünden hızla yürümüştü. Başlarının hemen üstündeki, Brumidi'nin *Washington'ın Göğe Yükselişi*'nin her bir santimini hayranlıkla inceleyerek, çemberin yarısına kadar ilerlemişti. Bu noktadan bakıldığında, yaklaşık dört yüz altmış beş metrekarelik kubbeyi süsleyen, dört buçuk metrelik figürler tüm ayrıntılarıyla görülebiliyordu.

Langdon sırtını Katherine'e, yüzünü dış duvara dönüp, sessizce fısıldadı. "Katherine, bu konuşan senin vicdanın. Robert'ı neden terk ettin?"

Katherine'in kubbenin şaşırtıcı akustik özelliklerine aşina olduğu anlaşılıyordu... çünkü duvar fısıltıyla cevap vermişti. "Çünkü Robert korkaklık ediyor. Buraya kadar benimle birlikte gelmesi gerekirdi. O kapıyı açmak için daha çok vaktimiz var."

Haklı olduğunu bilen Langdon, duvara tutunarak isteksizce balkonda yürümeye başladı.

Yukarıdaki devasa resme bakan Katherine, "Bu tavan inanılmaz," diye mırıldandı. "Bilim mucitleri ve onların icatlarıyla bir araya getirilmiş mitolojik tanrılar... Ve bu resmin kongremizin merkezinde olduğunu düşünmek."

Langdon bakışlarını, teknolojik icatlarıyla birlikte betimlenen yukarıdaki Franklin, Fulton ve Morse figürlerine çevirdi. Bu figürlerin üstünde kavis çizen bir gökkuşağı, Langdon'ın bakışlarını bir bulutun üstünde göğe yükselen George Washington'a yöneltti. *İnsanın Tanrılaşması vaadi.*

Katherine, "Sanki Antik Gizemlerin özü Rotunda'nın tepesinden bakıyor," dedi.

Langdon dünyada bundan başka, bilimsel icatları mitolojideki tanrılar ve tanrılaşan insanlarla bir araya getiren pek fazla fresk olmadığını itiraf etmek zorundaydı. Bu tavanın göz alıcı resim koleksiyonu *gerçekten* de Antik Gizemlerin bir mesajıydı ve bir sebepten ötürü buradaydı. Kurucu ataları Amerika'yı boş bir tuval, gizem tohumlarının ekilebileceği verimli bir toprak gibi düşünmüşlerdi. Bugün yükselen bu ikon -ülkemizin kurucusunun göğe yükselişi- kanun koyucuların, liderlerin ve başkanların üstünde... açık bir hatırlatıcı, geleceğe yönelik bir harita, insanın ruhani olgunluğa erişeceği bir zamanın geleceğinin vaadi olarak duruyordu.

Minerva'nın eşliğindeki Amerikalı büyük mucitlerin kocaman figürlerine gözlerini dikmiş olan Katherine, "Robert," diye fısıldadı. "Gerçekten de gelecekten haber veriyor gibi. Bugün en ileri bilimsel buluşlar, insanlığın en eski fikirlerini incelemekte kullanılıyor. Noetik Bilimi yeni olabilir ama aslında yeryüzündeki en *eski* bilim, yani insan düşüncesi bilimi." Merak dolu gözlerle ona döndü. "Ve eskilerin *düşünceyi* bizlerden daha ha esaslı anladıklarını öğreniyoruz."

515   *Kayıp Sembol*

Langdon, "Mantıklı," dedi. "Eskilerin kullanabilecekleri yegâne teknoloji insan aklıydı. Eski filozoflar bıkıp usanmadan bunun üstünde çalıştılar."

"Evet! Antik metinler insan zihninin gücünü saplantı haline getirmişler. Veda, zihin enerjisinin akışını tasvir eder. *Pistis Sophia*[1] evrensel bilinci açıklar. *Zohar* akıl ruhunun doğasını keşfeder. Şaman metinleri Einstein'ın 'uzaktan etkisini', uzaktan şifa vermekle kehanet etmişler. Hepsi orada! Bir de İncil'i anlatmaya başlamayayım."

Kendi kendine gülen Langdon, "Sen de mi?" dedi. "Ağabeyin beni İncil'in bilimsel bilgilerle dolu olduğuna ikna etmeye çalıştı."

Katherine, "Kesinlikle öyle," dedi. "Ve eğer Peter'a inanmıyorsan, Newton'ın İncil hakkında yazdığı ezoterik metinlerden bazılarını oku. İncil'deki şifreli meselleri anlamaya başladığında Robert, insan zihni üzerine bir çalışma olduğunu anlayacaksın."

Langdon omuz silkti. "Sanırım gidip bir daha okusam iyi olacak."

Onun şüpheciliğinden memnun kalmadığı anlaşılan Katherine, "Sana bir soru sorayım," dedi. "İncil bize 'hiçbir gereç kullanmadan ve hiç ses çıkarmadan'... 'gidip tapınağımızı inşa etmemizi' söylerken, sence hangi *tapınaktan* bahsediyor?"

"Şey, kitapta sizin bedeniniz bir tapınaktır diyor."

"Evet, Korintliler 3:16. Tanrı'nın tapınağı sensin." Gülümsedi. "Ve Yuhanna İncili de aynı şeyi söyler. Robert, tüm kutsal kitaplar içimizdeki gizli kalmış gücün farkındalar ve bu gücü kullanmamızı istiyorlar... *zihinlerimizin* tapınağını oluşturmamız için bizi teşvik ediyorlar."

"Ne yazık ki ben dindar dünyanın *gerçek* bir tapınak inşa edilmesini beklediğini düşünüyorum. Mesih Kehanetleri'nin bir kısmı böyle."

"Evet ama, böyle yaparsak önemli bir noktayı atlamış oluruz. İkinci Kez Dünyaya Geliş, *insanın* gelişidir; insanlığın sonunda kendi zihin tapınağını inşa ettiği andır."

Çenesini sıvazlayan Langdon, "Bilmiyorum," dedi. "Ben İncil âlimi değilim ama, Kutsal Kitap'ta ayrıntılı bir şekilde inşa edilmesi gereken *gerçek* bir tapınaktan bahsettiğine eminim. Yapının iki bölümden oluştuğu tasvir edilir; Kutsal Yer denen bir dış tapınak, Kudüs-ül Akdes denen bir de iç mabet. İki bölüm birbirlerinden ince bir perdeyle ayrılır."

---

(1) İman Bilgeliği

Katherine sırıttı. "İncil'den kuşkulanan biri için oldukça iyi hatırladın. Bu arada sen hiç gerçek insan beyni gördün mü? İki bölümden oluşur, *dura mater*[1] denen bir dış kısım, *pia mater*[2] denen bir de iç kısım vardır. Bu iki bölüm birbirinden araknoit -ağımsı bir dokudan oluşan *perde*- ile ayrılır."

Langdon şaşkınlıkla başını uzattı.

Katherine nazikçe uzanıp, Langdon'ın şakağına dokundu. "Buraya *şakak*[3] denilmesinin bir sebebi var Robert."

Langdon, Katherine'in söylediklerini sindirmeye çalışırken birden aklına gnostik Meryem İncili geldi: *Akıl neredeyse, hazine oradadır.*

Katherine şimdi yumuşak bir sesle, "Belki de meditasyon sırasında beyin taramaları yapılan yogileri duymuşsundur?" dedi. "İleri seviyede odaklanmış insan beyni, pineal bezde balmumu benzeri *fiziki* bir madde üretir. Muazzam bir iyileştirici etkisi vardır, gerçek anlamda hücre üretebilir ve yogilerin bu kadar uzun yaşamalarının sebebi olabilir. Bu gerçek *bilim*, Robert. Bu madde akıl almaz özelliklere sahip ve ancak, yoğun odaklanmış haldeki beyin tarafından üretilebiliyor."

"Birkaç yıl önce böyle bir şey okuduğumu hatırlıyorum."

"Peki, bu konuda, İncil'de anlatılan 'cennetten gelen kudret helvası' hikâyesini biliyor musun?"

Langdon arada bağlantı görememişti. "Açları doyurmak için cennetten düşen sihirli maddeden mi bahsediyorsun?"

"Kesinlikle. Bu maddenin hastaları iyileştireceği, sonsuz hayat sunacağı ve tuhaf biçimde, tükentenlerde hiç atığa sebep olmayacağı söyleniyordu." Katherine onun anlamasını ister gibi bekledi. "Robert?" diye üsteledi. "*Cennetten* düşen bir tür besin?" Kendi şakağına hafifçe vurdu. "Bedeni sihirli bir şekilde iyileştiriyor? Hiç atığa sebep olmuyor? Anlamıyor musun? Bunlar *şifreli kelimeler* Robert! *Tapınak* 'bedenin' kodu. *Cennet* 'zihnin' kodu. *Yakup'un merdiveni* omuriliğin. Ve *kudret helvası* beynin nadide salgısı. Kutsal Kitap'ta bu şifreli kelimeleri gördüğünde dikkat et. Yüzeyin altındaki çok daha derin bir anlamı işaret ederler."

---

(1) Sert zar.
(2) İnce zar.
(3) İngilizcede "tapınak" anlamına gelen "temple" kelimesi aynı zamanda "şakak" anlamına da gelir.

Aynı sihirli maddenin Antik Gizemlerde pek çok kereler geçtiğini açıklayan Katherine'in sözleri yaylım ateşi gibi peş peşe geliyordu. Tanrıların Nektarı, Yaşam İksiri, Gençlik Pınarı, Felsefe Taşı, tanrı yiyeceği, çiğ, soma. Bundan sonra Katherine, beyindeki pineal zarın, her şeyi gören Tanrı'yı temsil ettiğini açıklamaya girişti. Heyecanla, "Matta 6:22'de, 'gözünüz *tekse*, bedeniniz ışıkla dolar' der," dedi. "Bu kavram aynı zamanda Ajna çakra[1] ve Hinduların alınlarındaki noktayla temsil edilir ki..."

Utanmış gibi görünen Katherine sustu. "Üzgünüm... gevezelik ediyorum. Tüm bunlar bana şevk veriyor. Yıllarca eskilerin, insanın dehşet verici zihin gücü iddiaları üzerine çalışmalar yaptım ve şimdi *bilim* bize bu güce ulaşmanın gerçekten fiziki bir işlem olduğunu gösteriyor. Beyinlerimiz doğru kullanıldığında, gerçek anlamda insanüstü güçler oluşturulabilir. Pek çok antik metin gibi, İncil de yaratılmış en karmaşık makinenin ayrıntılı bir açıklamasıdır... yani *insan zihninin*." İçini çekti. "Şimdi bilim, inanılmaz gelebilir, ama zihnin yapabileceklerini açığa çıkaracak."

"Öyle görünüyor ki, Noetik alanındaki çalışmaların ileri doğru bir sıçrama yaratacak."

Katherine, "Veya geriye doğru," dedi. "Eskiler bizim şimdi yeniden keşfettiğimiz pek çok şeyi zaten biliyorlardı. Birkaç yıl içinde modern insan, şu anda inanılmaz olanı kabul etmek zorunda kalacak: zihinlerimiz fiziki maddeyi *değiştirebilen* bir enerji yaratma gücüne sahip." Durdu. "Parçacıklar düşüncelerimize tepki veriyorlar... bu da demek oluyor ki, *düşüncelerimizin* dünyayı değiştirme gücü var."

Langdon hafifçe gülümsedi.

Katherine, "Araştırmalarım beni *şuna* inandırdı," dedi. "Tanrı'nın somut anlamda da bir gerçekliği var, her tarafa yayılan zihinsel bir enerji. Ve bizler, onun suretinden yaratıldık..."

Langdon, "Anlayamadım?" diyerek Katherine'in lafını kesti. "Zihinsel enerjinin suretinden mi yaratıldık?"

"Kesinlikle. Fizik bedenlerimiz asırlar içinde evrim geçirdi ama Tanrı'nın suretinden yaratılan zihinlerimizdi. İncil'i sözlük anlamında okuyoruz. Tanrı'nın bizi kendi suretinden yarattığını öğrendik, ama Tanrı'ya benzeyen fizik bedenlerimiz değil, *zihinlerimiz*."

---

(1) Üçüncü göz çakrası.

Katherine'i can kulağıyla dinleyen Langdon yanıt vermedi.

"Büyük hediye bu Robert ve Tanrı onu anlamamızı istiyor. Tüm dünyada gökyüzüne bakıp, Tanrı'yı bekliyoruz... ama Tanrı'nın kendi içimizde olduğunu hiç fark etmiyoruz." Kelimelerinin iyice anlaşılması için Katherine durdu. "Bizler *yaratıcılarız* ama safiyane bir şekilde *yaratılan* rolünü oynuyoruz. Kendimizi, bizi yaratan Tanrı'nın etrafında hırpalanan zavallı koyunlar gibi görüyoruz. Korkmuş çocuklar gibi yardım, bağış ve iyi şans dilenerek diz çöküyoruz. Ama Yaradan'ın suretinden yaratıldığımızı fark ettiğimiz anda, bizlerin de birer Yaradan olduğunu anlamaya başlayacağız. Bu gerçeği anladığımızda, insan potansiyelinin kapıları ardına kadar açılacak."

Langdon, filozof Manly P. Hall'un eserinde, kendisini hep derinden etkileyen bir pasajı hatırladı: *Eğer başı sonu olmayan, insanın akıllı olmasını istemeseydi ona bilme becerisini bahşetmezdi.* Langdon bir kez daha *Washington'ın Göğe Yükselişi'*ne, insanın ilahlar katına sembolik yükselişine baktı. *Yaratılanın... Yaradan oluşu.*

Katherine, "En şaşırtıcı kısmı, biz insanlar gerçek gücümüzü kullanmaya başladığımız andan itibaren, dünyamız üzerinde büyük bir hâkimiyete sahip olacağımızdır," dedi. "Gerçekliğe sadece uyum sağlamak yerine, onu *tasarlayabileceğiz.*"

Langdon bakışlarını indirdi. "Bu kulağa... tehlikeli geliyor."

Katherine şaşırmış ve etkilenmiş görünüyordu. "Evet, kesinlikle! Eğer *düşünceler* dünyayı etkileyebiliyorsa, nasıl düşüneceğimize çok dikkat etmeliyiz. Yıkıcı düşüncelerin de etkileri vardır ve hepimiz yıkmanın, yapmaktan daha kolay olduğunu biliriz."

Langdon, antik bilgeliği layık olmayanlardan korumak ve sadece aydınlanmış olanlarla paylaşmak için verilen uğraşı düşündü. Invisible College'i, büyük bilim adamı Isaac Newton'ın Robert Boyle'dan, gizli araştırmaları konusunda "ağzını açmamasını" istediğini düşündü. Newton 1676'da, "*Bu, dünyaya muazzzam bir tahribat vermeden başkalarına anlatılamaz,*" diye yazmıştı.

Katherine, "Burada ilginç bir tezat var," dedi. "Dünyadaki tüm dinler, asırlardır inananlarına *inanç* ve *iman* kavramlarını kucaklamalarını söylüyor. Şimdiyse asırlardır dini, batıl inanç olarak alaya alan bilim, bundan sonraki keşif sahasının *inanç* ve *iman* ilmi olduğunu itiraf etmek zorunda... odaklanmış inanç ve niyetin gücü. İnancımızı silen aynı bilim, şimdi kendi yarattığı boşlukla arada köprü kuruyor."

Langdon, onun sözlerini uzunca bir süre düşündü. Bakışlarını yavaşça yeniden *Göğe Yükseliş*'e çevirdi. Tekrar Katherine'e bakıp, "Bir sorum var," dedi. "Fiziki maddeyi zihnimle değiştirebileceğimi ve tüm isteklerimi elde edebileceğimi bir anlığına kabul etmiş olsam bile... ne yazık ki benim hayatımda, böylesi bir güce sahip olduğuma inandıracak hiçbir şey yok."

Katherine omzunu silkti. "O zaman iyi bakmıyorsun demektir."

"Yapma, gerçek bir cevap istiyorum. Bu bir *papazın* vereceği cevap. Ben *bilim insanının* cevabını istiyorum."

"Gerçek bir cevap mı istiyorsun? Peki o zaman. Sana bir keman verip, onu kullanarak harika bir müzik yapabileceğini söylesem, yalan söylemiş olmam. Sende o potansiyel var, ama bunu yapabilmek için uzun süre alıştırma yapmalısın. Bunun da zihnini kullanmayı öğrenmekten farkı yok Robert. İyi yönlendirilmiş düşünce, öğrenilen bir beceridir. Bir niyeti elde etmek, çok yoğun odaklanma, duyusal canlandırma ve güçlü bir inanç gerektirir. Ve tıpkı keman çalmakta olduğu gibi, diğerlerinden daha üstün bir doğal yeteneğe sahip olan insanlar vardır. Tarihe bak. Mucizevi başarılar elde eden aydınlanmış zihinlerin hikâyelerini düşün."

"Katherine, lütfen bana muzicelere inandığını söyleme. Gerçekten, ciddiyim... suyu şaraba dönüştürmek, elin dokunuşuyla hastaları iyileştirmek?"

Katherine derin bir nefes aldı. "İnsanların sadece *düşünerek* kanser hücrelerini sağlıklı hücrelere dönüştürdüğüne tanık oldum. İnsan zihninin fiziki dünyayı çok farklı şekillerde etkilediğini gördüm. Ve bunun gerçekleştiğini gördükten sonra Robert, bu senin gerçekliğinin bir parçası olduktan sonra, okuduğun mucizeler göreceli bir durum haline geliyor."

Langdon dalgındı. "Dünyaya bakmanın ilham verici bir yolu bu Katherine, ama benim için inanç alanındaki imkânsız bir sıçrama gibi. Ve bildiğin gibi, inanç benim için hiçbir zaman kolay olmadı."

"O halde bunu *inanç* olarak düşünme. Bakış açını değiştirmek olarak düşün, dünyanın tam da hayal ettiğin gibi olmadığını kabul etmek şeklinde düşün. Tarih boyunca tüm bilimsel keşifler, tüm inançlarımızı altüst eden basit fikirlerle başladı. 'Dünyanın yuvarlak olduğu' kadar basit bir ifade bile, çoğu insan okyanusların döküleceğine inandığı için imkânsız görülerek, alay edilmişti. Güneş'in evrenin merkezi olduğu düşüncesi kâfirlik olarak adlandırılmıştı. Küçük zihinler daima anlayamadıklarına saldırmışlardır. Yaratanlar da var... tahrip edenler de. Bu dinamik her zaman vardı. Ama sonunda yaratanlar inananları bulur ve inananların miktarı önemli bir sayıya ulaşır ve Dünya bir anda yuvarlaklaşır veya Güneş evrenin merkezi haline gelir. Algı değişir ve yeni bir gerçeklik doğar."

Düşünceleri amaçsızca dolaşan Langdon başını salladı.

Katherine, "Yüzünde komik bir ifade var," dedi.

"Ah, bilmiyorum. Bir sebepten, eskiden geceleri gölün ortasında kano ile dolaştığını, yıldızların altında yattığını ve bunun gibi şeyler düşündüğümü hatırladım."

Katherine anlayışlı bir tavırla başını salladı. "Sanırım hepimizin benzer bir anısı var. Sırtüstü yatıp gökyüzüne bakmak... zihni açar." Tavana bakıp, "Bana ceketini ver," dedi.

"Ne?" Robert ceketini çıkarıp Katherine'e verdi.

Katherine ceketi katlayıp, platformun üstüne uzun bir yastık gibi yerleştirdi. "Yat."

Langdon sırtüstü yattığında, Katherine onun başını katlanmış ceketin bir yarısına yasladı. Sonra yanına uzandı, dar platformun üstünde iki çocuk omuz omza, Brumidi'nin devasa freskine bakıyorlardı.

Katherine, "Tamam," diye fısıldadı. "Şimdi aynı zihin durumuna gelmeni istiyorum... kanoda yatan bir çocuksun... yukarıdaki yıldızlara bakıyorsun.. zihnin açık ve merak dolu."

İtaat etmeye çalışan Langdon, o sırada rahat bir şekilde uzanıyor olsa da birden yorulduğunu hissetti. Görüşü bulanıklaşmaya başladı ve yukarıda, onu aniden uyandıran belirsiz bir şekil fark etti. *Bu mümkün mü?* Daha önce fark etmediğine inanamıyordu ama *Washington'ın Göğe Yükselişi*'ndeki figürler ortak merkezli iki daire şeklinde yerleştirilmişlerdi; çemberin içinde çember. *Göğe Yükseliş de bir noktalı daire mi?* Langdon bu gece daha başka neleri göremediğini merak ediyordu.

"Sana söylemek istediğim önemli bir şey var Robert. Tüm bunlardan başka bir parça daha var... araştırmalarımın en şaşırtıcı kısmı olduğuna inanıyorum."

Dahası da mı var?

Katherine dirseğine yaslandı. "Ve söz veriyorum... eğer biz insanlar bu tek gerçeği dürüstçe kavrayabilirsek... dünyada bir gecede değişir."

Şimdi Langdon'ın tüm dikkatini çekmişti.

"Masonların 'dağıtılmış olanı toplamak'... 'karmaşadan düzen yaratmak'... 'bir oluşu bulmak' gibi sözleriyle giriş yapmam gerekir."

"Devam et." Langdon meraklanmıştı.

Katherine, ona gülümsedi. "İnsanın düşünce gücünün, düşünceleri paylaşan zihin sayısıyla birlikte *katlanarak* arttığını bilimsel olarak kanıtladık."

Bu fikirle daha başka nerelere varacağını merak eden Langdon, hiç konuşmadı.

"Şunu söylüyorum... iki kafa, birden iyidir... ama iki kafa *iki kat* daha iyi değil, çok çok kereler daha fazla iyidir. Birlik içinde çalışan zihinler bir düşüncenin etkisini... *katlayarak* büyütürler. Dua gruplarının, şifa çemberlerinin, birlik içinde şarkı söylemenin ve topluluk halinde ibadet etmenin özündeki güç budur. *Evrensel bilinç* fikri uçuk bir yeniçağ kavramı değil. Etkin bir bilimsel gerçek... ve bunu kullanarak, dünyamızı değiştirebiliriz. Noetik Bilim'in temelindeki keşif bu. Ayrıca, şu anda hâlâ olmaya devam ediyor. Çevrende hissedebilirsin. Teknoloji daha önce aklımıza gelmeyecek şekilde bizi birbirimize bağlıyor: Twitter, Google, Wikipedia ve diğerleri... hepsi de birbirine bağlı zihinlerden bir ağ oluşturuyor." Kahkaha attı. "Ve sana garanti veririm, çalışmamı yayınladığım anda, Twitter'cıların hepsi 'Noetik hakkında bilmedikleriniz' diye birbirlerine sataşacak ve bu bilime duyulan ilgi katlanarak artacak."

Langdon'ın gözkapakları dayanılmaz derecede ağırlaşmıştı. "Biliyor musun, ben hâlâ Twitter göndermeyi öğrenemedim."

Katherine kahkaha atarak, *"Tweet,"* [1] diye düzeltti.

"Anlamadım?"

"Boş ver. Gözlerini kapat. Vakti geldiğinde seni uyandırırım."

Langdon, Mimar'ın onlara verdiği anahtarı... ve buraya neden geldiklerini tamamıyla unuttuğunu fark etti. Yeni bir yorgunluk dalgası vücuduna hâkim olurken, Langdon gözlerini kapattı. Zihninin karanlığında kendini, *evrensel bilinci*... Plato'nun "dünyanın zihni" ve "Tanrı'yı bir ara-

---

İngilizcede kuş cıvıltısı, şakımak anlamına gelir.

ya getirmekle" ilgili yazıklarını... Jung'un "kollektif bilincini" düşünürken buldu. Fikir basit olduğu kadar şaşırtıcıydı da.

Tanrı, Bir'in içinden çok... Çokluk'un toplamında bulunur.

Birden, "Elohim," diyen Langdon, gözlerini açarken beklenmedik bir bağlantı kurmuştu.

"Anlamadım?" Katherine hâlâ ona bakıyordu.

"Elohim," diye tekrarladı. "Eski Ahit'te Tanrı için kullanılan İbranice kelime! Hep bunu düşünmüştüm."

Katherine kurnazca gülümsedi. "Evet. *Çoğul* bir kelime."

Kesinlikle! Langdon, Kitabı Mukaddes'in ilk pasajlarında Tanrı'dan neden *çoğul* bir varlık olarak bahsettiğini hiç anlamamıştı. *Elohim.* Yaradılış'taki Kadiri Mutlak Tanrı, Bir olarak değil... Çok olarak tasvir edilmişti.

Katherine, "Tanrı çoğuldur," diye fısıldadı. "Çünkü insanların zihinleri çoğuldur."

Langdon'ın düşünceleri şimdi zihninde dönüyordu... rüyalar, hatıralar, ümitler, korkular, ilhamlar... Hepsi, üstündeki Rotunda kubbesinde dönüyorlardı. Gözleri yeniden kapanırken, *Göğe Yükseliş*'e yazılmış Latince üç kelimeye baktı.

E PLURIBIS UNUM.

Uykuya dalarken, *çoktan çıkan Bir,* diye düşündü.

SON SÖZ

Robert Langdon yavaşça uyandı.

Birtakım yüzler kendisine bakıyordu. *Neredeyim ben?*

Bir saniye sonra nerede olduğunu hatırladı. *Göğe Yükseliş*'in altında yavaşça doğruldu. Sert platformun üstünde yattığından sırtı tutulmuştu.

Katherine nerede?

Langdon, Mickey Mouse saatine baktı. *Neredeyse vakti gelmişti.* Korkuluktan dikkatli bir şekilde aşağıdaki boş alana bakarak, ayağa kalktı.

"Katherine?" diye seslendi.

Bu isim, ıssız Rotunda'nın sessizliğinde yankılandı.

Tüvit ceketini yerden alıp silkeledi ve üzerine giydi. Ceplerini kontrol etti. Mimar'ın ona verdiği demir anahtar yoktu.

Geçitin etrafından yürüyerek, Mimar'ın onlara gösterdiği açıklığa, dar karanlığa çıkan dik metal basamaklara doğru ilerledi. Tırmanmaya başladı. Gittikçe daha yükseğe çıktı. Merdiven giderek daralıp meyilli bir hal aldı. Langdon yine de kendini zorluyordu.

Biraz daha ileri.

Basamaklar artık neredeyse portatif merdiven haline gelmiş, geçit ürkütücü derecede daralmıştı. Basamaklar sona erdiğinde Langdon, küçük bir merdiven sahanlığına çıktı. Önünde ağır bir metal kapı duruyordu. Demir anahtar, kilitteydi ve kapı hafif aralıktı. Langdon itince kapı gıcırdayarak açıldı. Kapının arkasındaki hava soğuktu. Langdon eşikten kasvetli karanlığa girerken, artık dışarıda olduğunu fark etti.

Katherine, ona gülümseyerek, "Ben de seni almaya geliyordum," dedi. "Neredeyse vakti geldi."

Langdon nerede olduğunun farkına varınca, irkilerek derin bir nefes aldı. Kongre Binası Kubbesi'nin tepesini çevreleyen küçük bir cam tavanın üzerinde duruyordu. Tam üzerinde, uyuyan başkenti izleyen bronz Özgürlük Anıtı bulunuyordu. Anıtın yüzü, şafağın ilk kızıllıklarının ufku boyamaya başladığı doğu yönüne dönüktü.

Katherine, Langdon'ı balkondan geçirip, Ulusal Park'la aynı hizaya gelen batı tarafına götürdü. Uzakta, sabahın ilk ışıklarında Washington Anıtı'nın silueti dikiliyordu. Bu bakış açısından, yüksek dikilitaş hiç olmadığı kadar etkileyici görünüyordu.

Katherine, "İnşa edildiğinde," diye fısıldadı. "Dünyanın en yüksek yapısıydı."

Langdon, yerden yüz elli metreden daha yüksekte, yapı iskelesinin üzerinde, her bir bloku elleriyle tek tek yerleştiren taş ustalarının eski sepya fotoğraflarını gözünün önüne getirdi.

Bizler yapıcıyız, diye düşündü. *Yaratıcılarız.*

Dünya var olduğundan beri, insanoğlu kendisinin özel bir tarafı... bilinenden daha fazlası olduğunu hissetmişti. Sahip olmadığı güçleri istemişti. Uçmayı, şifa vermeyi ve dünyasını hayal edilebilir her şekilde değiştirmeyi hayal etmişti.

Ve bunu yapmıştı da.

Bugün, insanoğlunun başarılarının göstergesi olan mabetler, Ulusal Park'ı donatıyordu. Smithsonian müzeleri icatlarımızla, sanatımızla, bilimimizle ve büyük düşünürlerimizin fikirleriyle filiz veriyordu. İnsanoğlunun yaratıcılık tarihini -Ulusal Tarih Müzesi'ndeki taş aletlerden, Ulusal Havacılık ve Uzay Müzesi'ndeki jetlere ve roketlere kadar- anlatıyorlardı.

Eğer atalarımız bizi bugün görebilseydi, kesinlikle Tanrı olduğumuzu düşünürlerdi.

Langdon şafaktan öncesinin pusunda, önünde duran müze ve anıtların genişleyen geometrisine bakarken, gözleri Washington Anıtı'na çevrildi. Gömülü köşe taşının içindeki İncil'i gözlerinin önüne getirdi ve Tanrı'nın Kelimesi'nin gerçekten de *insanlığın* kelimesi olduğunu düşündü.

Noktalı daireyi ve onun Amerika'nın dörtyol ağzındaki anıtının altında bulunan dairesel meydanın içine nasıl gömüldüğünü düşündü. Langdon'ın aklına aniden Peter'ın kendisine emanet ettiği küçük taş kutu geldi. Küpün menteşelerinin söküldüğünü ve açılıp aynı geometrik şekli -ortasında noktalı daire bulunan bir haç- oluşturduğunu şimdi fark ediyordu. Langdon gülmemek için kendini zor tuttu. *Bu küçük kutu bile bu dörtyol ağzını işaret ediyordu.*

Kayıp Sembol

"Robert, bak!" Katherine anıtın tepesini gösterdi.

Langdon başını kaldırıp, baktı ama hiçbir şey görmedi.

Sonra, daha dikkatli bakınca fark etti.

Parkın karşısında, altın renkli bir güneş ışığı hüzmesi yüksek dikilitaşın en yukarıdaki ucunu parlatıyordu. Parlayan ufak nokta hızla daha da parlaklaşıp, ışınlar yaydı ve kapak taşının alüminyum tepesini aydınlattı. Langdon bu ışığın, karanlık şehrin üzerinde asılı duran bir uyarı ışığına dönüşmesini şaşkınlık içinde izledi. Alüminyum tepenin doğuya bakan tarafındaki minik oyma yazıyı gözünün önüne getirdi ve başkente vuran güneşin ilk ışınlarının, her gün iki kelimeyi aydınlatarak aynı şeyi yaptığını büyük bir hayranlıkla fark etti.

Laus Deo

Katherine, "Robert," diye fısıldadı. "Kimse buraya gün doğarken çıkmaz. Peter'ın tanık olmamızı istediği şey buydu."

Anıtın tepesindeki parıltı yoğunlaşırken, Langdon nabzının hızlandığını hissetti.

"Atalarımızın anıtı bu kadar yüksek inşa etmesinin nedeninin bu olduğuna inandığını söylemişti. Bunun doğru olup olmadığını bilmiyorum ama *şunu* biliyorum: Başkentimize daha yüksek bir bina inşa edilmesini *sonsuza kadar* yasaklayan çok eski bir kanun var."

Güneş arkalarındaki ufkun üzerinden yükselirken, ışık kapak taşının aşağılarına doğru indi. Langdon olanları izlerken, uzay boşluğunda sonsuz yörüngelerini izleyen gökkürelerini adeta çevresinde hissedebiliyordu. Kainatın Ulu Mimarı'nı ve Peter'ın Langdon'a göstermek istediği hazinenin *sadece* Mimar tarafından gösterilebileceğini özellikle vurgulayışını düşündü. Langdon bunun Warren Bellamy olduğunu sanmıştı. *Yanlış Mimar.*

Güneş ışınları güçlenirken, altın rengi parıltı bin dört yüz doksan altı kilo ağırlığındaki kapak taşını tümüyle kapladı. *Aydınlanma yaşayan insan aklı.* Işık daha sonra anıtın aşağı taraflarına doğru inmeye, her sabah gerçekleştirdiği aynı düşüşü yapmaya başladı. *Yeryüzüne doğru ilerleyen cennet... İnsanoğluyla birleşen Tanrı.* Langdon bu sürecin akşam olunca tersine döneceğini fark etti. Güneş batıda batacak ve ışık, yeryüzünden tekrar cennete doğru yükselecek, yeni bir güne hazırlanacaktı.

Yanında duran Katherine titreyerek, ona yaklaştı. Langdon, ona sarıldı. Sessizce yan yana dururlarken, Langdon bu gece öğrendiklerini düşündü: Katherine'in her şeyin değişmek üzere olduğuna dair inancını ve Peter'ın Aydınlanma Çağı'nın yaklaşmakta olduğuna dair inancını düşündü. Ve bir peygamberin cesaretle söylediği sözleri hatırladı: *Açığa çıkarılmayacak gizli hiçbir şey yoktur; bilinmeyecek, aydınlığa çıkmayacak saklı hiçbir şey yoktur.*

Güneş, Washington'ın üzerinde yükselirken, Langdon yıldızları yavaş yavaş kaybolmaya başladığı gökyüzüne baktı. Bilimi, dini, insanlığı düşündü. Farklı ülkelerin farklı kültürlerinin her zaman bir tek ortak noktası olduğunu düşündü. Hepimizin Yaradan'ı vardı. Farklı isimler, farklı yüzler ve farklı dualar kullanıyorduk ama Tanrı insanoğlunun evrensel değişmeziydi. Tanrı hepimizin paylaştığı semboldü... hayatın anlayamadığımız tüm gizemlerinin sembolüydü. Eski insanlar, Tanrı'ya sınırsız insan potansiyelimizin bir sembolü olarak hamdetmişlerdi, ama bu eski sembol zamanla yok olmuştu. Şu ana kadar.

Robert Langdon, Kongre Binası'nın tepesinde durmuş, güneşin sıcaklığı tüm vücuduna yayılırken, içinde yükselen güçlü bir duygu hissetti. Bu, tüm hayatı boyunca hiç bu kadar içten hissetmediği bir duyguydu.

Umut.

S O N